本书为国家社科基金一般项目"当代美国奇卡诺女性小说中的'跨界'研究"（18BWW079）最终成果

当代美国奇卡娜小说中的"跨界"研究

袁雪芬 著

BORDER CROSSINGS
IN CONTEMPORARY
CHICANA NOVELS

中国社会科学出版社

图书在版编目(CIP)数据

当代美国奇卡娜小说中的"跨界"研究 / 袁雪芬著. -- 北京：中国社会科学出版社，2024.12. -- ISBN 978-7-5227-4490-2

Ⅰ.I712.074

中国国家版本馆 CIP 数据核字第 2024QA0209 号

出 版 人	赵剑英	
责任编辑	慈明亮	
责任校对	韩海超	
责任印制	戴　宽	

出　　版	中国社会科学出版社	
社　　址	北京鼓楼西大街甲 158 号	
邮　　编	100720	
网　　址	http：//www.csspw.cn	
发 行 部	010-84083685	
门 市 部	010-84029450	
经　　销	新华书店及其他书店	
印　　刷	北京明恒达印务有限公司	
装　　订	廊坊市广阳区广增装订厂	
版　　次	2024 年 12 月第 1 版	
印　　次	2024 年 12 月第 1 次印刷	
开　　本	710×1000　1/16	
印　　张	25.75	
插　　页	2	
字　　数	437 千字	
定　　价	139.00 元	

凡购买中国社会科学出版社图书，如有质量问题请与本社营销中心联系调换
电话：010-84083683
版权所有　侵权必究

前　言

"跨界"是目前国内外最新的研究方法与研究理论之一，但现在国内从跨界角度来研究国外女性文学的文献相对较少，更鲜有从族裔跨界理论视角对奇卡娜文学进行研究。国内有研究者认为，学界关注的多是经典作家的代表性作品，缺乏整体考量；对单个作家关注多，缺少对群体的把握。本书所涉及的大部分奇卡娜作家对于国内研究者来说是陌生的，而她们在西方国家享有与国内读者所熟知的奇卡娜作家西斯内罗斯相媲美的声誉。美国奇卡娜文化理论家安扎尔多瓦基于自身的边疆经历提出了族裔跨界理论，认为不同的种族、文化、性别、阶级、民族等在美墨边疆的对立与冲突中形成了新的边疆文化。在这种文化背景下，混血女性应有多重身份跨界意识：接受外来的优秀文化精髓，同时坚持传承本民族悠久而卓越的文化传统。只有这样，一个民族才能在历史的重负下稳步前行，拥有光明的未来。

本书的目的有三：一是通过深入研究国内研究者尚不熟悉的奇卡娜作家及其作品，以弥补国内学者研究之不足；二是厘清安扎尔多瓦的族裔跨界理论，并通过探讨西英双语小说中的跨界思想为文学研究者提供理论借鉴；三是扩展文学跨界研究的内涵。

本书共 11 章。第一章为绪论。第二章系统地阐述了安扎尔多瓦的族裔跨界理论的成因、跨界的隐喻和族裔跨界的本质特征及其影响。第三章以安扎尔多瓦的短篇小说《普列塔》和德阿尔巴的长篇小说《女巫的笔迹》为蓝本，探讨了跨种族奇卡娜人的悲剧人生。第四章则聚焦卡斯蒂略的《守护者》和德阿尔巴的《沙漠血：华雷斯谋杀案》，探讨了跨越边界的奇卡诺/娜人在面对磨难与毁灭时所展现的坚韧与反抗精神。第五章以西斯内罗斯的长篇小说《芒果街上的房子》和维拉纽瓦的长篇小说《露娜的加利福尼亚罂粟花》为例证，探讨奇卡娜人如何消除贫困、跨越阶级界限。第六章以两部短篇故事集——查维斯的《最后的订餐女孩》

和塔夫拉的《神圣的玉米饼和一罐豆酱》——为蓝本，探讨了奇卡诺/娜人如何在多元文化差异中，经过不断地碰撞、冲突、谅解与和解，最终拥抱部分白人文化、回归民族文化，以求实现大同的目标。第七章以维拉纽瓦的小说《女人花》为例，探讨了激进女权主义者跨性别以求同性互助与生存的反男性霸权思想。第八章以多篇小说文本为例，探讨了小说中女性历经磨难，实现其主体性的社会身份跨界。第九章探讨了卡斯蒂略的小说《萨坡勾尼亚》和马汀内兹的小说《母语》中体现的跨越民族反美国霸权思想。第十章以安扎尔多瓦的《边疆》为主要研究对象，探讨了体裁跨界在奇卡娜文学创作中的呈现形式，彰显了她们非凡的想象力和创造力。最后，本书探讨了奇卡娜小说中"跨界"书写的美学价值。

目 录

第一章 绪论 (1)
  本章小结 (50)

第二章 族裔跨界理论 (52)
  第一节 安扎尔多瓦与族裔跨界理论的形成 (52)
  第二节 "族裔跨界"的隐喻 (60)
  第三节 族裔跨界理论的影响 (74)
  本章小结 (78)

第三章 种族跨界的悲剧书写 (79)
  第一节 《普列塔》《女巫的笔迹》梗概 (80)
  第二节 奇卡娜体质特征描绘 (83)
  第三节 奇卡娜转型：从家庭受呵护者到社会受压迫者 (86)
  第四节 遭受身心暴力的奇卡娜人 (91)
  第五节 宗教、法律对奇卡娜的双重迫害 (100)
  第六节 康塞普西翁的反抗 (106)
  第七节 跨种族女性悲剧书写：以史鉴未来 (114)
  本章小结 (118)

第四章 边境跨界 犯罪书写 (120)
  第一节 《守护者》《沙漠血》梗概 (121)
  第二节 边疆深渊：夹缝 (127)
  第三节 边境上奇卡娜人的艰难生存 (132)
  第四节 边疆犯罪：谋杀奇卡娜/诺人 (137)
  第五节 "夹缝"中的奇卡诺族裔家园守望 (144)
  本章小结 (157)

第五章　阶级跨界　消除贫困 (158)
第一节　《芒果街上的房子》《露娜的加利福尼亚罂粟花》梗概 (160)
第二节　想象中的消除贫困：《芒果街上的房子》 (165)
第三节　现实中的阶级跨界：《露娜的加利福尼亚罂粟花》 (177)
本章小结 (199)

第六章　文化跨界　谋求生存 (200)
第一节　相关小说梗概 (202)
第二节　"卡罗语"：奇卡诺族裔的语言跨界 (205)
第三节　边疆小镇变迁：奇卡诺民族记忆与现实文化 (208)
第四节　奇卡诺饮食文化的保留与跨界 (222)
第五节　文化跨界中当代奇卡娜人的生存困境 (234)
第六节　奇卡娜人的梦想和文化传承：《在树林之中等待》 (248)
本章小结 (253)

第七章　性别跨界　女性互助 (254)
第一节　维拉纽瓦的小说《女人花》 (256)
第二节　跨性别形象：女汉子 (258)
第三节　女性性别跨界者的行动 (262)
第四节　奇卡娜性别跨界的缘由 (269)
本章小结 (273)

第八章　身份跨界　书写华章 (275)
第一节　相关小说梗概 (277)
第二节　从家暴受害者到自由人：克里奥菲拉斯 (279)
第三节　从游走的青年到成功的中年教师和艺术家 (285)
第四节　从模糊身份到大画家：罗萨 (293)
第五节　从残疾女到歌唱家：卡门 (302)
本章小结 (315)

第九章　跨民族团结　反美国霸权 (317)
第一节　《萨坡勾尼亚》《母语》梗概 (317)
第二节　萨坡勾尼亚国人失家园：强国干政之恶果 (320)
第三节　寻找家园：美国社会底层奇卡诺人的动荡生活 (323)

第四节　重建/回归家园：反霸权者的胜利……………………（326）
　　第五节　美国霸权批判………………………………………（334）
　　本章小结………………………………………………………（336）
第十章　奇卡娜叙事体裁的跨界……………………………（337）
　　第一节　《边疆》叙事体裁的跨界……………………………（338）
　　第二节　奇卡娜小说体裁跨界的隐喻………………………（346）
　　第三节　真实与虚构：奇卡娜自传体小说叙事方法的跨界………（351）
　　本章小结………………………………………………………（363）
第十一章　奇卡娜小说的美学价值…………………………（364）
　　本章小结………………………………………………………（387）
结　语…………………………………………………………（388）
参考文献………………………………………………………（390）
后　记…………………………………………………………（403）

第一章 绪论

跨界，即跨越边界，越过规定的界线。界线有形，亦无形。跨界行为，历史悠久，内涵丰富，极具动态性。在学术研究中，跨界研究是当前研究方法的常态，如政治伦理学、生态伦理学、世界主义伦理学、科学伦理学等。"跨界"一词在英语文献中的出现最早可追溯至英国 16 世纪的领土之争。在后来的工业发展中，随着资本主义国家的对外扩张，"跨界"更显频繁性与广义性。① 通过跨界的流动，人们往往会在生存环境、意识形态、经济和社会地位等方面获得更有利于自己的条件。然而，因生活所迫，奇卡娜人跨越墨美边界来到美国求生存，她们的跨界行为在很长一段时间内未给她们带来任何利益。相反，她们遭受了来自美国主流社会和本民族男权统治者更多的压迫、虐待和歧视，是美国系统性阶级社会中最底层的人。

随着 20 世纪 60 年代奇卡诺运动和白人女权主义运动的发展，奇卡娜人意识到了她们应该有自己的声音。"奇卡娜"②（英语"Chicana"的中文音译）一词被赋予了崭新的意义，在美国多元文化中，它既被专门用来标记生活在美国的奇卡诺族裔女性，也表明她们形成了"奇卡娜人探

---

① Maureen A. Ramsden, *Crossing Borders: The Interrelation of Fact and Fiction in Historical Works, Travel Tales, Autobiography and Reportage*, Oxford: Peter Lang, 2016, p.78.

② 注：关于"Chicano/a"的中文翻译，目前国内有多个版本。以代表阳性的 -o 结尾的"Chicano"有音译的"奇卡诺"（意为"母语为西班牙语的墨西哥裔美国人"）、音译+意译的"奇卡诺族裔""奇卡诺人""奇卡诺男性"等；以代表阴性的 -a 结尾的"Chicana"一词有音译"奇卡纳"（参见李保杰《美国西语裔文学史》，山东大学出版社 2020 年版，第 150 页）、"奇卡娜"、"奇卡诺女性"和"奇卡诺族裔女性"（参见袁雪芬《奇卡诺文学伦理思想研究》，中国社会科学出版社 2015 年版，第 1 页）。本书取"奇卡娜"版本，因为笔者认为，根据中文的含义"-纳"未能体现女性的特征，而"-娜"则是典型的描述女性的词，意涵"貌美"。"奇卡娜"（"奇卡娜人"）与"奇卡诺族裔女性"同义，即母语为西班牙语的墨西哥裔美国女性群体或个体。

讨奇卡娜人自己的问题"的奇卡娜女权主义思想（Chicanisma）[1]，并宣示这是一群不同于这个民族的男性的、受压迫最深重的、具有最强烈反抗精神的且有自己丰富的古老文化根基的女性。奇卡娜文学评论家阿拉尔康（Alarcón）认为，"'奇卡娜'这个名称在当前是抵抗的名称，它通过墨西哥裔妇女的离散经历使其文化和政治立场分离出来并形成自己的思想。……它是人们有意识地、批判性地这么假设的……"[2] 因此，"奇卡娜"一词具有极强的政治性。奇卡娜文学也独具一格，专门探讨奇卡娜人由跨界所导致的各种问题。

与奇卡诺族裔男性一样，奇卡诺族裔女性（奇卡娜人）跨越美墨边界，来到美国寻找自己向往的美好生活。然而，地理上的跨界给这个生而人种跨界（混血）的族裔女性带来了心理上的隔阂、性别角色的挑战和精神上的困境，因为美墨边疆"是一个开放的伤口（es una herida abierta），第三世界和第一世界在这里摩擦、流血。伤口结痂之前它又开始大出血，两个世界的生命血液流到一起形成了第三空间文化形态——一种边疆文化"[3]。边疆（borderlands）从其词典意义来说，是边境之地、无主之地、边界诸国。美国英语的《柯林斯词典》将其定义为"既不是这件事也不是另一件事的模糊或不确定的状况"[4]。它源于1805—1815年，彼时的美国正处于白人不断跨越土著人保留地，越过边界进行西部扩张的时期，从而在两者之间形成了模糊的地带。奇卡诺族裔在地理和心理上的边疆地带，出于其复杂的历史原因与现状，被奇卡诺族裔文化研究者称为"夹缝地带"（Hyphenland）[5] 或"中间地带"（Nepantla）[6]。在英语

---

[1] Ana Castillo, *Massacre of the Dreamers: Essays on Xicanisma*, Revised ed., Albuquerque: University of New Mexico Press, 2014, p. 2.

[2] 引自Sonia Saldivar-Hull, "Introduction to the Second Edition", in Gloria Anzaldúa, *Borderlands/La Frontera: The New Mestiza*, 4th ed., San Francisco: Aunt Lute Book, 2012, p. 263。

[3] Gloria Anzaldúa, *Borderlands/La Frontera: The New Mestiza*, 4th ed., San Francisco: Aunt Lute Book, 2012, p. 25.

[4] "Borderland", Retrieved 4-20-2023, https://www.collinsdictionary.com/us/dictionary/english/borderland.

[5] Ilan Stavans, *The Hispanic Condition: The Power of a People*, New York: Harper Collins Publisher Inc, 2001, p. 4.

[6] Gloria Anzaldúa, *Light in the Dark/Luz en lo Oscuro: Rewriting Identity, Spirituality, Reality*, Analouise Keating, ed., Durham/London: Duke University, 2015, p. 65.

中，墨西哥裔美国人（Mexican-American），即奇卡诺人，被形象地称为"夹缝"中的"土著陌生人"①或"中间人"（Nepantleras）②，意为非墨西哥人，也非美国人。通过关于夹缝中的奇卡诺人的论述，斯塔文斯（Stavans）和安扎尔多瓦（Anzaldúa）恰到好处地诠释了在白人主宰的美国社会里奇卡诺族裔所处的社会地位。边疆文化也具有跨文化的特征，奇卡诺族裔将美国主流文化和墨西哥母国文化融合在一起，形成了第三世界边疆文化。

这些混血人群，深受第三世界边疆文化的浸染，大多选择聚居在美国和墨西哥边境的城镇，或是在芝加哥、洛杉矶等大城市的贫民区里寻求庇护。生活在这种地带的作家们所书写的是奇卡诺/娜的"边土生活，阴影中的生活"③。奇卡娜运动的活动家和"族裔跨界"理论家格洛丽亚·安扎尔多瓦（Gloria Anzaldúa，1942-2004）将自己描绘成"危险野兽"④的形象来唤起人们对奇卡娜人的关注。她在《边疆/拉佛兰特拉：新梅斯蒂萨》（Borderlands/La Frontera：The New Mestiza，1987，以下简称《边疆》）一书中提出了"新混血女性意识"⑤：为了民族的生存，奇卡诺族裔应该博取美墨双边文化与意识形态之所长并实现和解。

奇卡诺族裔承受了太多苦难，他们用笔记录了他们跨越边疆谋生存的苦难史。他们的创作成为奇卡诺/娜文学——"美国族裔文学中的奇葩"⑥。从20世纪80年代开始，奇卡娜小说家便踏上了她们创作的辉煌

---

① Ilan Stavans, *The Hispanic Condition：The Power of a People*（2nd ed.），New York：Harper Collins Publisher Inc, 2001, p. 4.

② Gloria Anzaldúa, *Light in the Dark/Luz en lo Oscuro：Rewriting Identity, Spirituality, Reality*, Analouise Keating, ed., Durham/London：Duke University, 2015, p. 65.

③ Gloria Anzaldúa, *Borderlands/La Frontera：The New Mestiza*, 4th ed., San Francisco：Aunt Lute Books, 2012, p. 19.

④ Gloria Anzaldúa, "Speaking in Tonges：The Third World Women Writer", in Cherríe Moraga, Gloria Anzaldúa, eds., *This Bridge Called My Back：Writings by Radical Women of Color*, 4th ed., New York：SUNY Press, 2015, p. 162.

⑤ Gloria Anzaldúa, *Borderlands/La Frontera：The New Mestiza*, 4th ed., San Francisco：Aunt Lute Book, 2012, p. 99.

⑥ 傅景川、柴湛涵：《美国当代多元化文学中的一支奇葩——奇卡诺文学及其文化取向》，《吉林大学社会科学学报》2007年第5期。

之路。本书将探讨的是当代奇卡娜人所书写的"从沉默到掷地有声"[①] 的"自我生命历程"[②] 以及她们反对国内歧视、反对美国世界霸权与寻求人类和谐的族裔跨界思想。

一 夹缝中的奇卡娜人

谈到奇卡娜人的经历，人们不得不从当今的美国现状去追溯其发展的历史。21 世纪，美国，这个由盎格鲁—撒克逊美国人主导的多元文化国家，以其经济和军事实力成为世界上唯一的超级大国，同时在思想意识形态上自诩世界的"民主灯塔"。人们发现，被"美国优先"的霸权主义思想浸淫的美国，其社会内部充斥着假民主、系统性的阶级矛盾、种族歧视、性别歧视、枪杀、谋杀、性侵；在对外政策上则打着民主旗号剥削他国劳动力、掠夺他国资源、干涉别国内政。深受其害者莫过于矿产丰富、气候宜人的邻国墨西哥以及该国曾经生活安逸的大部分农民，也包括了如今生活在美国的奇卡诺/娜人。

本书作者 2022 年与作家维拉纽瓦谈到美国奇卡娜人现状时，后者在电邮里写道：

> 我小时候和我的纯血统土著雅基族外婆经历过饥饿。当时我裹着臃肿的外套，拖着巨大的麻袋去街角商店，从垃圾堆里翻找可乐瓶换钱。当店主转身去后院存放瓶子时，我把罐头塞进袋子里。……是的，新堕胎法被称为"恐怖表演"。其本质是残酷且不可理喻的——一个 10 岁女孩遭强奸后，必须跨州才能堕胎。那些受特朗普煽动的共和党法西斯主义者，正试图全面禁止因强奸、乱伦导致的堕胎。女性正在反抗：在肯塔基州，人们刚刚投票推翻了这些"反堕胎"法案……美国是唯一没有全民医保，只有惊人的学生贷款等的"第一

[①] Juan Bruce-Novoa, "The Other Voice of Silence", in Joseph Sommers & Tomas YBarra-Frausto, eds., *Modern Chicano Writers*, Englewood Cliffs, N. Y.: Prentice-Hall, Inc, 1979, pp. 133-140.

[②] Gloria Anzaldúa, *Light in the Dark/Luz en lo Oscuro: Rewriting Identity, Spirituality, Reality*, Durham/London: Duke University Press, 2015, p. 241.

世界"国家。①

维拉纽瓦经历的苦难和她所描述的当前针对女性的反堕胎法案真实地反映了奇卡娜人过去与现在的生存状态。

(一) 被白人主流社会霸凌的奇卡诺/娜人

世上本无奇卡诺人，是因为盎格鲁—撒克逊美国人及其对外的经济扩张与资源掠夺，催生了这个经历了一百多年苦难的新民族——奇卡诺。

"奇卡诺"（Chicano）一词最让人信服的来源是墨西哥（Mechicano）一词的错误发音，它指代的是居住在美国的西班牙人和土著人的混血后裔以及这些后裔和盎撒人通婚生下的后代。在墨西哥，这个词则是用来描写下层阶级的人。加西亚认为使用加了连字符"-"的"墨西哥裔-美国人"（Mexican-American）这个词来描述这个民族时，它的意义发生了转变，变成了"混种人"（hybrid character）②。加西亚还指出，当奇卡诺人到墨西哥旅游的时候，他们被认为是盎格鲁化了的美国人，而不是真正的墨西哥人。形成奇卡诺特征的不是单一的墨西哥性，而是墨西哥、土著人和欧洲文化遗产的综合作用，这些因素共同塑造了奇卡诺族裔作为混血儿的身份，他们拥有杂糅的文化遗传特征。安扎尔多瓦在她的《边疆》中充分阐释了奇卡诺的宗谱。更详细的内容将在第二章阐述。

在过去的一个多世纪里，更具体地说，从美国内战结束后的19世纪70年代始，迅猛发展的美国资本主义大企业、大公司与美国政府一起开始了对外的资本扩张与侵略。美国的经济入侵彻底改变了中美洲国家，特别是墨西哥的社会意识形态，致使墨西哥前总统迪亚兹对天长叹："离上帝如此遥远，离美国如此之近。"从此，一个新的民族即将在美国膨胀的资本扩张的压榨下形成。"奇卡诺族裔形成的过程与美利坚帝国的发展和维护过程密不可分。"③

---

① Alma Luz Villanueva, "Hola to Shirley" (Sure 22777933@qq.com), 8-15-2022, accessed 8-16-2022. 未特别说明，引文皆由笔者翻译。

② Deborah L. Madsen, *Understanding Contemporary Chicana Literature*, Columbia, SC: University of South Carolina Press, 2000, p.6.

③ Gilbert G. Gonzalez & Raul A. Fernandez, *A Century of Chicano History: Empire, Nations, and Migration*, New York and London: Routledge, 2003, p.92.

1. 被美国经济殖民的墨西哥人

从美国内战后的经济腾飞开始,到20世纪20年代末的经济危机爆发之前,美国的大财团、大公司和政府一起致力于对外的经济扩张和资源掠夺。首先遭殃的是中美洲的小国,如海地、巴拿马、古巴,随后美国的过剩资本大举"进攻"墨西哥,在那里投资开矿、开采石油并大规模种植农产品。在19世纪八九十年代,因为征地开矿,许多墨西哥农民从此失去了土地,成为靠工薪生活的劳工。

2. 北迁的墨西哥穷苦劳工

经过多年的经营,越来越多的美国资本被投入墨西哥,美国的大企业在墨西哥的边境开设了更多的加工厂,利用墨西哥的廉价劳动力来获得更高的利润。随着产品数量的增加,低成本的铁路运输成为必要。到19世纪末,大规模的铁路建设在墨西哥兴起,越来越多的墨西哥农民也离开了土地,成为廉价的铁路建设工人。到20世纪初墨西哥内战期间,墨西哥中部和南部的农民以及反抗政府的知识分子为了生存迁徙到墨西哥的北部边境地区,或跨过边境线进入美国南部和西南部,从事冶炼、挖矿、采油以及棉花和蔬菜等农作物的规模种植。此时,大公司和企业围绕厂矿和在铁路沿线的两边建起了劳工聚居工棚区,劳工与美国白人老板之间的生活有天壤之别,白人居住区有专门的医院、学校、娱乐沙龙等。根据美国方面签订的劳工协议,在矿上被炸死的劳工对自己的死亡要负全责,因为美国公司的老板认为是"劳工太大意,太不负责任"①。在石油开采公司,老板的霸凌、恐吓、毁灭性的"教育"比比皆是。1924年臭名昭著的《移民法》旨在让族裔人口在美国自然消亡。此法规定,"包括中国男子和日本男子在内的族裔男子,需按照19世纪70年代族裔男性人口的数量来配比女性移民,且禁止他们与白人女子通婚。奇卡诺人则是招之即来、挥之即走的流动农民工"②。

自20世纪20年代以来,美国西南部沙漠地带灌溉农业的发展吸引了大批墨西哥劳工跨越边境来到加利福尼亚州等地从事季节性的农业劳动。西南部的铁路建设也吸引了大批的墨西哥男性劳工。边境城市埃尔帕索

---

① Gilbert G. Gonzalez & Raul A. Fernandez, *A Century of Chicano History: Empire, Nations, and Migration*, New York and London: Routledge, 2003, p.71.

② 雾谷飞鸿:《美国历史系列177: 1924年移民法》,2020年11月20日,https://share.america.gov/zh-hans/american-history-177-the-immigration-act-of-1924/。

（El Paso）和加利福尼亚州的洛杉矶成为提供劳工的基地。20世纪的前三十年，墨西哥人在墨西哥和美国修铁路就是他们融入美国经济的历程。美国社会经济语境造成了奇卡诺族裔的"另类"。由新的生产方式和外国资本操纵所形成的社会关系不仅改变了墨西哥的社会面貌，也给旅居墨西哥的白人作家提供了第一手黑料，他们代表美国主流媒介的立场，发表作品抹黑墨西哥劳工群体的形象。

3. 跨越美墨边境的墨西哥劳工新身份：美国的奇卡诺人

到了20世纪40年代，尤其是第二次世界大战时期，美国对廉价的墨西哥劳动力产生了迫切需求，以支撑其庞大的工业生产体系，并满足战争期间及战后重建的物资需求。随着墨西哥移民们继续向北迁徙进入美国南部边境，横跨西南部和中西部，进入劳动营地，在意识形态上他们超越了国界，被赋予了新的身份——奇卡诺人，即说西班牙语的墨西哥裔美国人。奇卡诺（Chicano）一词源于这些初来美国的文盲劳工对英语单词"Mexican"（墨西哥人）的不标准发音"Mechicanos"[①]，最初的意义含有主流社会对墨西哥移民的蔑称。

最初进入美国的墨西哥人似乎并没有意识到自己身份的改变，因为以前雇用和安置墨西哥劳工的公司现在也会在墨西哥边境以北的美国做同样的事情。在美国工作的奇卡诺人和墨西哥人一样，都是收入最低和劳动类别最低的人。他们通常生活在由采矿和铁路等公司建立的劳工营地。无论是在墨西哥北方与美国西南部的劳工营地、小城镇还是城市中，这些劳工都被严格隔离。这种隔离体现了美国人和墨西哥人之间的社会关系：老板与劳工下属、压迫与被压迫、剥削与被剥削、富有与贫穷。许许多多的墨西哥移民在这个国家开始经历生活习惯、宗教文化、教育等不同层面的危机。这最终导致了奇卡诺人争取民权的反抗。

在20世纪60年代的民权运动中，奇卡诺族裔诗人鲁道尔夫·柯基·贡萨雷斯（Rudolfo Corky Gonzalez）以他的西英双语史诗《我是华金》（*I Am Joaquin*，1967）正式宣告了"奇卡诺"这个新民族的诞生。他诗歌里的奇卡诺人涵盖了1848年美墨战争后，美国得到的墨西哥北部和西北部领土上的所有墨西哥裔人、西班牙裔人、土著印第安人、多民族混血者，

[①] Ilan Stavans, *The Hispanic Condition: The Power of a People*, New York: Harper Collins Publishers, 2001, p. 69.

以及之后移民到美国的墨西哥人。"奇卡诺"一词从此成为墨西哥裔美国人的骄傲象征。

4. 奇卡诺社区的建立：第三世界/空间的形成

随着美国西南部沙漠地带农业灌溉技术的发展和铁路建设与维护需求的增加，越来越多的墨西哥人通过20世纪40年代至60年代美国和墨西哥政府签订的劳工协议（Bracero Program）、客工协议（Guest Worker Program）以及通过亲人和朋友的介绍，进入美国，从事廉价的劳动力工作。他们聚居在厂矿附近和铁路沿线，形成了奇卡诺人的社区。为了有效管理这些与美国主流社会隔离的劳工，美国政府开始对他们进行美国化和去墨西哥化的教育。政府建立的学校普遍采用主流社会的英语教学方式，教师基本上是由盎格鲁美国人担任，教授的内容侧重于美国白人的价值观与白人文化，刻意去除墨西哥文化，导致奇卡诺人逐渐将自己视作一个缺乏独特文化的低等混血族群。然而，奇卡诺人依然形成了自己的社区文化，并借助母国政府的力量来维护自己的墨西哥语言和文化。经过一个多世纪关于美国化与保留墨西哥文化的意识形态斗争后，至20世纪70年代，在美国和墨西哥两国政府及权力机构的双重管辖下，奇卡诺人聚居的边疆地带最终形成了一个"第三空间"，这个空间既依附于美墨两国又独立于两国之外，同时还发展出了自己独特的边疆文化。

5. 奇卡诺族裔的困境

生活在第三空间里的奇卡诺族裔经历了被压迫和剥削的困境，他们一直在主流社会的泥沼中挣扎，既表现出忍让与妥协，也不乏坚定的抗争。

在1910年的墨西哥内战爆发前，大量墨西哥劳工和他们的家人开始进入美国，并在西南和中西部的殖民地定居。此后，农村农业地区以外的移民儿童按照美国法律有义务接受公立学校教育。当教育者寻找教育这些孩子的指导方针时，他们遇到了由不同的专家撰写的、表达不同观点的著作。到20世纪20年代中期，为了满足"美国化"的需要，教育委员会、教师培训学校、行政人员和学校教师完全忽略了奇卡诺人的语言和文化，采用了帝国的意识形态，并制定了自认为适用于奇卡诺儿童和成人的教育政策[1]，建立了种族隔离的学校。作为一个较大地区内的独立学校管理系

---

[1] Gilbert G. Gonzalez & Raul A. Fernandez, *A Century of Chicano History: Empire, Nations, and Migration*, New York and London: Routledge, 2003, p.80.

统,这种学校不同的教育标准在这里发挥了作用。表面上,种族隔离学校看起来与一般社区学校无异,但实际上,它们是一种特殊学校,旨在训练奇卡诺儿童和成年人的行为和思维模式,使他们能够符合盎格鲁美国人社会的标准。奇卡诺孩子的学校开设了单独的课程,"强调英语和美国的行为标准,其中,职业教育高于学术工作"①。

奇卡诺人的学校普遍预算不足,人满为患,管理和教学人员的水平都很差,而且采用了与白人教育完全不同的教学模式和目标。在农村地区,奇卡诺学校实行单独的教学计划,让孩子们和他们的父母一起在田野或果园里学习。在一些学区,尤其是得克萨斯州的学区,外来务工人员的孩子对农业经济太重要了,致使其无法入学。但在那些以奇卡诺学校为标准的地区,成功的孩子是那些行为举止不再像"典型"墨西哥人且说英语、用英语思考、行为举止像"美国人"的孩子。② 那些成功摆脱墨西哥人"特殊"习惯的学生获得了更好的成绩和老师的尊重。这种矛盾的教育环境对成长中的奇卡诺儿童造成了永久的心灵创伤。尽管美国主流社会在尝试通过教育使奇卡诺社区进一步美国化,但他们仍然期望维持奇卡诺族裔在美国社会结构中的从属和被支配地位。

另外,主流社会对移民社区文化的改造不仅针对儿童和成人,还将妇女作为重点对象培养。加利福尼亚州曾通过强调女性作为潜在的美国化主体的角色,调整了其项目,以适应不同性别劳动者的分工需求。该州做出了非同寻常的努力,试图实施一项旨在使墨西哥妇女美国化的计划。"一旦美国化——也就是说,一旦一位母亲/家庭主妇按照'美国化计划'料理家务、养活家人、照料花园——她就会自动地将她的家庭美国化。众多美国化的墨西哥妇女将会带领整个社会走向文化救赎。"③ 美国人希望墨西哥人像清教徒一样生活。社会学家爱德华·A. 罗斯(Edward A. Ross)曾说:"如果拥有清教徒后裔所拥有的道德品格和社会制度,墨

---

① Gilbert G. Gonzalez & Raul A. Fernandez, *A Century of Chicano History: Empire, Nations, and Migration*, New York and London: Routledge, 2003, p. 90.

② Gilbert G. Gonzalez & Raul A. Fernandez, *A Century of Chicano History: Empire, Nations, and Migration*, New York and London: Routledge, 2003, p. 91.

③ Gilbert G. Gonzalez & Raul A. Fernandez, *A Century of Chicano History: Empire, Nations, and Migration*, New York and London: Routledge, 2003, p. 91.

西哥可能成为天堂。"①但美国化的艰难程度使得有些人感叹:"要么把他塑造成一个美国人,要么任他躺平。"②这种试图灭绝族裔语言和文化的教育一直延续到20世纪70年代奇卡诺运动的兴起。到了20世纪80年代,觉醒了的奇卡诺女性用行动证明,主流社会通过"美国化"同化奇卡诺民族的企图未能成真。相反,格洛丽亚·安扎尔多瓦等女性知识分子发起了奇卡娜运动(Chicana Moviennento)来拯救自己的民族文化。

随着美国大型垄断企业的扩张和《北美自由贸易协定》(1994)的签订,越来越多的非法移民进入美国的大城市如芝加哥、纽约等的服饰、食品等加工厂,以及西南部的农副产品生产与加工行业。因为非法身份,他们从事的工作是最累最脏的,工资却是最低的。此外,由于美国西南部各州的很多农业工人的工作具有极强的季节性,所以他们是招之即来,挥之即去。而再回到已经放弃了的贫穷家园已经不可能,所以那些奇卡诺农业工人被迫成为居无定所的流动农民工。这使得奇卡诺人在精神上陷入了两难境地:一方面,他们想要保留自己的语言、文化和宗教信仰;另一方面,为了生存他们必须遵循主流文化的法律法规,抛弃母国的思想意识形态。在保留、发扬和创造自己文化的抗争中,奇卡诺人付出了极大的艰辛。特别是奇卡娜人,丈夫离开时,她们在母国忍受孤独与寂寞,还要操持家务和养育儿女。而跟随丈夫到达美国的妇女们的劳动是不得报酬的白白奉献。在产品代加工厂流水线上工作的年轻奇卡娜人的劳动时间极长,而工资最低。作为一个新移民民族女性,她们为美国主流社会付出了自己的辛勤劳动,却未能获得相应的待遇和尊重,反而沦为社会底层群体。即使是人们探讨美国社会的主要矛盾时,也只聚焦黑人与白人之间的问题。奇卡诺人所遭受的剥削和压迫只有在他们和黑人一样举行"奇卡诺起义"(1971年)时,他们的困境才终于引起了社会的关注。

总之,近一个多世纪以来,奇卡诺劳工与他们的家人,在美国的经济发展中付出的艰辛,撑起了美国的工业产品加工业、农业、矿业、石油开采、铁路修建与家政服务业。同时由墨西哥社区发起的各种慈善活动也为美国文化和公共政策的民主化做出了贡献。奇卡诺人的历史,是白人美帝

---

① 引自 Gilbert G. Gonzalez & Raul A. Fernandez, *A Century of Chicano History: Empire, Nations, and Migration*, New York and London: Routledge, 2003, p.79.

② Gilbert G. Gonzalez & Raul A. Fernandez, *A Century of Chicano History: Empire, Nations, and Migration*, New York and London: Routledge, 2003, p.80.

国资本主义的发迹史,是族裔群体遭受迫害的历史,是族裔人反迫害争权益与公平正义的历史,是族裔文化保留战及文化发展与振兴的历史。奇卡诺女性文学的兴起与繁荣是对不公平、缺乏正义的美帝国主义的殖民与霸权思想的批判和对族裔历史与文化的书写与发扬。没有奇卡诺人的辛勤劳作与贡献,就不可能有今天美国的繁荣与发展。

(二) 奇卡诺运动中的奇卡娜人:觉醒者

在奇卡诺族裔的发展和奇卡诺社区建设的过程中,作为男性主导的家庭中不可或缺的成员,奇卡诺族裔女性的地位未曾引起男性和社会的关注。而她们所受的压迫和迫害具有多重性,在自己的母国文化里,她们的天职就是伺候丈夫和孩子,承担家务,忍受孤独、寂寞与贫穷。移民到了美国后,她们被认为是没有本民族文化的女性。"这些沉默的受害者不断地被抓住、挤压、旋转、拉伸、喷吐、再旋转、拉长、抽出、受凉、烧制等。"[1]

以贡萨雷斯、帕雷迪斯、阿纳亚等为代表的奇卡诺族裔男性作家发起了复兴奇卡诺民族的文学运动,他们的创作主题是"对农村农民工和城市贫民窟里受压迫的人的呐喊"[2]。在塔图姆(Tatum)所著的《奇卡诺文学》(1980)一书中,关于奇卡娜人的创作只在全书末尾以极小的篇幅被简略地提及。奇卡诺族裔男性作家在奇卡诺运动和创作主题中对同族女性的忽视,引起了女性,特别是女性知识分子的不满和抗议,因为她们发现自己在运动中处于无社会地位的边缘,是权利的隐形人。而在现实的家庭生活和奇卡诺运动中,如诗人朵琳达·莫热诺所说,她们是"生命的给予者,奇卡诺家庭里和奇卡诺运动中的持续力量"[3]。

(三) 奇卡娜人的声音:奇卡娜女权主义

虽然有证据表明奇卡娜女权主义思想可以追溯到 19 世纪中叶,但真正的奇卡娜女权主义运动是伴随着 20 世纪六七十年代的奇卡诺运动而兴起的,因为在与奇卡诺族裔男性一起为平等权益抗争时,奇卡娜人发现自

---

[1] Juan Bruce-Novoa, "The Other Voice of Silence", in Joseph Sommers & Tomas YBarra-Frausto, eds., *Modern Chicano Writers*, Englewood Cliffs, N. Y.: Prentice-Hall Inc., 1979, pp. 133-140.

[2] Charles M, Tatum, "Preface", in *Chicano Literature*, Boston: Twayne Publishers, 1981, p. iii.

[3] Charles M. Tatum, *Chicano Literature*, Boston: Twayne Publishers, 1981, p. 162.

己的家庭和社会地位依然没有得到任何改善。这种现状使她们对自己的家庭和社会地位产生了强烈的不满。当奇卡诺运动使得奇卡诺家庭结构发生巨大的变化时，女性开始对自己被强制性规定的家庭地位和在奇卡诺民族运动中的地位产生了怀疑。[①] 奇卡娜人在参加了1969年的"奇卡诺青年解放大会"后，开始与主导运动话语权的男性展开对话，以此来解决女性所关心的问题。以安扎尔多瓦为首的奇卡娜人从此掀起了奇卡娜女权主义运动（Chicana Feminist Movement）。

当白人女权主义运动处于高潮时，奇卡娜人也努力成为其中的一部分。后者也于1970年成立了自己的组织"全国女性墨西哥人委员会"（Comisión Femenil Mexicana Nacional），并于第二年在休斯敦市召开了首次全国会议。她们的中心任务便是重写曾经阻碍她们获得性主动权和母性主动地位的女神原型——瓜达卢佩女神（La Guadalupe）、哭泣女神（La Llorola）和马林奇（Malinche）。在此之前，母性与母女关系往往被描述成负面的，这促使奇卡娜女权主义者致力于对母亲形象的修正，而这一修正成为当代奇卡娜女权主义作家们写作的一个要素。理解了这种从传统的表达到女权主义思想的重写的转变，大家就可以看到母亲—女儿关系动态化所受到的影响。了解到这种二元的复杂变化后，奇卡娜作家们在作品中努力创造母女关系的复杂性。对三位女神形象的改造，实质上是对母性关系的象征性重构。因为只有重塑了她们文化里固有的先祖母性形象，她们才能重构属于自己的母性关系。通过挑战父权制社会的代表，奇卡娜作家们重构了她们作为这些神话母亲的象征性女儿与男性的关系。[②] 奇卡娜女权主义者拒绝墨西哥裔美国女性的传统附属地位，也主张将堕胎和计划生育合法化以破除女性作为生产机器的传统，将女性视为男性附庸的奇卡诺文化不能再被浪漫化。[③] 她们以此为奇卡娜解放运动的基础，坚决反对族裔内部和外部对她们的一切不平等对待。

[①] Alma M. Garcia, "The Development of Chicana Feminist Discourse, 1970-1980", *Gender and Society*, Vol. 3, No. 2, June 1989.

[②] Cristina Herrera, *Contemporary Chicana Literature: Rewriting the Maternal Script*, Amherst, New York: Cambria Press, 2014, p. 7.

[③] Danise Segura & Beatriz Pesquera, "Beyond Indifference and Antipathy: The Chicana Movement and Chicana Feminist Discourse", *Aztlan: A Journal of Chicano Studies*, Vol. 19, No. 2, August 1992.

"奇卡诺"曾被用来贬损那些贫穷、无技能和无知的墨西哥人。美国媒体大肆宣扬奇卡诺人都来自墨西哥这个腐败国家，所有的墨西哥移民都是罪犯、小偷和不道德的人，以此将墨西哥人污名化。奇卡娜知识分子意识到了她们所面临的特殊问题，觉醒后奋起反抗，用创作作为武器，为自己的身份和权益进行抗争。她们主张同族男女平等，反对家暴、性别歧视与同性恋取向的歧视。

以安扎尔多瓦和莫拉加为代表的知识分子从20世纪80年代开始大规模地出版诗歌和小说等来反抗男权压迫和主流社会的歧视与迫害。这引起了奇卡诺男性和美国主流社会的关注。随着奇卡诺运动发展起来的奇卡娜女权主义运动催生了大批奇卡诺女性作家，她们以诗歌、散文、故事、自传、神话等形式开始了本民族女性文学的创作。

在奇卡诺运动中成长起来的奇卡诺族裔女性文学家在她们的创作中主张奇卡娜人专门研究和书写奇卡娜人自己的问题：人种歧视、身份问题、族裔歧视、阶级歧视、性别歧视、边疆生活等。而这些问题并没有因时间的流逝而得到解决，今天的奇卡诺/娜人尽管被定义为父母为拉丁美洲裔移民的美国公民，但他们拥有两个世界，第一个和他们更熟悉，是他们家庭的来源国，他们仍然保留他们母国的宗教、语言和文化；第二个是美国文化，奇卡诺/娜人已经适应了美国文化，并使用英语语言，遵循英语文化。然而，他们被两种文化污名化，人们相信他们属于出生国而非原籍国。他们被夹在两个世界和两种文化中，形成了一种新文化——边疆文化，他们以此来帮助自己适应这种夹在两个世界的生活，这也就是安扎尔多瓦所提出的族裔跨界。

二 当代奇卡娜小说的发展与繁荣

随着奇卡诺运动和随之产生的奇卡诺文学的发展，奇卡娜小说的创作在20世纪80年代迅速崛起，并成为美国族裔文学，乃至美国文学不可忽视的一部分。

（一）当代奇卡娜小说的缘起

20世纪80年代，紧随奇卡诺运动的奇卡娜女权主义运动方兴未艾。因经济生活的改善，大量的奇卡娜人接受了高等教育，她们之中涌现出大批知识分子。在此背景下，奇卡娜作家开始使用英语进行创作，这使其读者圈迅速扩大。由于诗歌的局限性等因素，当奇卡诺女性面临的社会问题越来越复杂的时候,她们的创作追随奇卡诺男性作家成功的足迹,在形式上,从小众诗歌转向了长篇小说;在语言上,从西班牙语转向了英语夹杂西班牙语,以示其族裔女性所面临的特殊的环境和特殊的问题。正如亨利·菲尔丁在他的巨著《汤姆·琼斯》的引言中所说,当诗歌和短篇故事不足以表达自己的经历与感受以及社会的复杂性时,文学创作者就会以长篇小说来叙述一切。[①] 下面将对奇卡娜小说产生的主要原因进行分析。

1. 奇卡诺运动及同族男性创作的影响

奇卡诺文学缘起于美国西南部的墨西哥裔美国人的历史。从16世纪早期开始,西班牙殖民统治者占据了现在的墨西哥和美国西南部地区。他们在当地土著居民中推行罗马天主教,把西班牙语规定为当地的官方语言。在殖民过程中西班牙文化与当地印第安文化开始融合,西班牙定居者和印第安人通婚,他们的后代形成了新混血民族,即现在的奇卡诺民族。故此,奇卡诺民族生而具有杂糅特征。1821年,墨西哥宣布独立,这个新的墨西哥国家包含了现在的墨西哥和美国西南部诸州的大片领土。然而,1846年"墨西哥战争"爆发。1848年美墨签订《瓜达卢佩协定》,墨西哥将其最北部的领土,即现在的美国西南部诸州,割让给美国。这一变故使得世代居住在那里的墨西哥裔居民一夜之间在自己的土地上变成了外国人。他们自此生活在政治与文化的夹缝当中:一方面,他们受到统治者的种族压迫,被禁止使用西班牙语;另一方面,他们又感到被母国墨西哥抛弃。因为自己的土地被迫卖给了白人,他们成了无根的混血族群。在文化上,一方面他们自豪于印第安先祖的灿烂文化和西班牙先祖强大的海洋文化,对盎撒海盗文化不屑一顾;另一方面,他们的母国将他们出卖,使他们没有了归宿,因此,他们对母国的文化也产生了深刻的怀疑。

随着美国西南部现代农业的发展,生活在现实屈辱中的第一代奇卡诺人最后大多成为流动的农民工,受尽了白人的压迫、剥削与种族歧视。墨西哥1910年的内战迫使许多墨西哥人(包括知识分子在内)逃离母国前往美国生活,这些原本生活优渥的人抵达美国后沦为第一代墨西哥裔美国穷人,他们大多聚居在洛杉矶、芝加哥等大城市的贫民区,经历了生活大起大落的他们在创作中不断地回忆母国的生活。二战开始后,由于缺乏兵

---

① 引自 Charles W. Eliot, "General Introduction to the Harvard Classics Shelf of Fiction", in Henry Fielding, *The History of Tom Jones, the Foundling*, Bartleby.com Inco., 2001, retrieved 4-2-2019, https://www.doc88.com/p-6951871633350.html。

力和劳动力，美国在墨西哥招募了大量的士兵和临时工人，其中士兵在战争结束后拥有了美国公民身份，而许多农民工永远留在了美国。他们地位低下，生活贫困，和早期的墨西哥裔美国人一同被排除在美国主流社会以外。之后，"奇卡诺"一词越来越多地用来称呼那些刚到美国的墨西哥移民，这一时期该词带有明显的歧视意味。

20世纪60年代的黑人民权运动鼓舞了墨西哥裔美国人，他们也发动了一场旨在夺回自己失去的土地和争取平等权利的社会运动，即"奇卡诺运动"。这时的"奇卡诺"不再是对墨西哥裔美国人的贬称，而是成为他们身份认同和民族自豪的象征。从此，"奇卡诺"一词在美国主流社会中被提及时，不再让墨西哥裔美国人感到屈辱，奇卡诺文学也成了美国文学的重要组成部分。

美国文学批评界普遍认为，迄今为止，奇卡诺文学的发展经历了两个阶段：第一阶段是20世纪六七十年代，第二阶段则从20世纪80年代持续至今。两个时期有着各自的历史背景和特点。

第一阶段是奇卡诺文学的形成到初步繁荣时期。这个时期的创作基本上由男性作家主宰。因为受到奇卡诺运动的影响，民族主义带来的自豪感和归属感是奇卡诺文学作品的显著特征。在这一时期，墨西哥文化的精髓和墨西哥裔人的生活状态在大量的文学作品中被反映出来。

20世纪60年代末至70年代，奇卡诺文学的先驱人物包括琼斯·安东尼奥·维拉利尔（Jose Antonio Villarreal）、阿美利克·帕拉迪斯（Americo Paredes）和鲁道尔夫·阿纳亚（Rudolfo Anaya），他们的作品体现了这一时期的特征。维拉利尔在1974年发表了一部关于墨西哥革命的小说《第五名骑手：一部墨西哥革命的小说》（*The Fifth Horseman: A Novel of the Mexican Revolution*），主人公赫拉克里奥·伊奈斯是一个与众不同，勇敢而又叛逆，带有特殊使命降生于世的人物。维拉利尔在小说中把墨西哥裔传说中的命运观念和大丈夫气概进行艺术化的创作，充分体现了土著"太阳族"的民族意识。从20世纪50年代开始，帕拉迪斯就对墨西哥裔的民歌、民谣、民间传说和神话的原型进行了深入的研究。帕拉迪斯编选的《墨西哥民间故事》（*Folktales of Mexico*, 1970）和《下边界德克萨斯墨西哥裔民歌选》（*A Texas Mexican Cancionero Folksongs of the Lower Border*, 1976）全面归纳了墨西哥民族文化的精髓，为后来的奇卡诺作家的创作提供了丰富的资源。有"奇卡诺文学教父"之称的鲁道尔夫·阿纳亚在这一时期文学作品的选材大多是其故乡新墨西哥州帕斯图拉小镇上流传的墨西哥民间故事和传说。在主流文化中少见的具有印第安特色的巫医、神婆、接生婆等的乌尔蒂玛形象，以及游牧海洋部落和农耕月亮部落的联姻与矛盾，给他的作品烙上了奇卡诺的印记。他在这一阶段创作了大量著名的作品，如《保佑我，乌尔蒂玛》（Bless Me, Ultima, 1972）、《阿兹特兰之心》（Heart of Aztlan, 1976）和《乌龟》（Tortuga, 1979）等。

到20世纪80年代，民族主义的呼声相较于60年代有所减弱。美国文化界以多元文化的共同发展为标志。这个时期的奇卡诺研究进入全面繁荣时期：对奇卡诺的研究已突破了政治与历史领域，拓展到文学、语言、美术、电影、音乐、舞蹈等多个领域。被学术界称为"第二代"或者"80年代人"的奇卡诺文学批评家有玛努尔·赫尔南德斯（Manuel Hernandez）、拉蒙·萨尔第瓦尔（Ramon Saldivar）、嘉勒莫·赫南德斯（Galemore Hernandez）等，这些奇卡诺文学批评家把欧美当代的文学批评理论应用于奇卡诺文学的研究中。

他们的研究促进了奇卡诺文学在20世纪80年代的全面繁荣，特别是奇卡娜文学的飞速发展。和阿纳亚挖掘已经消失的土著阿兹特克王国的古老文化一样，以安扎尔多瓦为代表的奇卡娜作家，挖掘有关土著女神的神话，解构神话故事，并重新建构女神形象，将奇卡诺人的历史、现实与未来以想象和真实的书写方式连接起来，以此展现种族跨界女性辉煌的过去、苦难和奋斗的现在以及美好的未来。她们继承了早期奇卡诺族裔男性作家的创作风格，书写美国西南部的奇卡娜人生活的地理环境和人文环境及这些环境的变迁在家庭和社会层面对种族跨界女性产生的影响。

2. 奇卡娜女权主义运动的影响

与黑人民权运动一道兴起的美国白人女权运动深刻地影响了沉默的奇卡娜人，造就了一批奇卡娜作家。由奇卡娜人创作的文学是自20世纪60年代民权运动兴起以来的美国族裔女性文学的重要组成部分。她们的创作始于20世纪70年代的诗歌，兴盛于90年代的小说至今。她们通过文学主题、意象和风格形成了自己独特的族裔女性/种族的声音。奇卡诺民族的传统文化元素成为女性主义声音强有力的表达，它替代了传统的父权制下的墨西哥文化价值观的表述。她们的创作基于对白人女权主义和种族主义的历史关系的重新评价，对主流女性主义进行了尖锐的批评。贝尔·胡克斯（bell hooks）认为，"盎格鲁美国女权主义在历史上曾经为了给白人女性在社会和政治制度中争得一席之地而努力抗争。而获得了权益的白人女性对族裔女性平等权益的追求采取了压迫者的态度"①。安吉拉·Y.戴维斯（Angela Y. Davis）在她的《女性、种族和阶级》（*Women, Race and Class*）一书中指出，像伊丽莎白·凯迪·斯坦顿那样的参政白人女性曾反对废奴制，认为黑人男性就不应该比白人女性先赋予选举权。② 曾经"将族裔女性排除在民权运动和白人女权主义运动之外的类似行为在重新定义美国社会里的权力关系的今天仍然风行"③。

为了获得与男性同等的权益，自由女性主义者提出了令人困扰的问题：不是所有的男性在社会上都享有平等。贝尔·胡克斯认为，美国社会还存在这样一个事实：虽然不同的族裔人从机会均等和平权行动中获得了权益，但是美国制度化的种族主义、阶级主义和男性至上观却强化了压迫。自由女性主义未能对这种问题发起挑战。即使女权主义领袖贝蒂·弗里丹坚持认为女性的自由必须包括家庭之外的有偿工作，许多有色人种女性仍然处于受剥削和非人性化的工作状态。胡克斯认为"无论男女，低工资不是在解放穷人"④。与之相关的是，女性主义所倡导的"职业主义"往往是以高昂的文化代价换来的。⑤ 仅仅让女性进入权力和有威望的位置，而不改变现有的社会经济体系，其后果是加剧了大多数族裔女性的贫困。⑥ 女权主义者撇开包括种族主义和阶级主义在内的压迫体系去孤立地探讨性别歧视的行为异化了解放斗争中的工人阶层妇女和有色人种妇女。通过"聚焦阶级和种族之间的关系，族裔女性作家的文学理论和文

---

① bell hooks, *Ain't I a Woman?*, Boston: South End Press, 1981, p. 97.

② Deborah L. Madsen, *Understanding Contemporary Chicana Literature*, Columbia, SC: University of South Carolina Press, 2000, pp. 1-2.

③ Deborah L. Madsen, *Understanding Contemporary Chicana Literature*, Columbia, SC: University of South Carolina Press, 2000, p. 2.

④ Deborah L. Madsen, *Understanding Contemporary Chicana Literature*, Columbia, SC: University of South Carolina Press, 2000, p. 2.

⑤ Deborah L. Madsen, *Understanding Contemporary Chicana Literature*, Columbia, SC: University of South Carolina Press, 2000, p. 2.

⑥ Deborah L. Madsen, *Understanding Contemporary Chicana Literature*, Columbia, SC: University of South Carolina Press, 2000, p. 2.

学作品产生了一种亲密的共生关系,它们彼此支撑、哺育与推动"[①]。

这种种族化的理论解决了有色人种女性作为"他者"的问题,即通过反抗来重新定义权力、主流和建制派。有色人种女性明显处于社会边缘地位的这一事实催生了一系列独特的女权主义话题:黑人女权主义、奇卡诺女权主义、土著人女权主义和亚裔女权主义。每一个族裔女性的创作都形成了自己的视角,探讨男性通过性行为对女性进行的压迫,因为每个族裔所经历的种族主义压迫都不一样。在美国,几乎每个族群在种族化的社区里都经历了与众不同的种族主义歧视,黑人经历了奴隶制的苦难,土著人遭遇了征服与财产被剥夺的困境,亚裔人面临对移民迫害的问题,奇卡诺人则经历了被兼并与《瓜达卢佩条约》带来的羞辱。

此外,性别歧视的阴影同样笼罩在女性之上,其表现形式又因族裔和民族宗教身份的不同而千差万别。黑人女性可能遭受新教派基督教内部的偏见与不公;土著女性则可能在其传统宗教文化中遭遇性别歧视的束缚;亚裔女性可能在面对东方儒教文化背景下对女性角色的刻板印象与限制;而奇卡诺族裔的女性,则可能在天主教社群中感受到别样的性别压迫。值得一提的是,奇卡诺女性在文化上的反抗最为强烈。当奇卡诺男性专门创造词语"macho"来表达"男子汉气概"和"machismo"来表达大男子主义时,奇卡娜女权主义者则针锋相对地提出了"macha"来表达"女汉子气质",甚至提出了表达自己思想的"奇卡娜女权主义"(Chicanisma)。为了获得与奇卡诺男性同样的权益,她们还将自己发动的女权运动命名为"奇卡娜运动"(Chicana Movement),以此表明女性解放自己的行动并非男性发动的"奇卡诺运动"的一部分。

研究者对有色人种女性边缘化的关注包含"双重意识":自我意识(self-consciousness)和其他种族主义者强加的刻板印象(stereotype)。在种族与性别上,个人真实性的确定和分析在奇卡娜作家构建奇卡娜的声音的过程中得以表达。"双重意识"或者说双重污名化描述了奇卡诺女性作为女人和族裔成员所遭受压迫的经历。当有色人种中的女性作家处理她们和白人女权主义者之间的问题时,她们也揭示了同样的机制。为有色人种

[①] Deborah L. Madsen, *Understanding Contemporary Chicana Literature*, Columbia, SC: University of South Carolina Press, 2000, pp. 2-3.

女性构建女权主义声音，涉及一系列深刻问题的探讨：如何以一种能够被自己种族群体外的白人女性和男性认真倾听的方式说话？如何从一个不可信的文化立场说话？当既定的文学形式被设计来表达男性（有色人种和白人）和白人女性的生活和思想时，如何写作？奇卡诺女性作家对这些问题的回应是通过重新发现早期的说话方式（土著文化），并挑战各种表现形式之间的既有界限，来寻求建构或重建少数民族妇女的文学传统。

3. 后现代主义创作思潮的影响

在奇卡娜文学兴起之前，西方社会的文学思潮中多元创作方法早已盛行。后结构主义理论的雅克·拉康（Jacques Lacan）的"镜子"理论、朱莉亚·克莉丝蒂娃（Julia Kristeva）的符号学理论等的心理分析，解构主义理论的雅克·德里达（Jacques Derrida）的语言解构主义理论，米歇尔·福柯（Michel Foucault）的权力阐释[1]，后现代主义里的后现代女性主义理论家帕特里西亚·沃（Patricia Waugh）等的非本质主义理论[2]，以及埃德华·萨义德（Edward Said）、加亚特里·查克拉沃提·斯皮瓦克（Gayatri Chakravorty Spivak）和霍米·巴巴（Homi Bhabha）的后殖民主义理论和斯图亚特·霍尔（Stuart Hall）的文化杂糅理论[3]，还有20世纪70年代的同性恋解放运动和福柯的酷儿理论，共同组成了万花筒式的后现代主义创作理论体系，对奇卡娜小说的创作主题和方式产生了深远的影响。

奇卡娜小说的创作主题关注奇卡娜人自身的问题，如身份的困惑、社会地位、个人的经济独立和权益等，同时也触及了美国拉丁裔女性的问题以及全球女性的权益问题。她们的创作方式一方面继承了主流社会作家的传统；另一方面充分发挥自己的想象，创造了新的文体，开辟了新的文学天地，形成了自己的文学理论思想——族裔跨界理论。

总的来说，奇卡娜小说的创作正是源于主流社会文学理论与奇卡娜人深厚土著文化的深度融合与碰撞。

---

[1] 引自 Raman Selden, Peter Widdowson & Peter Brooker, *A Reader's Guide to Contemporary Literary Theory*, Beijing: Foreign Language Teaching and Research Press, 2002, pp. 161-186。

[2] Raman Selden, Peter Widdowson & Peter Brooker, *A Reader's Guide to Contemporary Literary Theory*, Beijing: Foreign Language Teaching and Research Press, 2002, pp. 213-214.

[3] Raman Selden, Peter Widdowson & Peter Brooker, *A Reader's Guide to Contemporary Literary Theory*, Beijing: Foreign Language Teaching and Research Press, 2002, pp. 223-231.

4. 奇卡娜英语小说阅读圈的扩大

奇卡娜小说得以迅速发展的另一重要因素要归功于奇卡娜作家（在创作语言上）审时度势的转变。

在奇卡娜运动之前，奇卡娜文学早已出现，但都以受众较少的西班牙语创作，其形式基本上是对过去在母国墨西哥的美好生活的回忆录、民谣和故事。

受奇卡娜女权主义思想的影响，奇卡娜小说作家意识到她们必须以主流社会的语言——英语为载体，来描写她们的现实生活，而且要以主流社会能够读懂的方式来进行创作。在奇卡娜小说创作的语言转变中，她们记录了边疆居民的生活语言，一种融合了西班牙语、英语、土著语以及这些语言混合而成的口语（如西班牙语与英语的混合语、土著语与西班牙语的混合语）和边疆地方方言的复杂语言体系，这种语言体系被称为卡罗语（Caló）。随着时间的推移与交流的增多，奇卡娜文学作品里所记录的语言逐渐成为反映奇卡诺族裔语言发展史的重要载体，也就是说，读她们的小说就像是读奇卡诺族裔杂糅语言的发展史。

可以说，从母语西班牙语的写作转变为英语夹杂西班牙语的混合语言写作，奇卡娜作家颠覆了族裔传统的文学表达形式。当安扎尔多瓦在创作中大量使用西班牙语和英语的混合语撰写她的《边疆》时，西斯内罗斯和卡斯蒂略等小说家以英语为主，偶尔夹杂西班牙语，创造了许多畅销于白人主流社会的带有鲜明奇卡娜色彩的经典小说。她们描绘的有色混血女性在美国主流社会的经历赢得了白人主流社会乃至世界的一致好评。仅《芒果街上的房子》（*The House on Mango Sureet*，1983）一书就被翻译成了多国文字，中文版由潘帕翻译（译作《芒果街上的小屋》），并于2006年由译林出版社出版。

总之，奇卡娜作家从使用西班牙语到以英语为主进行小说创作的转变，为奇卡诺文学获得白人主流社会以及其他民族和国家的认可起到了决定性作用。她们小说创作的繁荣表现在作家群体的涌现、主题的丰富性和创作方式的多样性上。

（二）奇卡娜作家和她们的经典著作

奇卡娜文学指的是墨西哥裔美国女性的文学。她们经常探索身份、种族、性别和阶级的主题，并反映了生活在美国的墨西哥裔美国女性的独特经历。她们的作品助力发动了一场奇卡诺女性运动，表达了数千名墨西哥裔美国女性的经历。在短短的四十多年里，她们异军突起，形成了庞大的奇卡娜文学力量，创作了大量反映奇卡娜人的生存状态、心理状态、个人磨难以及与命运和男权社会抗争的诗歌、小说、论文、戏剧、散文及族裔文学理论。其中许多小说已经成为美国文学经典。下面是具有代表性的八位奇卡娜作家和她们的著作。

1. 格洛丽亚·E. 安扎尔多瓦

格洛丽亚·E. 安扎尔多瓦（1942—2004）是"一位奇卡娜作家、族裔理论家、诗人和女权主义活动家"[1]。她在得克萨斯大学泛美分校（现在的德克萨斯大学格兰德谷分校）获得学士学位，在德克萨斯大学奥斯汀分校获得英语硕士学位。她的诗歌和散文探索了处在文化和集体身份边缘的奇卡娜人的愤怒和孤立。她的著作《边疆》和混合体作品《普列塔》（"La Prieta"，1981）被认为是文化、女权主义和酷儿理论的开创性之作。安扎尔多瓦与切里·莫拉加（Cherie Moraga）共同编辑了具有里程碑意义的选集《这座桥叫"我的背"：激进的有色人种女性作品集》（*This Bridge Called My Back: Writings by Radical Women of Color*，1981，以下简称《这座桥叫"我的背"》）。她还编辑了《打造面孔，打造灵魂：有色女性主义者之创见及批评》（*Making Face Making Soul/Haciendo Caras: Creative and Critical Perspectives of Feminists of Color*，1990）。她的遗著《黑暗中的光：身份、灵性与现实的重写》（*Light in the Dark/Luz en lo Oscuro: Rewriting Identity, Spirituality, Reality*）（以下简称《黑暗中的光》）于 2015 年由基廷（Keating）编辑出版。她还创作了几本诗集、非虚构类作品和儿童小说类作品。因她出生在得克萨斯州南部，她的著作经常探索墨西哥裔美国人以及生活在美墨国边境上的其他边缘化社区的经历。安扎尔多瓦的作品还关注了身份、语言和文化杂糅等问题。她获奖颇多。《这座桥叫"我的背"》获得了前哥伦布基金会美国图书奖（1986）；《边疆》被《图书馆杂志》评为 1987 年 38 本最佳书籍之一，并被《饥饿心灵评论》评为 20 世纪 100 本最佳书籍；《打造面孔，打造灵魂：有色女性主义者之创见及批评》获得了 Lambda 女同性恋小型图书出版社奖（1991）；2012

---

[1] Poetry Foundation，"Gloria E. Anzaldúa"，2023，retrieved 2-12-2023，https：//www.poetryfoundation.org/poets/gloria-e-anzaldúa.

年，她被平等论坛评为31位LGBT月度偶像之一①。作为第一个为女性权益发声的奇卡诺族裔女性知识分子，她是奇卡诺运动中有力的声音。她的作品仍然是当代女权主义和种族问题研究的一股有影响的力量。关于她的更翔实的内容将在第二章叙述。

2. 阿尔玛·卢兹·维拉纽瓦

阿尔玛·卢兹·维拉纽瓦（Alma Luz Villanueva, 1944- ）②，墨西哥裔美国小说家和诗人，出生于加利福尼亚州的隆波克。她在旧金山的教会区长大，一直和墨西哥籍的土著雅基族外祖母一起生活，直到11岁。她在十年级辍学，生下了第一个孩子，之后在17岁时又生下了第二个孩子。她曾在旧金山一个混乱的公共廉租房里靠福利金生活，并嫁给了一个非常暴力的男人。她在传记中这样写道："我生命中的那段时间是一部早期的戏剧，生存都是一个相当大的挑战。所以我从13岁到26岁没有写任何东西，因为我一直在为生存而挣扎。"③维拉纽瓦在旧金山城市学院和诺维奇大学完成了高等教育，1984年从佛蒙特学院毕业并获得了美术专业硕士学位。她曾在卡布里洛学院（Cabrillo College）、加利福尼亚州立大学欧文分校（University of California at Irvine）、斯坦福大学、旧金山州立大学（San Francisco State College）和加利福尼亚州立大学圣克鲁兹分校（The University of California at Santa Cruz）担任驻校作家。她目前住在墨西哥的圣·米格尔·德阿连德（San Miguel de Allende），并在洛杉矶安提阿大学（Antioch University, Los Angeles）教授研究生创意写作课程。她的早期作品包括获得1989年前哥伦布基金会颁发的美国图书奖《紫色天空》（*The Ultraviolet Sky*, 1988），以及《哭泣的女人：拉洛罗娜和其他故事》（*Weeping Women: La Llorona and Other Stories*, 1994）。《紫色天空》是一部女权主义小说，被收录到由艾丽卡·杰西·鲍迈斯特和霍莉·史密斯编辑的《500本伟大女性之书：读者指南》中。这部小说在美国和国外都被用作教科书。维拉纽瓦的第二部小说《女人花》（*Naked Ladies*,

---

① Literary Ladies Guide, "Gloria E. Anzaldúa, Poet & Feminist Theorist", retrieved 6-10-2023, https://www.literaryladiesguide.com/author-biography/gloria-e-anzaldúa/.

② Voices from the Gaps, "Alma Luz Villanueva Biography", https://conservancy.umn.edu/bitstream/handle/11299/166346/Villanueva,%20Alma%20Luz.pdf; sequence=1.

③ Alma Luz Villanueva, "Alma Luz Villanueva", retrieved 2-14-2022, www.almaluzvillanueva.com.

1994)全面地反映了现实生活的复杂性和二元对立。在《哭泣的女人：拉洛罗娜和其他故事》中，维拉纽瓦讲述了女性存在的痛苦。性议题的文学再现始终交织着普遍性与争议性双重特质。该故事集通过毒品滥用、性交易等社会禁忌叙事，聚焦女性性经验建构中的创伤性内核——童年期性暴力（含虐待、乱伦）与制度化性剥削（如结构性卖淫）形成互文系统。这种创伤的代际传递机制，通过认知暴力重构了青年群体的性伦理范式。由此，维拉纽瓦说明了社会性疾病如何能持续存在。《露娜的加利福尼亚罂粟花》（*Luna's California Poppies*，2002）采用日记的形式，讲述女主人公露娜·卢兹·维拉洛博斯经历了生活的许多考验，包括遗弃和种族主义带来的困扰。维拉纽瓦的小说没有复杂人物及其关系的陷阱。她还创作了大量的诗歌，如《血之根》（*Blood Root*，1977）、《婊子》（*La Chingada*，1985）、《欲望》（*Desire*，1998）、《生活》（*Vida*，2002）、《温柔的混沌》（*Soft Chaos*，2009）和《谢谢》（*Gracious*，2012）等，其中以"亲爱的世界"为题发表的诗歌，对美国政府对外发动的所有战争进行了尖锐的批评与讽刺。维拉纽瓦创作的吸引力在于主题的普遍性，适合所有读者，不论种族或性别。这对身份、种族、性别和性取向的探索以及对女性完整性的追求具有重大意义。

3. 丹尼斯·查维斯

丹尼斯·查维斯（Denise Chávez，1948— ），墨西哥裔美国作家、剧作家和非小说类作家，出生于新墨西哥州拉斯克鲁塞斯的一个墨西哥裔美国家庭。她在8岁的时候写了自己的第一个故事，是关于她房子外面的一棵柳树。[1] 她在天主教学校学习了12年，毕业于梅西拉的麦当娜高中。在高中时，她获得了全额奖学金，在新墨西哥州立大学（NMSU）学习戏剧。她于1971年获得学士学位，后于1974年在三一大学获得戏剧硕士学位。在上大学时，她开始写戏剧作品。后来，她进入了新墨西哥大学（UNM）的艺术专业，并于1984年获得了创意写作硕士学位。查维斯也是新墨西哥州拉斯克鲁塞斯市边境图书节的创始人和主任。她的主要著作有小说《最后的订餐女孩》（*the last of the menu girls*，1986）、《天使的脸》（*Face of an Angel*，1994）、《爱上佩德罗王子》（*Loving Pedro Infante*，

---

[1] Voices from the Gaps, "Denise Chávez", University of Minnesota, retrieved 8-10-2019, https://conservancy.umn.edu/bitstream/handle/11299/166117/chavez,%20denise.pdf.

2001)、《墨西哥玉米卷的证词：对家庭、食物和文化、新河流的沉思》（*A Taco Testimony: Meditations on Family, Food and Culture, Rio Nuevo*, 2006) 和《不安的国王和王后》（*The King and Queen of Comezón*, 2014）。她还创作了戏剧《生手》（*Novitiates*, 1971）、《飞翔的玉米饼人》（*The Flying Tortilla Man*, 1975）、《雨天的滑铁卢》（*Rainy Day Waterloo*, 1976）、《第三道门》（*The Third Door*, 1978）、《是，有小旅馆》（*Sí, Hay Posada*, 1980）、《绿色麦当娜》（*The Green Madonna*, 1982）、《拉莫雷尼塔》（*La Morenita*, 1983）、《瘟疫时代》（*Plague-Time*, 1984）、《第九次叙事》（*Novena Narrativas*, 1986）和《灵视的语言》（*Language of Vision*, 1987）。她获得了洛克菲勒戏剧创作奖学金（1985）、美国图书奖（1995）、新墨西哥州州长文学奖（1995）和西班牙裔遗产文学奖（2003）。她在2016年获得了新墨西哥大学颁发的终身成就奖和保罗·巴特利特和平奖。查维斯笔下的风景充满南方情调，女主人公满怀梦想，对生活充满信心，寻找人生的真谛。她作品中的奇卡诺精神体现为对现实的乐观与肯定的态度。她以探索奇卡娜人的经历以及身份、文化和家庭的复杂性而闻名。

4. 卡门·塔夫拉

卡门·塔夫拉（Carmen Tafolla, 1951- ），"墨西哥裔美国作家、诗人、表演艺术家、励志演说家和教育家"①，其作品是美国最重要的墨西哥裔美国人的文学声音之一。她出生于得克萨斯州的圣安东尼奥市，那里的老师对墨西哥裔学生的刻板印象导致后者每天都被搜身。她的初中校长告诉她，她只有上到高中的潜能。但实际上，她获得了德克萨斯大学双语教育博士学位以及奥斯汀学院的学士、硕士学位和文学荣誉博士学位，成了德克萨斯大学圣安东尼奥分校的儿童文学教授。1973年，她成为德克萨斯路德学院墨西哥裔美国人研究中心主任，该中心是20世纪七八十年代奇卡诺文学运动的一部分，并于1978年担任双语儿童电视连续剧《微笑》（*Sonrisas*）的首席作家。她一直在西南部的大学和教育研究中心工作。塔夫拉以其对个人和文化肯定的思想影响了世界各地的观众。她著有30多本书，其主要作品有诗歌《卡门·塔夫拉：新诗与诗选》（*Carmen*

---

① Carmen Tafolla, "Carmen Tafolla", 2019, The Official Website of Carmen Tafolla, retrieved 5-20-2022. https://www.carmentafolla.net/.

Tafolla: New & Selected Poems, 2018)、《这里的河：圣安东尼奥的诗》(This River Here: Poems of San Antonio, 2014)、《披肩》(Rebozos, 2012)、《女民间医师》(Curandera, 2012)、《玉米粉蒸肉，黄鼠狼和文明的意义》(Tamales, Comadres & The Meaning of Civilization, 2011)、回忆录《跨越国界的生活：一个墨西哥裔美国伙伴的回忆录》(A Life Crossing Borders: Memoir of a Mexican-American Confederate, 2010)、故事集《神圣的玉米饼和一罐豆酱》(The Holy Tortilla and a Pot of Beans, 2008)。她还创作了许多儿童文学作品。在2012—2015年间，她曾连续被评为得克萨斯州桂冠诗人。塔夫拉被《根》的作者亚历克斯·黑利（Alex Haley）称为"世界一流作家"，她获得了许多奖项，其中包括2010年美国国会图书馆颁发的享有盛誉的美洲奖、五项国际拉丁裔图书奖、两项托马斯·里维拉图书奖、三项美国图书协会（ALA）奖、夏洛特·佐洛托奖、和平艺术奖，并因她"为这片土地的人民和文化发声"的工作而受到全美国奇卡娜和奇卡诺研究协会的赞扬。

5. 安娜·卡斯蒂略

安娜·卡斯蒂略（Ana Castillo, 1953- ），"美国奇卡娜诗人、小说家和奇卡娜运动家"[①]，出生于美国伊利诺伊州的芝加哥市。卡斯蒂略曾在东北伊利诺伊大学学习艺术教育并获得本科文凭，在芝加哥大学获得硕士学位，在德国的布莱梅大学获得博士学位。在大学期间，她加入了西班牙裔美国人的艺术、活动家和知识分子圈，助推了奇卡娜女权主义运动。她的主要小说有《米瓦拉信笺》(The Mixquiahuala Letters, 1986, 1992)、《远离上苍》(So Far from God, 1993)、《剥洋葱般剥掉我的爱》(Peel My Love Like an Onion, 1999)、《守护者》(The Guardians, 2007)、《给我》(Give It to Me, 2014)，短篇小说集《情男》(Lover Boys, 1996)，儿童读物《我的女儿、我的儿子、鹰和鸽子》(My Daughter, My Son, the Eagle, the Dove, 2000)。她还有两部戏剧集，《嘘……我有话要告诉你》(Psst…I Have Something to Tell You) 和《我的爱》(Mi Amor, 2005)。她编辑了有关瓜达卢佩圣母的短篇小说选集《美洲女神：关于瓜达卢佩圣母的作品集》(Goddess of Americas: Writings on the Virgin of Guadalupe,

---

① Britannica, "Ana Castillo", 6-11-2022, retrieved 7-20-2022, https://www.britannica.com/biography/Ana-Castillo.

1996），她还与切丽·莫拉加（Cherríe Moraga）合作将《这座桥叫"我的背"》（1988）翻译成西班牙语。她撰写了回忆录《黑鸽子、妈妈、兄弟和我》（*Black Dove：Mamá，Mi'jo and Me*，2016）。她还有诗集《其他诗篇》（*Otro Canto*，1977）、《我的父亲曾是托尔特克人》（*My Father Was a Toltec*，1988）、《邀请函》（*The Invitation*，1979）、《女人不是玫瑰》（*Women Are Not Roses*，1984）等。她曾获得兰姆达奖、国际拉丁图书奖、芝加哥墨西哥美术中心博物馆颁发的索尔·胡安娜成就奖、卡尔·桑德堡奖、山脉和平原书商奖以及国家艺术基金会的小说和诗歌奖。2013年，她获得了美国研究协会格洛丽亚·安扎尔多瓦奖。2015年，她被无党派拉丁裔女性50+（Latina 50 Plus）协会授予文学终身成就奖。[①]

卡斯蒂略的创作从形式到内容都极其丰富，探索了种族、性别和性取向的主题，尤其关注权力问题，体现了典型的奇卡娜女权主义思想。

6. 桑德拉·西斯内罗斯

桑德拉·西斯内罗斯（Sandra Cisneros，1954- ），被誉为"最负盛名的奇卡娜小说家、诗人、和探索工人阶级生活的散文家"[②]。她出生于伊利诺伊州的芝加哥市，在墨西哥裔聚居的贫民窟长大。西斯内罗斯具有美国和墨西哥双重国籍。从芝加哥洛约拉大学毕业后，西斯内罗斯参加了爱荷华大学的作家研讨班。在那里，基于自身墨西哥裔女性的身份背景，她将一个人在陌生文化中的独特经历融入她的创作中，使其成为写作的核心主题。她的创作包括长篇小说《芒果街上的房子》（*The House on Mango Street*，1983），短篇小说集《喊女溪和其他故事》（*Woman Hollering Creek and Other Stories*，1991），半自传体小说《拉拉的褐色披肩》（*Caramelo*，2002）、《你看见玛丽了吗?》（*Have You Seen Marie?*，2012），回忆录《我自己的房子：我的生活中的故事》（*A House of My Own：Stories from My Life*，2015），双语小说《玛蒂塔，我记得你：一个英语和西班牙语故事》（*Martita, I Remember You/Martita, te recuerdo：A Story in English and Spanish*，2021）和儿童故事《头发等于很多毛发》（*Hairs＝Pelitos*，1994）。她还创作了大量的诗歌，如《坏男孩》（*Bad Boys*，1980）、《罗德里戈诗

[①] Poetry Foundation, "Ana Castillo", 2023, retrieved 10-25-2023, https：//www.poetryfoundation.org/poets/ana-castillo.

[②] Sandra Cisneros, "Sandra Cisneros", 2019, retrieved 5-20-2022, http：//sandracisneros.com.

歌》(*The Rodrigo Poems*, 1985)、《我的邪恶、邪恶的方式》(*My Wicked, Wicked Ways*, 1987)、《荡妇》(*Loose Woman*, 1994) 和《无羞耻的女人：诗歌》(*Woman Without Shame: Poems*, 2022) 等。《大不列颠百科全书》评价道："桑德拉·西斯内罗斯，美国短篇小说作家和诗人，以开创性地描绘墨西哥裔美国人在芝加哥的生活而闻名。"① 她获得了众多奖项，其中包括全美教育协会（NEA）诗歌和小说奖、得克萨斯艺术奖、麦克阿瑟奖、笔会/纳博科夫国际文学奖、前总统奥巴马颁发的国家艺术奖章（2015）以及露丝·莉莉诗歌奖（2022）。西斯内罗斯以她独特的奇卡诺族裔女性视角、新颖的体裁和对奇卡诺女性内心世界的深入刻画，成功地塑造了与美国主流文化迥异的具有鲜明奇卡诺特征的女性形象。她与卡斯蒂略和维拉纽瓦并称奇卡娜小说家和诗人三杰。

7. 艾丽西亚·加斯帕·德阿尔巴

艾丽西亚·加斯帕·德阿尔巴（Alicia Gaspar de Alba, 1958- ），诗人、小说家、文化批评家、编辑、激进的女权主义者和行动家，出生于美国边疆城市埃尔帕索（El Paso）并在此完成中学学业。随后，她在新墨西哥大学（University of New Mexico）获得博士学位，并于加利福尼亚大学洛杉矶分校（UCLA）任教，讲授关于边界意识、双语创意写作、奇卡娜同性恋文学和贫民窟流行文化的本科课程，以及关于奇卡娜女权主义理论等研究生课程。她研究的领域涉及奇卡诺族裔、英语语言和性别研究，具体包含"奇卡娜/诺艺术、流行文化、边界研究、性别和性取向、边疆代加工厂谋杀、谋害女性和创意写作"②。她是加利福尼亚大学洛杉矶分校塞萨尔·E. 查维斯分校的创始人和前任教授（2007—2010）。除了在奇卡娜/诺研究方面的工作外，她还于 2013—2019 年担任 LGBTQ 研究项目的主席。她出版了 12 本书，有小说、诗集和学术著作。2008 年，她被授予加利福尼亚州立大学洛杉矶分校金盾学院的学术卓越奖。她关于华雷斯谋杀案的小说《沙漠血：华雷斯谋杀案》(*Desert Blood: The Juarez Murders*, 2005, 以下简称《沙漠血》) 获得了兰姆达（Lambda）文学基金会最佳女同性恋之谜奖（2005）。2012 年她出版了基于清教徒驱巫历史的

---

① Britannica, "Sandra Cisneros", 4-19-2023, retrieved 4-25-2023, https：//www. britannica. com/ biography/Sandra Cisneros.

② "Alicia Gaspar de Alba Biography", 2019, retrieved 6-20-2022, https：//chavez. ucla. edu/person/alicia-gaspar-de-alba/.

小说《女巫的笔迹》(Calligraphy of the Witch)。此外，德阿尔巴的获奖历史小说《胡安娜的第二个梦》(1999)被改编成歌剧《胡安娜》，于2019年秋季在加州大学洛杉矶分校歌剧院首次演出。她以小说、诗歌和理论推动社会的变革，她对美墨边境奇卡娜人的问题书写，引发了美国各类女性组织和协会对美国拉丁裔女性劳工的关注。她的许多作品被翻译成了法语、西班牙语和意大利语。

8. 德米特里亚·马汀内兹

德米特里亚·马汀内兹（Demetria Martinez，1960- ），"奇卡娜作家、诗人和移民权利活动家"[①]，出生于阿尔伯克基（Albuquerque）并在此长大。她在普林斯顿大学获得了文学学士学位。马汀内兹的诗歌涉及了精神和政治主题，以及转变的可能性。她的诗集包括《魔鬼的工作室》(The Devil's Workshop, 2002)、《字里行间的呼吸》(Breathing Between the Lines, 1997) 和《转弯》(Turning, 1987)。她的中篇小说《街区队长的女儿》(The Block Captain's Daughter, 2012)，获得了前哥伦布基金会颁发的美国图书奖（2013）。她的小说《母语》(Mother Tongue, 1994) 基于1988年她个人被控密谋将中美洲难民偷渡到美国的事件创作，获得了西部州图书奖。她与前俄克拉何马州参议员弗雷德·哈里斯合著了一本电子书——《这些人想工作：移民改革》(These People Want to Work: Immigration Reform, 2013)，书中描述了在美国居住和工作的五名无合法身份妇女的困境，并对移民改革进行了分析。她的散文集《一个贝立兹录音的奇卡娜人的自白》(Confessions of a Berlitz-Tape Chicana, 2005) 获得了国际拉丁美洲图书奖。她还曾获得路易斯·利亚尔墨西哥裔/拉丁裔文学奖的殊荣。她与罗莎莉·蒙托亚-里德（Rosalee Montoya-Read）合著了《爷爷的魔法玉米饼》(Grandpa's Magic Tortilla, 2010)，该书获得了新墨西哥州图书奖中的年轻读者图书奖。

上述奇卡娜作家通过她们的作品为美国文学乃至世界文学贡献了丰富多样的主题和独特的文风。她们的创作具有以下共同的特点和影响。

（1）身份与文化探索。这些作家大多出身于墨西哥裔美国社区，她们的作品深刻探讨了身份、文化和种族的复杂性。通过个人经历和家庭故

[①] Poetry Foundation, "Demetria Martinez", 2023, retrieved, 6-10-2024, https://www.poetryfoundation.org/poets/demetria-martinez.

事，她们揭示了生活在美国和墨西哥边境或美国内部的墨西哥裔美国人所面临的挑战和困境。例如，安扎尔多瓦的《边疆》和西斯内罗斯的《芒果街上的房子》都详细描绘了这些群体的生活状态和心理体验。

（2）女权主义视角。这些作家都是女权主义的有力倡导者，她们的作品中充满了对女性权利、性别平等和性取向的探讨。通过诗歌、小说和散文，她们挑战了社会对女性的刻板印象和压迫，展示了女性的坚韧和力量。例如，艾丽西亚·加斯帕·德阿尔巴的作品经常涉及性别和性取向问题，而桑德拉·西斯内罗斯的《无羞耻的女人：诗歌》则表达了对女性自我认同和尊严的颂扬。

（3）语言与文学形式的创新。这些作家在文学形式上进行了大胆的创新，她们的作品跨越了诗歌、小说、散文、戏剧等多种文体。例如，卡门·塔夫拉的诗歌表演和安娜·卡斯蒂略的实验小说都展现了她们在文学表达上的独特才华。此外，她们还经常使用双语或多语写作，将西班牙语和英语融合在一起，以更好地表达墨西哥裔美国人的文化经验和情感。

（4）社会议题与公共参与。这些作家不仅通过文学作品发声，还积极参与社会运动和公共议题讨论。例如，德米特里亚·马汀内兹作为移民权利活动家，通过她的作品和演讲呼吁关注移民问题和社会正义。阿尔玛·卢兹·维拉纽瓦的作品也涉及毒品滥用、性交易和种族暴力等社会议题，引发了广泛的关注和讨论。

（5）文学影响与传承。这些作家的作品不仅在美国文学中占有重要地位，还对世界文学产生了深远影响。她们的作品被翻译成多种语言，在全球范围内传播和阅读。同时，她们也通过自己的教学和写作培养了一代又一代的年轻作家和学者，为奇卡娜文学的传承和发展做出了重要贡献。

总之，这些奇卡娜作家通过她们的作品和行动为美国文学乃至世界文学注入了新的活力和多样性。她们的作品不仅具有深刻的思想内涵和艺术价值，还具有重要的社会意义和历史价值。

（三）奇卡娜小说的主题

奇卡娜文学随着奇卡娜女权主义运动的发展在内容和形式上都具有动态性，主题相当丰富。

在20世纪70年代的运动中，奇卡娜作家以诗歌形式讲述奇卡诺族裔跨越边境来到陌生国度的贫穷生活、白人社会的经济压迫、对墨西哥故土的怀念。如维拉纽瓦的诗歌，反复描述外婆曾经在墨西哥的安逸和幸福的生活。

从20世纪80年代开始，民权运动家安扎尔多瓦和莫拉加通过奇卡娜的诗歌、散文、短篇故事等来定义奇卡娜女权主义。西斯内罗斯和卡斯蒂略的小说创作，与安扎尔多瓦的混合体裁著作《边疆》一起带动了奇卡娜文学的繁荣。她们的主题专门探讨奇卡娜问题，如经济压迫、身份困境、种族歧视、家庭暴力、社会排斥、性别歧视、社区环境、成长问题、针对性取向的偏见、所有女性的共同苦难、人与自然的和谐、反男权主义思想、女性幸福的追求、女性职业的发展、女性的家庭责任、女性的教育等。

她们的创作还通过个人移民经历来书写民族的历史与苦难，以个人奋斗来书写奇卡娜人的坚韧品格，并创新土著宗教神话等文化。桑德拉·西斯内罗斯曾阐述了她自己对于文学"声音"问题的矛盾心理：

> 作为大学里的青年作家，我意识到我必须找到自己的声音，但我怎么知道它是我通常在家里使用的声音呢？……具有讽刺意味的是我必须离开家才能发现我曾经一直拥有的声音，但那不是一直都是这样进行的吗？作为一个在电视屏幕上不断重复阶级社会标准的社会里长大的孩子，我不明白为什么我的家就不能像节目《天才小宝贝》（"Leaves It to Beaver"）和《知子莫如父》（"Father Knows Best"）里那样有绿色的草坪、白色的栅栏。贫穷成了幽灵，为了逃避它，我模仿我羡慕的诗人的声音：大声，雄性的声音。[1]

她接着描述后来她在爱荷华作家工作室第一次感觉自己是"另类"，她意识到，一味地模仿主流声音，甚至她同学的声音都不行；在寻找并确认那些她拥有而主流社会没有的知识的过程中，她发现了那种压抑的声音正（是）她自己诗意的声音。[2]

在这种诗意的声音里，族裔母性（maternal）意义的嬗变是另一个重要的主题。在古老的阿兹特克文化中，女性曾是主宰社会的力量。年长的

---

[1] 引自 Deborah L. Madsen, *Understanding Contemporary Chicana Literature*, Columbia, SC: University of South Carolina Press, 2000, p. 5。

[2] Aranda Rodriguez & E. Pilar, "On the Solitary Fate of Being Mexican, Female, Wicked and Thirty-three: An Interview with Writer Sandra Cisneros", *The Americas Review*, No. 18, March 1990.

女性是部落里最受尊重的人，因为她们深信随着月亮的阴晴圆缺，女性的生理特征发生变化，月经使女性具有了生产能力，从而有了人类的繁衍。16世纪早期，赫尔南·科迪斯（Hernán Cortés）带领西班牙人入侵墨西哥。被阿兹特克族征服的各土著部落支持侵略者来对抗他们的宿敌，墨西哥因此被西班牙征服。在所有与科迪斯相关的人中，他的土著情妇马林奇进入了奇卡诺族裔的神话中。有些人怀疑她自愿成为情妇，有些人则认为她遭性侵害后自甘堕落，她的动机也是模棱两可，是为了保护自己的民族与侵略者联盟，还是完全按自己的意愿献身侵略者？人们无从知晓。她作为奇卡诺族裔的母亲则是无可争议的事实。作为奇卡娜人，她们的创作动机就是要立足女性的身份来叙述奇卡娜人所遭受的而其他女性不曾经历的苦难。借助古老的印第安母性文化和女性为尊的阿兹特克神话，奇卡娜作家们通过重塑传说中的女神形象，揭示了当代女性苦难的根源以及女性反抗男权社会压迫的意志、决心与行动。

在聚焦本民族问题的同时，奇卡娜作家以犀利的文笔尖锐地批判了美国主流社会的霸权主义思想，反对美国海外的侵略战争以及对全世界女性贫困和受压迫问题的关注也是她们的创作主题。

这些被称为"奇卡娜"（Chicana）的女作家不仅忍受着来自白人主流社会的压迫，同时，在崇尚"男子汉大丈夫气概"的墨西哥裔本族里，她们也受到了来自性别的压迫。这种特殊的文化背景，造就了奇卡娜文学主题不同于美国主流女性文学主题的鲜明特征。

（四）奇卡娜小说的创作风格

专注于自己民族女性的奇卡娜创作产生于美国白人主流社会和后现代主义思想盛行的土壤中。她们不可避免地带有白人文学和后现代主义风格，但她们更有自己的独特性。麦德森（Madsen）认为，奇卡娜作家创作的典型特征包含"混合的文化身份/碎片化的主题；女性性行为的掌控；记忆与角色模范：圣母、马林奇和哭泣女神；性别压迫与种族和阶级压迫的联系；混合文体的使用"[①]。她们的故事发生地大多位于美国西南部原墨西哥领土的区域，其中包括新墨西哥州、亚利桑那州、科罗拉多州、加利福尼亚州等边疆州的城市，以及墨西哥裔人聚居的大城市芝加哥

---

① Deborah L. Madsen, *Understanding Contemporary Chicana Literature*, Columbia, SC: University of South Carolina Press, 2000, p.6.

等地的贫民窟。正如马克·吐温的创作聚焦美国19世纪的西部开发地区一样，奇卡娜人的创作也具有很浓厚的地方色彩。

首先，奇卡娜语言风格具有这几个特征。一是边疆混合语"卡罗语"的使用。她们将西班牙语和英语混合，有时以英语为主，但一些关键性和习惯性的词组、语句则使用母语西班牙语，有时使用英语与西班牙语混合而成的单词和句子，使用者能够轻松实现语码转换。二是具有女性化特征。为了体现女权主义思想和女性的创造力，奇卡娜作家倾向于使用西班牙语中带有阴性后缀"-a"的单词，甚至选择自创新词汇，比如Chicanisma（奇卡娜女权主义）、Nepantla（中间，意为"边疆"）、Autohistoria（自传体史）。三是碎片化特征。英语中夹杂西班牙语，这种独特的语言风格使得小说或诗歌充满韵味，是奇卡娜文学的显著特征之一。但在阅读奇卡娜作品时，读者通常会被不熟悉的西班牙语打断。

其次，作家们的创作形式多样。它们包括书信体形式（epistolary form）、艺术家作品（Künstlerroman）的运用、回忆录形式（memoir form），以及不断地挑战诗歌、散文和小说的明确界限的混合体形式（hybrid form）。奇卡娜作家认为，读者会努力理解她们文本中蕴含的特殊元素，如墨西哥神话和跨文化的种族或民族标记。在奇卡诺文学象征自我身份的定义中[1]，它的形式、内容和声音皆是它表达的方式。她们把女权运动"从缄默（silence）演进至雄辩（eloquent voice）"[2]。

再次，奇卡娜小说的叙事具有鲜明的后现代主义文学特征。它们采用多声叙述、碎片叙述、虚构与真实交错的自我叙述的形式进行创作，形成了一种既不同于主流文化和小说书写形式，也异于同族男性奇卡诺小说的奇卡娜小说。它解构了主流文化中的宏观叙事的叙事权威，也建构了奇卡娜的身份和文化特征。与奇卡诺小说不同，奇卡娜小说所关注的主体是奇卡娜人本身。奇卡娜小说的文化根源来自土著印第安文化、西班牙殖民文化和盎格鲁—撒克逊美国人文化的融合，但它更注重土著文化和母性特征的书写。与多元美国文化结合在一起。在这一背景下，

---

[1] Deborah L. Madsen, *Understanding Contemporary Chicana Literature*, Columbia, SC: University of South Carolina Press, 2000, p. 5.

[2] Juan Bruce-Novoa, "The Other Voice of Silence", in Joseph Sommers and Tomas YBarra-Frausto, eds., *Modern Chicano Writers*, Englewood Cliffs, New York: Prentice-Hall, Inc, 1979, p. 134.

奇卡娜作家们创造性地综合采用了非传统的叙事手法，以展现其独特的文学魅力和文化内涵。

最后，也是最重要的特征是奇卡娜小说具有鲜明的跨界特征。安扎尔多瓦的"自传体史"（Autohistoria）一词，恰当地定义了奇卡娜小说的主体跨界性，这也是奇卡娜文学创作的创新手法。所谓"自传体史"，虽原指个人的历史，但在奇卡娜文学中，它通过作家们的真实经历与丰富想象，被拓展至超越了美国本土的范畴，触及墨西哥及古代土著文明如阿兹特克人、托尔特克人和玛雅人，乃至这些古老文化中的神祇如瓜达卢佩女神、哭泣女神，以及混血先祖马林奇等。它彻底颠覆了主流权威与霸权，也构建了奇卡娜人自己混血的身份。这种跨种族的身份认同赋予了她们的作品强烈的跨界意识，使得无论从哪个维度进行分析，都能感受到其独特的跨界魅力。

总体上讲，奇卡娜小说一方面体现了奇卡诺民族小说的混血、后殖民主义和与主流文化杂糅的特征，另一方面则凸显了民族主义的时代背景和奇卡娜文学的鲜明特征。

三 奇卡娜小说的研究趋势

自20世纪80年代奇卡娜小说崭露头角以来，国内外学者对其的研究热情始终未减，持续至今。批评家们一直在从各种视角不断地、系统化地对其进行分析与探讨，使得奇卡娜小说研究成为美国族裔文学研究中不可或缺的一部分。

（一）国外研究

20世纪80年代，当安扎尔多瓦等女性知识分子发表自己的作品抨击男权政治的时候，包括被称为奇卡诺文学教父的鲁道尔夫·阿纳亚在内的男性作家和评论家，对她和其同类女性的创作持批评的态度。拉廷（Lattin）在1986年编辑的《当代奇卡诺小说考论》（*Contemporary Chicano Fiction: A Critical Survey*）中[①]，收录了奇卡诺理论家拉蒙·萨尔迪瓦尔（Ramon Saldivar）与约瑟·阿玛斯（Jose Armas）的理论文章，以及评论家路德·S. 卢德特克（Luther S. Luedtke）、诺曼·D. 斯密斯（Norman D. Smith）、阿鲁里斯塔（Alurista）与韦侬·E. 拉廷（Vernon E. Lattin）对

---

① Vernon E. Lattin, *Contemporary Chicano Fiction: A Critical Survey*, Tempe, AZ: Bilingual Press, 1986, pp. 10-11.

早期奇卡诺作家维拉利尔（Villarreal）、阿科斯塔（Acosta）与巴里奥（Barrio）的英文小说创作的评论。此外，他还重点收录了评论家拉尔夫·F. 格拉杰达（Ralph F. Grajeda）、阿尔冯索·罗德里格斯（Alfonso Rodriguez）、胡安·罗德里格斯（Juan Rodriguez）与弗兰西斯卡·拉斯康（Francisca Rascon）对托马斯·里维拉（Tomás Rivera）的西班牙语小说创作的评论，并花大量篇幅收录了对其他成功男性作家如罗兰多·伊诺霍萨（Rolando Hinojosa）、鲁道尔夫·阿纳亚、米格尔·蒙德斯（Miguel Méndez）、荣·阿里阿斯（Ron Arias）、阿里斯特奥·布里托（Aristeo Brito）、埃斯特拉·波尔蒂略·特拉姆布里（Estela Portillo Trambley）、纳什·坎德拉里亚（Nash Candelaria）、亚历山大·莫拉莱斯（Alejandro Morales）、奥兰多·罗梅罗（Orlando Romero）等的评论。该评论集完全忽略了女性作家和她们的创作。这既体现了男权社会对奇卡诺女性作家的歧视，也反映了女性的小说创作还不够引起男性社会的重视。但这些批评家对奇卡诺族裔男性作家的文学批评为奇卡娜文学批评奠定了基础。

通过 EBSCO 检索，笔者发现，从 20 世纪 80 年代奇卡娜小说创作兴起以来，当代奇卡娜小说批评在方法和内容上就呈现多样化的特点，特别是自 21 世纪以来，相关的研究更加系统化和多视角化。欧美研究者从不同视角，以专著、论文或文集形式，对奇卡娜女性作家的创作和作品进行了多维研究。

1. 奇卡娜小说主题研究

随着奇卡娜运动产生的奇卡娜小说具有偏重政治性质的多重主题。从 21 世纪开始，小说研究者对它们的主题进行了大量的系统性研究。

麦德森（Madsen）所著的《理解当代奇卡娜文学》（*Understanding Contemporary Chicana Literature*, 2000）是第一部专门研究奇卡娜创作的专著。她较为系统地分析了当代主要奇卡娜作家诗歌和小说中的"杂糅文化身份/碎片化主体、女性性倾向的解构、女神记忆与角色范式、性别压迫与种族和阶级压迫的联系和混合文体形式"[①]。穆伊契诺维奇（Mujčinović）在研究美国拉丁裔女性文学时指出，"美国奇卡娜文学作为盎格鲁文化霸权体系的边缘书写，通过对白人社会的系统性文化排斥与污

[①] Deborah L. Madsen, *Understanding Contemporary Chicana Literature*, Columbia, SC: University of South Carolina Press, 2000, p. 6.

名化机制的抵抗书写，必然性催生出以族裔身份重构为核心的现代主义叙事范式"①，奇卡娜文学的早期作品表达了在种族主义、殖民主义和本土主义的情况下，个人和群体为寻求自我定义而进行的斗争。

特里戈（Trigo）在探讨奇卡娜女权主义作家创作中偶发事件（accidents）的主题思想时，认为《这座桥叫"我的背"》（1981）具有开创性的意义，安扎尔多瓦和其他两位女作家阿拉尔康（Alarcón）和莫拉加因探索一个起支持作用的母性（maternal）空间而联系在了一起。这个母性空间"挑战了语言与身体的规范性分离"②。她把三位奇卡娜作家的思想归类为"间隙（interstice）、界面（interface）和受伤与伤人的皮肤"③。她的研究结果表明，这三位奇卡娜作家完美地展现了本族裔女性的母性空间特征。她们关于母性的书写，不仅是对个人情感的抒发，更是对那些在种族、异性恋及父权制等多重压迫下，历经坎坷的奇卡娜人、同性恋者乃至全球女性群体的深切关怀与共鸣。

埃热拉（Herrera）研究了奇卡娜文学中的女神、女儿的主体性、母性的拒绝与重拾、女性的磨难以及母女代际的关系。④ 霍尔姆斯（Holmes）进一步探讨了墨西哥文化背景下女性被物化的历史根源以及奇卡娜人对女性物化的抵抗。⑤ 扎卡茨（Szakats）探讨了奇卡娜小说中"边疆女性成长的主题"。⑥ 费根（Fagan）探讨了"美墨边疆奇卡娜/诺文学

---

① Fatima Mujčinović, *Postmodern Cross-Culturalism and Politicization in U. S. Latina Literature: From Ana Castillo to Julia Alvarez*, New York: Peter Lang, 2006, p. 2.

② Benígno Trígo, "Accidents of Chicana Feminisms: Norma Alarcón, Gloria Anzaldúa, and Cherríe Moraga", *Remembering Maternal Bodies: New Directions in Latino American Cultures*, Palgrave Macmillan, New York, 2006, p. 91.

③ Benígno Trígo, "Accidents of Chicana Feminisms: Norma Alarcón, Gloria Anzaldúa, and Cherríe Moraga", *Remembering Maternal Bodies: New Directions in Latino American Cultures*, Palgrave Macmillan, New York, 2006, p. 92.

④ Cristina Herrera, *Contemporary Chicana Literature: Rewriting the Maternal Script*, Amherst, New York: Cambria Press, 2014, p. 5.

⑤ Lisa Holmes, Reclaiming the Female Body: Chicana Literature's Resistance to Mexican Literature's Traditional Objectification of Women, Domingues Hills: California State University, 2009, pp. 4-5.

⑥ Julia Szakats, Chicana Literature: Growing up en la Frontera, Wien: Universitat Wien, 2013, p. 11.

及其政治性和其版式的关系"①。奎瓦斯（Cuevas）探讨了奇卡娜文学中的"奇卡娜男子气概、模糊的奇卡娜/诺身体、奇卡娜性别转换，对种族主义、性别歧视、阶级歧视、健康至上论（Ableism）以及对同性恋的恐惧（homophobia）进行了驳斥"②。戈特（Got）将记忆重新定义为一种精神配置的文化习惯，认为任何群体身份的重新配置都是一种象征性的暴力行为。她通过强调身份在理解奇卡娜文学处理基本主题（种族恐怖、父权制压迫、性别歧视、家庭暴力、同性恋恐惧症）方面所起的关键作用，说明了"种族—性别"二项式适用于在各个层面都遭受偏见的群体（女性气质、墨西哥裔美国人家谱以及偶尔的性别族裔群体地位）③。奎瓦斯（Cuevas）等对描述酷儿艰难生存的文学主题进行了研究。④ 埃雷拉和梅尔卡多-洛佩斯（Herrera & Mercado-López）编辑了系列论文来探讨奇卡娜/诺文学景观（landscape），研究者从扩展拉丁裔文学主题（Expanding Latinidades）、跨越文学领域（Crossing Literary Terrains）、身体图式化（Mapping the Body）和文学（不）可视性［Literary (In) visibility］四个维度探讨了奇卡娜/诺文学的发展⑤。

由于奇卡娜身份矛盾的深入探讨以及安扎尔多瓦跨界理论的影响，奇卡娜文学研究的主题呈现了百花齐放的态势，涵盖了"主体性、意识、语言、灵性、性别、宗教、性取向、文学、历史、女权主义、行动主义、文化和文化的变化"⑥ 等多个方面。

2. 作品中的奇卡诺独特文化现象研究

关于小说中奇卡诺独特文化现象的研究，国外学者主要集中在奇卡娜

---

① Allison E. Fagan, *From the Edge: Chicana/o Border Literature and the Politics of Print*, New Brunswick, NJ: Rutgers University Press, 2016, p. 89.

② T. Jackie Cuevas, *Post-Bordelandia: Chicana Literature and Gender Variant Critique*, New Brunswick/Camden/Newark, New Jersey/London: Rutgers University Press, 2018, pp. 111-112.

③ Monica Got, "Forging a New Type of Feminist Identity: Chicana Feminism, Femininity, and the Institution of Memory", *Synergy*, Vol. 17, No. 1, Jan. 2021.

④ T. Jackie Cuevas, "Engendering a Queer Latin@ Time and Place in Helena María Viramontes' *Their dogs came with them*", *Latin Studies*, Vol. 12, No. 1, March 2014.

⑤ Cristina Herrera & Larissa M. Mercado-López, *(Re) mapping the Latina/o Literary Landscape*, New York: Palgrave Macmillan, 2016, pp. xiv-xv.

⑥ Theresa Delgadillo, *Spiritual Mestizaje: Religion, Gender, Race, and Nation in Contemporary Chicana Narrative*, Durham and London: Duke University Press, 2011, pp. 1-2.

小说中宗教实践、食物、土著传统、美墨边疆和城市贫民窟奇卡诺族裔人的文化生活等方面。

赫尔南德斯和洛伊波尔（Hernández & Roybal）编辑了系列论文集，专门探讨了"卡斯蒂略小说和诗歌里的文化现象"[1]。索勒和阿巴卡（Soler & Abarca）联合编辑了系列论文集《痛苦的证据：把痛苦转化为艺术论文集》(Witness to Pain: Essays on the Translation of Pain into Art, 2005)、《美国叙事中男性气概、女性气质和混血儿的力量：关于性别边界的论文集》(Masculinities, Femininities and the Power of the Hybrid in U. S. Narratives: Essays on Gender Borders, 2007)、《理论里的故事，故事里的理论：土著美国人的故事讲述和批评》(Stories through Theories, Theories through Stories: Native American Storytelling and Critique, 2009)、《作为象征语言的饥饿：当我们饿的时候我们在说什么》(Hungering as Symbolic Language: What Are We Saying When We Starve Ourselves, 2012)、《混搭食物：拉丁美洲的美食、传统和身份》(Comidas bastardas: Gastronomía, tradición e identidad en América Latina, 2013)、《通过食物反思奇卡娜/诺文学：后民族的胃口》(Rethinking Chicana/o Literature through Food: Postnational Appetites)，阿巴卡（Abarca）还撰写了专著《厨房里的声音：墨西哥劳工阶层和墨西哥裔美国女性的对食物和世界的看法》(Voices in the Kitchen: Views of Food and the World from Working-Class Mexican and Mexican American Women, 2006)。

塞吉（Szeghi）探讨了西斯内罗斯小说中的通过旅行与流散来编制跨民族文化身份的现象。[2] 贝尼托和曼赞纳斯（Benito & Manzannas）认为，"奇卡娜作家的作品具有文化边疆特征"[3]。这些研究重点关注了奇卡娜文学中的食物文化与苦难、身份、性别、阶级等其他方面的关系。

霍尔（Hall）深入研究了西斯内罗斯和卡斯蒂略小说中女性作为调解者的角色。她指出，女性扮演着解决家庭与社会冲突的关键角色。她们不

---

[1] Bernadine M. Hernández & Karen R. Roybal, *Transnational Chicanx Perspectives on Ana Castillo*, Pittsburgh: University of Pittsburgh Press, 2021, p. 32.

[2] Tereza M. Szeghi, "Weaving Transnational Cultural Identity through Travel and Diaspora in Sandra Cisneros's *Caramelo*", *MELUS*, Vol. 39, No. 4, December 2014.

[3] Jesús Benito & Ana María Manzannas, *Literature and Ethnicity in the Cultural Borderlands*, New York: 2002, pp. 3-4.

仅是家庭生活的枢纽,而且是连接不同代际、性别和文化的桥梁。她们的智慧、同情心和沟通技巧在维护家庭和谐与社会稳定方面发挥着至关重要的作用。奇卡娜文化中的家庭女权主义并非简单的权力平等或女性主导,而是一种基于尊重、合作和共享的性别关系模式。在这种模式下,女性不仅在家庭中占据重要地位,还在社区乃至更广泛的社会中发挥着影响力。霍尔认为,西斯内罗斯和卡斯蒂略的小说通过展现女性如何在代际进行谈判和维护这种家庭女权主义,揭示了奇卡娜文化的独特性和复杂性;在奇卡娜社会中,传统的性别角色可能面临现代化和全球化的挑战。然而,这些小说在展示了女性如何保持传统的同时,对其中的不合理之处质疑并进行改革。这些女性角色通过适应新的社会环境和挑战,不仅为自己赢得了更多的权力和尊重,也为奇卡娜文化注入了新的活力和意义。

通过研究这些小说,霍尔展示了文学如何作为一种媒介来探讨和表达复杂的社会和文化现象。她认为,这些小说通过生动的人物塑造和情节构建,使读者能够深入了解奇卡娜人的家庭女权主义和性别观念,从而促进了不同文化的相互理解和尊重。总的来说,霍尔的分析"揭示了西斯内罗斯和卡斯蒂略小说中女性角色的多重性相和复杂功能,以及她们在维护和传播奇卡娜文化中的重要作用。这些小说不仅为读者提供了了解奇卡娜文化的批判性拓扑结构,也为大家思考性别、权力和文化之间的关系提供了多重视野"[①]。

这些研究表明,奇卡娜文学作品中所涉及的奇卡诺族裔独特的文化主要包含宗教、食物、土著神话、族裔传统、男权制等。奇卡娜作家一方面对本民族古老的土著文化进行挖掘、保留、继承和发扬,并创造新文化;另一方面,对压迫女性的传统男权制与白人文化进行了批判。奇卡娜文学研究者的研究主要关注作品中所描述的食物、宗教、语言等与奇卡诺族裔身份、性别和阶级等的关系。奇卡娜的小说中所表达的族裔文化经历了从对抗到融合的过程。

3. 作品中人物的奇卡娜女权主义正义伦理特征研究

牛顿(Newton)在他的《叙事伦理》一书中指出,伦理学和伦理的东西一直是小说发展的一个部分,"小说培养了伦理感,叙事者在正

---

① Eilidh AB Hall, *Negotiating Feminisms: Sandra Cisneros and Ana Castillo's Intergenerational Women*, New York: Palgrave MacMillan, 2021, back cover.

确评价和正确反映人物和道德情形上给予读者以教育"①。德尔加迪洛（Delgadillo）通过卡斯蒂略的小说《远离上苍》（So Far from God）中的杂糅灵性探讨了奇卡娜女权主义抵抗的形式。② 尼特（Neate）认为，奇卡诺/娜的创作的象征力量是该族裔写作的一个属性，借鉴不同的体裁，他分析了"奇卡诺/娜创作如何抵抗民族意识中的二元象征性秩序，以产生新的社区来抵抗封闭和同质性并适应差异"③。汉密尔顿（Hamilton）系统地研究了奇卡诺/娜小说中的抵抗伦理，认为"从认知上奇卡娜文学形成了自己的创作伦理体系，诠释了人类对美好事物的追求以及人与人之间的和谐等朴实主义思想"④。

4. 作家文体风格研究

奇卡娜作家的创作在后现代主义的大环境下形成了自己独特的文体风格，双语主义、魔幻现实主义、小说与自传的创新性融合手法使奇卡娜文学不仅在题材上，而且在形式和风格上都与众不同。

克鲁兹（Cruz）探讨了西斯内罗斯的小说，发现其风格简洁⑤；曼里克斯（Manriquez）认为，在《远离上苍》中，作家模仿了荒诞剧来进行写作，产生了对抗的美学⑥；阿拉尔康（Alarcón）则分析了该小说中的文学融合手法，认为"通过文本重置作家揭露了奇卡娜人几百年来所遭受的性别压迫与民族压迫"⑦；萨那诺帕瓦恩（Thananopavarn）探讨了奇卡娜小说的诗意性，认为《远离上苍》可以理解为卡斯蒂略"良心化诗学"理论的实际应用。这部小说试图通过独特的叙事风格来激发政治行动主

---

① Adam Zachary Newton, *Narrative Ethics*, Cambridge, Mass.: Harvard University Press, 1995, p. 9.

② Theresa Delgadillo, "Forms of Chicana Feminist Resistance: Hybrid Spirituality in Ana Castillo's *So Far from God*", *Modern Fiction Studies*, Vol. 44, No. 4, December 1998.

③ Wilson Neate, *Tolerating Ambiguity: Ethnicity and Community in Chicano/a Writing*, New York: Peter Lang Press, 1998, p. 10.

④ Patricia L. Hamilton, *Of Space and Mind: Cognitive Mappings of Contemporary Chicano/a Fiction*, Austin: University of Texas Press, 2011, pp. 12-16.

⑤ Felicia Cruz, "On the Simplicity of Sandra Cisneros's *House on Mango Street*", *Modern Fiction Studies*, Vol. 47, No. 4, December 2001.

⑥ Betty Jean Manriquez, "Ana Castillo's *So Far from God*: Imitation of the Absurd", *College Literature*, Vol. 4, No. 2, April 2002.

⑦ Daniel Cooper Alarcón, "Literary Syncretism in Ana Castillo's *So Far from God*", *Studies in Latin American Popular Culture*, No. 23, December 2004.

义,这种叙事风格体现在幽默、修正的文化神话和双语文字游戏等语言策略中。① 小说的幽默感对于理解卡斯蒂略的诗学尤为重要,因为她使用"令人发指"的事件来传达情感并激起读者对战争、环境种族主义、父权制暴力和艾滋病等严重社会问题的愤怒。加西亚(Garcia)对安扎尔多瓦《边疆》的混血隐喻进行了分析与探讨,认为她的新混血女性意识"有消解二元思维和治愈基础分裂的潜能"②。

总之,奇卡娜作家群在写作风格上不拘一格,充分体现了其文风之多样性,探讨为本书的体裁跨界分析提供了可借鉴的资源。

5. 奇卡娜作家创作的理论价值研究

随着世界局势的动荡与跨界交流的日益频繁而产生的不同国家的民族冲突及冲突所产生的矛盾的增加,不同民族之间的矛盾成为许多民族和国家棘手的问题,奇卡娜理论家安扎尔多瓦的族裔跨界理论为矛盾的解决提供了可行的方法。佩雷斯所著的《奇卡娜诗学》(*Chicana Poetics*)解析了包括安扎尔多瓦在内的多位学者的"创作理论价值"③。默曼-霍兹韦亚克(Mermann-Jozwiak)认为,卡斯蒂略和西斯内罗斯的创作丰富了后现代主义理论④;卡米内诺-桑坦格托(Caminero-Santangeto)认为,卡斯蒂略的创作把政治与魔幻现实主义联系在了一起,用魔幻现实主义手法来批评现行的政治体制。⑤

国外的这些研究表明奇卡诺女性的创作反映了当代美国社会族裔的现状。研究者大都从文本分析、文化探讨、正义伦理和作品的理论意义来研究她们的作品,他们的研究为本书奠定了理论基础。

---

① Susan Thananopavarn, "Concientización of the Oppressed: Language and the Politics of Humor in Ana Castillo's *So Far from God*", *Aztlan: A Journal of Chicano Studies*, No. 1, April 2012.

② Shelly Garcia, "Genre Matters: Tracing Metaphors of Miscegenetion in Genre History, Derrida's 'The Law of Genre' and Gloria Anzaldúa's *Borderlands/La Frontera*", (*Re*) *mapping the Latina/o Literary Landscape*, New York: Palgrave MacMillan, 2016, p. 17.

③ Ricardo F. Vivancos Pérez, *Radical Chicana Poetics*, New York: Palgrave MacMillan, 2013, p. 29.

④ Elisabeth Mermann-Jozwiak, "Gritos desde la Frontera: Ana Castillo, Sandra Cisneros, and Postmodernism", *MELUS*, Vol. 25, No. 2, June 2000.

⑤ Marta Caminero-Santongeto, "'The Pleas of the Desperate': Collective Agency Versus Magical Realism in Ana Castillo's *So Far From God*", *Tulsa Studies in Women's Literature*, Vol. 24, No. 1, March 2005.

6. 奇卡娜小说的美学价值研究

奇卡娜文学的美学价值一直是研究者的关注点之一。

从安扎尔多瓦的《边疆》研究开始，研究者就聚焦奇卡娜文学作品的文体美学和思想美学。皮茨（Pitts）通过梳理众多文献系统地分析与探讨了安扎尔多瓦作为自我知识/无知认识论的"自传体史理论"（Autohistoria-teoría），认为安扎尔多瓦为理解自我认识、自我无知和了解他人提供了重要的理论资源和丰富的认识论解释。① 阿拉米洛（Alamillo）认为，奇卡诺/娜文学不仅创造了一种文化包容感，而且在大多数奇卡诺/娜青年中点燃了政治家和活动家意识，并重振了教育工作者之间关于课堂上种族、民族和文化教学的对话。② 虽然大多数青少年文学的作品强调"多元文化"文学是一种包容性的手段，但从小说的文本中，人们仍然能够看到社会中充斥着持续的反墨西哥情绪，人们需要对奇卡娜/诺儿童和青少年文学进行更为集中的研究。安扎尔多瓦编辑的系列儿童读物使用多学科和跨学科的视角批判性地审视各种奇卡娜/诺儿童图画书和青少年小说，重申奇卡娜/诺儿童文学是实现公平和社会变革的手段。

7. 跨界研究

跨界研究是文学研究中的热点之一。正如前面所说的，从人类开始异地流动以来，跨界行为便应运而生。到 19 世纪，美国人的西进扩张，跨界在文学中的书写有了其深刻的隐喻意义——侵略与占有。自安扎尔多瓦 1987 年在她的《边疆》一书中提出边境跨界概念以来，除了地理上的跨越，"跨界"有了多层意义：种族混合、民族跨界、阶级跨界、心理跨界、文化跨界、性别跨界、身份跨界、哲学思想跨界、文体跨界等。这些关键词从《边疆》中被提出来进行更深、更广泛的研究。米克斯（Meeks）专门研究了亚利桑那州边疆居民的"混种性问题、新旧边界问题和未来边界问题"③。格兰丁（Grandin）研究了美国边界发展的历史，

---

① Andrea J. Pitts, "Gloria Anzaldúa's Autohistoria-teoría as an Epistemology of Self-Knowledge/Ignorance", *HYPATIA*, Vol. 31, No. 2, February 2016.

② Laura Alamillo, Larissa M. Mercado-López & Cristina Herrera, "Voices of Resistance: Interdisciplinary Approaches to Chican@ Children's Literature", *Research on Diversity in Youth Literature*, Vol. 1, No. 2, February 2017.

③ Eric V. Meeks, *Border Citizens: The Making of Indians, Mexicans, and Anglos in Arizona*, Austin: University of Texas Press, 2007, p. 3.

从中国始皇帝的长城到美墨边境墙的修建以及它对跨越边境者的伤害，认为"美国强大的神话已破灭"①。卡拉布罗（Calabrò）以跨界视角探讨了"全球各相关国家的边界划定、边界跨越和边界消除以及对奇卡娜/诺文学中的美墨边界问题的批评"②。

总的来看，国外对奇卡娜小说的研究从主题、奇卡诺独特文化、正义伦理、文体风格、理论价值和美学价值进行了广泛而又深刻的分析与研究。然而，目前尚未有研究者专门从族裔跨界理论视角去深入探讨奇卡娜作家的经典小说创作，这给本书提供了研究的契机。

（二）国内研究

关于美国族裔文学的研究，我国研究者关注较多的是少数族裔人口最多、苦难最深的非洲裔的文学、与中国有血脉相连的华裔文学和土著人文学。潘帕翻译的桑德拉·西斯内罗斯的《芒果街上的房子》在国内翻译出版后（译为《芒果街上的小屋》），奇卡娜文学开始为中国广大读者知晓。奇卡娜文学及其理论研究也迎来了春天，我国研究者对奇卡娜文学进行了理论研究、著名奇卡娜作家及其经典作品的研究。研究涉及奇卡诺女性作家介绍、奇卡诺族裔文学史、边疆文学叙事等。奇卡诺/娜文学的研究近几年有了较大的发展。

1. 奇卡诺/娜文学译介

关于奇卡诺族裔文学的研究，我国的一些研究者首先进行了译介。傅景川、柴湛涵介绍了奇卡诺文学的发展和文化价值取向，认为奇卡诺在"运动中形成的奇卡诺'精神宣言'引领了第一代作家、评论家的创作，体现出文化身份认同的主要取向。20世纪80年代，奇卡诺文学进入全面繁荣，在美国民众面前展示了奇卡诺民族的生存状态、精神追求和独特的文化特征……反映了当代美国文学发展的重要趋向"③。吕娜对奇卡娜文学的研究进行了"整体性概括"，并"探讨了女性作家代表安扎尔多瓦、

---

① Greg Grandin, *The End of the Myth: From the Frontier to the Border Wall in the Mind of America*, New York: Henry Holt and Company, 2019, p. 4.

② Anna Rita Calabrò, *Borders, Migration and Globalization: An Interdisciplinary Perspective*. London/New York: Routledge, 2022, p. 396.

③ 傅景川、柴湛涵：《美国当代多元化文学中的一支奇葩——奇卡诺文学及其文化取向》，《吉林大学社会科学学报》2007年第5期。

西斯内罗斯和卡斯蒂略的创作"①。金莉等对多元文化理论家安扎尔多瓦的族裔文化理论的形成过程进行了系统的评介，认为她"身处几种文化交会处的边土地带，使她得以从自身特殊的文化背景，结合亲身经历和感受，为女权主义研究和酷儿研究等提炼出了许多让人耳目一新的概念和理论"②。

2. 文化问题研究

族裔作品中所反映的地缘文化、宗教文化、历史、神话、文化冲突等是我国文学研究者热衷研究的问题。如石平萍以阿纳亚的成名作《保佑我，乌尔蒂玛》为蓝本，探讨了奇卡诺文学中西班牙文化与土著印第安文化从对立到融合的过程，得出结论："该小说的魅力就在于它消解了奇卡诺文化中西班牙文化和印第安传统文化的对立，解决了族裔文化中的矛盾。"③李保杰探讨了奇卡诺/娜文学中的"地缘文化"④；刘莉以《埃尔帕索的一个地方》为例，探讨了墨西哥裔移民如何将"奇卡诺"这一原本具有贬低意义的称谓用作武器，以此成功转化为他们作为墨西哥裔的骄傲，赢得北美社会"对墨西哥裔文化的尊重"⑤；李毅峰、索惠赟通过分析西斯内罗斯的小说发现，"西斯内罗斯通过重新阐释本族三位女神原型形象，批判了奇卡诺文化及美国主流文化对墨西哥裔女性的性别、种族、阶级歧视，同时也探索了对抗这些歧视的方式"⑥；张晓雯从新物质主义批评话语探讨了食物与墨裔主体、食物与美国社会之间的"内在互动"，挖掘食物所蕴含的身份性、民族性和政治性特质，以及食物的文学生命和文学意义，认为，"食物书写真实再现了20世纪美国墨裔日常生活、饮食风俗和文化认知的变迁，揭示了后殖民主义与美国多元思潮对族裔饮食文化的深刻影响；同时，食物也在多种能动作用中丰富着自身的生命活力

---

① 吕娜：《当代奇卡纳代表作家研究》，博士学位论文，吉林大学，2009年，第 i 页。

② 金莉：《当代美国女权文学批评家研究》，北京大学出版社 2014 年版，第 66—67 页。

③ 石平萍：《西班牙文化与印第安传统的对立与融合——〈保佑我，乌尔蒂玛〉新解》，《外语研究》2009 年第 4 期。

④ 李保杰：《当代奇卡诺文学中的边疆叙事》，博士学位论文，山东大学，2009 年，第 xiv 页。

⑤ 刘莉：《奇卡诺自传体文学形式的发展——以〈埃尔帕索的一个地方〉为例》，《文学艺术周刊》2022 年第 12 期。

⑥ 李毅峰、索惠赟：《桑德拉·西斯内罗斯的奇卡纳女性主义叙事》，《北京第二外国语学院学报》2018 年第 4 期。

和文学意义，成为重构墨西哥裔身份和历史，乃至美国多元文明的一股强大力量"①。

3. 作家叙事研究

自21世纪以来，我国学者对奇卡娜文学的叙事研究呈较快发展趋势。李保杰以"边疆"意象为中心，研究了"以奇卡诺文化杂糅身份为基础的多种边疆叙述方式。边界不仅仅是有形的实体，而且还是心理和文学的表征，它代表着差异、障碍和误解，同样体现着沟通理解的可能性，这些因素共同构筑了边疆风貌"②；石平萍探讨了阿尔瓦雷斯的短篇小说《西班牙征服者的血脉》中的创伤叙事与个人记忆重构，认为作家"体现了个人历史意志"③；石平萍在探讨美国族裔文学中的文化性别共同体叙事时，她认为，美国族裔文学对文化性别共同体的想象和建构"大多基于性别、种族、阶级等多重维度的交叠，而非西方主流的单一性别维度。其根源在于白人男性中心主义宰制下，美国族裔被多重边缘化的生存处境。而受其独特文化传统和历史经验的影响，不同族裔的文化性别共同体思想在共性之外，也呈现出独特的个性景观"④；陈晓月和王楠从安德森的"想象的共同体"理论视角探讨了"美国族裔文学作家如何采用'讲故事'构建自己在美国文学中的声音和身份，并进一步分析了民族主义建构的'异质同构'性"⑤；刘卫英和秦鑫以奇卡诺文学为例，探讨了文学中的拓扑学和类型学之间的相互作用，认为"拓扑学可以作为追踪美国文化起源问题的一种方法"⑥；李保杰从政治经济的视角探讨了"奇卡诺移民成长小说中奇卡诺人的经历，揭示了奇卡诺人为逃避贫困、战争和犯

---

① 张晓雯：《新物质主义视域下〈拉拉的褐色披肩〉中的食物书写》，《复旦外国语言文学论丛》2022年第2期。

② 李保杰：《当代奇卡诺文学中的边疆叙事》，中国社会科学出版社2011年版，第4页。

③ 石平萍：《论〈西班牙征服者的血脉〉中的记忆政治》，《外国文学》2009年第1期。

④ 石平萍：《美国族裔文学中的文化性别共同体思想刍议》，《闽南师范大学学报》（哲学社会科学版）2021年第3期。

⑤ 陈晓月、王楠：《"想象的共同体"与美国族裔作家的叙事策略》，《上海理工大学学报》（社会科学版）2014年第1期。

⑥ 刘卫英、秦鑫：《拓扑学和类型学：符号转换研究/编码关系》，《辽东学院学报》（社会科学版）2015年第6期。

罪所经历的一切"①。

4. 女性身份问题研究

奇卡诺女性小说中描述的女性身份问题是我国研究者聚焦的主题之一。例如，刘玉探讨了安扎尔多瓦的《边疆》中"女同性恋身份的问题"。② 张莉通过对奇卡诺文学作品中的杂糅语言的使用来探讨奇卡诺人身份的确立，并以此证明，"探究身份的奇卡诺文学在民权运动中起了重要的作用"。③ 李保杰对 20 世纪美国奇卡娜/诺的文学历史做了简要分析，认为其中的"地缘文化差异反映了当代拉丁美洲移民流散经历的影响和对美洲文化杂糅历史的阐释，有利于理解美国多元文化的文学现象"。④ 刘永清对西斯内罗斯的小说《芒果街上的房子》中的"房子"的三重意蕴进行了分析，认为："埃斯佩兰萨具有'下层贫民'，'少数民族'与'女性'的'三重边缘身份'。这'三重边缘身份'使她所努力寻找的栖息空间'房子'蕴含着三重内涵，即物质形态、种族意识形态与女性主义形态的'房子'。这三种形态所蕴含的寓意分别是对改善物质生活，种族平等与性别平等的追求。而这种追求主要通过'独立'、'集体主义道路'与'写作'三种途径来实现。"⑤

5. 作家与作品的伦理思想研究

关于奇卡娜个体作品的伦理思想研究是族裔文学研究中的经典话题。例如，袁雪芬专题研究了奇卡诺文学的伦理思想，认为"奇卡诺女性作家卡斯蒂略、西斯内罗斯、维拉纽瓦等的创作和作品体现了生态女性主义伦理，马汀内兹的创作则体现了世界主义伦理"。⑥ 袁雪芬和郝健还研究

---

① 李保杰：《泛美政治经济视域下美国奇卡诺移民小说中的成长叙事》，《山东外语教学》2022 年第 1 期。

② 刘玉：《种族、性别和后现代主义——评美国墨西哥裔女作家格洛丽亚·安扎杜尔和她的〈边土：新梅斯蒂扎〉》，《当代外国文学》2004 年第 4 期。

③ 张莉：《奇卡诺自我身份探究肇始——以文本为例》，《山东商业职业技术学院学报》2011 年第 5 期。

④ 李保杰：《多元文化背景下的身份杂糅——20 世纪西语裔美国文学概览》，《中国社会科学报》2012 年第 7 期。

⑤ 刘永清：《论〈芒果街上的小屋〉中"房子"的三重意蕴》，《中南民族大学学报》（社会科学版）2014 年第 3 期。

⑥ 袁雪芬：《前言》，《奇卡诺文学伦理思想研究》，中国社会科学出版社 2018 年版，第 35 页。

了包括奇卡诺/娜文学的"反战伦理思想"。[①] 刘蓓蓓和龙娟运用文学伦理学理论,从红色工具箱与各种人物的关系探讨了海莲娜·玛利亚·伏蒙特的小说《在基督脚下》中人物之间错综复杂的关系,揭示了奇卡诺人所处的艰难困境。[②]

6. 奇卡娜小说的系统性研究

关于奇卡娜小说的系统性研究,我国的学者做出了一定的努力。例如,石平萍对西语裔作家进行了整体上的介绍,认为"包含奇卡娜作家在内的西语裔群体在美国主流社会终于发出了自己的声音,迎来了美国真正多元文化文学的共荣"。[③] 李保杰对"奇卡诺/娜文学的边疆叙事进行了系统的研究"[④];她和苏永刚还从边界研究视角探讨了"奇卡诺/娜文学的变化"[⑤],从后现代主义视角对"当代奇卡诺文学的体裁多样性进行了较为全面的分析"[⑥]。

7. 安扎尔多瓦的混血意识理论研究

作为族裔文化理论家,安扎尔多瓦的理论自然而然地受到了国内学者的关注。金莉对安扎尔多瓦的理论进行了比较细致的梳理,重点探讨了作家的"杂糅宗教思想"、酷儿概念、混血意识和灵性行动主义概念。[⑦] 吕娜从女性混血意识理论产生的历史背景、蕴含的文化混血和性别混血三方面阐述了"新女性混血意识"的内涵。[⑧] 她还探讨了安扎尔多瓦的《边疆》中的语言的"混血"与杂糅的现象。她认为,作家在创作中"通过语言杂糅的表现手法表达了她对美国'主流文化观'传统观念的否定及颠覆,并通过文学创作中的新语言体系来确立美国少数族裔与白人群体之

[①] 袁雪芬、郝健:《美国族裔反战文学研究》,中国社会科学出版社2018年版,第45页。

[②] 刘蓓蓓、龙娟:《从"红色工具箱"看〈在基督脚下〉中的墨裔困境》,《湖南师范大学社会科学学报》2018年第2期。

[③] 石平萍:《异军突起的美国西语裔作家》,《世界文化》2008年第10期。

[④] 李保杰:《当代奇卡诺文学中的边疆叙事》,博士学位论文,山东大学,2009年,第11页。

[⑤] 李保杰、苏永刚:《边界研究视角下的当代奇卡诺文学》,《英美文学研究论丛》2011年第2辑。

[⑥] 李保杰、苏永刚:《后现代主义视角下的当代奇卡诺文学》,《东北师大学报》(哲学社会科学版)2012年第1期。

[⑦] 金莉:《当代美国女权文学批评家研究》,北京大学出版社2014年版,第66—67页。

[⑧] 吕娜:《论安扎杜尔之"新女性混血意识"》,《社会科学战线》2009年第12期。

间的'混血'关系，在消解少数族裔与白人之间以及族裔内部性别之间'非此即彼'二元论对立关系的同时，构建起'尼潘特拉'中间状态的身份认同体系"①。刘玉对安扎尔多瓦的《边疆》所采用的后现代主义创作策略，从文化、种族、阶级和性别等方面进行了分析，认为："《边疆》指引人们进入一片土地，发现了一个新人类及其新身份，这是一个跨界者的天堂，也是一个缥渺的乌托邦，她的创作充分地体现了奇卡娜主义的特征。"②

8. 国内关于文学跨界的研究

从 21 世纪开始，已有我国研究者对文学的跨界进行理论和实证的研究。鲁枢元的专著《文学的跨界研究：文学与语言学》运用中西文学文本，探讨了"文学中的语言特征和语言在文学创作中的运用"。③ 在实证研究上，王列耀等人探讨了海外华文文学中的跨界，其中包含"多元文化语境中的跨界族裔写作、'再留学'作家的越界书写、海外华文文学中的跨语言书写、海外华文文学与华文传媒互动和文学经验与跨媒介转化等"④。

总的来说，我国的研究者对奇卡娜/诺小说的研究在其历史发展、边疆文学叙事和经典作品分析上在 21 世纪有了一定的发展。他们的研究对本书在研究方向上起到了引领作用，在内容和主题上具有一定的参考作用。相关的跨界理论研究和较为系统的华裔文学跨界研究，让笔者意识到了研究奇卡娜文学跨界思想的价值。

四 本书研究路径

（一）研究的基本思路

基于以上研究文献，笔者认为：

第一，自 20 世纪 70 年代的生态主义理论运用到文学研究以来，文学研究理论中的"跨界"研究理论与方法已成为热点。而美国奇卡娜作家与理论家安扎尔多瓦的"跨界"指的是奇卡娜作家在创作中应该表达的

---

① 吕娜：《语言及族裔的对立与杂糅——论安扎杜尔"边土"书写中的语言跨界现象与族裔身份定位》，《学术论坛》2016 年第 10 期。
② 刘玉：《种族、性别和后现代主义——评美国墨西哥裔女作家格洛丽亚·安扎杜尔和她的〈边土：新梅斯蒂扎〉》，《当代外国文学》2004 年第 4 期。
③ 鲁枢元：《文学的跨界研究：文学与语言学》，学林出版社 2011 年版，第 2 页。
④ 王列耀等：《海外华文文学的跨界研究》，中国社会科学出版社 2002 年版，第 308 页。

跨越边界、文化、种族、社会身份、性别和文学体裁等的隔阂，旨在以文学消除不同种族之间特别是美国族裔与白人之间的隔阂，以达到社会的和谐与人类的和平共处。

第二，安扎尔多瓦的"跨界"理论与奇卡娜作家和理论家卡斯蒂略所提倡的奇卡诺族裔女性书写自身的问题的奇卡娜主义，以及生态女性主义批评的理论有相同之处，都强调女性的问题。

第三，奇卡诺代表性女性作家安扎尔多瓦、西斯内罗斯、卡斯蒂略、维拉纽瓦、查维斯、塔夫拉、德阿尔巴、马汀内兹等和她们的作品反映了安扎尔多瓦的"族裔跨界"理论思想。

第四，奇卡娜作家的创作体现了本族在边境跨越、文化跨界、种族跨界、社会身份跨界、性别跨界、民族跨界等方面的特色，同时也展现了女性作家在小说创作体裁上的"跨界"尝试。

第五，美国奇卡娜作家的创作是美国文学重要的组成部分，为全球女性的自立和自强创造了可以效仿的典范。

故此，本书将对这些代表性作家和她们的创作进行研究。

(二) 研究对象、方法和内容

本书的研究对象、方法和内容概括如下。

1. 研究对象

本书的研究对象为当代美国奇卡诺族裔杰出的八位女性作家和她们的经典小说：(1) 格洛丽亚·安扎尔多瓦和她最著名的作品《边疆》和《普列塔》；(2) 阿尔玛·卢兹·维拉纽瓦和她的《紫色天空》、《露娜的加利福尼亚罂粟花》和《女人花》；(3) 丹尼斯·查维斯和她的《最后的订餐女孩》；(4) 卡门·塔夫拉和她的《神圣的玉米饼和一罐豆酱》；(5) 桑德拉·西斯内罗斯和她的《芒果街上的房子》和《喊女溪和其他故事》；(6) 安娜·卡斯蒂略和她的《守护者》、《米瓦拉信笺》、《剥洋葱般剥掉我的爱》与《萨坡勾尼亚》；(7) 艾丽西亚·加斯帕·德阿尔巴和她的《沙漠血》和《女巫的笔迹》；(8) 德米特里亚·马汀内兹和她的《母语》。

这些作家是 20 世纪 80 年代以来最受奇卡诺族裔和美国主流社会欢迎的作家，她们的代表作都反映了安扎尔多瓦的"族裔跨界"理论思想，但每个作品之间又因不同的主题、地域和文学美学特征而分别反映了各方面的"跨界"。本书将以这些作家和她们的代表为蓝本，探讨作品中的种族、边疆、文化、阶级、性别、社会身份、反世界霸权与女性创作体裁等方面的"跨界"问题。

2. 研究方法

（1）文献研究法。笔者通过网络数据库查找相关的研究文献资料，对"跨界"理论和他人研究进行梳理、归纳与总结。

（2）文本细读法。细读原版小说，对外文原始资料和原著进行编译和文献综述，对小说中的卡罗语进行深入的理解与分析。

（3）个案研究。研读不同的作品并对各作品所蕴含的"跨界"思想进行论证。

（4）对比分析法。运用对比分析，对不同作品中所表达的相同与不同的"跨界"思想进行对照分析。

（5）综合分析法。对不同小说中所表达的观点进行综合分析，以探究小说主题、创作技巧和小说美学等方面的内涵。

3. 研究内容

本书的内容是八位奇卡娜作家和她们的小说以及各小说中的"跨界"思想，具体包含以下十个方面的内容。

（1）安扎尔多瓦的族裔跨界理论。该部分将系统地分析该理论产生的原因，理论的内涵和理论的影响。

（2）种族跨界。受西班牙的入侵和墨西哥战争的影响，奇卡诺族裔经历了两次大的种族融合过程。奇卡娜小说反映了随着人们交流的扩大和不同种族的互通婚姻，原本相互歧视的民族之间，反种族歧视的情绪变得更加尖锐，同时白人对女性的歧视问题也愈发凸显。该部分探讨了安扎尔多瓦的故事《普列塔》和阿尔巴的小说《女巫的笔迹》中女主人公们因混血而遭遇的各种压迫和迫害及其不屈的抗争。

（3）边境跨界。该部分将通过阿尔巴的小说《沙漠血》和卡斯蒂略的小说《守护者》中的人物、故事，并结合美国现实社会中的实际问题来深入探讨作家作品所反映的美国与墨西哥边境地带以及城市贫民窟的贫困与暴力等边疆问题。

（4）阶级跨界。该部分将首先定义美国的阶级主义概念，然后通过维拉纽瓦的小说《露娜的加利福尼亚罂粟花》和西斯内罗斯的小说《芒果街上的房子》中故事的对比分析，来探讨族裔女性实现阶级跨界的艰辛与努力，以及成功后仍然面临的社会问题和她们处理社会问题的成功经验。

（5）文化跨界。该部分通过梳理查维斯的小说《最后的订餐女孩》和塔夫拉的小说《神圣的玉米饼和一罐豆酱》中描述的奇卡诺传统文化，探讨奇卡诺文化的过去、变迁与现状的形成及其未来，以及奇卡诺文化与美国主流文化的融合和本民族文化的坚守与发扬。

（6）性别跨界。该部分探讨了小说《女人花》中男女之间存在的各种问题，包括女性如何获得与男人同等的权利，女性如何保护她性弱者，尤其是同性恋人的利益并体现女性关怀。此外，该部分还将探讨不同自我经验的存在，以及双性人（跨性别者）的身心跨界与心理平衡问题，进而揭示解决性别歧视问题对于促进社会和谐的重要作用。

（7）女性社会身份跨界。该部分通过分析《喊女溪》《紫色天空》《米瓦拉信笺》《剥洋葱般剥掉我的爱》等小说中女性人物形象的塑造来揭示作家作品中的社会身份"跨界"思想，并探讨奇卡娜作家笔下的人物如何实现从家庭主妇与受压迫者的身份，跨越到社会精英与独立自强的新女性身份的转变。

（8）民族跨界，反美国全球霸权。该部分将采用世界主义视角来探讨奇卡娜文学作品《萨坡勾尼亚》和《母语》所描绘的奇卡娜人反美国霸权、追求世界公正与和平的正义伦理思想。

（9）作家叙事体裁跨界。该部分通过对《边疆》等文本的文体和版式分析，探讨奇卡娜小说创作经过对男性创作模仿后如何获得自我发展，这些作品集诗歌、故事和文学理论于一体，突破单一文体的创作局限，表达出作家自己对跨界的独特理解。

（10）奇卡娜文学跨界的美学价值。该部分将从奇卡娜小说的形式与结构、文体与修辞、意象和象征、主题及其意义、原创性与创新性等几个方面阐释其美学价值。

本章小结

跨界是人类自然流动中必不可少的行为。美国奇卡诺族裔在美墨边境的跨界过程中，遭遇了种种矛盾与冲突。奇卡诺族裔特别是奇卡娜人承受了多重压迫和剥削。在艰苦的跨界中，她们获取了知识和智慧，用文学创作表达自己的身体、心理和精神上的经历与创伤。在创作中她们形成了自己的理论并撰写了大量的小说来叙述她们的故事。她们的小说受到全世界各国读者的青睐，也为研究者提供了很好的文本资源。国内外学者对她们的一些经典作品进行了较多的诠释，但较少从跨界的角度进行研究。安扎尔多瓦的跨界理论已经成为西方国家解决边界移民问题的指导性理论。本书旨在利用她的族裔跨界理论，深入探讨奇卡娜作家群的跨界书写，希望能对其他的文学跨界研究者起到抛砖引玉的作用。

第二章 族裔跨界理论

从17世纪开始，英国清教徒对北美土著印第安人的侵略、印第安人保留地的划分，以及随后清教徒们越过保留地界线实施的大规模暴力行为表明，跨界行为往往具有侵略性和毁灭性的不道德犯罪行为。在跨越边界的行为上非此即彼。而本书所涉及的跨界是与此相逆的概念：骑跨在界线上，两边的利益均沾，即抓住两边均重要的东西来为自身的发展服务。安扎尔多瓦于1987年在她的混合文体著作《边疆》里提出的"跨界"[①]一词是关于奇卡诺女性种族身份、地缘身份、社会身份、性别身份、族裔文化、阶级身份、民族身份与文学体裁的双重性或多重性的术语。她提出女性若想获得解放与理解，必须跨越"对立河岸"，走向"新混血女性意识"。[②]《边疆》首先描述的是奇卡诺/娜人低下、卑微而没有归宿的地位，然而，随着人们对奇卡娜人地位的重视与女性的反抗，"跨界"已经成为奇卡娜人处境和社会地位的常态。安扎尔多瓦的跨界理论的形成与其在美墨边疆的成长经历密切相关。

第一节 安扎尔多瓦与族裔跨界理论的形成

没有世世代代在美墨边境生存的经历，就没有安扎尔多瓦的跨界理论；没有边境苦难的生活与对跨种族人的歧视，也不会有她的跨界理论。是安扎尔多瓦在美国得克萨斯州与墨西哥接壤的山区的生活经历成就了她的族裔跨界理论。在《边疆》第一版的"前言"开篇，她描述了边疆的含义和其生存的恶劣人文环境。

[①] Gloria Anzaldúa, *Borderlands/La Frontera: The New Mestiza*, 4th ed., San Francisco: Aunt Lute Book, 2012, p.19.

[②] Gloria Anzaldúa, *Borderlands/La Frontera: The New Mestiza*, 4th ed., San Francisco: Aunt Lute Book, 2012, p.25.

本书讨论的物理边界特指美国西南部的得克萨斯与墨西哥边界。心理边界、性别边界与精神边界并非西南部独有现象。但凡两种及以上文化交融之处、不同族裔共居之地、上中下阶层交汇之域，或个体因亲密接触导致空间消弭之境，皆可见边界实质的存在。

作为边界女性，我成长于双重文化语境：墨西哥文化（深受印第安传统影响）与盎格鲁文化（作为故土被殖民者的一员）。终生横跨得克萨斯与墨西哥边界的生存体验充满矛盾，敌意、愤怒和剥削构成此间最刺目的景观。①

以上是安扎尔多瓦和她的族裔人在20世纪80年代的生存状态，一种生活在夹缝中的状态。下面将简述她的生平，特别是她的文学和文学理论创作的历程。

一　安扎尔多瓦生平

安扎尔多瓦（Gloria E. Anzaldúa，1942-2004）出生在得克萨斯州南部的格兰德山谷，父亲是乌尔巴诺·安扎尔多瓦，母亲是阿玛莉亚·安扎尔多瓦·尼·加西亚。她是四个孩子中的老大。安扎尔多瓦的曾祖父老乌尔巴诺曾经是伊达尔戈县的一名地区法官，也是她的出生地耶稣玛丽亚（Jésus Maria）农场的第一个主人。

安扎尔多瓦是16—17世纪来到美洲的著名的西班牙探险家和定居者的后裔，也有土著血统。她11岁时，全家搬到了得克萨斯州的哈吉尔。她的短篇故事《普列塔》讲述了她在边疆艰苦和异常的生活。她生而肤色很黑，但她的奶奶仍然很喜欢她。在她三个月大的时候，她的尿不湿上就出现了小小的血点，医生认为，她是返祖的爱斯基摩人，因为他们的性成熟早……在学校里她曾因在课间休息时讲了西班牙语而遭到老师用教鞭抽打，这给她终生留下了心理阴影。长大后，她和妹妹一起到田间帮父母干农活，日晒雨淋，还常常没有收获。在她的成长过程中，她"感觉自己不属于这个地球，而是另一个星球来的异类"②。

---

① Gloria Anzaldúa, *Borderlands/La Frontera: The New Mestiza*, 4th ed., San Francisco: Aunt Lute Book, 2012, p. 18.

② Gloria Anzaldúa, "La Prieta", in Cherríe Moraga & Gloria Anzaldúa, eds., *This Bridge Called My Back: Writings by Radical Women of Color*, New York: SUNY Press, 2015, p. 199.

1962年她毕业于爱丁堡高中。1968年，她在德克萨斯大学泛美分校获得英语、艺术和中等教育学士学位，后来在德克萨斯大学奥斯汀分校获得英语和教育学硕士学位。在奥斯汀就读期间，她加入了政治活跃的文化诗人和激进的剧作家的组织，为奇卡诺运动的发展尽力。在辅佐奇卡诺族裔男性发动奇卡诺运动的过程中，她意识到女性的生活和地位没有任何变化后，便开始参加白人女权主义者举行的集会活动，认为奇卡娜人也应该获得应有的权益。在活动中，她受到了白人的歧视，于是，她回到了自己的社区，开展了自己的民权运动——奇卡娜女权主义运动，和莫拉加、卡斯蒂略等激进的女权主义者一起，为奇卡娜人的权益呼号奔走。

安扎尔多瓦大学毕业后成为一名学前教育和特殊教育教师。1977年，她搬到了加利福尼亚州，在旧金山州立大学、加利福尼亚州立大学圣克鲁兹分校、佛罗里达大西洋大学等多所大学，通过写作、讲座以及偶尔教授女权主义理论课程、奇卡诺研究和创意写作来谋生。后来她成为独立作家。使她成名的作品是她和莫拉加共同编辑的综合文集《这座桥叫"我的背"》。这部作品激进的思想和文风使她招致了奇卡诺男性，包括被称为奇卡诺文学教父的阿纳亚的批评，但受到了激进的奇卡娜人的追捧。

她的混合文体著作《边疆》讲述了她在墨西哥和得克萨斯边境成长的生活。该书审视了奇卡诺文化中妇女的状况，并讨论了与墨西哥人经历相关的几个关键问题：异性恋、殖民主义和男性统治。她向墨西哥裔女性描述了女同性恋受到的压迫，并谈到了男性对性别行为的期望，使女性在社区中对男性权威的尊重常态化。她提出的"新混血女性意识"是一种"新的更高的意识"，挑战男女性别的二元论规范。这本书的前半部分是关于奇卡娜人在边境地区的孤立和在不同文化之间的孤独，后半部分是诗歌。在书中，安扎尔多瓦使用了两种英语变体和六种西班牙语变体。她之所以故意让非双语者难以阅读，是因为语言是安扎尔多瓦小时候遇到的障碍之一，她希望读者了解到，当存在语言障碍时，事情是多么令人沮丧。她写这本书是为了发泄她的愤怒，并鼓励人们为自己先祖的遗产和文化感到骄傲。

正是这部著作的出版使她成为受压迫、受剥削和受迫害的奇卡娜人的代言人。此书一经面世，研究者对她的思想的传播经久不息，尽管白人政府教育部门三番五次将它列为禁书，但它已经被四次出版发行，并传播到世界各地，在有边界移民问题的国家如意大利、德国、法国、俄罗斯均引发了"安扎尔多瓦热",大家纷纷借鉴她的方法来处理民族问题和移民问题。

安扎尔多瓦编辑了《打造面孔,打造灵魂:有色女性主义者之创见及批评》,还与基廷(Keating)共同编辑了《这座我们称为家的桥:转型的激进愿景》(*This Bridge We Call Home: Radical Visions for Transformation*, 2002)。这两本文集都是以诗歌、故事和论文为混合文体,是奇卡娜人书写自己的故事。她去世前即将完成的《黑暗中的光:身份、灵性、现实改写》(*Light in the Dark/Luz en lo Oscuro: Rewriting Identity, Spirituality, Reality*) 已由杜克大学出版社出版 (2015)。

她的儿童文学作品包括《普里蒂塔有一个朋友》(1991)、《另一边的朋友》(1993) 和《普里蒂塔和拉洛罗娜》(1996)。她还写了许多虚构的故事和小说、诗作。她在女权主义、奇卡诺文化理论和酷儿理论等领域做出了巨大的贡献。她的著作被认为是拉丁裔哲学新兴领域的基础文本。安扎尔多瓦写了一篇题为《用语言说话:给第三世界女性作家的信》("*Speaking in Tongues: A Letter to 3rd World Women Writers*") 的演讲稿,重点关注了由于女性作家和理论家的兴起,她们在文学中向性别上的平等和公正的方向的转变,却远离了种族和文化问题。她还在文章中强调了写作的力量,认为写作可以创造一个现实世界所没有的完善的世界。

安扎尔多瓦认为自己是一个没有象征性的家来与民族完全联系的实体。为了弥补这一不足,她创建了她自己的避难所和自己的世界。她的个性超越了与某个群体有关的规范界限。在《左撇子世界》("Mundo Zurdo")一文中,她描述自己就像一个"湿婆,有一个多臂和多腿的身体,一只脚在棕色的土壤上,一只在白色土壤上,一只在异性恋的社会中,一个在同性恋的世界、男人的世界、女人的世界,一部分肢体在文学界,另一部分在工人阶级、社会主义者和神秘的世界"[1]。这篇文章描述了作家一生中必须进行的身份斗争。从孩提时代起,安扎尔多瓦就不得不应对成为一名有色人种女性的各种挑战。她首先接触的是自己的人民与自己家庭的种族主义、"恐惧"女性和性别歧视。她立即抛弃了家庭内化的种族主义,成为"另类",因为他们的偏见是白人和白皮肤意味着威望和

---

[1] Gloria Anzaldúa, *EntreMundos/Among Worlds*, ed., AnaLouise Keating, *The Bridge Call My Book: Writings by Redical women of color* New York: Palgrave Macmillan, 2015, p. 205.

皇室，而有色人几乎是社会渣滓。在她成长的家庭中，男性的形象是一个独裁主义的头脑，而女性，即母亲，则被困在了这个范式的所有偏见之中。她那湿婆的类比很合适，因为她决定违背这些传统，进入她自己的世界：左撇子世界，它让自我更深入，去超越传统的界限，同时，重新创造自我和社会。这对于安扎尔多瓦来说是一种宗教形式，它允许自我处理社会对它施加的不公正，并得到更好的结果——一个更有理性的人。

安扎尔多瓦在她生命的最后十年里写了《黑暗中的光》（*Light in the Dark*，2015）。这本书是她在加利福尼亚州立大学圣克鲁兹分校未完成的文学博士学位论文，它由安扎尔多瓦的文学受托人安娜路易丝·基廷精心整理而成。这本书代表了她最完美的哲学思想。安扎尔多瓦将个人的叙述贯穿于《黑暗中的光》之中，对许多当代问题发表评论，包括"9·11"事件，艺术世界中的新殖民主义实践与联合政治。她深入探究了认识、存在及其创造过程中的次要形式（非主流形式）与方法在西方思想体系中是否遭遇了边缘化的命运。她的写作，作为一个高度理论化的过程，不仅精妙地展现了学术的严谨，更以一种非凡的方式，将艺术的美感、精神的深度与政治的敏锐完美融合，形成了一种独特且富有影响力的实践。《黑暗中的光》包含了多种变革性的理论，包括中间地带的人、强迫性共济失调、精神行动主义，等等。

她曾在加利福尼亚州立大学圣克鲁斯分校攻读博士学位。在她因病去世后，该大学追授她博士学位以表彰她对文学理论和创作所做出的巨大贡献。

安扎尔多瓦是国际公认的女权主义理论家和创意作家。她多才多艺，创作和出版了理论论文、诗歌、短篇小说、自传叙事、访谈、儿童读物和选集。在她的帮助下，许多有色人种女性的文学作品得以在美国出版发行。大家认为是她重新定义了酷儿、女性和奇卡娜人的身份，并发动了极具包容性的女权主义运动。通过写作，安扎尔多瓦还为批判和理解文化杂糅性奠定了政治和诗学基础。她一生中因优秀和有影响力的创作而多次获奖，其中包括前哥伦布基金会美国图书奖和美国研究协会终身成就奖。

二 族裔跨界理论的形成

在回答伊卡斯（Ikas）采访提问"您是如何形成自己思想的？"时，安扎尔多瓦说："首先有些东西一直困扰着我，在一些情感上的东西导致我感到沮丧、生气或感到抵触时，我就开始思考，有时走路都在考虑问题。"①。此外，她认为，从小的爱好也起到了非常重要的作用。她在混合体作品《普列塔》里回忆自己的边疆生活时写道："读书的行为永远地改变了我。"② 跨界理论可以说是在她亲身的经历和广泛的阅读中形成的。

1. 安扎尔多瓦在边疆的个人经历

生活在两种文化碰撞的夹缝地带，她学会了包容，拥抱两个世界的优秀文化。在《普列塔》中，她回忆了离开家读大学之前的生活，几个月大她就有了成熟女人的月经，7岁时乳房开始发育，她母亲给她上身绑上紧身褡以免被同学发现，在她的内裤上粘上一卷破烂布来处理经血……她感觉到了自己身体的陌生、不正常和怪异……虽然她的家族到她这一代已经是第六代生活在得克萨斯州的山区牧场了，人们始终把他们称为墨西哥人，她的奶奶还在她去地里干活时让她把帽子戴上，深怕她的皮肤被晒黑了白人会说她是肮脏的墨西哥人。她在奶奶不停地命令她洗澡、擦地板和碗柜、清洁窗户和墙壁中度过了她的青少年时期，同时，她在外经常遭遇奇卡诺"族裔内部的种族主义、对女性的恐惧和性别歧视"③。

在家庭里，她因为自己的性别受到了母亲的忽视、抱怨和疏远。在农场的农民工生活异常艰苦，有时劳作了很久，却因天气的干旱而颗粒无收。在地里和牧场的生活使她变得烦躁，因为她看到了像她母亲那样的女人的传统地位是被动、责任和结婚生子。她花费了近三十年去忘却人们灌输给她的"白色比棕色好"——一些有色人种永远不会忘却的事。后来她慢慢地"将青少年时期的恨转化成了爱"④。

在日常生活中，她遭到了家庭内外的歧视与暴力。她曾在街上遭遇抢劫犯的性侵，但顽强地与之进行了生死搏斗。她的情人因她的性冷淡离她而去。她的母亲强烈反对她找偷渡者做男友，她的弟弟们和母亲把她叫作

---

① Karin Ikas, "Interview with Gloria Anzaldūa", in Gloria Anzaldua, *Borderlands/La Frontera: The New Mestiza*, 4th ed., San Francisco: Aunt Lute Books, 2012, p. 275.

② Gloria Anzaldúa, "La Prieta", in Cherríe Moraga & Gloria Anzaldúa, eds., *This Bridge Called My Back: Writings by Radical Women of Color*, New York: SUNY Press, 2015, p. 199.

③ Gloria Anzaldúa, "La Prieta", in Cherríe Moraga & Gloria Anzaldúa, eds., *This Bridge Called My Back: Writings by Radical Women of Color*, New York: SUNY Press, 2015, p. 198.

④ Gloria Anzaldúa, "La Prieta", in Cherríe Moraga & Gloria Anzaldúa, eds., *This Bridge Called My Back: Writings by Radical Women of Color*, New York: SUNY Press, 2015, pp. 201-202.

"'怪异者'来羞辱她。而她的朋友则夸她很强大,有大山一样的力量"①。

在她的社区,她还曾经看到奇卡诺族裔的同性恋人遭遇同样是受压迫阶层的黑人的侮辱。

>曾在公交站等车时,一名黑人男子朝他们咆哮:"嘿基佬,过来让爷舒服一下!"奇卡诺男子当即反呛:"你这忘恩负义的黑皮肤混蛋,我在你们黑人民权运动中工作十多年,你竟这样辱骂我。"②

这些个人的经历让她意识到自己必须反抗才能生存。

2. 安扎尔多瓦的广泛阅读

在安扎尔多瓦的阅读中,她接受了东西方不同文化的哲学思想,继承了世界各类哲学家、心理学家的理论传统和运动精神。弗洛伊德的心理分析和荣格的精神分析影响了她的心理分析方法,白人主流社会曾经的女权运动也深深地影响了她。她继承了墨西哥哲学家的宇宙观(cosmopolitanism),还学习了中国的道德经。③

基于个人的经历和东西方哲学思想的影响,她把族裔跨界理论思想写进了《这座桥叫"我的背"》、《边疆》和《黑暗中的光》等著作中。

贡萨雷斯将奇卡诺人的生存环境比喻成铁丝网,他们被圈在网中,孤独、悲伤:

>我在女人的眼中,
>躲在
>她的黑色披肩下
>深沉而悲伤的眼神,
>承受着已埋葬久远的儿子们
>或正在死去,

---

① Gloria Anzaldúa, "La Prieta", in Cherrie Moraga & Gloria Anzaldúa, eds., *This Bridge Called My Back: Writings by Radical Women of Color*, New York: SUNY Press, 2015, p. 204.

② Gloria Anzaldúa, "La Prieta", in Cherrie Moraga & Gloria Anzaldúa, eds., *This Bridge Called My Back: Writings by Radical Women of Color*, New York: SUNY Press, 2015, p. 205.

③ Gloria Anzaldúa, "La Prieta", in Cherrie Moraga & Gloria Anzaldúa, eds., *This Bridge Called My Back: Writings by Radical Women of Color*, New York: SUNY Press, 2015, pp. 110-111.

或已经死亡的痛苦，
他们死在战场上
或社会纷争的铁丝网上。①

此诗节里披着黑色披肩的"她"是奇卡诺女神瓜达卢佩。诗人借此暗指奇卡诺男性在民族女神的保佑下，为美国白人主流社会做出了巨大的牺牲，却生活在被孤立的世界里。当贡萨雷斯这样描写奇卡诺族裔生存条件的时候，安扎尔多瓦从女权主义的角度恢复和重塑了女性神话和文化偶像。受到原型心理学的启发，她将"奇卡娜"设想成一个多中心主题，囊括了女性人物的多重性。《边疆》中的一段话拓展了贡萨雷斯所使用的铁丝网意象，以揭示边境地区女性的双重边缘化。

偷渡者——那些没有身份的女性——在这个国家面临双重威胁。她不仅需要对抗性暴力，更与所有女性共同沦为躯体无助感的猎物。作为难民，她被迫离开熟悉的安全家园，孤注一掷地闯入未知而潜在危险的领域。
这是她的家
这个薄边的铁丝网。②

"社会纷争的铁丝网"是解决阶级斗争和种族歧视的隐喻，而在安扎尔多瓦的文本中，"薄边的铁丝网"成为她在更复杂的地缘政治和性心理边界构建没有身份的妇女边缘位置的意象的一部分，在这里没有身份的妇女是跨界者的代表之一。依据安扎尔多瓦的观点，她们的特殊位置为她们提供了一种特殊的"功能"或"在表面现象中看到更深层次现实意义的能力"③。

在《边疆》中，这种"能力"被定义为一种"生存策略"或心理技能，它是受压迫的结果。这可能有助于发展她所谓的在边疆被"异化"

---

① Rudolfo Gonzales, *I Am Joaquin/Yo Soy Joaquin*, New York: Bantam Books, p. 11.

② Gloria Anzaldúa, *Borderlands/La Frontera: The New Mestiza*, 4th ed., San Francisco: Aunt Lute Book, 2012, pp. 34-35.

③ Gloria Anzaldúa, *Borderlands/La Frontera: The New Mestiza*, 4th ed., San Francisco: Aunt Lute Book, 2012, p. 60.

的"新梅斯蒂萨意识"。

"新梅斯蒂萨"不是一个具体的人物或代表，而是一个新的意象或概念性人物，它解释了所有被边缘化边界主体的身份。作为一名代言人，安扎尔多瓦的创作主题中"危险野兽"的出现，既是对奇卡诺运动的"奇卡娜"和"奇卡诺"归类的回应，也是对盎格鲁美国女权主义的"女人"这一类别进行的激进的批评。

根据阿皮亚（Appiah）的身份伦理理论框架[①]，在《边疆》重新建立身份意味着作家扩大了身份标记方面的身份研究方法，并将多种身份处理方法应用于各类人群。首先，安扎尔多瓦不仅将性别和性取向作为出发点，而且认识到其他身份标记的交集所蕴含的多样性，即奇卡娜族裔群体成员的社会、种族、宗教和语言的多样性。其次，在理论上，作为媒介，"我"关注奇卡娜作为艺术家和理论家的作用。在这方面，安扎尔多瓦的概念"我"成为奇卡娜的形象的缩影。《边疆》通过塑造一个新的"人的类型"来解决奇卡娜文化中的问题：一个将"新梅斯蒂萨方式"理论化且她本身同时代表这个"新梅斯蒂萨"的奇卡娜知识分子。这样，《边疆》就建立起了安扎尔多瓦作为"危险野兽"[②]的奇卡娜创作主题的特殊形象，也奠定了她的危险野兽诗学（dangerous beast poetics）。

第二节 "族裔跨界"的隐喻

安扎尔多瓦在生活历练和知识积累中形成的族裔跨界理论，术语丰富，内容新颖，具有极强的哲理性与实用性。自族裔跨界理论形成以来，它激励了无数奇卡娜/诺人为了更好地生活而抗争，并从身体上和精神上找到了解决边疆生活中的问题的办法。它也改变了边疆地带人的思维方式，引导了青年作家特别是奇卡娜青年作家的创作方向。

一 跨界理论关键词

安扎尔多瓦在她的族裔跨界理论中创造了许多新概念。她的遗著

[①] Kwame Anthony Appiah, "Preface", *The Ethics of Identity*, Princeton: Princeton University Press, 2005, p. xiv.

[②] Ricardo F. Vivancos Pérez, *Radical Chicana Poetics*, New York: Palgrave Macmillan, 2013, p. 1.

《黑暗中的光》总结了她的重要理论概念，该书是对《边疆》中跨界理论的进一步阐释和升华。下面这些概念经常被研究者使用。

1. 自传体史

自传体史（Autohistoria）是安扎尔多瓦自造的术语，用来描述"有色人种女性干预西方传统的自传体形式并对其实现转型"[1]。自传体史聚焦寻找个人和文化的意义，通过在社会正义工作中反思的自我意识得以让人知晓。

2. 自传体史理论

自传体史理论（Autohistoria-teoría）[2]是安扎尔多瓦提出的理论，它被用来描述自传体写作的关系形式，其中包括生活故事和故事写作过程中的自我反思。自传体史理论作家把他们的文化和个人传记与回忆录、历史、故事讲述、神话以及其他理论化的东西混合在一起。通过这样做，他们可以创造出相互交织的个人和集体的不同身份。修正和重新诠释的个人经历就成了重读和重写既有文化故事的焦点。通过这种写作方式，安扎尔多瓦等人揭露了现存范式的问题，创作出讲述有关治愈、自我成长、文化批评、个人和集体转型等内容的新故事。

3. 边疆

边疆（Borderlands/borderlands）[3]是安扎尔多瓦的族裔跨界理论中最核心的术语之一。她以 B 和 b 两种形式来拼写，其含义完全不同。以小写 b 的形式表达的是德克萨斯—墨西哥两边，以大写 B 的形式则是一种从德克萨斯—墨西哥地理边界得出并超越了地理的理念，它包含心理上、性别上和精神上的边疆。这些边疆在地理上和隐喻上的意义代表了非常痛苦却具有潜在转型能力的空间。不同的人在这里会合、冲突和转型。

---

[1] Gloria Anzaldúa, *Light in the Dark/Luz en lo Oscuro: Rewriting Identity, Spirituality, Reality*, Analouise Keating, ed., Durham/London: Duke University, 2015, p. 241.

[2] Gloria Anzaldúa, *Light in the Dark/Luz en lo Oscuro: Rewriting Identity, Spirituality, Reality*, Analouise Keating, ed., Durham/London: Duke University, 2015, p. 241.

[3] Gloria Anzaldúa, *Borderlands/La Frontera: The New Mestiza*, 4th ed., San Francisco: Aunt Lute Book, 2007, p. 19.

4. 灰岩坑

灰岩坑（Cenote）[①]是墨西哥尤加坦半岛上的地理现象。它是一种自然形成的地下洞穴系统，坑洞深不见底，神秘莫测，古代玛雅人常将它当作祭祀处。它象征从黑暗到光明、从死亡到重生的转变。安扎尔多瓦在她的意识形态和美学里借用它表达玛雅人牺牲性质的实践和荣格的心理学，探讨生命、死亡、重生以及个人成长等普遍而又深刻的主题。

5. 科亚特利库埃

科亚特利库埃（Coatlicue）[②]是土著大地神/女神的名字。依据阿兹特克神话，这个名字的意义是"蛇裙"，代表掌控生死的大地女神，她是诸神的母亲。根据安扎尔多瓦的描述，她面目狰狞，穿着蛇裙，佩戴着人的头骨做的项链。在另外的故事版本里，她的女儿科伊尔豪基（Coylxauhqui）联合其他姊妹一起将她杀害了。

6. 科亚特利库埃状态

科亚特利库埃状态（Coatlicue State）[③]是安扎尔多瓦的认识论里最重要的一个元素。这个术语被她创造出来，代表对新知识的抵抗，以及因激烈的内心斗争引发的特殊精神状态。这种精神状态可能导致与力量的对峙和转变，甚至导致瘫痪和抑郁。安扎尔多瓦将科亚特利库埃状态和包括抑郁、创造力和写作障碍等状态联系在一起。这些心理上的冲突和她作为奇卡娜人在白人社会的经历紧密相关。她已经内化于心的墨西哥世界观、土著人世界观和盎格鲁人的世界观导致了她的内在分裂、文化混乱和羞耻感。

7. 意识

意识（Conocimiento）[④]一词源于西班牙语的术语，是安扎尔多瓦的后边疆时期重要的本体认识论的组成部分。她以此来诠释她早期的混血意识，并感知潜在的转型因素。与混血意识一样，意识也代表一种非二元化

[①] Gloria Anzaldúa, *Light in the Dark/Luz en lo Oscuro: Rewriting Identity, Spirituality, Reality*, Analouise Keating, ed., Durham/London: Duke University, 2015, p. 242.

[②] Gloria Anzaldúa, *Borderlands/La Frontera: The New Mestiza*, 4th ed., San Francisco: Aunt Lute Book, 2007, p. 68.

[③] Gloria Anzaldúa, *Borderlands/La Frontera: The New Mestiza*, 4th ed, San Francisco: Aunt Lute Book, 2012, p. 69.

[④] Gloria Anzaldúa, *Light in the Dark/Luz en lo Oscuro: Rewriting Identity, Spirituality, Reality*, Analouise Keating, ed., Durham/London: Duke University, 2015, p. 117.

的、相连的思维模式。基于意识的概念，她提出了想象的、精神行动主义的、激进的包容可能性。

8. 科伊尔豪基

根据阿兹特克神话历史，科伊尔豪基（Coylxauhqui）[①]是科亚特利库埃的长女、月亮女神。在她的母亲怀孕后，她带领她的400多个兄弟姐妹杀害了母亲。当他们进攻母亲的时候，母亲腹中的胎儿韦齐洛波奇特利（Huitzilopochtli）瞬间长大成人，他的母亲给了他武器来抵抗其他兄弟姐妹的进攻。他把姐姐科伊尔豪基撕成了碎片，将她的头抛向天空，身体扔到山谷，并杀死了其他所有的人。科伊尔豪基一直是安扎尔多瓦的认识论里重要的概念。

9. 科伊尔豪基规则

安扎尔多瓦根据科伊尔豪基的经历提出了科伊尔豪基规则（Coylxauhqui Imperative）[②]，用于描述复杂的治愈过程，这是一种想要从碎片状态回归完整运转的内心冲动或欲望。她经常把这种规则与文化创伤、其他个体与集体的心灵伤口以及创作的欲望联系在一起。[③]

10. 左撇子世界

左撇子世界（El Mundo Zurdo）[④]是安扎尔多瓦开办的一个阅读工作坊，她欢迎任何喜欢阅读的人加入，无论其身份是什么。它因阅读的人群不同而拥有多样的伦理、认识论和美学定义。一般来说，它象征着关系差异。应用于联盟时，它代表着一个基于共性的社区，其中具有不同需求和关注点、拥有不同背景的人可以共存，并共同努力来实现革命性变革。

11. 自我地理学

自我地理学（Geography of Self）[⑤]是与身份相关的概念，它强调身份

[①] Gloria Anzaldúa, *Light in the Dark/Luz en lo Oscuro: Rewriting Identity, Spirituality, Reality*, Analouise Keating, ed., Durham/London: Duke University, 2015, p.9.

[②] Gloria Anzaldúa, *Light in the Dark/Luz en lo Oscuro: Rewriting Identity, Spirituality, Reality*, Analouise Keating, ed., Durham/London: Duke University, 2015, p.9.

[③] Gloria Anzaldúa, *Light in the Dark/Luz en lo Oscuro: Rewriting Identity, Spirituality, Reality*, Analouise Keating, ed., Durham/London: Duke University, 2015, pp.10-11.

[④] Gloria Anzaldúa, *Light in the Dark/Luz en lo Oscuro: Rewriting Identity, Spirituality, Reality*, Analouise Keating, ed., Durham/London: Duke University, 2015, p.243.

[⑤] Gloria Anzaldúa, *Light in the Dark/Luz en lo Oscuro: Rewriting Identity, Spirituality, Reality*, Analouise Keating, ed., Durham/London: Duke University, 2015, p.65.

的潜在关系、多重性、混合性，以及奇卡娜人身份所具有的多孔边界特性。她认为奇卡娜人身份的地理是广阔的，跨越许多国家。一个人的终点和世界的起点并不容易区分，就像一条河流淹没了河岸，开辟了一条向新方向蜿蜒流淌的新河道，奇卡娜人逃离了肤色和身份的困扰，并形成了一个新的身份。

12. 瓜达卢佩

瓜达卢佩（Guadalupe）[①]，也被称为"瓜达卢佩女神"，通常被视为土著女神托南津（Tonantzin）的新版本，她代表了多种传统的综合。在《边疆》中，她被描述为奇卡诺人/墨西哥人中最具影响力的宗教、政治和文化形象。

13. 韦齐洛波奇特利

韦齐洛波奇特利（Huitzilopochtli）[②]是阿兹特克太阳神和战神。他发育完全，全副武装，从他的母亲科亚特利库埃身体内一跃而出，肢解了他的姐姐科伊尔豪基。

14. 婊子

婊子（La Chingada）[③]这个术语经常与负面女性形象马林奇（Malinche）联系在一起。她是西班牙征服者赫尔南·科迪斯（Hernán Cortes）到达美洲大陆后，土著人赠送给他的土著妇女，因此，她被视为墨西哥裔混血儿的象征性母亲，也是当代奇卡诺族裔文化中坏女人的代名词。

15. 本能

本能（La Facultad）[④]这个术语的意思是直观形式的知识，包括但不限于逻辑思维和经验分析。它是从表面现象中看到深层现实意义的能力，是看到表面之下的深层结构的能力，它表现为一种瞬间的"感觉"，一种

[①] Gloria Anzaldúa, *Light in the Dark/Luz en lo Oscuro：Rewriting Identity, Spirituality, Reality*, Analouise Keating, ed., Durham/London：Duke University, 2015, p. 244.

[②] Gloria Anzaldúa, *Light in the Dark/Luz en lo Oscuro：Rewriting Identity, Spirituality, Reality*, Analouise Keating, ed., Durham/London：Duke University, 2015, p. 244.

[③] Gloria Anzaldúa, *Light in the Dark/Luz en lo Oscuro：Rewriting Identity, Spirituality, Reality*, Analouise Keating, ed., Durham/London：Duke University, 2015, p. 244.

[④] Gloria Anzaldúa, *Borderlands/La Frontera：The New Mestiza*, 4th ed., San Francisco：Aunt Lute Book, 2012, p. 60.

无须有意识推理就能迅速感知的敏锐性，一种由心灵中不说话的部分介导的敏锐意识，它以图像和符号（情感的面孔）进行交流。

16. 混血意识

混血意识（Mestiza Consciousness）① 是安扎尔多瓦最著名的概念之一。它是一种整体的思维和行为方式，包括对矛盾和矛盾心理的转化与容忍。

17. 混合

西班牙语中的"混合"（mestizaje）② 一词在安扎尔多瓦的作品中一般指"转化的组合"或"变形之后的组合"。

18. 变形人

土著纳瓦特尔语（Nahuatl）中"变形人"（naguala）③ 的含义被安扎尔多瓦在其不同著作中进行了不同的诠释，其中包括变形人、萨满、守护精神、认识论能力、灵感和内在指导等。她将这些含义与创作过程、魔幻思维和各种变形联系在一起。

19. 中美洲魔法超自然主义

中美洲魔法超自然主义（Nagualismo）④ 的意义多维，其中包括托尔特克世界观、萨满教、世界旅行、另类、民间认识论、变形，等等。安扎尔多瓦将中美洲魔法超自然主义与"灵性，精神行动主义，混血人意识，以及中间和中间人"联系在一起。

20. 中间

中间（Nepantla）⑤ 一词源自纳瓦特尔语，意为"中间空间"。安扎尔多瓦用这个术语来构建她的后边疆理论。对于她来说，中间代表了时间、空间、精神和智力上的危机点，以及其他事物。"中间"状态出现在

---

① Gloria Anzaldúa, *Borderlands/La Frontera: The New Mestiza*, 4th ed., San Francisco: Aunt Lute Book, 2012, pp. 99-105.

② Gloria Anzaldúa, *Borderlands/La Frontera: The New Mestiza*, 4th ed., San Francisco: Aunt Lute Book, 2012, p. 99.

③ Gloria Anzaldúa, *Light in the Dark/Luz en lo Oscuro: Rewriting Identity, Spirituality, Reality*, Analouise Keating, ed., Durham/London: Duke University, 2015, p. 244.

④ Gloria Anzaldúa, *Light in the Dark/Luz en lo Oscuro: Rewriting Identity, Spirituality, Reality*, Analouise Keating, ed., Durham/London: Duke University, 2015, p. 244.

⑤ Gloria Anzaldúa, *Light in the Dark/Luz en lo Oscuro: Rewriting Identity, Spirituality, Reality*, Analouise Keating, ed., Durham/London: Duke University, 2015, p. 28.

生命的许多过渡阶段，可以用来描述与身份、美学、认识论或本体论相关的问题核心。

21. 中间人

中间人（Nepantleras）[①]是安扎尔多瓦从"中土"发展而来的一个术语，用来描述一种独特类型的调解人，即那些在与中间的接触中幸存下来（并被改变）的人。这些中间人是"门槛人"，生活在多个世界之内和世界之间。通过痛苦的自我调节，他们发展出她所描述的"从裂缝中透视"的特殊视角。他们利用这些转变后的视角来创造整体的、关联的理论和策略，使他们能够重新认识或以其他方式改变他们所存在的各种世界。

22. 新混血女性

新混血女性（New Mestiza）[②]指由于身体、性别、性取向、肤色、阶级、个性、精神信仰和/或因其他生活经历而居住在多个世界里的女性。这是安扎尔多瓦对混血女性生物学上的创新性定义。这一术语提供了一种新的人格概念，它将明显彼此矛盾的欧美传统和土著传统融合在一起。她进一步将她的新混血意识理论发展成认识论和伦理学。

23. 新部落主义

新部落主义（New Tribalism）[③]是安扎尔多瓦在与批评家的对话中发展的理论概念，挑战那些读过她的"混血"（Mestizaje）概念的读者，如狭隘的民族主义者或本质主义者。通过她的新部落主义理论，安扎尔多瓦致力于探索一种基于相互间深厚情感联系的联盟形式，以此开创一种全新的身份构建路径。此理论不仅对传统白人主流社会的同化与种族隔离策略进行了有力的批判，更提供了一种富有挑衅意味的替代方案，为多元文化的融合与发展开辟了新的可能。

[①] Gloria Anzaldúa, *Light in the Dark/Luz en lo Oscuro: Rewriting Identity, Spirituality, Reality*, Analouise Keating, ed., Durham/London: Duke University, 2015, p. 65.

[②] Gloria Anzaldúa, *Borderlands/La Frontera: The New Mestiza*, 4th ed., San Francisco: Aunt Lute Book, 2007, p. 20.

[③] Gloria Anzaldúa, *Light in the Dark/Luz en lo Oscuro: Rewriting Identity, Spirituality, Reality*, Analouise Keating, ed., Durham/London: Duke University, 2015, p. 67.

24. 主体间性理论

主体间性理论（nos/otras）[①] 源自西班牙语的术语，含义为女性"我们"的复数形式，安扎尔多瓦用它来表明一种群体身份或意识。通过将"nosotras"一词分成两部分，她承认了当代生活中经常感受到的分裂感（nos 是我们，而 otras 指他人）。nos 与 otras 结合在一起，预示着伤口疗愈的希望："我们"包含了他人，他人牵制"我们"。nos/otras 代表"我们"之间的差异仍然存在，但两者以对话的方式发挥作用，产生了以前未被认识到的共性和联系。她的 nos/otras 理论为二元"自我—他者"提供了另一种选择，这是一种哲学和实践，使我们能够彼此承认差异，架起桥梁，有时还能缩短"自我"与"他者"之间的距离。

25. 精神行动主义

精神行动主义（Spiritual Activism）[②] 这个术语不是安扎尔多瓦首创，但她用它来描述她有远见的、基于经验的认识论和伦理学，以及她的意识理论的一个方面。在认识论层面，精神行动主义假设了一种相互联系的形而上学框架，并采用了非二元思维模式。在伦理学层面，精神行动主义需要旨在干预和改造现有社会环境的具体行动。精神行动主义是社会变革的灵性，这种灵性承认个体之间的许多差异，但坚持人们的共性，并利用这些共性作为变革的催化剂。

26. 惊吓

安扎尔多瓦将"惊吓"（Susto）描述为墨西哥的"土著信仰"，用来代表灵魂的丧失——个人/集体的创伤、破碎和其他由性别歧视、同性恋恐惧症、"种族主义和其他侵犯行为"所造成的创伤。正如她在章节注释中解释的那样，"在最初的创伤期间或之后，我们会失去部分灵魂，并以此作为将痛苦最小化的直接策略。这会让你无法与自己的整个灵魂在一起"[③]。她将"惊吓"

[①] Gloria Anzaldúa, *Light in the Dark/Luz en lo Oscuro: Rewriting Identity, Spirituality, Reality*, Analouise Keating, ed., Durham/London: Duke University, 2015, p. 246.

[②] Gloria Anzaldúa, *Light in the Dark/Luz en lo Oscuro: Rewriting Identity, Spirituality, Reality*, Analouise Keating, ed., Durham/London: Duke University, 2015, p. 149.

[③] Gloria Anzaldúa, *The Gloria Anzaldúa Reader*, ed., AnaLouise Keating, Durham/London: Duke University press, 2009, p. 79.

与科伊尔豪基规则、去意识、中间和"阴影野兽"（Shadow Beast）[1] 联系在一起。

二 "族裔跨界"隐喻的内涵

安扎尔多瓦的"族裔跨界"这一概念在她的半自传体著作《边疆》中首次提出。在这部著作中，她不仅描述了"边界"一词的含义，还创造性地提出了"边界"所包含的隐喻意义：奇卡诺和非奇卡诺/娜、男人和女人、异性恋者和同性恋者以及其他群体之间存在的无形"边界"，并提出了"新混血女性"的概念[2]，即一种新的混血女性的跨界意识。该理论以拥抱不同的身份为中心，成为奇卡诺民族文化的象征。《边疆》对她后来的女权主义、酷儿理论等也有很大的影响，它的意义和贡献使其成为研究和理解奇卡诺族裔及其文学的重要参考。佩雷斯认为，"《边疆》中的理论化的'我'是'做'理论"。[3] 安扎尔多瓦将女性比喻成"危险野兽"（Dangerous Beast），这个女性形象没有固定的地位，人们很难区分它的哪一部分继承了先祖的特征，哪一部分是它自己获取的，而哪一部分是强加给它的。

安扎尔多瓦通过历史事件的梳理，发现："'我们'（奇卡娜人）作为一个种族的力量，作为女人，'我们'一直是其（奇卡诺文化）中的一部分，扔掉一切不值得拥有的东西、分歧和野蛮……记录新的历史并用新的

---

[1] 安扎尔多瓦的"阴影野兽"借用了荣格的心理分析理论。"阴影"代表心理认知盲点，或者说是我们完全未被认识到的根本组成部分。它代表了潜意识中固有的思想本质的一部分："阴影与'个人'潜意识相吻合（这对应于弗洛伊德对潜意识的概念）。"（See Carl G. Jung, *The Archetypes and the Collective Unconscious*, New York: Bollingen, 1959, p. 284.）她对接受阴影野兽的描述与荣格对阴影的描述相符，阴影是个人心灵的内在组成部分，代表着潜意识领域，弱点和未被承认的个性方面就存在于其中。这种内部冲突在她的叙述中以"阴影野兽"概念来象征，这是她个人恶魔、担忧和不安全感的表达。她描述道："一个悖论：揭露你的恐惧的知识也可以消除它们。看透这些裂缝会让你感到不舒服，因为它揭示了你不想拥有的自己的方面（阴影野兽），承认你的黑暗面可以让你摆脱自我强加的监狱。"（See Gloria Anzaldúa, *Light in the Dark/Luz en lo Oscuro: Rewriting Identity, Spirituality, Reality*, Durham/London: Duke University Press. Anzaldúa, 2015, p. 132.）

[2] Gloria Anzaldúa, *Borderlands/La Frontera: The New Mestiza*, 4th ed., San Francisco: Aunt Lute Book, 2007, p. 42.

[3] Ricardo F. Vivancos Pérez, *Radical Chcana Poetics*, New York: Palgrave Macmillan, 2013, p. 13.

符号塑造新的神话，对黑皮肤、女人和酷儿采用了新的视角来评判……通过解构和建构，她（奇卡娜人）变成了一个纳瓦特尔人，自己能够变成一棵树或一条土狼，又变成人。她学会了把小'我'变成整个自我。"① 在不断变化的过程中，安扎尔多瓦笔下的跨界隐喻所表达的内涵越来越丰富与复杂。

1. 中间主义（Nepantlism）

安扎尔多瓦借用了尼潘特拉（Nepantla），这是一个纳瓦特尔语的词，其意为"中间"。她由"中间"创造了"中间人"这个词。中间人在多个世界内部或经常相互冲突的世界之间移动，拒绝与任何单一的个人、群体或信仰体系结盟。他们抓住了美墨两边有利于自己发展的东西。正是这种"中间人"的地位使生活在边境上的奇卡诺族裔得以发展与壮大，这是"中间主义"的核心。她借助由"中间"发展而来的"中间主义"概念化了她作为一名墨西哥裔女性的经历。

2. 灵性：精神行动主义

安扎尔多瓦称自己是一个非常有灵性的人，并说在她的一生中经历了四次"脱体"的经历。在她的许多作品中，她都提到了瓜达卢佩（瓜达卢佩女神）、纳瓦特尔/托尔特克神灵。在她后来的创作中，她相信神灵的指引。她提出精神行动主义和小天使的概念，认为当代社会行动者可以将灵性与政治结合起来，以实施革命性的变革。

3. "语言上的恐怖主义"：卡罗语（Caló）

在安扎尔多瓦的作品中，英语和西班牙语通常交织在一起，成为她写作的一种语言。在《边疆》的创作中，她认为奇卡诺族裔使用西式英语是他们确认自己与众不同的需要。他们需要一种秘密语言来进行交流，这种语言对于居住在中西部的奇卡诺族裔人来说有接近家园的感觉。因为奇卡诺族裔人本身的复杂性，他们的语言也非常复杂。她总结出了8种语言变体：(1) 标准英语；(2) 工人阶级和俚语英语；(3) 标准西班牙语；(4) 标准墨西哥西班牙语；(5) 被墨西哥化的西班牙方言；(6) 奇卡诺西班牙语（得克萨斯、新墨西哥、亚利桑那和加利福尼亚有地方使用此语言）；(7) 得克萨斯—墨西哥语；(8) 帕丘科语（Pachuco，奇卡诺青

---

① Gloria Anzaldúa, *Borderlands/La Frontera: The New Mestiza*, 4th ed., San Francisco: Aunt Lute Book, 2012, pp. 104–105.

少年帮派的黑话），也叫卡罗语①。其中的"卡罗语"被广泛用来描述奇卡诺族裔的日常用语，它的难度让人望而生畏，因此，安扎尔多瓦用"语言恐怖主义"②来形容杂糅语言的威力。

安扎尔多瓦的语言跨界丰富了奇卡诺族裔的文化，宣示了奇卡诺族裔文化的主权、继承、创新与发展。

4. 身体与不健康状况：混血儿的悲剧

与人们普遍认为的混血儿身体更健美的观念不同，作为混血儿，安扎尔多瓦只有3个月大的时候就开始有月经，在12岁的时候她因内分泌失调而停止生长发育。她被迫穿上由母亲为她做的特殊的胸带，以掩盖她早熟的性特征。她最终在1980年接受了子宫切除术，以处理子宫、宫颈和卵巢异常，当时她38岁。③她的个人经历暗示了种族跨界的悲剧性。

5. 边境文化：杂糅化

安扎尔多瓦的主要贡献之一是她向美国的学术界介绍了"新混血女性意识"这个术语，其含义是一种超越常态的状态。在安扎尔多瓦的《边疆》中，她成功地唤起了人们的"新混血女性意识"。作为一个个体，她意识到了身份和使用上的冲突以及网格状的特性。这一新视角对西方世界的二元思维以及奇卡诺族裔传统的男尊女卑的文化提出了挑战。

她在《边疆》中提到的"边界地带"既是地理上的，也指混合种族、遗产、宗教、性和语言的边界地带。而安扎尔多瓦主要感兴趣的是，集矛盾与矛盾相互冲突和交叉并置于一体的族裔身份。她指出，若（男女）性别必须被标记来让人识别，那么，对于一个人的创造力来说，这是有害的行为。"新混血女性"的思维方式产生了边境的"文化杂糅"。

文化杂糅作为一种生存策略，被安扎尔多瓦在其"被压迫者方法论"中阐述。她将这些抵抗策略理论化，用以干预后现代的客观化和压迫模式。这一策略提出使用任何工具来维持生存和坚持抵抗，通过对占主导地

---

① Gloria Anzaldúa, *Borderlands/La Frontera: The New Mestiza*, 4th ed., San Francisco: Aunt Lute Book, 2012, p. 77.

② Gloria Anzaldúa, *Borderlands/La Frontera: The New Mestiza*, 4th ed., San Francisco: Aunt Lute Book, 2012, p. 80.

③ Gloria Anzaldúa, *Light in the Dark/Luz en lo Oscuro: Rewriting Identity, Spirituality, Reality*, Analouise Keating, ed., Durham/London: Duke University, 2015, p. 199.

位的意识形态的形式上挪用及其在政治斗争中的应用，允许在确保社会转型的同时，颠覆以往具有压迫性的协定。安扎尔多瓦提出的这一政治建议，其深远意义在于它将当前既有的物质条件转化为激发并支撑女性解放战略思想的宝贵源泉。这一转换过程不仅富有创新性，而且为女性权益的推动提供了新的视角与路径。

此外，通过验证整体性的不可能性并暴露本质主义的局限性，安扎尔多瓦认为混合存在模式产生了社会定位的联合形式，这种形式坚持围绕亲和力，而不是差异，将不同的社会主体和理论统一起来。作为美国第三世界女权主义的支持者，安扎尔多瓦主张在差异和对立运动的基础上构建新的主体性、战略性和多重性。她所需要的文化是"白人的、墨西哥人的和印第安人的"。[1]

6. 做酷儿：女性极端的反抗

安扎尔多瓦在探讨文化跨界时，尤为聚焦奇卡诺族裔文化中酷儿群体的反抗精神。她巧妙地重述了女神马林奇的故事，通过颠覆性的性别与性行为再定义，赋予了这位女神在古代阿兹特兰历史中更为显赫与更受认可的地位。安扎尔多瓦把自己和古代女神相提并论，其目的是宣称她的"混血意识"是"要破除禁锢女性的二元化理论。当她宣称自己既是男性也是女性时，她的奇卡娜酷儿理论表达的正是这种观点"。[2] 她坚决反对将酷儿定义为"半男，半女"[3]，"她从策略上将女性民族主义者的思想转向将土著人将他异性（alterity）视为力量的'传统'"[4]。在她的作品中，她始终将自己定位为一名酷儿，尤其是在有色人种社区的背景下，她深入剖析了自己作为酷儿的身份以及酷儿群体所遭受的边缘化问题。她坚信，为了对抗这种边缘化，需要采取多元化的性取向视角，以展现极端反抗的力量。

---

[1] Gloria Anzaldúa, *Borderlands/La Frontera: The New Mestiza*, 4th ed., San Francisco: Aunt Lute Book, 2012, p. 44.

[2] Norma Élia Cantú & Aída Hurtado, "Introduction to the Second Edition", in Gloria Anzaldúa, *Borderlands/La Frontera: The New Mestiza*, 4th ed., San Francisco: Aunt Lute Books, 2012, p. 254.

[3] Norma Élia Cantú & Aída Hurtado, "Introduction to the Second Edition", in Gloria Anzaldúa, *Borderlands/La Frontera: The New Mestiza*, 4th ed., San Francisco: Aunt Lute Books, 2012, p. 254.

[4] Norma Élia Cantú & Aída Hurtado, "Introduction to the Second Edition", in Gloria Anzaldúa, *Borderlands/La Frontera: The New Mestiza*, 4th ed., San Francisco: Aunt Lute Books, 2012, p. 255.

7. 奇卡娜女权主义

安扎尔多瓦在她的作品中认为,自己是一个女权主义者,她的主要作品经常与奇卡娜女权主义和后殖民女权主义联系在一起。安扎尔多瓦认为,她作为一个有色人种女性,经历了压迫,以及存在于奇卡诺社区的女性内部的性别角色限制。在《边疆》中,她还谈到了诸如有色人种女性所遭受的性暴力问题。

安扎尔多瓦的跨界隐喻内涵构成了她的跨界理论的精髓。

三 族裔跨界隐喻的本质特征

作为奇卡娜女权主义运动的先驱和族裔跨界理论的创立者,安扎尔多瓦以自己在美墨边疆的亲身经历、博采众长的理论知识和独特的研究型写作风格创立了族裔混血女性意识——跨界理论。她的族裔跨界理论聚焦美学、本体论、认识论和伦理学等方面的研究,探讨许多交织在一起的复杂问题,包括边疆族裔问题、女性问题、阶级问题、民族问题、艺术家行动主义、作家创作的方法论、中间人的灵性行动主义等。安扎尔多瓦的写作风格独特,她的创作并非单一的想象性构建,而是在广泛阅读的基础上进行的研究型创作。她的族裔跨界理论最主要的本质特征体现在以下几个方面。

第一,边疆即中间地带,美墨边疆是两国之间的一条缝隙、一个裂缝。生活在边疆的中间人混血儿被夹在这条缝隙或裂缝里,从缝隙或裂缝中看美国白人和墨西哥文化,所以,他们会经历错位取向,迷失方向。他们被迫居住在挑战种族、阶级、性别、性、地理与神性地位的空间中。以夹缝的视角来看世界,他们既不愿被白人同化,也不愿完全回归墨西哥的文化,因此,他们在夹缝中游弋,颠覆墨西哥母国文化根基,促使自己在心理上、社会上和精神上转型,重构新身份。转型在夹缝中进行,所以人们大多只看到了使他们变得渺小、恐惧与仇恨的东西。在自我转型中,他们感受到的是自己所受的伤害和失去的东西。安扎尔多瓦主张了解他人,用知识来消除差异、填补沟壑。中间人可以看到主流文化和族裔文化的优劣,不断地加深自我了解和相互依赖,通过合作与协作以及更大地获得信息的便捷方式,使自己成为世界的一个部分,也使自己更加个体化。

第二,混血奇卡诺民族是在不同历史时空背景下融合而成的。奇卡娜/诺的身份继承了远古土著人和殖民者先祖西班牙人的生物特质,同时也具有现代墨西哥人的特质，还融入了在美墨边界上和城市贫民窟里的生活的特质。因此，历史与现实的环境造成了他们的特质——成为一个新民族（La Raza）；一个既有先祖灿烂文化和开拓精神，又受种族压迫和殖民压迫的矛盾民族。

第三，在多种民族不断交融的背景下，奇卡诺族裔若要生存下去，就必须在白人主流社会承认自己的民族混血性特质，在逆境中抗争，从而实现民族的生存与历史的跨越，并立于不败之地。

第四，创作是认知的、本能的、具有共同体性质的行为，文学理论是在创作实践中以一个问题、一段个人经历或一种感觉开头，然后在写作过程中边修改，边形成成熟的思想。也就是说，一个理论产生的过程需要不断跨界，它也是构建身份的过程。而实现奇卡娜身份跨界需要不懈地坚持奋斗。

第五，在主流文化的不断侵蚀下，奇卡诺民族若要生存与发展，必须通过记忆与想象，把土著先祖的灿烂文化与艺术带到现实生活中来，并融入自己能够接受的主流文化，将其发扬光大，实现文化复兴并拥有双重文化，从而实现文化跨界。一种文化中最能表现其特征的是其语言和宗教。安扎尔多瓦创作中的土著语、西班牙语、边疆俚语、帮派行话等多语混合与多语域的使用，以及对土著神崇拜的书写与故事创作，体现了典型的杂糅文化特征。混血女性更容易适应变化，跨越文化界限，并融入其他文化。奇卡娜人在不同的文化背景下培养了文化敏感度，共同创造了新的身份与文化故事。

第六，族裔身份和现实生活中多种文化的变化以及各种政治权益运动结合起来，可以使身处社会最底层的阶级/奇卡娜人实现阶级跨界。

第七，由于墨西哥母国受到父权制文化影响，女性处于从属地位，奇卡娜人长期受到男性的压迫与迫害。随着女权运动的兴起，女性意识到了自己的权益保障问题。奇卡娜人采用她们自己的方式来保护同性人的利益：同性恋人互助。曾经被丈夫欺负的女性在与男性的抗争中意志变得坚强，她们中的许多人，如安扎尔多瓦，选择性地扮演男性的角色，去保护和她们一样受到男性伤害的女性。由女到男或亦女亦男的性别跨界，是安扎尔多瓦采用极端女权主义思想给女性赋予的神圣权利。

第八，在同一文学作品中使用诗歌、散文、故事、评论、日记等文体跨界，作家表达的是混种民族的复杂心态，而创作的过程是一个受伤民族的心理治愈过程。奇卡娜作家把被殖民者打碎的历史碎片整合在一起，创建了新的文体美学。

总之，安扎尔多瓦凭借其在个人边疆生活中的深刻体验，构建了族裔跨界理论。该理论不仅内容翔实，而且术语运用寓意深刻，极大地丰富了文化研究理论的内涵。她通过这一理论，为族裔文化研究领域做出了卓越的贡献，推动了该领域的深入发展。

第三节 族裔跨界理论的影响

安扎尔多瓦的理论自20世纪80年代起就一直是美国社会争议的话题。白人主流社会曾对她的著作进行了无情的攻击和打压，禁止《边疆》一书在各级学校传播。然而，正义之声永远高于邪恶。通过奇卡诺族裔女性坚持不懈的努力，该书四次重新编辑与出版发行，并广受好评。在美国以外，尤其是被移民问题困扰的欧洲国家，研究者将她的族裔跨界理论视为解决移民问题的良策。在她去世后的多年里，人们一直在研究她的理论，借此提升自己的创作，找到人生目标，并解决移民潮带来的各种问题。

一 族裔跨界理论对文学理论研究与创作范式的指导

安扎尔多瓦的族裔跨界理论与黑人女性作家和理论家爱丽丝·沃克（Alice Walker）的"妇女主义"齐名，并对20世纪90年代以来的奇卡诺女性作家的创作产生广泛而深远的指导性意义。

安扎尔多瓦的作品从《这座桥叫"我的背"》出版之初就掀起了波澜。当《边疆》发行时，它引发了一阵阵赞美。对一些人来说，这是一种真正意义上的精神联系。学生和学者则觉得这部作品鼓舞人心，具有变革性。它也在某些领域引发了争议。多年后，随着安扎尔多瓦最后一篇文章《现在让我们转移……》（"Now Let Us Shift"，2015）的发表，人们的期望再次上升。她很清楚，以这一文章为基础的长文将再次对她的许多追随者的学术认知产生深远的影响。

安扎尔多瓦的作品现在"可以被视为一座纪念碑，它记录了如今被视为理所当然的真理、被广泛分享的观点、被彻底接纳的价值观"[①]。然

[①] Norma Élia Cantú & Aída Hurtado, "Introduction to the Fourth Edition", in Gloria Anzaldúa, *Borderlands/La Frontera: The New Mestiza*, 4th ed., San Francisco: Aunt Lute Books, 2012, p.13.

而，因为不平等依然存在，因为伤害暴力依然以各种阴险的形式存在，她的《边疆》仍然作为一种精神图腾，鼓励学者和作家继续写作，艺术家继续创作，社区活动家继续为实现激进的社会变革而斗争。在未来，毫无疑问，它将获得新的读者，并为全球反种族主义和反同性恋恐惧症的斗争提供洞察和工具。德阿尔巴就宣称她的创作深受安扎尔多瓦的影响。

安扎尔多瓦在《边疆》中实践的生命写作的新体裁带来了新的探索和新的认识论，如安扎尔多瓦的精神混血和自传体史理论等概念已经成为探索边界理论哲学问题的关键。安扎尔多瓦影响下的学术研究"从巴以冲突到第三世界空间墨西哥女性主义的认识论问题都广泛地跨越了地域和学科"[1]。文学评论家特丽萨·德尔加迪略（Theresa Delgadillo）运用安扎尔多瓦的精神混血理论，撰写了《精神上的混血：当代墨西哥叙事中的宗教、性别、种族和民族》，与人类学家布伦达·森德霍（Brenda Sendejo）的作品一起，以安扎尔多瓦的理论为框架，研究墨西哥人的精神。

她的写作风格独特，融合了多种元素和手法，打破了传统文体的界限，为文学创作带来了新的可能性和创新空间。这种混合问题不仅丰富了文学的表现形式，也为后来的创作者提供了宝贵的借鉴和启示，使他们能够更加自由地发挥自己的才能来进行创作。

二 安扎尔多瓦及其创作的政治伦理影响

自《边疆》出版以来，学者们一直在研究安扎尔多瓦所引入的概念，在专业协会会议上展示前沿工作，并教授给新一代的学者。最值得注意的是，《边疆》为文学批评、流行文化和其他学科中奇卡娜第三空间女权主义方法的发展奠定了基础，自从索妮娅·萨尔迪瓦尔-胡尔（Sonia Saldivar-Hull）在现代语言会议上发表了关于安扎尔多瓦作品的第一篇论文以来，学者们开始了对《边疆》中思想的研究。在不同的领域，如后殖民研究和政治学，以及在哲学和文化研究等领域，《边疆》创造了一种分析工具，并强化了这些领域，即使它重塑了它们的一些原则。《边疆》出版后不久，就成为各国学者研究全球化问题的重要

---

[1] Norma Élia Cantú & Aída Hurtado, "Introduction to the Fourth Edition", in Gloria Anzaldúa, *Borderlands/La Frontera: The New Mestiza*, 4th ed., San Francisco: Aunt Lute Books, 2012, p.10.

资料来源。

在国际上,《边疆》一直是安扎尔多瓦被引用最多的作品。首先是因为这本书引起了全球许多人的共鸣,他们看到一些国家消失,而新的国家出现,边界被建立,又被摧毁,并被多次重新划定。《边疆》一直在塑造新学术的方式。在捷克共和国、西班牙、法国和巴西以及其他一些国家,学者们正在研究安扎尔多瓦的思想,并将其应用于本国的社会政治现实中。许多学者如特雷扎·金克洛夫(Tereza Kinclov)、玛丽亚·恩里克斯-贝当科(Maria Henriquez-Betancor)、玛丽亚·安东尼娅·奥利弗·罗特格尔(Maria Antonia Oliver Rotger)、罗曼娜·拉德维梅尔(Romana Radlwimmer)和卡罗琳娜·努涅斯(Carolina Nuñez)将她的概念应用于当代欧洲的情况,如在关于西班牙移民的作品中,恩里克斯-贝当科利用她对边境地区的概念化来阐明进入西班牙特别是人口丰富多样的加那利群岛的移民人口情况。这些移民往往既不能返回他们的原籍国,也不能在他们的新祖国西班牙感到"宾至如归"。此外,与美国南部一样,西班牙也有一个死亡的边界,北非移民必须穿越的地中海是暴力和种族主义横行的地带,地缘政治形势类似于安扎尔多瓦的边疆主题。同样,特雷扎·金克洛夫的作品也通过跨界理论的视角审视了她自己的国家捷克共和国的移民困境。[1]

为了守护和延续安扎尔多瓦的思想火种,美国女作家研究协会安扎尔多瓦研究分会于2005年成立,目的是将那些致力于研究安扎尔多瓦思想的学者、学生、艺术家和行动家团结在一起。这个组织于2007年召开了第一次研讨会来纪念《边疆》发表20周年。之后每年都举办会议来探讨她的理论,并在此基础上推进新的社会正义的运动。

三 安扎尔多瓦创作的跨界影响

作为文化理论家和社会正义活动家,安扎尔多瓦以她的人格魅力和著作鼓舞人心,赋予了全世界男女力量。《边疆》已经作为教学工具,继续在美国和世界各地的课堂上被使用。在美国,《边疆》迅速走红。关于《边疆》如何影响学校里的年轻人,将墨西哥裔或妇女研究作为研究领域

---

[1] Norma Élia Cantú & Aída Hurtado, "Introduction to the Fourth Edition", in Gloria Anzaldúa, *Borderlands/La Frontera: The New Mestiza*, 4th ed., San Francisco: Aunt Lute Books, 2012, p. 10.

的事例非常多，它出现在妇女研究、墨西哥文学、墨西哥裔美国人研究的课程大纲中。安扎尔多瓦研究者佩德罗萨（Pedroza）将《边疆》的概念应用到她的教学和表演中，并在"左撇子世界"（El Mundo Zurdo）会议上的演讲中重申了在课堂上教授《边疆》的力量[1]。教师们在美国之外也成功地运用了《边疆》的理念。在2007年安扎尔多瓦的研讨会上，墨西哥学者帕普萨·莫利纳（Papusa Molina）谈到了与梅里达的玛雅学生一起运用《边疆》的理念。意大利教授保拉·扎克利亚（Paola Zaccharia）运用《边疆》，帮助她的学生了解意大利面对移民和被剥夺公民权利的人群的情况。事实上，还有人制作、编写并导演了一部纪录片《跨越边界/建立桥梁》，其中包括对河谷、圣安东尼奥和加利福尼亚的关键人物的广泛采访。

在安扎尔多瓦去世7年后，基廷和贡萨雷斯-洛佩兹（Keating & González-López）编辑了题为《架桥：格洛丽亚·E. 安扎尔多瓦的生活和工作如何使我们自己的生活和工作转型》(*Bridging: How Gloria Anzaldúa's Life and Work Transformed Our Own*, 2011) 的论文集。该文集收录了31篇文章，这些文章描述了安扎尔多瓦在学术界、社区和国际边界内外的广泛影响力，研究者对她的工作和生活进行了多维度的剖析，以全新的方式审视了她充满活力的人生历程。该文集内容分为五个部分：（1）新混血儿："过渡和转变"；（2）暴露伤口："你允许我在黑暗中飞行"；（3）过境：内心挣扎，外在变化；（4）架桥理论：有边界/在边界的知识分子行动主义；（5）走向"开放政治"[2]。这些论文的撰写者代表了不同的时代，涵盖了不同的学科专业和不同的民族背景。他们参与安扎尔多瓦理论的批判性讨论并以她的作品为基础，使用虚拟日记、转型理论、诗歌、实证研究、自传体叙事和其他体裁，探索和大胆地规划安扎尔多瓦研究的未来方向。该论文集反映了安扎尔多瓦拥有多元化的读者，并通过对文化、性取向、性、宗教、美学及政治的开创性实践和有前瞻性的阐释，延续了安扎尔多瓦的精神。

---

[1] Norma Élia Cantú & Aída Hurtado, "Introduction to the Fourth Edition", in Gloria Anzaldúa, *Borderlands/La Frontera: The New Mestiza*, 4th ed., San Francisco: Aunt Lute Books, 2012, p. 11.

[2] Analouise Keating & Gloria González-López, *Bridging: How Gloria Anzaldúa's Life and Work Transformed Our Own*, Austin: University of Texas Press, 2011.

本章小结

　　安扎尔多瓦的个人边疆生活经历是她族裔跨界理论形成的基础。她以融合故事、散文、诗歌与政论文的独特创作模式，开创性地界定了多维度"跨界"的丰富内涵，涵盖了种族、边疆、语言、文化、身份、阶级、性别乃至文体等多个层面。她不仅引入了诸如"新混血女性意识"、"边疆语言"、"杂糅文化"、"灵性行动主义"及新部落文化等一系列新颖且深刻的概念，还坚信这些概念能够成为理解并应对边境地区多元文化的有力工具。在此基础上，她巧妙地穿插个人经历与历史事件的叙述，深刻剖析了性别、种族、阶级等社会因素如何错综复杂地交织在一起，影响并塑造着个体的身份认同与生命轨迹。这一系列探索与阐述不仅展现了她对于跨界文化现象的敏锐洞察，也为我们理解复杂多变的社会现实提供了宝贵的视角。

　　她的理论精妙地涵盖了以下几个核心主题。（1）混血身份认同：作家深入探讨了自己作为新兴混血儿的身份认同，并审视了在多元文化的熔炉中，如何既维护独特的文化根源，又展现鲜明的个性特色。（2）边境生活的多维体验：她细腻地描绘了美国与墨西哥边境地区的生活画卷，涵盖了家庭纽带、爱情探索、性取向的觉醒以及职业道路的追求，展现了边境人生的丰富多彩。（3）女权主义的犀利视角：立足于女性立场，她对社会结构进行了深刻的剖析，对性别角色进行了重新的审视，并强烈呼吁打破长久以来的性别刻板印象，共同迈向性别平等的理想社会。（4）双语文化的独特魅力：在她的众多作品中，英语与西班牙语的自然交织，不仅彰显了作家对双语文化的深切认同，也体现了她对语言多样性这一理念的积极倡导。通过这些主题的深刻探讨，安扎尔多瓦不仅为读者带来了一场文学的盛宴，更引领我们深入反思了一系列重要的社会问题。

　　其中最核心的内容就是在民族和种族之间的各种矛盾和冲突中，人们应该采取中庸之道，容忍敌对方的不足，吸取其优点，坚持自己的民族文化，求同存异，共同发展。

第三章　种族跨界的悲剧书写

在《种族、种族主义和人类学》一文中，阿美拉各斯和古德曼（Armelagos & Goodman）都谈到了种族、族群、阶级和性别之间的关系。他们认为，种族在科学上不存在，而在社会上却真有人认为，遗传证据（如DNA）表明，大多数物理变异发生在所谓的群体内。因此，"种族群体内的变异比种族群体间的变异更容易被识别"[1]。当代学者认为，种族这个词是在18世纪发明的，用来指在殖民时期的美国聚集在一起的人口。这个术语最初与存在巨链（The Great Chain of Being）有关。当时的"科学"研究和流行文化支持、证明并扩大了关于不同人群的虚构信念。这些思想深深植根于美国人的思想中，并最终传播到世界其他地区。早期对种族及其假定的相关含义的强调让位于种族主义。有人说，如果种族不是种族主义产生的充分条件，那么它就是一个必要条件。因此也有人认为，种族的概念是政治渗入科学的一个重要例子。

"种族"（西班牙语为La Raza，英语为The Race）一词在美国白人主流社会被专门用来特指"墨西哥裔美国人"，即奇卡诺/娜人。这个新民族曾经所受的一切屈辱可以说源自一个理由——种族。作为混血女性和社会最底层的奇卡娜，她们在由南向北流动并跨过边界进入美国时所遭受的苦难，在安扎尔多瓦的自传体故事《普列塔》（"La Prieta"）和德阿尔巴的历史小说《女巫的笔迹》中被生动地再现。作为安扎尔多瓦跨界理论的最忠实的追随者之一与第二代族裔文学跨界书写者，德阿尔巴耗时16年，查阅了大量殖民时期的史料，以长篇巨著描绘了美国殖民时期的奇卡娜人因人种跨界而产生的惨烈悲剧，而这并非作家自己的想象。通过对奇卡娜语言的被禁止使用、天主教仪式的被妖魔化和法律条文例举来定

---

[1] G. J. Armelagos & A. H. Goodman, "Race, Racism, and Anthropology", in A. H. Goodman & T. L. Leatherman, eds., *Building A New Biocultural Synthesis: Political-Economic Perspectives on Human Biology*, Ann Arbor, MI: University of Michigan Press, 1998, pp. 429-431.

受害者"莫须有"的罪，德阿尔巴描述了奇卡娜人的生物体质特征导致的苦难经历与悲剧人生，并以此证明：白人主流社会的种族压迫，特别是对女性的压迫历史悠久，残忍且残暴。巴里巴尔认为："各种形式的暴力、蔑视、不容忍、羞辱和剥削，共同构成了种族主义这一整体现象，它如同烙印一般深深刻画在社会的每一个角落，渗透进社会秩序的方方面面。"[1] 对于巴里巴尔而言，种族主义的历史是伴随着意识形态的变化而逐步演进的，这个观点被视作构建整个话语体系的基石。统治者在种族主义情结的笼罩下，赋予自身"行动"的特权，其中，语言暴力成为剥夺权利、蔑视与侵略行为中肢体暴力的有力支撑。巴里巴尔通过确凿的论证指出，当前的政治运动已深刻地将生物主题融入文化之中。这一观点揭示了巴里巴尔最为深刻的洞察之一：种族主义情结的终结，并非仅依赖于被压迫者的反抗，同样不可或缺的是压迫者的觉醒与反抗。据此，巴里巴尔进一步阐述了当前对于"生物"种族概念的诠释："种族主义社群正日益基于所谓精英统治普遍主义构建。这在很大程度上与错误认知有关——若缺乏这种认知，暴力对参与者而言将变得不可容忍。"[2]

安扎尔多瓦和其追随者德阿尔巴从历史与现实、想象与事实出发，创作了反映奇卡娜人因种族跨界遭受暴力虐待而产生的人间悲剧。本章聚焦安扎尔多瓦所撰写的短篇自传体小说《普列塔》和德阿尔巴的长篇历史小说《女巫的笔迹》，旨在深入探讨并剖析这一由人种跨界所触发的悲剧。

第一节 《普列塔》《女巫的笔迹》梗概

奇卡娜作家的作品大多根植于作家自身的丰富经历与深邃的历史故事，巧妙地勾勒出奇卡娜人所遭遇的悲怆人生图景，并深情颂扬了她们在逆境中展现的坚韧不拔的抗争精神。

1. 安扎尔多瓦的短篇混合体裁文《普列塔》

安扎尔多瓦的短篇混合体裁文《普列塔》收录于文集《这座桥叫

---

[1] Etienne Balibar, "Class Racism", in Etienne Balibar & Immanuel Wallerstein, eds., *Race, Nation, Class: Ambiguous Identities*, London: Verso, 1991, p. 17.

[2] Etienne Balibar, "Class Racism", in Etienne Balibar & Immanuel Wallerstein, eds., *Race, Nation, Class: Ambiguous Identities*, London: Verso, 1991, p. 19.

"我的背"》之中，该作品巧妙地运用了后现代主义手法进行创作。每个核心事件都被精心雕琢成戏剧性的片段，汇聚成一个个引人入胜的故事。尽管篇幅紧凑，但其中蕴含的信息量异常丰富。

这部作品内容横跨作者从出生到中年的生活轨迹，细腻地描绘了她的童年时光、与家人并肩在烈日下辛勤劳作的农场记忆、父亲离世后个人心理层面的深刻转变、在家庭内部遭遇的不公待遇、在学校环境中遭受的不当惩罚、对城市街头性侵行为的勇敢抵抗、对母亲过度干预个人生活的坚定反抗，以及她选择同性恋身份背后的复杂情感。

此外，作品还深刻探讨了族裔女性身份认同的困境、白人社会对她的歧视与偏见、对族裔文化的误解与排斥、同性恋恐惧的社会现实，以及奇卡娜共同体"左撇子世界"所承载的特殊意义与价值观。通过这些丰富而深刻的主题，安扎尔多瓦以其独特的笔触，为读者呈现了一幅多元而复杂的生命画卷。

安扎尔多瓦凭借其深厚的民族正义感、强烈的社会责任感、启迪人心的理论与文学作品创作，以及她那既简洁又充满风雅韵味的文风，为奇卡娜人乃至全球的女性群体，在人生导航、文学创作与评论领域树立了典范。

2. 德阿尔巴的小说《女巫的笔迹》

德阿尔巴的力作《女巫的笔迹》，作为一部深刻的历史小说，栩栩如生地描绘了墨西哥女子康塞普西翁因种族跨界而遭受的苦难历程，她被贩卖至美国殖民地，历经了难以言喻的折磨与困境。

德阿尔巴以"追忆过去，创造未来"[1]为目的，在深入研读 17 世纪美国殖民地时期丰富的文史资料，特别是聚焦清教徒对异族人的迫害行为后，她精心创作了《女巫的笔迹》这部作品。该书的初稿在 1987—1989 年完成，而终稿则历经多年打磨，于 2005 年最终定稿，并在 2007 年得以出版发行。这一过程，从初稿的初步构思到最终与读者见面，整整跨越了二十年的时光，更是穿越了两个世纪的历史长河。

该书初写之时，正值奇卡娜文学创作蓬勃发展的黄金时期。这些作家以敏锐的笔触和深刻的情感，将本民族女性所经历的种种苦难与艰辛一一呈现于纸上，旨在唤醒主流社会对她们所遭受不公待遇的深切关注。她们

---

[1] Alicia Gaspar de Alba, *Calligraphy of the Witch*, Houston：Arte Público Press, 2007, p. ii.

希望通过这样的方式，帮助这些女性走出困境，改变她们的生活轨迹，进而提升她们的社会地位，使她们能够更加自信地融入主流社会之中。

小说全文由"序曲""海王星""感恩的·西格雷夫斯""托比亚斯·维布夫人""末日""狼谜""尾声：火葬柴堆"七个部分组成。作家巧妙地融合了故事叙述与信件形式，以母亲写给女儿的七封信为线索，串联起了一段沉重的苦难史，并详尽地复述了故事中的关键事件。故事背景设定在 17 世纪末的美国殖民时期，地点横跨洛克斯伯利（Roxbury）村的养鸡场与繁华的波士顿。情节始于汉娜·耶利米亚（Hanna Jeremiah）的养母丽贝卡（Rebecca）在她临终之际，向汉娜提出了一个沉重的请求——前往外公托比亚斯（Tobias）那破败的老宅，寻找一个可能隐藏了某个大秘密的行李箱，那是汉娜生母留下的唯一遗物。这个行李箱对于汉娜而言不仅是生母存在的象征，更是揭开身世之谜的关键。丽贝卡，一位因生育障碍而依赖丈夫权势，无情地剥夺了感恩的·西格雷夫斯（Thankful Seagraves）之女——一个因海盗暴行而生的无辜生命——的冷酷女性，在生命的黄昏时分，被梦境中的受害者缠绕，良知终于苏醒。她深刻认识到，唯有向汉娜揭露她生母所经历的重重苦难以及自己多年来的虚伪谎言，方能寻得心灵的慰藉与平静。而那些谎言正是关于汉娜生母感恩的·西格雷夫斯那鲜为人知的身世与悲惨经历。因此，找到并打开那个行李箱，成为汉娜揭开所有谎言、探寻真相的唯一途径。

汉娜从小被养母及其家庭的白人基督教文化所熏陶，她以前从养母那里了解到生母是"一个混种又叉舌的天主教徒，由一艘海盗船从一个亵渎神灵的国家转运而来"[①]。海盗头目西格雷夫斯对从墨西哥避难而来的绝色少女康塞普西翁·贝纳维德斯（Concepción Benavidez）施暴后，冷酷地将其更名为"感恩的·西格雷夫斯"。海盗船抵达波士顿之际以一纸无情的契约将她转卖给了英国商人，而这位商人竟又将其当作礼物送给了岳父托比亚斯，从此她沦为一名女奴。汉娜对这位身世坎坷的亲生母亲抱有深深的敌意，她对母亲的认知仅限于后者在白人社会中所处的卑微地位：她的父亲虽为西班牙人，但母亲是一个复杂血统的混血儿，融合了印第安人、西班牙人乃至更遥远东方的血脉。这一切对汉娜来说，自己的母亲就是一个"狗杂种（mongrel），她有不同颜色的两只眼睛——一只棕色，一

---

① Alicia Gaspar de Alba, *Calligraphy of the Witch*, Houston：Arte Público Press, 2007, p. 4.

只绿色，还有皮肤像桂皮，口音是如此浓重以至于她的英语听起来像外语。她说话时，"好像她嘴里吐出来的是蜘蛛"①。汉娜自幼深受基督教信仰的熏陶，导致她对生母所信奉的天主教产生了轻视之情。她甚至因被赋予了一个英语名字——Hanna Jeremiah——而坚决否认与生母的血脉联系。随着岁月的流逝，汉娜迎来了自己的双胞胎女儿，但这份喜悦之中却夹杂着深深的忧虑。她深怕女儿会继承生母那与众不同的特征：不同颜色的眼眸、棕色的肌肤以及一头直顺的黑发。但汉娜更知道，她的生母从来都不承认自己的名字叫"感恩的·西格雷夫斯"，也坚定地认为"混血女人永远不可能做奴隶"②。

随着汉娜踏入外公的居所，轻轻揭开箱盖的瞬间，作家凭借详尽的史料与生动的想象，缓缓揭开了西格雷夫斯深藏的秘密。她细腻地描绘了这位女性所遭遇的种种不幸，那被奴役的悲惨命运，以及她虽英勇却终归失败的反抗之路。无疑，这部历史小说中混血女子康塞普西翁的经历，正是墨西哥裔女性跨越国界、赴美求生之路上坎坷与坚韧的真实缩影。

第二节 奇卡娜体质特征描绘

种族（race），在社会现实中根深蒂固。人类早期对种族及其假定内涵的过度强调，无意间催生了种族主义的阴霾。在诸多语境下，"族裔"（ethnicity）常被视作种族的同义词，二者紧密相连。然而，在某些特定情境中，族裔可被视为种族范畴内的一个细化子集，具有独特的内涵与外延。族裔群体往往以其显著的体质特征而相互区分，奇卡娜人（Chicana，通常指具有墨西哥裔美国女性身份认同的群体）亦不例外，她们不仅承载着特定的文化传统与生活方式，更在体质特征上展现出鲜明的族群特色，这是其作为独特族裔群体的重要标志。

一 多人种基因迭代混合

作家笔下的奇卡娜人，形象鲜明且独特，主要展现以下显著特征：奇卡诺族裔历经数百年的风雨洗礼，混血儿的身份已深深烙印在他们的文化

---

① Alicia Gaspar de Alba, *Calligraphy of the Witch*, Houston: Arte Público Press, 2007, p.4.
② Alicia Gaspar de Alba, *Calligraphy of the Witch*, Houston: Arte Público Press, 2007, p.4.

基因之中，成为他们身份认同中不可或缺的一部分。回溯至美国殖民地时期的遥远时光，墨西哥城便成为众多不同血统的群体会聚的熔炉，各种混种人在此繁衍生息，共同书写着历史的篇章。正如那部引人入胜的小说《女巫的笔迹》所细腻描绘的，

> 墨西哥城存在各类混血群体：梅斯蒂索人/混血儿（Mestizos，具有西班牙人与美洲土著血统的拉丁美洲人）、摩里斯科人（Moriscos，西班牙父亲与黑白混血母亲的后代）、黑白混血儿（Mulatos，西班牙裔父亲与非洲母亲的后代）、国人（chinos）、纯种白人（albinos）、非印混血儿（zambaigos，黑人父亲与印第安人母亲）、草原狼（coyotes，混血父亲与印第安人母亲的后代）、偷鸡者（hang-in-the-airs，肤色趋白的混血后代）与杂耍者（jump-backwards，印第安男子与非裔女性的深肤色后代）。这些墨西哥人中，仅黑人、黑人与印第安人混血者、黑人父亲与西班牙母亲混血者沦为奴隶，而印第安人、西班牙人与印第安人混血者、西班牙父亲与黑人母亲混血者皆非奴隶。[1]

这样的混血儿群体构成了墨西哥独特的混种民族，他们的基因库丰富多元，交织混杂。由于融合的人种各异，他们的社会地位也千差万别。在小说《女巫的笔迹》中，主人公康塞普西翁的父亲来自西班牙，而母亲是印第安人，这样的血统背景让她在她的祖国——墨西哥——拥有了非奴隶的身份，且担任文书吏的职位。

然而，无论混血程度如何，某些遗传特征总会在后代身上显现无遗。在《普列塔》中，主人公普列塔的家族已在美国边境居住了六代之久，历经多次种族融合与繁衍。尽管家族中的其他成员及同龄孩子的肤色都显得白皙，普列塔却继承了深色皮肤，这一特征使她在家中显得格格不入，甚至有些异类。

混血身份，尤其是奇卡娜人的外表与体质特征，往往成为白人主流社会攻击与歧视的主要目标之一。

---

[1] Alicia Gaspar de Alba, *Calligraphy of the Witch*, Houston: Arte Público Press, 2007, pp. 142-143.

二 独特的外表体质特征

在现代美国社会里，人们谈到种族矛盾时会依据肤色来定义。因黑人与白人的矛盾积累已久，所以，他们通常会用"黑白"矛盾来描述美国社会的主要矛盾。然而，同样根深蒂固的种族矛盾也存在于盎格鲁美国白人和棕色人奇卡诺族裔之间。在奇卡娜文学的叙述中，棕色肤色是她们人生悲剧的主要原因之一。她们体质的显性特征表现在头发、皮肤、脸型和眼睛上。

"普列塔"这一词汇在西班牙语的语境中恰如其分地传达了"拥有棕色肌肤与直黑秀发的少女"的形象。然而，安扎尔多瓦在《普列塔》中所描绘的普列塔的大圆脸被美国白人主流社会视为奇卡娜人脸型的刻板模式，这种脸型进而不幸地成为白人主流社会歧视与排斥奇卡娜人的缘由之一。

混血儿的眼睛，如《女巫的笔迹》里女主人公康塞普西翁的眼睛，被描述为"一只棕色，一只绿色"[①]。这些人种中的跨界女性所经历的正是墨西哥族裔男权与主流社会双重压迫下的歧视、不公与迫害。

种族跨界的女性因其独特的体质特征常被贬称为"婊子"（Chingada），然而，正是这份与众不同的美貌常常使她们成为主流社会男性一时心动的理想伴侣。在白人社会传统的主流家庭结构中，奇卡娜人往往被边缘化，难以找到归属。回溯历史长河，以盎格鲁—撒克逊民族为主导的美国社会，奇卡娜人长期被置于家仆与性奴的屈辱地位。她们的身体并未因混种而获得额外的健康优势，相反，社会的歧视与偏见如同沉重的枷锁，让她们身心俱疲，饱受折磨。

作为神话历史中土著先祖体质遗产的继承者，面对不利的环境，奇卡娜人展现出了惊人的适应力与转型能力，以求在这片土地上顽强生存。更值得一提的是，她们心中那股不屈不挠的反抗精神，如同不灭的火焰，照亮了她们前行的道路，也激励着后人不断为争取平等与尊严而奋斗。

安扎尔多瓦的《普列塔》和德阿尔巴的历史小说《女巫的笔迹》共同描绘了跨种族奇卡娜人所经历的深重苦难与不屈反抗。这两部作品以细

---

① Alicia Gaspar de Alba, *Calligraphy of the Witch*, Houston: Arte Público Press, 2007, p. 5.

腻的笔触，生动地再现了这一群体的悲惨境遇，同时，也展现了她们面对压迫时所展现的顽强意志与反抗精神。

第三节 奇卡娜转型：从家庭受呵护者到社会受压迫者

奇卡娜人的生活往往具有戏剧性的改变，从一种状态转变到另一种状态是须臾之事。普列塔和西格雷夫斯的经历印证了这一点。她们从小在家庭原本是父母的宝贝，但往往因家庭或社会的变故而走进荆棘丛生的社会，也因此而历尽磨难，最终她们会再次通过进行性别的转型，成为反抗社会不公和追求社会正义的人。

一 普列塔：从"我的棕色皮肤黑头发妞"到"玛查"

普列塔是安扎尔多瓦的《普列塔》中的女主人公。她的名字在其母语西班牙语里意为"棕色皮肤黑头发妞"。文中涉及她的事时间跨度很大，涵盖了从她的出生（1942年）直至她40岁前夕（1981年）的丰富经历，这些也正是作者亲身的历程。因此可以说，该书的这一部分显著地体现了自传体史的特点。小说的开篇细腻地勾勒了普列塔降生时她奶奶那复杂难言的反应："太糟糕了，我的孙女是个黑发孩儿，一个黑发棕色妞，如此之黑，如此地与我自己孩子的漂亮皮肤迥异。"[①] 这段描述不仅为故事铺设了情感基调，也巧妙地预示了普列塔日后命运的波折与不凡。

从奶奶的感慨中，读者可以深切感受到，尽管奶奶对孙女与生俱来的黑头发和棕色皮肤有所遗憾，但这位家庭中的权威人物并未因此有所嫌弃，反而对她倾注了深厚的爱意与关怀。随后，女孩的身体经历了异常的变化，年仅3个月便迎来了初潮，而到了12岁，生长发育却似乎戛然而止。然而，在这段艰难的时光里，父母始终是她最坚实的后盾，给予了她无微不至的照顾与呵护，让她在爱的包围中幸福成长。父亲虽非才华横溢之人，却深知知识对于改变命运的重要性。因此，在女孩尚年幼之时，他

---

① Gloria Anzaldúa, "La Prieta", in Cherríe Moraga & Gloria Anzaldúa, eds., *This Bridge Called My Back: Writings by Radical Women of Color*, 4th ed., New York: SUNY Press, 2015, p.198.

便不吝金钱为她购买书籍，这份心意悄然间在女孩心中种下了阅读的种子。随着时间的推移，阅读逐渐成为她生命中不可或缺的一部分，不仅丰富了她的精神世界，更深刻地改变了她的命运轨迹。她认为，"阅读的行为永远改变了她"①。

普列塔作为家中的长女，在她的青少年时光里，她的祖母常常会指派她去做一些力所能及的家务。每当夜幕降临，她和妹妹便挤在同一张床上，分享着彼此的秘密，写下日记与故事；而在寒暑假以及周末无须上学的日子里，她则会前往田间地头，协助父母辛勤劳作。她的奶奶担心她被太阳晒黑皮肤而受人歧视，便让"她出门戴上拖着长长的纱巾的太阳帽"②。尽管身体发育的异常与月经持续不断的困扰为她带来了诸多烦恼，然而，在亲人的细心关怀下，她的童年生活依旧洋溢着满满的幸福感。

但不幸的阴影很快便笼罩在了她的世界。她的父亲因一场突如其来的车祸离世，家庭失去了坚实的支柱，生活的安宁也被打破，随之而来的是层出不穷的矛盾与困扰。她与母亲之间的关系出现了裂痕，母亲对她寄予了更多的期望，希望她能填补父亲留下的空缺，承担起抚养弟妹的重任。而母亲在失去丈夫的庇护后，也将寻求保护的情感过多地寄托在了儿子身上，对普列塔则显得关怀不足，流于表面。家庭的经济状况急转直下，生活陷入了困顿之中。面对这样的困境，她毅然决定走出母亲的庇护，踏入社会，以自己的力量去闯荡，成为自己命运的主宰。她开始投身双语写作，相信这不仅能增强阅读的挑战性，更能引起人们对她文化的关注与尊重，甚至因此接纳并欣赏她的文化。

在社会舞台上，普列塔毅然投身女权运动的浪潮中，希望让主流社会的耳畔回响起她们坚定的声音，怀揣改善本族女性生存困境的深切期望。

---

① Gloria Anzaldúa, "La Prieta", in Cherrie Moraga & Gloria Anzaldúa, eds., *This Bridge Called My Back: Writings by Radical Women of Color*, 4th ed., New York: SUNY Press, 2015, p. 199.

② Gloria Anzaldúa, "La Prieta", in Cherrie Moraga & Gloria Anzaldúa, eds., *This Bridge Called My Back: Writings by Radical Women of Color*, 4th ed., New York: SUNY Press, 2015, p. 198.

熟悉或不熟悉她的人会对她的勇气赞叹不已，夸她"很强大，力大如山"①。

步入社会的普列塔坚决抵制了形形色色的种族主义偏见、父权制度的桎梏、阶级主义的隔阂、文化霸权主义的压制、性别歧视的偏见，以及同性恋恐惧的歧视，展现出了不屈不挠的抗争精神，进入了安扎尔多瓦定义的"科亚特利库埃状态"。在美国多元文化的背景下，她不断地调整自我，实现转型，努力成为众人眼中的"玛查"（macha，即女汉子），以寻求最佳的问题解决方案。

普列塔在自幼年至中年的性别转型过程中，因其混血身份而遭遇了社会不公的欺凌，甚至在公共场所遭受过人身攻击。同样，作家安扎尔多瓦在创作道路上也未能幸免，其作品频频受到本族男性权威的严厉批评。

二 康塞普西翁：从文书吏到女奴

《女巫的笔迹》中的康塞普西翁·贝纳维德斯同样经历了显著的转型。作为德阿尔巴笔下历史小说《女巫的笔迹》中的核心女性角色，其形象深深植根于美国殖民时期的史料之中，是作家精心塑造的奇卡娜人物典范。她的人生轨迹充满了悲剧色彩，经历了从受人尊敬的文书吏到备受压迫的女奴身份的骤变，这一转变深刻揭示了当时社会的残酷与不公。

在小说开篇的六章里，作家详尽地描绘了康塞普西翁在1683年是如何从墨西哥修道院一名默默无闻的文书吏，逐步沦为身份被剥夺，甚至名字都被恶意篡改为"感恩的·西格雷夫斯"的悲惨历程。

在沦为女奴之前，康塞普西翁在墨西哥——她的祖国——过着极为体面的生活。她曾是修道院女掌门人的得力文书吏，与修女们共事，日子过得相当愉悦，这份体面的生活，实则得益于她母亲的不懈努力。

康塞普西翁的母亲，名叫玛利亚·克拉拉·贝纳维德斯（María Clara Benavidez），她不仅是康塞普西翁父亲的情人，更是他不可或缺的秘书。因此，康塞普西翁随了母姓。玛利亚以非凡的才干为情夫打理生意，同时独自承担起抚养女儿的重任，将康塞普西翁抚养成人。她的父亲身为一位

---

① Gloria Anzaldúa, "La Prieta", in Cherrie Moraga & Gloria Anzaldúa, eds., *This Bridge Called My Back: Writings by Radical Women of Color*, 4th ed., New York: SUNY Press, 2015, p. 204.

西班牙人,"在墨西哥社会中被广泛认可为一位极具智慧的人物"①。她的祖母昔日曾是某修道院的掌舵者,不仅深谙礼仪之道,而且文化底蕴深厚。因此,她母亲坚定地认为:"她作为一个高智商的女孩,特别是她作为一个女修道院院长的孙女,永远不应成为酒吧女工。"② 在母亲的坚决要求下,康塞普西翁郑重地在修道院签下了工作契约。在修道院中,她受到了修女们的悉心教导与引领,"拥有了卓越的教育背景,掌握了拉丁文这一古典语言,书写技艺精湛,能够挥洒自如地创作出优美的诗歌,且长于棋艺"③。对于女性而言,在昔日的墨西哥国,这无疑是一种堪称上层社会的生活方式。

然而,在奴隶制肆虐的黑暗时代,墨西哥的内乱如野火燎原,无辜的黑人惨遭枪林弹雨的洗礼。康塞普西翁的挚友黑人阿伦杜拉,其家族在墨西哥内战的风暴中遭受了巨大的创伤——父亲被无情地吊死,其余亲人四处逃命,而阿伦杜拉本人则幸免于难,躲进了修道院。为了挽救挚友于水深火热之中,同时也因自己不慎卷入了政治漩涡,康塞普西翁毅然决然地与阿伦杜拉并肩踏上了一条荆棘满布的道路,她们翻山越岭,历经千辛万苦,终于抵达了海滨之城维拉克鲁斯(Vera Cruz)。她们的心中怀揣着共同的梦想——逃离那片苦难之地,前往一个远离压迫、人人平等的小村庄,与黑人难民共享安宁的生活。然而,命运却对她们开了一个残酷的玩笑。在即将抵达自由之岸的时刻,她们不幸落入了奴隶贩子的魔爪之中,被无情地贩卖到了遥远的美国。从此,康塞普西翁和阿伦杜拉的人生轨迹被彻底改写,她们被迫踏上了一段梦魇般的旅程。

在几个月的海上旅行中,她的黑人朋友阿伦杜拉因感染瘟疫无力再为海盗们起舞作乐而被扔进大海后,康塞普西翁对船上的一切失去了兴趣,她机械地为黑奴做最简单的饭菜,漠然地为船长提供性服务,拒绝聆听任何奴隶的哀号与海盗的怪异语言。她唯一想做的就是"杀掉船长为朋友报仇"④。她想尽了各种实施计划的可能性,如割喉、放火烧船等,但她的一切反抗都以失败告终。这艘名为"海王星"的巨型商船,满载糖与黑奴,穿越浩瀚的海洋,从新西班牙殖民地墨西哥启航,历经波折,最终

---

① Alicia Gaspar de Alba, *Calligraphy of the Witch*, Houston: Arte Público Press, 2007, p. 26.
② Alicia Gaspar de Alba, *Calligraphy of the Witch*, Houston: Arte Público Press, 2007, p. 26.
③ Alicia Gaspar de Alba, *Calligraphy of the Witch*, Houston: Arte Público Press, 2007, p. 25.
④ Alicia Gaspar de Alba, *Calligraphy of the Witch*, Houston: Arte Público Press, 2007, p. 17.

抵达了波士顿的港湾。

　　船长为了谋取私利，将她与黑奴一同卖给白人。由于康塞普西翁受过优良教育，她因此被高价售出。在商人眼中，她如同一件珍稀的奢侈品，不仅使用价值高，更可带来丰厚的后续利润。当得知自己即将沦为奴隶，且因混血身份而无法获得宽恕，同时她所信仰的天主教也将被视为异端时，她毅然决然地跳入大海，以死抗争，展现了不屈的尊严。然而命运弄人，她并未就此陨落，船长随后派人将她从海中救起。

　　在交易市场的喧嚣中，康塞普西翁因不幸遭受虱子侵扰，被迫剃去了一头秀发，此刻的她正遭受着如牲畜般被审视的屈辱。格林伍德"检查了女孩的牙齿，用他的刀柄的象牙末端将女孩的舌头往下压，用另一只手捏住自己的鼻孔，防止闻到女孩的口腔臭气"[1]。最终她成了英国商人格林伍德购买的商品。她的姓名从此被商人改成"感恩的·西格雷夫斯"，女孩继而成为失能老人托比亚斯·维布（Tobias Webb）的家奴。当他的女婿格林伍德将买来的女奴介绍给他时，他愤怒地说："在我的屋檐下除了老婆和女儿，不会有任何其他女人。"[2] 格林伍德购买女奴是为了照顾残腿的岳父、打理岳父的养鸡场，并不是要包办老丈人的婚姻，他对岳父没有半点尊重，将他称为"公鹅"[3]，恨恨地咒他为"老色鬼"[4]。托比亚斯对购买来的商品"女奴"可以"做他想做的任何事情。他甚至可以掐死她"[5]。女主人可以对她发号施令，甚至邻居也可以对她进行无礼的性骚扰。白人毫不掩饰自己对奇卡娜人的霸凌。至此，她步入了被梦魇缠绕的漫长岁月。

　　康塞普西翁，一个曾沐浴在自由与幸福之中的灵魂，在美国殖民地社会的动荡中不幸沦为奴隶，历经了人间种种磨难。作为异国他乡的女奴，她在无尽的苦难与不懈的挣扎中，始终怀揣着对生存的渴望与希望，奋力追寻那一线光明。

---

[1] Alicia Gaspar de Alba, *Calligraphy of the Witch*, Houston: Arte Público Press, 2007, p. 35.
[2] Alicia Gaspar de Alba, *Calligraphy of the Witch*, Houston: Arte Público Press, 2007, p. 45.
[3] Alicia Gaspar de Alba, *Calligraphy of the Witch*, Houston: Arte Público Press, 2007, p. 46.
[4] Alicia Gaspar de Alba, *Calligraphy of the Witch*, Houston: Arte Público Press, 2007, p. 45.
[5] Alicia Gaspar de Alba, *Calligraphy of the Witch*, Houston: Arte Público Press, 2007, p. 46.

第四节 遭受身心暴力的奇卡娜人

在男权制的社会框架中，女性，尤其是来自不同族裔的女性，长久以来都被视为"属下"（Subaltern）[1]，即被贬低至物化的境地。男性群体普遍抱持着一种错误的观念，认为女性可以被他们像无生命的物体一般随意操控与处置。以普列塔和西格雷夫斯为例，她们都曾不幸遭受男性的围攻与暴力殴打，这样的遭遇并非个例。值得注意的是，这种虐待行为并非男性的专属特权，它同样也被部分在"属下"阶层面前展现更强硬姿态的白人女性所滥用。

一 来自男性的身体暴力

康塞普西翁和她的黑人朋友被俘并被带上海盗船后，她们就被迫成为船主的性奴，前者最后怀孕。船主察觉到康塞普西翁拥有一手精湛的书法技艺，随后在波士顿靠岸时，以高昂的价格将她转让给了殖民地商人纳撒尼尔·格林伍德。格林伍德认为她应该感恩于船主，便将她命名为"感恩的·西格雷夫斯"[2]，而她则被迫踏入了如同奴隶般的悲惨生活，夜以继日地劳作，饱尝欺凌之苦。

作为跨种族身份的康塞普西翁，沦为女奴后，她日复一日地承担着繁重且无酬劳的工作：细心照料瘫痪老人的日常起居，包括饮食与洗漱；管理养鸡场从饲养到清洁的各项事务；不辞辛劳地种植蔬菜，采集柴火，以及每日提水供应生活所需。此外，她还需负责销售鸡蛋与家禽，并细致地记录每一笔账目。而这一切，仅是她在陆地上遭遇的苦难之一。自踏上美国这片土地起，没了船上海盗对她施加的残酷折磨，但来自美国白人的虐待却如影随形，无休无止。

康塞普西翁的生命权被白人牢牢地掌控在手中。在主人家的屋檐下，她仿佛成了任人宰割的羔羊，任何人都能对她行使生杀予夺的权力。而那些心怀恶意的邻居，更是不会放过任何一个可以践踏她尊严、凌辱她人格

---

[1] Gayatri Chakravorty Spivak, "Can Subaltern Speak?", in Cary Nelson & Lawrence Grossberg, eds., *Marxism and the Interpretation of the Culture*, Urbaba and Chicago: University of Illinois Press, 1988, p.271.

[2] Alicia Gaspar de Alba, *Calligraphy of the Witch*, Houston: Arte Público Press, 2007, p.37.

的机会。

瘫痪的老头子托比亚斯"曾经是一位知名教师,在遭遇土著人的袭击后,失去了妻子和第二个儿子,自己也因被击中大腿而瘫痪,再也无法管理自己的农场"①,便将愤怒迁移到了这个新来的混血女孩身上。已经62岁的他,初见康塞普西翁时,心中便涌起一股难以遏制的愤怒。当饥肠辘辘的她用舌尖轻触他杯中啤酒的那一刻,他竟将她误认为土著人,不由分说地给了她一记耳光,并辱骂她为"该死的贪婪女人,还朝她脸上啐了一口"②。格林伍德购买混血女奴的事人人皆知。不怀好意的白人男子都对康塞普西翁进行各种性骚扰与迫害。邻居鱼贩子威廉·里德(William Reed)佯装懂西班牙语,提出帮助格林伍德与女孩进行交流,以要与她单独进行交流为由,对病中的她进行了猥亵。

托比亚斯尽管身有残疾,却对康塞普西翁施以极为残忍的虐待。在康塞普西翁历经数十日的昏睡后,她终于恢复了体力,首次为托比亚斯准备茶饭时,却遭到了他无情的咆哮与诅咒,称其为"邪教徒,并愤怒地将烟丝罐掷向她"③。另有一次,康塞普西翁独自外出,短暂地欣赏了周边的风景,然而,当她返回房屋,"刚踏进门,便遭到了托比亚斯沉重拐杖的猛烈一击,瞬间晕倒在地"④。而她的邻居,同为女性的梅赫塔布尔·桑(Mehitable Thorn),非但未表现出丝毫的同情,反而为托比亚斯的行为感到担忧,认为"无法预料这个女孩的所作所为,比贵格会成员更固执,也和野蛮人一样无知,她没有意识到自己已和上帝的选民生活在一起,而这里根本就没有天主教的根"⑤。邻居们还坚信,女奴为老头子引入了巫术,这才导致他后来决定迎娶她为妻,更甚者,他们认为,康塞普西翁本身便是一个被买来的魔鬼。

在格林伍德的淫威之下,康塞普西翁的任何反抗举动都会引来一顿无情毒打。对女奴实施的暴力行为,诸如扇耳光等,已成为一种司空见惯的现象。康塞普西翁曾因"将鸡笼丢在教堂门口去看审判会,遭了主人格

---

① Alicia Gaspar de Alba, *Calligraphy of the Witch*, Houston: Arte Público Press, 2007, p. 48.
② Alicia Gaspar de Alba, *Calligraphy of the Witch*, Houston: Arte Público Press, 2007, p. 49.
③ Alicia Gaspar de Alba, *Calligraphy of the Witch*, Houston: Arte Público Press, 2007, p. 66.
④ Alicia Gaspar de Alba, Calligraphy of the Witch, Houston: Arte Público Press, 2007, p. 76.
⑤ Alicia Gaspar de Alba, *Calligraphy of the Witch*, Houston: Arte Público Press, 2007, p. 77.

林伍德一记耳光,尽管他的鸡并没有受到任何损失"①。到了准备晚餐的时间,主人未见其踪影,遂在农场内高声呼唤起来,威胁"如果你不马上出现,就吃我的鞭子……看我不打出你屎来"②。康塞普西翁因身陷囹圄而失去了女儿的抚养权,她毅然决然地提出了一个要求:恳请前主人格林伍德将真相——她如何被迫与女儿分离的惨痛经历——如实地告知给她的女儿。她明确表示,如果格林伍德不能满足这一请求,她将不惜一切代价,誓要夺回自己女儿的抚养权。然而,这位被形容为恶魔般的格林伍德没有丝毫同情之心,粗暴地给了她一记耳光,致使她的嘴唇鲜血淋漓,痛苦不堪。

在小说《女巫的笔迹》中,女奴康塞普西翁也被视为性奴。包括瘫痪了的体弱老头子托比亚斯在内,只要是白人男子,人人都想将康塞普西翁作为发泄性欲的工具。邻居单身汉威廉看她漂亮、聪明、能干,想要娶她为妻,遭到断然拒绝。在猎巫运动中,威廉便诬蔑她为女巫,认为她用色相控制了他的思维,使他一心想霸占她。托比亚斯直接强行将她娶为妻子,让她合法地为他提供性服务。在关押女巫的监狱中,一名狱警对她进行了两次猥亵。在第二次时,他更是残忍地挥拳将她击倒在地,强迫她跪地,并继续对她施加恶行。主人格林伍德因她擅自将鸡蛋与鸡赠予他人及低价售卖而大发雷霆,暴怒之下不仅对她实施了强暴,还残忍地扇了她一记耳光。随后,他竟毫无羞耻之心地辱骂她为"婊子"。愤怒之下,她拿起绳索,奋力反击,将主人勒至昏迷。然而,正是这位恶行昭彰的主人,后来无耻地召集警察与村民,诬陷她为女巫,使她遭受了无尽的折磨与冤屈,最终她失去了一切,沦为人们口中的"狼谜"。

男权的残酷压迫,将康塞普西翁推向了身体的极限,使她早生华发。而与此同时,那些本应给予她慰藉的同类女性,却对她施加着无处不在的心理与精神暴力,逐步将她内心的防线彻底瓦解。

二 女性针对同性的文化暴力

要彻底摧毁一个异族人的精神支柱,最直接且有效的手段莫过于根除

---

① Alicia Gaspar de Alba, *Calligraphy of the Witch*, Houston: Arte Público Press, 2007, p. 176.

② Alicia Gaspar de Alba, *Calligraphy of the Witch*, Houston: Arte Público Press, 2007, p. 190.

他的语言与文化。正如安扎尔多瓦所说:"你要伤害我,你就尽管说我母语的坏话。"① 除了男性对康塞普西翁施加的身体暴力外,女主人丽贝卡——格林伍德的妻子——与其余黑人奴隶一道,利用语言和宗教等文化手段,对她实施了全方位、无死角的精神摧残,这种暴力形式同样残酷而深远。

1. 剥夺女奴的母语使用权

在白人社会中,英语被确立为唯一官方交流语言,要求所有外来民族成员采用此语言进行沟通。小说中,女主人公丽贝卡巧妙地运用了语言灭绝的手段,以此来操控女奴的命运。

通过剥夺语言使用权,丽贝卡对康塞普西翁实施了一种看似温和实则极端残忍的掌控手段。自康塞普西翁沦为托比亚斯家族的仆人起,她便被剥夺了使用母语的权利。为了增进她父亲与女奴之间的理解与交流,或许出于自己控制欲的驱使,托比亚斯的女儿丽贝卡主动承担起教授女奴英语的任务,并严格要求她运用这种对于她而言全然陌生的语言进行日常沟通。从最基础的词汇入手,直至复杂的句式结构,丽贝卡耐心细致地传授英语知识,不厌其烦。

白种女主人丽贝卡对族裔女性康塞普西翁的歧视态度总是毫不掩饰地表现在言语与行动上。在康塞普西翁生下女儿后,丽贝卡竟萌生了将这位奴隶之女收归己有的念头,并计划以基督教的方式,借助圣母之名,亲自承担起婴儿的教育重任。为了更有效地使女奴遵从她的意志,丽贝卡精心策划,特意邀请了邻家一位精通西语的奴隶,担任她与康塞普西翁之间的沟通桥梁。而当她选定邻居家的女奴蒂图巴(Tituba)作为翻译,介入她与康塞普西翁的交流时,她以不容置疑的口吻说:"她被从新西班牙(墨西哥国)带过来。但是很明显,她来自那个与英语从来都没有接触过的魔鬼国家的某个不太文明的地方,所以,她蠢得吓人。"② 通过翻译,丽贝卡命令康塞普西翁必须停止使用那魔鬼语言并且忘掉在新西班牙的生活,马上开始学习英语,还威胁她若不服从将会被第二次拍卖。

在随后的日常生活中,尽管女主人丽贝卡与康塞普西翁相互学习语言

---

① Gloria Anzaldúa, *Borderlands/La Frontera: The New Mestiza*, 4th ed., San Francisco: Aunt Lute Books, 2012, p. 81.

② Alicia Gaspar de Alba, *Calligraphy of the Witch*, Houston: Arte Público Press, 2007, p. 124.

与绣花技艺，但丽贝卡始终密切留意康塞普西翁的语言表达，坚决反对在婴儿面前使用那被视为禁忌的西班牙语，她称之为"魔鬼的语言"。女主人规定女奴学习的内容是"奴仆的语言"（the language of servants）①，如"大平盘、啤酒杯、大酒杯、摩塔、杵、挖沟机、水壶，针线活词汇如刺绣、顶针、针、编织、毛线、细丝，育儿的语言如连指手套、摇篮、兜帽、牛奶、哮、佝偻病、绞痛、呕吐、土壤、洗礼毯、破布等"②。女主人内心充满了矛盾，她一方面对女奴的愚钝感到不满；另一方面又怀揣着不切实际的期望，希冀通过短短二十天的集中培训，能让这位女奴迅速掌握英语，以胜任侍奉她父亲、管理农场、养鸡种菜等重任，从而带来经济效益，以弥补其丈夫因购买女奴而支出的50英镑之巨款。

丽贝卡对女奴的监督无处不在，给她下达的任务是"一边给孩子喂奶，一边做饭"③。而女主人所付出的所有努力，皆旨在取悦丈夫，并让他亲眼见证她是如何精心培养出一个品质卓越的家庭助手。丽贝卡每周都坚持前往父亲家中，有条不紊地监督女奴的养鸡任务及对父亲的照料工作，尤为关键的是，她还亲自监督女奴的英语学习进程，坚决禁止她在自己女儿面前使用西班牙语，以此确保女奴的女儿能够迅速地融入基督徒的文化与生活之中。

当女主人探讨如何教康塞普西翁学习英语时，自认为在社会阶层上略胜一筹的女黑奴萨拉，不假思索地提出了自己的建议，"揍她！夫人。每次她说那些天主教的东西，就狠狠地抽打！那才会给她教训"④。由此可见，黑奴对混血儿的态度相较于白人更为恶劣，萨拉甚至期盼女主人能像对待低等生物般对待奇卡娜人。此外，那些邻居的黑奴保姆在社交场合中，常将康塞普西翁视为炫耀的资本，仿佛与康塞普西翁的亲近能彰显他们自身高人一等的地位。当黑人奴仆将她介绍给陌生人时，她会说她是

---

① Alicia Gaspar de Alba, *Calligraphy of the Witch*, Houston: Arte Público Press, 2007, p. 131.

② Alicia Gaspar de Alba, *Calligraphy of the Witch*, Houston: Arte Público Press, 2007, pp. 130-131.

③ Alicia Gaspar de Alba, *Calligraphy of the Witch*, Houston: Arte Público Press, 2007, p. 148.

④ Alicia Gaspar de Alba, *Calligraphy of the Witch*, Houston: Arte Público Press, 2007, p. 119.

"外国佬，感恩的·西格雷夫斯，海盗的女人，能读会写"①，而当时在殖民地，外国人的存在是极其不受欢迎的。在随后的猎巫风暴中，地牢内其余的黑人女巫对康塞普西翁的态度更是充满了蔑视与责备，认为她给她们带来了无尽的灾难。

2. 剥夺康塞普西翁做母亲的权益

在故事中，康塞普西翁不幸在海盗船的阴暗角落遭受了船主的侵犯，并因此怀上了孩子。然而，她悲惨的命运并未因此止步，因为她早已被卖身为奴，失去了自由与尊严。她的白人女主人丽贝卡，自孩子降生的那一刻起，便无情地剥夺了她作为母亲的一切权利。从给予孩子姓名这一最初的仪式开始，到孩子的语言学习、教育方式，乃至宗教信仰的塑造，丽贝卡都将其牢牢掌控在自己手中。这一切都严格遵循着女主人的意志与安排，使康塞普西翁作为母亲的身份变得形同虚设，她的爱与期盼在无情的现实面前显得如此渺小与无力。

（1）剥夺对孩子的命名权。康塞普西翁被人打捞上岸后，因浸泡在水中太久而病倒。在丽贝卡给她治病时，发现她已有身孕便欣喜若狂，认为"被卖身为奴的女人的孩子也是女主人的财产，归她所有"②。在早期的殖民地时期，安息日的教堂仪式异常严苛，牧师在布道前会逐一清点人数，任何无故缺席者都将面临严厉的惩罚。丽贝卡因照顾生病女奴首次缺席了这场仪式。这一行为更透露出她决心剥夺康塞普西翁作为母亲应有权利的坚定立场。康塞普西翁出于对母国亲人的深切怀念，原本希望将自己的女儿命名为胡安娜·耶罗尼玛（Juana Jeronima），以此为纪念。然而，身为女奴的她，却无奈地失去了这一基本权利，无法按照自己的意愿为女儿命名，这无疑是那个时代对人性尊严的又一次无情践踏。女主人严厉警告她，"必须更换名字来适应我们的习惯，就像我丈夫给你改名字一样"③。所以康塞普西翁的女儿也在基督教教堂进行了洗礼仪式，名字被

---

① Alicia Gaspar de Alba, *Calligraphy of the Witch*, Houston: Arte Público Press, 2007, p. 131.
② Alicia Gaspar de Alba, *Calligraphy of the Witch*, Houston: Arte Público Press, 2007, p. 52.
③ Alicia Gaspar de Alba, *Calligraphy of the Witch*, Houston: Arte Público Press, 2007, p. 115.

改为汉娜·耶利米亚。丽贝卡认为,"奴隶的孩子属于其主人"①。孩子长大后,渐渐对母亲为她取的名字胡安娜产生了反感,转而偏爱使用英文名汉娜。这一母女间因名字选择而产生的隔阂,正是当代奇卡娜女性生活境遇的生动缩影。在墨美边境地带,众多源自拉丁美洲国家的孩童,一旦跨越边境,便不幸地被迫与母亲分离,这一现象深刻地反映了该区域移民家庭的辛酸与无奈。

(2) 剥夺对女儿母语教育的权利。康塞普西翁的女儿胡安娜,自幼便与她相依为命,母亲不仅传授了她西班牙语的发音与书写技巧,还引领她以该语言进行虔诚的祷告。然而,女主人内心深处将女奴之女视为私有财产的观念,以及她强烈的占有欲,驱使她不惜一切代价接近并影响胡安娜。当胡安娜年仅4岁之时,丽贝卡将她接入自己的宅邸,正式开启了她的英语教育与基督教文化熏陶之旅。随着时间的推移,幼小的胡安娜逐渐蜕变,成为一个以英语为母语、信仰基督教的"汉娜"。这种深刻的转变,不仅让胡安娜的语言与信仰发生了翻天覆地的变化,更在她心中种下了对母亲深深的鄙夷与仇恨,她视母亲的一切为邪恶之源。胡安娜把新约全书上的话"奴隶必须对上帝充满敬意与服从,无论他们是否善良、温柔还是不公平"②绣在了布上。离开母亲三年再回来后,母亲让她帮忙干农活,她假装没听见,还开始对母亲高声喊叫,假装不懂母语,"除了固执地坚持只说英语之外,坚决拒绝使用任何其他语言进行交流"③。她还跟母亲说养母丽贝卡说说西班牙语的人是魔鬼,她的母亲不能教她用魔鬼的语言写字,否则,牧师将会找上她母亲的麻烦。随后,胡安娜对母亲的态度骤变,变得沉默寡言,她坚决拒绝接受母亲赠予的任何礼物,也拒绝使用母亲为她取的名字——胡安娜,转而要求母亲称呼她为汉娜。她内心充满了对成为康塞普西翁女儿的憎恶与排斥。她"希望(丽)贝卡妈妈

---

① Alicia Gaspar de Alba, Calligraphy of the Witch, Houston: Arte Público Press, 2007, p. 183.

② Alicia Gaspar de Alba, *Calligraphy of the Witch*, Houston: Arte Público Press, 2007, p. 191.

③ Alicia Gaspar de Alba, *Calligraphy of the Witch*, Houston: Arte Público Press, 2007, p. 191.

是我妈妈……你像巫婆一样又坏又丑"①。康塞普西翁在农场伺候瘫痪的托比亚斯和他的养鸡场 8 年之后,她的女儿胡安娜在女主人的基督教式的教育下将她视为"仅仅一个仆人"②。她已经彻底投入了丽贝卡的怀抱。

(3) 剥夺天主教教义传播权。作为天主教信徒,康塞普西翁,一位奇卡娜女子,将信奉瓜达卢佩女神视为每日祈祷的例行仪式,她自然地想将这份信仰传承给年幼的女儿。然而,女主人丽贝卡却持有不同看法,她坚信任何与魔鬼相关的宗教都不应被信奉,因此,她强行剥夺了康塞普西翁对女儿进行宗教教育的权利。在胡安娜的幼年时期,康塞普西翁总会在主显节这一天,带着女儿参与祭拜瓜达卢佩女神的仪式。平日里,她也会教导女儿向女神祈祷,背诵天主教的教义,朗读那些来自母国修道院、由墨西哥女权主义者——修女胡安娜所写的诗歌,并在绣品上绣制蕴含天主教文化的图案。丽贝卡则认为,胡安娜应当接受更为正统的基督教教育。然而,颇具讽刺意味的是,在丽贝卡的教育下,胡安娜非但未成为她所期望的样子,反而变得格格不入,甚至对给予她生命的母亲失去了最基本的尊重,以至于在言语中都不再称呼她为"妈妈"。而是"关上那敞开的门,女人!"③康塞普西翁看到女儿疏远了她,便以圣母瓜达卢佩救人的故事来感动女儿。待她把故事讲完,女儿似乎受到了感动,但最后女儿对她说:"你漏掉了关于小耶稣的那个部分。"④ 由此看出,基督教义已经深入胡安娜之心。

(4) 剥夺法定的女儿抚养权。剥夺族裔群体对其子女的抚养权,是白人主流社会长期以来的一个行为模式与政策导向。这种实质上的人口掠夺策略,曾在美国历史上多次促使因人口增长而带来的经济繁荣。康塞普西翁的好友邻居的女奴印第安人蒂图巴根据自己过去的经验告诉她,女主人丽贝卡在打她的女儿的主意,将从她身边掠走她的女儿。康塞普西翁的

---

① Alicia Gaspar de Alba, *Calligraphy of the Witch*, Houston: Arte Público Press, 2007, p. 193.

② Alicia Gaspar de Alba, *Calligraphy of the Witch*, Houston: Arte Público Press, 2007, p. 188.

③ Alicia Gaspar de Alba, *Calligraphy of the Witch*, Houston: Arte Público Press, 2007, p. 195.

④ Alicia Gaspar de Alba, *Calligraphy of the Witch*, Houston: Arte Público Press, 2007, p. 195.

"心理上开始有了一丝不安。她下定决心要给予孩子足够的爱让其无法拒绝她"①。她竭尽所能地为女儿提供食物、衣物和玩具,同时亲自传授语言,讲述家族的历史和传统,并为她设定了明确的规矩。她还时常向女儿讲述她的来历,并反复强调女儿是她作为母亲在这个世界上生存的唯一动力和希望。然而,在遭受女巫的冤屈,身陷囹圄的艰难时期,康塞普西翁的女儿不幸被女主人丽贝卡误导,逐渐形成了对墨西哥天主教和圣母瓜达卢佩深深的恐惧与蔑视。这种转变让人心痛,也揭示了环境对年幼心灵的巨大影响。更为不幸的是,女儿在法律上被法官判给了格林伍德和丽贝卡,成为他们的合法女儿。这一判决不仅剥夺了康塞普西翁与女儿共同生活的权利,更在她心中留下了难以磨灭的创伤。而她所能做的就是在孤独中以各种昵称呼唤自己的女儿,希望女儿不要叫她"印第安人"和"骗子"来"使她的心肝宝贝让她心碎"②。

丽贝卡费尽心思地试图将孩子完全纳入自己的怀抱,迫使她与亲生母亲断绝一切联系,最终使其成为自己的儿媳。在清教文化的熏陶下,孩子也彻底接受了白人的基督教信仰。至此,康塞普西翁所抱持的唯一生存希望已彻底破灭,荡然无存。

3. 白人女性对反压迫者普列塔的歧视

在另一个故事《普列塔》里,普列塔同样遭受了白人女性的歧视。

当她意识到白人女权运动致力于维护女性权益时,普列塔曾天真地幻想能从这些白人女权主义者那里获得援助,以改善奇卡娜女性的艰难处境。因此,她积极投身白人女性举办的各类抗议集会与社交聚会中,勇于阐述自己的观点。

某次,她荣幸地受邀参与了一场由白人组织举办的讨论活动,并在会上被主持人引荐给所有在场的白人女性。然而,当她试图阐述自己参会的初衷与愿景时,却遭遇了令人心寒的冷漠与排斥。白人女性不仅不愿倾听她的声音,更剥夺了她发言的权利。她们脸上的不屑与歧视,毫不掩饰地展现了对族裔女性问题的漠视与无视。这次经历让普列塔深刻意识到,她所寻求的共鸣与支持,在白人女性的世界里是遥不可及的。自那以后,她

---

① Alicia Gaspar de Alba, *Calligraphy of the Witch*, Houston: Arte Público Press, 2007, p. 136.

② Alicia Gaspar de Alba, *Calligraphy of the Witch*, Houston: Arte Público Press, 2007, p. 223.

便毅然决然地退出了所有白人女性主导的活动，不再寄望于从她们那里获得任何实质性的帮助。她最终回到了自己的社区，并认为"回到自己的社区文化是唯一的希望"①。她引领奇卡娜妇女积极投身轰轰烈烈的奇卡娜女权主义运动中，旨在争取奇卡娜人获得应有的尊重与平等。

与康塞普西翁大相径庭，普列塔凭借自身的智慧与学识赢得了成功，并收获了应有的尊敬。

总而言之，德阿尔巴与安扎尔多瓦详尽记录了男性和白人女性对奇卡诺族裔女性所施加的迫害，对男权制度及美国主流社会的深刻批判跃然纸上。这种权力的滥用，不论其源自何种性别或种族背景，均是对人性尊严的极度蔑视，亟须人们共同进行深刻的反思与积极的改变。

第五节　宗教、法律对奇卡娜的双重迫害

除了日常的磨难，奇卡娜人还承受着宗教与法律的双重压迫。小说《女巫的笔迹》深刻描绘了女主角康塞普西翁在殖民地的猎巫运动中，如何遭受清教徒无情且灭绝人性的残酷迫害。

一　猎巫：男性对族裔女性的宗教迫害

17世纪末，波士顿殖民地爆发了一场针对基督教以外信仰者的审判与驱逐女巫的残酷运动。这一运动实质上是对异教徒的清除行动，其背后隐藏着深重的偏见与不公。康塞普西翁，一位无辜的受害者，在这场运动中遭受了非人的待遇，她的生活本就如同奴隶般艰辛，而清教徒所发动的猎巫运动更是将她推向了绝望的深渊，使她仿佛坠入了人间地狱。对于驱逐女巫事件的本质，托比亚斯有着清醒的认识。在他看来，这不过是政客们玩弄权术、谋取私利的手段。他们并未急于将所谓的"女巫"送上断头台，而是选择将其囚禁，以此为敲诈勒索其家人钱财的筹码。这种行径无疑是对人性与正义的极大亵渎。托比亚斯认为："哪里有嫉妒和私欲，哪里就有混乱和恶习。"②

---

① Gloria Anzaldúa, *Borderlands/La Frontera: The New Mestiza*, 4th ed., San Francisco: Aunt Lute Books, 2012, p. 113.

② Alicia Gaspar de Alba, *Calligraphy of the Witch*, Houston: Arte Público Press, 2007, p. 182.

1. 清教徒对族裔女性的残害

以塞勒姆村（Salem Village）为起点，猎巫运动在波士顿的海湾殖民地悄然兴起。这场声势浩大、混淆是非的猎巫风暴，首先冲击的是那些身处社会底层和信仰异教的族群。他们的命运不幸地成为法官与治安官谋取私利的牺牲品，惩罚他们成为官宦们敛财的手段。

第一个面临审判的是不会说英语的天主教徒，来自爱尔兰的女性玛丽·格洛维尔（Mary Glover）。她被指控使用木偶巫术对邻居约翰·戈德温家的孩童施下诅咒，导致他们罹患癫痫病。在镇上的公开审判会上，她被判以极刑。康塞普西翁目睹了整个审判过程后，深感玛丽所受惩罚并非因巫术之罪，而是源于她的异邦身份——身为贫穷的爱尔兰人、异教徒——天主教徒，以及使用异语——盖尔语，这些原因共同导致了她的悲惨命运。

第二个被猎的女巫是印第安女奴蒂图巴（Tituba）。一天清晨，康塞普西翁前往市场售卖自家的鸡与蛋，却意外地在波士顿的多克广场上目睹了令人震惊的一幕——多年未见的友人蒂图巴，与另外两名女奴，竟被当作女巫严惩，并被押解至此公开示众。在法官的严厉目光下，任何涉及巫术的行为都被视为不可饶恕的罪行。蒂图巴所犯下的"罪行"，竟是出于善意为两位少女阿比盖尔（Abigail）与梅尔茜（Mercy）通过水中倒影预测未来婚姻，未承想这一举动却导致两位少女陷入疯狂，而她们那失控的状态又进一步引发了另一名女孩的惊恐与失常。最终，蒂图巴无辜受累，被无情地投入了监牢之中。

去监狱探访的亲属需要为每位罪犯支付一定费用，具体而言，虽然规定单次支付的金额为一毛钱，但实际上每次探访时都需支付三毛的费用，因为狱卒认为，"这三人被绑在一起，探访一个人就等于看了三个人"①。康塞普西翁为了一睹蒂图巴的境况，巧妙地运用酒、色与金钱的诱饵，成功说服了狱卒，得以踏入那阴森的监狱之门。步入其中，她愕然发现，与三名女巫共处一室的，竟还有一个年仅五岁名叫多卡斯（Dorcas）的小女孩。她们四人，在这潮湿不堪、污秽满地的地牢之中，饱受饥饿与寒冷的煎熬。

---

① Alicia Gaspar de Alba, *Calligraphy of the Witch*, Houston: Arte Público Press, 2007, p. 236.

2. 清教徒对康塞普西翁的迫害

猎巫运动让康塞普西翁陷入了深深的震惊之中。不久之后，她自己也未能幸免，迎来了命运的沉重打击。

对康塞普西翁的宗教迫害，其导火索竟是邻居的恶意诬告。某个清晨，正当康塞普西翁英勇地与野狼展开殊死搏斗之际，不幸被邻居家的女主人桑夫人及其奴仆目睹。她们武断地认为，康塞普西翁口中那些她们无法理解的咒语，正是其施展巫术的明证。随着邻村塞勒姆村风声鹤唳，关于女巫的审判愈演愈烈，桑夫人便趁机将康塞普西翁推向了法庭的风口浪尖。然而，鉴于托比亚斯的渊博学识与教区长者的崇高地位，加之法官对桑夫人动机的深刻洞察——认为其不过是出于对年轻女性的无端嫉妒，最终仅对桑夫人处以罚款以示惩戒。不幸的是，康塞普西翁因前往监狱探望蒂图巴并赠予食物这一充满人性光辉的行为，竟被无端解读为与女巫同流合污的铁证。面对法官的严厉审问，关于她与蒂图巴的关系，康塞普西翁虽据实以告，却仍难逃命运的枷锁。法官仅凭她视女巫为友，且将猫、狼、黄鸟等生灵视为知己这一事实，便草率地判定其为女巫无疑。更甚者，他还向狱卒下达了严令：一旦康塞普西翁再度踏入监狱探望蒂图巴，便立即将其拘禁。

最大的诬陷莫过于康塞普西翁的前主人格林伍德的反咬一口。由于老丈人将财产的继承权授予了新婚妻子康塞普西翁，而非他，这激起了格林伍德的愤怒，并促使他一心要扫除自己继承道路上的障碍。于是，他不断寻找机会对康塞普西翁进行打压。终于，机会降临。因干旱而导致的谷物歉收、家禽瘦弱，以及人为的猎巫事件对生产的严重影响，康塞普西翁所负责的养鸡场里的鸡和鸡蛋质量急剧下滑。当她将这些产品带到市场销售时，遭遇了顾客的刁难，鸡和蛋的价格一落千丈。面对销售困境，康塞普西翁为了不让自己承担损失，同时考虑到有些家庭因孩子众多而买不起鸡蛋和鸡，她决定将这些产品以低价出售。她的初衷是给格林伍德树立慈善家的形象，却没想到这反而成为他的攻击借口。在店铺进行清理和对账时，格林伍德发现了货款的短缺，这个吝啬鬼顿时怒不可遏，对康塞普西翁大打出手，不仅将她打翻在地，还对她实施了强暴。愤怒至极的康塞普西翁在格林伍德如厕时，用绳索将他勒住，导致他昏厥过去。然而，这一行为却为她招来了厄运。在返回养鸡场的途中，她被格林伍德叫来的警察、法官和村民截住，他们将她当作杀人犯和女巫逮捕。

这些清教徒的恶劣行为，从此将康塞普西翁推向了如同炼狱般的生活。

3. 愚昧社区群体的暴力

除了个体对康塞普西翁这位异族人的羞辱之外，社区群体对她所施加的暴力，相较于其他任何黑人女奴所遭受的虐待，都显得更为残酷与恶劣。

在康塞普西翁遭受游街示众的残酷折磨时，"人群纷纷向她投掷石块与鸡蛋，致使她头部重伤，血流满面，面容尽毁。更为残忍的是，警察粗暴地折断了她的一只手臂，剧痛之下，她昏厥倒地，随后被无情地投到阴冷的地牢之中"①。而在这一场人间惨剧的旁观者中，前女主人丽贝卡竟带着她的女儿胡安娜前来，不仅让无辜的孩子目睹了这场暴行，还强迫胡安娜"指控康塞普西翁为女巫，迫使她学习所谓的'魔鬼语言'，聆听令人毛骨悚然的魔鬼故事，甚至把玩绣有魔鬼图案的玩具"②，意图在幼小的心灵中种下恐惧与仇恨的种子。当康塞普西翁被囚禁于地牢之后，丽贝卡再次带着胡安娜前来探望，企图利用这次机会加深女儿对亲生母亲的厌恶与排斥。然而，出人意料的是，胡安娜拒绝与康塞普西翁相见，这一举动或许是对丽贝卡险恶用心的一种无声反抗。丽贝卡最深沉的阴谋便是希望通过这一切不堪的展示，让小女孩彻底厌恶并离开自己的母亲，心甘情愿地投入她这个自诩为基督信徒的养母怀抱。

在康塞普西翁面临公审之前，她"精心装扮，力求整洁与优雅，穿上了友人赠予的裙装、马甲、头巾与鞋袜"③。在从监狱前往市政厅公审会场的漫长路途中，她再次遭遇了围观市民的残酷石击。对她的审判公告中，昔日的"托比亚斯·维布夫人"之名已不复存在，取而代之的是"感恩的·西格雷夫斯""外国佬""杂种天主教徒""海盗的荡妇"等充满侮辱性的称谓④。审判布告上的画像更是触目惊心，"一位身披黑色斗

---

① Alicia Gaspar de Alba, *Calligraphy of the Witch*, Houston: Arte Público Press, 2007, p. 323.

② Alicia Gaspar de Alba, Calligraphy of the Witch, Houston: Arte Público Press, 2007, p. 326.

③ Alicia Gaspar de Alba, *Calligraphy of the Witch*, Houston: Arte Público Press, 2007, p. 322.

④ Alicia Gaspar de Alba, *Calligraphy of the Witch*, Houston: Arte Público Press, 2007, p. 323.

篷的女性被悬挂在海盗旗下的绞索之上"①，这一形象深深刺痛了人心。然而，值得注意的是，这黑色斗篷所包裹的实则是奇卡诺族裔所尊崇的瓜达卢佩圣母形象，而她的出现本应是信仰与庇护的象征。但在此刻，这一形象却被无情地用作公审的符号，成为清教徒对异己分子无情审判、对天主教徒残酷迫害的鲜明写照。

另一短篇小说中的主人公普列塔同样遭受了来自社区内同性恋恐惧症者的无情袭击。攻击者粗暴地将她击倒在地，用力扼住她的咽喉，企图夺走她的生命。幸运的是，普列塔凭借顽强的意志和激烈的反抗，成功地将那位意图不轨的袭击者吓退。而来自邻居和前主人——这些自诩为清教徒的个体的诬陷，更是将康塞普西翁推向了人间炼狱的深渊。

小说中，以"莫须有"的罪名对奇卡娜人进行残酷迫害的描写，不仅展现了作家精湛的人物塑造技巧，更深刻体现了文学创作与社会学研究之间的巧妙融合与跨界尝试。

二　不公正的审判

被无端指控的所谓女巫康塞普西翁，终被押送至庄严的法庭，迎来了对其身心最终的残酷审判。

法官在讯问证人威廉时，发现其言辞颠倒黑白，坚称康塞普西翁自初次相遇便对他进行色诱，并声称其灵魂被对方控制，迫使他连续六年求婚却屡遭拒绝。然而，真相却是威廉以能懂西班牙语，可助格林伍德了解女奴状况为由，初见康塞普西翁便心生邪念，并对她进行了猥亵，此后更是想入非非，却屡遭对方拒绝。小鱼贩子威廉对女奴的诬蔑与诽谤，无疑揭示了男性对混血女性的迫害无处不在，其手段之卑劣，令人发指。

法官对证人托比亚斯也进行了讯问，在法庭作证时，早已瘫痪的他这样对法官陈述："我的屁股干净，肚子被填饱，我被她照顾了九年，她是一个勤劳、虔诚的女人。她所做过的最坏的事，就我所知，比我们所有人所做的都更好。字写得更好，针线活更好，厨艺更好，小生意做得更好，孩子养得比海湾殖民地任何女人的都好很多很多。"② 康塞普西翁九年如

---

① Alicia Gaspar de Alba, *Calligraphy of the Witch*, Houston：Arte Público Press，2007，p. 323.
② Alicia Gaspar de Alba, *Calligraphy of the Witch*, Houston：Arte Público Press，2007，pp. 308-309.

一日的辛勤付出，最终赢得了丈夫托比亚斯由衷的尊重与最为中肯的评价。然而，令人遗憾的是，那些掌控着法庭的权贵却已背离了公正的轨道。

在公审的庄严场合，法官严厉地指出，殖民地的重重灾难——干旱、混乱与毁灭的根源，皆被归因于康塞普西翁的头上。他们认为，这位来自异域、操持西班牙语且信奉天主教的女性，正是这一系列不幸事件的始作俑者。法官更进一步详细列举了她的四十八条罪状，每一条都直指其责。其中严重的十条罪状是：

（1）讲天主教徒的语言；
（2）将魔鬼的诗篇绣于刺绣样本；
（3）布道日在丛林中举行异教仪式并与印第安女子厮混；
（4）与猫为伴，借狼形与魔鬼对话；
（5）施魔法诱骗托比亚斯成婚并策划窃取其财产；
（6）以幽灵形态实施猥亵行为；
（7）烹制黑色混合物与怪异食物；
（8）售卖受污染家禽及腐臭禽蛋；
（9）强迫子女遵循天主教习俗；
（10）向亡者书写信件[①]

可悲的是，这些所谓的罪名绝大多数竟是由她年幼无知的女儿所列出，并被法官轻易地采纳了。康塞普西翁坚决否认法官的所有指控，因为这些指控的根源多源自她日常生活中对女儿的教育，那本是母语文化的一部分，却被误解为罪状。

在最终审判的舞台上，那些混淆视听、颠倒黑白的法官与陪审团成员，竟将威廉与格林伍德等人对她实施的非礼与暴行，歪曲为她对男性的巫术操控与色相引诱。他们甚至不惜利用她年幼无知女儿的天真话语作为定罪的证据，还进一步地精心策划了一场闹剧，让四名塞勒姆村的女孩伪装成受她邪术所害的模样，以此来"证明"她那莫须有的巫术力量。最后陪审团合议，"将她胳膊折断后烙上天主教的十字印，以此彻底击垮她

[①] Alicia Gaspar de Alba, *Calligraphy of the Witch*, Houston: Arte Público Press, 2007, p.326.

的身体和心理防线。她因疼痛而晕死过去"①。康塞普西翁对"莫须有"罪名的坚决否认,凸显了奇卡娜人不畏宗教强权的反叛精神,使读者深刻感受到她作为不屈斗士,从未向任何淫威低头的坚定立场。

对于混血儿而言,精神上的摧残往往较身体上的伤害更为惨烈无情。当康塞普西翁身陷囹圄时,她不仅被剥夺了自由,更丧失了生命中最为宝贵的灵魂支柱——她视为心头肉的唯一女儿。丽贝卡出于某种缘由在法律上将其女儿之名更改为汉娜,让她彻底融入了基督教儿童的世界。得益于身为天主教信徒的母亲的悉心教诲,汉娜在书法与针线技艺上皆展现出令人瞩目的才华,然而,这也标志着女儿正逐渐远离,不再全然属于她的怀抱。

作为一位混血女性,康塞普西翁所经历的种种冤屈,竟无处申诉、无处伸张。

除了对小说核心人物——一位奇卡娜女性的公然羞辱外,法庭的审判过程似乎全然摒弃了公平与正义的基石。作家德阿尔巴以锋利的笔触无情地揭露了作为国家权力象征的法庭及监狱执行者的肆意妄为与根深蒂固的腐败现象,使之成为其作品深刻批判的焦点。

在小说《女巫的笔迹》中,德阿尔巴巧妙地借法官之名,逐条罗列的罪行不仅是对具体事件的控诉,更是文学创作与法学领域之间一次别开生面的跨界对话,展现了文学在揭露社会不公、推动正义方面的独特力量。

总之,在作家的笔下,清教徒借助宗教与法律的双重力量,对跨种族的奇卡娜人实施了极其残酷与无情的迫害。这一描述深刻地揭示了奇卡娜人所承受的苦难,这段历史既漫长又似乎永无止境,令人唏嘘不已。

第六节 康塞普西翁的反抗

跨越种族的奇卡娜人的历史是血与泪的历史。在长期的羞辱与迫害下,为了获得和男性平等的权益,奇卡娜人通过性别转型进行了激烈的反

---

① Alicia Gaspar de Alba, *Calligraphy of the Witch*, Houston: Arte Público Press, 2007, pp. 342-343.

抗，努力使自己"将不再被羞辱，也不会羞辱自己"①。在长达十年的时光里，从逃离墨西哥、被迫登上海盗船沦为奴隶，再到踏上美国土地，最终却不幸被殖民者驱逐出境，主人公康塞普西翁始终未曾放弃对压迫与迫害的顽强抗争。这段历程中，她逐渐蜕变，成为一个在性别界限上游走的隐形人，最终隐没于浩瀚无垠的大海深处，消失得无影无踪。

一 战孤独，治愈创伤

作为异族人，康塞普西翁在基督徒的世界中，如同一位孤独的旅行者，她缺乏亲人的陪伴，缺少朋友的慰藉，更因语言不通而难以与周遭之人建立沟通桥梁。然而，她的聪慧与敏锐让她调整了心态，找到了消除孤独和治愈创伤的办法。

首先，她通过母语与邻居的家奴蒂图巴交流，发现有找到同类朋友的可能性。于是，她紧紧抓住每一个机会，与蒂图巴建立起深厚的友谊，并逐渐打开了社交的大门，拓宽了自己的社交圈。在种植蔬菜的时候，老头子小木屋附近丛林里的印第安女子送给她豆子、南瓜和玉米的种子，告诉她将三种作物一起种植，它们在一起能够互相起到保护作用。到收割的季节，印第安女子分批给她送来了劈好的柴火，收走同等份额的果实。印第安女子对她的同情与互助使她度过了孤独的日子。

其次，她还借助婚姻这一途径，成功地改善了自身的生活状况。在她的朋友蒂图巴随主人离去之后，她所服侍的维布老人向她提出了求婚。他坚信，通过与他结为连理，康塞普西翁将能够摆脱奴隶的身份，摇身一变成为尊贵的维布夫人，从而获得自由之身，并继承他的家产。否则，她将永远是一个"'刺背'，一个非自然的、没有婚姻的、灵魂卖给魔鬼的女人"②。最终，在托比亚斯·维布的不懈坚持下，康塞普西翁选择了他，并因此获得了自由人的身份。重获自由之后，她不禁回想起修女胡安娜那番深刻的话语："男人的逻辑往往倾向于奴役女性，康塞普西翁。无论是通过锁链的束缚、誓言的约束，还是孩子的牵绊——以这样或那样的方

---

① Alicia Gaspar de Alba, *Calligraphy of the Witch*, Houston: Arte Público Press, 2007, p. 109.

② Alicia Gaspar de Alba, *Calligraphy of the Witch*, Houston: Arte Público Press, 2007, p. 202.

式，我们都不得不面对被男人强加于我们身体上的命运，深受其奴役。"① 这场非传统的婚姻让她深刻反思并界定了自己的身份：身为一个异乡人、海盗的女人、混血女儿的混血母亲，以及一个曾受奴役的灵魂，即便被冠以维布夫人的头衔又如何？她依旧是一个受制于人、名字背后承载着他人印记的存在。这场婚姻实质上让她失去了诸多宝贵之物：她的同类朋友逐渐疏远，不再与她频繁交往；丽贝卡由于康塞普西翁的身份从她的奴隶转变为她的继母而充满了愤怒与仇恨，她原有的那丝同情心也彻底消失殆尽；更令人心痛的是，女儿胡安娜也对她投以深深的鄙视与不屑。当女儿不愿再和她一起生活后，康塞普西翁在托比亚斯家的生活从孤独变得更加凄凉，但这种处境并没有消磨掉她的意志，她继续在艰难处境中谋生存。

再次，她利用母语文化的力量，以缓解对母国的深切思念。在基督徒们聚集进行礼拜的时刻，她选择独自步入森林，举行天主教仪式，向瓜达卢佩女神虔诚祷告，并深切缅怀在海上不幸遇难的挚友。此外，她还悉心教导年幼的女儿学习天主教仪式，希望这份文化能够得以传承，让她的文化之根生生不息。

最后，在清教徒文化的浸染下，她为了生存，逐步踏上了学习英语的道路，坚韧不拔地适应着周遭的新环境，并试图将过往的伤痛深埋心底，勇敢地迎接新生活的曙光。在此过程中，她亦不忘寻觅维护自身语言与文化的独特方式。利用阁楼中偶然发现的纸笔，她满怀深情地给女儿书写信件，字里行间既承载着对自我身世及母国文化的深刻记忆，又细腻地描绘了自身所历经的苦难、所遭遇的不公与虐待，以及那份对女儿难以言喻的情感与失落。

在运营养鸡场的岁月里，康塞普西翁对业务驾轻就熟，并积累了多种谋生之道。凭借着卓越的绣花技艺，她不仅获得了额外的收入，足以支撑她购买笔墨与纸张，沉浸于写作的世界，还幸运地结识了挚友蒂图巴。女儿的陪伴如同温暖的阳光，照亮了她的生活，加之她矢志不渝地要将西班牙语与文化传授给女儿，这份决心更让她的日子充满了希望与动力。康塞普西翁耐心教导女儿书写，分享着与朋友共历的逃亡经历，以及墨西哥那

---

① Alicia Gaspar de Alba, *Calligraphy of the Witch*, Houston: Arte Público Press, 2007, p. 205.

片土地上的风土人情与悠久历史，她的生活因此变得宁静而充实。

从一名女修道院的文书吏沦为全能的农场奴隶以及后来拥有尊贵称号的维布夫人，她所承受的卖身为奴的深重痛苦与孤独，在女儿的成长过程中得到了抚慰与治愈。

二 坚持母语文化 反主流文化的同化

在孤独中，为了自己的文化能够延续下去，康塞普西翁在保护自己的母语、宗教和饮食上做出了极大的努力。

要保留自己的文化和根，一个民族或个人必须保留自己的文化载体——语言。在与懂西班牙语的邻居女奴蒂图巴进行沟通后，康塞普西翁知道了自己的处境，带着女儿马上逃离回到母国墨西哥是不可能的事，她一生将要干的事是双重斗争：抵抗英语以及在基督教徒掌控的社会里教育自己的孩子。

康塞普西翁来到买主家后，女主人丽贝卡就开始了对她的文化灭绝，首先强迫她说英语，取代承载她母国文化的西班牙语。但当女主人把她的英文名字写在一块石板上时，"她对此不屑一顾，对石板啐了一口，然后迅速抹去了她的英文名字"[①]。康塞普西翁唯一能够做出反抗的行为就是这种无足轻重的小动作。在女主人禁止她和自己的女儿说母语西班牙语时，她晚上会偷偷地在女儿的耳边用母语祷告"你与圣女同睡，你与圣女同起，圣女和神灵保佑你"[②]。在宗教信仰方面，康塞普西翁一直保留天主教的宗教仪式。在人们不让她进行祷告时，她会偷偷地跑到周边的树林里去进行祭祖仪式，祈祷圣母瓜达卢佩的保佑。她也从不参加基督教的任何活动。波士顿冬季的寒冷在身体上令人难以承受，但坚持自己的天主教信仰，主显节在精神上给予了康塞普西翁快乐。

除了语言和宗教的坚守，维护墨西哥的饮食文化也成为康塞普西翁在抵御盎格鲁美国文化渗透时采取的又一项关键策略。每当思绪飘向食物，康塞普西翁的脑海中便会浮现母国那令人垂涎的"美味玉米饼、玉米面团包馅卷、烤青椒与红椒酱、捣碎的果酱、压碎的各种辛

[①] Alicia Gaspar de Alba, *Calligraphy of the Witch*, Houston: Arte Público Press, 2007, p. 117.

[②] Alicia Gaspar de Alba, *Calligraphy of the Witch*, Houston: Arte Público Press, 2007, p. 131.

辣调料、泡沫热巧克力等"①。这不仅是味蕾上的享受，更是对文化传承的坚守。

在康塞普西翁的女儿遭遇感冒病痛的时刻，她并未急于寻求医生的帮助，而是选择遵循母亲传授的古老而质朴的土方疗法。在她的细心照料下，女儿逐渐恢复了健康，这展现了自然疗法与母爱的力量。

同时，康塞普西翁也展现了令人钦佩的学习能力，她迅速掌握了家禽饲养的技艺，这一转变无疑为她的生活增添了新的色彩与活力。她将鸡与鸡蛋作为烹饪的素材，巧妙地制作出了一系列风味独特的佳肴。每一道菜肴都充满了浓郁的墨西哥风情，令人回味无穷，仿佛能穿越时空，感受到那片土地上的热情与淳朴。特别值得一提的是，女主人教她制作蛋奶沙司的秘诀时，她会"修改食谱，添加肉豆蔻、桂皮和一层烧糊了的糖来使它变成果馅饼"②。

康塞普西翁对母语文化的坚持支撑她度过了艰难的岁月。

三 维护权益与正义

为了维护自身及同类的安全与利益，康塞普西翁始终在竭尽全力地进行着不懈的努力与抗争。

自从不幸沦为奴隶之后，康塞普西翁便在女主人的严密监视下，尽心尽力地侍奉着女主人的父亲，从未有过丝毫的懈怠，即便在面对性骚扰与无理打骂时，也选择了默默忍受，不敢声张。然而，当她成为维布夫人之后，她勇敢地站了出来，开始坚决捍卫自己作为维布夫人的权益，以及身边朋友的正当权益，始终坚持正义，不畏强权。

康塞普西翁结婚后不再听从女主人丽贝卡的使唤，认为自己"可以不再顺从"③原女主人丽贝卡。当她再次被要求做老人最喜欢的菜肴胡瓜鱼时，她断然拒绝。作为维布夫人，康塞普西翁似乎拥有了自由。

在法官讯问她是否与女巫有关联时，她以维布夫人的名义"坚称她

---

① Alicia Gaspar de Alba, *Calligraphy of the Witch*, Houston: Arte Público Press, 2007, p. 216.

② Alicia Gaspar de Alba, *Calligraphy of the Witch*, Houston: Arte Público Press, 2007, p. 151.

③ Alicia Gaspar de Alba, *Calligraphy of the Witch*, Houston: Arte Público Press, 2007, p. 262.

的朋友无罪,自己无罪,以至于法官认为她就是九个女巫中的一员"①。当审判官问她自制墨水的用途时,她说"用来记账,可能商人的账簿等同于魔鬼的书"②。女巫萨拉·奥斯本(Sara Osborn)惨死在监狱,康塞普西翁认为萨拉"真正的'罪过'是因为年老多病,并非有罪该死"③。

虽然她的各种反抗未获得最后的成功,正义没有得到伸张,但给后人留下了宝贵的精神财富:在逆境中从母语文化中获取智慧,用智慧抗争以求生存。

四 "狼谜":混种人的悲剧

作为一位跨种族者,康塞普西翁抵达美国后,她被夹在两个世界之间,徘徊于墨西哥与美国的文化边界,游走在西班牙语与英语的语言迷宫,同时也在天主教与基督教的信仰冲突中挣扎。而她那标志性的跨种族特征——两只颜色迥异(一只棕色,另一只绿色)的眼睛——更是为她带来了无尽的困扰与磨难。

康塞普西翁在猎巫运动的狂潮中饱受摧残,历经了无尽的磨难与深重的苦楚:她遭受了性侵的侮辱,经历了公开的羞辱,承受了警察残忍的毒打,还面临了残酷的石刑的威胁。她曾被囚禁于暗无天日的地牢之中,饱受牢狱同伴蔑视的目光折磨,更被无情地剥夺了维布夫人的尊贵头衔。亲生女儿的背叛如同利刃穿心,不公的审判更是让她雪上加霜,而胳膊上烙印的耻辱印记则成为她终身的"污点"。

猎巫运动如同一场阴霾,让人们仿佛置身于世界末日的边缘,感受到了前所未有的恐惧与绝望。这场运动不仅导致了"善恶不分,黑白颠倒"④的混乱局面,更使人们对宗教教义的理解陷入了深深的困惑与迷茫之中。在这样的背景下,人们的心灵被焦虑与猜疑所充斥,个人恩怨在行

---

① Alicia Gaspar de Alba, *Calligraphy of the Witch*, Houston: Arte Público Press, 2007, p. 241.

② Alicia Gaspar de Alba, *Calligraphy of the Witch*, Houston: Arte Público Press, 2007, p. 334.

③ Alicia Gaspar de Alba, *Calligraphy of the Witch*, Houston: Arte Público Press, 2007, p. 259.

④ Alicia Gaspar de Alba, *Calligraphy of the Witch*, Houston: Arte Público Press, 2007, p. 305.

动中被无意识地放大与转移。昏暗、肮脏的地牢成为人性阴暗面的放大镜，人们在这里忘记了彼此之间的温情与互助，取而代之的是无休止的埋怨、指责与辱骂。在这样的环境中，信任、良知与同情心这些人类最宝贵的品质似乎都已被遗忘，留下的只有冷漠与仇恨。而这场运动最终带来的，竟是康塞普西翁的彻底转型，她竟然被扭曲成了所谓的白发"男性"。德阿尔巴给女主人公安排这样的结局，无疑是对美国白人主流社会的人性与文明的巨大嘲讽。

在历经猎巫事件的阴霾后，康塞普西翁终于重获自由之身。她认为，"自己已是了无牵挂的永远的自由人，因为原女主人丽贝卡已经窃取了她的女儿"[1]。然而，这自由却伴随着沉重的代价——她已失去了所有其他的一切。在康塞普西翁被羁押的艰难时刻，她农场中珍贵的家具不但被格林伍德擅自变卖，而且鸡场的鸡群也已尽数凋零。为了一劳永逸地消除康塞普西翁对其养女的潜在威胁，格林伍德与妻子暗中策划，决定将她遣送回遥远的母国，试图以此彻底斩断她与过去生活的联系。为了女儿的幸福，康塞普西翁答应了原主人的要求，乘船返回母国。但她提出了自己的条件，要求女主人丽贝卡告知她女儿真相："她的母亲不是女巫，她没有伤害女儿，是丽贝卡违背了她的意愿将女儿带走，让女儿心中对母亲充满了仇恨以便于她只把丽贝卡作为母亲去爱。"[2] 康塞普西翁除了"艰辛与可怕的回忆，什么也给不了孩子"[3]。

最后，康塞普西翁总结了自己在美国的十年生活，认为自己"没有白活：养育了一个女儿，结了婚学会了打理一个家，学会了英语、制墨和经营养鸡生意"[4]。

当她出狱后被送回养鸡场时，她已成了"白毛女"。而"死去的猫、塌陷的鸡舍、空荡荡的房子、蒙上厚厚一层黑灰的旧炊具、枯干荒芜的田

---

[1] Alicia Gaspar de Alba, *Calligraphy of the Witch*, Houston: Arte Público Press, 2007, p. 368.

[2] Alicia Gaspar de Alba, *Calligraphy of the Witch*, Houston: Arte Público Press, 2007, p. 372.

[3] Alicia Gaspar de Alba, *Calligraphy of the Witch*, Houston: Arte Público Press, 2007, p. 369.

[4] Alicia Gaspar de Alba, *Calligraphy of the Witch*, Houston: Arte Público Press, 2007, p. 373.

野、寂静的空气比肮脏嘈杂的地牢更可怕"①。随着丈夫的离世，康塞普西翁"陷入了孤独与绝望的深渊，她失去了食物、水源，甚至是交流的伴侣"②。即便是在等待格林伍德为她安排的返回墨西哥船只的短短一周内，她也难以支撑到那一刻。她曾考虑过与印第安人共同生活，但在绝望中，她很意外地在维布通过邻居转交的遗物中发现了50英镑。这笔钱彻底改变了她的计划，她放弃了原本以物易物购买纸张给女儿写信的念头，转而决定女扮男装，亲自前往商店购买空白笔记本。凭借巧妙的伪装，康塞普西翁不仅成功购得了她所需的物品，还意外地获得了超出预期的一切。这次经历让她萌生了一个大胆的想法：不再以女性的身份登上回墨西哥的船只，而是选择以男性的身份出现。岁月已在她的身上留下了痕迹，头发斑白，月经早已离她远去，生活的磨难更让她在某种程度上跨越了性别的界限，成为一个不男不女的存在。

然而，当站在回国的路途上，康塞普西翁却突然意识到，她已经不再属于任何地方。母国的人在十年后已经不再会认识和接受她，在美国她已被强迫放弃女儿并永远离开她。踏上了船，她又能去哪里，这成了一个严重的问题。她处在夹缝中，"除了自己的心，别无靠山；除了记忆中的家，她已没有了家，只有一个记忆中的修道院"③。但修道院主持曾告诉她，只要是男人统治这个世界，女人就摆脱不了被奴役的命运，只有肉身消失女人才能获得自由。"能使康塞普西翁坚持做自己的是她对母国、修女和修道院的美好回忆。"④ 她的过去、现在和未来似乎都被这片土地和这段经历所割裂，她成为一个无根的浮萍。

康塞普西翁最终蜕变为安扎尔多瓦跨界理论框架下的"中间人"，其命运归宿定格于那片广袤无垠的大海之中。她的命运被赋予了"狼谜"的称谓，这一称号深邃而富有象征意味，恰如其分地体现了她在浩瀚宇宙

---

① Alicia Gaspar de Alba, *Calligraphy of the Witch*, Houston：Arte Público Press, 2007, p. 391.

② Alicia Gaspar de Alba, *Calligraphy of the Witch*, Houston：Arte Público Press, 2007, p. 391.

③ Alicia Gaspar de Alba, *Calligraphy of the Witch*, Houston：Arte Público Press, 2007, p. 413.

④ Alicia Gaspar de Alba, *Calligraphy of the Witch*, Houston：Arte Público Press, 2007, p. 223.

与无尽时间中所斩获的那份超脱尘世的永恒自由。

《普列塔》中的女主角普列塔尽管遭遇了与康塞普西翁相似的困境——社区内对同性恋者的无端袭击，但她所展现的反抗精神更为强烈。她敢于挺身而出，与性侵者进行直接的肢体冲突，直至对方畏惧逃离。这一壮举让她的朋友们纷纷赞誉她为真正的英雄，是女中豪杰。而她自己也以女同性恋者的身份自豪，坚定地选择了这条道路，而非出于某种偶然或被迫。

第七节 跨种族女性悲剧书写：以史鉴未来

在美国历史小说的浩瀚海洋中，关于猎巫运动这一主题的鸿篇巨制层出不穷，然而，聚焦于奇卡娜人在这一黑暗历史时期的苦难经历的叙述却显得极为稀缺，几乎可称为凤毛麟角。小说《女巫的笔迹》中的跨种族裔人的命运皆以毁灭性的结局结束：小说的女主角康塞普西翁最终遭遇了一系列不幸，被原主人无情地驱逐出殖民地，被迫以一种既非男性亦非女性的装扮，化身为神秘的"狼谜"，消失在大海里。土著族裔女奴被出售成为另一奴隶主的奴隶；其他的几位黑奴被视为女巫处以绞刑。该小说寓意深刻，主要体现如下的含义。

一 奇卡娜人被长期压迫历史的再现

奇卡娜人在男权制社会中遭受压迫与迫害的悠久历史，早已成为不容忽视的社会现象。这部小说巧妙地借助女主人公的信件内容，深刻再现了混血儿群体在墨西哥文化与美国白人主流文化的夹缝中，所经历的种种迫害与磨难。通过这些细腻而真实的笔触，读者得以窥见那段被遗忘的历史，感受到混血儿群体所承受的不公与苦难。

在小说《女巫的笔迹》中，作者巧妙地运用了独特的斜体字体，借康塞普西翁之名，精心撰写了七封深情款款的信笺。这些信件，满载着沉甸甸的情感，最终到达了她那个已深深融入白人文化、更名为汉娜·耶利米亚的女儿手中。在信中，康塞普西翁细腻地勾勒出了自己身为母亲的身世背景、个人的坎坷经历，以及对女儿那份复杂而深沉的情感。她不仅回顾了女儿的成长轨迹，还痛心疾首地描绘了女儿在白人养母的影响下，如何逐渐与她产生隔阂，乃至疏离、排斥、不尊重，最终导致憎恨与侮辱的种种情状。

在第一封信中，康塞普西翁详尽地描绘了自己的母亲，以证明她在母亲——一位精神力量强大的女性——的悉心教育下，不仅学会了读书识字，还获得了良好的教育，拥有了令人称羡的工作和精湛的绣花技艺。她坚守着自己的信仰——天主教，即便命运多舛，被无情地卖身为奴，遭受了种种非人的迫害与磨难，她依然为了守护未出生的孩子，选择了默默承受，忍辱负重。

第二封信细腻地描绘了波士顿初冬的景致，并巧妙地在梦中重现了自己在墨西哥身为文书吏的过往生活，同时，也深情地叙述了她是如何与那位残疾老者谨慎而和谐地共享同一屋檐下的时光。作家通过对冬日风光的刻画，使读者深刻感受到即便身处逆境，奇卡娜人心中那份对大自然的深切热爱与对美好生活的无限憧憬依旧炽热不减。尤为引人注目的是，主人公对于未来孩子的殷切期盼，这份情感如同她生命中的一盏明灯，照亮了前行的道路，成为她坚韧不拔、勇往直前的精神支柱。

第三封信深情地回忆了母国墨西哥的独特宗教文化——主显节。在这个充满温情与希望的节日里，母亲们会满怀爱意地为自己的小孩精心准备三份礼物，以表达她们对孩子的无尽祝福与期盼。同样的，康塞普西翁也为她尚未出生的宝宝许下了三个真挚的愿望："学好英语，教好孩子书法技巧并用西班牙语写作，给女儿缝制一件修道士肩衣并教女儿对瓜达卢佩的忠诚。"[1] 这些愿望如同璀璨的星辰，照亮了她内心最柔软的地方，也寄托了她对未来孩子深深的祝福与期望。

在第四封信中，康塞普西翁记录了女儿出生的那一刻的经历和自己做母亲的欣喜。[2] 女儿被命名为胡安娜，这让她回想起了自己的母国墨西哥。那里的街道、教堂、房子、商铺、学校、医院、剧院等都比波士顿要发达很多。墨西哥城的各个阶层和各种肤色的人川流不息，而自己女儿的出生地是一个小渔村，"狭窄的山墙房屋紧靠在一起，弯弯曲曲的牛街被

---

[1] Alicia Gaspar de Alba, *Calligraphy of the Witch*, Houston: Arte Público Press, 2007, p. 102.

[2] Alicia Gaspar de Alba, *Calligraphy of the Witch*, Houston: Arte Público Press, 2007, pp. 137-144.

伪装成街道"①。恢复了健康的康塞普西翁能够悠然地漫步于市场之中，目睹印第安人队伍在市场中的独特风采。此封信笺中，作家深刻地剖析了跨种族人群的特征与社会地位。康塞普西翁的外祖父，被称为"跳回者"（jump-backwards，意指拥有土著印第安男性与非洲女性血统，肤色较为暗淡的个体），而外祖母则是来自菲律宾的温婉女性。谈及她的女儿胡安娜，其海盗生父有着一头金发、琥珀色的眼眸，以及近似黑人的肤色，这一切使得胡安娜的基因成为多元民族融合的结晶。无论白人养母如何悉心栽培，胡安娜混血儿的身份都是不争的事实。为了孩子的茁壮成长，康塞普西翁对女儿的要求无不依从。

第五封信，康塞普西翁满怀忧虑地写给了被无情抛入大海深处的朋友阿伦杜拉。信中，康塞普西翁由玛丽的悲惨极刑，不禁联想到了阿伦杜拉父亲那同样令人痛心的离世。这份沉重的思绪让康塞普西翁更加深切地担忧起那可能因女巫事件而蒙受伤害的女儿。她深知，在这个充满偏见与恐惧的时代，无辜者往往难以幸免。

第六封信，是八年后康塞普西翁写给墨西哥修道院女主持的深情篇章。信中，她细腻地描绘了自己的凄凉境遇，字字句句透露出无尽的哀伤与无奈。她已然失去了一切，包括那曾经属于她的姓名、熟悉的语言、宝贵的自由，以及她深深爱着的、血脉相连的孩子。尤为令人痛心的是，她的女儿在养母的熏陶下，皈依了基督教，对天主教抱以鄙视之态，认为生母所崇拜的教皇是"人形魔鬼"②。这一转变，如同利刃般深深刺痛了康塞普西翁的心，让她在无尽的黑暗中更添一份孤独与绝望。

最后的一封信写给女儿，她深情地叙述了自己与女儿间那令人唏嘘的相似命运。当年，她的母亲在将她托付给修道院后，便与一名男子悄然离开墨西哥城，北上寻求生计，未曾留下只言片语，与她不辞而别。而今，她自己也正站在同样的十字路口，即将与女儿分别，心中满是不舍与无奈。但命运似乎总爱开这样的玩笑，与往昔不同的是，她的女儿如今已不再视她为母亲，这份疏离让她倍感心痛。

这些信件详尽记录了奇卡娜人作为跨种族群体所遭受的屈辱历程，堪

---

① Alicia Gaspar de Alba, *Calligraphy of the Witch*, Houston: Arte Público Press, 2007, p. 139.

② Alicia Gaspar de Alba, *Calligraphy of the Witch*, Houston: Arte Público Press, 2007, p. 221.

称一部浓缩的苦难简史。她们被剥夺了做人和做母亲的权利，失去了自己的文化，成为"夹缝"里的人，男人口中的泄欲工具"婊子"。奇卡娜人的悲剧源于身为混血的命运，即便她们拥有惊世之美、超凡智慧、卓越才能以及深重的忍耐力，却依然难以赢得他人，包括自己的丈夫、子女、情人、其他亲属，乃至亲生母亲的公正尊重。信笺里的文字如同锋利的刻刀在读者心中留下了一道道难以磨灭的印记。通过这一系列的信件，德阿尔巴不仅展现了一个母亲对女儿深沉而无奈的爱，也深刻揭示了文化差异与身份认同之间的冲突与挣扎。同时，这些信件也以其独特的艺术魅力，为小说增添了浓墨重彩的一笔。

另一故事《普列塔》中的主人公所经历的种种，实为作家安扎尔多瓦对其个人生命历程的深刻描绘，其间饱含血泪，情感深沉。此处不再赘述。

总之，德阿尔巴的《女巫的笔迹》与安扎尔多瓦的《普列塔》堪称奇卡娜人两部饱含血泪、反抗压迫与迫害的斗争史诗。

二 批判现实，预见未来

德阿尔巴的创作深受安扎尔多瓦跨界思想的深远影响，她不仅深入剖析了奇卡娜女人在过去与现今所承受的苦难，更以敏锐的洞察力关注着她们的未来命运。这种创作态度不仅体现了对现实的深刻批判，更蕴含了对未来的深切期许。

在创作该小说时，德阿尔巴与同伴在波士顿居住了5年，专访了塞勒姆博物馆（Salem Museum）和普利茅斯种植园生活历史博物馆（Plymouth Plantation Living History Museum），探究清教徒的历史和最早的奇卡娜人的苦难史。得益于科技的飞速进步，美国波士顿18世纪那段臭名昭著的女巫审判事件的相关文件，现已被数字化并公之于众。小说中的疯狂猎巫情节多数源于对历史事实的详尽记录，并融合了其他研究者基于史料研究所发表的论文。例如，小说中白人老者"托比亚斯所经历的宗教迫害，便是以当时扩大化的疯狂猎巫行动中受害者们的真实遭遇为蓝本，精心构思而成"[1]。

---

[1] Alicia Gaspar de Alba, *Calligraphy of the Witch*, Houston: Arte Público Press, 2007, p. 437.

猎巫事件在美国历史上留下了极为不光彩的一页，作家巧妙地融入了当时现实生活中一些人物的名字，以增强故事的真实感。作家通过巧妙融合真实与想象的笔触，生动地再现了奇卡娜人穿越边境后所遭受的惨绝人寰的迫害，无情地揭露了美国白人主导社会中根深蒂固的种族歧视问题。同时，作家也深刻描绘了奇卡娜人那令人钦佩的特质：他们的能干、勤劳、聪慧，以及在逆境中展现出的忍辱负重和坚贞不屈的斗争精神。这些描绘不仅丰富了故事的内涵，也让人们对奇卡娜人这一群体有了更加全面和深刻的认识。

在过去，白人曾将身为奴隶母亲的孩子掠走。时至今日，美国社会正面临因非法移民潮而引发的新挑战，政府系统地将逃难至边境的拉丁美洲儿童与其父母强行分离。这一现象恰恰印证了作家德阿尔巴所言的"复苏过去，创造未来"即历史中的苦难与不公，往往能为现今社会提供深刻的反思与警示。过去的磨难不应仅仅成为历史的尘埃，而应成为我们塑造更加公正、仁慈未来的宝贵教训。

康塞普西翁所付出的全部努力，无论是坚守自身语言、文化和宗教信仰，还是尝试与英语文化的融合，最终都化为泡影。在当今以盎格鲁—撒克逊基督教为主导的美国社会中，来自墨西哥的跨种族奇卡诺/娜人群体，在跨越边境、阶级与文化的征途中，遭遇了形形色色的歧视。奇卡诺女性以其独特的性别跨界策略，勇敢对抗来自家庭、男权社会及白人社会的重重压迫。

这部引人入胜的长篇历史小说巧妙地将美国历史上猎巫运动的恐怖阴影与美洲首位女权主义者及诗人索尔·胡安娜的深邃哲学与诗歌融为一体，通过跨种族年轻女子康塞普西翁饱经苦难的生平轨迹，展现了一幅震撼人心的历史画卷。小说不仅深刻剖析了墨西哥璀璨文明与美国殖民地原始野蛮之间的鲜明对比，更以细腻的笔触刻画了跨种族人士在时代洪流中所承受的无尽苦难与挣扎。

书中所述的臭名昭著的猎巫事件，如同一面镜子，映照出当今美国社会对奇卡诺人群体的历史性歧视与迫害，警示我们这一问题的根源之深、之久。它提醒我们，唯有通过不懈的抗争与努力，方能打破历史的枷锁，共同创造一个更加公正、包容与美好的未来。

本章小结

作为跨种族书写领域中的杰出女作家，安扎尔多瓦与德阿尔巴共同揭示了跨种族群体——奇卡娜人在白人主流社会中所承受的深重苦难。德阿尔巴以其精湛的叙事技巧，巧妙地运用历史故事，深刻地描绘了奇卡娜人长期遭受迫害的历程，以及这一身份如何无情地摧残了跨种族女性的生活。她的笔触不仅是对过去的深情回望，更是对现实社会的一种深刻反思与警醒。而安扎尔多瓦则以自身经历为蓝本，生动地讲述了跨种族人在逆境中的不幸遭遇与不屈抗争；她的叙述洋溢着力量与希望的光芒，让读者深切地感受到跨种族人在面对不公与压迫时所展现的坚韧与勇气。

德阿尔巴的小说以独特的借古讽今手法，对当今美国的移民政策进行了尖锐而深刻的批判。她以讥讽的口吻质问：为何今日的美国，竟不允许那些本应为美洲大陆主人的"非法移民"在自己的土地上自由迁徙？而数百年前，那些所谓的"外国佬"——英国清教徒——又是如何轻易地踏上了这片土地，并在此繁衍生息？

在人物命运的终章刻画上，德阿尔巴的杰作《女巫的笔迹》中，女主人公康塞普西翁在清教徒无情迫害的阴霾下，悄然隐没于浩瀚无垠的大海深处，其悲怆命运不禁令人扼腕叹息。

相比之下，安扎尔多瓦的自传体叙事《普列塔》则展现了一幅截然不同的画卷。书中女主人公普列塔，以一位自强不息、敢于挑战与抗争的奇卡娜人形象跃然纸上。安扎尔多瓦以自身经历为蓝本，有力地证明，凭借坚定的意志与不懈的奋斗，跨种族的奇卡娜人完全能够在盎格鲁文化占主导地位的社会中脱颖而出，不仅实现个人价值，更勇敢地追逐并实现自己的梦想，而非黯然失色于历史的尘埃之下。

小说《女巫的笔迹》与自传体故事《普列塔》不仅是对个人命运的深刻剖析，更是对美国种族歧视问题的有力揭露。自清教徒踏上这片土地以来，种族歧视的阴影便始终笼罩着这片土地，成为一个难以解决的社会问题。清教徒对混血女性的压迫与迫害手段之残忍，简直骇人听闻、令人发指。在此背景下，奇卡娜人不得不持续进行不屈不挠的抗争与斗争，只为争取那一丝生存与发展的权利与机会。

第四章　边境跨界　犯罪书写

美墨边境线长达 2400 多公里，美国政府在边境线上易于跨越的地方筑起了高高的隔离墙，以防止贫穷的墨西哥人和中南美洲人进入富裕的美国。历届美国总统都把筑墙抵御穷人入侵作为回报支持者的头等大事。然而，因为各种历史和现实的原因，美国与墨西哥的边境地区存在太多的问题：居民之间的冲突、人体器官贩卖、谋杀、毒品走私、廉价劳动力竞争、棕色女性的贫穷与无知、居民权益无法保障等情况比比皆是。边疆问题仿佛永远是美墨两国无法解决的问题。

美国新墨西哥州的边境城市埃尔帕索和墨西哥奇瓦瓦州的华雷斯市以格兰德河和安那普拉山为界线。此地自然环境恶劣，周边是荒芜的沙漠。在两座城市中坐落的是需要廉价劳动力的各种代加工工厂。沿着河岸往西走时，人们看到美国这边是高高的隔离墙。

21 世纪初的总统小布什等的"造墙令"使得"美墨关系日益恶化，边境经贸受到极大的影响"。[①] 墨西哥总统对此强烈反对，认为美墨边境墙的建立严重损害墨西哥利益并造成更多的移民死亡。

美国的边境问题不仅是出现在美墨边境上，聚居在大都市的贫民窟里的奇卡诺人同样面临着类似的问题。洛杉矶、芝加哥和边疆城市埃尔帕索等的贫民区聚居了大部分奇卡诺族裔贫困人口。尽管身处闹市，但他们依然生活在贫困中，是一群被边缘化的人。可以说，城市贫民区（Barrio）是贫穷边疆的延伸。安扎尔多瓦在《边疆》中非常形象地描述了美墨边境和那里人们的生活状态。

> 边疆是一条沿着陡峭边沿的狭长地带。它是一个模糊的、不确定

---

① "美墨边境将竖千里长墙（组图）"，Sohu，上传 2006 年 10 月 28 日 12：14，下载 2020 年 8 月 11 日，http：//news.sohu.com/20061028/n246058558.shtml。

的地方，由不自然的边界的情感残余所创造。它处于不断的转型状态。被禁止的和不被允许的是它的居民。那些跨界者住在这里：长着眯眼的、乖张的、古怪的、麻烦的、混血的、半死不活的。简而言之，他们就是那些跨越、路过或者穿越"正常"界限的人。美国西南部的外国佬把边境地区的居民视为违法者、异乡人——不管他们是否有证件，也不管他们是奇卡诺人、印第安人还是黑人。不要进入，闯入者将被性侵、致残、勒死、用毒气毒死、枪毙。唯一"合法"的居民是当权者、白人以及那些与白人勾结的人。①

从这段描述中读者不难看出，安扎尔多瓦是以讽刺的手法描写生活在边疆的人们在白人眼中的形象的，他们被视为身体上（乃至心理上）有缺陷的"劣等人"。他们的生存环境恶劣，注定走向毁灭。而这种毁灭尤其针对奇卡娜人，且从未停歇。奇卡娜作家在创作中呈现了边疆跨界者的凄惨命运。滕威在对电影《后院》的评论中也提到了华雷斯这个充满罪恶的城市："杀戮在那里无休无止。"②

奇卡娜作家卡斯蒂略和德阿尔巴以她们辛辣的笔调、独特的创作方式叙述了边疆和城市贫民窟里的奇卡娜/诺人的凄苦生活与厄运。她们对美国政府无视边疆罪恶的不作为进行了大胆的揭露与批判。下面以卡斯蒂略的小说《守护者》（*The Guardians*）和德阿尔巴的小说《沙漠血：华雷斯谋杀案》（*Desert Blood：The Juarez Murders*）（以下简称《沙漠血》）为例，探讨居住在美国边疆的奇卡娜人多舛的命运。

第一节 《守护者》《沙漠血》梗概

边疆叙事是奇卡娜作家创作的重要组成部分。国内学者李保杰从后现代主义视角和后殖民主义视角分析了奇卡诺族裔文学中的二元对立与融合观。她以阿那亚等男性作家的作品为例，探讨了"族裔身份问题"③。而奇卡娜作家的作品则更关注边疆女性的身份和她们的生存与命运。

---

① Gloria Anzaldua, *Borderlands/La Frontera：The New Mestiza*, 4th ed., San Francisco, 2012, pp. 25-26.
② 滕威：《〈后院〉：全球化时代的女性梦魇》，《文艺争鸣》2011年第6期。
③ 李保杰：《当代奇卡诺文学中的边疆叙事》，中国社会科学出版社2011年版，第11页。

1. 卡斯蒂略的小说《守护者》

安娜·卡斯蒂略是奇卡娜作家中最著名的奇卡娜女权主义者,她首先以《屠杀梦想者》(*Massacre of the Dreamers*)中的奇卡娜女权主义思想闻名。她和奇卡娜运动家和文化理论家安扎尔多瓦等一起推动了奇卡娜权益的争取以及奇卡娜文学的繁荣和发展。她的小说大都聚焦边疆和芝加哥城市贫民窟里的奇卡娜人的问题,写尽了她们的辛酸苦辣和不懈的抗争。她认为《守护者》是她在文化上的自传体小说,因为它描写"种族上和经济上都被边缘化了的美国人的生活"[①]。她声称,这篇小说里的故事情节除了毒品部分是虚构的,其他的内容都源自她的大家族里的成员的真实经历。她的故事旨在填补奇卡诺族裔历史纪录的空白。她用双语写作是为了证明自己作为奇卡娜人,既可以完美地把握主流社会的英语,又不忘记作为先祖文化载体的西班牙语。作为族裔女性,她们有足够的智慧来驾驭语言与话语权。

卡斯蒂略的创作智慧来自她父亲的遗传。"他是一个爱讲故事的人,逢人便讲,有时直到人们都离开了房间他还在继续讲。"[②] 她将父亲的口头故事转换成文字发表,让人听到了这些"无声者"的声音。高等教育赋予了她这样的能力。她以写作谋生存,"不再像先祖们那样到地里摘棉花和进工厂打工",但"教育不能抹去她对个人经历和集体经历的记忆"[③]。

在介绍自己创作《守护者》动机时,卡斯蒂略说:

> 我被幽灵萦绕,被先祖的魂灵萦绕。我被我祖父的魂魄萦绕,他于20世纪20年代被带往美国修筑铁路。我也被1929年事件的真相萦绕。母亲两岁时,外祖父母带着两个幼子与她,连同其他墨西哥人,被驱赶回墨西哥,因为经济危机发生后,他们不再是受欢迎的人。[④]

卡斯蒂略原本只打算写首诗歌,后来在先祖的魂灵感召下写了一篇短

[①] Ana Castillo, *The Guardians*, New York: Random House, 2007, p. 218.
[②] Ana Castillo, *The Guardians*, New York: Random House, 2007, pp. 218-219.
[③] Ana Castillo, *The Guardians*, New York: Random House, 2007, p. 219.
[④] Ana Castillo, *The Guardians*, New York: Random House, 2007, p. 217.

篇小说。但短篇小说还不足以描述她的先祖们所遭遇的一切，她把短篇小说扩展成长篇小说，描绘跨界的先祖们的悲壮历史和女性的现实苦难。

小说《守护者》是一篇有关边疆女性的生活与边疆犯罪的小说。其作者采用了立体螺旋式滚动向前的叙事方式将故事推入高潮。每个故事中的场景与事件由相关的人物作为主要叙事者进行展示。全文由10个部分组成，每个部分里的小标题以故事叙述者的名字命名，文中的主要人物有四个雷吉娜（Regina）、加博（Gabo）、米格尔（Miguel）和弥尔顿（Milton）。他们分别出现了18次、8次、9次和5次。

故事开篇第一部分是每个人讲述自己的经历。雷吉娜是一个越战老兵的遗孀，她因为丈夫战死沙场而获得了美国身份，如今居住在依靠微薄的抚恤金买来的边境小镇上的破旧房子里，她把弟弟的孩子加博从墨西哥带到了美国，希望通过更好的教育给他光明的前程。加博的爸爸拉法（Rafa），一个毛泽东思想的追随者，在跨越边境时已经失踪了很久，这让她倍感焦虑，她到处打听，心急如焚。在对父亲的担忧中，加博则以写信的方式向上帝讲述自己的经历，对节俭、体贴的姑妈的感激以及由历史老师米格尔讲述的奇卡诺人的历史。他们都在焦急地寻找拉法的下落。第二部分出场的人物依次为雷吉娜、米格尔、加博、米格尔、加博和雷吉娜。雷吉娜回忆了自己的幸福童年、跨越边境来到美国的原因、以及现在的贫穷生活和美国政府对贫穷族裔人的漠不关心。米格尔则谈到了美国军事基地培养的人员，认为他们是折磨、行刺和党同伐异的专家。"9·11"事件后，这些"专家"可以堂而皇之地出去做恶。他和妻子克鲁西塔（Crucita）因政见不同而离异。加博继续以书信向上帝倾诉的方式追忆双亲对他的关爱、父亲未竟的理想以及他的朋友和同学堕落——打架斗殴、入帮会，甚至强奸幼女，以及他的朋友"小泪珠"早孕生子的经历。雷吉娜则再次回忆起自己的青少年时期给父母帮工的生活和身为农民工的艰辛。第三部分仍然是雷吉娜首先出场，她抱怨美国教育的不公和自己生活的不如意。加博表示自己将成为牧师，替上帝行道，拯救走入歧途的同学。雷吉娜跟着米格尔去拜访了他的外公。这一部分的最后是弥尔顿出场，讲述自己一生的不幸遭遇。他曾为美国而战，却没有得到应有的待遇，他只能靠自己违法贩卖酒和毒品生活。他为了生存，无所不用其极。第四部分讲述加博生日会后因对父亲的强烈思念而离家出走去寻找父亲，其他三人努力寻找他，最后由弥尔顿从警察局将他领回。第五部分由雷吉娜和加博讲述他们在沙漠边缘小镇的贫穷生活与恶劣的环境,尽管如此,他们也没有放弃对拉法的寻找。第六部分讲述了雷吉娜和米格尔移民美国的艰辛和美国移民政策的不公,同时弥尔顿也加入了寻找拉法的行列。第七部分讲述了边境上的邪恶,加博在寻找父亲的过程中发现了很多同学的母亲已经遇难。边境地带贩毒猖獗,美国的犯罪分子为墨西哥的毒贩提供了军火,米格尔在餐馆亲历了团伙的火拼。第八部分讲述加博对于成为布道者走火入魔的执念和他经历的极端恶劣又变幻莫测的沙漠环境。第九部分讲述米格尔前妻失踪的事件,它牵扯到了加博。最后部分由雷吉娜和米格尔叙述故事的结局:米格尔找到了他的前妻,雷吉娜的侄儿加博被"小泪珠"杀害,"小泪珠"入狱受审,她的女儿被雷吉娜收养。

这四个人物用英语夹杂着西班牙语词汇,以富于幽默的口语形式讲述,分别描述各自的人生经历与冒着生命危险在边境镇上共同寻找拉法下落的经历,故事显得真实与可信,也充分表现了角色的个性特征以及与他人的外在关联,从而让读者窥见普通的奇卡诺人在面对边疆邪恶与危险现实时,表现出的人性真善美。这种美好无处不在。

2. 德阿尔巴的小说《沙漠血》

和卡斯蒂略一样,来自边疆城市埃尔帕索的德阿尔巴也对边疆奇卡娜人的生活进行了特别的关注和大量的书写。那些在埃尔帕索的代加工工厂工作的工人,因工资待遇太低,只能回到一河之隔的华雷斯居住。在下班路上失踪的女性不断地增加,她们最后都被发现陈尸于附近的沙漠,无人关注。德阿尔巴以边境地区电视的新闻报道和调查为根据,创作了《沙漠血》这部惊悚小说,虽然人物是虚构的,但其内容是真实的。在 20 世纪末和 21 世纪初,墨西哥的华雷斯市经历了一场持久的残忍杀戮,贫穷的女孩和年轻妇女悲惨遇害,她们大多数是美国代加工工厂的工人。该小说获 2005 年兰姆达文学奖。在免责声明中,德阿尔巴写道:"我希望尽可能广泛地向讲英语的公众揭露这一致命犯罪浪潮的恐怖。"[1]

故事的叙述者和亲历者伊冯·维拉是圣伊格纳修斯学院的一名女性问题研究教授,在完成了一篇关于浴室涂鸦如何反映阶级和性别的论文后,

---

[1] Alicia Gaspar de Alba, *Desert Blood: The Juarez Murders*, Houston, Texas: Arte Público Press, 2005, p. vi.

她从洛杉矶出发,穿越墨西哥华雷斯的格兰德河,前往家乡得克萨斯州埃尔帕索。在返家的航班上,伊冯坐在戴牛仔帽的男子 J. W. 身旁,被他的种族主义言论激怒。她读到了一篇关于"加工商谋杀案"的文章。伊冯 16 岁的妹妹艾琳(Irene)和她的表妹希米娜(Ximena)到机场去接她。表妹是一名社会工作者,帮伊冯领养塞西莉亚(Cecilia)即将出生的孩子。那天晚上,伊冯和希米娜在工厂换班后去见塞西莉亚,但后者并未现身。在与母亲发生冲突并与前女友拉奎尔(Raquel)的尴尬相遇之后,伊冯和希米娜一起去拜访了艾尔萨,一个垂死的年轻工人,后者希望有人收养她的儿子豪尔吉托(Jorgito)。她们了解到艾尔萨在工厂被一位正在测试避孕药具的医生授精而孕育了这个孩子。因未能领养到孩子,伊冯便决定回到洛杉矶。然而,当她发现一个厕所墙上的涂鸦写着"可怜的华雷斯,离地狱如此之近,离耶稣如此之远"[1] 时,她将其视为一个迹象,提醒她应该在论文中揭露华雷斯惨案,并帮助弄清楚为什么会发生谋杀。当伊冯未兑现带艾琳去华雷斯集市的承诺时,艾琳很生气,于是她独自前往。到达那里后,她和拉奎尔的侄女米尔娜陶醉于集市的氛围,艾琳最终发现自己不慎误入了一个危险的派对。第二天,伊冯得知艾琳彻夜未归。家人报告了她的失踪。与此同时,艾琳被囚禁在床下,在那里,她听到了绑架者之间的对话。其中有一位得克萨斯人,他正是在飞机上和伊冯打赌的 J. W.。艾琳听到他们谈论客户和直播,还听到女孩被称为"便士"。伊冯去华雷斯寻找艾琳,发现那些掌握信息的人不愿意帮助她。当她和表弟被警察绑架并差点被杀害时,她开始意识到有人在掩盖可怕的阴谋。

弗朗西斯神父、伊冯、希米娜和"反对沉默"组织中的其他成员在沙漠中寻找尸体。当他们发现一个女孩残缺不全的尸体时,注意到有一分硬币塞进了她的喉咙。伊冯推测,这象征着美国的工厂是如何被北美自由贸易协定(NAFTA)强加到墨西哥的"喉咙"里的。弗朗西斯神父认为,这些谋杀案是对女性的强烈厌恶,因为这些被害女性通过工厂工作挑战了传统的性别角色。伊冯考虑到女孩对生育能力的执着,并进一步推测,有人想阻止墨西哥女孩越过边境,生下将成为美国公民的孩子。伊冯在去机

---

[1] Alicia Gaspar de Alba, *Desert Blood: The Juarez Murders*, Houston, Texas: Arte Público Press, 2005, p. 98.

场迎接布里吉特的路上被边境巡逻队拘留。J. W. 成为首席拘留执行官，与她一起乘坐边境巡逻车离开。当他们接近一家废弃的炼油厂时，伊冯意识到 J. W. 经营着一个非法视频网站，并利用该工厂直播杀害妇女的事件。负责艾琳案件侦探的皮特一直在关注伊冯并寻求她的帮助。皮特腿部中弹后，把枪给了伊冯，伊冯则持枪救出了艾琳。J. W. 直播的目的是控制人口和阻止非法移民。伊冯意识到阴谋的涉及面越来越大，囊括了从工厂到国家当权者的各个层次。故事的最后艾琳在家人的陪伴下慢慢恢复，伊冯与母亲修复了关系，她和她的同性伴侣收养了豪尔吉托。

该小说巧妙地运用了象征手法，以"一分钱"为象征，凸显了犯罪分子对奇卡娜生命的冷漠无情。这个微小的货币单位被用来比喻那些被剥削、被轻视的女性受害者，她们的生命似乎只值这点微薄的报酬。拉丁美洲的女性为了这点点钱而来，她们的命也就值这一点点钱。"一分钱"第一次出现在第二章，J. W. 跟伊冯打赌能猜出她的职业，输了以后给了她一卷纸币。这一情节为后文埋下了伏笔。后来，当她、希米娜和弗朗西斯神父去停尸房查看塞西莉亚的尸体时，伊冯注意到一个塑料杯里"发黑、腐蚀的硬币和分币混在一起"①。被囚禁的艾琳看到一块黑板，上面有三根柱子——一根是一分硬币，一根是五分硬币，另一根是一角硬币，她经常听到绑架她的人提到美分。阿里尔（Ariel）告诉朱尼尔（Junior），一辆满载着"九分钱和另一半五分镍币"② 的大巴已经到达，朱尼尔称他正在拍摄的一个女孩是"又一个幸运的分币（penny）"③。伊冯和 J. W. 在边境巡逻车上证实了这些硬币代表受害者的说法，J. W. 在与朱尼尔的电话中称艾琳为"那枚镍币"④，还称艾琳为"一枚可爱的幸运小分币"⑤。

总之，这些小说所探讨的主题丰富且深刻，涵盖了边疆地区的贫困与

---

① Alicia Gaspar de Alba, *Desert Blood: The Juárez Murders*, Houston, Texas: Arte Público Press, 2005, p. 52.

② Alicia Gaspar de Alba, *Desert Blood: The Juárez Murders*, Houston, Texas: Arte Público Press, 2005, p. 221.

③ Alicia Gaspar de Alba, *Desert Blood: The Juárez Murders*, Houston, Texas: Arte Público Press, 2005, p. 268.

④ Alicia Gaspar de Alba, *Desert Blood: The Juárez Murders*, Houston, Texas: Arte Público Press, 2005, p. 283.

⑤ Alicia Gaspar de Alba, *Desert Blood: The Juárez Murders*, Houston, Texas: Arte Público Press, 2005, p. 284.

犯罪现象，尤其是边疆女性所面临的多重压迫。它们深刻揭示了奇卡娜母女之间复杂的冲突、代加工工厂的黑暗面，以及司法机构和政府媒体等权力机构的腐败问题。同时，这些作品也展现了社区内部的混乱与不安，以及女性在面对逆境时所展现的顽强抗争和对新家园的坚守。这些主题共同构成了小说的核心，引人深思。

第二节　边疆深渊：夹缝

美墨边疆被文化理论家斯塔文斯（Stavans）形象地称为"夹缝"[①]。这一说法揭示了奇卡诺族裔的生活窘态与困境，他们被夹在美国主流文化和墨西哥文化之间，不停地转型。在奇卡娜的边疆叙事中，人们生活的自然环境和人文环境被作家们重墨描绘。广袤而又炎热的沙漠、高远的深山、奔流不息的大河共同构成了美墨边界难以跨越的自然屏障；各种层出不穷的犯罪行为以及持枪的边境警察又构成了边疆城市嘈杂、混乱的另一幅景象。边境的恶劣环境是当代奇卡娜人的苦难深渊。这种恶劣的自然和人文景观，因《北美自由贸易协定》的生效和拉丁美洲女性为了谋生往北迁徙进厂打工而显得更加不堪。从 1993 年人们在沙漠里发现无名女性尸体起，到 1998 年边境上发现了许多被谋害的年轻女子，墨西哥和埃尔帕索的报纸和电视新闻不断地报道年轻女性不幸遇害的消息。作家德阿尔巴还曾亲自到沙漠去寻找遇害者，她和其他寻找失踪人员的人一起发现多具无名女子的遗体。凶案一直在发生，从德阿尔巴的小说《沙漠血》和卡斯蒂略的小说《守护者》所描述的边疆犯罪来看，这些暴行的时间跨度至少超过了 10 年。在这期间，《北美自由贸易协定》的签订使得美墨边疆城市代加工工厂兴起，工厂对工人的剥削和农场主对流动农民工的压榨变本加厉，因此，企业主攫取了巨额的利润。在原本就恶劣的自然环境中，流动农民工的栖身地和工人租住的贫民窟，已成为犯罪的温床，奇卡诺人的生命安全时刻受到威胁。流动农民工有许多是偷渡者，他们历经艰辛，穿越沙漠，在无水时只能靠喝自己的尿液维持生命。《守护者》中加博一家就有这样的经历。他的舅舅们都是流动农民工，住的是无电灯的工

[①] Ilan Stavans, *The Hispanic Condition: The Power of a People*, 2ed., New York: Harper Collns, 2001, p. 1.

棚。农场主为了防止工人逃跑，不让男人们晚上睡觉，让他们站在浅水湖中过夜。最后，加博的一位舅舅患上了肺炎，身裹一条借来的脏毯子悲惨离世。格兰德河这条流经美墨边境的河，像一条棕色的蛇，蜿蜒在两个世界之间。克里斯托·雷山（Cristo Rey）的风景不再是风景，而是"边境上醒目的、公开的伤口，它像安扎尔多瓦描述的一样：第三世界和第一世界在摩擦，在流血"①。

一 恶劣的自然环境

生活在美墨边疆的奇卡娜/诺人饱经大自然给予的无尽苦难。

在小说《守护者》的开头，读者就可以感觉到在这贫瘠的边疆发生的故事将是悲剧性的。"雨下了一整夜，又大又多，使大地瑟瑟发抖……一切都是湿漉漉的、灰蒙蒙的。"② 这似哭泣的大雨预示了失踪的拉法——女主人公雷吉娜的弟弟的死亡的到来。而在《沙漠血》的开篇，作家德阿尔巴则直接描写女性受害者的死亡过程："绕着她脖子的绳子被拉紧了，她感觉肚皮在沙子和石头上被拖拽，她胸口的伤口被山艾树刺破。她的腰部以下已经失去知觉，她的脸因被抽打而钝痛。"③ 这里的"沙子和石头"指的是华雷斯郊外的人迹罕至的沙漠地带的地质特征。这种开篇的描写，奠定了故事的悲剧基调，使读者深刻感受到人物所处的危险境地，也暗示了奇卡诺人生活在危险和不确定中的现实。

在这两部小说中，作家们描写了同一座山"富兰克林山"。《守护者》中的"我"站在美国这一边，向它望去，仿佛看到了一片深不可测的雾海；而《沙漠血》中的"我"站在墨西哥那一边，向它望去，似乎充满希望，"一颗巨大的星星照亮了富兰克林山，这是一个标志着希望的埃尔帕索标志"④。作为界山，它的周边是大沙漠，形成了一片无人区。土质由岩石和石灰岩构成，太阳下的地面炎热，白色的沙地反射出强烈的白

---

① Alicia Gaspar de Alba, *Desert Blood：The Juárez Murders*, Houston, Texas：Arte Público Press, 2005, p.335.

② Ana Castillo, *The Guardians*, New York：Random House, 2007, p.3.

③ Alicia Gaspar de Alba, *Desert Blood：The Juarez Murders*, Houston, Texas：Arte Público Press, 2005, p.1.

④ Alicia Gaspar de Alba, *Desert Blood：The Juarez Murders*, Houston, Texas：Arte Público Press, 2005, p.3.

光，使人们的眼睛受到严重的伤害。灌木丛中经常有蛇蝎出没，对人们的生命造成了威胁。华雷斯郊外的沙漠也是美国导弹试射的基地。这片沙漠地带不仅仅是恶人为非作歹的地方，更是美国大公司和大财团敛财作恶之地。美国熔炼公司墨西哥分公司阿萨科（ASARCO）的铜矿开采活动使得该地尘土飞扬，环境污染严重，许多居民因此患上了不治之症——肺癌。当地底层的民众依旧物质生活贫乏，只能靠从其他城市运来的古董展览谋生。"她们居住的是在垃圾场临时搭建的棚屋，小孩子们脸上显出营养不良的迹象，他们肚子鼓鼓的，头发蓬乱，玩耍的地方就是垃圾堆。"[1]

在奇卡诺人眼中，边境线两侧的城市环境都是破败和拥挤不堪的贫民窟。《守护者》中的弥尔顿老人居住在墨西哥一侧的奇瓦瓦市。"它是一座小城，有许多小小的房子挤在一起。土坯、煤渣砖或灰泥建造的小屋，有大窗户，还有小院子和吠叫的大狗。"[2] 在大城市华雷斯，奇卡娜人居住的环境最差。在《沙漠血》中，艾尔萨的奶奶的小餐馆开设在繁华街道的背面，环境肮脏、空间狭窄、光线昏暗。这家小餐馆是祖孙三代赖以生存的支柱，然而生意惨淡。"脏兮兮的盘子上爬满了蟑螂，厕所的水龙头长流不息……走廊里漆黑一片，像个隧道……房间里幽暗，摆着两张床、一把摇椅、一部电视、一个电加热器，房间的天花板上布满了水漏的印记，墙上的油漆已开始脱落，地板上、床铺上堆满了衣物。整个地儿都充斥着油腻味与杀虫丸的气味。"[3] 更有甚者，美墨合作的熔炼厂污染了格兰德河的河水。

《守护者》的女主人公雷吉娜是一位高中教师，住在美国这边的边境上。她的房子屋顶漏水，家具破旧。每当天气变暖时，像她这样的边疆穷人的日子就很难过。"那些虫子是无法战胜的。"[4] 飞蛾不断袭扰她家，她家里的常客是"蚊子、苍蝇、老鼠、蝎子、蜥蜴、蚯蚓，甚至有蝎子钻进了她的耳朵里"[5]。当沙尘暴袭击他们时，她假装看到了日食，金黄色

---

[1] Alicia Gaspar de Alba, *Desert Blood : The Juarez Murders*, Houston, Texas: Arte Público Press, 2005, p. 240.

[2] Ana Castillo, *The Guardians*, New York: Random House, 2007, p. 66.

[3] Gaspar de Alba, Alicia. *Desert Blood : The Juárez Murders*, Houston, Texas: Arte Público Press, 2005, pp. 86-87.

[4] Ana Castillo, *The Guardians*, New York: Random House, 2007, p. 105.

[5] Ana Castillo, *The Guardians*, New York: Random House, 2007, p. 106.

的尘土埋没了他们,可她抖落身上的尘土后,仍然和侄儿欢快地种植蔬菜。

但是,"夏天的雨水使得人们的居住环境变得更加恶劣。下水道的污水溢出,人行道、草坪上、街上到处都是……饮用水要到埃尔帕索去买。所有的水都受到了污染,无人能洗澡、洗衣或洗其他任何东西"[1]。沙漠小镇的天气变化太快,让人们常常措手不及。"开始天很干,山火到处都是。然后大雨突然袭击,弄得大家实在是糟糕透顶了。"[2]

雷吉娜13岁偷渡时就遭遇了蛇咬和日晒。如果选择与他人乘坐同一辆大卡车偷渡,年幼的女孩很可能在密闭的车里窒息身亡。幸运的是,雷吉娜得到了丈夫的爷爷的帮助,最终偷渡成功。此后,她一直随大人在田地里劳作,以采摘棉花和水果为生。

由此看出,只要身处边境城市,无论是在美国一侧还是在墨西哥一侧,奇卡诺人生活的自然环境都极其恶劣。德阿尔巴所描述的河流、桥梁、街道、酒吧、工厂和政府机构都是实实在在存在于边境地区的场所与地标。这让读者能深切感受到边境地区人们的贫瘠生活。她如实记录的目的显而易见,那就是揭露边境地区是无法无天的罪犯的乐土,是贫穷而又渴望改变自己生活的年轻女性的葬身之地,也是罪恶的滋生之地。

为了生存,跨越边疆来到美国的奇卡诺族裔人就在这片土地上辛勤劳作。他们或进入工厂的流水线,从事着机械而重复的工作;或在广袤的农田里挥洒汗水,耕耘着生活的希望。然而,比这恶劣的自然环境更糟糕的是边疆的人文环境。

二 凶险的人文环境

美墨边境的自然环境固然恶劣,但其人文环境的复杂性更胜一筹。

这片土地原本是大众文化交融的圣地,除了美食和音乐会,墨西哥古老的文化还以古迹和文物展览的方式传播,西班牙裔墨西哥人最主要的节日是狂欢节。它象征着族群间的和谐与交融。在华雷斯,美酒、服饰、小纪念品、女性化妆用品等琳琅满目,五颜六色的指甲油、精美的头饰、手饰和脚饰等具有浓郁民族特色的物品,令人目不暇接,美不胜收。美国的

---

[1] Ana Castillo, *The Guardians*, New York: Random House, 2007, p. 108.
[2] Ana Castillo, *The Guardians*, New York: Random House, 2007, p. 109.

女性热衷于到华雷斯旅游，不仅是为了欣赏古代玛雅文化和阿兹特克文化，更是为了体验狂欢的氛围。与此同时，墨西哥的女子也经常会到埃尔帕索的工厂打工或做家庭保姆。但美国政府对偷渡者的严密看管和不断加长加固的隔离墙使得偷渡难上加难。而这些障碍的设置只针对从墨西哥进入美国的人，而对美国白人则不加限制。美国的药品价格远高于墨西哥，"白人可以随便跨过边境去获得便宜的药，而在美国这边的奇卡诺人却不可以回去购药"[1]。这种带有明显种族偏见的行为和政策，无疑将奇卡娜人推向了毁灭的边缘。这不仅是对人权的践踏，更是对文化多样性的忽视和排斥。

奇卡诺人在与白人的交往中，明显感觉到了后者对他们的敌意与歧视。弥尔顿从小到大都感受到白人的这种态度。"针对墨西哥裔儿童的隔离政策虽已取消，但种族主义态度仍普遍存在。教师群体尤甚，称我们为'哑铃'、'黑鬼'与'肮脏的墨西哥鬼'，强制我们淋浴，并厉声警告：'禁止使用西班牙语'。"[2]

华雷斯的街道破旧不堪，主街两边的商店、饭店、夜总会前面的道路坑坑洼洼，布满土堆和水泥。红灯区到处都是酒鬼，对于年轻女性来说，就是一个堕落的深渊。伊冯来到这里，希望从她的前同性恋人那里获得妹妹的消息。遭拒绝后，伊冯把后者打得鼻青脸肿。

贫穷的华雷斯市的小市民的思想行为与道德都有其局限性。唯利是图是他们的基本准则。陌生人问路都必须付给他们小费才能得到准确的方向。失踪的艾琳的衣物早已被他人窃取，据为己有。就连鞋子都被酒吧的老板穿在了脚上。伊冯在寻找妹妹的过程中发现很多人都不值得信任，包括她的表妹西米娜。但她还是通过弗兰西斯神父，获得了她妹妹的信息。

城市社区的人文环境也同样堪忧。警察皮特通过调查发现，在伊冯母亲家附近的街道上居住着好几百名在警察局留有案底的性侵者、强奸犯、儿童性骚扰者、偷窥者、皮条客以及嫖客。埃尔帕索市有许多人跨越美墨边境，从事欺骗贫困女子的犯罪勾当。这些性罪犯利用埃尔帕索人的热情来祸害他人。在华雷斯性交易是合法的，这里聚集着最漂亮的、最容易受骗和最热情的年轻女性。而在埃尔帕索，年轻女子时刻面临着性侵的威

---

[1] Ana Castillo, *The Guardians*, New York: Random House, 2007, p.124.
[2] Ana Castillo, *The Guardians*, New York: Random House, 2007, p.71.

胁。很多拥有美国国籍的奇卡娜人到华雷斯游玩、看展览、品尝墨西哥特色食物、购买女性物品，带动了当地的经济。然而，墨西哥人对她们的态度非常不友善，将她们蔑称为"外国佬"。

总之，卡斯蒂略和德阿尔巴笔下的美墨边疆在自然和人文环境方面的状况令人担忧，生活在各种矛盾交织的边疆的奇卡诺族裔如同陷入了苦难的深渊。

第三节　边境上奇卡娜人的艰难生存

根据母国墨西哥文化的传统，女性虽然不是在外挣钱养家糊口之人，却是维持家庭运作的顶梁柱。跨过边境，来到美国边疆谋生的女人在极端贫困的条件下，也被迫成为家庭的经济支柱之一，为此，她们比男性付出了更多的艰辛。

一　充满暴力的简朴日常生活

在各路人混杂聚居的边疆，奇卡娜人过着简朴清贫的生活。她们梦寐以求的是传统的安宁日子：丈夫辛勤工作，忠诚于婚姻；儿女们健康成长，遵循传统，延续血脉；待到年华老去，儿孙绕膝，享受天伦之乐。七大姑八大姨的亲情团聚也是奇卡娜人向往的典型家庭生活图景。然而，贫穷始终是生活在边疆的奇卡娜人身上难以摆脱的标签。物质的匮乏让她们举步维艰，因此，她们的家庭生活也缺乏稳定性和应有的幸福。

《守护者》中的雷吉娜在用丈夫牺牲换来的抚恤金买到旧房子后，她便开始在周边的地里种植蔬菜，她购不起肥料，便自己动手"用食物的残渣、咖啡渣、蛋壳制作混合肥，还从附近的牧场运回牛粪和马粪混合在一起做土化肥"[1]。然而，她辛勤的劳动经常会"因为一场意想不到的自然灾害颗粒无收"[2]。

在小说《沙漠血》中，伊冯的母亲莉迪娅及其家族的人们都保持着墨西哥传统的日常生活方式，遵循着古老的男尊女卑的法则。莉迪娅伺候着家中老小和在外为全家谋生的丈夫，每日的活动范围就囿于厨房和庭院

---

[1] Ana Castillo, *The Guardians*, New York: Random House, 2007, p.45.
[2] Ana Castillo, *The Guardians*, New York: Random House, 2007, p.46.

第四章 边境跨界 犯罪书写

的菜地。莉迪娅在厨房中使用的炊具都是原始的"木勺"[1]，整个房子里永远弥漫着香菜和豆类食物的味道，她的拿手好菜就是肉丸西葫芦炖菜。她的生活总是简朴而单调的。

除了家务活，莉迪娅的另一重要任务就是看管好自己的两个女儿，大女儿违抗父母之命，毅然前往北方的大学深造并获得博士学位，这无疑为身为母亲的莉迪娅带来了莫大的骄傲。然而，大女儿违背传统伦理，成为一个同性恋者，使得母亲在众多亲人面前无地自容。所以，她转而把更多精力投注在二女儿身上。严苛的家教使得二女儿产生了强烈的叛逆心理，小小年纪就开始崇拜身为同性恋的姐姐。

因为自己婚姻生活的不如意，莉迪娅对女儿们的态度非常粗暴。伊冯自幼在母亲的暴力下成长，拳脚相加是常事。尤其在伊冯的同学、老师和表兄弟姊妹面前，她的母亲会更加不遗余力地羞辱她，这种家庭虐待导致她两度离家出走。待到中学毕业，伊冯选择遥远北方的大学，八年都不曾回家。再次回到家乡埃尔帕索，伊冯已是一名研究女性问题的博士，且已有了同性伴侣。在强悍的母亲莉迪娅的意识形态里，女儿高深的学术造诣不能弥补她作为同性恋者带给家庭的耻辱。即便为女儿的高学历感到骄傲，她和丈夫在同性婚姻问题上也绝不能接受女儿的选择，领养孩子的话题在父母面前更是不可提及的禁忌。伊冯的妹妹失踪后，伊冯和舅舅驱车回家。当母亲看到车里没有小女儿的踪影时，"迅即冲上前，将伊冯打得鼻血直流，让邻居们看笑话"[2]。而作为女儿，伊冯所能做的只有忍受，只能躲进家里的厕所，打开水龙头，用哗哗的水流声掩盖母亲随后的辱骂声。

面对来自母亲的伤害，伊冯不能从父亲那里得到慰藉，因为父亲认为"那是女人的事"，他"不必掺和"[3]。于是，伊冯只能借助练瑜伽的方式来舒缓自己内心的愤怒与苦闷。

母亲在养育孩子方面的责任是引导孩子成为能够继承奇卡诺族裔文化

---

[1] Alicia Gaspar de Alba, *Desert Blood: The Juárez Murders*, Houston, Texas: Arte Público Press, 2005, p. 63.

[2] Alicia Gaspar de Alba, *Desert Blood: The Juárez Murders*, Houston, Texas: Arte Público Press, 2005, p. 128.

[3] Alicia Gaspar de Alba, *Desert Blood: The Juárez Murders*, Houston, Texas: Arte Público Press, 2005, p. 129.

传统的女性，并竭尽全力达成这一目标。如在穿着打扮方面，莉迪娅要求孩子们必须中规中矩，避免暴露的装束，不能模仿社会上不良青年的装扮，更严禁同性恋。如果家中子女众多，姐姐必须给妹妹树立好的榜样。伊冯因为同性恋行为，屡次被母亲家暴，甚至在读博士期间回家时还被母亲打得鼻血直流，但她不敢反抗，因为这种行为在奇卡诺人看来是非常不道德的行为。当伊冯告诉母亲她和她的女伴侣将领养一个孩子时，母亲的第一反应是"你现在要将一个孩子带入你那不道德的生活方式里？你应为你自己感到羞耻"①。

在与白人主流社会频繁的接触中，奇卡诺族裔女性的生活方式和意识形态发生了很大的变化。她们面临着双重困境：若追随白人的生活方式，她们的经济条件不够；而若持自己的生活方式，她们又担心被视为落后而遭人嘲笑。众多的年轻人，尤其是向往外面生活的年轻女子，正处于极为尴尬的境地。

二　男性配偶的背叛

在奇卡诺族裔向北移民的历史中，他们形成了一种新的男性霸权文化，即北上打工谋生的男性在美国可以随意找女性同居并留下私生子，而妻子则留在老家照料孩子与老人，并打理家中的一切。长此以往，奇卡诺的家庭中就形成了一种怪异的性别观念，只许男性潇洒多妻，不许女性"越雷池半步"；无论夫妻是否生活在一起，男人都会在外寻花问柳，有时甚至不惜违背家庭伦理道德。"婚姻并不妨碍男性自由，因其婚后仍可延续单身时期的社会生活模式。男性随意出入、彻夜不归、饮酒斗殴，甚或组建第二家庭（casa chica）。对其而言，生活质量在于持续专注地满足性需求。"②

在其他很多奇卡娜人撰写的故事里，她们大多描述了配偶丈夫背叛家庭，抛弃女性的现象。比如小说《远离上苍》中的女儿卡里达，因即将成婚的男友的背叛而发疯，主人公索菲亚因丈夫的背叛而承受了难以言喻的痛苦，四个女儿相继离世。又比如普列塔的男友竟然因为她在男女之事中

---

① Alicia Gaspar de Alba, *Desert Blood: The Juárez Murders*, Houston, Texas: Arte Público Press, 2005, p. 66.

② Alfredo Mirandé, *The Chicano Experience: An Alternative Perspective*, Notre Dame, Indiana: University of Notre Dame Press, 1985, p. 148.

未能表现出激情弃她而去。再譬如《女人花》中的主角阿尔塔的丈夫竟然为了同性恋人而抛弃妻子，却最终死于艾滋病。这种背叛迫使女性承担其家庭责任并变得坚强，历经磨难后，她们都成为成功女性——教师或社区领导。

奇卡诺家庭被许多社会科学家认为处于病态："它渲染女性的从属地位，妨碍个人成就，造成被动和依赖，扼杀正常的人格发展，有时甚至会在兄弟姐妹之间引发有悖人伦之事。"[1] 比如《沙漠血》里的主人公伊冯的母亲，就遭遇了这可怕的一幕。伊冯的母亲遭遇了丈夫的背叛，他与自己小舅子的妻子维持不正当关系长达25年。

奇卡娜小说中描绘的丈夫似乎只在家门的一丈之内是夫，一丈之外就成了别人的情人。在家庭里举足轻重的丈夫角色几乎都成了可有可无的存在，但儿子永远是母亲心中最重要的依靠，正如安扎尔多瓦在她的《普列塔》中所描述的那样："在父亲离世后，儿子就成了母亲的依靠。"[2]

三 对边疆女性的歧视

奇卡娜人在边境地区遭遇了来自美国和墨西哥男性的歧视。尽管肤色一样，但来自美国的奇卡娜人在抵达华雷斯后，因为身上美式的穿着打扮，立刻就会被当地人认出。她们被自视甚高的墨西哥男性蔑称为"外国佬"，并经常面临性骚扰，甚至被绑架，以至于危及生命。

奇卡娜人在现代发达的白人社会中迷失了自己，想学白人的生活方式，却遭到排斥，即使被邀请加入白人的社会活动，也只是被当作摆设，没有发言权，更不能参与有关女性权益的决策。如安扎尔多瓦，曾被盛情邀请参加社区讨论，但在会场她只能是一个旁观者。

跨性别的女性更难在边疆生活，她们所扮演的性角色是不稳定的，随时可能变换角色，亦"夫"亦"妻"。面对弱者时，她们可能表现得更为坚强，扮演男性的角色；而面对强者时，则可能展现出温柔的一面，像女性一样，这主要取决于对方是否显得更为强壮。在《沙漠血》中，拉克尔既是伊冯的"男友"，也是伊冯表妹的女友；伊冯也扮演着多重角色，

---

[1] Alfredo Mirandé, *The Chicano Experience: An Alternative Perspective*, Notre Dame, Indiana: University of Notre Dame Press, 1985, p.149.

[2] Gloria Anzaldúa, "La Prieta", *This Bridge Called My Back: Writings by Radical Women of Color*, 4th ed., eds., Cherríe Moraga & Gloria Anzaldúa, New York: SUNY Press, 2015, p.201.

在另一个弱小女子布里吉特面前,她化身保护者而成为"丈夫",呵护着弱小温顺的"妻子"。扮演男性角色的女子往往体貌健壮粗犷,留着短头发。在衣着上她们以工装服为主;她们有着浑厚的中性嗓音,行为举止直率,不拘小节。在世俗眼光中,同性恋者常常被贬斥为"假小子"与"不纯洁的家伙"①。虽然,同性恋人在最脆弱的时候能够给予彼此慰藉,但她们遭受的歧视不仅仅来自社会,更来自家中的至亲,尤其是那些德高望重的长辈。与异性结婚生子,传承家族血脉是奇卡诺族裔人遵循的"伦常",是荣耀之事。长辈们认为酷儿的生活方式破坏了传统,而无后代的婚姻更是断绝血脉的不伦之举。

在母国墨西哥的文化中,男性对奇卡娜人的歧视根深蒂固。对奇卡娜同性恋者的歧视则变本加厉。而在奇卡娜女权主义思想的影响下,这不可避免地引起了奇卡娜人的反抗。

四 人身安全保障的缺失

除了简单而又粗糙的生活以及男性配偶的背叛,奇卡娜人的生命安全难以得到保障,因为她们生活的美国边疆城市,如埃尔帕索,是整个美国性骚扰者最多的地方,但是"人们并不知道真相"②。

如《沙漠血》中的艾琳和《守护者》中的克鲁西塔,她们被无端地绑架、折磨,险遭杀害。艾琳在华雷斯参观完展览后,去了舞会,然后去酒吧喝酒,醉酒后去格兰德河游泳,天黑时失踪。实际上,艾琳遭遇了非法组织团伙的诱拐和绑架,经受了囚禁和残酷的虐待,而这仅仅是因为她长得年轻漂亮,能够满足犯罪团伙的头目需要的性刺激。

克鲁西塔则被贩卖人体器官和毒品的犯罪团伙绑架,关押了很长时间。幸运的是,她的前夫报案后,警察最终找到了她。

工厂主为了追逐利益,强迫奇卡娜女性员工延长工作时间,甚至不择手段地干预她们的生理期。更恶劣的是,女性员工一旦怀孕,就会被工厂开除。如艾尔萨来自墨西哥华雷斯贫民窟,在埃尔帕索市的一个工厂上班,因被卷入美国科学家一次失败的避孕实验而怀孕并生下了不知生父是

---

① Alicia Gaspar de Alba, *Desert Blood: The Juárez Murders*, Houston, Texas: Arte Público Press, 2005, p.75.

② Alicia Gaspar de Alba, *Desert Blood: The Juárez Murders*, Houston, Texas: Arte Público Press, 2005, p.224.

谁的儿子，最后还患上了皮肤癌，只能等待死亡。工厂主的行为违背了基本的人伦道德。

作家揭露美墨联营工厂主的卑劣行径，旨在唤起人们对贫穷女工悲惨命运的同情，以期改变她们的命运。

边境上存在的主要问题是针对女性的暴力、经济剥削等。作为边疆的华雷斯市和埃尔帕索市变成了许多贫穷的墨西哥乃至中美洲年轻女子的梦魇。奇卡娜作家描述的边疆问题也是美国当权者如今面临的最大问题：白人优先主义与种族歧视问题。

墨西哥女性一方面羡慕美国作为第一世界发达国家的经济水平与生活方式；另一方面鄙视美国的文化，并以本国拥有的古老文化而自豪。华雷斯的博物馆经常会举办来自南方的古董展览会以吸引埃尔帕索的年轻人前往旅游和欣赏古代文明。在华雷斯，酗酒没有年龄差别，市场上琳琅满目的饰品深受女孩们青睐，充满刺激的俱乐部备受年轻人的喜爱。然而，在混乱不堪的红灯区，残害青年女子的毒品泛滥，绑架和谋杀更是频繁发生，这些都给奇卡娜人带来了极大的安全威胁。

奇卡娜人的不幸与男权社会的歧视和根深蒂固的种族文化有着不可忽视的关系，但也与她们自身的缺陷相关。许多年轻女孩从小就养成了极坏的生活习惯，比如抽烟、酗酒，徘徊于美墨中间地带，为了更好的物质生活而游走在男人之间。

第四节　边疆犯罪：谋杀奇卡娜/诺人

在边疆，奇卡娜人的生活本就艰难，可她们还面临蓄意的谋杀，且残忍无比。

帕克（Parker）在其《连环杀手百科全书》的引言中写道："在美国（较之于白人），少数族裔连环杀手的数量明显偏多。这主要是因为，在许多社区中，少数族裔往往得不到理想的工作，而且他们也更容易置身于不稳定、令人高度紧张或遭受欺辱的环境中。"[1] 该书的第 82 章专门讲述了理查德·拉米雷斯的连环杀人案。这足以证明德阿尔巴的创作极为真实

---

[1] R. J. Parker, "Introduction", *Serial Killers Encyclopedia：100 Notorious Serial Killers from Around the World*, Toronto：R. J. Parker Publishing, 2014, p. 6.

地反映了边境地区奇卡娜人所遭受的不幸。

山脉、沙漠与河流交织的自然环境恶劣的美墨边境是不法分子为非作歹的理想地带,而两边主权国腐败的国家机器——警察、法官甚至社区工作人员都是帮凶。边境不是奇卡娜人实现梦想的圣地,而是夺命之深渊。在极度的贫困中,拉丁裔(包含墨西哥人)女性为了生存,跨过边界到美国的流水线加工厂工作,赚取微薄的工资。在受到美国企业压榨的同时,她们中的许多人辛勤劳作后,非但得不到应有的报酬,反而惨遭毒手,被陈尸荒漠。这一切悲剧的产生,皆源于美墨两国政府机构的不作为,腐败官员与犯罪分子勾结,为了牟取暴利和满足私欲,共同残害贫穷的奇卡娜/诺人。

一 企业对女性的犯罪

在《北美自由贸易协定》签署后,随着美墨边界的开放,美国的大型企业和公司纷纷利用墨西哥及中美洲的廉价劳动力,在边界地区设立代加工厂,以此赚取高额利润。然而,美国政府和企业为此感到担忧,这些具有较强生育能力的年轻女子可能会给美国社会带来额外的负担。因此,政府、企业与其他机构联手,采取了极端且令人发指的措施:他们竟默许犯罪团伙对这些女子实施残害。

首先,美墨联营的加工企业造成了奇卡娜人在边境上的困境。为了利益最大化,他们雇用了最廉价的拉丁美洲女性劳动力,并采用各种手段大肆压榨她们的劳动价值。"这些被害者都是流动工人。她们是在狼群里的羔羊,是最容易遭受剥削的人,她们不结社,不抱怨,愿意接受最低的工资待遇,更无权无势。"[①] 在小说《沙漠血》中工厂为了剥削她们的劳动,不让她们有正常的生理周期,不让她们怀孕生子,更不提供带薪产假。美墨边境上的人们经历了一系列悲剧事件:"加利福尼亚河边城非法移民遭受暴力殴打、华雷斯通用公司工人数千人下岗、沿新墨西哥州边境汉坦病毒的流行、白沙地的空中导弹试射、华雷斯异常高发的针对女性的家暴,以及来自墨西哥南部的女孩子们被谋害。"[②]

此外,这些 12 岁至 15 岁的黑头发、深肤色的年轻女性身材瘦小,贫

[①] Alicia Gaspar de Alba, *Desert Blood: The Juárez Murders*, Houston, Texas: Arte Público Press, 2005, p. 254.

[②] Alicia Gaspar de Alba, *Desert Blood: The Juárez Murders*, Houston, Texas: Arte Público Press, 2005, p. 119.

穷无知，从南方来到北方的美墨联营厂打工，她们渴望赚取美元、实现美国梦和拥有美国国籍。然而，微薄的工资、性别剥削、简陋的居住条件、生育自由被雇主剥夺等诸多现实困境意味着她们悲惨的生活刚刚开始。她们依据《北美自由贸易协定》来到美国的工厂打工，受到了工厂主的剥削，成为边境巡逻队的猎取对象，变成了受害者。女工塞西莉亚因怀孕而惨遭杀害，"她的大脑被炸烂，张开的脑洞里塞满了小石子，肚子里的孩子已经有六磅重，但被用刀捅得粉身碎骨，母体的子宫只剩下了一个空洞，手指和脚趾展开着"[1]。还有"尸体被塞在豆科灌木树丛下，在一个由垃圾和人的头发形成的窝里，尸体面朝下躺着，两腿呈鹰展翅状分开，手腕被铐在头上，一件血迹斑斑的蓝色工装披在她的头部和肩膀上。像她的大腿和臀部一样，背部已被食腐动物啄食过。剩下的软骨部位已经被太阳晒黑。一个强生牌的瓶子插在肛门里"[2]。女孩的"右胸被标上邪恶的符号，左乳被切除掉"[3]。她们的生死存亡却被美墨边境的当局漠视。

关注她们的是奇卡娜人自发组织的"拒绝沉默"，这些社会组织领导人与市政府的领导谈判，在电视媒体上发声，还组织人手到沙漠里寻找失踪女性的遗体，被找到的女性遗体多达109具，这些女性通常在上班的路上失踪。美国全国人权组织委员发表的报告表明，华雷斯市政府应对调查犯罪事件的不力负责，其中包括对尸体的身份识别错误和犯罪现场证据收集能力的不足。

边境上充斥着各种邪恶之人：非法影音制作者、帮派成员、连环杀手、腐败的警察和移民局官员等。面对边疆暴力，德阿尔巴在小说中提出了一系列令人深思的问题，并直接给出了答案。到底是谁杀死了这些无辜的女性？这样做又有什么意义？这似乎不是谁杀了人的事，而是谁允许这些人杀人的事。谁的利益得到了保护？谁在掩盖真相？谁从这些死去的女

---

[1] Alicia Gaspar de Alba, *Desert Blood: The Juárez Murders*, Houston, Texas: Arte Público Press, 2005, pp. 51-53.

[2] Alicia Gaspar de Alba, *Desert Blood: The Juárez Murders*, Houston, Texas: Arte Público Press, 2005, p. 244.

[3] Alicia Gaspar de Alba, *Desert Blood: The Juárez Murders*, Houston, Texas: Arte Público Press, 2005, p. 245.

性身上获得了利益？"是大财团，美国政府。"① 这里，作家对谋杀女性的原因之一直接进行了揭露。原因之二是奇卡诺男性由于无法养家糊口、不能履行作为一家之主的责任，而牺牲了这些奇卡诺族裔的女性。原因之三是她们被掌控在美国公司的手中，"也就是说，《北美自由贸易协定》残害了她们"②。依据该协定，许多美国公司在美墨边境城市开设代加工工厂，招募拉丁美洲的廉价劳动力以攫取暴利。谋杀女性的罪犯来自美国的埃尔帕索市。笔者根据小说中的叙述，对小说中提及的有关边疆犯罪的网站和罪犯的姓名进行了逐一核实，发现20世纪90年代埃尔帕索市最臭名昭著的连环杀手和强奸犯理查德·拉米雷斯（Richard Ramiréz）确有其人。他1960年出生于墨西哥裔家庭，肄业于埃尔帕索市杰弗逊高中，也有消息称他曾在亚利桑那州的凤凰联合高中继续学业。他31岁前曾结婚生子。他是一个"撒旦、瘾君子、青少年罪犯、辍学者、埃尔帕索市南部的土生土长的人"③，他杀害了很多墨西哥裔女子，最终得到了法律的裁决。

对边疆女性的遇害，代加工企业负有不可推卸的责任，是它们诱骗拉美国家的年轻女性来到美墨边疆，为企业创造利润，而她们的生活和人身安全未能得到保障。

二 毒品与人体器官的走私

在美墨边境上，毒品和人体器官的走私犯罪活动一直很猖獗。这是因为美国的犯罪分子与墨西哥的犯罪团伙相互勾结，其中，美国的犯罪分子提供武器支持，而墨西哥的犯罪团伙则负责贩卖毒品和人体器官。他们的勾结是边境最大的安全隐患，导致民不聊生，尤其是使那些期待偷渡到美国谋生的男男女女陷入生存困境。许多人在那些"草原狼"（犯罪中间

---

① Alicia Gaspar de Alba, *Desert Blood: The Juárez Murders*, Houston, Texas: Arte Público Press, 2005, p. 333.

② Alicia Gaspar de Alba, *Desert Blood: The Juárez Murders*, Houston, Texas: Arte Público Press, 2005, p. 253.

③ Alicia Gaspar de Alba, *Desert Blood: The Juárez Murders*, Houston, Texas: Arte Público Press, 2005, p. 118.

商）的引诱与欺骗下葬身沙漠或边境的河流中，成为永远回不去的"湿背"①。所谓"湿背"是对那些在边境上被迫害致死的非法墨西哥劳工的代称，因为他们客死异乡，不能安葬，最后人们把他们仰面绑在木板上放入边境的里约河，让他们随水漂回母国墨西哥，这一过程中河水会浸湿尸体的背部，因而得名。

奇卡娜女性是在美墨边境从事人体器官走私的犯罪分子最喜欢下手的目标，原因在于"人体器官的黑市买卖存在，年轻女性成为获取器官的目标是因为她们还没有养成损害器官的坏习惯"②，有些尸体的内脏全部被掏空，心脏、肝脏以及任何用得着的器官都在她们被杀害后即时取走并由直升机马上运走。很多受害者是怀孕后被工厂开除的女子。在小说《守护者》中，在一次失败的偷渡中，加博的妈妈在边境不幸被害，并被摘取了器官。

人体器官走私残害了无数奇卡娜/诺人。

三 边疆网络犯罪

除了原始的残忍之外，当今美墨边境上的犯罪手段异常"先进"与隐秘。互联网已经沦为犯罪的工具，它既是售卖人体器官的主要市场，也是性交易行业招揽生意的主要场所。犯罪分子将各类交通工具和电子设备用于非法活动中，以获取暴利与犯罪的愉悦和刺激。"目前在网上一切皆可能。"③ 网上买卖妇女、对理查德·拉米雷斯连环杀人的盲目模仿、毒品战争、白奴制、汉坦病毒等问题，充斥着边境地区。

著名的网站"边境线"不仅提供有关华雷斯的旅游信息，同时为女子性交易做潜在的宣传。旅游宣传的广告里描述，"每周全国各地的年轻女子来到华雷斯。大多数年轻女子来寻找工作挣钱养家糊口。然而，很多女子以在美墨联营工厂做工开始，常常以进入酒吧和妓院性工作者结束……性交易在这里是合法的，其他地方你找不到如此漂亮、唾手可得、

---

① Alfredo Mirandé, *The Chicano. Experience: An Alternative Perspective*, Notre Dame, Indiana: University of Notre Dame Press, 1985, p. 48.

② Alfredo Mirandé, *The Chicano Experience: An Alternative Perspective*, Notre Dame, Indiana: University of No. tre Dame Press, 1985, p. 95.

③ Alicia Gaspar de Alba, *Desert Blood: The Juarez Murders*, Houston, Texas: Arte Público Press, 2005, p. 58.

热血沸腾的年轻女士们"①。网上犯罪者"努力把性交易行为变为旅游卖点"②。

四 边境犯罪成因

在美墨边境，因第一世界美国与第三世界墨西哥不同的社会制度和文化的碰撞、冲突与交融，犯罪率居高不下，其有多重原因。

一是恶劣的自然环境让人们不得不从事违法活动来谋生。在沙漠地带，人们的生活异常艰难。物质的贫乏使人们不断采用各种非法手段获得他人财物，并赖以维持生计，因为在华雷斯只有两种机构：政府和美墨联营公司。它们实际上都由美国富人控制。在所有边境城市，没有哪个组织真正为处于社会底层的穷人服务，即使是那些标榜捍卫女性权益的组织，也只不过是强势女性谋取钱财的工具。正如小说中的电视特辑节目评论员所说，女权组织者"正利用这些人来为自己募捐……不曾给这些受害者家庭分享过一分钱捐款，而是她们自己独享"③。

二是贪腐的边境警察。吉尔伯特在他的《奇卡诺历史100年》一书中写道："今日的边境上的巴士站，许多未经授权的招聘人员争夺从最贫穷的最南端过来的亟须北上美国的移民，墨西哥警察眨眼就在收取高昂的费用。"④ 小说《沙漠血》中警察对艾琳身上发生的悲剧无动于衷，艾琳的失踪在警方看来是咎由自取，他们认为自己没有责任去寻找在华雷斯失踪的美国女孩，反而指责女孩的母亲没有教育好自己的孩子。有些法官甚至认为被绑架或性侵只是女孩自己到华雷斯找刺激的自作自受。负责调查艾琳失踪案的美国警察皮特的调查工作仅限于对她母亲的访谈和对伊冯的询问。作为一名由当警察的养父培养出来的警察，他希望有所作为，但实际上他本人的能力和手中的权力都非常有限，重大案件他根本插不上手，

---

① Alicia Gaspar de Alba, *Desert Blood: The Juarez Murders*, Houston, Texas: Arte Público Press, 2005, p. 117.

② Alicia Gaspar de Alba, *Desert Blood: The Juarez Murders*, Houston, Texas: Arte Público Press, 2005, p. 180.

③ Alfredo Mirandé, *The Chicano Experience: An Alternative Perspective*, Notre Dame, Indiana: University of No. tre Dame Press, 1985, p. 323.

④ Gilbert G. Gonzalez & Raul A. Fernandez, *A Century of Chicano History: Empire, Nations, and Migration*, New York: Routledge, 2003, p. 100.

侦查的手段也非常落后，畏难情绪是皮特的最大弱点。对艾琳案的调查仅仅局限在她母亲周边和她家附近，而艾琳是在华雷斯失踪的，但皮特从未想过到那里去寻找艾琳，或联系当地的警察进行联合侦查，以尽快找到艾琳的下落。

三是教会的贪腐。伊冯在请求他人帮忙领养孩子时，她的表妹告诉她"手头要有一定的现金，以备不得不贿赂人"[1]。有意思的是，伊冯所求助的神父告诉她，在这个腐败的系统里，他已经麻木不仁，但他还是得帮助那些需要帮助的女孩。很显然，腐败在这个边疆城市埃尔帕索已经深入政府机构和宗教的各个角落。无权无势的打工女的生命就掌握在权力机构的掌权者手中，任人宰割。

四是政府的刑罚执行机构——监狱的腐败。在小说《沙漠血》中，有钱的罪犯在监狱中享有充分的自由，其中"一些埃及裔罪犯独享一间带有电视、电话、卡式录音机、微波炉和其他奢侈品的单间，非常自由地做自己想做的事，甚至还可以拥有自己的银行账号"[2]。

五是政府控制的电视媒体。边境当地的电视台经常播放的是寻人启事，寻找的基本上是14—16岁的年轻女孩。她们很多是从埃尔帕索到华雷斯去蹦迪和旅游时失踪的，许多人的尸体被找到时已不成形。媒体关于连环谋杀案破案的报道充满了谎言。艾琳的伤口是腐败的警察放出的猎犬撕咬所致，但新闻报道说她"正全力逃离打斗时被土狼咬伤"[3]。那两个抢走伊冯财物的黑警在营救艾琳的行动中意外中弹身亡，最后，他们居然被美化成了英雄，获得了21响礼炮的隆重葬礼。关于艾琳的失踪、寻找与营救，姐姐伊冯和母亲莉迪娅在媒体访谈时表达了许多看法，但媒体的报道却声称家属没有表达任何意见。作家想以媒体新闻来推测真正的罪犯到底是谁，在小说中，她以伊冯在浏览网站和翻阅报刊时的推理得出结论："暴力—死亡—谋杀—年轻而又贫穷的墨西哥女子—连环杀手—像特德·邦迪—暗夜魔王—血吸虫类动物剥削—《北美自由贸易协定》—加

---

[1] Alicia Gaspar de Alba, *Desert Blood: The Juarez Murders*, Houston, Texas: Arte Público Press., 2005, p. 16.

[2] Alicia Gaspar de Alba, *Desert Blood: The Juarez Murders*, Houston, Texas: Arte Público Press, 2005, p. 200.

[3] Alicia Gaspar de Alba, *Desert Blood: The Juarez Murders*, Houston, Texas: Arte Público Press, 2005, p. 326.

工—工人—受害者—边境巡逻队？"①，也就是说，暴力导致贫穷的墨西哥年轻女子被恶魔所杀，这一切由《北美自由贸易协定》所引发，而警察则无作为。所以，美国的各类犯罪分子跨越边境作案，他们诱骗、性侵、杀害年轻漂亮的墨西哥女性，而腐败的政府机构如边境的巡逻队、案件的调查者、犯罪研究专家都会替犯罪分子开脱。

总之，德阿尔巴的小说《沙漠血》和卡斯蒂略的小说《守护者》叙述了美墨边疆针对奇卡娜人的犯罪。犯罪分子对女性的谋杀手段残忍，无所不用其极。边疆犯罪的根源主要在于美墨边疆的政府行政机构的不作为、商人的唯利是图、教会的为虎作伥、媒体的推波助澜和网络技术的祸害。

第五节　"夹缝"中的奇卡诺族裔家园守望

边土，奇卡诺人跨越边界到达的心中理想之地，虽然充满险恶，但已经是他们赖以生存的家园。为了过上美好的生活，他们不怕一切艰难困苦，不惧死亡的威胁，坚守在这片贫瘠的土地上。他们以乐观的态度和精神行动主义者的精神相互谅解、帮助和提携，生生不息地繁衍生存。这两部小说中所塑造的两个重要人物和其他次要的人物很好地诠释了奇卡娜/诺人对家园的坚定守望。在这种守望中，他们完善了自己的品格，守住了家庭，保护了社区，发展了教育，发扬了奇卡诺族裔最优秀的文化。

根据生态女性主义的关爱伦理，一个人要想对别人进行关照，他/她自己首先得培养自己关爱他人的能力。奇卡娜小说中对他人关爱有加的角色都是经过生活的历练并有所成就的女性。前文所探讨的两部小说中的主人公都是知识分子，她们是经历生活磨难而获得帮助他人能力的人。她们践行了安扎尔多瓦的族裔跨界思想：朝前看，走向融合之路。

一　男性在家庭保护者角色中的缺位

在许多奇卡诺族裔家庭，父亲虽然是一家之主，负责养家糊口，但许多男性在家庭保护方面经常是缺席者。在这种情形下，家里的其他强势女

---

① Alicia Gaspar de Alba, *Desert Blood: The Juarez Murders*, Houston, Texas: Arte Público Press, 2005, p. 115.

性就成为父权的替代者,以维持家庭的完整。

《沙漠血》中的莉迪娅和伊冯母女就是这样的角色。莉迪娅的丈夫因为婚姻出轨,消失了25年,她便承担起了养育子女的责任。莉迪娅是一个没有受过多少教育的家庭妇女,追随丈夫来到埃尔帕索,勤俭持家。在遭遇丈夫和弟媳的背叛后,她的婚姻里缺失了作为支柱的男性,但生活仍然艰难地继续。她自己种菜,对房子进行修缮与维护,成了一个典型的美国式全能主妇。她对女儿的酷儿行为一直不肯原谅,坚持自己的民族传统,认为女儿就是应该结婚生子。她的食物的制作也不能随便改变制作流程,她希望维持奇卡娜人的厨房文化。她在维持家庭完整上付出了一切。她因大女儿是同性恋而觉得面子丢尽,于是加强了对小女儿的管教。她的小女儿一直都是家里的乖孩子,直到伊冯8年后回到老家,艾琳在去华雷斯观看艺术展时被绑架。小女儿的不幸使她痛苦万分,但她并没有被突如其来的噩耗击倒,当伤痕累累的艾琳再次回到她身边时,她接受了现实,照料女儿直到她康复。

作为姐姐的伊冯,虽然不常见她的妹妹,但一直在努力为她的妹妹艾琳创造一个稳定的家。在这个家庭里,已经小有成就的姐姐成为妹妹的保护伞。在妹妹被绑架后,伊冯经常责怪自己没有保护好妹妹,没有兑现自己的诺言亲自带她去华雷斯游玩。在长时间寻找妹妹无功而返时,她进行了反思。最终,她和表弟威廉勇敢地进入华雷斯寻找妹妹,然而一无所获。在返回埃尔帕索的检查站时,她甚至还被误认作毒贩和心理变态者而遭到逮捕。伊冯将自己置于危险的境地,曾两度被捕。这显示了她对妹妹的强烈的爱和保护欲。

当艾琳被绑架时,伊冯目睹了她母亲的悲伤,理解了为人父母可能要承受的痛苦。然而,正是这一事件,加之伊冯与前女友拉奎尔的同性恋情,共同促成了她对家庭价值的重新认识与珍视。在小说的结尾,伊冯意识到"如果她的家庭分崩离析"[1],她的博士学位就没有了意义。艾琳在康复期间被前来探望她的家人包围,伊冯想到了"被谋害妇女的家人",并告诉自己"感激你有一个家庭"[2]。她在小说结尾决定收养豪尔吉托,

---

[1] Alicia Gaspar de Alba, *Desert Blood: The Juarez Murders*, Houston, Texas: Arte Público Press, 2005, p. 270.

[2] Alicia Gaspar de Alba, *Desert Blood: The Juarez Murders*, Houston, Texas: Arte Público Press, 2005, p. 341.

尽管这会牺牲她的部分工作时间，但这一决定无疑是她人生价值观转变的有力证明——伊冯的经历让她学会了如何在纷繁复杂的生活中辨别并珍惜那些真正重要的事物。

最终，伊冯不仅保护了自己的原生家庭，还勇敢地建立了一个属于自己的幸福小家庭。值得注意的是，尽管一个由酷儿成员组成的家庭可能不符合某些传统观念中"理想家庭"的定义，但它以独特的方式展现了爱的力量与家庭的多样性，证明了幸福的形态远不止一种。另一部小说《守护者》中的家庭保护者雷吉娜也是一位女性，她的大家庭由她来维持与保护。

二 奇卡诺族裔大家族的守护

卡斯蒂略在她的《守护者》中描绘了四个奇卡诺人的守护者，他们这样的人的不懈努力使得奇卡诺族裔人在夹缝中侥幸生存。

1. 雷吉娜对母亲家族的守护

和伊冯一样，第一个主人公雷吉娜（这个名字意为"天上女皇"）正是在完善自己的品格和增强自己的能力之后坚守住了自己的家园，虽然付出了巨大的家族牺牲。她对母亲的关心、对弟弟的关爱和对侄儿的照料，体现了奇卡娜人对自己家族的执着坚守。

美丽又善良的雷吉娜虽身为寡妇，却如圣女一样纯洁。她是一位中学教师助理。在墨西哥老家，雷吉娜曾经在她爷爷的农场生活，拥有家庭教师，还有后来成为她丈夫的朱尼尔作伴，因此，她的童年生活曾无忧无虑。但不幸的意外发生了，她父亲和哥哥在农场被牛顶撞而死。父亲去世后，她和出身贫寒的妈妈、弟弟被爷爷无情地赶出了家门。为了生计，13岁的她和母亲一起在朱尼尔老人的帮助下成功偷渡至美国，靠摘棉花、辣椒、扯大蒜以及到食品加工厂打工挣钱。

雷吉娜的婚姻虽得到法律上的承认，但没有行夫妻之实。她和未婚夫领取了结婚证后憧憬着举办一场正式的教堂婚礼，为此他们一直排队等待。他们决定领证成婚的初衷，源自她丈夫内心深沉的担忧——害怕自己一旦踏上越南战场便无法归来，他"要保证万一出事，她会得到很好的照顾"[1]。不幸的是，她的丈夫终究未能从战场归来，她因此获得了美国

---

[1] Ana Castillo, *The Guardians*, New York: Random House, 2007, p.98.

永久居住权和丈夫的阵亡抚恤金。她的母亲也随她获得了美国的居住权。在丈夫牺牲后的30年里，雷吉娜没有再婚。她虽寡居，却展现了非凡的自立与坚韧，勤俭节约，自强不息。直到50岁，雷吉娜依然保持着身心的纯洁无瑕。在她侄儿眼中，她走路的姿势就像是"一个女王从她的城堡下来视察子民，看他们做得怎么样"①。

拿到抚恤金后，雷吉娜买了一个破旧的房子，读了社区夜大，成为中学教师助理。在工作之余，她经常干些兼职来维持她和母亲的生活开支，她给人送菜、协助订购货物、替人遛狗、帮助看护老人以及负责看门守家等。此外，她也做过产品直销，卖过苹果、面包，也做过比萨饼，甚至挨家挨户推销商品。她经常去"买些一元店里的东西"②，这份节俭也潜移默化地影响了她的侄儿，教会了他如何精打细算。在她的侄儿眼中，雷吉娜"动作优雅像位英国女王"③，但同时也是一位"蔬菜种植能手"④。她更是加博妈妈眼中过上了幸福生活的奇卡娜人榜样——在美国有房子、工资和车子。

雷吉娜的生活极度俭朴，但她自己从来不向任何人吐露，是她细心的侄儿看到了一切，把它描述出来。虽然贫穷，她不忘打扮自己。和米格尔一起到教堂打听加博的消息时，她把自己精心修饰了一番：留着过肩直发，披着用旧窗帘布做的披肩，既朴素又不失雅致。雷吉娜的母亲在世时一直提醒她要提防已婚男人，他们总是与别的女人调情。她母亲认为，"好男人都被别人抢走了，至少和她年纪一样大的男人被抢走了"⑤。她时刻牢记母亲的话，谨慎地与异性保持着距离。牧师做了她二十年的倾听者，他们之间都没有产生丝毫感情纠葛。为了守护与青梅竹马的纯真爱情，也为了生活，她一个人坚守孤独。只有在弟弟出事后，雷吉娜不得已请求米格尔帮助。在米格尔热情的帮助下，她心中那久违的情感之火再次被点燃。在她孤立无援的时候，米格尔的到来如同春风化雨，他们一起弹吉他、唱歌。她的内心仿佛燃起了新的爱的火焰。

对待她的弟弟拉法，雷吉娜充满了疼爱。每次弟弟来访，她做好了吃

---

① Ana Castillo, *The Guardians*, New York: Random House, 2007, p. 64.
② Ana Castillo, *The Guardians*, New York: Random House, 2007, p. 8.
③ Ana Castillo, *The Guardians*, New York: Random House, 2007, p. 17.
④ Ana Castillo, *The Guardians*, New York: Random House, 2007, p. 18.
⑤ Ana Castillo, *The Guardians*, New York: Random House, 2007, p. 68.

食总会让他一人独享,而她自己总是假装不饿,尽管她已因为营养不良患上了晕眩症。在拉法失踪后的几个月里,她不断地寻找、打听弟弟的消息,从未有过放弃的念头。她去了华雷斯乡下,到棉花地里去寻找,也去了墨西哥人事务办公室打听消息。她甚至去找巫师卜卦,希望知道弟弟是否还在人世。当得知她侄儿冒险去寻找拉法的消息后,她驱车全速追赶他,最后和警察一起,将犯罪团伙一网打尽。最后,当得知弟弟曾经被强迫生产兴奋剂和脱氧麻黄碱、被剥光衣服,并在一周以前已经被折磨致死时,她内心最后一丝希望彻底破灭,随即瘫倒在地,悲痛欲绝。

对于侄儿加博,雷吉娜特别关心他的教育问题,她希望自己的家族里也有人能够受到良好的教育,因此,她决定把从墨西哥到美国探亲的侄儿留在她身边,接受美式教育。她对侄儿的关怀无微不至,连侄儿小时候的尿不湿都由她亲自更换。在他2岁时,她从邻居家弄来一条小狗给他做生日礼物。加博来到她身边后,她把大房间让给他住,而自己住的是小房间。她给他缝补衣衫、做饭,从不让他担心家里的经济问题。为了让侄儿将来能够有上大学的学费,她开始想方设法挣钱,在家里自制煎饼卖给学校的同事。当加博因父亲失踪,精神备受打击,患上夜游症,时常在梦中哭泣时,她请来巫医为他治病。在加博的夜游症日益严重时,她更是广泛搜集各种草药偏方,亲自为加博进行治疗,这份坚持与努力无不彰显着她对侄儿深沉而坚定的爱。

雷吉娜是她侄儿眼中的"圣女寡妇"[1],而她则把自己看作加博的守护者。在加博被弥尔顿从警察局领走并从他家离开后整整四天没有音讯时,她立即找到曾经劝导加博做牧师的胡安·博斯科牧师,试图打探加博的下落。她的首要关切是确认加博是否安好,尤其是饮食是否有保障。

在工作上,她勤奋工作,乐于奉献,其他的老师经常得到她的帮助。每个学期开学的几周里,她都加班加点,从不计较报酬多寡,积极协助其他老师完成教学任务和"批改作业"[2]。因为她的工作是不需要动多少脑筋的辅助性工作,看似随时都可以被其他人替代,她却以持之以恒的勤奋、不懈的努力以及满腔的热情,证明了自己的不可或缺。

虽然雷吉娜没有自己的小家,但她以极大的热情、乐观的态度和勤劳

---

[1] Ana Castillo, *The Guardians*, New York: Random House, 2007, p. 21.
[2] Ana Castillo, *The Guardians*, New York: Random House, 2007, p. 160.

维护了她母系家族的利益,尽其所能守护着大家。

2. 加博对姑妈的体贴与陪伴

第二个重要的家庭守护者是加博。在故事中,他的叙述是以书信体向上帝独白的形式进行的。他从小目睹了奇卡诺流动农民工难以言说的苦难生活。

加博酷爱学习。除了《圣经》,也阅读其他各种书籍。因为天资聪颖,他在 8 岁时就从小学一年级跳级到了四年级。他的父亲拉法是个坚定的共产主义者,总是随身带着《共产党宣言》,立志为墨西哥人的福祉而斗争。当姑妈劝他留在美国时,他断然拒绝,说道:"我不会在这里成为一个隐形的墨西哥人,靠在餐馆里食人家的残羹冷炙为生,我家乡的人需要我,我也需要他们。"① 加博从 6 岁就开始阅读《共产党宣言》,并在他的父亲的指导下深入学习,阅读他的父亲收藏的马克思、恩格斯、列宁等人的书。在姑妈的指导下,加博还学会了拉丁语。

加博在姑妈眼中是一位非常懂事、富有爱心、自律、节俭、勤奋、向上的少年。他在课余时间到杂货店里打工,无论是摆货、扫地还是抹窗户,皆能得心应手,深得老板信任。他拥有一颗敏锐的心,善于捕捉周遭世界的每一丝细节:飞鸟捕食的轻盈、田野间野花的绚烂、沙丘上树木的坚韧,乃至邻居家犬吠的韵律,都逃不过他细致的观察。透过他对生活的细腻描绘,读者能深刻感受到他对大自然那份纯真的热爱与敬畏。他把每一个铜板都存起来。尽管非常想买一条像样的毯子,但他从未向姑妈开口,而是自己努力挣钱。他有一天发现姑妈和一个陌生男人同车而归,便猜测到他父亲可能出事了。他由此陷入了无限的悲伤,但他从不在姑妈面前表现。他的信仰坚定,本应拥有光明的前途。

在父亲拉法失踪后,加博变得越来越坚强和冷静,认为"眼泪是无用的,不能解决任何问题,自己现在差不多是个大人了"②。他非常想念他的父亲,也看到了他姑妈眼里的忧伤。加博生日的前夜,他的朋友杰西告诉他,黑社会性质组织的成员埃尔托罗(El Toro)等人,可以帮他在埃尔帕索市找到父亲拉法。而此时加博对上帝的理解更深了,他认为"上帝无所不在、无所不能,上帝就是自然万物,人也是上帝的一部

---

① Ana Castillo, *The Guardians*, New York: Random House, 2007, p. 103.
② Ana Castillo, *The Guardians*, New York: Random House, 2007, p. 39.

分"①,所以,他意识到寻求上帝的指引寻找父亲,实则也是依靠自身力量的体现。为了表达感激,加博将姑妈倾注心血制作、作为生日礼物赠予的鞋子,慷慨地作为答谢赠予了杰西,这让他内心充满了不舍与愧疚。在生日过后去寻找父亲的路上,他一直担心生死未卜的父亲,向同伴们分享了自己对死亡的理解:"你世俗的自我死亡,但如果你的选择所向是善,那么你将与上帝永远结合在一起。"② 加博和"小泪珠"等一行人来到了人贩子的房子外观察地形与进出人员,查看是否有他们认识的人。"小泪珠"进入房子,找到了一些有用的信息。当他们再集合时,警察来了,把头目逮到了警察局。加博撒谎说他与爷爷住在埃尔帕索,父母双亡,叔叔把他带到了卡布切镇上中学。事后加博感觉自己像兔子被引诱掉进了笼子里一样,掉进了他人的圈套,他因为撒谎而虔诚地乞求上帝原谅。

　　加博经常去教堂做礼拜,某次牧师离开教堂后,加博感觉非常迷惘,得不到牧师的指点,他无所适从,最后他鼓起勇气,在教堂为前来做礼拜的穷人们诵经。另一次,面对大雨给小镇带来的灾难和无家可归的人们,再联想到电视上总统以和平之名美化伊拉克战争的虚伪言辞,加博认为自己有责任戳穿它。于是,他披上从教堂里找来的那件已遭虫蛀的破烂袍子,走进学校,利用同学们午餐的机会进行了一场布道演讲,以弘扬正义、揭露现实的黑暗,"当国家开始以和平的名义宣战时,没有哪个时代比我们所生活的时代更黑暗"③。然而他那些沉迷于外在装饰、热衷于奇异装扮的同学对他的布道嗤之以鼻,弃他而去。加博的爱心不仅体现在对生命的尊重上——即便是面对一只死去的鹰,他也以对待逝者般的庄重,为其祈祷、举行葬礼、细心掩埋;更在于他对弱者的同情与帮助,在前往太平间确认父亲遗体的途中,他不顾自身贫寒,毅然将鞋子赠予了更为需要的孩子。面对太平间里同龄男孩因母亲遇难而悲痛欲绝的场景,他感同身受,泪水夺眶而出,展现了超越年龄的深刻共情能力。

　　虽然加博因为年龄太小,难以承担重大的责任,但在家庭文化的熏陶下,他稚嫩的肩膀也开始承担起了家庭和社会的部分重担。尽管他的故事以悲剧收场,但他的精神却如璀璨星辰,永远照亮人心,其坚韧不拔、无

---

① Ana Castillo, *The Guardians*, New York: Random House, 2007, p. 81.

② Ana Castillo, *The Guardians*, New York: Random House, 2007, p. 83.

③ Ana Castillo, *The Guardians*, New York: Random House, 2007, p. 165.

私奉献的品质，令人肃然起敬。

3. 米格尔为前妻和朋友的安全守候

《守护者》中的第三位守护者是米格尔。米格尔是一位离异后独居的中学历史老师。他知识渊博，为人热情大方，乐于为社区贡献自己的力量，为身边的同事、朋友排忧解难，尊敬长辈，关爱孩子和学生。在上大学时，他是一名才华横溢的学子，崇拜那些"宁愿站着死，不愿跪着生"[1]的民族英雄。当很多人不愿意用"奇卡诺"这一词来称呼自己时，米格尔却非常乐意。他关心时事政治，曾经把父亲留给他的钱用来帮助戈尔和克里进行总统选举，也向慈善机构捐款，给孩子们存了学费，甚至为罹患癌症的前妻提供了必要的治疗费用。

在雷吉娜眼里，米格尔"像杨树一样高大、健康，充满活力与激情，前途光明"[2]。在她心目中，米格尔是"一个绅士"和"大天使"[3]。她有事时想到的第一个人就是他。在接到雷吉娜的电话，得知她弟弟失踪后不久又接到了一通神秘来电时，米格尔迅速行动，通过电话号码追踪到了那位拨打电话的女士，并亲自前往她的家中了解情况。尽管此行并未直接找到雷吉娜弟弟的线索，米格尔并未因此气馁。这次经历反而加深了他与雷吉娜之间的友谊，两人开始频繁合作，共同探寻拉法的下落。米格尔以他独有的幽默感为这段艰难的寻找过程增添了不少轻松与欢笑。离婚后，他的生活并未因此黯淡无光，反而对一位女性产生了好感，然而，遗憾的是，这位女性已名花有主。面对这份未能开花结果的情感，米格尔却以自嘲的方式化解了尴尬，他说近距离观察之下，发现对方脸上的雀斑，这反而让他意识到自己还年轻，未来有无限可能，更大的希望正等待着他去探索。

作为历史老师，米格尔对美国少数族裔的历史有自己的见地。他认为20世纪60年代的美国民权运动从黑人到棕色人种到印第安人运动，从各种节目到诗歌与大众艺术，"全国到处都在摇滚"，他认为"这是一个嬉皮士与雅皮士的年代，而共产主义是美国当时的头号敌人"[4]。

米格尔是一个富有正义感的人。他认为如果自己生活在20世纪60年

---

[1] Ana Castillo, *The Guardians*, New York: Random House, 2007, p.41.
[2] Ana Castillo, *The Guardians*, New York: Random House, 2007, p.30.
[3] Ana Castillo, *The Guardians*, New York: Random House, 2007, p.26.
[4] Ana Castillo, *The Guardians*, New York: Random House, 2007, p.31.

代的美国,极有可能因为批判美国社会的白人至上主义而成为美国的头号敌人。他对美国政府从1946年起至今在乔治亚州培训拉丁美洲士兵和警察非常不满,认为美国为拉丁美洲各国"培训了拷打专家、行刺专家、党同伐异专家"①。因为他的父亲参加了培训项目,并负责语言培训,所以他一直对父亲耿耿于怀。

在加博收到匿名信的两天后,米格尔收到了一封来自绑架了他前妻的歹徒的勒索信,要求交出1000美元且不许报警。米格尔深感事态严峻,因为边境的妇女经常失踪或受到非人待遇,而镇长"不是采取行动打击犯罪,反而指责妇女晚上出去是找死,穿得花枝招展,她们活该受到惩罚"②。警察最后发现米格尔前妻的车被遗弃在一个垃圾桶旁。米格尔担心她已遭遇不测,自责没有尽到保护她的责任。为了营救前妻和加博的父亲,他邀请牧师胡安·博斯科和加博到他外公家商讨营救办法。他们邀请加博的朋友杰西到操场打球,打探消息。牧师用200美元和一块手表换得了杰西的帮助。他们成功地潜入毒枭的住所,发现了两个被捆绑的女性,其中一个就是米格尔的前妻,另一个则是坏小孩"小泪珠"。埃尔托罗也在那屋中,已经失去了意识。最终毒枭和他的同伙被绳之以法,接受了法庭的公开审判。

米格尔是一个宽宏大量的人。他的前妻和他一样热衷于公共事务,尤其热心于援助贫困妇女。作为自由撰稿人,她频繁穿梭于各个草根组织之间,还学习了防身术。尽管离婚之前她就和当地的牧师厮混,米格尔仍然视她为政治上的同路人。离婚时,他把漂亮的别墅留给了前妻和孩子,自己净身出户。即便不再拥有那栋别墅的产权,他依然在支付房屋维护费用;尽管孩子被判给了前妻抚养,但他依然不遗余力地照顾孩子,承担繁重的家务与房屋修缮工作。

虽然没有守住自己的爱情和婚姻,但米格尔是一个坚定的环境保护主义者,守护着他们的生存环境。夏季,雨季来临,他所在的小镇和学校污水横溢,街道变得脏乱不堪,严重影响了居民的正常生活,因此,他坚决反对存在污染隐患的工厂重新开工。他认为美国冶炼精炼公司的废气不仅影响了他祖父的健康,如今更对他儿子的健康构成了直接威胁,导致孩子因哮喘病而长期居家隔离,已有大半年无法返校学习。为了更直观地了解

---

① Ana Castillo, *The Guardians*, New York: Random House, 2007, p. 32.
② Ana Castillo, *The Guardians*, New York: Random House, 2007, p. 185.

环境污染的现状，米格尔与雷吉娜携手策划了一项种植试验。他们计划通过种植蔬菜，并检测其生长状况及体内污染物含量，以此来评估周围环境是否已受到污染的影响。这项试验不仅体现了他们对环境保护事业的深切关注，而且彰显了他们在逆境中寻求解决之道的坚定决心。

米格尔也是一个关爱朋友和学生的好心人。加博的生日到了，原本只有两个人参加的生日庆祝会，在米格尔的安排下，变成了一场热闹非凡的大型野炊。野炊地点巧妙地选在了米格尔简朴居所外那片生机勃勃的泥草地上，为这场聚会增添了几分自然与野趣，这次野炊不仅是一场庆祝，更是一个汇聚爱心的平台，它将所有愿意伸出援手帮助雷吉娜和加博寻找亲人的好心人会聚在一起。每当加博遇到状况，米格尔总是那个最先出现在雷吉娜家门口的人，他用自己的行动诠释着对朋友的深切关怀与及时的支持，总是在第一时间打探消息，传递温暖与力量。

米格尔是个富有同情心的人。当看到雷吉娜的居住条件很差，而做教师的助手又只能赚取微薄的收入时，米格尔便鼓励她上夜校，拿个文凭以改善自己的生活。在加博的夜游症加重时，他立刻赶到雷吉娜家帮助她照看加博。随着时间的流逝，他揣测加博的父亲很有可能已经遭到毒枭们的暗算，便到警察局报案，要求警察到毒枭们的家里进行搜查，却被告知无逮捕令警察不得擅动。米格尔认为，事实上，警察是因惧怕强大毒枭势力的报复而畏缩不前。他回想起曾经在餐馆目睹几个枪手残忍杀害了退休的前警察局长全家，这一幕令他深感社会秩序的混乱，自己对此无能为力，米格尔不禁引用了墨西哥总统那句沉痛的名言："可怜的墨西哥，离上帝如此遥远，离美国如此的近"，以此感慨墨西哥与全球最大毒品市场和武器供应源的毗邻之苦。

4. 弥尔顿对晚辈的守护

第四位奇卡诺族裔守护者是米格尔年长的外公弥尔顿。他年轻时体格强壮，曾经被征召入伍，远赴德国参战。但因为他在兵营宣称美国人对待奇卡诺人的行径与纳粹分子无异，触怒了长官，双方发生争执乃至肢体冲突，最后被迫退伍回国。因为这段经历他无法找到工作，只能干些农活维持生计。岁月流转，如今他虽然年老体衰、半聋半瞎，但仍然精神矍铄，衣着整洁，声音洪亮，待客热情。年老时，因不习惯美国的生活他回到了墨西哥边境小镇奇瓦瓦的棚户区生活。因为不懂英语，许多奇卡诺人在与老板签合同时遭到欺骗，被迫为白人政府修铁路，到工厂做工。弥尔顿自己开了酒吧,卖政府禁止出售的烈酒,因而他必须时刻保持警惕。然而那些贩卖毒品的罪犯却反而能够逍遥法外,无所畏惧。美国和墨西哥边境从1924年起设置边境巡逻,奇卡诺人在自己的土地上成了逃亡奴隶,警察会在深夜进行突袭和审问。为了孩子们能穿上新鞋、吃饱饭,弥尔顿愿意倾尽所有,付出一切努力。他尤其同情自己最宠爱的小女儿——米格尔的母亲,她找了一个军人做伴侣。尽管如此,弥尔顿从不把自己的意志强加给孩子们。他是一个负责的、开明的父亲。

弥尔顿是埃尔楚克镇历史的见证人。从1881年铁路贯通开始,小镇的煤矿、铜矿等加工厂如雨后春笋般出现。然而,这份繁荣背后隐藏着沉重的代价,当地许多人因长期暴露于恶劣环境而死于双肺碳化。从20世纪60年代至今,埃尔楚克镇便笼罩在一片混乱与暴力的阴霾之中。因为自己的强悍和勇敢,弥尔顿震慑了城镇周围的强盗们,最终顽强地在此地生存下来。虽然在城镇不远处的布里斯堡是美国最大的军队培训基地,但自"9·11"事件后周边的人们再也无法获得安全感。弥尔顿有着敏锐的洞察力,任何潜在的危险人物都难逃他的法眼。后来杀死加博的"小泪珠"在他眼中一直就是一个"惹是生非的小女孩"[1]。

弥尔顿老人以其无微不至的关怀温暖着亲人与朋友的心。自米格尔的父亲因长期服役远离家庭后,外公便自然而然地接替了他的角色,每逢米格尔中学踢球,外公总是亲临现场为他加油鼓劲。当看见雷吉娜陪他单身的外孙来拜访自己时,弥尔顿老人毫不吝啬地赞美她为"女神""女王"[2]。他对前外孙媳妇和曾外孙子女都无限挂念,嘘寒问暖。当接到警察局有关加博的电话时,弥尔顿老人未感到丝毫惊讶。他回忆起在野炊上见到过的匪帮头目埃尔托罗,他曾经抢劫铁路货物,杀死了FBI的探员,还专门招募青少年,唆使他们犯罪。看到加博与这种人为伍,弥尔顿深感不安。所以当警察凌晨4点给他打电话时,他立刻动身去迎接加博。在返回的路上,弥尔顿不停地痛斥埃尔托罗的恶行,认为他是黑社会性质组织头目,贪得无厌。慈祥的外公弥尔顿到家后让加博洗了个澡,给他煎了两个鸡蛋,告诉他人不能只靠面包度日。有一天,电视里轮番播放了十个被害人尸体的画面,他立刻让米格尔带着雷吉娜去太平间确认其中是否

---

[1] Ana Castillo, *The Guardians*, New York: Random House, 2007, p. 130.
[2] Ana Castillo, *The Guardians*, New York: Random House, 2007, p. 79.

有拉法的尸体。此前，他也曾陪伴加博进行过类似的辨认。听到雷吉娜弟弟失踪的消息，他备好干粮，牵着自己的爱犬，拿着她弟弟的照片，走上街头，向过往的路人、下班的农民工乃至镇上的警察逐一询问，不遗余力地寻找线索。当他们从雷吉娜所在的小镇开车回家的途中偶遇警方设卡检查时，为了外孙的安全，老人家立刻让外孙坐到后面的车位上，自己则紧握着方向盘和警察周旋，以防不测。当他在电视上看见外孙发布广告寻找前妻的时候，他鼓励外孙要自己采取行动。在发现外孙不修边幅时，他又耐心地提醒他注意形象，建议外孙立刻洗个澡来提振精神。

善良的弥尔顿因为开咖啡馆认识了一些官员。他经常通过这些关系帮助那些在边境上来回奔波的人，甚至给那些人贷款。为了让加博顺利通过边境关卡去辨认尸体，他花了100美元贿赂熟识的警察，以确保加博顺利通关。他所住居的地方不安全。一个月前他听到了枪声，然后看见两个身着花哨衣物的墨西哥裔少年拖走了一具尸体。虽然生活历尽艰辛，他仍然保持乐观的人生态度。作为一个垂暮老人，弥尔顿时刻关心家人和社区，充当了家庭和社区的保护者。正是有了像弥尔顿这样无私奉献的保护者，美墨边境地带才得以维系着人们赖以生存的一片安宁与秩序。

这些庞大的家庭中的奇卡诺族裔成员，尽管历经了重重困难与挑战，却仍然对自己的家族寄予了深厚的希望与期许。即便面对失败，他们也从未放弃，始终坚守着对家族的信念与承诺。

三 奇卡诺社区守护

奇卡诺族裔社区一度给人以纷乱无序的印象，而守护这片土地，成为热爱并勇于担当的族裔正义之士义不容辞的责任。

雷吉娜除了关照自己至亲，还充当邻居的保护者。在日常的生活中，比她更穷的人经常可以得到她的帮助。她同情穷人，经常把自己饲养的鸡下的鲜蛋"无偿地送给他们"[1]。对于社区的宗教活动，她给予了批判，拒绝盲目信仰，认为"成千上百万虔诚的墨西哥人生活在贫困中，教堂却是如此的富裕。宗教是群众的鸦片"[2]。在米格尔眼中，她非常具有奉献精神。她"使其他许多事情顺利进行，而不是为她自己声誉去做事"[3]。

---

[1] Ana Castillo, *The Guardians*, New York: Random House, 2007, p.7.

[2] Ana Castillo, *The Guardians*, New York: Random House, 2007, p.21.

[3] Ana Castillo, *The Guardians*, New York: Random House, 2007, p.109.

在面对杀死自己至亲的仇人时,她能冷静地对待她无辜的幼儿,在人质解救中,加博被"小泪珠"用玻璃碎片刺中肾脏而不幸遇难。然而,好心的雷吉娜选择收养"小泪珠"的私生女,还带她去监狱探视她的母亲。由此可见,雷吉娜是一位具有超乎常人的宽容与慈悲的女性。虽然失去了自己的至亲,但她还能包容、善待罪犯的后代,这种超越仇恨与偏见的胸怀,使她成为一位真正意义上心地善良、灵魂高尚的女性。她的故事,是对人性光辉的歌颂,也是对爱与宽恕力量的深刻诠释。

米格尔和雷吉娜一样,也是社区的热心志愿者,他对政府中存在的系统性歧视和环境污染问题给予了密切关注。当他发现政府针对边境再次增设移民检查站时,他组织当地居民进行抗议。他认为政府这一举措是赤裸裸的种族歧视,"边境就像德国的柏林墙大分界线,边境巡逻不仅有百万价值的体育馆灯光那样的障碍物,他们还有移动感应器、直升机巡逻和护目镜。他们的装备比战场上的士兵们的装备还先进"[1]。通过对比加拿大与美国边境的开放与自由,与墨西哥与美国边境的严密监控与紧张氛围,米格尔深刻指出,美墨边境的现状充斥着不公与压迫,而这一切正是美国种族主义思想特征的鲜明体现。他呼吁人们正视这种不平等,共同为构建一个更加公正、包容的社会而努力。

在跨越美墨两国边境的灰色中间地带,人们的法律意识淡薄,使心怀犯罪意图的人得以肆意妄为。作家的创作根据媒体的报道,以自然主义的手法对奇卡娜人真实的悲惨生活进行写实性描述,以揭露社会的黑暗和不公并抨击犯罪。小说《沙漠血》的故事情节紧凑,从伊冯回到家乡领养孩子开始到她最后成功领养到一个孤儿结束,时间跨度不过一周,但书中关于谋杀案的描述基本上来源于报刊、电视新闻、法庭陈述、记者报道和网络媒体。这些谋杀案的时间跨度长达几十年,从20世纪80年代到21世纪初,真实地反映了美国少数族裔奇卡娜人所遭受的残酷虐待与肉体伤害。要走出这个充满罪恶的"边土",奇卡娜/诺人需要做出更大的努力。卡斯蒂略的《守护者》着重描绘的是无法发出自己声音的社会底层人物。在极度的物质贫困中保持乐观主义的人生态度是《守护者》中最主要的伦理特征。从对雷吉娜及其他人物的描写,作家卡斯蒂略表现出对民族历史再现

---

[1] Ana Castillo, *The Guardians*, New York: Random House, 2007, p. 124.

的"非常的虔诚"①。卡斯蒂略的乐观主义的观点正是体现了安扎尔多瓦跨界中的行动主义精神:"隐忍一切,走向未来。"②

本章小结

卡斯蒂略和德阿尔巴分别以独特的笔触,共同叙述了美墨边境上骇人听闻的谋杀案。德阿尔巴采用自然主义手法,深刻揭露了边疆地区女性群体惨遭杀害的猖獗的黑暗时期;而卡斯蒂略,则巧妙地融合幽默与魔幻现实主义,重现了奇卡诺人在边疆历经的百年屈辱与他们在逆境中展现出的顽强生命力,创造了一个美丽、聪颖、纯洁、勤劳、坚忍不拔、宽宏大度、精明、能干的奇卡娜形象。从这两部作品和其他关于女性被残害的小说中可以看出,女性作家们的创作深刻地揭露了边疆的性别犯罪和边疆凶案的真相。她们对边疆犯罪的叙事和其他媒介一起引起了全社会对底层阶级的族裔女性的关注。正如安扎尔多瓦所说:"奇卡娜人相互支持改变性别歧视非常有必要。"③ 美国的奇卡娜人作为一个群体,在边疆的生活与遭遇是不幸的,但她们绝不屈服于不幸的生活与屈辱。她们是奋起抗争和竭尽全力争取幸福生活的群体。奇卡娜作家在小说中的批评无疑是对政府当局的种族偏见的强烈控诉。边境问题实际上涉及的就是来自贫穷国家的移民问题。奇卡娜作家在她们的创作中提出了解决问题的方法:不同种族不同民族之间的相互理解、谅解、包容、接纳、交融、帮助、关心、爱护、尊重。她们以超前的视野和敏锐的洞察力预见了新世纪美国社会巨大的种族矛盾,为构建更加和谐多元的社会环境提供了宝贵的思想资源。

---

① Ana Castillo, *The Guardians*, New York: Random House, 2007, p. ii.
② Gloria Anzaldúa, *Borderlands/La Frontera: The New Mestiza*, 4th ed., San Francisco: Aunt Lute Books, 2012, p. 101.
③ Gloria Anzaldúa, *Borderlands/La Frontera: The New Mestiza*, 4th ed., San Francisco: Aunt Lute Books, 2012, p. 106.

第五章　阶级跨界　消除贫困

阶级主义是一种社会理论，专注于研究社会阶级之间在权力、资源和机会分配上的不平等现象。众多理论家对阶级主义的阐释和分析做出了卓越的贡献，他们的见解深化了人们对美国系统性阶级结构的理解。一旦掌握了美国的系统性阶级体系，人们便能更加透彻地解读美国族裔文学作品中所涉及的阶级压迫和阶级跨越的主题。关于阶级，不同时期的理论家以马克思的理论为基础进行了不同的诠释。他们的观点给文学研究者提供了多维视角。

卡尔·马克思被誉为最具影响力的阶级理论家之一。他的杰作《资本论》深刻揭示了资本的实质，在此基础上，他提出了阶级斗争理论，主张社会主要由两个对立的阶级构成：资产阶级，即掌握生产资料的阶层；以及无产阶级，即出售劳动力的工人阶层。马克思主义者认为："资本主义本质上带有压迫性，它建立在一部分人对另一部分人的剥削之上；在美国，少数族裔往往沦为被剥削的底层阶级；这种对少数族裔的剥削，其根源在于经济因素，而非种族或文化差异。"[1] 马克斯·韦伯（Max Weber）通过引入社会经济地位的概念，对马克思主义思想进行了拓展。这一概念"不仅涵盖了经济因素，还包括了社会和政治因素"[2]。韦伯的著作提供了关于阶级主义如何与其他形式的社会不平等相交的见解。皮埃尔·布迪厄（Pierre Bourdieu）的社会再生产理论强调了社会阶级是如何通过文化、经济和社会机制代代相传的。他引入了"文化资本"的概念，

---

[1] Alfredo Mirandé, *The Chicano Experience: An Alternative Perspective*, Notre Dame: University of Notre Dame Press, 1985, p. 189.

[2] Max Weber, *The Theory of Social and Economic Organization*, trans., A. M. Henderson & Talcott Parsons, Oxford: Oxford University Press, 1947, pp. 152-157.

它指的是"为社会阶层中的个体赋能的认知体系、技术能力与文化惯习"[1]。布迪厄的著作强调教育、品位和文化偏好在延续阶级差异方面的作用。多萝西·史密斯（Dorothy Smith）关于女权主义立场理论的著作涉及社会阶层如何与性别和其他社会类别相交。她强调，"女性的阶级主义经历可能与男性不同，因为她们在社会中扮演着特定的角色和地位"[2]。多萝西·史密斯的见解有助于对阶级主义进行深入的交叉分析，并强调了考虑多重社会身份的重要性。安扎尔多瓦指出："对族裔群体的压迫涵盖了种族、阶级、宗教、代际和年龄等多个方面的侵犯，包括身体上的侵害。"[3] 这些理论家对阶级主义及其对社会影响的研究做出了显著的贡献。值得注意的是，阶级主义是一个复杂且多维度的问题，不同的理论家提出了不同的观点和方法来理解它。

在美国及其他资本主义国家，阶级结构描述了个人、家庭及各类群体依据其经济地位在社会中所占据的层次。自20世纪后半叶起，对阶级结构的批评声音日益高涨，激进的社会运动开始反对基于阶级或任何其他身份标识（包括性别、种族、民族和性取向）来限制个体社会流动性的做法。然而，人类在不断的迁徙中追求更优质的生活。因此，通过个人与集体的协同努力，即便是社会最底层的个体也能够突破阶层限制，实现幸福美满的生活。

众所周知，美国是一个阶级主义和种族主义高度系统化的社会。这两种主义的思想密不可分。在美国白人至上的种族社会结构里，他们在政治上和经济上把贫穷的阶层特别是黑人和奇卡诺族裔人置于最低阶层，后者因此在生活中获得成功的机会远远少于白人精英阶层和中高产阶层的人。美国的阶级制度对奇卡娜人的歧视具有历史性和制度性。其历史性表现在"从母国墨西哥的家庭主妇到美国苦力的附带劳力，再到工厂里受剥削的

---

[1] Pierre Bourdieu, "The Forms of Capital", in J. Richardson, ed., *Handbook of Theory and Research for the Sociology of Education*, Westport, CT: Greenwood, 1986, pp. 241-258.

[2] Dorothy E. Smith, *Texts, Facts, and Femininity: Exploring the Relations of Ruling*, London and New York: Routledge, 1990, p. 160.

[3] Karin Ikas, "Interview with Gloria Anzaldua", in Gloria Anzaldua, *Borderlands/La Frontera: The New Mestiza*, 4th ed., San Frnacisco: Aunt Lute Books, p. 270.

养家糊口的廉价劳动力"①。制度性表现在墨西哥传统和美国的劳工制度上，在早期美国劳动力雇佣合同中明确规定配偶随行帮助丈夫进行劳作，不得获取额外的报酬。在20世纪90年代美国边境代加工工厂的妇女，生理周期由公司控制，工作期间不得怀孕生子，有些必须进行节育以不误工期。奇卡娜人事实上生活在美国阶级社会的最底层，因为她们受来自本族父权制、白人主流社会制度和白人女性的多重剥削、压迫和歧视。

在美国，社会阶层的划分主要依据财富的多寡。对于少数族裔而言，要想突破现有的社会阶层，跻身白人群体所在的层次，必须积累足够的财富。然而，对于奇卡娜人来说，实现阶层跃迁绝非易事，因为她们往往生活在不利的环境中，难以获得积累财富的机会。为了实现这一跨越，她们不得不面对更多的挑战和苦难。

奇卡娜小说家如西斯内罗斯和维拉纽瓦在其作品中塑造的人物，常常因为阶级和种族的双重压迫而遭受歧视，这导致她们在故事的开始往往处于失败者的境地。然而，这些作家及其笔下的女性角色从不向阶级压迫低头。她们通过回归和弘扬民族文化、接受高等教育以及相互支持等途径，最终克服重重困难，实现了自己的阶层跃迁梦想。可以说，美国奇卡娜小说家的创作，体现了对阶级压迫的正义反抗和伦理思考。本章接下来将深入分析奇卡娜作家西斯内罗斯在其作品中所描绘的摆脱贫困、实现幸福的理想愿景，以及维拉纽瓦在其现实主义作品中所展现的跨越贫困、追求幸福的真实写照。西斯内罗斯的小说《芒果街上的房子》创作于20世纪80年代，生动地描绘了奇卡诺社区底层人民的生活图景以及女主角追求阶级跃迁的宏伟梦想。与此同时，维拉纽瓦在21世纪初所著的《露娜的加利福尼亚罂粟花》则讲述了一位女性通过不懈努力最终实现社会阶层跨越的励志故事。

第一节　《芒果街上的房子》《露娜的加利福尼亚罂粟花》梗概

在美国这个具有系统性阶级结构的社会中，随着奇卡娜女权主义运动

---

① Gilbert G. Gonzalez & Raul A. Fernandez, *A Century of Chicano History: Empire Nations, and Migration*, New York and London: Routledge, p. 115.

在20世纪80年代的兴起，奇卡娜作家开始通过小说来记录她们贫穷的生活、遭遇的歧视、对女性权益的追求、对社会不公的批评以及对美好爱情的向往。

1. 西斯内罗斯的小说《芒果街上的房子》

西斯内罗斯是国际上备受赞誉的奇卡娜诗人及作家。她的作品擅长描绘女性的成长历程，涵盖了社会与女性相关的广泛议题，如奇卡诺族的历史、文化、性别身份、性别歧视、母性角色、家庭教育、族裔父权制的压迫、宗教信仰以及巫术等。她运用后现代黑色幽默的技巧，创作出令人过目不忘的文学作品。

西斯内罗斯的《芒果街上的房子》是一部享誉世界的经典小说，首次面世于1984年。通过一系列引人入胜的小故事，讲述了主人公埃斯佩兰萨·科尔德罗（Esperanza Cordero）的成长故事，她是一个在芝加哥墨西哥裔社区长大的奇卡娜人。这部作品被认为是反映族裔社区贫困状况的重要文学声音，并在1985年荣获美国图书奖。此后，它被广泛纳入全国学校的课程体系中。

在这些小故事中，埃斯佩兰萨细腻地勾勒出了她从孩童成长为年轻女性的蜕变历程。她在一个位于芝加哥市区的小屋中长大，周围环绕着其他墨西哥裔美国人的家庭。尽管她在天主教学校中经历了贫穷带来的羞耻感，与家人在狭小的空间中共度时光让她感到压抑，同时她也在努力适应青春期的觉醒和告别童年的纯真，但她通过写作来应对和处理这些情感与经历。

当一家人终于迁入一栋独立的房屋（而非公寓）时，它与他们任何人的期望或梦想都大相径庭。这家人不得不共用一个卧室，没有埃斯佩兰萨所渴望的那种院子。他们的居所紧邻公寓楼，周围是喧嚣和拥挤的居民区。许多当地家庭正遭受贫困和家庭暴力的困扰。埃斯佩兰萨专注于寻找她最亲密的朋友，因为她对她的妹妹内尼感到不满。她遇到了一对姐妹——拉切尔和露西，她们共同攒钱买了一辆自行车，之后成为好朋友。不久之后，埃斯佩兰萨与一个名叫萨丽的漂亮女孩建立了友谊。萨丽向埃斯佩兰萨展示了女性的柔美和性感。在一次与萨丽一同参加的狂欢节上，埃斯佩兰萨被迫失去了童贞，对象是一个她想要逃离的男孩。她永远无法原谅萨丽将她置于那种境地，或是未能在她需要时伸出援手。

埃斯佩兰萨与优秀的成年人分享了她对阅读和写诗的热爱，他们都非常鼓舞人心。有些人甚至告诉埃斯佩兰萨，她很有天赋，会走得更远，但他们提醒埃斯佩兰萨，她必须永远记住自己的人民和家乡。她的母亲也对自己过早放弃学业和浪费自己的才华感到遗憾，所以她激励埃斯佩兰萨努力学习和工作。埃斯佩兰萨开始梦想拥有一所属于自己的房子，一个被大自然包围的房子，足够安静，可以专注于写作。最后一个小故事宣布，她将继续她对写作的热爱，并将离开芒果街去追求她的梦想，但她不会忘记回来寻找她曾经生活中遇到的人。

小说《芒果街上的房子》由44个短小精悍的故事组成。篇幅短小，从半个页面到5个页面不等，它们之间基于人物关系产生必然的逻辑关联。这些故事组成了奇卡诺社区生活的万花筒：贫穷而又混乱的社区环境、奇卡诺父权制文化对女性的压迫、白人主流社会与奇卡诺人的相互歧视、奇卡娜人的反抗、族裔女性成长的烦恼与希望。西斯内罗斯以碎片化的方法对贫穷和混乱的社区进行了生动的描述。她不仅探讨了与性别有关的问题，也探讨了与阶级有关的问题。

正如麦德森（Madsen）所描述的那样，西斯内罗斯"由于需要挑战墨西哥和美国文化中根深蒂固的父权价值观，她在跨文化身份认同方面的努力变得复杂起来。西斯内罗斯笔下所有女性角色的生活都受到父权价值体系对女性气质和女性欲望的定义的影响，她们必须努力重新对其进行定义"[1]。正如西斯内罗斯所说："总是有这种平衡行为，我们必须定义我们认为对我们自己好的东西，而不是我们的文化所说的。"[2]

2. 维拉纽瓦的《露娜的加利福尼亚罂粟花》

维拉纽瓦的小说《露娜的加利福尼亚罂粟花》以奇卡娜人的成长为主题，讲述了外婆维拉洛波斯（Villalobos）、妈妈卡门（Carmen）和女儿露娜（Luna）三代女性在美国的生活。外婆维拉洛波斯具有纯土著雅基族人血统，拖儿带女跟随丈夫一起跨越美墨边界，来到美国的大都市生活，却在穷困潦倒中病死；母亲卡门，一位漂亮的知识女性，虽然嫁给了

---

[1] Deborah L. Madsen, *Understanding Contemporary Chicana Literature*, Columbia, SC: University of South Carolina Press, pp. 108-109.

[2] Rodríguez Aranda & Pilar E., "On the Solitary Fate of Being Mexican, Female Wicked and Thirty-three: An Interview with Writer Sandra Cisneros", *Americas Review*, Vol. 18, No. 1, March 1990.

白种人并生下女儿露娜,却惨遭丈夫抛弃,一生历尽艰辛;女儿露娜自幼遭父母抛弃,随后由外婆和姨妈照顾至她11岁时外婆去世,于是被寄养在白人达琳(Darling)家中。露娜正是在这时开始了她的日记写作。然而,因露娜家人反对,达琳收养露娜的计划最终失败。

作家采用滤镜手法,在小说的前半部分描绘了露娜12岁至13岁在白人达琳家寄宿的经历。在那段日子里,她体验了富裕的物质生活以及丰富的学校生活和社会生活。露娜仍然记得自己成长的烦恼和所受的歧视、自己如何投入大自然的怀抱寻找快乐、交上异性朋友并萌生爱恋的情愫、如何帮助朋友逃离酒鬼父亲的暴力。与此同时,露娜还回忆了外婆、母亲和自己过去充满苦难的生活片段。露娜儿时的唯一白人小伙伴杰夫在离开她去姑妈家生活后,随信给她寄来一枚戒指。她以诗回赠,在心中认定这枚戒指是定情信物。然而,这终究是她的一厢情愿,现实并未如她所憧憬的那般美好。由于露娜所有亲人的反对,她无法继续留在寄养家庭,这让她跌入了人生苦难的谷底。两年后,年仅15岁的露娜未婚生子,开始了长达14年的苦苦挣扎,而这段漫长且充满阴霾的日子,只在小说后半部分的描述中偶尔被提及。

当露娜再次提笔记录自己的生活时,她已经跨入了中产阶级的行列。生命的轮回在代际之间实现。露娜的女儿塔尼亚(Tania)在快满13岁时,偶然在自己的褥裤里发现了母亲于13岁那年写下的第一部分日记。此时的露娜正如其母亲卡门,已经是抚养着三个孩子——塔尼亚(Tania)、提奥(Theo)和杰森(Jason)的单身母亲。不同的是露娜拥有自己的别墅和稳定的教师工作,她会为了女儿的幸福生活竭尽全力,而且,露娜的性格不曾改变。[1] 成功后的露娜终于来到了外婆的无名碑前,号啕大哭了一场,把心中多年的积郁散发了出来,因为外婆是她童年生活的保障、智慧的输送者、诗歌创作的启蒙老师、土著文化的继承者与传播者,教给了她"自爱。真自我"[2]。露娜的外婆充当了母亲的角色,抚育她健康成长。第二部分日记记述她如何与白人世界的种族主义者进行斗争。

---

[1] Alma Luz Villanueva, *Luna's California Poppies*, Tempe, Arizona: Bilingual Press, 2002, p. 161.

[2] Alma Luz Villanueva, *Luna's California Poppies*, Tempe, Arizona: Bilingual Press, 2002, p. 189.

因为自己经历了不幸福的童年，露娜不想自己的后代有同样的经历，所以她特别珍惜女儿的童年时光。当女儿的13岁生日来临时，她准备了盛大的家庭宴会以示庆祝。所有的亲朋好友都被召集到了一起，在她家的草坪上吹拉弹唱，饮酒作乐，还有一项传统的重头戏——打陶罐。大人们将小寿星亲手制作的幸运陶罐用绳子吊着，挂到高高的树枝上，随后客人们逐一去击打随风摇摆的罐子。随着陶罐应声而碎，罐子里的礼物会如同天降甘霖般四散开来，寓意着美好生活的到来。

维拉纽瓦以幽默的笔触和女性在不同生命阶段的语调，细腻地描绘了主人公在苦难童年中成长的历程，以及她如何成功地摆脱贫困，跻身中产阶级的故事。小说的每一章节都以手写体日记的形式开启，这些日记以灰色纸张为背景，页眉和页脚装饰着灰色的花朵，而每章的结尾则以诗歌为总结。她的日记是献给瓜达卢佩女神的，许多关键情节是在梦中呈现的。向女神的倾诉加深了对往昔事件的回忆。作家在小说中运用诗歌或独白诗来概括故事的各个情节，可以说，若想简要了解小说的主旨，只需认真阅读每首诗的内容即可。

在构建情节时，作家借鉴了后现代主义的创作技巧，她将故事拆解成碎片，创造出一种非线性且看似缺乏连贯性的结构。作为叙述者的主角，一方面从记忆中提炼故事线索，另一方面则依靠想象来塑造情节。那些触发情感创伤的片段会不断从记忆中涌现，并被反复叙述，以此来强调奇卡娜人所承受的深重苦难。在语言的运用上，作家直接使用了西班牙语中的粗俗词汇，这样的做法不仅增强了作品的真实感和感染力，也让读者能够更加深入地感受角色的内心世界以及他们所处的文化背景。

《芒果街上的房子》和《露娜的加利福尼亚罂粟花》这两部小说都讲述了三代女人的故事。埃斯佩兰萨的奶奶是个传统的墨西哥家庭主妇，一辈子都被困在家中，眼睛望着窗外；她的母亲虽然可以在丈夫的监督下出去工作，但其主要任务依然是辅助丈夫养家糊口；埃斯佩兰萨则是一个可以在芒果街上自由行走的人，她拥有很多书籍，可以随时打包出门，踏上追寻理想的旅途，但在作家的描述中，埃斯佩兰萨所向往的理想家园或富裕社会还只停留在她的想象中，尚未成为现实。露娜的外婆是一位极具诗歌创作天赋且精明能干的女性，她的母亲同样是聪明能干的人，然而，她们都因贫困而潦倒；露娜也曾一度陷入贫困的泥潭，但经过自己的奋斗终于切实地跨越了贫穷的阻碍，过上了中产阶级生活，成为独立自强的女性。

第二节　想象中的消除贫困：《芒果街上的房子》

西斯内罗斯在《芒果街上的房子》中通过一系列小故事描绘了城市贫民窟的居民，尤其是女性的艰苦生活以及"我"的希冀：有一座属于自己的房子。她以轻快的语调描述身边的人和事。芒果街上住着的是一群贫穷的、游手好闲的年轻人，他们身旁是辛勤劳作的父母和兄弟姐妹，以及不得自由的家庭妇女。

一　芒果街：城市"边疆"贫穷的象征

根据马克思主义的理论，社会被划分为不同的阶级，包括富有的资产阶级和贫穷的无产阶级。在美国这个阶级分明的社会里，族裔群体与白人主流社会的矛盾在本质上是资本家与无产者之间的矛盾。文学作品描写族裔群体的贫穷就是对美国社会主要矛盾的揭露。

边疆的贫穷问题不只是出现在美墨边境上，也同样困扰着聚居在大都市贫民窟里的奇卡诺人。美国的大都市洛杉矶、芝加哥等的贫民区中聚集了大部分奇卡诺族裔的贫困人口。虽身处繁华闹市，但他们生活在贫困与边缘化的阴影中。可以说，城市贫民区（Barrio）成了贫穷边疆在城市中的延伸。西斯内罗斯在小说《芒果街上的房子》中所描绘的奇卡诺族裔社区的问题反映了城市整个底层阶级/族裔的生存状况。

1. 破旧与肮脏的芒果街

在崇尚优雅居住环境的美国社会，奇卡诺族裔聚居的城市贫民窟无疑是他们贫穷阶层生活的真实写照。西斯内罗斯的小说《芒果街上的房子》中描述的环境可以用破旧与肮脏来形容。街区住宅、商业设施和公共设施呈现出一片破烂不堪的景象。

埃斯佩兰萨的邻居梅梅（Meme）家的屋后是一个院子，大部分是泥土，还有一堆油腻的木板，那里以前是车库，四周被邻居家的屋顶环绕，黑色的柏油屋顶和 A 形框架清晰可见。每当球滚入这些排水沟，便仿佛消失在了地面之下，难以找回。站在街区的尽头望去，她家的房子看起来更小，"它的脚像猫一样缩在下面"①。埃斯佩兰萨自己的家也是一座让她在学校羞于启齿的破旧贫民窟的房屋，空间狭小到"全家所有人都共用一个卧室"②的程度。

芒果街上有一家由年迈黑人开设的旧货店，它不像一般商铺那样灯光明亮，干净光鲜，相反，商店很小，只有一扇脏兮兮的窗户透进微弱的光亮，商品表面覆盖着灰尘。除非客户有钱购买商品，否则黑人店主轻易不会开灯，因此顾客只能在黑暗中挑选商品。桌脚朝天的桌子，成排摆放的圆角冰箱，轻轻一碰就会扬起灰尘的沙发，还有100台可能被损坏的旧电视机。所有物品堆积得密不透风，整个商店内仅留下数条窄窄的过道。"我"和妹妹去店里买东西，

> 很长时间才注意到一副金色眼镜在黑暗中悬浮……这是个音乐盒。我很快转过身，以为他说的是个漂亮盒子——上面画着花，里面有个芭蕾舞者。可老头指的地方根本没有这种东西，只有个陈旧木盒，里头嵌着张带孔洞的大的铜制唱片。待他启动机关，各种异状便接踵而来。仿佛突然放出百万飞蛾，它们覆满积尘的家具与天鹅颈般的暗影，甚至钻进我们骨髓。③

贫穷的芒果街还面临公共环境遭严重破坏的问题。小故事"猴子公园"就描写了这样的场景：一个公园曾因猴子半夜啼叫制造的噪声而遭人嫌弃，后来猴子迁徙别处，但公园的环境未能得到改善，反而成为报废车辆和其他垃圾的堆放场地，甚至成为青少年违法犯罪的温床。

总之，西斯内罗斯笔下的芒果街展示了下层阶级糟糕的生活环境，与繁华的大都市芝加哥形成了极大的反差，是繁华美国社会中一个典型的第三世界缩影，深刻反映出美墨边境那片贫穷而边缘化的土地。

2. 教育资源的缺失

在奇卡诺族裔聚居的城市中，贫民女面对的教育资源分配不公问题是作家所抨击的美国社会弊病之一。毫无疑问，富有阶层的孩子有更多的机

---

① Sandra Cisneros, *The House on Mango Street*, New York: Vintage Books, 1984/2009, pp. 21–22.

② Sandra Cisneros, *The House on Mango Street*, New York: Vintage Books, 1984/2009, p. 4.

③ Sandra Cisneros, *The House on Mango Street*, New York: Vintage Books, 1984/2009, p. 57.

会进入大学深造，他们所享有的中小学教育环境更好，资源也更加丰富。相较之下，贫困家庭的孩子则就读于师资力量薄弱、教学资源匮乏与学习条件捉襟见肘的学校。更为严重的是，即使是在这样的学校，因为种族歧视的存在，学生们的身心健康发展也得不到保障。

西斯内罗斯在《芒果街上的房子》里叙述了贫穷孩子"我"在学校遭受的不公平待遇。小故事"一个大米汉堡"对奇卡诺贫困社区的教育问题进行了深刻的揭露。因为上学路途遥远，许多忙于工作的母亲让自己的孩子到学校餐厅就餐，那里可以遮风避雨。"我"也希望能像那些孩子一样，于是央求母亲做了一个大米汉堡包，并给管理者写了一封信，恳求获准到食堂用餐。然而，"我"被要求指认自己家的房子，以此为判定"我"是否有资格享受学校餐厅服务的依据。管理人员让"我"站在一个书盒上，顺着他手指的方向，承认那灰色的丑陋的房子就是自己的房子。最终，"我"得到的答复却是只能于申请当天在学校用餐。

这里体现的教育问题是社区学校设施的严重不足，以及管理者对贫穷族裔子女的歧视。被拒绝在食堂用餐对"我"的自尊心造成了沉重的打击。

另外，奇卡诺儿童教育缺失的后果会对贫穷的家庭造成难以承受的长久的伤痛。生育了众多子女的母亲罗萨（Rosa）无力给予孩子们应有的关怀与教育，导致他们缺乏基本的教养而遭邻里唾弃。她的一个儿子"从邻居家的平顶房上不慎跌落，年幼的生命戛然而止时，邻居甚至都没有叹息一声"[1]。试想，若是有学校及时对孩子们进行教育和引导，这样的悲剧也许就不会发生，罗萨的儿子可能就不会因放纵无礼的行为而枉送性命。

总之，西斯内罗斯笔下的芒果街不仅是贫穷的代名词，更是美国阶级社会贫富差距的缩影。作家在行文间看似轻描淡写，实则蕴含着深刻的批判与讽刺。读者在仔细品读和斟酌后会发现，作家对美国富裕社会进行了最尖锐的质疑和讽刺：在一个自诩世界上最发达的国家里居然存在如此落后的"第三世界"地带。

二 墨西哥劳工叙事

除了对芒果街社区风貌的描写，作家还通过对底层奇卡诺人故事的叙

---

[1] Sandra Cisneros, *The House on Mango Street*, New York: Vintage Books, 1984/2009, p. 30.

述，展现了这个民族在白人主流社会压迫下的艰苦生活，刻画了一幅贫穷阶层生活的真实画像，同时也颠覆了人们对墨西哥劳工的刻板印象。

1. 缺乏社会保障的新移民劳工

从美国南边邻国偷渡到美国来谋生的偷渡者（wetback）构成了美国底层非技术廉价劳动力的主要组成部分。他们在美国的餐饮业等行业从事体力劳动，赚取微薄的工资，并将钱寄回家乡，以养家糊口。然而，这些非法打工的人得不到任何社会保障。而西斯内罗斯的小说中所描述的居住在芒果街的来自中美洲国家的偷渡者也是如此。

短篇故事"杰拉尔多，没有姓氏"讲述的是杰拉尔多（Geraldo）的悲惨命运。他年轻而英俊，白天在一家餐馆打工，晚上，则热衷于去舞厅跳舞，并在此结识了玛琳。某天晚上，杰拉尔多在街上被人驾车撞伤，肇事司机逃逸无踪。玛琳两度寻求警察的帮助，最后将他紧急送到了医院，可急救室只有一个实习生值守，无人能够对他实施有效的抢救，杰拉尔多终因流血过多离世。然而，没有人会为他的死亡承担责任，只因为他是一个没有姓氏的偷渡者。玛琳悲伤地说："他的名字叫杰拉尔多。他的家在另一个国家。留在那里的人离他很远，将不知道，不想知道，或记起。杰拉尔多——他去了北方……我们再也没有他的消息。"[1] 毫无疑问，这是一个美国底层男性劳动者的悲剧，也是这些非法移民群体所面临的困境的缩影。

而女性劳动者也同样有着凄惨的经历。女劳工玛琳（Marin）在姨妈家做保姆工作，她省吃俭用，为了结婚成家而努力攒钱。她怀揣着梦想，幻想着如果来年能继续留在这片土地上工作，便能找到一份高薪职业，让自己焕然一新，身着华服，在地铁的匆匆人流中邂逅那个能带她走进别墅、共享美好生活的男子。但很不幸的是，她的姨妈将她视为一个沉重的负担，并决定将她送回老家。从那时起，玛琳每天晚上都坐在姨妈家外的台阶上，假装听收音机，实则期待"有路过的男人来将她带走，后来她干脆走到路灯下起舞，希望有人停下车来将她带走"[2]。看到这里的读者都能够感受到，可怜的玛琳内心深处那巨大的心理矛盾与创伤，即便她尚未疯狂，那份痛苦也已深深刻画在她的灵魂之中。

---

[1] Sandra Cisneros, *The House on Mango Street*, New York: Vintage Books, 1984/2009, p. 66.
[2] Sandra Cisneros, *The House on Mango Street*, New York: Vintage Books, 1984/2009, p. 27.

而玛琳的遭遇并非个例,她的一位表亲同样在生活的重压下迷失了方向,因找不到合适的工作,他转而干起了偷盗的勾当,不仅盗走了一辆小轿车,还胆大妄为地开着赃车带着一群孩子四处兜风,结果被警察抓获并送进了监狱。

以上这些故事主要揭示了族裔年轻人生活中的悲剧性色彩。然而,其中更令人印象深刻的是,作家对中年父亲的形象塑造颠覆了主流社会对美国墨西哥裔劳工的刻板印象与固有偏见,展现出这一群体更为丰富多元的面貌。

2. 被颠覆的墨西哥劳工刻板印象:父亲

在人们的刻板印象中,美国的墨西哥裔劳工是邋遢、懒惰且无知的沉默群体,但西斯内罗斯的劳工叙事颠覆了这种偏见。

在"爸爸在黑暗中醒来,非常疲倦"的故事里,作家以不足百字的精练笔触刻画了一个墨西哥裔父亲的形象:他来自一个墨西哥裔大家庭,每当家中遭遇变故,比如他母亲去世后,故事中"我"的叔叔、姑姑们纷纷返回家乡参加葬礼,展现了家族间的紧密团结。这是一个团结而又贫穷的大家庭,全家合影时只能选择更为便宜的黑白照片(在当时的美国,彩色摄影早已广泛应用,只是价格更贵)。父亲本人是一位勤劳却缺乏文化的劳动者,只能靠双手和双脚辛苦劳作,以微薄的收入养家糊口。常年的劳动导致他手脚上的皮肤都变得很厚实,那是岁月与汗水的见证。在情感世界里,他是一位温柔细腻、极尽孝道之人,他平日里或许沉默寡言,但在母亲离世的那一刻,他再也无法抑制内心的悲痛,泪水夺眶而出,这是他对母亲深深爱意的释放。在个人修养上,父亲是个注重体面的男人,为保持自己干净整洁的仪容,他出门前会"用清水把头发梳理整齐"[①]。

西斯内罗斯塑造的父亲形象有力地反驳了安扎尔多瓦所批判的白人社会对奇卡诺人持有的刻板印象:懒惰、自卑、无能。而安扎尔多瓦也对奇卡诺男性负面形象形成的缘由作了精辟的阐释。她认为:

> 这是等级森严的男性统治的结果。盎格鲁人感到自卑和无能为力,于是通过羞辱奇卡诺人来取代或转移这种感觉。在外国佬的世界里,奇卡诺人摒弃了过度的谦逊和自我贬低。在拉丁美洲人身边,他

[①] Sandra Cisneros, *The House on Mango Street*, New York: Vintage Books, 1984/2009, p. 57.

> 忍受着语言匮乏的窘迫和随之而来的不适；他对印第安人患有种族健忘症。他与他们有共同的血统，但他有负罪感，因为他的西班牙血统夺走了他们的土地，压迫了他们。当他面对来自另一边的墨西哥人时，他有一种过度补偿的傲慢。这掩盖了一种很深的种族羞耻感。男子气概的尊严和尊重感的丧失预示着一种虚假的男子气概，这种男子气概导致他贬低妇女，甚至残酷对待她们。与他的性别歧视行为并存的是一种对母亲的爱，这种爱高于对其他一切的爱。忠诚的儿子，大男子主义的猪。为了洗去他的耻辱，他的存在，并处理镜子里的畜生，他求助于酒、鼻息、针和拳头。①

但从本质上看，奇卡诺族裔男性展现出了深厚的家庭责任心、不屈的傲骨和鲜明的男子汉气概。

三 受压迫的贫苦奇卡娜人

在小说《芒果街上的房子》中，西斯内罗斯描绘了奇卡娜女性如何在家庭成员的非正式教育下以及在流行文化的潜移默化下，自幼便将男权社会对女性行为的规范内化，这一现象与许多其他种族的女性经历相似。例如，在《芒果街上的房子》中，一群女孩角色推测女性的臀部有什么功能，她们的回答是："当你做饭的时候，它们可以用来托孩子，瑞秋说……露西说，你需要臀部来跳舞……你得知道怎么用臀部走路，练习你懂的。"② 这样的对话反映了传统的女性角色分工，如养育孩子、做饭和以色娱人，是如何被理解的。正是被这样的观念束缚，使她们中的许多人不得不面对来自社会各个层面的压迫与挑战。

1. 受多重迫害的女性

生活在大都市的贫民窟里，一个普通的奇卡娜人所承受的迫害来自多个方面。在《芒果街上的房子》这部作品里，有四个小故事——《萨丽》、《萨丽所说的》、《红小丑》和《亚麻地毡上的玫瑰》——专门叙述主人公萨丽所遭遇的残酷迫害。萨丽的故事阐释了女性依赖男性的悲剧。

---

① Gloria Anzaldúa, *Borderlands/La Frontera: The New Mestiza*, 4th ed., San Francisco: Aunt Lute Books, 2012, p. 105.

② Sandra Cisneros, *The House on Mango Street*, New York: Vintage Books, 1984/2009, pp. 49-50.

在奇卡诺族裔传统中，女儿在出嫁前，她的一切行为都由父母管束，婚姻作为人生大事更是被父母一手包办。自由恋爱被认为是违背家庭伦理的行为，会招致严重的后果。这种现象的根源在于大男子主义（Machismo）思想。而这种思想则是"发源于奇卡诺男性对自身无权与软弱的心理补偿，他们将自己因遭受殖民统治而失去权利的痛苦和挫折感都发泄到家里的弱者——妻子和女儿身上，以此来显示自己的男性力量"[1]。

萨丽在踏入婚姻殿堂之前，始终处于父亲严格的监护之下。她是"一位迷人的姑娘，她的眼睛摄人心魄，面容宛如埃及的女神，校园里的男生们无不对她那乌黑亮丽、齐肩的秀发倾心，而她那迷人的微笑更是令人难以忘怀"[2]。但她的父亲非但没有为女儿的美貌感到骄傲，反而对此感到厌恶，认为会给他带来"麻烦"，因为他始终记得他的妹妹私奔让全家蒙羞的事，所以对女儿管教很严，禁止她跳舞，也不允许她随意出门。在萨丽读初中时，一旦父亲发现她与男生交往，便会对她拳脚相加，导致她脸上常常青一块紫一块，原因是"她父亲担心萨丽重蹈她姑姑的覆辙，不惜以暴力管教女儿，确保家里不再出现这样的丑事"[3]。

为了逃避父亲的压迫，萨丽选择了婚姻作为出路。她在学校邂逅了一位商人，两人一见钟情，但由于萨丽未达到法定结婚年龄，他们决定前往另一个州秘密登记结婚。她天真地以为婚姻可以让她摆脱父权的管制，然而，婚后的生活并非她所憧憬的那般美好。相反，她的丈夫性格凶猛粗暴，曾"因发怒一脚将门踢出了一个窟窿"[4]。他控制了她的一切行动，"禁止她打电话，不许她往窗外看，更讨厌她的朋友"[5]。萨丽仿佛变成了一只笼中鸟，每天只能"坐在家里，呆望着那些家具，凝视着她打扫得

---

[1] Alfredo Mirandé, *The Chicano Experience: An Alternative Perspective*, Notre Dame: University of Notre Dame Press, 1985, pp. 166-167.

[2] Sandra Cisneros, *The House on Mango Street*, New York: Vintage Books, 1984/2009, p. 31.

[3] Sandra Cisneros, *The House on Mango Street*, New York: Vintage Books, 1984/2009, pp. 92-93.

[4] Sandra Cisneros, *The House on Mango Street*, New York: Vintage Books, 1984/2009, p. 101.

[5] Sandra Cisneros, *The House on Mango Street*, New York: Vintage Books, 1984/2009, p. 102.

干干净净的墙角和亚麻地毡上的玫瑰图案"①。萨丽所期待的爱情像这地毯上的玫瑰,被冷漠与充满大男子主义思想的丈夫踩在脚下。

作为一个奇卡娜人,若是希望通过婚姻来跨越阶层以求过上幸福的日子,那么等待她的很可能只有更卑微的地位和男权制下的各种迫害。

除了在家庭里受到父权和夫权的侵犯,奇卡娜人在社会上也同样遭受男性的压迫。小说中的"我"曾应萨丽之邀去一个叫"红色小丑"的地方,结果遭遇了白人男子的性侵,"他肮脏的指甲在我的皮肤上磨蹭"②。然而,当"我"遭遇凌辱后,那个流氓逃之夭夭,最终躲过了法律的制裁,未受到任何应有的惩罚。

在另一个短篇故事"我的第一份工作"中,"我"上班的第一天就遭遇了老年男性的猥亵。一位年纪很大的男子佯装询问当天的日期,并谎称当天是他自己的生日,希望"我"给他送一个吻作为礼物,结果还没等"我"有所反应,"老人就强行捧起我的脸狂吻不放"③。

这部小说通过细腻的笔触,揭示了无论是在家庭的避风港还是在社会的广阔舞台上,年轻的奇卡娜人都面临着各种不幸与侵害。即便是那些已经承担起母亲角色的奇卡娜人,也未能逃脱传统文化的枷锁,像奇卡娜文化中曾被人唾弃的马林奇女神一样,依旧承受着不应有的偏见与束缚。

2. 贫困中煎熬的奇卡娜母亲

在奇卡诺传统的文化中,马林奇女神因其"婊子"的形象遭人唾弃,这一形象常被人们用来诅咒那些跨越种族界限嫁给白人的奇卡娜人。而瓜达卢佩女神保护众生的贤良淑德和温和慈爱的形象则成为规范奇卡娜母亲行为的典范:她象征着母亲应当承担家庭重任的崇高角色。

西斯内罗斯的《芒果街上的房子》中,奇卡娜母亲承受着一切困苦,维持着子女们的生活。在短篇故事《有位老妇人,她有太多的孩子,不知该如何是好》里,西斯内罗斯刻画了一个典型的奇卡娜母亲形象:一位被众多孩子缠绕得手足无措的母亲。罗萨·瓦尔加斯(Rosa Vargas)的孩子太多,令她无法应对。这个可怜的母亲每天忙着为孩子们

---

① Sandra Cisneros, *The House on Mango Street*, New York: Vintage Books, 1984/2009, p. 102.

② Gloria Anzaldúa, *Borderlands/La Frontera: The New Mestiza*, 4th ed., San Francisco: Aunt Lute Books, 2012, p. 100.

③ Sandra Cisneros, *The House on Mango Street*, New York: Vintage Books, 1984/2009, p. 55.

扣衣服扣子、装奶瓶，照顾他们的起居。与此同时，她每天"都在流着泪期盼丈夫回家，可他走了，连购买腊肠的钱都没有留下，也不留张纸条解释原因"①。腊肠是美国最廉价的食物，从这一细节中，读者不难体会到罗萨已被她那抛弃家庭的丈夫逼到了生活的绝境。未来的日子对于她而言，无疑将更加艰难。罗萨的孩子们年龄太小，她自己也疏于管教，导致他们对包括自己生命在内的所有事物都缺乏基本的尊重。他们跑到邻居家的房顶上玩"老鹰捉小鸡"的游戏，被劝阻时"非但不听，反而朝邻居吐口水"②。其中，一个叫安吉尔的孩子尝试从高处跳下，结果不幸坠落，当场身亡。孩子的死亡并未引起邻居们的同情与惋惜。在父爱缺失的大家庭里，奇卡诺族裔孩子的生命似乎变得微不足道。然而，一个孩子的意外离世肯定对母亲产生了沉重的打击，只是因为周围人的贫困与冷漠，这份痛苦更加难以被察觉。

米涅瓦（Minerva）是小说中的另一位年轻母亲，同时也是一位诗人。在丈夫离家后，她独自承担起了抚养两个孩子的重任，她走了自己母亲的老路，重复了她母亲当年独自养育她及姐妹们的艰辛历程。她时常哭泣，"感叹自己的运气太差"③。独自抚养孩子给她带来了诸多不便，但最令她心力交瘁的是丈夫不断地离开、回家，再离开，如此反复地折腾。终于，她忍无可忍地将丈夫的衣物扔到了窗外，却没想到这举动换来了"从窗外飞入的一块大石头。再到后来，她遭受家暴，全身被丈夫打得青一块紫一块"④。她和罗萨一样，沦为无助的弃妇。

虽然家庭事务大都由女性操持，但一个失去了男性支撑的家庭，往往意味着家庭结构与情感的双重破碎。在这种支离破碎的家庭环境中，奇卡娜女性所承受的煎熬与重负是常人难以想象的，也成为她们内心难以承载之重。因此，女性的觉醒与反抗不仅是一种自然反应，更是对不公命运的必然抗争。

四　打破阶层禁锢的途径：获取知识

根据阶级主义研究者赖特（Wright）的社会阶级理论，阶级有三个维

---

① Sandra Cisneros, *The House on Mango Street*, New York: Vintage Books, 1984/2009, p. 29.
② Sandra Cisneros, *The House on Mango Street*, New York: Vintage Books, 1984/2009, p. 29.
③ Sandra Cisneros, *The House on Mango Street*, New York: Vintage Books, 1984/2009, p. 84.
④ Sandra Cisneros, *The House on Mango Street*, New York: Vintage Books, 1984/2009, p. 84.

度：资本所有权、对工作的控制和市场地位。① 个人可以在阶级结构中占据不同的位置，从资产阶级到工人阶级。根据他的观点，个人可以通过掌握资本的多少来改变自己的阶级层次。也就是说，只要奇卡诺族裔努力改善自己的财富状况，他们就可以跨越阶级界限，获得与白人主流社会中高层阶级同等的地位和权益。对于在父权制掌控下的奇卡娜人如何才能跨越阶级的差异，作家西斯内罗斯在小说中给出了答案：正如安扎尔多瓦在她的《边疆》中所论述的那样，阅读与创作改变女性的命运②。

1. 知识改变命运：奇卡娜的希望

面对奇卡娜人的悲剧式生活，作家西斯内罗斯为她们指明了走出悲剧的方向。

小说的女主人公埃斯佩兰萨，其名寓意为"希望"，在亲历了同龄人遭遇的迫害和左邻右舍的奇卡娜母亲的困苦后，她决定和妹妹内尼（Nenny）一起改变她们自己的命运。在小故事《美丽的和残忍的》中，内尼决定走自己的路，她不要像米涅瓦的妹妹那样，年纪轻轻就离开母亲去生孩子，她要自主决定自己的生活方式。埃斯佩兰萨要做的则是像男人一样，吃完晚饭后就"离开桌子，不摆好椅子，也不收拾碗碟"③。她坚信自己的力量深植于自我之中，这种力量是坚韧而不可剥夺的。对于她而言，这股力量的源泉正是读书与知识的累积，它们赋予了她掌控自己命运的勇气和能力。当小伙伴们围绕着臀部的功能展开讨论，大多数女生倾向于传统的视角——认为它是为了承载新生命、舞动身姿或是彰显女性魅力的象征时，埃斯佩兰萨却以一种独到的科学眼光来看待这一身体部位，她提出："臀部是科学的，是用来指挥自己走路的，向左或向右调节。"④

在小说《芒果街上的房子》中，作家西斯内罗斯反复提及读书的重要性。读书改变命运，这是奇卡娜人共同的心声。安扎尔多瓦通过大量的阅读改变了自己的命运，成为杰出的奇卡娜女权主义者、小说家、诗人、

---

① Eric Olin Wright, *Understanding Class*, London/New York: Verso, 2015, pp. 81-82.

② Gloria Anzaldúa, *Borderlands/La Frontera: The New Mestiza*, 4th ed., San Francisco: Aunt Lute Books, 2012, pp. 87-97.

③ Sandra Cisneros, *The House on Mango Street*, New York: Vintage Books, 1984/2009, p. 89.

④ Sandra Cisneros, *The House on Mango Street*, New York: Vintage Books, 1984/2009, pp. 39-40.

文化理论家，她的成功为作家们创造奇卡娜形象和寻找奇卡娜族群的出路树立了典范。小说的灵魂人物埃斯佩兰萨的成长轨迹，正是对这一成功轨迹的艺术化表现。自幼便沉浸在书海之中，她不仅养成了独立观察世界的敏锐眼光与深刻思考的能力，更在心中种下了一颗梦想的种子——拥有一个属于自己的独立空间。随着年岁的增长，她不仅掌握了讲述与书写故事的艺术，更将这些技能内化为自我表达与追求自由的强大力量。在故事的尾声，埃斯佩兰萨背着沉甸甸的包，里面装满了书籍与论文，这不仅是知识的累积，更是她对未来无限可能的期许。

在小说中，另一短篇故事《看见老鼠的艾丽西亚》也叙述了奇卡娜人为了改变个人的命运而孜孜不倦地追求知识的过程。艾丽西亚的母亲去世得早，她和疏于家务的父亲一起生活在破旧的房子里，面对无人协助的日常家务——洗衣、做饭，乃至家中肆虐的老鼠带来的恐惧，她不得不独自承担一切。每当夜深人静，老鼠的侵扰让她无法安睡，向父亲求助却仅得到冷漠的回应："闭上你的眼睛，它们就会离开。"[1] 在这样的逆境中，艾丽西亚更加勤奋地学习，昼夜不息。进入大学后，为了节省开支，她不惜换乘两趟地铁再转公交往返学校和住所之间，她努力的目的非常明确，就是要摆脱成为工厂廉价劳动力的命运。对于许多奇卡娜人而言，进入大学深造，是她们挣脱贫困的枷锁，实现阶层跨越的宝贵机遇和唯一希望。此外，小说中还刻画了米涅瓦这一角色，她是一位拥有两个孩子的母亲，在丈夫频繁离家出走的情况下，独自承担起抚养孩子和处理家务的重任。夜晚时分，她不仅沉浸于阅读之中，还提笔创作诗歌，以此为自我救赎与寻找新生活的途径。当丈夫再次离家出走后，为表达自己对丈夫的不满与反抗，米涅瓦大胆地"将他的一切个人用品从窗户扔了出去"[2]。这一过程深刻体现了知识如何扭转了米涅瓦面对不幸婚姻的态度，使她从一个逆来顺受的"家奴"成长为勇于抗争的女性。

总之，西斯内罗斯通过其深刻的创作，为如何改变奇卡娜人的命运提供了宝贵的范式。

2.《一栋我自己的房子》：想象中的阶级跨越

在美国主流社会的价值观里，拥有一栋房子不仅是个人财富积累的显

---

[1] Sandra Cisneros, *The House on Mango Street*, New York: Vintage Books, 1984/2009, p. 31.

[2] Sandra Cisneros, *The House on Mango Street*, New York: Vintage Books, 1984/2009, pp. 84–85.

著标志,更是社会地位提升的象征。对于那些历经风雨、不懈奋斗的奇卡娜人而言,能够拥有一处属于自己的独立居所,无疑是从贫民跨越至中产阶层的鲜明里程碑。

在小说《芒果街上的房子》中,"我"对于房子的渴望与追求构成了贯穿全书的情感线索。小说的开篇描绘了主人公埃斯佩兰萨一家颠沛流离的生活:"我们并不总住在芒果街,之前我们住在罗密斯(Loomis)街的三楼,再之前我们住在基勒(Keeler)街,再再之前是宝琳娜(Paulina)街。"① 直至芒果街的那栋房子成为埃斯佩兰萨一家人的安身之地,他们终于可以"不再给任何人付房租,或与楼下的人共享一个庭院,或得小心翼翼不制造任何噪声,不再有房主拿着拖把敲打天花板"②。然而,那栋没有自己独立房间的房子不是主人公和她父母心中理想的住所。他们梦想中的房子是

> 一个无需再次搬迁的家,配备自来水与完善的管道系统。设有真正的室内楼梯,如同电视豪宅中呈现的样式,而非仅设于走廊前的阶梯。还将配备地下室及至少三间浴室,确保沐浴时人人享有私密空间。我们的家外立面纯白无瑕,绿树环抱,庭院开阔绿草如茵,无需围栏设限。③

这是一栋代表美国主流社会中产阶层家庭生活品质的典型房屋。为了这样的房子,埃斯佩兰萨的父母和他们的同类人一直在奋斗。为了加快梦想成真的步伐,埃斯佩兰萨甚至向一位神秘的女巫寻求指引。女巫一番故弄玄虚之后,留下了一句意味深长的话:"新房在心间。"这句话如同灯塔,照亮了埃斯佩兰萨心中的希望之路,让她坚信只要心怀梦想,终能将其变为现实。在短篇故事《阁楼里的流浪汉》中,埃斯佩兰萨曾和家人去参观一座她父亲正在装修的房子,这再次点燃了她对拥有自己房子的渴望。她梦想中的房子,不仅是物质上的归宿,更是她不忘本心、铭记来路

---

① Sandra Cisneros, *The House on Mango Street*, New York: Vintage Books, 1984/2009, p. 3.
② Sandra Cisneros, *The House on Mango Street*, New York: Vintage Books, 1984/2009, p. 3.
③ Sandra Cisneros, *The House on Mango Street*, New York: Vintage Books, 1984/2009, p. 3.

的象征，她甚至"希望那些流浪汉能够到她家的阁楼里居住"①。这体现了她对贫富均等、世界大同的深切期盼。故事看似简单，实则寓意深刻。在故事的尾声，埃斯佩兰萨深情地吐露心声："为了回来我已离开。为了那些我曾留在后面的人。为了那些不能出去的人。"② 这句话不仅表达了她个人的追求与信念，也传递了对社会弱势群体的深切关怀与责任感。

主人公的这番话，实则是对作家自身行动与信念的真诚表白。在20世纪80年代，正值奇卡娜运动蓬勃发展之际，奇卡娜女权主义者安扎尔多瓦、莫拉加、卡斯蒂略等人将文学作为女性争取自身权益的有力武器，发表了大量的诗歌、短篇故事等来记录奇卡娜人的苦难和她们的抗争。《芒果街上的房子》作为一部获得美国图书奖的小说，深深植根于作家的童年回忆，以其质朴无华、充满童趣的叙述方式，描绘了奇卡诺社区人们在困境中的顽强挣扎，向主流社会揭示了繁华都市里的"第三世界"，传达出作家自己对社会贫富不均的愤怒。在小说中，"跨越贫穷，拥有一栋自己的房子"的梦想虽然没有成为现实，却始终是女主角埃斯佩兰萨心中不灭的灯塔，也是作家内心深处最为珍视的终极追求。

相较之下，同样是奇卡娜人的作家维拉纽瓦以半自传体的形式叙述了奇卡娜人靠自身努力成功实现阶级跨界的励志故事。

第三节　现实中的阶级跨界：《露娜的加利福尼亚罂粟花》

与西斯内罗斯的《芒果街上的房子》不一样，《露娜的加利福尼亚罂粟花》中的人物经历在很大程度上反映了作家自己个人的经历，故事的发生时间与地点与作家自己的生活轨迹高度吻合。小说所涉及的主题广泛而深刻，包括：（1）女性成长中自身产生的烦恼；（2）贫困环境下的挑战，如住房、工作、邻里关系、交通、社区犯罪以及生活必需品的缺乏；（3）多层次的歧视现象，既有主流白人对族裔人的歧视，也有同族人之间的相互排斥、同族男性对女性的偏见，以及家庭内部对儿童特别是女童

---

① Sandra Cisneros, *The House on Mango Street*, New York: Vintage Books, 1984/2009, pp. 86–87.

② Sandra Cisneros, *The House on Mango Street*, New York: Vintage Books, 1984/2009, p. 110.

的歧视；(4) 歧视的具体表现形式，如言语侮辱、身体折磨、心理打击、宗教欺骗等等；(5) 女主人公露娜的成功之路。

在小说中，过去所发生的事件经过记忆的过滤与加工，汇聚成了一部充满辛酸与磨砺的成长史。实现阶级跨越是《露娜的加利福尼亚罂粟花》的终极主题，接下来，笔者将深入剖析露娜的阶级跨越之路，探寻其中的挑战、奋斗与蜕变。

一 战贫困 求生存

《露娜的加利福尼亚罂粟花》以幽默的笔调叙述了主人公苦难的童年成长经历以及她如何成功跨越贫穷阶层，步入中产阶层生活的故事。故事内容以主人公给瓜达卢佩女神写信开始，信中她以天真烂漫的口吻阐述自己对诸神的理解，"希望女神不要与上帝结婚，应与丰颊腴耳、富态可掬的东方大佛结成伴侣，因为大佛能够以慈爱的笑脸迎接人们对他的崇拜"[1]。

经过情感过滤的生命历程中的轶事构成了奇卡娜的苦难史。处于底层阶级的人们，往往整个家族乃至周围邻居都属于同一阶层，其中包括族裔人和贫穷的白人，他们大多没有固定的职业，居住在同一个社区——贫民窟。那里的学校师资力量薄弱，基础设施落后，社区治安状况堪忧，失业率居高不下，居民们的工作皆为无技能的体力劳动。在这种极度贫穷与恶劣的环境中，人们的心理也呈现出不健康的状态：酗酒、偷盗、打架、吸毒等现象屡见不鲜。人们靠毒品来麻痹自己，同时还会因为个人的追求难以实现，想要自尽以求解脱的念头屡屡出现，露娜就曾多次萌生从金门桥上跳下去的想法。作家以细腻的笔触刻画了这一片被忽视和遗忘的底层社区，让读者能够穿透文字的缝隙，窥见奇卡诺共同体中人们生活的真实面貌。

1. 困于贫困 苦苦挣扎

《露娜的加利福尼亚罂粟花》主要描写女性在贫困中的挣扎，以及那些贫穷、受侵害的儿童如何在美国主流社会像隐士一样地生活，尽管处境艰难，他们却展现出不屈不挠、顽强生存的精神。露娜的外婆维拉洛波

---

[1] Alma Luz Villanueva, *Luna's California Poppies*, Tempe, Arizona: Bilingual Press, 2002, p. 4.

斯、母亲卡门和露娜自己等人均深陷贫困的泥潭,却都在努力抗争,寻求出路。

(1) 辛劳的外婆。露娜的外婆的迁徙史是一部墨西哥知识分子家庭的苦难史。露娜的外公原本在墨西哥是浸信会的牧师和诗人,因得罪了"恶魔将军"潘乔·维拉,全家被驱逐出境,最终流亡至美国并沦落为难民。这一变故彻底摧毁了他们原本幸福的家庭,在她的外公抑郁而死后,外婆则带着外孙女以乞讨为生。这一情节取材自小说作者维拉纽瓦自身的经历,在写给本书作者的多封邮件中,她曾三次提到身无分文的外婆带着幼小的她坐在某个广场上,因为太饿,她跑到一个商场拿起牛奶便喝的偷盗经历以及她们卖捡来的空瓶子给废品收购站时趁老板不注意偷拿东西吃的经历。好心的老板故意装着没看见,还装了一大袋各式饼干和饮料给她们祖孙俩。60多年过去,作家维拉纽瓦还清晰地记得当年所发生的一切,她说如今她自己有了能力,一看到乞丐她都会给他们足够的钱吃饱一顿饭或到要去的地方。故此,她小说里的外婆的经历与她自己的外婆的经历几乎一致,是现实生活的再现。它与西斯内罗斯在其小说中所描绘的情景截然不同。当然,这并不意味着西斯内罗斯所描述的内容完全是虚构的。外婆最终因病去世,"死在一个为穷人开设的医院里"[1]。这是移民的血泪史,若是没有母国墨西哥的战乱,露娜的外婆就不会沦落为异乡穷人,她完全可以和丈夫一起在墨西哥过上幸福而又浪漫的生活。外婆在苦难中的坚强深深地影响了外孙女的性格。露娜认为外婆从不哭泣,遇事冷静,只因为"她有女神在梦中指引"[2]。她的外婆总是说,在梦境中,她总是能够见到女神,女神向她指示了处理生活中所有问题的方法。这说明她有自己坚定的信仰,她只相信自己的民族女神。

(2) 被抛弃的卡门。露娜的母亲卡门是一位能干且热衷于追求美的奇卡娜女性。她与一位白人男子结婚,渴望融入主流文化,在遭遇丈夫家族的排斥后,依然凭借自己的努力追求着幸福的生活。不幸的是,无论其如何奋斗,作为少数族裔女性,她始终无法抵达向往的生活境地。白人的偏见给卡门带来了深刻的心灵创伤。原因是在婆家时,身为公司职员的卡

---

[1] Alma Luz Villanueva, *Luna's California Poppies*, Tempe, Arizona: Bilingual Press, 2002, p. 48.

[2] Alma Luz Villanueva, *Luna's California Poppies*, Tempe, Arizona: Bilingual Press, 2002, p. 5.

门并不擅长农活，她的白人小姑子"对她进行了言语侮辱后，接着就将她的行李箱扔到了门外，卡门独自一人提着行李箱抱着女儿在烈日下步行了几公里到达公交站，乘车回到了母亲的家"①。她的第二任丈夫是一个一事无成的酒鬼，对她进行长期的家暴，以至于她差点无法再抚养露娜并一直过着漂泊的底层人生活。当卡门走投无路时，她带着女儿和儿子走进了慈善机构，把女儿露娜暂时委托给了白人女权主义者达琳。卡门曾经居无定所，她能租到的房子都是穷人聚居区里缺水少电的破旧房子，街道上"时常可以听到警车的喇叭声，半夜三更酒鬼嚎叫似的唱歌声"②。卡门的苦难经历深刻地影响了女儿露娜，使后者看到，只有靠自己的努力才能拥有幸福的生活。

（3）女汉子露娜。母亲卡门生活的艰难使女儿露娜从小就尝遍了人间疾苦。卡门被丈夫的白人家庭侮辱并逐出家门后，第二次婚姻有了第二个孩子杰克（Jake），大女儿露娜便跟随外婆和小姨一起生活，从此她便和外婆相依为命，生活在贫困中，饥饿曾使她失去理智，她曾"直接跑进商店偷喝饮料，还偷小宝石耳环等"③。外婆离世后，她曾被寄养到白人家庭。从寄养家庭的优渥生活再回到无衣无食的原生家庭，对于露娜来说，就是幸福突然来临而又戛然而止。故此，"自杀的情绪在她心中蔓延"④。露娜感到最绝望的时刻，是在家人拒绝她被领养后，回到家中却遭遇母亲的冷漠对待。当她向母亲卡门透露在公园遭遇性骚扰的经历时，她非但没有得到任何安慰，反而遭到了严厉的责备，她母亲认为被强暴是"你自己的错"⑤。生活的艰难使露娜感叹："有段时间我根本就不想活了。那时我处在最黑暗的井底，井壁滑溜溜的，长满苔藓。没有希望。什么都

---

① Alma Luz Villanueva, *Luna's California Poppies*, Tempe, Arizona: Bilingual Press, 2002, p. 151.

② Alma Luz Villanueva, *Luna's California Poppies*, Tempe, Arizona: Bilingual Press, 2002, p. 23.

③ Alma Luz Villanueva, *Luna's California Poppies*, Tempe, Arizona: Bilingual Press, 2002, p. 80.

④ Alma Luz Villanueva, *Luna's California Poppies*, Tempe, Arizona: Bilingual Press, 2002, p. 164.

⑤ Alma Luz Villanueva, *Luna's California Poppies*, Tempe, Arizona: Bilingual Press, 2002, p. 68.

没有。没有。"① 由此看出，物质上的贫穷导致了露娜心理上的崩溃。是邻居怀缇（Whitey）在她因食物短缺而生命垂危时，将她送往一位中国医生的诊所，从而挽救了她的生命。后来，从事慈善工作的达琳将露娜带回自己家中居住。

在贫民窟中，为了防止被他人侵犯，露娜每天都会伪装成男性与人交流。自从母亲离她而去后，她便在朋友和亲戚之间辗转求生，而这些人同样生活在贫困之中。在成长的过程中，通过男扮女装，露娜成功地保护了自己。小小的露娜也学会了以诗歌来消除苦难。诗歌是作家维拉纽瓦出自对生活的感悟，对自己生活经历的总结，对苦难的叙述，对自己的鼓励，对大自然的热爱，对自身女性身体的迷恋。她"漂亮，聪慧，不惧怕黑暗，拥有了生育能力"②。在贫困的生活中，露娜借助大自然的力量来陶冶自己的情操：大自然中的罂粟花象征着所有美好事物。她将这些花朵献给女神和弥勒佛，小心翼翼地将它们藏于自己的发丝之间，精心编织进马尾辫的每一缕发丝。起初，露娜对于女儿的到来感到困惑，因为她自己才15岁，尚未完全理解其中的深刻含义。然而，随着时间的流逝，当她真正成熟并取得成功时，她意识到是女儿拯救了她，"做母亲的责任使她免于成为吸毒的婊子"③。她女儿的生日和外婆同日，这预示着这个母系家族的延续。露娜在教师的工作中慢慢抚平了离异的伤口，将对异性爱的渴望转化成了对学生的爱。

（4）穷困潦倒的奇卡诺族裔男性。除了奇卡娜人的贫困与抗争，奇卡诺族裔男性也是贫困、深受歧视的群体。小说中多次提到的怀缇也租住在贫民窟，一个人靠在外打零工维持生计。他从小受到家庭贫困之囿，不曾受过教育，偷渡到美国后，他努力工作，善待邻居，"把自己的积蓄资助卡门和露娜母女，还经常给挨饿的露娜送上热乎的饭菜"④。最终他还

---

① Alma Luz Villanueva, *Luna's California Poppies*, Tempe, Arizona: Bilingual Press, 2002, p. 162.

② Alma Luz Villanueva, *Luna's California Poppies*, Tempe, Arizona: Bilingual Press, 2002, p. 69.

③ Alma Luz Villanueva, *Luna's California Poppies*, Tempe, Arizona: Bilingual Press, 2002, p. 180.

④ Alma Luz Villanueva, *Luna's California Poppies*, Tempe, Arizona: Bilingual Press, 2002, p. 33.

把一生的积蓄遗留给了露娜，让她过上了中产阶级的生活。怀缇的生活经历也异常凄惨，他和兄弟姐妹在家里经常挨揍，他 12 岁时爬火车与搭便车逃到了洛杉矶，靠打零工和卖报纸养活自己。

另一个穷到窝囊的男性是露娜的姨父，外号"守财奴"，在家里是享受老婆伺候如帝王的主人。肥头大耳的他每次"回到家，小姨总是小题大做，说什么，'儿子啊，你老爸危险劳作一整天没有受伤'，然后他在晚餐就会独自享用大块牛排，而孩子们却只能吃热狗汤拌饭和玉米饼"①。姨父在家里独享美食，也因为他自己曾经凄惨的生活经历。他是家中"22 个孩子中的老大，小学都没读完，7 岁时开始帮父母在田里干农活"②。

露娜所接触的奇卡诺男性大多属于社会底层，自幼便承受着墨西哥家庭父权文化的压迫，饱尝苦难及其带来的痛苦。这使得他们在成年后往往成为社会的弱势群体。然而，在与他们的互动中，露娜发现了他们内心深处的金子般的品质。在那些贫困的社区里，居民们通常能够相互扶持。他们共享车辆，相互照看孩子，食物共同分享，矛盾也得以和解。正是这些与露娜一样处于贫困但志向不减的朋友的帮助，使她度过了那段艰难的岁月。维拉纽瓦笔下的奇卡诺族裔社区，尽管在物质上显得贫穷、破败，充斥着暴力和仇恨，但社区居民之间却充满了爱心和邻里间的互助精神。

2. 秉持善心　博得衣食

在小说中，露娜周围的大多数人本质上是心地善良的。如果邪恶出现，那几乎总是生活的压力所迫。

露娜的外婆是一位心胸开阔的人，天生具有诗人的气质，她待人和善，信仰坚定，祈祷时只向女神倾诉。面对白人的歧视，她虽然面露愤怒，却以轻蔑的态度回应，从不使用粗俗的语言。露娜的母亲卡门，尽管性格严厉，曾将她遗弃，未能完全履行母亲的职责，但始终在默默关心和关注女儿的生活。在露娜的童年，母亲会将她装扮成一个可爱的小女孩，希望她能像自己一样美丽；在寄养家庭生活的时段里，"母亲给她寄了安

---

① Alma Luz Villanueva, *Luna's California Poppies*, Tempe, Arizona: Bilingual Press, 2002, p. 29.

② Alma Luz Villanueva, *Luna's California Poppies*, Tempe, Arizona: Bilingual Press, 2002, p. 181.

徒生童话故事集,让她阅读书籍"①。所以,随着母亲年迈力衰,露娜终于与曾经对她严苛的母亲达成了和解。

露娜所住的公寓楼周边游荡的都是那些无人管教的、拉帮结派的墨西哥裔流氓、小偷和酒鬼,他们聚集在街头角落,眼睛盯着来来往往的车辆,虽然年幼,但"他们的眼神看起来似乎有百岁苍老"②。当露娜目睹那些幼小的乞丐时,她总是会慷慨地将自己所携带的食物分发给他们享用。

心地善良的怀缇曾给予了贫困中的露娜巨大的关怀、爱护和经济援助。露娜知恩图报,当她的生活步入稳定之后,她将那位曾赠予她遗产的邻居怀缇的骨灰盒带回了农场。在那里,"她将他的骨灰撒向大地,让他的灰烬滋养着加利福尼亚的罂粟花"③。

露娜以一声号啕结束了她的故事叙述。这是一次长期经历艰难与痛苦后压抑情感的宣泄。最终,凭借自身的善良,她获得了财富,实现了从贫困到中产阶级的跃迁。

总体而言,维拉纽瓦笔下的贫民窟居民——那些平凡的奇卡诺族裔——展现了这个拥有悠久传统的民族的卓越品质。

3. 利用才智　获得生存

小说主人公露娜之所以取得成功,主要归功于她自身的聪明才智、民族守护神瓜达卢佩的正确指引,以及她智慧外婆自幼对她悉心的教导。维拉纽瓦的小说采用了露娜的日记体形式,向女神倾诉,其中记录了她精心挑选的童年记忆,这些记忆既包含了苦难,也是她智慧的体现。这些智慧展现了她如何应对周遭恶劣的环境,如何维护自己作为女性的尊严,以及在贫困中如何获取食物以维持生存。可以说,她的日记是一个小小的智慧宝库,记录了她从自我否定到自我肯定,最终达到自我赞赏的成长历程。

露娜的外婆去世后,她开始在姨妈家、妈妈家以及寄养家庭之间游移。尽管如此,她依然能够巧妙地保护自己,免受异性侵犯,坚强地生存

---

① Gloria Anzaldúa, *Borderlands/La Frontera: The New Mestiza*, 4th ed., San Francisco: Aunt Lute Books, 2012, p. 145.

② Alma Luz Villanueva, *Luna's California Poppies*, Tempe, Arizona: Bilingual Press, 2002, p. 171.

③ Alma Luz Villanueva, *Luna's California Poppies*, Tempe, Arizona: Bilingual Press, 2002, p. 235.

下去。这一切源于她的智慧。从外婆去世开始，她"以日记来记录自己的秘密：痛苦与期待"①。在她的生活中，露娜从她的土著外婆那里汲取了医药知识的精髓。外婆不仅智慧非凡，而且在医学领域拥有丰富的知识。她传授给露娜许多自我保护的技巧，例如"利用柠檬来缓解旅途中的晕车症状，以及如何用毛巾包裹玉米饼以保持其温度。在愤怒之际，选择沉默以平复情绪"②。为了保护自己不受性侵，她花样百出。露娜11岁时"非常瘦小，但作为女生却非常硬朗，因为她喜欢踢足球，且经常和男孩子斗殴……女生的性格是吵架只动嘴相互对骂而已"③，而这是露娜不屑一顾的，她要培养自己的女汉子性格来保护自己不受欺侮。在面对邪恶时，露娜将自己塑造成了一个令人畏惧的巫婆、疯子和假小子的形象。她的女性朋友也都是假小子和女汉子，她们的谈吐粗鲁，"讲话时声音尖锐如同犬吠，交谈时仿佛狼嚎，唱歌时更是放声嚎叫"④。而她的男性朋友则是温柔、懦弱之辈。

露娜所在的社区对女性而言是一个充满危险的地方，原因在于"该地区每平方公里内有多达四十名性骚扰者"⑤。无论是白人女子还是族裔女子，无论是成熟女性还是孩童，她们都得十分谨慎，以免受到攻击。露娜对付他们的武器是穿牛仔裤。在与异性朋友一起游泳时，她担心渐渐成熟的身体被发现，在水中她都仍然穿着衬衫来保护自己女性的秘密。

露娜"不想让别人发现自己有想结婚生子的想法"⑥。在男性缺席的情况下，她会坦承自己是女性，而在男性面前，她则展现出男孩子的特质——好胜逞强。例如，在她与寄养家庭邻居的白人孩子杰夫成为好友

---

① Alma Luz Villanueva, *Luna's California Poppies*, Tempe, Arizona: Bilingual Press, 2002, p. 104.

② Alma Luz Villanueva, *Luna's California Poppies*, Tempe, Arizona: Bilingual Press, 2002, p. 76.

③ Alma Luz Villanueva, *Luna's California Poppies*, Tempe, Arizona: Bilingual Press, 2002, p. 5.

④ Alma Luz Villanueva, *Luna's California Poppies*, Tempe, Arizona: Bilingual Press, 2002, p. 126.

⑤ Alma Luz Villanueva, *Luna's California Poppies*, Tempe, Arizona: Bilingual Press, 2002, p. 102.

⑥ Alma Luz Villanueva, *Luna's California Poppies*, Tempe, Arizona: Bilingual Press, 2002, p. 139.

后，他们互相分享了各自的不幸经历。当她谈到因为母亲的疏忽差点失去自己时，她几乎情绪失控，但即便如此，她还是"强忍住泪水，装作若无其事地询问朋友是否想使用她的望远镜"①。

在爱幻想的年龄，露娜希望自己文武双全，有超级能力。但生活的极度贫困使人在某个时刻道德沦落，如露娜"知道了如何为了活着抗争，偷盗和撒谎"②。

在临时寄养的家庭里，露娜尽力乖巧地博得白人慈善家达琳的欢喜。这位典型的女权主义者在童年时期享有幸福的生活，无忧无虑，她曾是一个充满反抗精神的假小子，与露娜相似，她不畏失败、热爱钓鱼和打猎。在露娜形成人生观的关键时期，达琳的积极影响至关重要。尽管露娜在白人家庭中生活，但她的内心深处感到孤独。她的需求非常简单，"只要在物质生活得到保障、不遭受饥饿和寒冷的同时，能够有同龄人的陪伴"③。露娜却只能在大自然中与沉默却充满情感的动物们共同生活，这培养了露娜的情操。随着成长，露娜开始对每月的女性生理期感到深深的厌恶，因为她不得不穿上"那该死的卫生裤"④，但当她了解到女性具有乳房、经血和生育能力这些自然属性后，渐渐地爱上了自己。女性与大自然一样，拥有丰富的生产力，这使露娜坚信自己拥有巨大的潜能，甚至足以保护那些脆弱的异性朋友。

在她结识了新朋友杰夫之后，两人便相约前往大自然尽情嬉戏。准备了必需的食物后，他们入住杰夫亲手建造的树屋。这些行为体现了成长中的女性所特有的、不切实际的天真想法。在逆境中，两位少年相互扶持，彼此慰藉与帮助。相比之下，作为女生的露娜更具有主动性，更乐观，更有主见，更具有进取心，她既能保护好自己，也能保护好异性朋友。

露娜在白人寄宿家庭的生活表面上看似安稳，实则充满了不确定性。

---

① Alma Luz Villanueva, *Luna's California Poppies*, Tempe, Arizona: Bilingual Press, 2002, p. 101.

② Alma Luz Villanueva, *Luna's California Poppies*, Tempe, Arizona: Bilingual Press, 2002, pp. 230-231.

③ Alma Luz Villanueva, *Luna's California Poppies*, Tempe, Arizona: Bilingual Press, 2002, p. 93.

④ Alma Luz Villanueva, *Luna's California Poppies*, Tempe, Arizona: Bilingual Press, 2002, p. 57.

她努力地帮助达琳做家务，通过讲笑话来取悦女主人，以赢得她的好感。然而，由于缺乏正式的领养承诺，她内心感到不安。露娜渴望一个稳定的生活，承诺不再行窃。机智的她为了确保自己的生活稳定，与小朋友杰夫协商，决定与寄养家庭签订一份协议。这份协议"确保露娜在18岁之前能够得到衣食无忧的生活保障：她负责家务劳动，而达琳则提供她的生活所需"①。

综上所述，露娜在她颠沛流离的岁月里，依靠自己的智慧与机敏，成功地捍卫了自身安全。她的女性监护人达琳，通过讲述亚马逊丛林中女性割乳藏剑的传说，激发了露娜勇敢地面对针对女性的暴力行为。在这部作品中，作者汲取了安扎尔多瓦的精神行动主义理念，展现了小说角色跨越界限的特质，她们吸收并接纳了来自白人社会的正面影响。

4. 习众神文化　行中庸之道

在文化方面，作家借用主人公露娜在日记中与神的对话，讲述奇卡娜人露娜如何继承和发扬其民族传统。

露娜在女神面前总是坦诚相待，将所有的喜悦、愤怒、悲伤和忧愁倾诉给女神。在露娜看来，耶稣就像是女神怀中的婴儿。奇卡娜人对诸神关系的理解是，上帝是邪恶和冷漠的，无法与他们的女神结合。因此，耶稣只能成为女神的儿子，而弥勒佛代表着善恶有报，与女神一同受到人们的敬仰。在女神面前，露娜可以随意说脏话，表现真正的自我。

露娜对女神和弥勒佛赞扬不止。弥勒佛是一个整天微笑的豁达之神。她期待女神与弥勒佛结为夫妻。她和外婆供奉女神时也会把弥勒佛的像摆放在一起。从这个角度来看，奇卡娜人心中所崇敬的，不仅仅是女神瓜达卢佩，而是那些能够为人们带来好运的神祇。常在梦里指引女孩的女神与弥勒佛的特质相配，他们都是善良的神，给苦难中的人以慰藉。但她对白人主流社会所尊敬的上帝产生了深刻的怀疑。她认为上帝是残酷的，经常无端地惩罚人类，对于自己儿子耶稣那令人不寒而栗的死却显得漠不关心。露娜对主流宗教文化持否定态度，首先她否定了神父，认为他们作为上帝的代表，不过是些伪善的变态狂。在露娜看来，牧师连自己的孩子都无法管教，更不用说去指导他人的行为和思想了。她认为这样的神不配被

---

① Alma Luz Villanueva, *Luna's California Poppies*, Tempe, Arizona: Bilingual Press, 2002, p. 127.

称为"父",因为祂连自己的儿子耶稣都无法保护,更不用说保护人们免受伤害。

应该说,是女神成就了争强好胜的露娜。这也是安扎尔多瓦理论中的月亮女神特征,她具有极强的反抗精神。为了塑造自己的男性气质,露娜"不仅热衷于飙车,还渴望尝试射击"[1]。而在传统观念中,枪械常被视为男孩子的玩具。

在这样的系统性阶级社会中,要实现真正的幸福,包括奇卡诺族裔在内的有色人种必须采取一种折中的策略。一方面,他们应坚守自己的生活方式和信仰,保护并传承自己的传统文化,比如,露娜的祖母是未受混血影响的纯正雅基部落印第安人。她从母亲那里继承了采集草药的技艺,她的生活方式充分体现了土著文化的精髓。土著人采集草药的方法是通过与植物进行"对话"来实现疗效。另一方面,他们也应吸收主流文化的精粹,例如通过警察和法律手段来捍卫自己的权益,以求得和谐与和平。

在对女神诉说心事的过程中,露娜通过自己的善举,逐渐赢得了女神般的美誉。她为小表弟精心挑选美食,帮助朋友杰夫勇敢面对苛刻的父亲,给予临终的邻居怀缇无微不至的关怀,协助华裔朋友陈应对警方的讯问,并且在工作中支持同事和学生共同抵抗种族歧视的困扰。

综上所述,在混血奇卡娜人的信仰体系中,宗教的神祇——上帝、女神以及弥勒佛——已经和谐地融合为一体。尽管女神在他们心中占据着核心地位,奇卡娜人同样不会忽视其他神祇的存在。对于各路神明的美德与恩赐,他们总是抱持着敬意。在他们的心目中,佛教仅次于女神瓜达卢佩,占据着极为重要的位置。

二 反暴力 求和谐

在《边疆》中,安扎尔多瓦提出:"虽然我们'理解'男性仇恨和愤怒的根源,以及随之而来的对女性的伤害,但我们不会原谅,我们不会宽恕,我们也不会再忍受。"[2] 维拉纽瓦塑造了一个勇于反抗男权迫害的形象——露娜。

---

[1] Alma Luz Villanueva, *Luna's California Poppies*, Tempe, Arizona: Bilingual Press, 2002, p. 147.

[2] Gloria Anzaldúa, *Borderlands/La Frontera: The New Mestiza*, 4th ed., San Francisco: Aunt Lute Books, 2012, p. 105.

1. 反家庭暴力　求家庭和谐

反暴力是奇卡娜人跨越阶级重要的环节。只有反抗，她们才能获得社会公平与和谐生存的机会。

露娜目睹母亲卡门遭受继父酒后暴力对待，她迅速采取行动，"用大理石烟灰缸猛烈击打他，导致他失去意识并被打落了一颗门牙"①。露娜在童年时期，曾遭受继父的多次性侵。她的母亲卡门对此视而不见，未采取任何措施。然而，露娜凭借自己的机智和勇气，成功摆脱了这一困境。她离开了那个家，投奔了朋友和同学。当看到杰夫的父亲暴打他时，露娜尽力帮助他，"祈求女神弄瞎他父亲的眼睛以让他无法虐待自己的儿子"②。她还出主意并亲自潜入杰夫家里，趁着他父亲醉酒时将他暴打一顿。

奇卡娜人遭遇的家暴具有代际性。露娜的母亲遭到第一任丈夫的白人家庭的种族歧视，被驱赶出去。第二任丈夫对她的施暴行为更是变本加厉，她的生活居无定所，穷困潦倒。和母亲一样，露娜也嫁给了白人，同样遭遇了丈夫的家暴后离异。她的十年婚姻"只有偶发的幸福，阵发性的快乐，大部分时间是悲剧，甚至更大部分是［丈夫的］酗酒和赌博输掉工资。他最终还动手打我。一次。打在脸上。我的两只眼睛青红紫绿，肿得睁不开眼……这一拳是给你漂亮的脸的"③。露娜做模特一小时的工资比丈夫做建筑工一天的工资都多。她努力工作，挣钱来养家糊口，却得不到白人丈夫的任何尊重。面对丈夫的拳头，露娜先是选择了忍耐。而变本加厉的丈夫对家庭不管不顾，除了挥霍自己的工资外，还要抢夺她的钱包去酗酒，遭遇拒绝后对露娜再次施暴。她再次遭到丈夫的暴打后，冷静而又坚定地对他说："你若胆敢再打我，我要让你知道当你正酣睡时我会一刀捅了你。"④她毅然地选择了报警，将丈夫送进了监狱。失望的露娜

---

① Alma Luz Villanueva, *Luna's California Poppies*, Tempe, Arizona: Bilingual Press, 2002, p. 123.

② Alma Luz Villanueva, *Luna's California Poppies*, Tempe, Arizona: Bilingual Press, 2002, p. 110.

③ Alma Luz Villanueva, *Luna's California Poppies*, Tempe, Arizona: Bilingual Press, 2002, p. 168.

④ Alma Luz Villanueva, *Luna's California Poppies*, Tempe, Arizona: Bilingual Press, 2002, p. 169.

最终逃出了暴力丈夫的魔掌。露娜带着孩子们靠社会救济生活了一段时间。与此同时，她继续了自己的学习，获得了教师资格证，并当上了中学教师。没有了暴力婚姻的羁绊，露娜活出了自己的精彩。

歧视和性侵犯罪具有代际遗传性特征，一代接一代的族裔女性受到伤害。露娜认为："有些族裔的父亲们大都是蠢货，竭尽全力惩罚自己的女儿们。"[1] 有些族裔人的家庭伦理已经丧失，他们对家族女性儿童实施性侵。塔尼亚的新朋友玛塔（Marta）曾遭遇了自己的两个哥哥和哥哥朋友的强暴，且多次发生这样的事件。玛塔还羞于将此事件告诉母亲，怕遭到母亲的打骂，因为她的父亲已不在了，她的哥哥们以替代她的父亲来管教她的名义对她进行侵害，甚至威胁如果她胆敢将此事泄露出去的话就会杀害她。露娜的女儿塔尼亚的另一位黑人小朋友莎伦（Sharon）曾经长期遭受继父的性侵，她不断地向母亲哭诉，而她的母亲却"拒绝相信这种事情会发生在女儿身上，也不保护她"[2]。

面对儿童受到的伤害，露娜勇敢地站了出来。她决定用武器去捍卫儿童的人身安全。她去"与黑人女孩莎伦的母亲交涉，想充当女孩们的保护神"[3]。露娜成功地保护了莎伦。

维拉纽瓦笔下的露娜以其勇敢和智慧反对家庭暴力，维护了女性的安全和家庭的和谐。

2. 反社会暴力　求社区和谐

奇卡诺族裔社区的暴力是最严重的问题之一。那里的穷人太多，聚居在一起，不可避免地对周边的人进行攻击与性侵等。露娜的反抗表达了奇卡娜人对社区和谐的努力。

露娜7岁时，她和朋友佩琦（Peggy）在公园玩耍时遭遇了假警察和流氓对小女孩们的猥亵。从此，年幼的露娜开始在陌生人面前保护自己，用男孩的穿着和声音来与男性打交道。因此，她很好地保护了自己不受到伤害。虽然在婚姻问题上露娜不成熟，但在人品上和是非曲直上她不曾有

---

[1] Alma Luz Villanueva, *Luna's California Poppies*, Tempe, Arizona: Bilingual Press, 2002, p. 32.

[2] Alma Luz Villanueva, *Luna's California Poppies*, Tempe, Arizona: Bilingual Press, 2002, p. 197.

[3] Alma Luz Villanueva, *Luna's California Poppies*, Tempe, Arizona: Bilingual Press, 2002, p. 198.

过错误的行为。她曾经为服装公司做模特，公司老板要求她脱光衣服去试穿新装，她断然拒绝："我不至于饿到那样。"① 她坚守原则，不为微薄的利益屈服，宁愿忍受饥饿，也不愿做出违背自己做人底线的行为。奇卡娜人极为珍视自己的身体，保守着不暴露肌肤的传统，这是她们坚守的基本准则。

露娜还以理智的方式处理了自己女儿遭受校园霸凌的事件。她的女儿塔尼亚曾因穿上漂亮的裙子去学校，而遭到曾经关系亲密的黑人女同学的嫉妒和追打，裙子也被霸凌者用刀划破。在得知女儿受到伤害后，露娜毫不犹豫地冲向那些伤害她女儿的黑人学生，并大声斥责他们，随后还联系了黑人学生家长和校长，要求对霸凌者严加管束。她的理智行为赢得了大家的赞扬。

总的来说，露娜始终致力于在家庭和社会中反对任何形式的暴力，为她自己和社区居民的宁静生活不懈奋斗。

三 反歧视 求公正

在美国这个系统性种族主义社会中，白人主流社会对奇卡诺族裔的歧视根深蒂固。特别是对奇卡娜女孩，她们所遭受的歧视无处不在，但她们的反抗也针锋相对。

1. 反家庭歧视 求家庭成员的平等

奇卡诺族裔的家庭成员之间内讧行为在阿纳亚的小说《保佑我，乌尔蒂玛》中表现得入木三分。维拉纽瓦的《露娜的加利福尼亚罂粟花》则对奇卡娜母女之间的相互排斥和鄙视进行了同样的描述。

外婆，作为第一代移民的象征，拥有一头飘逸的长发和多才多艺的天赋，她那双美丽的大眼睛曾是她在墨西哥故土幸福生活的见证。然而，战争的动荡迫使她跟随遭受迫害的丈夫一同迁往美国。在露娜看来，外婆是美丽、善良、能干的化身。然而，在她自己的女儿卡门眼中，外婆不过有一张丑陋的土著人面孔，甚至遭到了女儿的嫌弃和憎恶。外婆对卡门的态度也同样充满了轻蔑。当卡门在被丈夫遗弃后回到外婆身边时，外婆毫不留情地斥责她，称她为"婊子"般的女人。母女俩针锋相对，关系紧张

---

① Alma Luz Villanueva, *Luna's California Poppies*, Tempe, Arizona: Bilingual Press, 2002, p. 210.

如同水火。

在贫困的阴影下，露娜的母亲将仅有的食物优先给予儿子，而露娜则不得不忍受饥饿。她的姨妈同样将最优质的食物保留给自己的丈夫和儿子，导致她的表妹也遭受饥饿。这个奇卡诺家庭明显流露出对男性的偏爱和对女性的轻视。当长大的露娜意识到表妹也在忍饥挨饿时，她勇敢地站出来反对姨妈的做法，并且购买了大量食物赠予表妹，以此抗议姨妈对表妹的性别歧视。

总的来说，奇卡诺族裔家庭内部的歧视在很大程度上给家庭成员带来了痛苦。露娜的反抗行为彰显了她维护家庭正确伦理的决心。

2. 反父权制　求社会男女平等

性别歧视是奇卡娜人面临的一大社会问题。因为墨西哥文化传统中女性的从属地位，她们的一切行为举止都受父权制文化的压制。顺从父权和夫权是她们的职责，从装束到言语行为，女性都必须非常谨慎行事，但露娜以其独特的男性的动作和语言反抗了传统社会对女性的约束。

露娜渐渐长大成为成熟的女孩。邻居大叔怀缇叫她波卡洪塔斯（Pocahontas），[1] 而露娜本人却对自己的女性生理非常讨厌，"不愿做女孩"[2]，也"厌恶有鲜明女性特征的身体：大乳房、胸罩和月经"[3]。她把自己打扮成假小子，做男性做的事："爬树、爬墙、骑车到处溜达、在屋顶上跳来跳去，钓鱼去卖。"[4]

女孩子的传统装束是"穿带蕾丝边或蝴蝶结的裙子"[5]，而露娜则着

---

[1] 波卡洪塔斯（Pocahontas）是英国殖民者到达美国初期的第一个作家约翰·斯密斯笔下的17世纪初北美印第安波瓦坦部落酋长的女儿，她曾经帮助英国殖民者度过了困难时期。她与拓荒的殖民者结婚。这里意为漂亮土著人后裔。

[2] Alma Luz Villanueva, *Luna's California Poppies*, Tempe, Arizona: Bilingual Press, 2002, p. 29.

[3] Alma Luz Villanueva, *Luna's California Poppies*, Tempe, Arizona: Bilingual Press, 2002, p. 30.

[4] Alma Luz Villanueva, *Luna's California Poppies*, Tempe, Arizona: Bilingual Press, 2002, p. 31.

[5] Alma Luz Villanueva, *Luna's California Poppies*, Tempe, Arizona: Bilingual Press, 2002, p. 70.

装牛仔裤。女生需要"戴珠宝项链、耳环,话不高声时"①,露娜和她的表姐楚拉(Chula)却"玩斗牛、开着大喇叭音乐飙车"②。她们的梦想是"自己能够飞到世界的尽头"③。

根据传统,奇卡诺族裔的女性必须剃除腿部的毛发,穿上丝袜,再搭配短裙。然而,露娜为了展现出男性化的气质,她选择佩戴棒球帽和牛仔帽,骑马,承担通常由男性完成的工作,并帮助邻居照料马匹。她认为,"在传统观念中,女性的美丽和使用香水主要是为了吸引和取悦丈夫,而非出于对自身健康的考虑"④。她模仿男性的身体特征,渴望自己能像男性一样鼻孔里长出毛发。在与同学共舞时,她的舞步和动作都带有明显的男性风格。

作家维拉纽瓦通过描绘露娜的着装和举止,生动展现了奇卡娜人在成长过程中所体现的反抗精神。她们通过挑战传统文化,逐渐完成自我转变,成为跨越社会阶层的奋斗者。

3. 反教育歧视 求种族平等

在白人主流统治下的奇卡诺社区,白人对族裔人的歧视无处不在。奇卡娜人的反抗也针锋相对。

在校园里,由白人编纂的教科书内容显得过时。一位白人教师错误地认为,"露娜不读书且缺乏智慧。然而,当得知露娜曾阅读过《安妮的日记》时,这位教师却感到惊讶,对她的阅读能力产生了怀疑"⑤。露娜对老师的态度表现出一脸的不屑。当她的作文获得"最好"时,老师只是轻描淡写地说"这个人是班上最好的"⑥,不会直接点名表扬她,但她期

---

① Alma Luz Villanueva, *Luna's California Poppies*, Tempe, Arizona: Bilingual Press, 2002, p. 72.

② Alma Luz Villanueva, *Luna's California Poppies*, Tempe, Arizona: Bilingual Press, 2002, p. 76.

③ Alma Luz Villanueva, *Luna's California Poppies*, Tempe, Arizona: Bilingual Press, 2002, p. 99.

④ Alma Luz Villanueva, *Luna's California Poppies*, Tempe, Arizona: Bilingual Press, 2002, p. 95.

⑤ Alma Luz Villanueva, *Luna's California Poppies*, Tempe, Arizona: Bilingual Press, 2002, p. 35.

⑥ Alma Luz Villanueva, *Luna's California Poppies*, Tempe, Arizona: Bilingual Press, 2002, p. 71.

望老师能够公平无私地对待她。

自从露娜踏入教师行业，她便遇到了一位有种族主义倾向的校长。这位校长"驾驶一辆全白的车辆，车内装饰同样以白色为主调。他旁边坐着的妻子，一头银发，与校长一身洁白的装束相映成趣。校长从头到脚的白色着装，似乎在刻意回避任何深色，尤其是与黑人相关的色彩"[1]。而作为女权主义者，露娜和其他同事一道取消了学校侮辱黑人的常规节日"奴隶节"。

在露娜的努力下，她所执教的学校的族裔学生获得了更多的平等权益。

4. 反社会歧视　求人人平等

在种族主义横行的美国社会，对待少数民族，人们有时会从语言和肤色的深浅来判断他们的阶层。

美墨边境移民官看到露娜的外婆不会讲英语，在过境时，她因携带了墨西哥食物而被移民检查官不断地刁难。愤怒的外婆将一包辣椒粉撒向空中，并用母语大声吼："这是墨西哥空气。"[2]

露娜不同的绰号被赋予了女性不同的身份。邻居叫她"波卡洪塔斯"，意为她是个具有土著女孩特征的美少女；白人寄养家庭的女主人叫她安妮·欧克利，是希望她具有女权主义者的反抗精神；还有人叫她柏拉图，则是她的许多想法具有哲理性；同学们叫她疯子，是因为她强烈反抗他们的言语侮辱。她作为女性的不同身份代表了人们对她的不同态度。

露娜自幼面对种种歧视，从未以泪水展示女性的柔弱。与外婆一同前往教堂时，同族裔的女性因她那双蓝色的眼睛和酷似白种人父亲的肤色而对她议论纷纷，称呼她为"外国佬"（gringo）[3]。然而，她并未因此感到畏惧，反而以一种"巫师般的眼神"[4] 回应来蔑视人们对她的侮辱。

---

[1] Alma Luz Villanueva, *Luna's California Poppies*, Tempe, Arizona: Bilingual Press, 2002, p. 187.

[2] Alma Luz Villanueva, *Luna's California Poppies*, Tempe, Arizona: Bilingual Press, 2002, p. 78.

[3] Alma Luz Villanueva, *Luna's California Poppies*, Tempe, Arizona: Bilingual Press, 2002, p. 101.

[4] Alma Luz Villanueva, *Luna's California Poppies*, Tempe, Arizona: Bilingual Press, 2002, p. 101.

因为露娜曾冠以丈夫的姓氏，人们总会将她看成"法国人或者什么大人物"①。而在她离异后，她改回了外婆的姓氏 Villalobos（土著人词汇，意为"狼村"②）。因与儿子的姓氏不一，人们对她产生了怀疑，而她却嗤之以鼻。

在露娜的悉心教导下，她的孩子们不仅学会了自我保护，还培养出了强烈的正义感。他们首先掌握了妥协的艺术。面对不友好的邻居，露娜教导他们要"采取'混合'策略——既要保持真实的自我，也要以微笑面对自己和周围正直的白人，这样能够让他们体会到人类共有的本质"③。

因长相与皮肤等生物特征上趋于白种人或土著人的混血儿既不被白人接纳，也不属于土著人，因此他们处于种族的边缘地带，在两个社会都同样受到歧视。这使他们的心理上产生了巨大的困惑与仇恨。露娜曾"暴打骂她为'偷渡客'的男生"④。

大自然与人类的相似性体现在动物群体与人类群体之间的相似之处。露娜凭借她卓越的观察力，洞察到了猴群的群居特性，其中包含猴爷、猴奶、猴爸、猴妈、猴叔、猴婶等角色，甚至猴子也会模仿人类的舞蹈动作。当富人在公园中流露出对动物气味的反感时，露娜迅速反驳说："动物同样可能会觉得你身上的气味令人不悦，并且会迅速避开人类。"⑤

总的来说，为了实现社会的公平与正义，露娜坚持不懈地与各种形式的歧视进行了斗争。

四　勤劳作　越阶层

历经 14 年的不懈奋斗，露娜终于从污泥中脱颖而出，过上了中产阶级的稳定生活。她不仅拥有了自己的房产和土地，还荣获了教师的职位，

---

① Alma Luz Villanueva, *Luna's California Poppies*, Tempe, Arizona: Bilingual Press, 2002, p. 228.

② Alma Luz Villanueva, *Luna's California Poppies*, Tempe, Arizona: Bilingual Press, 2002, p. 196.

③ Alma Luz Villanueva, *Luna's California Poppies*, Tempe, Arizona: Bilingual Press, 2002, p. 229.

④ Alma Luz Villanueva, *Luna's California Poppies*, Tempe, Arizona: Bilingual Press, 2002, p. 37.

⑤ Alma Luz Villanueva, *Luna's California Poppies*, Tempe, Arizona: Bilingual Press, 2002, p. 134.

并且成功发表了个人的诗歌作品。露娜从一个被忽视的丑小鸭蜕变为光彩照人的白天鹅。她的转变不仅是职业身份的飞跃——从一名普通的劳动者到中学教师和诗人，更是在社会地位上的巨大提升，从默默无闻的底层人物成长为敢于发声、提出抗议并推动社会制度变革的积极分子。

1. 勤劳：奇卡娜人成功的源泉

露娜，凭借其正义感和反抗精神，在美国社会的最底层不懈努力，自我提升，最终实现了跨越阶级的壮举。

在小说中，露娜不断地与女神对话，向女神祈祷好运的降临。与其说是神指引了她，还不如说是她自己拯救了自己，她外婆赋予她的优秀族裔性格与人品指引了她前行的路。露娜年少时，为了得到母亲的关爱，她帮母亲看护幼小的弟弟。后来在母亲和继父的婚姻破裂后，为了生存，她被寄养在白人家庭。在那里，她尽力去干力所能及的家务活去赢得白人的欢心。作为一个成长中的小女孩非常渴望得到爱。而当爱缺失时，悲剧则不可避免地降临到她头上。露娜曾辍学半年，接着未婚生子，过早地承担起了不该承担的家庭责任。

露娜因经济拮据，居住在"价格亲民但环境复杂的太阳谷廉租房区。这里的居民常常目睹或遭遇暴力、极端贫困、盗窃、性侵等社会问题，普遍弥漫着失望与绝望的情绪"[1]。在这种环境中，露娜顽强地活着，她在工作日和周末分别雇请姨妈和邻居怀缇来照看孩子们，而自己连轴转地工作。经过她的努力，她家的生活条件得到了极大的改善，搬进了条件好些的公寓楼，但这种公寓楼的周边街上到处都是食不果腹、衣着肮脏且无人关爱的孩子。善良的露娜总会将新鲜水果等食物分享给他们。

当怀缇因癌症而无人照料之际，露娜勇敢地承担起了临终关怀者的角色。她为他"注射了吗啡以缓解痛苦，并陪伴他走过了生命的最后时刻"[2]。露娜得到了怀缇的大笔遗产，实现了由底层阶级到中产阶级的跨越。这看似飞来横财，实则是勤劳与善心所致。

露娜的中产阶级生活奉行了自己动手丰衣足食的原则。在购买了农场后，她"开始考虑种植辣椒、大蒜、洋葱、土豆、瓜果、玉米……并从

---

[1] Alma Luz Villanueva, *Luna's California Poppies*, Tempe, Arizona: Bilingual Press, 2002, p. 168.

[2] Alma Luz Villanueva, *Luna's California Poppies*, Tempe, Arizona: Bilingual Press, 2002, p. 162.

(邻居）萨丽那里学会种植技术"①。露娜很乐观地对待生活。在农场里，露娜让孩子们帮她种菜和除草，这样，她既能自给自足，同时也培养了孩子热爱劳动的好习惯。露娜和孩子依靠着自己的智慧与勤劳过着田园式的生活，创造了生活的"奇迹"②。

奇卡诺族裔的奋斗，同样是美国人的奋斗。他们所展现的奋斗精神，正是美国主流文化所推崇的个人主义精神——依靠自己的努力去塑造自己的命运。自从露娜搬入农场，她"不再感到自己愚钝、软弱，也不再在独处时感到孤独"③，她掌握了保护自己及家人的白人传统方式：在家中最显眼的地方展示枪支，以此彰显力量。

2. 露娜的农场：跨越阶级的象征

在小说《芒果街上的房子》里，女主人公埃斯佩兰萨梦想有一座自己的房子，把房子的里里外外的样子都想象了一番，但直到故事的结束，她都没有得到那梦中的房子。几十年后，这种美丽的房子出现在了维拉纽瓦的小说《露娜的加利福尼亚罂粟花》中。

经过自己几十年的艰苦奋斗，露娜终于从城市的贫民窟搬到了自己购买的农场。她拥有的

> 农场是世界上最美的地方—它像一个独立王国，占地两公顷。这里有棵桃树，一棵巨大而又古老的栀子花树在前庭院怒放，停车道旁有梨树和葡萄架，清晨野火鸡在上面欢唱，将田野和房子隔离的小溪旁长着三棵巨大的柳树，树枝迎风摇曳，两个巨型仓廪发出陈旧粮草的香味与美梦。一切如此美好。④

田园生活是许多美国中产阶级所向往的理想状态。露娜已经实现了这

---

① Alma Luz Villanueva, *Luna's California Poppies*, Tempe, Arizona: Bilingual Press, 2002, pp. 187-188.
② Alma Luz Villanueva, *Luna's California Poppies*, Tempe, Arizona: Bilingual Press, 2002, p. 234.
③ Alma Luz Villanueva, *Luna's California Poppies*, Tempe, Arizona: Bilingual Press, 2002, p. 191.
④ Alma Luz Villanueva, *Luna's California Poppies*, Tempe, Arizona: Bilingual Press, 2002, p. 165.

一梦想。与底层无产阶级的生活相比，中产阶级的生活方式显得格外不同。这个农场远离了喧嚣和杂乱，没有了熙熙攘攘的人群。在这里，露娜和她的孩子们能够亲自耕作，种植各种农作物和花卉，甚至包括一片广阔的罂粟花田。

马克斯·韦伯所阐述的阶级多维性质，包括财富、职业和声望，为贫穷阶层的人们带来了希望。露娜的成功案例证明，处于社会底层的人们完全可以通过自己的不懈努力来改变阶级地位。经过多年的奋斗，露娜不仅积累了财富，还获得了稳定且受人尊敬的教师职位。从布迪厄的文化资本理论视角出发，露娜的中产阶级生活方式将对其子女产生深远影响，她的三个孩子将不再重蹈母亲曾经贫穷经历的覆辙。从史密斯的女性主义阶级理论立场来看，露娜经历了奇卡娜人特有的艰难历程，她的多重社会角色赋予了她多样的社会责任。除了教师这一职业角色，她在与种族主义势力的抗争中，还发现了青少年犯罪问题，并因此承担起了社区青少年法律教育的重任，成为族裔权益的捍卫者。她的成功案例进一步证明，在阶级社会中，个人有能力占据不同的社会地位，她本人就实现了从底层阶级向中产阶级的跃迁。

3. 跨越阶级的露娜所虑之事：根深蒂固的种族歧视

露娜克服了物质上的贫困，实现了成为富人的梦想。然而，即便她已经跻身中产阶级甚至富人阶层，针对族裔的各种歧视依然无处不在。在应对种族歧视的问题上，族裔女性必须既坚定地对抗，又学会在必要时妥协，通过折中的方法寻求和平共处。

露娜的农场坐落在白人社区内。在朋友们和同事们庆祝她入住新居之后，一些白人种族主义破坏者"在她那片郁郁葱葱的草坪上焚烧出了一个黑色的十字架形状的痕迹，彻底毁坏了她的草坪。在离开时，他们还留下了一串刺耳的笑声"①。白人警察在处理这种破坏性骚扰事件时的态度显得"礼貌但缺乏同情心"②，他们就随意问了一下是否看见了破坏者的车牌号便离去。警察的不作为加剧了露娜对种族主义者的恐惧，她担忧破坏者会再次侵扰她的家园，并且特别担心她13岁的女儿可能会遭受伤害。

---

① Alma Luz Villanueva, *Luna's California Poppies*, Tempe, Arizona: Bilingual Press, 2002, p. 167.

② Alma Luz Villanueva, *Luna's California Poppies*, Tempe, Arizona: Bilingual Press, 2002, p. 167.

为了保障家庭和三个孩子的安全，她决定采取自卫措施。每晚，她都会在枕头旁放置一把长刀，以备不测之需，防范可能的破坏者。在邻居的建议和帮助下，她还购置了枪支，并学习了射击技巧。那些在物质条件上已经达到了白人中产阶级生活水平的少数族裔，为了获得与白人同等的社会地位，仍需经历长期而艰难的斗争。露娜继承了母系亲属的勇气与胆识，在新的社会环境中，她学会了如何应对那些破坏她家草坪的白人青年。她甚至前往监狱，"对那些被囚禁的犯人进行严厉的斥责和怒吼"[1]。

面对校园的种族歧视，露娜也积极应对。白人校长看见露娜的女儿和黑人女生在一起，"便对她女儿进行批评，并警告露娜不要让自己的女儿和黑鬼在一起玩"[2]。一校之长直接将自己的黑人学生称为"黑鬼"，学校里的学生也将与黑人孩子交好的奇卡诺族裔人蔑称为"黑鬼爱好者"[3]，露娜与具有正义感的同事们共同提议，成功废除了校园内的"奴隶日"，确保所有民族的学生都能得到平等对待。

在白人居住的社区，白人种族主义者的种族歧视针对的是所有族裔人，包括黑人、土著人和奇卡诺人。他们唱着"陌生的水果"之歌，因为南方白人曾经将被吊死在树上的黑人称为"陌生的水果"[4]；对土著居民，白人曾实施种族灭绝政策；对奇卡诺人，他们不断地进行骚扰。在露娜农场的墨西哥裔邻居中，"每户人家都配备了枪支，以应对可能来自白人种族主义者的攻击。一位84岁的优雅独居老人，不仅能够熟练地使用枪支，还教会了露娜如何操作，以确保自己在面对威胁时能够自保"[5]。面对来自三K党的威胁，单身母亲露娜持枪勇敢地保护了自己的孩子。因此，可以认为，在美国这样一个阶级结构根深蒂固的社会中，对于少数族裔而言，实现彻底的阶级跃迁是一项艰巨而漫长的任务。

---

[1] Alma Luz Villanueva, *Luna's California Poppies*, Tempe, Arizona: Bilingual Press, 2002, p. 217.

[2] Alma Luz Villanueva, *Luna's California Poppies*, Tempe, Arizona: Bilingual Press, 2002, p. 179.

[3] Alma Luz Villanueva, *Luna's California Poppies*, Tempe, Arizona: Bilingual Press, 2002, p. 180.

[4] Alma Luz Villanueva, *Luna's California Poppies*, Tempe, Arizona: Bilingual Press, 2002, p. 173.

[5] Alma Luz Villanueva, *Luna's California Poppies*, Tempe, Arizona: Bilingual Press, 2002, p. 175.

在故事的尾声，作家描绘了加利福尼亚州的州花——罂粟花的绚烂盛开。在小说里，这朵花不仅代表着加利福尼亚的自然之美，还象征着和平与繁荣，同时它也是主角露娜社会地位跃升的标志。她拥有了广阔的土地，种植着加州罂粟花，以及西斯内罗斯笔下那座被绿草环抱的居所。露娜不断地咀嚼着罂粟花，沉浸在对过去数十年的回忆里——那些屈辱、轻蔑、艰难、勤奋，以及对美好生活的向往。在这一瞬间，她突然明白，在白人教师眼中那迷人的加州罂粟花，并不专属于白人，它同样属于在美国奋斗的所有族群。食用它，象征着露娜将白人主流社会的文化融入了自己的灵魂，最终接纳了她认为白人文化中最为珍贵的部分。作为一位跨越了社会阶层的混血女性，露娜坦然地拥抱了自己混血的身份——那些被主流社会轻视的标签，如"肮脏的印第安人"、"非法移民的墨西哥人"、"杂种外国佬"、"疯子"和"哺乳动物"。露娜最终跨越了心理上的障碍，融入了主流文化氛围中。这恰恰验证了安扎尔多瓦"跨界"理论的核心观点，即"打破那种将她束缚并体现在身体上的主体与客体的二元对立，治愈了'裂口'"[①]。加利福尼亚州的罂粟花盛放，昭示着露娜生命中的春天已然降临，她迎接了所有美好的事物。

本章小结

西斯内罗斯的小说《芒果街上的房子》和维拉纽瓦的小说《露娜的加利福尼亚罂粟花》虽然创作于不同的时代，却共同探讨了一个相似的主题：奇卡娜人，作为美国社会阶级和种族结构中最为边缘化的群体，她们的抗争与奋斗。他们渴望拥有自己的家园，将希望寄托于土著文化的精神性，虔诚地祈求女神赐予他们好运。然而，在现实世界里，奇卡娜人依靠自己的勤劳和汗水，努力营造着属于自己的幸福生活。维拉纽瓦的主角露娜比埃斯佩兰萨更为激进，她在生活中更偏好以暴制暴的手段。从想象到实践，西斯内罗斯心中的理想居所，在维拉纽瓦的笔下化为现实。露娜不仅拥有了自己的家园，还得到了梦寐以求的教师职位，成功实现了阶级的跨越。

---

① Gloria Anzaldúa, *Borderlands/La Frontera: The New Mestiza*, 4th ed., San Francisco: Aunt Lute Books, 2012, p.102.

第六章　文化跨界　谋求生存

奇卡诺族裔文化一直以来就是杂糅文化，虽然人们对它的认可只是近几十年的事。正如加西亚（Garcia）所说："杂糅与跨文化是当今奇卡诺族裔身份的核心，是一种涉及个体语言身份的现象。一旦这种杂糅文化得到认可，大家就必须意识到族裔身份的各种标示不是个体内在的东西，而是权力与特定的社会、历史和经济的关系的产物。"① 奇卡娜小说中的文化混血意识具有强烈的政治色彩，奇卡娜人以这种意识，接受两种文化的态度，在主流社会求生存。安扎尔多瓦在她的理论著作中呼吁一种"新混血"（New Mestizaje），其意为超越二元（"非此即彼"）概念。她把这种混搭描述为一个意识到自己矛盾和杂糅身份的个体，并利用这个"新视角"来挑战西方世界的二元思维。她提到了地理上的"边界"，同时也提到了混合种族、遗传、宗教、性别和语言的"边界"。她对白人文化的态度是："我并不排斥所有与白人文化相关联的事物。例如，我热衷于学习英语，同时也欣赏诸多盎格鲁—撒克逊意识形态中的精髓。然而，我深知并非所有这些元素都能完全契合我们的个人经历与文化根基。"② 文化的跨界体现在对奇卡诺文化与白人文化的兼收并蓄，取其精华，去其糟粕。文化的跨界是后现代奇卡娜文学的创作实践。

在族裔文学的话语体系中，一个贯穿始终的核心理念是文化的概念，以及特定民族所共有的历史脉络。正是这份共有的历史遗产，连同与之紧密相连的仪式庆典、世界观构建、哲学思想、语言运用、服饰风尚乃至音乐风格，共同构筑起一道坚实的纽带，将个体紧密地联结于某一特定的族群之中。可以说，一个人在这些不同领域的共同点认同越多，他就越属于

---

① Cristina Rosí Solé, "Autobiographical Accounts of L2 Identity Construction in Chicano Literature", *Language and Intercultural Communication*, Vol. 4, No. 4, November 2004.

② Karin Ikas, "Interview with Gloria Anzaldúa", in Gloria Anzaldúa, *Boderlands/La Frontera: The New Mestiza*, 4th ed., San Francisco: Aunt Lute Books, 2012, p. 272.

这个群体。

  文化是一个包罗万象的大概念。奇卡诺文化在米兰德（Mirandé）所著的《奇卡诺经历：另一种观点》(*The Chicano Experience: An Alternative Perspective*) 一书中，被精练地归纳为三大核心维度："宗教与奇卡诺的深度融合、家庭与奇卡娜的紧密关联，以及大男子气概（或称为大男子主义）的独特体现。"[①] 他认为，关于宗教，奇卡诺人相信，欧洲圣母玛丽亚的圣灵——瓜达卢佩是他们的保护神。她被沃尔夫（Wolf）描绘成"一个尚未孕育子女的年轻女子，她优雅地低垂着头颅，肩上轻披着华美的披肩，头戴一顶敞口设计的精致王冠，身着绽放着花朵图案的华美长袍，亭亭玉立于皎洁半月的清辉之中"[②]。在奇卡诺深厚的传统文化中，男子汉气概（macho）这一概念深刻影响着家庭关系，它倡导的是"妻子与孩子对丈夫意志的绝对顺从、尊重与服从"[③]。这种观念根植于该文化的深层结构之中，体现了特定历史时期与社会背景下对男性权威的强调。当代奇卡娜作家正积极投身于非本质主义与非大男子主义理念的混血意识构建中，她们巧妙地将文化混血的理念融入个体与族裔共同体解放的战略之中，勇敢地肩负起跨民族的政治责任，为多元文化的融合与平等发声。安扎尔多瓦认为："奇卡诺文化的内在性深刻体现了其与墨西哥文化的紧密联系与独特融合，而跨文化性则展现了奇卡诺文化如何跨越界限，与诸如黑人文化、美洲土著文化、白人文化乃至国际文化等多元文化建立起丰富的联系。"[④]

  在美墨边境地带，奇卡诺人精心构建了自己独特的文化体系，这一体系广泛涵盖了语言、宗教、饮食习俗、家庭结构（特别是母亲地位的尊崇）、农耕传统及放牧方式等多个方面。就语言而言，他们传承并使用了卡罗语；在宗教信仰上，他们展现出了非凡的包容性，既信奉天主教，又

---

  ① Alfredo Mirandé, *The Chicano Experience: An Alternative Perspective*, Notre Dame, Indiana: University of Notre Dame Press, 1985, pp. 113-181.

  ② 引自 Alfredo Mirandé, *The Chicano Experience: An Alternative Perspective*, Notre Dame, Indiana: University of Notre Dame Press, 1985, p. 124.

  ③ Alfredo Mirandé, *The Chicano Experience: An Alternative Perspective*, Notre Dame, Indiana: University of Notre Dame Press, 1985, pp. 148-149.

  ④ Karin Ikas, "Interview with Gloria Anzaldúa", in Gloria Anzaldúa, *Boderlands/La Frontera: The New Mestiza*, 4th ed., San Francisco: Aunt Lute Books, 2012, p. 272.

尊崇土著人的大自然万能女神托南津（Tonantzin），同时还接纳了巫术的影响，更有部分人转向了基督教；在饮食领域，他们既坚守着自身的传统饮食与烹饪文化，又积极吸纳主流餐饮文化的精髓。奇卡诺民族对墨西哥文化与白人主流文化的选择性融合，不仅丰富了他们自身的文化内涵，更促使他们成为当今美国除白人外最大的族裔群体。他们所珍视并保留的墨西哥文化元素，在美国多元文化的璀璨星空中，无疑是最为耀眼夺目的族裔文化之一。

第一节 相关小说梗概

奇卡娜文化的描绘在众多小说中得到了生动的体现，尤其是在那些深入剖析奇卡诺族裔文化历史演变及其跨文化现状的作家作品中，这一点尤为显著，如丹尼斯·查维斯和卡门·塔夫拉。查维斯以其力作《最后的订餐女孩》，精准捕捉了自1980年以来奇卡诺文化的深刻嬗变；而塔夫拉则在21世纪创作了《神圣的玉米饼和一罐豆酱》，聚焦奇卡诺文化的复原以及在跨界背景下奇卡诺社区人的生存现状。这两部小说在时间背景上呈现出一种微妙的承继关系，而它们在主题上则共同聚焦奇卡诺人的生活、社区构建以及其间交织的矛盾冲突与互助精神。值得注意的是，查维斯在《最后的订餐女孩》中，以女性角色为主要描绘对象，细腻刻画了她们在特定文化背景下的生活状态与心路历程；而塔夫拉在《神圣的玉米饼和一罐豆酱》中则展现了更为广阔的视角，男女角色兼而有之，共同构建了一个丰富多彩、充满张力的奇卡诺社区图景。这两部小说不仅是对奇卡娜/诺文化历史变迁的忠实记录，更是对其保留、发扬与创造的深刻反思与艺术再现。

1. 丹尼斯·查维斯的小说《最后的订餐女孩》

查维斯的小说《最后的订餐女孩》巧妙地跨越了从20世纪20年代至80年代的广阔时间背景，聚焦罗西奥（Rocío）母亲婚礼的余韵，深刻描绘了西南部奇卡娜女性的生活画卷。小说通过童年、青少年直至成年阶段的多重视角，进行了一场历时性的细腻刻画，展现了主人公成长的轨迹。

每个小故事虽相对独立，如同生活的碎片般散落，却因共同的叙事者——"我"——罗西奥的贯穿而紧密相连，共同构成了"我"的成长历程。作为严格遵守家庭传统的典范,罗西奥与妹妹每年暑假都会踏上前往得克萨斯州的旅程,与母亲的亲戚共度时光。在那里,她们通过售卖花朵赚取零用钱,同时也结识了众多母系亲属,深入体验了当地的风土人情。

这些故事不仅仅是"我"个人成长的见证,更是"我"所在社区中奇卡娜人生活的缩影。它们反映了奇卡诺族裔独特的文化传统及其随时代变迁的轨迹,特别是其中所蕴含的女性力量——既有对现状的反抗,也有对未来作为女性身份的憧憬与追求。通过这些故事,查维斯以其敏锐的笔触,为我们勾勒出了一个鲜活、多彩且充满韧性的奇卡娜女性世界。

故事的主人公是罗西奥,她在单亲家庭中成长,自幼便展现出一种不屈不挠的叛逆精神。她在年仅17岁时,便踏入了医院的大门,担任了为期3个月的订餐女孩角色。在这个特殊的环境中,她近距离地观察了来自社会各阶层的病人,深刻体会到了他们各自承受的痛苦与挣扎。

一次偶然的机会,在医院的电梯里,罗西奥的目光被一幅描绘护士南丁格尔悉心照料伤员的宣传肖像画所吸引。这幅画深深触动了她的心灵,让她萌生了一个强烈的愿望:成为一个对社会有贡献的人,一个勇于担当、负责任的人。为了实现这一梦想,罗西奥在大学毕业后选择了一条并不轻松的道路。她进入了一所社区学校,成为一名教师。然而,尽管她满怀热情与责任感地投入教学工作中,但微薄的薪水却让她在生活的重压下步履维艰,甚至因为无法按时支付房租,她还遭受了房东的侮辱与轻视,但罗西奥并未因此放弃或沉沦。相反,她以更加坚定的步伐继续前行。通过不懈的努力与坚持,她最终实现了自己的蜕变——成为一名作家。

故事的创作巧妙地运用了双语叙事手法。然而,相较于同时代其他作家的作品,其中母语西班牙语的使用量显得较为有限,几乎不会给读者的阅读体验带来显著影响。

查维斯的创作被《选择》(Choice)杂志盛赞为"对奇卡诺文学极具价值的贡献",《新闻日》(Newsday)评价她"仔细地描绘了普通人的生活,情感上令人折服",《最后的订餐女孩》是"对奇卡诺文化的颂扬,是世界上找到出路的普遍的故事"[1]。每一个小故事都是对新墨西哥州和得克萨斯州过去的生活地理环境、家庭环境、社会环境、人们心理状态的

---

[1] Danise Chávez, *the last of the menu girls*, New York: Vantage Books, 2004, back cover.

回忆以及与现状的比较。

2. 塔夫拉的短篇故事集《神圣的玉米饼和一罐豆酱》

塔夫拉的短篇小说集《神圣的玉米饼和一罐豆酱》洋溢着智慧、幽默与希望的光芒。在这部作品中，瓜达卢佩女神的神秘降临为故事披上了一层神秘的面纱，而那些令人难以忘怀、充满力量的受害者形象，则深刻揭示了文化遗产的重要性与力量。此外，美国乐队的身影、身着黑色皮衣的假女子，以及奇卡诺社区人民强烈的社区意识，都被细腻地描绘出来，为故事增添了丰富的色彩。

故事集里的角色无一不洋溢着乐观主义的精神，他们的言行举止充满了对生活的热爱与向往。而故事的发生地——圣安东尼奥更是通过人物之间平实、丰富且风趣的西班牙语对话，生动地展现在读者面前。西班牙语词汇和短语不仅丰富了文本的语言表达，更让读者仿佛置身那个充满活力的社区之中，感受那种独特的文化氛围。

故事读起来让人深切感受到真实的地域氛围，精妙地展现了奇卡诺人聚居区那独特的混血文化魅力。在这片聚居区中，尽管人们生活在贫困之中，但他们展现了无比乐观、勤劳与向善的品质。这部小说集自出版以来，便迅速成为美国各大中小学争相竞购的热门阅读材料。其畅销不仅彰显了作品的广泛影响力，更为奇卡诺女性文学领域增添了一股强有力的声音。

作为奇卡娜作家的卡门·塔夫拉，巧妙地以女性在传统领域内所擅长的饮食文化为突破口，对奇卡诺文化进行了别具一格的挖掘与刻画。在其短篇故事如《陈楚的牛》、《神圣的玉米饼》及《锅有眼睛》等篇章中，她以生动而诙谐的笔触，细腻地描绘了玉米这一日常主食的种植过程、家常美食的烹饪技艺、厨房用具的巧妙运用，以及食物在社交场合中的独特作用。此外，在其他短篇小说中，她还深入探讨了奇卡诺族裔的服饰风格、出行方式及宗教生活等多个层面，全面展现了该民族丰富多彩、独具特色的文化风貌。

通过卡门·塔夫拉那栩栩如生的描绘，读者能够深刻感受到她对于挖掘、传承与弘扬植根于民间、深具底蕴的奇卡诺族裔混血文化的执着追求，同时也能够体察到她对于白人主流文化元素的巧妙融合与借鉴。这种独特的创作手法，不仅让她的作品充满了生命力与感染力，也为读者提供了一个深入了解奇卡诺文化的独特视角。在跨文化书写中，"奇卡娜作家群体在坚守着其先祖悠久文化的同时，也勇于探索与创新，成功创造并发展出了全新的文化形态"①。他们巧妙地融合传统与现代，使两种文化在碰撞中激发新的火花，展现出独特的魅力和活力。

本章下面将对体现奇卡诺文化的代表性元素进行分析与探讨。

第二节 "卡罗语"：奇卡诺族裔的语言跨界

"卡罗语"（Caló），根据韦氏词典的权威定义，它特指多种西班牙暗语或黑话中的一种，尤其是盛行于美国西南部城市奇卡诺青年群体中的独特语言形式。这一术语借自西班牙语，并追溯至西班牙罗姆人（亦称吉普赛人）言语中的"黑"（Caló），它与古印度—雅利安语中的 kāla 一词紧密相连，意指"黑色，黑暗"。（值得注意的是，梵语中的 kālah 同样表示"黑色，深蓝色"，展现了语言间的深远联系。）此外，"卡罗"一词的根源可追溯到达罗毗荼语系，与卡纳达语中的"kāḷ"（黑色）、"kadu"（黑色）以及泰卢固语和卡鲁语中相似的"黑色"表达相呼应②。该词汇首次亮相于1944年，正值墨西哥移民纷纷北上，以填补美国在二战期间因劳动力严重短缺而留下的空白。随着岁月的流逝，卡罗语逐渐塑造出了其独特的语言风貌。

一 多语言混合：卡罗语

语言是一项极其复杂且常令人感到困扰的事物。对于奇卡诺族裔来说，它"涉及身份认同的概念与公民的最终归属，语言在当代关于移民、教育及国籍的讨论中占据了核心地位。它作为一个固有的政治议题，深刻影响着这些领域的对话与理解"③。

在奇卡娜文学作品中，将卡罗语运用到极致的当属安扎尔多瓦。她在《边疆》一书中用"语言恐怖主义"（linguistic terrorism）来描述奇卡诺族

---

① Ellen C. Mayock, "The Bicultural Construction of Self in Cisneros, Álvarez, and Santiago", *Bilingual Review*, Vol. 23, No. 3, September 1998.

② "Caló", *Merriam-Webster.com Dictionary*, Merriam-Webster, accessed May-25-2022, https://www.merriam-webster.com/dictionary/cal%C3%B3.

③ John Nieto-Phillips, "Language", in Deborah R. Vargas Mirabel & Lawrence La Fountain-Stokes, eds., *Key Words for Latina/o Studies*, New York: New York University Press, 2017, p.209.

裔使用的边疆语言"奇卡诺西班牙式英语"（Chicano Spanglish）[1]。赞泰拉（Zentella）认为："西班牙式英语是一种由英语和西班牙语单词组成的新语言，它反映了混乱和矛盾，代表了西班牙语对英语/美帝国主义的丧钟……让我们有一种掌控我们的语言来使我们占主导地位。"[2]

语言无疑是安扎尔多瓦作品探讨的重要边界之一，也是她创作过程中一个不可或缺的基本特征。在她的著作中，读者可以深刻感受到她对自身文化遗产的深切自豪与对文化多维性的独到见解。她的语言理论对其他作家的创作产生了巨大的影响。

二 卡罗语的隐喻

安扎尔多瓦坚信语言与身份之间存在深远的关联。自幼在西式英语环境中成长的人，内心深处往往已悄然接纳了一个观念：他们所操持的语言被视作一种粗鄙的、混杂的西班牙式英语。正是这份对自我语言的自卑感，促使他们将自己的身份也贬低到了相应的位置。但安扎尔多瓦认为她"不会因此感到羞耻"，她会有她"自己的声音：印第安人的、西式英语的和白人（英语）的"[3]混合声音。她的观点表明，卡罗语代表了一个人的身份：混血儿身份。"混血儿将永在"[4]。故此，卡罗语的使用蕴含了丰富的隐喻意义。

第一，卡罗语作为一种独特的语言形式，旨在表达奇卡诺这一社群所特有的文化内涵。它承载着丰富的文化意义，被视为一种文化负载词。

在奇卡诺文化中，有许多专属于这一群体的词汇，它们既体现了墨西哥文化的精髓，又融合了英语的元素。例如，墨西哥特有的食物"墨西哥薄馅饼"（tortilla）和"墨西哥玉米饼"（taco），这些词汇直接反映了奇卡诺人对美食的热爱与传承。此外，还有专指奇卡诺男性和女性的词

---

[1] Gloria Anzaldúa, *Borderlands/La Frontera: The New Mestiza*, 4th ed., San Francisco: Aunt Lute Book, 2012, p. 80.

[2] Ana Celia Zentella, "Spanglish", in Deborah R. Vargas Mirabel & Lawrence La Fountain-Stokes, eds., *Key Words for Latina/o Studies*, New York: New York University Press, 2017, p. 209.

[3] Ana Celia Zentella, "Spanglish", in Deborah R. Vargas Mirabel & Lawrence La Fountain-Stokes, eds., *Key Words for Latina/o Studies*, New York: New York University Press, 2017, p. 81.

[4] Ana Celia Zentella, "Spanglish", in Deborah R. Vargas Mirabel & Lawrence La Fountain-Stokes, eds., *Key Words for Latina/o Studies*, New York: New York University Press, 2017, p. 86.

汇，如"男子汉气概"（machismo）和"玛查"（macha，即女汉子），这些词汇不仅描绘了奇卡诺人的性别角色，更蕴含了他们对自我认同的强烈意识。同时，奇卡娜女权主义也在这一社群中得到了充分的发展，其代表性词汇"Chicanisma"（奇卡娜主义）和"奇卡娜"（Chicana）便是明证。这些词汇不仅带有鲜明的女权主义思想，更展现了奇卡诺女性对自我价值和权利的追求。值得注意的是，这些词汇的后缀多源自西班牙语，而词根则常常是英语，这种独特的构词方式正是奇卡诺文化混血特征的生动体现。

第二，卡罗语作为情绪的独特载体，深刻地诠释了奇卡诺人的情感世界。当愤怒之情在奇卡诺人心中涌动时，他们便自然而然地借助这种语言来宣泄情感。在《最后的订餐女孩》这一作品中，雷吉诺的妻子在丈夫离家出走后，内心的愤怒如火山般喷发。她原本用英语诉说着心中的不满，但情绪的激荡让她不由自主地转而使用卡罗语，以更为强烈和直接的方式咒骂着离她而去的丈夫。然而，情感的波澜并未就此平息，片刻之后，她的愤怒似乎得到了某种程度的释放，转而化为喜悦之情。于是，她再次运用卡罗语，但这次不再是愤怒的咒骂，而是哼起了轻快的小曲。这一转变不仅展现了她情感的复杂多变，也让人深刻感受到了卡罗语在表达情绪方面的独特魅力。她甚至在高兴时也忍不住用卡罗语对雷吉诺的儿子进行一番"特别"的"咒骂"。① 这看似矛盾的行为，实则是对她内心真实情感的一种生动写照。

第三，用以彰显对本土文化的坚守与对外来文化的审慎态度。例如，罗西奥的外婆在与外孙女交谈时，始终避免使用英语，即便罗西奥惯用英语交流。显然，外婆是理解英语的，但她坚决保持自己的文化习惯，拒绝随波逐流。

第四，卡罗语在朋友间被用作维系亲密关系的纽带。当雷吉诺在罗西奥家中辛勤工作时，她的母亲"以卡罗语关切地询问他是否需要饮水"② 这一温馨的对话场景，正是卡罗语独特魅力的体现。

第五，卡罗语被巧妙地运用来规避尴尬或敏感的问题。例如，当罗西奥在阅读《飘》（*Gone with the Wind*）这部小说时，她的母亲对此感到不

---

① Danise Chávez, *the last of the menu girls*, New York: Vantage Books, 2004, p. 184.
② Danise Chávez, *the last of the menu girls*, New York: Vantage Books, 2004, p. 156.

悦,并建议她不要继续阅读此类作品。面对母亲的反对,罗西奥以卡罗语反问:"或许,我真的应该继续阅读《飘》吗?"① 这样的表达既保持了对话的礼貌性,又巧妙地传达了自己的意愿。

总之,在奇卡诺小说中,卡罗语的使用蕴含了丰富的意蕴。它既是对抗白人压迫的利器,也是向亲人、本民族文化及爱人表达柔情的桥梁;在愤怒之时,卡罗语成为情感最自然流畅的宣泄途径;它象征着心理上的跨越,是快速思维的催化剂;同时,它带来一种难以言喻的舒适感,却也可能成为规避问题的微妙借口。小说中卡罗语的巧妙运用,不仅彰显了作者独特的奇卡诺族裔创作风格,更创造了文学的语言之美,深刻传达了他们对自己民族文化坚定不移的坚守态度。

第三节　边疆小镇变迁:奇卡诺民族记忆与现实文化

奇卡娜小说一贯将奇卡诺族裔的历史与现状紧密相连,作为核心主题进行描绘。查维斯的小说《最后的订餐女孩》也不例外。故事的主角罗西奥·埃斯奎贝尔(Rocio Esquibel)成长于一个沙漠小镇,那里水资源对居民的生活至关重要。格兰德河的支流干涸给他们带来了毁灭性的打击。随着小镇居民开始迁徙,成为流动工人,他们失去了稳定的生活和收入来源。照片中她童年时的美丽家园,如今只能成为永久的记忆。作家通过回忆过去,再现了奇卡诺的传统文化;而通过描述现代生活,展现了奇卡诺族裔在文化交融中观念的转变和各种矛盾的碰撞。

一　以树名标记的房子:奇卡诺人记忆中的乡土文化

奇卡诺文化记忆中最重要的莫过于故土与故土上曾经发生的故事。从1848年的美墨战争墨西哥因战败割地起,到20世纪初的墨西哥人又因战争而起的大规模向北逃离,再到20世纪40年代因美国的劳工短缺而进行的大规模北上迁移,墨西哥人在作为流动农民工漂泊的过程中产生了对故土的强烈渴望和对失去的家园的无限怀念。

第一个小故事《柳树游戏》是查维斯通过黑白照片上的人物和背景

---

① Danise Chávez, the last of the menu girls, New York: Vantage Books, 2004, p.155.

对自己在一个小镇上生活的回忆。小说描绘了老人 W（Old Man W）、斯特朗（Strong）、卡特（Karter）以及阿尔特顿（Altherton）四户人家在小镇上的日常生活。

他们各自的住宅以不同的树种命名，划分了各自的领域。孩子们嬉戏的场所同样以树木的名称来命名。罗西奥的童年小镇无疑体现了奇卡诺社区的特色。她的童年生活局限于家门前的那条街道，向上延伸至郊外，向下则通往镇中心。城乡以一棵分界树为界线。这里的树木都会结出果实，尤其是那棵杏树，它作为邻里共有的财产，人人都有权利采摘其果实。

在以各种树名来标记家庭的小镇上，人们之间的关系并都不是非常友好的。罗西奥家的房子以柳树为标识，它是她们姐妹俩的避难所，和邻居家的孩子玩耍受到欺负时，她们就会"狂野地、疯狂地、安全地跑回家，回到柳树的世界"①。但罗西奥的母亲与邻里的关系非常友好，她曾帮助朋友科琳娜照顾癌症晚期的母亲，对老人进行临终关怀，非常认真地承担起了照顾老人的责任，这是墨西哥人的文化。在美国主流文化中，"他们把自己的同胞也当成了自己的亲戚，以便于他们更好地团结在一起，共同取暖"②。正是有了这样负责任的母亲，罗西奥和她的姐弟才有了成功的机会。

格兰德河流经小镇，曾经给人们带来了种植蔬菜所需的水源，各家各户都种植自己所需的蔬菜，生活自给。孩子们小时候在树上和小河边玩耍，享受了许多快乐的时光。罗西奥的爷爷曾经是一个非常勤奋的人，在大萧条时期，他比任何人过得都好，积累了一定的财富。因此，即使没有父亲的陪伴，她和妹妹与母亲一起生活的日子也算幸福，而这些美好的场景只留在了黑白照片中。

人们陆续搬离时，她家还在这里继续居住，一直坚持了下来。查维斯在这里运用柳树环绕的房子作为象征，展现了奇卡诺族群悠久文化的持续传承。即便面对日益恶化的环境和愈发艰辛的生活条件，他们依旧坚守着自己的传统生活方式。

黑白照片所捕捉的场景已成往事。查维斯对往昔居住环境和生活方式的描述，将那个时代的文化封存于文学作品之中，化为可见的记忆。换言

---

① Danise Chávez, *the last of the menu girls*, New York: Vantage Books, 2004, p. 11.

② Alfredo Mirandé, *The Chicano Experience: An Alternative Perspective*, Notre Dame, Indiana: University of Notre Dame Press, 1985, p. 154.

之，她通过文字保存了奇卡诺民族的文化遗产。

二 小镇的人与自然环境的改变

在查维斯的小说里，小镇的居民虽然并不富裕，却也享受着相对平和的生活。然而，随着环境的变迁，他们的生活方式和思维模式经历了根本的转变。

在罗西奥的记忆中，小镇曾经是个具有典型奇卡诺特征的地方。原来的小镇是简单的"沿着街道向上行进，您将目睹绰号为'特工'的家庭的居所；继续下行，您将见到老人家庭的住所。或者，您可以选择穿越一片空旷地带，跨过那棵作为分界线的树——那里是两个世界间便捷的连接通道。继续下行，您将踏上通往家的路径。小我，亦即自我，是整体的一部分，同样也是过去的一部分"[1]。很明显，那是一个简单而又井井有条的小镇。

从街道望去，雷吉诺·苏亚雷斯的住宅显得格外宽敞且坚固。这栋房屋远离喧嚣，四周环绕着一片荒凉且未被耕种的土地，宛如一个劳动、秩序与意志的孤岛。雷吉诺擅长捕捉最细微的细节，他的家不仅反映了这些特质，还展现了美的韵味。向北和向东延伸，便是芝瓦镇（Chiva Town），那里曾是山羊、猪以及家禽等家养动物的乐园，它们在灌木丛和沙漠草地上漫游。芝瓦镇的大多数街道是泥土路，还有无数小巷纵横交错。在这个社区未正式登记的边界内，居住着镇上最贫困的家庭。再往北，靠近城市公园的地方是另一个世界，那是富勒顿（Fullerton）和布朗（Brown）两个家族的世界，"他们黑人家庭的孩子要么在体育方面出人头地，在州立大学获得奖学金，要么就总和警察有摩擦"[2]。

奇卡诺人有严肃的家风和友好的邻居。男孩子的父亲绝对不允许他们随便与女孩约会，女孩子的父亲更不会允许她们被看到和男孩子在一起玩。邻居雷吉诺（Regino）有五个女儿和一个儿子。他非常勤劳，肯为他人服务。因为他是小镇里唯一的技术工，所以他比较富有，房子很大且豪华，在镇上特别耀眼。雷吉诺家的女儿们都被严加管教。罗西奥的母亲涅韦斯（Nieves）与雷吉诺建立了"干亲友谊"（compadrazgo），他们的盟

---

[1] Danise Chávez, *the last of the menu girls*, New York: Vantage Books, 2004, p. 3.

[2] Danise Chávez, *the last of the menu girls*, New York: Vantage Books, 2004, p. 187.

誓是"相互扶持,共同培养干女儿直至大学毕业;尊重并接受对方不同的宗教信仰;随时准备为对方提供交通上的便利;无论处于何种境遇,双方都应保持联系;始终坚守真实与真诚,相互爱护"①。这种盟约关系胜过夫妻之间的誓约。涅韦斯与丈夫萨尔瓦多(Salvador)的关系恶化到了水火不容的地步,每次相遇都演变成激烈的对抗。与此同时,她与雷吉诺的关系始终保持着和谐的交流。这种超越了普通邻里甚至夫妻关系的近邻友谊,展现了奇卡诺族裔的干亲文化。

当罗西奥的父亲萨尔瓦多因承受不住养家糊口的压力而选择离家出走后,这个家庭的重担便落在了邻居雷吉诺的肩上。他不畏艰辛地承担了所有繁重的家务和技术工作,包括维修房屋、清除杂草、修剪树木、修理家电以及疏通水管和下水道。雷吉诺总是随叫随到,尽管他的技术并不精湛,但他总是尽力满足罗西奥一家的需求。作为回报,涅韦斯每年都会将自己家中不再使用的旧衣物和家电等作为给雷吉诺的部分报酬,赠送给雷吉诺的妻子和6个孩子。她甚至将丈夫最珍贵的大衣也作为礼物送了出去。每次去送这些旧物,她都能享受到雷吉诺的妻子布洛丽亚亲手制作的最美味的玉米饼。尽管罗西奥对母亲的这种行为感到困惑并十分反感,但她的母亲给出了一个令人信服的解释。在邻里之间,一方的孩子会认另一方为干妈或干爹,自孩子出生之日起,两家之间便形成了一个非正式的盟约。这种盟约使两家在人情往来上变得更为亲密,共同分享喜悦与悲伤,且这种关系坚不可摧,永不背弃。被收为干儿子或干女儿的孩子能够享受到干爹或干妈的特别宠爱。正如涅韦斯对她的女儿所言:"家庭的温暖是不可否认的。然而,干亲友谊却独具特色。它让家庭中最卓越的品质得以持续地发光发热。与人建立友谊,意味着既与他人保持联系,又保持独立性,同时在一定的界限内享受关系的绝对自由。"②

当雷吉诺因家庭压力不堪重负而突然离家出走后,涅韦斯毫不犹豫地前去与他交谈,希望他能重返家庭。鉴于他的妻子独自抚养6个孩子所面临的巨大困难,涅韦斯认为自己作为干妈,有责任和义务去保护干女儿的幸福以及她家庭的和谐,她是在践行一种盟约。然而,雷吉诺最终还是离开了家,没有再回到妻子和孩子们的身边。即便如此,他仍然承诺会支持

---

① Danise Chávez, *the last of the menu girls*, New York: Vantage Books, 2004, p. 187.
② Danise Chávez, *the last of the menu girls*, New York: Vantage Books, 2004, pp. 186-187.

涅韦斯，包括帮忙清理杂草和修理电视。这种关系与中国人的传统习俗有着相似之处。可以说，正是这种干亲关系帮助涅韦斯度过了离异后最为艰难的时期。随着时间的流逝，孩子们长大成人并迁往他处生活，但涅韦斯家族与雷吉诺家族之间的友好联系始终未断。这种关系体现了团结、互助、互惠和互慰的族裔亲缘精神，是人世间最珍贵的纽带。邻里间的这种友好盟约不仅弥补了家庭中夫妻关系的缺失，还维护了社区的和谐稳定。奇卡诺邻里间的这种特殊纽带使他们在逆境中得以存续，成为一种值得传承的卓越传统文化。

然而，罗西奥的故乡小镇因气候变化遭受了剧烈的变迁，昔日的美景已不复存在，人际关系也经历了显著的转变。

她家的柳树被邻居家不友好的儿子里基（Ricky）砍光了枝丫。后来柳树被挖掉，只剩下了一截树桩立在罗西奥的卧室旁。很多年那里都只是一个坑，罗西奥认为，家乡的树就像一个老人，"那棵树宛如镇上一位年迈的长者，颈上悬挂着一台录音机，从中播放出类似漱口的声响。他的面容布满了岁月的痕迹，颤抖的手中紧握着他的酒瓶"①。

这个小镇充斥着杂草丛生的荒地和遍地的垃圾，同时城市也在不断扩张。居民的生活安宁不复存在，小镇因此弥漫着暴力的气息。"罗西奥在上学途中遭遇了一名男孩的猛烈攻击，腹部遭到了重重的一拳"②，她无处诉说，因为人们都对周围所发生的一切保持沉默。作为族裔女性，"她后来遭受了形式各异的暴力攻击。尽管如此，她依旧是那个渴望和平、祈求女神庇护的孩子"③。

无论是在自然地理环境方面还是在人文社会环境方面，芝瓦小镇的状况每况愈下，这使得年轻一代难以忍受。因此，像罗西奥这样的年轻女性渴望能够迁往其他地方寻求发展机会。

查维斯不仅珍藏着对小镇的回忆，还对奇卡诺女性的生活进行了详尽的描绘，以此来记录她们所缔造的奇卡诺族裔文化。

三 壁柜：奇卡娜人的家庭习俗叙事

在奇卡诺文化中，奇卡娜人被要求承担"比男人承担更多的责

---

① Danise Chávez, *the last of the menu girls*, New York: Vantage Books, 2004, p.7.
② Danise Chávez, *the last of the menu girls*, New York: Vantage Books, 2004, p.14.
③ Danise Chávez, *the last of the menu girls*, New York: Vantage Books, 2004, p.14.

任"①。在家庭事务、子女抚养以及成长教育方面,母亲承担着无可争议的责任。查维斯通过聚焦家中的壁柜,描绘了一位忍辱负重、任劳任怨、勤俭持家的崇高母亲形象。在小说的第二个小故事《壁柜》中,丹尼斯·查维斯以家中不同房间的壁柜为线索,描写奇卡娜女性的生活,这些壁柜收藏着奶奶、母亲、姐姐、妹妹以及自己的衣物、饰品、洗涤用品和药物等物品。通过这些细节,她描绘了她们的日常生活,并借此展现了她们独特的家庭文化。

1. 母亲涅韦斯主卧里的壁柜:家中最大的秘密隐藏之地

在奇卡诺家庭里,主卧是最重要的最显示女主人权威的空间。罗西奥的母亲涅韦斯的房间自然也不例外。

罗西奥家中最大、最乱的壁柜就是母亲涅韦斯的壁柜,里面堆满了母亲的各式衣服与鞋子以及母亲认为贵重的饰品。母亲的"壁柜就是她的命……无人敢动它……有的一层一层地码放在上层,有的堆放在下层,鞋子和衣物堆放在一起"②。罗西奥小时候和妹妹捉迷藏时发现了最里层放了一张她母亲和她不认识的男人的结婚照。原来她的父亲不是母亲的第一任丈夫。她母亲的第一任丈夫是来自得克萨斯西部的康德瑞拉斯(Contreras)家族的胡安·拉斯·康德瑞拉斯,他是镇上最引人注目的人,被镇上药店的店主毒死。罗西奥的姐姐罗内利亚(Ronelia)是她母亲和第一任丈夫的女儿。她母亲把结婚照深深地藏在了衣柜的最里面。

这里最大的秘密就是一个女人婚姻里最大的悲剧。年幼的罗西奥可能无法理解母亲第一张结婚照的含义。但对于涅韦斯来说,或许第一段婚姻是她唯一的幸福时光,也是第二段不幸婚姻的缘由。她的第二个丈夫离家出走,她一个人承担起了抚养三个孩子的责任,生活的艰难可想而知。那一层又一层的衣物也表明,这个家的空间不是那么宽阔,否则她会有步入式的柜子来摆放衣物,有单独的保险箱来收藏珍贵的照片。其他壁柜的安装也可以显示涅韦斯作为一家之长的生活状态。

2. 浴室里的壁柜:日常生活用品的聚集地

查维斯描写的第二个壁柜就是与母亲生活息息相关的浴室的壁柜,它

---

① Gloria Anzaldúa, *Borderlands/La Frontera: The New Mestiza*, 4th ed., San Francisco: Aunt Lute Book, 2012, p.39.

② Danise Chávez, *the last of the menu girls*, New York: Vantage Books, 2004, p.32.

的作用至关重要。

罗西奥的母亲是一位小学教师，受学生的欢迎与尊重。作为支撑一个单亲家庭一切的女人，她辛勤劳作，患了多种疾病，她的浴室壁柜里都是药。治疗蛇伤的药箱是她们家特有的东西。

> 浴室的壁橱里充斥着各种药膏、药品和药剂，它们承诺让我们变得更加柔软、美丽、无所畏惧。她手持小药瓶，仿佛是来解救我们，实则在欺骗我们。这是一个充满神秘的治愈之所，到处可见绷带、红药水和棉球。……壁橱中堆满了各种洗涤剂，以及母亲用来缓解头痛、背痛和心痛的药物。这里还存放着治疗母亲女性疾病的药物：硬蜡栓剂、降压药、减肥药、磺胺药、止咳药，以及形状各异的阿司匹林。此外，还有针对头部、直肠、胃、膀胱、眼睛和心脏等不同部位的药物。[1]

罗西奥频繁提及药物，这揭示了她的母亲是一位历经沧桑的典型奇卡娜母亲。母亲不仅独自承担起养家糊口的重担，还要照顾三个年幼的孩子。同时，在学生眼中，她是一位优秀的教师。浴室也是罗西奥秘密犯错的场所。她在16岁那年在那里抽烟，与男友共同憧憬着成人的世界。尽管她的母亲对此心知肚明，却从未责备她。

由此可见，罗西奥的母亲是一位宽容的母亲，她对女儿的教育采取了一种白人式的自由放养方式，而不是严格的奇卡诺式："如果一个女人在结婚前还是处女她就是个好女孩。"[2]

3. 女儿卧室里的壁柜：女儿的世界

罗西奥与她的姐姐各自拥有自己的壁柜，与母亲的壁柜一样，它们各自代表了她们的私人空间。在罗西奥的壁柜中，她珍藏着男友的汗衫，那里弥漫着活力四射且种类繁多的气息：身体的汗味、独特的果汁香以及胞衣的回忆。她的激情与幻想都遗失在了那里。正是在那个空间，她领悟到了自己能够成为的模样，"她能成为一个和她母亲不一样的女人"[3]。

---

[1] Danise Chávez, *the last of the menu girls*, New York: Vantage Books, 2004, p. 27.

[2] Gloria Anzaldúa, *Borderlands/La Frontera: The New Mestiza*, 4th ed., San Francisco: Aunt Lute Book, 2012, p. 39.

[3] Danise Chávez, *the last of the menu girls*, New York: Vantage Books, 2004, p. 29.

电视房里的壁柜有一整面墙大，是姐姐罗内利亚的壁柜，是奇卡诺人用来收纳历代家庭成员最重要时刻所穿服饰的地方。罗西奥的奶奶和小妹妹梅尔茜（Mercy）的节日盛装都藏在那里。

姐妹们的衣柜中所陈列的物品，彰显了家中母亲对女儿们无微不至的关爱与细心的管理。这种家庭管理方式无疑将被传承给下一代，即三位女儿，她们也将继续践行这种有序的生活方式。

4. 起居室里的壁柜：生活的晴雨表

起居室作为家庭成员间交流互动以及接待访客的核心区域，在社交活动中扮演着至关重要的角色。其内部陈设的更迭不仅反映了家庭成员的品位和生活方式的演变，也映射出家庭结构和关系的动态变化。

罗西奥所描绘的起居室壁柜中，收藏着形形色色的物品。其中，一把家用彩虹伞尤为引人注目。在沙漠地区，"伞不仅代表着雨的象征，更是希望的化身"[1]。这个壁柜既属于客人，也是客人的专属空间。每一位来访的客人都会将他们的物品悬挂在那儿，同时，家中不再需要的、待处理的旧衣物也会被存放于此。它的气味随季节的变化而变化："夏天的雨味、潮湿的黑暗冬天的大衣味、像秋天干花一样的阿芳香水的淡味和肥皂与新鲜的春天气味。它也有旅行箱和旧报纸的味道。"[2]

从这里的描述中可以窥见，这是一个充满书香气息的家庭。"旧报纸"象征着家庭成员对时事政治的关注。"旅行箱"则暗示着这个家庭的成员对旅行充满热情，热爱生活。此外，他们也是与邻里和睦相处的人。

5. 母亲厨房里的壁柜：宣示主妇权力的阵地

在一个家庭里，厨房是显示主妇权利和能力的地方。她在这里的一切实践影响全家人的身体和心理健康。

作者以第一人称的视角，描绘了母亲厨房的温馨场景。紧邻餐桌的架子，是母亲存放杂项的地方，那些"我"难以归类的物品都安放于此。这四个区域，仿佛是母亲生活的一个缩影。最靠近的一间，摆放着陈旧的餐具——盘子、杯子和茶碟，它们晶莹剔透，却覆着一层薄薄的、略带油腻的潮湿灰尘。其中，一只鸭子形状的碗格外引人注目，它的橙色喙和蓝色眼睛仿佛在诉说着惊讶的故事。在后方，一尊耶稣的小雕像，身着红色

---

[1] Danise Chávez, *the last of the menu girls*, New York: Vantage Books, 2004, p.31.

[2] Danise Chávez, *the last of the menu girls*, New York: Vantage Books, 2004, pp.31-32.

长袍,头部倾斜却用嚼过的口香糖黏合,双手张开,似乎在传递着善意的问候。其他架子与第一个相似,陈设着旧盘子、破碎的结婚礼物、小花蕾花瓶和小雕像。其中还夹杂着其他物品:棕榈日留下的干枯棕榈枝、一个装着母亲钟爱的乌西亚仙人掌糖果的小纸袋、一个皮隆西罗的锥体、一个半空的无花果盒子,以及去年灯具上剩余的几支祈祷蜡烛。在角落里,一个烟灰缸装满了父亲上次来访时留下的旧烟头。架子上的每一件物品都散发着它的气味、触感和味道。这些盘子承载着只有母亲才能理解的复杂情感。而厨房的壁柜,仿佛是家庭主妇地位的象征。

总的来说,收藏衣物和饰品是传承文化传统的一种方式。在奇卡诺族裔家庭中,壁柜无处不在,其存在的必要性显而易见。它们收纳了家中的一切,让家庭显得井然有序。壁柜的作用不容小觑,它不仅保守了家人的秘密,还承载了女性的辛酸记忆与甜蜜时刻。查维斯运用描绘照片的方式对壁柜的描述揭示了奇卡娜母亲作为家庭领袖的魄力,以及她管理家庭的卓越能力,母亲是维护家庭秩序的杰出管理者。至关重要的是,这个幸福家庭的经济支柱正是母亲作为职业女性所赚取的收入。奇卡娜的母亲不仅是奇卡诺文化习俗的传承者,也是其创新者。在作家看来,这种家庭壁柜文化构成了奇卡娜文化的核心象征。

四 宗教信仰的跨越

宗教信仰是奇卡诺族裔文化的重要组成部分。在探讨奇卡诺族裔的宗教信仰时,作家们通过塑造不同的神祇来体现各自的宗教观念。许多奇卡诺作家倾向于将善良且充满爱心的瓜达卢佩女神作为他们作品中人物所尊崇和敬仰的神圣形象,而马林奇与哭泣女神则被描绘成让人唾弃的角色,被贴上"婊子"、"叛徒"和"坏女人"的标签。这三位女神在奇卡诺民族文化中占据了重要的地位,她们的形象频繁出现在小说中。例如,在西斯内罗斯的作品里,主角会供奉女神并运用巫术去占卜自己的前程;在卡斯蒂略的小说中,主角们则会前往祭拜瓜达卢佩女神。安扎尔多瓦在其理论论述中,借鉴了阿兹特克神话中的托南津,以此来展现女性的抗争精神。然而,查维斯在其小说中所描绘的人物宗教信仰,与前述作家们的信仰截然不同。

在查维斯的小说中,她多次回想起自己与妹妹在童年时期玩的那些与耶稣相关的游戏。实际上,正如先前所述,奇卡诺人传统上信奉的是天主教。然而，在白人文化的浸染下，小镇居民的信仰似乎发生了变化。例如，罗西奥的母亲及其朋友们在为逝去的长辈祈祷时，她们都向基督祈祷。奇卡诺人原本崇拜的是瓜达卢佩女神，但罗西奥的母亲却送给她一个印有基督画像的钱包，让她转送给妹妹。这幅画像描绘了一个深受人们爱戴的耶稣形象："他拥有一把长而卷曲的胡须、浓密的棕色头发和深邃而炯炯有神的眼睛，显得格外英俊。这幅画是由一位名叫萨勒曼的艺术家所绘，他可能是在幻觉或梦境中遇见了耶稣的形象。"①

在短篇故事《巴黎的夜晚》里，作家描述道："巴黎耶稣的相貌、身体体质特征和奇卡诺男性非常相似。"② 耶稣基督的塑像反映了其在奇卡诺人眼中的形象，"他留着一头棕色的卷曲长发和浓密的络腮胡子，深邃的眼珠仿佛要瞪出眼眶"③。作家在内心深处已经接纳了基督教，完成了宗教上的转变。

总的来说，在查维斯的小说《最后的订餐女孩》中，人们的宗教信仰已经从传统的瓜达卢佩女神崇拜转变为白人主流社会的基督教信仰。这一点揭示了在宗教领域，至少一部分奇卡诺人已经跨越了宗教界限。

五 奇卡娜人的叛逆：从家庭主妇到职业女性

人们的思想意识形态与哲学思想等是文化的重要组成部分。安扎尔多瓦认为，"文化塑造了人们的信仰体系。奇卡娜人所接受的那些根深蒂固、无可争议的主导性范式和预设理念，正是通过文化这一渠道传递而来的。文化是由统治阶层——男性所构建的。男性负责制定规则和法律，而女性则负责传播这些规则和法律"④。要打破既定的规则，就必须改变现有的范式——那些根深蒂固的文化特征。在小说中，主人公罗西奥自幼便开始挑战奇卡诺文化的传统规范，展现了她在文化实践中的跨界思维与行为。

安扎尔多瓦总结了奇卡诺传统文化中女性和工人阶级的地位和经济状况，它是"一个女人只有三条出路：一是到教堂去做修女；二是到街头

---

① Danise Chávez, *the last of the menu girls*, New York: Vantage Books, 2004, p. 44.
② Danise Chávez, *the last of the menu girls*, New York: Vantage Books, 2004, p. 38.
③ Danise Chávez, *the last of the menu girls*, New York: Vantage Books, 2004, p. 46.
④ Gloria Anzaldúa, *Borderlands/La Frontera: The New Mestiza*, 4th ed., San Francisco: Aunt Lute Book, 2012, p. 38.

做妓女，三是到家里做母亲。有些人有第四个选择，通过教育和职业进入到一个自主的人。工人阶级的主要活动就是往嘴里塞食物、头上有屋顶和身上有衣服……社会常常给女性一种印象，若她们未经历婚姻和生育，她们的人生便是一场彻底的失败"[1]。罗西奥的行为背离了奇卡诺女性的传统。

在查维斯的小说里，她描绘了奇卡诺人的习俗：男孩们可以自由自在地在河中游泳，而女孩们则只能在岸边观看。罗西奥和她的妹妹曾悄悄地溜到河边，只能远远地望着男孩们畅游。回到家中，罗西奥脱下外套，仅穿着内衣裤，打开水龙头，让水流环绕全身，以此来模拟游泳的体验。罗西奥小时候梦中理想的属于自己的玩耍处是一间"灰色的房间"[2]，她自己独享。她"在16岁那年首次尝试了吸烟，与她的男友共同憧憬着性成熟的未来。此外，她还常常在感到孤独时，偷偷地抽上几口烟以排遣寂寞"[3]。

查维斯对传统女性美的标准提出了挑战。在短篇故事《流星》里，罗西奥随着自身的成长，开始质疑何为女性的本质。"成为一位女性意味着什么？是美丽？是完整？美丽是关乎物质还是精神？它是否蕴含着情感、意志和爱的力量？那么，又是什么让女性显得如此可爱呢？"[4] 罗西奥经过深思熟虑，仔细回顾了她所接触的三位女性的生活经历，最终领悟了女性的真谛。

第一位女性是罗西奥母亲那边的远房亲戚埃洛伊萨（Eloisa）。埃洛伊萨是一位"热情大方的姑娘，带着罗西奥在大街上闲逛、聊天。她是一位美丽而又成熟的女孩"[5]。罗西奥因埃洛伊萨将自己精彩的女人世界介绍给她而充满感激。埃洛伊萨在罗西奥心目中的形象曾是"一张神圣的卡片，令人尊敬的、不变的、无名的处女"[6]。当罗西奥被引领进入电影院，目睹埃洛伊萨吸烟并与一位壮硕的男士亲密无间时，她立刻对埃洛

---

[1] Gloria Anzaldúa, *Borderlands/La Frontera: The New Mestiza*, 4th ed., San Francisco: Aunt Lute Book, 2012, p. 39.

[2] Danise Chávez, *the last of the menu girls*, New York: Vantage Books, 2004, p. 23.

[3] Danise Chávez, *the last of the menu girls*, New York: Vantage Books, 2004, p. 43.

[4] Danise Chávez, *the last of the menu girls*, New York: Vantage Books, 2004, p. 47.

[5] Danise Chávez, *the last of the menu girls*, New York: Vantage Books, 2004, p. 51.

[6] Danise Chávez, *the last of the menu girls*, New York: Vantage Books, 2004, p. 51.

伊萨感到极度失望和反感。之前被罗西奥视作女性模范的埃洛伊莎，"已经深知星空的奥秘，却在拥挤的影院后方那令人窒息的香烟烟雾中迷失了方向"①。这位美丽而聪慧的女性过早地沉溺于世俗的繁华，追求物质上的奢华，已不再是罗西奥心中理想女性的典范。

第二位女性是罗西奥母亲的临时帮工，名叫戴安娜（Diana）。她不仅美丽动人，而且质朴无华，智慧过人，不沾染烟草，坚守着自己的节操。戴安娜的魅力并非源自她自身，而是源于罗西奥与她相处时所感受到的那份宁静与和谐，这种感觉是旁观者罗西奥所体验到的。罗西奥认为"美是沉默的，不会说话"，因为当黛安娜说话时，她并不美丽，而且无知，是个小女孩，口音很重，不懂英语，说话声音有点大，如"有一次我的朋友们来参加我的生日派对，所有人被她的美貌所慑服，直到我们开始打球时，她尖声喊道：'把球扔给我！'后来我的朋友用戴安娜的讲话取笑我，我也说不上什么来为她辩护"②。戴安娜的英语水平有限，但这并未掩盖她的美丽容颜。她的生活主要围绕着厨房和辅助丈夫的工作展开。"她的音乐充满了混乱与刺耳的音符，充满了不确定的旋律。她的思想如同半音节一般，是人们在重复的工作中，身体与顺序的单音节声音的体现。"③ 而戴安娜的丈夫里本（Ribén）却公然地与他们家的女仆共同生活。戴安娜对于罗西奥来说也不再是一个家庭主妇模范。

第三位女性是邻家女孩乔茜（Josie），马尔克斯（Márquez）家的女儿。罗西奥对她进行了这样的描述：

> 乔茜有着马尔克斯式轮廓分明的鼻子和饱满、撅起的嘴唇。她的牙齿又白又平，像一只小啮齿动物的牙齿。她的眼睛就像一个顽皮任性的孩子。她的手又长又细，指甲涂着红色。她的黑色卷发齐她异乎寻常的长脖子，这在日本男人看来是很珍贵的。乔茜的胸部丰满而高耸。她似乎总能比那些胸部尖尖细长的女性更丰满。随着年龄的增长，她利用了这一优势。领口下降，裙子突出了她成熟的乳沟，她的皮肤很白。从她上衣的侧面，我可以看到她那白皙可爱的乳房的

---

① Danise Chávez, *the last of the menu girls*, New York: Vantage Books, 2004, p. 54.
② Danise Chávez, *the last of the menu girls*, New York: Vantage Books, 2004, p. 54.
③ Danise Chávez, *the last of the menu girls*, New York: Vantage Books, 2004, p. 54.

曲线。①

　　这段叙述揭示了奇卡诺族裔女孩乔茜的典型特征，她是一位美丽的混血女性，宛如人间的珍宝。她凭借自己的魅力在大学生举办的舞会上游刃有余，展现出对生活的热爱和活力。但她的生活让罗西奥有一种"令人不安的欢乐缺失感"②。

　　在罗西奥看来，没有一个女性的生活方式能够让她感到满足。埃洛伊萨的成就仅限于肉体层面；戴安娜的梦想已经破灭；而乔西的快乐则显得令人不安。她那些美丽的同龄女性仿佛都是"流星"，转瞬即逝，她决心要活出自己的样子。随着罗西奥逐渐长大，她意识到自己的家庭处于贫困之中。罗西奥开始在家里频繁地挑剔母亲和妹妹，动辄大声喧哗，以此来发泄对贫困家庭状况的不满。别人家有冰箱，而她"家中仅存一台老旧的冰盒，却无法制造冰块；四处堆满了过时的衣物、鞋子和报纸；阁楼拥挤得令人窒息，灰尘厚重，光线昏暗。她几乎希望这个家能被一场大火吞噬"③。对于一个奇卡诺女孩而言，这种愤怒在传统观念中是难以想象的。然而，罗西奥却显得与众不同。她的叛逆精神促使她放弃了传统女性的角色——家庭主妇。她开始追求知识，并逐渐融入白人主流社会。这位叛逆的女儿并非母亲的耻辱，反而是一种"幸福，还有更多荣耀"④。在随后的《最后的订餐女孩》中，罗西奥找到了自己的人生目标。罗西奥渴望追求的理想生活是以白人护士为典范，成为一位受人尊敬、地位显赫的人物。这部1986年出版的小说反映了当时美国白人主导的政府所推行的民族优惠政策，以及白人与黑人等不同族群之间的和解努力。同时，这也展现了白人主流社会对种族文化融合的接纳态度。奇卡娜作家逐渐认识到女性应享有的权利、身份认同和自由，并开始通过文学创作来争取这些权益。

　　作者通过罗西奥一家对姨外婆尤蒂莉亚（Eutilia）悉心照料这一情节，展开了罗西奥对护士职业的叙述。尤蒂莉亚一生无嗣，曾与丈夫共同经营一家繁荣的杂货店，直到一个深夜，两名持枪的强盗洗劫了他们的货

---

① Danise Chávez, *the last of the menu girls*, New York: Vantage Books, 2004, p. 57.
② Danise Chávez, *the last of the menu girls*, New York: Vantage Books, 2004, p. 59.
③ Danise Chávez, *the last of the menu girls*, New York: Vantage Books, 2004, pp. 152-153.
④ Danise Chávez, *the last of the menu girls*, New York: Vantage Books, 2004, p. 39.

物。在尤蒂莉亚生命的尾声，罗西奥一家将她接回家中，无微不至地照顾她。罗西奥为老人翻身，忍受她身上的异味，频繁更换尿布，甚至在病榻旁跳舞以逗她欢心。这种无私照顾非直系亲属的临终老人的行为，体现了奇卡娜人的高尚美德。而这一切都让当时年仅 13 岁的罗西奥决心不做护士。但看到姨外婆临终前痛苦的样子，她又想："我能用我的生命来拯救她吗？我能在最深的黑暗里用充满灵性的舞蹈来减轻她的痛苦吗？"[1]

17 岁的罗西奥在阿尔塔维斯塔纪念医院度过了一个暑假，担任订餐员，这段经历让她接触到了许多因绝症而遭受痛苦的人。在通往餐厅的电梯中，一幅描绘南丁格尔在战场上照顾伤员的油画深深吸引了她。这幅画中的白皮肤、深色头发、戴着护士帽的女性形象，给了她巨大的鼓舞。罗西奥认为，救死扶伤是一项光荣且意义深远的事业。在与同事讨论那幅油画时，她表达了自己想要成为像南丁格尔那样的护士的愿望。

在医院里做订餐女孩的这段时间，罗西奥见识了各种病人，尤其是老年病人，他们的要求五花八门。在整个夏季的工作期间，她遭遇了来自不同年龄段人士的怒吼，包括真正的病患、濒临死亡的患者，以及那些尽管健康却出于对隐私的关切而发声的人。他们叫她"滚"[2]，对她毫无尊重。但目睹这些人的遭遇，让罗西奥的心智渐渐成熟，在医院里为期 3 个月的实践中，罗西奥受到了老板、同事、朋友和病人的影响，以至于她多次提醒自己，要做一个负责任和有意义的人。

六 美好愿望与令人失望的现实

罗西奥想要成为"重要人物，负责任的人和性感的人"[3]。然而，她的成功之路布满了艰辛。

《空间是固体》讲罗西奥读研究生时因为贫困，无钱支付住宿等费用，不得不挤到男友租的房子里去，为了生活，她愿意献出自己的一切，而罗西奥的男友劳登（Loudon）最终将她抛弃。她碰到了另一个男孩罗恩（Ron），她想和他谈恋爱，以便于找个住处，但也遭遇了无声的拒绝。碰到无理取闹的房东和来自各方的辱骂，她只能"静静地坐着，疲惫至

---

[1] Danise Chávez, *the last of the menu girls*, New York: Vantage Books, 2004, p. 67.
[2] Danise Chávez, *the last of the menu girls*, New York: Vantage Books, 2004, p. 84.
[3] Danise Chávez, *the last of the menu girls*, New York: Vantage Books, 2004, p. 92.

极,连哭泣的力气都没有"①。毕业后,罗西奥已经转型成为一名戏剧教师。她采用了一种独特的教学方法,使得残疾学生也能热情地参与到课堂活动中。尽管罗西奥担任教师,但她的月薪仅有200美元,这笔钱仅够支付房租。正是她的学生卡丽·李(Kari Lee)的父母,以低于市场的价格将他们的房子租给了罗西奥,她才有了栖身之所。卡丽的父母是白人,属于社会底层的装修工人,他们没有受过高等教育,但拥有一处可供出租的房产。这对夫妇投资了当地的剧院,他们希望自己培养女儿卡丽的艺术天赋。然而,罗西奥租住的房子因拖欠租金和养猫而激怒了卡丽的母亲,她开始四处散播谣言,诽谤罗西奥。她向罗西奥的老板投诉说,猫破坏了家中的物品。罗西奥的同事也加入了谴责她的行列。面对这些指控,罗西奥无法为自己辩护。最终,她因压力过大而生病,精神几乎崩溃。而可怜的罗西奥在重病后还得继续给孩子们上戏剧课和创作课。她的学生——妮塔并不聪明的女儿——也对她布置的写作任务充满蔑视与不屑。

  罗西奥生活在贫困之中,在主流社会中挣扎求生存,面临重重困难。然而,她最终坚持了下来,并做出了一个决定——成为一名作家。摆脱奇卡诺传统文化的束缚,成为一位自由职业女性,正如安扎尔多瓦所言,这是奇卡娜人的第四种选择。这体现了奇卡娜人跨越思想意识界限的追求。唯有如此,奇卡娜人才能真正成为对社会有贡献的个体,并最终实现自我价值。

  查维斯借助意象派技巧,生动描绘了奇卡诺族裔的文化演变。她的作品展现了奇卡诺族裔走出传统文化逐渐融入美国白人主流社会的过程。

第四节 奇卡诺饮食文化的保留与跨界

  在查维斯的小说《最后的订餐女孩》中,作者深入探讨了美国西南部奇卡诺族裔在20世纪60年代前后文化传统的演变。而塔夫拉通过细腻的笔触和丰富的想象力,致力于复原和重塑奇卡诺族裔的文化遗产。奇卡诺历史上的白人入侵对当地文化产生了深远的影响。在小说中,罗西奥的崇拜对象不再是本民族的神灵,而是她在医院走廊墙上所见的南丁格尔——一位白人护士,她渴望成为像南丁格尔那样的人。

---

[1] Danise Chávez, *the last of the menu girls*, New York: Vantage Books, 2004, p. 144.

随着多元文化的兴起，奇卡娜作家开始探索和塑造自己民族的文化身份。塔夫拉的创作体现了对奇卡诺族裔文化的坚守、创新、融合与发展，展现了奇卡诺文化在与主流文化交融时的旺盛生命力。白人文化的侵入曾破坏了美国西南部奇卡诺人的文化，影响了他们的思维和判断。塔夫拉和其他奇卡娜文学家肩负着复原和创新奇卡诺文化的使命。在她的作品《神圣的玉米饼和一罐豆酱》（2008）中，塔夫拉通过一系列相互独立的小故事，描绘了奇卡诺人在不同生活领域的日常画卷，以此来推广和创新奇卡诺族裔文化。这部故事集分为三个部分：《我们日常的玉米饼》、《山、树、河、这片土地……整个家族》和《玉米的孩子》。第一部分包括《陈楚的奶牛》《圣女玛丽亚·皮拉尔，刻薄女王》《神圣玉米饼》《锅有眼睛》四个小故事；第二部分包含《遗产》《泥土的呢喃》《垦荒》三个故事；第三部分则有《玉米的孩子》《偷渡者不存在》《隐形人》《一起来尖叫的人》《我就是受不了》《我是怎么惹上大麻烦的》《费德里科和埃尔菲莉亚》《在树林之中等待》《穿黑色皮夹克的卢》《姨妈》十个故事。这些故事以幽默和轻松的笔触，描绘了当代奇卡诺人如何在主流社会中保持、发展和创新自己的文化，以及他们如何适应主流文化以追求更佳的生存状态。塔夫拉笔下的奇卡娜文化表征涵盖了衣食住行、事业、爱情、夫妻关系、性别差异、人情交际、族裔教育、社会歧视、族裔艺术、老年照料等多个方面。接下来，笔者将通过具体的例子进行深入分析。

一　食物文化的坚守

作为人类最基本的需求，"食物不仅仅是用于统计和营养研究的数据集合，它还构成了一个交流网络、一系列图像和一种实践方式，它还是多种情境和行为的体现。简而言之，食物是一种文化物质，人们可以通过它从多个领域汲取信息……食物成为人们理解和理论化奇卡诺复杂性的媒介"[1]。塔夫拉的创作不仅是奇卡诺族裔文化的传承与创新，而且展现了现代奇卡诺文化跨界的显著特点。小说的开篇部分便揭示了作者的创作宗旨：在文化传承与创新的过程中实现跨文化融合，将白人文化元素融入奇

---

[1] Meredith E. Abarca & Nieves Pascual Soler, "Introduction", *in Rethinking Chicana/o Literature through Food*, New York: Palgrave Macmillan, 2013, p.1.

卡诺本民族文化之中，从而彰显了奇卡诺族裔文化的独特主体性。

1. 白人骗子的破坏

小故事《陈楚的奶牛》讲述了陈楚的奶牛踢翻并吃掉了陈楚为邻居小孩洗礼专门熬制的豆酱后所发生的一系列怪事。牛吃了豆酱后不再叫唤，即使是饿极了也不再发声。陈楚因此一连很多天心情郁闷。他正发愁时，突然一个白人男子骑马来到了他家里，替他分析牛吃豆酱的原因。这个陌生的白人认为"'激情'是关键原因，而且陈楚的闷闷不乐是激情引起"[1]。这个白人是卖去情绪化药的骗子，骗奇卡诺人吃药后劳作不累。全村人，包括小孩，都上瘾了。人们醒悟时，骗子已逃。作家以此暗指历史上白人对奇卡诺人的欺骗。

在奇卡娜人眼中，奇卡诺男人性格慢条斯理、固执。陈楚是典型例子。因一罐被奶牛踢翻的豆酱，他长时间郁郁寡欢，甚至荒废庄稼。白人多次劝他放松，他都不理。奇卡诺人不易受骗，但穿戴整齐、彬彬有礼的陌生白人男子成功骗了他和村民。在几天交谈中，陌生人如牧师般说教，让人们相信吃了他卖的药会有耐心，"将来会多么幸运，在阳光下劳作更长时间，不会感到烦恼，带回支票，不论多少，不会哭泣。它赋予妇女劳动思想，而非痛苦"[2]。白人外国佬欺骗奇卡诺流动农民工，劝其耐心工作，或能有所回报，勿哭泣。"然后他大笑着策马扬鞭而去。"[3] 他的大笑揭示了白人骗子的真面目。无人能忍受在烈日下辛勤劳作而无报酬，但极度贫穷的奇卡诺人仍心存侥幸，轻信白人谎言。

奶牛吃了被自己踢翻的豆酱之后不再叫了。作家通过隐喻手法揭示了沉默寡言的奇卡诺人性格对其环境的深远影响。纵观整个故事，这象征着白人的到来彻底改变了奇卡诺人的生活轨迹，他们丧失了对自身文化精粹的记忆，这种记忆的丧失进而重塑了他们的生活方式。白人的影响是深远的，奇卡诺人的心态转变——变得更为耐心——也导致了他们性格的转变。为了维护自己的文化传统，他们不得不付出巨大的努力，依赖文字记

---

[1] Carmen Tafolla, *The Holy Tortilla and a Pot of Beans*, San Antonio: Wings Press, 2010, p. 5.

[2] Carmen Tafolla, *The Holy Tortilla and a Pot of Beans*, San Antonio: Wings Press, 2010, p. 5.

[3] Carmen Tafolla, *The Holy Tortilla and a Pot of Beans*, San Antonio: Wings Press, 2010, p. 8.

录和知识传承。陈楚在经历了白人的文化同化后，遗忘了制作豆酱的传统方法。在他的请求下，在城市工作的表弟寄来一封信，信中详细描述了豆酱的制作流程。从此，他不再仅凭记忆挑选豆子，而是更加用心去感受和选择。尽管他严格按照信中的步骤制作豆酱，却总觉得"有些调料似乎缺失了，却无法确定究竟缺少了什么"①。作家塔夫拉在此故事中对豆酱制作过程的详尽描绘，体现了对本民族食物文化的坚守与传承。

2. 坚守奇卡诺食物制作传统

在白人到来后，人们的生活习惯遭到了破坏。但塔夫拉在她的小说中通过叙述奇卡诺/娜人的食物制作来证明奇卡诺族裔仍然坚持着自己的文化。

（1）豆酱的再制作过程。在故事的开端，塔夫拉细致地描绘了陈楚豆酱的制作工艺以及享用它的步骤：

> 他细心地挑选豆子，用小火烤制数小时，随后加入盐、辣椒和培根。接着，他添上了西红柿、香菜、洋葱以及更多的培根。当然，不可或缺的是一罐啤酒——这是制作酒鬼炖豆的关键，一种他会盛在小杯中的小豆子。人们享用它们时，就像品尝巧克力糖浆一样，毫无疑问，杯底连一茶匙的汤汁都不会剩下，而且总是会回来索取更多。②

上文所描述的烹饪步骤，任何读者都能遵循，依样画葫芦制作出正宗的奇卡诺风味豆酱。传统上，烹饪是家庭主妇的职责，但作者将这一任务赋予了男性角色陈楚，以此强调其重要性，尤其是在"一个特殊场合的呈现。埃琳娜（Elena）与哈维尔·阿马多（Javier Amado）迎来了他们的圆脸男婴，他们决定以父亲的名字为他命名，即卡洛斯·哈维尔（Carlos Javier）……而这款豆酱，正是由他与阿马多共同制造的锅烹制而成，散发着红色沙土的独特风味"③。陈楚在喂牛时不慎将豆酱洒落。宴会上，

---

① Carmen Tafolla, *The Holy Tortilla and a Pot of Beans*, San Antonio: Wings Press, 2010, p. 9.

② Carmen Tafolla, *The Holy Tortilla and a Pot of Beans*, San Antonio: Wings Press, 2010, p. 1.

③ Carmen Tafolla, *The Holy Tortilla and a Pot of Beans*, San Antonio: Wings Press, 2010, p. 1.

他演奏手风琴并答应为年轻夫妇更换豆酱。然而，陌生白人骗子的到访和饮酒让他忘了做豆酱的方法。但他不想就此放弃传统，为此，他从一位表亲那里取得了豆酱的制作方法。他按照菜谱上的十条要求，一点一点地清理豆子，经过反复研究，在精确的时间段里加入精确测量的量。然而，尽管严格遵照了菜谱上的步骤和表亲的指导，陈楚仍感觉"好像少了什么配料，但他不知道该加什么"①，再也做不出原来的豆酱。很明显，这里作家要表明的是：白人骗子的到来严重地影响了奇卡诺人的生活，虽然他们不能再像以前那样保持自己的文化，但他们还会坚持不懈地去做。

（2）陶器为锅。《锅有眼睛》描绘了奇卡娜人对传统炊具的深厚情感，他们坚持使用旧陶锅来制作玉米饼。故事中，一位贫穷的老太太在使用了盎格鲁人的铝锅烹饪后，感到食欲全无。她深信"锅有眼睛，能够洞察她的内心世界"②。她希望用旧陶锅做传统玉米饼和豆酱，女儿则认为衣服破烂需换新，食物可用微波炉和铝锅做。母亲认为铝锅有害健康，坚持用老方法做饭。女儿欲丢弃旧锅，母亲尖叫反对："别扔，它想让我们看到一些东西。"③ 这"一些东西"指奇卡诺人传统食物文化。陶器为其先祖印第安人常用的炊具，象征奇卡诺文化，丢失它即丢失文化，保留它即保留文化。文化注视她们，使她们不迷失。故此，老太太想再走近旧锅，"从零开始做点特别的东西"④，她决定在天黑前到日杂店购买制作玉米饼的原料。三个男孩在杂货店外闲逛，发型奇特，令老太太惊讶不已，因为：

> 第一个人的头发上部分长，下部分剃光。双耳各戴四耳环，嘴唇上一枚。第二人金发深重，与黑皮肤形成鲜明对比，眼睛如淡蓝鱼，反光似鱼鳞，混浊似老人之眼。片刻间，第三人的发型显示出意义，

---

① Carmen Tafolla, *The Holy Tortilla and a Pot of Beans*, San Antonio: Wings Press, 2010, p. 9.

② Carmen Tafolla, *The Holy Tortilla and a Pot of Beans*, San Antonio: Wings Press, 2010, p. 27.

③ Carmen Tafolla, *The Holy Tortilla and a Pot of Beans*, San Antonio: Wings Press, 2010, p. 29.

④ Carmen Tafolla, *The Holy Tortilla and a Pot of Beans*, San Antonio: Wings Press, 2010, p. 29.

她认出是印第安莫霍克部落自豪的发型。①

为追求主流社会的认可和时尚，奇卡诺青年们选择将头发剃成独特的造型，染成金发，并佩戴耳环。然而，这样的装束打扮在老一辈人看来是难以理解的。老太太对第三个男孩的发型表示了认同，原因在于她自己的祖先也来自这个部落，她能在其中寻找到一些根源和历史的痕迹。老太太在商店购物时，一改往常，购买了大量制作墨西哥传统美食所需的食材，包括玉米粉、鳄梨、西红柿、柠檬和墨西哥辣椒。当她回家途中经过三个男孩时，还不忘对第三个男孩的发型表示赞赏。老太太回家途中晕倒，被她称赞过的男孩将其救起并送回家。清醒后，她做了墨西哥饼款待救命恩人。男孩称赞这是最美味的玉米饼，因为手工制作的玉米饼口感松软，而饼上的番茄、柠檬和火腿味道可口，豆子制作的沙拉香气扑鼻。食物的美味得益于陶锅。男孩希望老人教他做菜。故事的结局描绘了老人与男孩共同品尝传统玉米饼和豆酱的温馨场景，这一幕所蕴含的深层意义不言而喻：老人凭借自己的执着，不仅保留了奇卡诺美食的传统，还将其美味的精髓传递给了年轻一代。尽管这些年轻人在外表上，如服饰和发型，可能受到了主流文化的影响，但他们的内心深处依然对本民族的文化保持着深厚的认同感。

二 饮食文化跨界：《圣女玛丽亚·皮拉尔，刻薄女王》

在当今奇卡诺人的生活中，饮食文化的交融——墨西哥美食与白人传统食物的结合——已经成为他们日常饮食的一部分。在故事《圣女玛丽亚·皮拉尔，刻薄女王》中，作者塔夫拉以夸张和幽默的笔触，讲述了善良的女权主义者如何将奇卡诺的美食与白人的食物巧妙融合的故事。

玛丽亚·皮拉尔被认为是奇卡诺贫民窟最坏的女人，行事风格惊人，连母亲都认为她刻薄。她总做让人讨厌的事。在她外婆80大寿时，妈妈让她带礼物，她盛装打扮后出门。待献礼时，"她递上一瓶雅芳香水给奶奶试用。奶奶欣然接受，却意外喷于表妹身上。瞬间，室内弥漫起一股难

---

① Carmen Tafolla, *The Holy Tortillo and a Pot of Beans*, San Antonia: Wings Press, 2010, pp. 29-30.

闻的尿骚味"①。她表妹为宴会打扮,她却突然剪去表妹一边长发。复活节野炊时,路易准备取饼,笑容骤失,因为玛丽亚把换下来的婴儿尿布扔进了烤饼炉,还说这样做只是因为他说了句换尿布是"女人的事"②,她心里不服气,认为"既然换尿布是女人的事,那么尿布扔在哪里也是由女人决定"③。她震慑了那群傲慢的男人,也让吃玉米牛肉卷饼的人失去食欲。此后,人们不再尝试那种味道的饼,也谨慎对待让他人换尿布或谈论女性职业的话题。

后来玛丽亚移居山谷,与堂兄弟姐妹同住。当人们担忧她婚事时,她已嫁至佩尼塔斯镇。再闻其讯,她"已成为当地英雄,人们正考虑以她的名字命名学校"④。佩尼塔斯镇因玛丽亚·皮拉尔的出现而彻底改观,她宛如民族英雄一般。当地存在一个棒球协会,曾禁止女孩加入。玛丽亚勇敢地闯入了负责人的办公室。尽管无人知晓她究竟说了些什么,但人们注意到"负责人从办公室步出时脸色苍白如骨,随后协会对少年棒球联赛作出了新的规定,允许任何渴望参与棒球或其他运动的小女孩在佩尼塔斯镇接受训练"⑤。是她的坚持改变了棒球协会的规矩。

玛丽亚无法忍受丈夫的酗酒行为,将他赶出家门,用剩余的钱开餐厅。镇长的儿子前来应聘,后来成为她的第二任丈夫。餐厅生意红火,"欢迎各族裔,棒球协会周六也光顾,玛丽亚提议用收入的10%为球队购奖杯"⑥。最终,玛丽亚成为小镇的知名人士。在高速公路上,人们竖起了欢迎牌,邀请游客们光临她的餐馆。当地居民也开始在餐馆周边经营起手工艺品的生意。妇女们有了更多机会选择外出就餐,并在饭后去观看电

---

① Carmen Tafolla, *The Holy Tortilla and a Pot of Beans*, San Antonio: Wings Press, 2010, p. 12.

② Carmen Tafolla, *The Holy Tortilla and a Pot of Beans*, San Antonio: Wings Press, 2010, p. 13.

③ Carmen Tafolla, *The Holy Tortilla and a Pot of Beans*, San Antonio: Wings Press, 2010, p. 15.

④ Carmen Tafolla, *The Holy Tortilla and a Pot of Beans*, San Antonio: Wings Press, 2010, p. 17.

⑤ Carmen Tafolla, *The Holy Tortilla and a Pot of Beans*, San Antonio: Wings Press, 2010, p. 17.

⑥ Carmen Tafolla, *The Holy Tortilla and a Pot of Beans*, San Antonio: Wings Press, 2010, p. 17.

影。随着时间的推移,玛丽亚与她的丈夫离开了小镇,迁往了更为繁华的城市休斯敦。或许,玛丽亚将她的美食文化带到了更宽广的领域。

塔夫拉所描绘的角色,诸如陈楚和玛丽亚,皆为典型的奇卡诺人。他们说话简单直白,文化程度不高,然而在行动上却坚持原则,且态度严谨。正是由于这些人物的存在,奇卡诺贫民窟的生活才显得生机勃勃、活力四射。同时,奇卡诺的饮食文化,通过与白人饮食文化的交融,亦展现出独特的魅力和光彩。

三 奇卡诺文化的创新:《神圣玉米饼》

塔夫拉不仅在人物塑造上独具匠心,还运用了魔幻现实主义的技巧,对奇卡诺人的传统主食——玉米,赋予了人格化和神圣化的特质。在玉米饼散发的蒸汽中,女神的显灵体现了作家对奇卡诺文化的传承与创新。

从玉米的种植、玉米粉的磨制到玉米饼的制作流程,再到被魔幻化和女神化,作家体现了对本民族文化的继承、发扬、创新和热爱。民以食为天。食物是神圣的。在描述玉米的生长过程时,塔夫拉这样写道:

> 如同婴儿般,这一点显而易见。在田野中,众多干裂的泥土与棕色的叶子间,玉米粒在一根棒上孕育而生。谁也不曾预料,它将永久地改写得克萨斯州南部的历史。从玉米粒在玉米棒上萌芽的那一刻起,玉米穗便开始展现出不同的反应。它在奇异的时刻发出奇异的话语,洞察到他人未曾察觉的事物,将脸庞转向月亮而非太阳,回答那些从未被提出的问题。当需要与他人达成共识时,它便沉静下来……由于玉米秆总是致力于保持宁静,它们试图忽视宇宙中正在发生的奇异现象……当她那嫩绿的玉米须开始染上血红色时,周围的茎秆开始后退,迅速围成一个圆圈,在她周围形成了一片清晰的空间。周围的茎秆逐渐远离,然后向她弯曲,仿佛在行鞠躬之礼。她保持着镇定,从不做出过激的反应。穗似乎对这一切有着一种奇异的直觉,为了以防万一,开始在周围长出特别厚实的外壳。[1]

---

[1] Carmen Tafolla, *The Holy Tortilla and a Pot of Beans*, San Antonio: Wings Press, 2010, p. 19.

作家以简洁的笔触，运用拟人化的手法，生动地描绘了玉米的种植与成长历程。这幅栩栩如生的玉米生命画卷，因其翠绿的成长过程，增添了几分珍贵。同样，玉米粉的制作过程也充满了趣味。

> 新鲜且散发着香气的嫩玉米粒被送入这个金属设备的一端，经过处理后，从另一端输出时变得柔软而光滑。那位手臂上布满波纹的男子从设备的出料口下方取下斯巴克莱牌的盆子，将其放置在桌面上。一个肤色深棕的小女孩用勺子将湿漉漉的玉米糊舀到秤上，再从秤上转移到一个袋子里。小莫利诺将玉米糊装入一个透明的塑料袋中，系上一个纽结领带，并在白色的标签上用黑色字体标明："爱娃的玉米饼，阿尔玛·塞卡，得克萨斯州"。[1]

作者的叙述表明，这种面粉的生产过程是完全原生态的，未添加任何食品添加剂。享受这种由纯天然原料制成的玉米饼无疑是一种愉悦的体验。一位家庭主妇利用这种面粉精心制作玉米饼，"随着蒸汽从热气腾腾的玉米饼中升起，她再次伸手取了一些粉糊，准备制作第二个玉米饼。就在这时，奇异的影子开始在烤玉米饼上方的蒸汽中舞动。孩子们一个接一个地从动漫节目中抽身，围拢过来，目不转睛地观看这一幕"[2]。接着他们看到了心形状的东西，然后，

> 透过朦胧的水汽，一位肤色如土地般的女性显现出来。她身着一件鲜艳的红色裙装，腰间系着一条黑色的空手道腰带，恰好位于她微微隆起的腹部上方。她披着一条墨西哥雷博佐风格的披肩，采用蓝绿色的民间布料精心编织，披肩优雅地覆盖在她的头部和肩上，一直延伸至地面。随着她的动作，星星开始在她头顶的绿色披肩上闪烁，披肩轻盈地在她头部周围旋转，仿佛夏日微风轻拂。阳光从她背后洒

---

[1] Carmen Tafolla, *The Holy Tortilla and a Pot of Beans*, San Antonio: Wings Press, 2010, p. 20.

[2] Carmen Tafolla, *The Holy Tortilla and a Pot of Beans*, San Antonio: Wings Press, 2010, p. 20.

落，勾勒出她优美的轮廓。①

这个深色皮肤的女人很快就被火炉边上的女人认出，"这是瓜达卢佩的圣母玛利亚！"② "一轮新月悄然出现在红裙的下摆和圣母的脚底之间。此刻，一位年轻的黑天使降临，高举着那轮新月"③，玉米饼上没有圣母的画像。它"实际上以一种全新的三维方式，在玉米饼上方移动和旋转。圣母的手以一种女性特有的、渴望辨认的姿态合拢，随后又分开，转身，再次合拢。她垂首凝视着她的双手，或许是在注视着玉米饼。玉米饼已在盘中放置了一个多小时，却始终未见焦痕"。④ 人们知道，"这是瓜达卢佩女神，然而她依然充满活力，持续移动，与人们家里的电视机不同，她不会重播。她无声无息，却以某种方式让他们参与互动"。⑤

在神奇的玉米饼散发的蒸汽中，瓜达卢佩女神的形象逐渐显现，吸引了周围邻居的驻足观看。随着消息的传播，她吸引了来自各行各业的人们，包括商人、警察、国内外的民俗专家等，他们纷纷前来围观和研究。人们在观看女神的同时，也展开了热烈的讨论，欢呼雀跃，以此来激励自己。作家继续描述女神的神奇性：

> 在蒸汽女神的背景下，日用品如可口可乐、尿布、书籍等出现。这些图像呈现多维真实感。一次，她布置餐桌，桌上就有芒果、玉米牛肉卷饼等，还点缀着牧豆树叶子和圣诞灯。突然，她折起招贴，名字留空，直视众人。另一次，她窗前抚猫，眺望洒满阳光的田野。⑥

---

① Carmen Tafolla, *The Holy Tortilla and a Pot of Beans*, San Antonio: Wings Press, 2010, p. 21.

② Carmen Tafolla, *The Holy Tortilla and a Pot of Beans*, San Antonio: Wings Press, 2010, p. 21.

③ Carmen Tafolla, *The Holy Tortilla and a Pot of Beans*, San Antonio: Wings Press, 2010, p. 20.

④ Carmen Tafolla, *The Holy Tortilla and a Pot of Beans*, San Antonio: Wings Press, 2010, p. 21.

⑤ Carmen Tafolla, *The Holy Tortilla and a Pot of Beans*, San Antonio: Wings Press, 2010, p. 21.

⑥ Carmen Tafolla, *The Holy Tortilla and a Pot of Beans*, San Antonio: Wings Press, 2010, p. 22.

女神所展示的每一种食物和生活方式，均反映了奇卡诺人在墨西哥本土的生活风貌。从这些描述中，我们可以深刻感受到作家对故乡和宗教文化的深切怀念。

女神的出现让小镇上的人也开始盛传他们自己也感受到了神奇，如"看到了盛开的仙人掌、红金枪鱼，闻到了橘花香，听到蝴蝶飞舞声；圣母转身对窗，窗左边玉米粉蒸肉生于橄榄树，窗右边黑人抱着婴儿"[①]。从这段文字中，我们可以看出作家构想了与现实世界截然不同的美丽景象，这反映了她对本民族生活环境的积极态度。奇卡诺人渴望着春暖花开和富足的生活。

女神还让人们感觉身上也发生了一些奇迹。观看玉米饼上图像的人，"体内多了些神秘物质，睡眠更深，笑容更甜。行色匆匆者也放慢脚步，品味沿途风景。顽强小花被重新发现，小镇生活洋溢着音乐，年轻人弹吉他，老者哼唱古老民谣"[②]。显然，作家在这里隐喻性地表达了对民族文化复兴的欣喜之情，他们内心洋溢着欢乐。同时，这也揭示了信仰的力量，它为人们的心灵注入了希望。

女神唱起了歌，立体影像步入人群，扯上一男一女攀亲戚。她受民众热爱，人们聚拢聆听她的教诲。作家这里暗示人们回归原有文化，尊重瓜达卢佩女神。

女神对反对她的政府官员也有积极的影响。当移民归化局官员听到消息说有一女子立于牧场蒸汽云中，手势频出，静默不语，或因其不通英语，非美籍公民，亦可能与焚烧、吸烟或吸入非法物质有关时，他们派了已经归化为美国公民的西尔弗·门德斯（Silver Mendez）去探个究竟，结果他因受到女神影响三日不归，官员随后察看情况，也被妻子讽刺为"找借口去看神奇玉米饼"[③]。

新女神的出现影响了各行各业。商人生意受损，政客说教无人听，议员发言亦遭冷遇。宗教研究者争相研究玉米饼奇迹，旅行者涌向圣安东尼

[①] Carmen Tafolla, *The Holy Tortilla and a Pot of Beans*, San Antonio: Wings Press, 2010, p. 22.

[②] Carmen Tafolla, *The Holy Tortilla and a Pot of Beans*, San Antonio: Wings Press, 2010, p. 22.

[③] Carmen Tafolla, *The Holy Tortilla and a Pot of Beans*, San Antonio: Wings Press, 2010, p. 24.

奥市观看女神。新女神"激怒了天主教主教,罗马主教因未获信息而怒,墨西哥天主教会因女神源自其国而愤怒,美国政府担忧分裂"①。美国各派黑暗势力开始相互谴责。最终,有人"将30个塑料包绑在一起,扔到了玉米饼上,一切归于平静"②。小镇的居民们继续诉说着他们的故事,而小镇的空气如今弥漫着不同的气息,它变得更加清新、更加翠绿,仿佛带着玉米秸秆的香味。有人甚至觉得他们的皮肤也感受到了这种变化。然而,最显著的转变是州长对奇卡诺族裔人民所作出的承诺,"他将改善教育,尤其是少数族裔的教育,奖励那些考试分数高的学校,惩罚那些分数低的学校"③。

通过观察美国政府官员的态度,人们可以看出奇卡诺人女神崇拜的宗教文化已经获得了社会的广泛认可。这种文化不仅跨越了国界,还深入了美国普通民众的心中。这充分证明了奇卡诺人的核心文化——天主教教义——已经超越了种族和民族的界限,成功地融入了美国社会。在某种意义上,女神事件实际上是一场奇卡诺人为争取权益而发起的和平抗议。至少,他们因此获得了公平教育的机会。

一个民族的基础食物最能体现其文化特色。即使是制作一张简单的玉米饼,也能展现出令人着迷的魔幻效果,这深刻地反映了该民族所拥有的丰富想象力和创造力。作家通过自己的想象,致力于展现奇卡娜人的智慧与神秘力量,同时也展示了她个人的创造力。她巧妙地将蒸汽形成的图案与女神的影子相结合,以此吸引白人主流文化中的人,让他们对奇卡诺人的创造产生兴趣。

在小说里,玉米饼的制作变成了神圣的仪式。作家运用魔幻现实主义的手法,细腻地描绘了玉米饼的制作过程,展现了人们对它的深厚情感,以及它如何被用作政治工具。通过将玉米饼神化,作家旨在通过描绘日常生活中的平凡场景,揭示奇卡诺族裔宗教文化的典型特质及其核心价值:

---

① Carmen Tafolla, *The Holy Tortilla and a Pot of Beans*, San Antonio: Wings Press, 2010, pp. 26-27.

② Carmen Tafolla, *The Holy Tortilla and a Pot of Beans*, San Antonio: Wings Press, 2010, p. 27.

③ Carmen Tafolla, *The Holy Tortilla and a Pot of Beans*, San Antonio: Wings Press, 2010, p. 27.

"质朴、简约以及持久的生命力。"①

第五节 文化跨界中当代奇卡娜人的生存困境

在当代美国社会，奇卡诺文化在跨越国界后面临了严重的文化同化威胁。塔夫拉通过叙述奇卡诺女性在历史和现代所遭受的悲剧，展现了奇卡诺人在融入美国主流社会时不断遭遇的挑战。

一 奇卡诺文化之源的消失：《山、树木和小溪》

奇卡诺族裔在恶劣的自然环境中求生——美国西南部广阔的沙漠地带构成了奇卡娜小说中最为频繁描绘的背景。塔夫拉在其故事集《神圣的玉米饼和一罐豆酱》的第二部分中，详细叙述了奇卡诺人如何在获得大部分土地后又失去了它们，并在剩余的有限土地上顽强生存，坚守并发扬自己的文化。

土地是人类生存的基础，也是文化传承的舞台。然而，在几个世纪的历程中，随着诸如西班牙人等外来势力的入侵，奇卡诺族裔的土地逐渐被侵占，随之而来的是他们文化的逐渐消融。短篇故事《遗产》叙述了腿部患有严重风湿病的老太太，向一个误入她家土地的奇卡诺族裔青年旅行者讲述她家的领土丢失的历史。当旅行者跨过标记领土主权的栅栏时，一位步履蹒跚的老太太厉声吼叫："这地方是我的！这地方是我的！！我还拥有更多。从这里一直到河边！你还能闻到它！"②这里的"更多"指的是百年来被美国白人政府没收的土地和被教区没收用作墓地的土地。"能闻到它"寓意为听者还能感觉得到它原来的主人和仅剩的小块土地的存在。这片曾经充满生机的土地，曾是奇卡诺老太太先辈们生活的地方。如今，它仅剩下"一块狭小的区域，四周被自制的带刺铁丝栅栏所环绕。栅栏上那些扭曲的柱子，曾经是天然的树枝"③。河水所在区域曾是老太

---

① Gloria Anzaldúa, *Light in the Dark/Luz en lo Oscuro: Rewriting Identity, Spirituality, Reality*, Analouise keeting, ed., Durham/London: Duke University, 2015, p. 53.

② Carmen Tafolla, *The Holy Tortilla and a Pot of Beans*, San Antonio: Wings Press, 2010, p. 34.

③ Carmen Tafolla, *The Holy Tortilla and a Pot of Beans*, San Antonio: Wings Press, 2010, p. 34.

太的先辈们洗净身上灰尘之地,也是他们的生存之地。然而,河岸边的一切财产"被他们拿走了"①,此处"被拿走"一词指的是白人对西南部地区进行的土地侵占。

得克萨斯州曾是墨西哥领土,但在1848年美墨战争后被美国政府侵占。20世纪60年代,奇卡诺人通过土地归还运动重新获得部分土地所有权。老太太指出美洲塔所在地是她祖奶奶宰杀家禽的地方。高楼大厦的建立使得奇卡诺人"几乎见不到阳光"②。目前她居住的地方已经远离了原来的圣安东尼奥,以至于老太太认为"几乎不是圣安东尼奥——几乎不是任何地方"③。但她的祖祖辈辈都曾生活在这里,这里有他们留下的别人看不见的东西,"血液、胎记、汗水、泻湖——这些是赋予人们力量的元素"④。所以,她最终能够骄傲地说:"我来自圣安东尼奥。也许,圣安东尼奥,是我送的。"⑤ "这片土地属于我们,因为我们在这里生活。它承载着我们的梦想,我们的死亡,以及由此衍生的一切。这泥土——这泥土中充满了我们的存在。姑娘,你看到了吗?我们建构了它,它也建构了我们,我们共同拥有这片土地。"⑥ 在这段文字中,作者通过一位老妇人的叙述,宣称南部的土地自古以来属于奇卡诺人,而白人仅仅是这片土地上的租户。

在故事的结尾,一块巨大的棕色泥土在河上游14公里处的岸边崩塌,缓缓地向下游漂去,流向那个几乎被城市遗忘的角落。这一幕富含深意。崩塌的泥土标志着老太太家族曾经拥有的土地的边界消失,现代城市取代了它。下游被遗忘的地区,正是奇卡诺族裔老太太目前的居所,一个落后

---

① Carmen Tafolla, *The Holy Tortilla and a Pot of Beans*, San Antonio: Wings Press, 2010, p. 34.

② Carmen Tafolla, *The Holy Tortilla and a Pot of Beans*, San Antonio: Wings Press, 2010, p. 35.

③ Carmen Tafolla, *The Holy Tortilla and a Pot of Beans*, San Antonio: Wings Press, 2010, p. 37.

④ Carmen Tafolla, *The Holy Tortilla and a Pot of Beans*, San Antonio: Wings Press, 2010, p. 37.

⑤ Carmen Tafolla, *The Holy Tortilla and a Pot of Beans*, San Antonio: Wings Press, 2010, p. 37.

⑥ Carmen Tafolla, *The Holy Tortilla and a Pot of Beans*, San Antonio: Wings Press, 2010, p. 38.

的地区。泥土的汇合象征着现代白人社会与族裔社会的融合,以及白人文化与族裔文化的交融。在社会的宏大发展中,白人文化的渗透无处不在,影响着奇卡诺人的每一个角落。

二 奇卡娜人悲壮的历史照进现实:《泥土的呢喃》

随着外来民族的侵入,墨西哥的传统文化经历了数次融合,从而发生了深刻的变革。由此诞生了新民族奇卡诺,它融合了原住民与外来文化的精髓。在这一独特的文化交融过程中,奇卡诺女性遭受了双重压迫,她们所承受的苦难源远流长。

在短篇小说《泥土的呢喃》里,塔夫拉巧妙地采用了时空交错的叙事技巧,生动地勾勒出了圣安东尼奥市的演变以及奇卡娜人长期遭受压迫的历史。故事跨越了170年的时空,发生在两个不同的历史时期,却都是在3月2日这一天。1836年3月2日,圣安东尼奥是墨西哥共和国领土下的得克萨斯州的一部分;而到了2006年3月2日,圣安东尼奥已经成为美国得克萨斯州的一个城市。

在1836年3月2日,春意盎然的午后,小女孩塔查(Tacha)独自一人在河边嬉戏。她身旁,风儿轻拂,伴随着飘落的树叶,她将这些树叶精心制作成小巧的旗帜,一一插在柔软的泥土中。她梦想着像那些英勇的叛逆者一样,在阿拉莫(Alamo)的天空中飘扬起一面旗帜。河边的泥土仿佛在与她低语,但她似乎并未察觉,沉浸在用草叶搭建小屋的乐趣中。就在这时,塔查的母亲突然意识到女儿不见了,焦急地四处寻找,她心急如焚地冲向河边。在途中,她不幸遭遇叛乱士兵的枪击,倒在了街头。最终,塔查孤独地留在了河边,只有泥土陪伴着她。

在2006年3月2日,一个故事发生在寒冷且充斥着白噪音的圣安东尼奥市医院。那里的医生的心肠比寒冷的空气还要冷酷。这一切让病床上的老妇人感到极度不安。她的眼睛向医生发出求救的信号,而看病的医生"不耐烦地翻阅着病历,让护士拿来必要的表格进行填写,但心里想着的是快点下班,去吃饭,然后和心仪的女生到河边散步"①。在检查后,医

---

① Carmen Tafolla, *The Holy Tortilla and a Pot of Beans*, San Antonio: Wings Press, 2010, p. 41.

生罗德里格斯（Rodriguez）并没有给出病人的治疗方案，而是先去吃饭、散步，和女友谈论得克萨斯州的独立问题和在哪里举办婚礼的问题。待他回到医院再看到病人时，老妇人早已没气息了。他还假装要重新评估病人的状况，嘴里还念着"哪里有生命，哪里就有希望"[1]。

作家叙述了两个时代背景迥异的故事，它们在某些方面相似，在其他方面则截然不同。两段故事均发生在春天，且都以女性角色的死亡告终。然而，它们所描绘的不同时代的圣安东尼奥大相径庭：历史上的圣安东尼奥处于一个平静却危机四伏的战乱时期，缺乏科技的支撑；而现代的圣安东尼奥则处于一个充斥着白噪音、表面看似宁静的环境中，这里的医生是墨西哥裔。塔查的母亲在得克萨斯州混乱的独立战争中丧生，而老妇人则因医生的冷漠而逝。这些情节映射出墨西哥裔男性的某些特质，他们对女性生命的漠视和无情。几个世纪以来，尽管美国社会经历了诸多变迁，女性始终是牺牲品，她们的生命似乎未能获得男性的足够尊重。作者通过跨越时空的对比，揭示了女性所遭受的压迫是长期且致命的。同时，作家也无声地批判了奇卡诺男性群体中的某些不良品质和极端不负责任的行为。

在圣安东尼奥的土壤中孕育出了与自然环境格格不入的多元文化。这种现象反映了文化交融中的一种悲哀。

塔夫拉的故事融入了奇卡诺族裔文化的另一重要元素：历史。这些历史事件持续对现代人的生活环境产生影响。在短篇故事《垦荒》中，叙述者惠尔塔（Huilta）在故事的开头就说："这是在回顾，从尚未诞生的独特优势出发，审视我的人生。"[2] 实际上，作家以叙述者的身份，以电报式的简洁语言，从古至今详尽地叙述了奇卡诺民族的历史与现状。这是因为，当奇卡诺民族首次赋予那片土地和水域以塑造自我时，"他们的记忆是完美无缺的"[3]。在全文的简短叙述中，读者可以窥见奇卡诺历史的创世神话、人类的原始生活、游牧生活、定居生活、艰苦创业、流动的农

---

[1] Carmen Tafolla, *The Holy Tortilla and a Pot of Beans*, San Antonio: Wings Press, 2010, p. 43.

[2] Carmen Tafolla, *The Holy Tortilla and a Pot of Beans*, San Antonio: Wings Press, 2010, p. 45.

[3] Carmen Tafolla, *The Holy Tortilla and a Pot of Beans*, San Antonio: Wings Press, 2010, p. 45.

民工生活、矿区工人的生活、筑路工人的生活、女性生活的艰辛以及奇卡诺族裔所遭遇的种种灾难。

随着工业的发展，圣安东尼奥乃至得克萨斯州的"长叶黄松灭绝了，数百万英亩土地被毁，树木被砍伐，木头被拉上来，用作码头、火车车厢、房屋等，直到一切都消失"①。

为了生存，惠尔塔曾去献血，但之后她很快头昏眼花，原因是体重不够，营养不良。在她的眼中，圣安东尼奥曾是居民的骄傲。奇卡娜人在这座城市"流汗，穿梭于车水马龙之间，支付房租，清洗污秽的毛巾，每周工作长达 60 小时……在这片土地上，哭泣，奋斗"②。

惠尔塔在个人和圣安东尼奥市经历的叙述中，从泥土开始到泥土结束，说她要"进入泥土里……把我埋在我祖父母和我父母的地方……这是家。整个家庭。你，我，每一个人、山、树、河，还有这片土地"③。

然而，在这个家庭中，奇卡娜女性自古以来便承受着男性主导的压迫，忍受着无休止的苦难。

三 当代奇卡娜人面临的社会问题：《玉米的孩子》

在奇卡娜小说中，从多维度叙述当代奇卡诺族裔面临的社会问题的小说莫过于塔夫拉的小说。小说的第三部分《玉米的孩子》描绘了奇卡娜人在 21 世纪的生活图景。作为偷渡者，她们面临着职业的不稳定性、身份的模糊性，然而，她们怀揣梦想，不懈奋斗，并且拥有长寿的特质。在逆境中，她们不仅坚守着自己的文化传统，而且在选择性地接纳主流社会规则的同时，努力实现与之和谐共存。

1. 奇卡娜人的爱情与婚姻悲剧的历时性

奇卡娜人所面临的最大悲剧，莫过于爱情与婚姻的悲剧。在塔夫拉的小说里，通过两个故事，她细腻地描绘了奇卡娜人所遭受的悲惨命运。

短篇故事《偷渡者不存在》（"El Mojado No Existe"）虚构了一个

---

① Carmen Tafolla, *The Holy Tortilla and a Pot of Beans*, San Antonio: Wings Press, 2010, p. 50.

② Carmen Tafolla, *The Holy Tortilla and a Pot of Beans*, San Antonio: Wings Press, 2010, p. 50.

③ Carmen Tafolla, *The Holy Tortilla and a Pot of Beans*, San Antonio: Wings Press, 2010, p. 51.

动人的故事。1928年,一位名叫荷塞·西尔瓦(José Silva)的墨西哥青年跨越边境抵达美国,他在斯图本农场过着奴隶般的悲惨生活,同时,他的故事也是一段爱情的悲剧。他总是避免直视老板,同样也不与老板的女儿对视。最终,他凭借自己的才华和人格魅力,赢得了老板女儿伊尔塞(Ilse)的爱。然而,当老板的两个儿子得知这一情况后,他们诱骗他前往农场的偏僻角落,并在那里将他活活烧死。该故事揭示了奇卡诺女性所面临的另一重困境:她们在成年后、结婚前,受到传统家庭结构的压迫,无法自主选择自己的配偶。伊尔塞在母亲离世后,便承担起了家庭的主要家务,照料家人及劳工荷塞的日常生活。然而,当她与心灵手巧的荷塞坠入爱河时,却遭到了两个兄弟的残酷对待。他们不仅对她颐指气使,命令她洗衣做饭,还对她的情感生活横加干涉。最终,这种压迫导致伊尔塞精神崩溃,她开始"终日坐在家门前,身着睡袍,膝盖上搭着毯子,年复一年地凝视着田野,仿佛在遥望着某个虚无缥缈的身影"[1]。她的悲剧是奇卡娜人爱情悲剧的写照。在当代社会,许多奇卡娜人就像她一样,拖家带口,从事繁重的劳动,却得不到家人和社会的尊重,这是她们的悲哀。

当代奇卡娜人的不幸婚姻在短篇故事《我是怎么惹上大麻烦的》中得到了生动的体现。该故事的完整题目为《依严重性增加之顺序,我如何陷入大麻烦,我犯的错》,其情节和语言风格简洁、直接。作家通过详细列举女主角"我"所犯的错误,从"错误1号"到"错误11号",来叙述故事中"我"的不幸婚姻。这些错误的严重性从轻微逐渐加重。在"我"与牧师相爱并遭到父母强烈反对的情况下,"我们"依然在法官的见证下结为夫妻,结果导致父母与"我"断绝了联系。作为牧师的丈夫,辞去了工作,全心全意地在家照顾孩子。而"我"在取得护士资格证后,在医院找到了工作。由于丈夫未能找到合适的工作,他开始酗酒和吸毒。最终,"我"选择了离婚,父母则鼓励我要坚强面对。不久,"我"再次步入婚姻的殿堂,这次是与"我"照顾的一位病人结婚,他是一位等待心脏移植的患者。"我们"的婚礼并没有在教堂举行,而是在医院简单地进行。原本"我"每年庆祝结婚纪念日,现在则变成了每月一次。"我"

---

[1] Carmen Tafolla, *The Holy Tortilla and a Pot of Beans*, San Antonio: Wings Press, 2010, p. 62.

的母亲说:"女儿,那个男人随时可能死掉,你在给自己找大麻烦。"① 该故事反映了当代奇卡娜人婚姻生活的深重不幸。这是一段未获任何人祝福的婚姻。从对牧师的爱慕到与之结合,生育子女,再到经历离异、再婚,与一位随时可能离世的心脏病患者结为伴侣。在这一系列变故中,"我"所面临的种种阻碍和挑战,在个人经历的叙述里,被轻描淡写地提及。"我"已经洞悉了世事,成长为一个生活的法官、陪审员、牧师,能够给予自己最诚挚的祝福。这段平凡的婚姻经历揭示了一个奇卡娜女性对爱情和事业不懈追求的悲剧性。这恰好印证了中国的一句谚语:没有父母祝福的婚姻,注定是不幸的。

奇卡娜人的爱情和婚姻虽然不幸,但她们仍然坚持对自由恋爱和幸福婚姻的不懈追求和对美好生活的向往。在整部作品中,作家采用了第一人称视角,以"我"为叙述者,而未使用具体人名。这种第一人称的使用具有深刻的象征意义,暗示"我"代表了奇卡诺族裔中的任何一位女性。她们的婚姻若未能满足父母的期望或遵循传统教规,便可能遭受家庭乃至社会的排斥,从而导致悲剧的发生。

自1928年起直至21世纪,奇卡娜人的抗争之路显得尤为漫长。作者通过这个故事,意在揭示奇卡娜人所承受的压迫之深,并呼吁为她们的未来生活提供实质性的支持。她们必须通过实际行动来推动社会制度的变革,以保障少数族裔的福祉和权益。尽管如此,奇卡诺女性在爱情和婚姻中遭遇的不幸似乎难以避免。即便如此,她们在逆境中依然坚守自己的原则。

2. 本族人的歧视:《隐形人》

在男权制度的压迫下,奇卡娜人所面临的歧视往往源自本族群内部,甚至包括家庭成员。短篇小说《隐形人》描绘了一个自出生起就被忽视的女性胡安娜(Juana),在步入职场后,努力改变他人对她的看法的艰难历程。

胡安娜天生的容貌并不出众,甚至可以说平凡无奇。她拥有一张圆润的脸庞,肤色深,眼睛周围没有睫毛,她的皮肤、眼睛和嘴唇呈现出相同

---

① Carmen Tafolla, *The Holy Tortilla and a Pot of Beans*, San Antonio: Wings Press, 2010, p. 80.

的色调。她唯一得到的评价来自她的母亲，说她"有点像猪嘴"①。在她的成长过程中，没有人在意她，邻居都不知道她已长大成人。但她自己希望长大后相貌会有所改变。在中学时期，她便在药店的午餐吧台谋得了一份服务生的职位。顾客们似乎对她视而不见，只顾在她面前的平板电脑上点餐。胡安娜很快就完成了中学学习。当同学们都在互相调侃、谈论同学间的感情八卦时，她无人理睬，仿佛是个隐形人。即使在学校的毕业典礼上，人家也只看到了她的帽子和袍子，校长也念错了她的名字。毕业后，她回到药店的吧台继续长时间工作。在一次给侄女朗读故事丑小鸭变天鹅时，她深受打击，因为她的侄女说"丑小鸭长大后也只能成为一只成年丑鸭子"②。这预示着她长得再大也还是一个丑陋的女孩。于是，她想到了改变自己，使自己变漂亮。周末她上街去逛美容店，做美容并化妆。但这一切都没有改变人们对她的印象。仍然没有人对她感兴趣。在失望之际，她再次改变了策略，决定对他人进行赞赏，以此来引起人们的注意。她鼓起勇气，对每个顾客都热情地打招呼，赞扬他们的优点、衣着、性格、脾气和品位。最终，她赢得了意中人的爱。

尽管胡安娜并非天生就具备成为父母宠爱的宝贝、邻里眼中的典范女孩或老师与同学眼中的佼佼者的条件，但她擅长自我反思，勇于正视自己的不足与缺陷。她采取了一种积极主动的态度，努力发掘他人的长处，并与人进行善意的沟通，从而摆脱了隐形人般的处境。

这个简洁的故事展现了奇卡娜人的智慧，同时也验证了中国的一句古老谚语：人不可貌相。作家所描述的"隐形人"揭示了作为少数族裔的女性，在她们原本遭受歧视的社会中，要想取得成功，她们必须依靠智慧和付出辛勤的努力。

3. 男性的猥亵

奇卡娜人素以沉默寡言闻名。尽管女性主义运动对奇卡娜人产生了深远的影响，但她们在家庭和社会中往往仍旧缺乏话语权。然而，在关键时刻，她们会全力以赴捍卫自己及家人的权益。短篇小说《一起来尖叫的人》便描绘了一位天生无法尖叫的女性，她从小就受到父亲的猥亵。某

---

① Carmen Tafolla, *The Holy Tortilla and a Pot of Beans*, San Antonio: Wings Press, 2010, p. 63.

② Carmen Tafolla, *The Holy Tortilla and a Pot of Beans*, San Antonio: Wings Press, 2010, p. 65.

天,她带着自己的孩子在公园里玩耍时,荡秋千的女儿阿曼蒂达(Armandita)突然不见了。她找到女儿时,看到"一个老白鬼正一手拉开自己裤子的拉链,一手拿着多彩棒棒糖对着她女儿丑陋地笑"①。她愤怒地拿起一块石头朝白人那只拿棒棒糖的手砸去,将白人的手砸个粉碎。小说的结局表明,"我"的"尖叫"是对社会邪恶势力的震慑。

4. 人心不古,世道浇漓:《我就是受不了》

当代奇卡诺族裔社区人的复杂多面性在短篇故事《我就是受不了》中表现得淋漓尽致。故事讲述的是成功商人和社区学校的董事吉米·洛佩兹葬礼上的变故以及吊唁者在变故前后的不同反应。在葬礼开始前,他的遗孀将自己刻意打扮了一番,将早已哭肿的眼睛消了肿。所有认识吉米的人都对他生前所做的善事赞不绝口,有人称赞"他是一个模范公民……这是我们种族的骄傲"②。甚至有人说:"如果吉米不是墨西哥人,他早就当上市长了!"③ 哀悼和赞扬声一浪高过一浪,没有一个人不为他的离世感到悲伤。然而,在后排的座位上突然爆发出一个陌生女人的尖叫声:"唉,我就是受不了!""我不忍见他!"④ 参加悼念的众多来宾根本不认识这个陌生的女人,然而一时间谣言四起,有人说他经常到外地去出差,住宾馆,在外面有了女人等。在那女人不断的叫喊声中,悼念者开始一个个离去。吉米的遗孀看到此情形,站起来大声说"我们……悲伤……压倒性的。我们的话……不能……表达。我们不能忍受……伤心的告别。可是——再见了,吉米!"⑤ 随后,她"啪的一声盖上了棺材"⑥。而那个哭喊的女人听到逝者的名字是吉米时,愣住了,旋即尴尬地离开了吉米的悼

---

① Carmen Tafolla, *The Holy Tortilla and a Pot of Beans*, San Antonio: Wings Press, 2010, pp. 69-70.

② Carmen Tafolla, *The Holy Tortilla and a Pot of Beans*, San Antonio: Wings Press, 2010, p. 74.

③ Carmen Tafolla, *The Holy Tortilla and a Pot of Beans*, San Antonio: Wings Press, 2010, p. 75.

④ Carmen Tafolla, *The Holy Tortilla and a Pot of Beans*, San Antonio: Wings Press, 2010, p. 75.

⑤ Carmen Tafolla, *The Holy Tortilla and a Pot of Beans*, San Antonio: Wings Press, 2010, p. 77.

⑥ Carmen Tafolla, *The Holy Tortillo and a Pot of Beans*, San Antonia: Wings Press, 2010, p. 77.

念厅。最终,听着隔壁传来的那个女人的嚎叫声,所有来悼念吉米的人忍不住笑出了声。

通过观察奇卡诺族裔社区成员在陌生女人出现前后对逝者态度的转变及评论的变化,读者可以洞悉该社区文化中存在的乌合之众的特征。他们似乎言不由衷,乐于在他人不幸时落井下石。在那位嚎叫的女人出现之前,他们用尽溢美之词来表达哀思。然而,当一个与葬礼无关的女人误入现场后,悼念者的态度发生了戏剧性的转变。原本低声的哀悼和对遗孀的同情,转而变成了讥讽和连绵不断的谣言。甚至吉米的妻子在愤怒之下,合上棺材盖时也故意弄出响声。作为妻子,她对亡夫的哀悼之情也转为愤怒。

作家所描绘的这种自相矛盾的乌合之众文化,导致了奇卡诺族裔内部缺乏团结的氛围。在现实社会中,相较于黑人群体,奇卡诺人在争取平等权益方面显得尤为弱势。尽管他们人数众多,但在美国社会讨论种族矛盾时,人们往往将焦点放在肤色黑白者的矛盾上,而属于棕色人种的奇卡诺人似乎被边缘化。作家的创作意图在这里显而易见,她向读者传达了一个信息:人心不古,世态炎凉。这值得我们深思。

5. 当代城市"夹缝"中奇卡诺族裔人的生存问题

塔夫拉在其作品中还通过独特的文体塑造和人物刻画,展现了奇卡诺族裔跨文化的鲜明特征。在短篇故事《穿黑色皮夹克的卢》中,故事叙述者"我"以一种细腻而深刻的视角,通过日常生活中的琐碎片段,构建了一幅关于奇卡诺贫民社区复杂多面的生活画卷。新闻播报成为连接外界与奇卡诺族裔内部的桥梁,每一次的社会动态和政治风向都微妙地影响着社区内的居民,包括那位穿黑色皮夹克的青年——卢。新闻不仅设定了故事的时代背景,也暗示了奇卡诺族裔所面临的外部的压力和内部挑战。故事的开头就谈到了叙述者"我"所担心的问题和面临的危机:"我"深感忧虑,担心卢夜晚无处安身,自己可能面临失业的风险,年迈的父亲每日需服用的十几种药物因资金短缺而难以购买,而"我"那20岁的女儿已经怀孕七个月,一直以来仅依靠食品券维持生计。倘若"我"的亲属们遭受剥削,"我"亦难逃同样的命运。因为"电视新闻开始报道汽油价格的上涨,以及联邦政府对食品券项目和老年人医疗保健项目预算的削减"[①],"我"

---

① Carmen Tafolla, *The Holy Tortilla and a Pot of Beans*, San Antonio: Wings Press, 2010, p. 99.

作为一个精明的中年女职员,已"开始了省钱计划,甩卖旧衣服、去掉付款的有线电视节目、将布道节目换成 CD 碟"①。作家以幽默的调侃来解决穷人的燃眉之急。该故事叙述了城市夹缝中人的各种问题。

(1) 当代奇卡诺族裔人的心理问题

在短篇故事《穿黑色皮夹克的卢》中,作者生动地描绘了现代跨界奇卡诺人社区生活的现实图景。故事以叙述者在车载新闻广播中听到的内容为开端,通过这些新闻来展现美国政府的政策动向、国际局势以及国家经济状况,进而引出人们对未来的忧虑。叙述者在上班途中,通过一个固定观察点,注意到一个名叫卢的男扮女装的高个子男子,他总是穿着黑色夹克衫,其着装风格、面部表情以及他在街头出现的频率,成为反映社区居民生活状态和心态的窗口。在这个小镇上,人们普遍生活在忧虑和贫困之中。在大家的生活比较安稳的时候,在阳光明媚的日子,"我"第一次看到的卢"以一种时髦、强壮、长腿的方式漫步"②。"她"穿着一件带流苏的黑色皮夹克、黑色紧身牛仔裤和黑色高跟皮靴,漫步的样子看起来就像站在世界之巅,意识到自己看起来有多好,并为此感到自豪。"她""短短的金发梳得整整齐齐,肩上挎着一个紫檀色的小钱包"③。叙述者"我"把卢当成了自信、性感和优雅的女性。而"我"第四次见到卢时,"他走路时似乎脚步不稳,头也不太直"④。街头流浪汉卢被叙事者赋予了"她"和"他"双重性别。通过他的妆容,读者可以察觉到,他是一位被边缘化的街头流浪者,精神状态堪忧。他在小说中扮演着极为关键的象征性角色。在一个既居住着贫穷者也居住着富裕者的社区,还存在一些处于社会边缘、身份模糊、职业不明的"中间"群体。这是美国这个富裕国家中,少数族裔所面临的悲哀现实。卢所面临的困境,是当前美国社会中许多混血族裔人共同遭遇的问题。

---

① Carmen Tafolla, *The Holy Tortilla and a Pot of Beans*, San Antonio: Wings Press, 2010, p. 100.

② Carmen Tafolla, *The Holy Tortilla and a Pot of Beans*, San Antonio: Wings Press, 2010, p. 100.

③ Carmen Tafolla, *The Holy Tortilla and a Pot of Beans*, San Antonio: Wings Press, 2010, p. 100.

④ Carmen Tafolla, *The Holy Tortilla and a Pot of Beans*, San Antonio: Wings Press, 2010, p. 106.

第六章 文化跨界 谋求生存

(2) 妇女儿童问题

关于美国儿童的教育问题，21世纪初的小布什总统有句名言在广播新闻里被不停地播报，"不让一个孩子掉队"①。实际上，奇卡诺族裔社区的人并不理解其含义。"人们以为多个鼓手在听到命令后都必须在同样的地方走完全相同的步伐。"② 小布什总统的政策并未对奇卡诺族裔贫困儿童的教育状况带来改善。此外，在妇女生育问题上，医院医生的言行也显得不一致。在一则叙述中，故事的讲述者"我"的女儿在医院分娩时，医生在未等待自然分娩的情况下匆忙进行了剖腹产，导致婴儿和产妇均未获得应有的关怀和照料。

(3) 职业中的种族歧视

在美国这个阶级制度系统化的社会，许多职业领域对于族裔人来说是禁区。当经济危机出现时，首当其冲的受害者自然是族裔人。

根据叙述者的描述，在职场中，奇卡娜人遭受着普遍的偏见。在"我"所在的公司进行裁员时，尽管朱迪（Judy）以其优雅、幽默、智慧、诚实、勤奋、积极和充满活力的特质，以及对任何挑战无所畏惧的态度而著称，她还是因为肤色如黑巧克力，民族身份为墨西哥裔美国人而被解雇。不久之后，朱迪因病去世。与此同时，尽管白人保罗年纪较大，只因为眼睛为绿色、皮肤为白色，他却得以保留职位。

(4) 民众的社会保障问题

众所周知，社会保障是政府对贫困人口和有需要的、无劳动能力的特殊人口和老年人进行的无偿援助和福利分配。而因为战争经费的增加，美国政府通常会缩减社会保障的支出，从而严重影响民众的生活。塔夫拉在这个小故事里以叙述者"我"的口吻讲述了民众对政府政策的担忧、不满和批评。

"我"在下班回家路上从车载收音机播报的新闻里听到了消息，"战争需求更高的预算。由于社会保障成本高昂而考虑取消。正在私人化"③。"我"对私人化的理解是："如果他们想给你任何东西，那是他们自己的

---

① Carmen Tafolla, *The Holy Tortilla and a Pot of Beans*, San Antonio: Wings Press, 2010, p. 103.

② Carmen Tafolla, *The Holy Tortilla and a Pot of Beans*, San Antonio: Wings Press, 2010, p. 103.

③ Carmen Tafolla, *The Holy Tortilla and a Pot of Beans*, San Antonio: Wings Press, 2010, p. 106.

事,如果他们不想给你,那是你自己的事,不管你是否挨饿。"① 政府税收临时的提高严重影响到下层人的生活。"我"的同事赫克特(Hector)整日忧心忡忡,担心税费提高或工资减少。一旦收入出现波动,他便难以应对家庭的日常开销,因此,他不得不前往庭院的售货点,为孩子们购买低价衣物。

(5)非法移民问题

关于"非法移民"这一概念,作家塔夫拉以故事叙述者的身份进行了深刻的批判。在故事中,叙述者"我"表达了对于将美洲人贴上"非法移民"标签的强烈不满。对于"我"这个在美国土生土长、讲西班牙语的美国人而言,这种定义简直是荒谬至极,因为"没有人提及五月花号上的乘客是如何未经许可跨越边境进入这个国家的"②。

而"我"奶奶的家人"从得克萨斯、墨西哥甚至新西班牙(西班牙的殖民地墨西哥)之前就一直住在这里"。她还教"我"她的全名——迪亚曼特·丹妮拉·伊巴拉·萨拉查·德休扎尔(Diamante Daniela Ibarra Salazar de Huizar)。奶奶还强调:"不要让他们误导你,认为所有墨西哥人都是混血儿。布曼人全都是棕色皮肤的!我们中的一些人偏爱巧克力,一些人喜欢咖啡,还有人钟情于香草牛奶,而有些人则更喜欢深咖啡色,甚至是黑褐色的咖啡。"③ 读者可以从"我"奶奶的姓名中辨识出,"我"的家族是纯正的得克萨斯美国人,是纯正的棕色人种。然而,由于历史因素,"我"也成为血统多元的人。奶奶认为"我们都有权利在这里!告诉自由女神像的女士也来找我们这边看看,为来自同一大陆的人点燃火炬!"④ 塔夫拉通过家族史表明:美国主流社会将世代居住在美国的奇卡诺人看成外来移民是一件非常荒谬的事情。到底谁是非法移民?"我"所指出的1620年乘坐五月花号船抵达"新大陆"的白人才是。

---

① Carmen Tafolla, *The Holy Tortilla and a Pot of Beans*, San Antonio: Wings Press, 2010, p. 106.

② Carmen Tafolla, *The Holy Tortilla and a Pot of Beans*, San Antonio: Wings Press, 2010, p. 108.

③ Carmen Tafolla, *The Holy Tortilla and a Pot of Beans*, San Antonio: Wings Press, 2010, p. 109.

④ Carmen Tafolla, *The Holy Tortilla and a Pot of Beans*, San Antonio: Wings Press, 2010, p. 109.

这里作家以"我"的口吻表达了对美国的族裔歧视的愤怒。奇卡诺族裔人的生活充满了困苦,在经济上政府的资助严重不足。最后,作家采用第一人称的叙述方式,指出上帝应超越立场和性别之分:"让我们努力保持公正无私,铭记我们每个人都是独一无二的存在,同时我们也是按照神圣形象被塑造的。"①

(6) 奇卡诺高龄老人照料问题

老年护理问题是美国日益老龄化社会所面临的重大挑战之一。作家以幽默的笔触描绘了奇卡娜人对高龄老人的家庭护理场景。

在短篇故事《姨妈》中,高龄老人姨妈在82岁时丧失了视力,失去了丈夫。她的外甥女亦是一位年长的老人,搬到她家来照顾她的衣食住行。姨妈89岁时得了非常严重的糖尿病,两年后失去了两条腿。到96岁时,她整天都在洗澡,吃药,换尿布和呻吟。外甥女同时要照料姐姐、父亲和姨妈三人,只得将姨妈送到医院让护工照料,结果医院的护士被吓跑了,两个月后医生也换了人,三个月后医院的社工建议转到扩展护理部,外甥女每天晚上去陪伴姨妈。晚班护士拒绝继续照顾老人,联邦医疗保险也不再承担住院费用。因此,老人被她的外甥女接回家中,外甥女每天耐心地喂她玉米粥,以此维系她的生命。外甥女的姐姐和父亲都已不在人世,最终,由于过度劳累,外甥女也患心脏病去世,留下她那无法自理的姨妈孤独地活着。新的护理"看着她棕色的大眼睛的一张一合来判断她还顽强地活着"②。故事的主角被设定为一位无名无姓的姨妈,笔者推测这是作家有意为之。这位年迈的姨妈可能象征着任何一位奇卡娜长者,她体现了社会中日益凸显的老年人问题和老龄化现象。换言之,任何高龄人士都可能遭受各种疾病困扰,这不仅给他们的亲友带来负担,也给社会带来挑战,他们可能会遭受亲朋、社工、护士和医生的忽视。然而,这似乎并非作家创作的真正意图,作家真正的目的在于唤起社会对建立和完善长期关爱老年人机构的重视,促进家庭成员间相互照顾的良好风尚,避免故事中照料者那样的悲剧发生。照料者——姨妈的外甥女,同样没有被赋予姓名。笔者认为,这同样是作家有意为之,外甥女代表了无数默默付出的照料者这一弱势群体。她独自承担照

---

① Carmen Tafolla, *The Holy Tortilla and a Pot of Beans*, San Antonio: Wings Press, 2010, p. 114.

② Carmen Tafolla, *The Holy Tortilla and a Pot of Beans*, San Antonio: Wings Press, 2010, p. 118.

顾三位病患亲属的重担，而其他家庭成员却以忙碌为由选择袖手旁观。当她因劳累过度而心脏病发作倒下时，其他亲属依旧无动于衷，甚至她的孙辈们只关心她的房产能抵押多少，急切地想要继承遗产。从公共健康的角度出发，若要实现人类的健康长寿，照料者的健康状况必须成为社会关注的焦点。没有健康的照料者，被照料者的健康亦无从谈起。

在故事的结尾，临终的姨妈始终未能闭上眼睛，从而安详地离开这个世界。作家的寓意不言而喻，奇卡娜人的生命力是坚韧不拔的。此外，她最终依靠外甥女喂食的玉米粥来维系生命，尽管她的四肢已经腐烂，但她的心脏依旧顽强地跳动着。这归功于奇卡诺人特有的食物——玉米饼的神奇力量。玉米饼作为奇卡诺食物文化的精髓和象征，承载着奇卡诺人对生存的渴望与希望。

第六节　奇卡娜人的梦想和文化传承：《在树林之中等待》

魔幻现实主义的写作手法在奇卡诺女性的小说中颇为普遍。梦境是她们表达思想的常用方式。在短篇小说《在树林之中等待》中，塔夫拉运用第一人称描绘了"我"在阳光斑驳的丛林小径上所经历的梦境。她借助拟人化的技巧，将梦塑造为"我"行动的向导，以此来描绘21世纪奇卡诺族裔在现实生活中的饮食习惯、工作环境、年轻一代的受教育状况，以及女性所承受的苦难和对民族文化的执着坚守。小说伊始便描绘了梦境如何紧紧抓住了"我"。

> 当我沿着阳光斑驳的小径驾车前行时，树丛间某种东西引起了我的注意。我转过头，尽管空气中弥漫着一丝凉意，一种令人激动的氛围以及一种让人难以忘怀的忧郁情绪。然而，我确实看到了。我明白我成功了。尽管它已有一百多年的历史，却依旧充满活力，顽皮地藏匿在相似的树木之间。它并不属于我，但它俘获了我的心，现在，它成为我的。我的。它永远不会消逝。[①]

[①] Carmen Tafolla, *The Holy Tortilla and a Pot of Beans*, San Antonio: Wings Press, 2010, p. 89.

这段开场白的寓意显而易见：在树林中，"我"实现了长久以来的梦想——看到一个持续了逾百年之久的梦。现在，"我"能够自由地放飞梦想，展望未来。在作家眼中，梦的规模各异，它们犹如人类一般，"活跃且不断成长，它能够聆听周遭的一切，逐渐变得更加聪明。它参与交往、咨询、头脑风暴以及会议等活动"①。在这段文字中，"梦"象征着奇卡诺族裔人的天赋，他们是一个擅长梦想的群体。通过故事叙述者"我"的视角，作家展现了"梦"如何引领我们，描绘了当代奇卡诺人多变的生活状态。"一分钟后，一切如常，你的生活依旧在你的掌控之中。你的思绪。紧接着下一分钟，一切都发生了翻天覆地的变化。你的整个人生经历了一场彻底的重构、重新定位和修订。"② 这种快节奏的当代人的生活让人们应接不暇。

"梦"引领着"我"对当代墨西哥人的饮食文化及其现状进行了一次深入的探索。首先"我"来到了卖墨西哥玉米卷饼的恩多店，询问那里是否"有墨西哥鳄梨色拉酱、豆子和奶酪放在玉米饼里"③、"墨西哥熏牛肉、肉夹菜和90年前手工制作时用的孜然粉"④。在这段文字中，作家通过对"梦"的描绘，生动地展现了地道的墨西哥美食。随后，"我"慷慨解囊，购买了若干玉米饼，并与过路的行人一同享用。作家认为，乐于分享是奇卡诺族裔的显著特征。即便食物并不充裕，他们也总是愿意与他人共同分享，因为"能和别人分享感觉真好！"⑤

然而，现代奇卡诺人的烹饪方式已经偏离了传统轨道，他们不再使用研钵来磨制孜然。研钵作为阿兹特克文明的古老象征，其在现代的弃用反映了奇卡诺土著文化中某些元素的逐渐消逝。尽管如此，他们也逐渐适应

---

① Carmen Tafolla, *The Holy Tortilla and a Pot of Beans*, San Antonio: Wings Press, 2010, p. 89.

② Carmen Tafolla, *The Holy Tortilla and a Pot of Beans*, San Antonio: Wings Press, 2010, p. 89.

③ Carmen Tafolla, *The Holy Tortilla and a Pot of Beans*, San Antonio: Wings Press, 2010, pp. 89-90.

④ Carmen Tafolla, *The Holy Tortilla and a Pot of Beans*, San Antonio: Wings Press, 2010, p. 90.

⑤ Carmen Tafolla, *The Holy Tortilla and a Pot of Beans*, San Antonio: Wings Press, 2010, p. 91.

了现代餐饮业的机械化生产方式，毕竟"它是刚刚磨碎的"①。从这段文字中，我们可以看出作家所传达的观点是，奇卡诺族裔人能够融合并吸收自己悠久的文化传统与白人主流社会的文化元素。这种文化的融合与吸收是他们民族得以持续发展的重要途径。

除了食物，"梦"也能用西班牙语表达。作家在此阐述的是，当代奇卡诺人在与主流文化融合的同时，依然铭记并使用自己的母语——西班牙语。因为它"直到我大脑的逻辑部分"②。此段落表明，作为文化传递媒介的母语，西班牙语在奇卡诺人心中占据着核心地位。

在食物和语言之后，"梦"也触及了人们的职业话题。故事中的"我"是"一位训练有素的教师。我之所以怀揣成为教师的梦想，部分原因在于一些激进的旧书籍，例如70年代的《教学：一种颠覆性的活动》，以及我渴望能够逐个影响孩子，让他们有能力去改变这个世界"③。"我"大学毕业后返回巴里奥，加入了一所面向低收入家庭的学校担任教师，致力于通过教育塑造孩子们的人生观。与此同时，"我"的许多同学在偿还大学学费贷款期间，已经购置了房产和新车，有的甚至经历了离婚或因心脏疾病等健康问题而离世。他们面临着形形色色的挑战。"我"渴望通过"我"的教育方法，"引导下一代树立健全的人生价值观，并且继续传承母语——西班牙语"④。

在深入探讨了食物、语言和教育之后，"梦"向"我"揭示了奇卡诺先祖如何依赖自然生存的智慧。大约五百年前，奇卡诺人的印第安祖先扬特利（Yantli）和威尔塔（Huilta），选择了这个当时荒无人烟的河湾作为他们的家园。他们面临着食物短缺的困境，"寒冷的天气让他们浑身酸痛，不断咳嗽。到了凌晨，长期的饥饿折磨让他们变得极度虚弱。……就在那时，树木仿佛与你们的长者对话。它们低语、呻吟、呼喊。到了次日

---

① Carmen Tafolla, *The Holy Tortilla and a Pot of Beans*, San Antonio: Wings Press, 2010, p. 91.

② Carmen Tafolla, *The Holy Tortilla and a Pot of Beans*, San Antonio: Wings Press, 2010, p. 91.

③ Carmen Tafolla, *The Holy Tortilla and a Pot of Beans*, San Antonio: Wings Press, 2010, p. 91.

④ Carmen Tafolla, *The Holy Tortilla and a Pot of Beans*, San Antonio: Wings Press, 2010, p. 92.

黎明，数百颗饱满的圆形山核桃开始纷纷落地。……他们收集了山核桃，终于填饱了肚子"①。显然，作者在此处借鉴了奇卡诺土著先祖的历史与传说，以此来阐述他们饮食文化的根本。这些土著居民依赖于自然界的动植物，过着有序且和谐的生活。然而，随着美国现代化工厂的兴起，贫富差距日益加大，"在昏暗且充斥着山核桃粉尘的工厂中，贫困的工人长时间劳作，剥去山核桃的外壳。他们的手指因剥壳而流血，咳嗽声刺耳，如同锋利的钢爪划过肺部。这一切努力，仅仅是为了让某些糖果公司的所有者变得更加富有……结核病在这里肆虐，而当工人们需要手术治疗时，那些老板们甚至眼皮都不曾眨一下"②。作家对工人劳动的描绘实则反映了对美国食品加工厂老板剥削行为的不满与抨击，尤其是对奇卡娜劳工所遭受的剥削进行了尖锐的批评。

在墨西哥，从事山核桃剥壳工作的主要是女性，她们怀揣着养家糊口的渴望。然而，长时间的劳动让她们饱受饥饿之苦，甚至因此丧命。尽管如此，饥饿问题依然普遍存在。由于工资微薄和饥饿率居高不下，流感或寒冷季节来临时，整个家庭往往因病或冻饿而亡，最终被装入尸袋，从简陋的棚屋中抬出。即便是政府也难以理解，这些山核桃剥壳者是如何仅凭自己的劳动成果维持生计的。③

这段叙述表明，奇卡娜人处于工人阶级的最底层，承受着极端的剥削，甚至有时会付出生命的代价。正如常言道，哪里有压迫，哪里就有反抗。当工厂为了追求更高的利润而决定削减一半工资时，"饥饿让工人们的抉择变得更为清晰……他们决定采取罢工行动……那位年轻女性高高扬起拳头，声音也随之提高"④。她们赢得了罢工，这足以激发希望，让她

---

① Carmen Tafolla, *The Holy Tortilla and a Pot of Beans*, San Antonio: Wings Press, 2010, p. 93.

② Carmen Tafolla, *The Holy Tortilla and a Pot of Beans*, San Antonio: Wings Press, 2010, p. 93.

③ Carmen Tafolla, *The Holy Tortilla and a Pot of Beans*, San Antonio: Wings Press, 2010, p. 94.

④ Carmen Tafolla, *The Holy Tortilla and a Pot of Beans*, San Antonio: Wings Press, 2010, p. 95.

们继续生活，拥有梦想，并坚信某些事情确实可能发生。她们可以"依靠救济金，依靠空气和信仰，以及偶尔从树上落下的山核桃来维持家人的生计"①。作家以第一人称的视角描绘了现代奇卡娜人所面临的困境。她们的生活维系于核桃这一古老的象征。同时，她们也依赖于梦想——或者说是理想——因为梦想是她们"永恒的生存之光"②。

如何确保奇卡娜人能够维护其古老的山核桃文化和梦想，关键在于"一位领导者，一个真正的人"③。在喧嚣的街头，"我"穿梭于一群学生之间，终于寻觅到了那位瓜达卢佩圣母曾显现在其玉米饼上的家庭的女儿——阿尔玛（Alma，寓意为"光"）。"我"与她建立了一段不同寻常的友谊，彼此的关系可以概括为"我、她与梦想"。在这段友谊中，"我"帮助她复习功课，最终助她踏入了大学的殿堂。在这个过程中，"我"不仅实现了自己的梦想，还致力于传承奇卡诺族裔的文化，"从树干到山核桃，从植物根到玉米饼，从玉米茎到玉米饼，然后玉米饼化作一个处女的形象，悄然进入人们的梦中，……永远生机勃勃"④。

《玉米的孩子》真实地描绘了 21 世纪美国奇卡诺族裔的生活。作者通过时事新闻的发布作为线索，展现了社会动态、政府政策、全球形势以及国家经济状况，同时反映了人们的忧虑。小说中的主人公"我"，一个知识分子，实际上也是作者塔夫拉的化身，因为作者本人就是一位教授。她在"树林中等待"，等待的是什么？那些古老的树木、山核桃树以及在它们之间飘荡的"小梦想"，它们象征着古老的奇卡诺族裔文化。显然，她在渴望这种古老文化能够在现代社会中继续闪耀其斑斓的光彩，希望女性能够依靠这份文化遗产过上幸福的生活，确保奇卡诺族裔的文化得以传承，并实现与自然和谐共存的古老梦想。作者的创作不仅体现了 21 世纪奇卡娜作家在民族发展和社会责任方面的担当，而且彰显了她对文化传承

---

① Carmen Tafolla, *The Holy Tortilla and a Pot of Beans*, San Antonio: Wings Press, 2010, p. 94.

② Carmen Tafolla, *The Holy Tortilla and a Pot of Beans*, San Antonio: Wings Press, 2010, p. 94.

③ Carmen Tafolla, *The Holy Tortilla and a Pot of Beans*, San Antonio: Wings Press, 2010, p. 95.

④ Carmen Tafolla, *The Holy Tortilla and a Pot of Beans*, San Antonio: Wings Press, 2010, p. 98.

的深刻关注。

本章小结

　　查维斯的小说《最后的订餐女孩》和塔夫拉的故事集《神圣的玉米饼和一罐豆酱》生动地描绘了奇卡诺族裔文化的历史、变迁和现状。对于奇卡诺族裔而言，作为文化跨界者，他们首先经历了艰苦卓绝的斗争，随后认识到白人文化的优点，并逐渐接纳它，将自身文化与白人文化融合，以寻求更加和谐的社会生存环境。在奇卡娜作家的笔下，现代美国白人主流社会是一个充满矛盾的社会。奇卡诺社区在美国始终代表着最底层阶级，这里的居民生活贫困，基础设施落后，非法移民聚集，年轻人教育水平低下，犯罪问题如偷窃、猥亵乃至强奸频发，而老年人的生活照料也得不到保障。笔者认为，查维斯的小说叙述了奇卡诺族裔文化的历史和变迁，反映了该文化逐渐转向并部分接受白人文化的过程。而塔夫拉的创作讲述了奇卡诺族裔在接受白人文化后，如何坚守自己的文化、创造新文化，并从不同角度揭示了奇卡诺族裔在主流社会中跨界后面临的社会现实问题。塔夫拉的创作对提升奇卡诺族裔年轻人的受教育水平做出了重要贡献。

第七章 性别跨界 女性互助

在人类自然繁衍的规律中，人们传统的思想认为，同性恋者是令人不齿的，是祸害青少年的罪犯和社会秩序的破坏者。而以安扎尔多瓦为代表的女同性恋（酷儿）研究者表达了不同的看法。她们认为，一方面，同性恋是人类的生理自然属性所致；另一方面，在这个以男权为中心的人类社会，女性因从属地位所遭受的侵害和厌女癖使女性无从获得帮助与出路，所以，许多女性转向强势的同性者寻求保护与帮助。

奇卡娜女权主义运动使女性发现了自己的力量，她们掀起了自救运动，即同性自救。她们创作的小说中所表达的性别跨界内涵充满了正能量。同性恋在美国社会里，特别是在族裔人中间普遍存在的现象应部分地归咎于白人社会和族裔传统对女性的不公。男权制的迫害使女性以极端的、违背常理与人伦道德的方式进行反抗。这种反抗是一种极端的女权主义行为。她们从自我厌倦、自我否定到自我发现、自我奋斗与自强，再到自我价值的实现，突破了人类性别的二元论。福柯在他的《性的历史》中阐明："社会经济的发展使人们对性自由的要求、关于性的知识和谈论性的权力已经合法地与政治事业联系在一起了。"[1] 人们谈论性是对权威的挑战，因为"权力使人沉默"[2]，"压制人们对性的表达"[3]。而人们对关于性的事保持"沉默"则"使人痛苦"，它表现了"整个社会的虚

---

[1] Michel Foucault, *The History of Sexuality*, trans., Robert Hurley, New York: Pantheon Books, 1979, p.7.

[2] Michel Foucault, *The History of Sexuality*, trans., Robert Hurley, New York: Pantheon Books, 1979, p.60.

[3] Michel Foucault, *The History of Sexuality*, trans., Robert Hurley, New York: Pantheon Books, 1979, p.6.

伪"①。"哪里有权利,哪里就有抵抗",且"抵抗是多方面的"②。族裔女性对女性被物化的极端抵抗使她们争得了主体性地位。

安扎尔多瓦以她自己个人的经历和女性体验证明酷儿(queer)是人类生物学上的自然选择和社会学上的"主动选择"。她在《普列塔》中讲述了自己几个月大就开始有成熟女性的月经,到后来她不得不因病进行手术将子宫切除。没有了女性特征的身体使她自然成为"男性"。走进社会,人们对作为族裔女性的她的攻击迫使她变成了激进女权主义者。处于美墨不同文化的"中间地带",她意识到了自己的混血女性特征,认为"混血"和"酷儿"在这个时代的存在是"为了进化的继续"③。

20 世纪 90 年代的酷儿理论研究认为"性别"和"妇女"不一样,前者指"身体"的生物特征,而"妇女"的意义"很普遍且狭隘"④。鲁宾(Rubin)综合列维-斯特劳斯的人类学著作和弗洛伊德与拉康的心理分析,得出结论,认为"尽管精神分析在承认少女和女人的羞耻、屈辱和痛苦(女性自我的破碎)后,未能呼吁进行新的研究,这可能令人恼火,但精神分析不仅对女权主义者的干预持开放态度,而且对性别研究至关重要"⑤。

众多的性别理论给奇卡娜作家的创作提供了有关酷儿人物及其性格发展的理论基础。

笔者认为,奇卡娜作家想要表达的思想是,在这大千世界里,万物的存在并非完全遵循二元论,人的性别也一样,不只有男女之分,还有第三性的普遍存在。族裔同性恋女子虽然对社会问题的看法整体上趋于激进,但在学术上往往具有深邃的思想。她们对于家庭的责任也有自己独特的理解与行动。她们有自己的选择,那些承受男性暴力的女子在生活的磨炼中

---

① Michel Foucault, *The History of Sexuality*, trans., Robert Hurley, New York: Pantheon Books, 1979, p. 8.

② Michel Foucault, *The History of Sexuality*, trans., Robert Hurley, New York: Pantheon Books, 1979, p. 95.

③ Gloria Anzaldúa, *Borderlands/La Frontera: The New Mestiza*, 4th ed., San Francisco: Aunt Lute Book, 2012, p. 107.

④ Sandra K. Soto, "Gender", in Deborah R. Vargas Mirabel & Lawrence La Fountain-Strokes, eds., *Key Words for Latina/o Studies*, New York: New York University Press, 2017, p. 75.

⑤ Sandra K. Soto, "Gender", in Deborah R. Vargas Mirabel & Lawrence La Fountain-Strokes, eds., *Key Words for Latina/o Studies*, New York: New York University Press, 2017, p. 77.

学会了保护自己，也产生了保护同性弱者的想法。

本章以小说《女人花》为例，探讨在男女不平等社会里男女之间存在的各种问题，包括女性如何获得与男人同等的权利、女性如何保护同性弱者尤其是同性恋人的利益并体现女性关怀，并且承认不同的自我经验的存在，以及处理双性人的身心跨界与心理平衡问题，从而揭示性别歧视问题的解决对促进社会和谐的作用。

第一节 维拉纽瓦的小说《女人花》

维拉纽瓦是多民族混血的后裔。她在加利福尼亚州的贫民窟里由她外婆抚养至11岁。过早地成为母亲的经历使她尝尽了人间疾苦。维拉纽瓦的政治观和哲学观与她对于当代社会女权主义作家的作用的理解紧密相连。她是一个宣称的女权主义者和生态女性主义者，她的作品"探讨种族主义、性别歧视、针对妇女和地球的男性暴力等的冲击力，以及通过女性力量与精神来反抗这些毁灭性能量的策略"[1]。作为一个经历过苦难的奇卡娜人，她将自我表述力量贯穿于自己的创作中。她具体的个人经历已经成为个人神话，通过轮回变化的转换，一个女人成为完整的人与女性成功的范式。"她的创作将个人的历史系统化与程式化。"[2]

维拉纽瓦创作的主题聚焦地球上所有生命的相互联系。她的创作表明，这个以白人为主流的社会充满了美帝国主义的暴力、雄性的技术、理性与科学，而这一切严重冲击了地球上的所有生命，以至于他们失去了平衡。但这些失去了平衡的生命却始终是相互联系的。在她的描述中，大自然的世界里生命充满多样性，但人类却滥用它，缺失爱与尊重，充满仇恨与毁灭性。男性对女性的创造力故意忘却、害怕，乃至进行否定。而维拉纽瓦反其道而行之，为女性的创造力欢欣鼓舞。对于她来说，自然提供了创造生命和使女性成为她们自己的范式。人工智能创造出的东西缺乏生命力。本章下面将探讨的是她被奥克兰笔会授予约瑟芬·迈尔斯奖的长篇小说《女人花》。

---

[1] Deborah L. Madsen, *Understanding Contemporary Chicana Literature*, Columbia, South Carolina: University of South Carolina Press, 2000, pp. 167–168.

[2] Deborah L. Madsen, *Understanding Contemporary Chicana Literature*, Columbia, South Carolina: University of South Carolina Press, 2000, p. 169.

该故事是奇卡娜人阿尔塔（Alta）的人生经历。故事分为两个部分。第一部分以旧金山为背景叙述。小说的开头是奇卡娜人阿尔塔带着孩子买菜的途中看到一个她认为形体很美的黑人奔跑着去抢劫一个带着孩子的白人妇女，她猛踩一脚油门将黑人撞倒，帮妇女把钱包抢了回来。此时的阿尔塔27岁，正因生活的拮据以及丈夫休（Hugh）的不作为而厌倦了生活，打算以自杀的方式结束生命。她从15岁起就与盎格鲁美国人休结婚。休是一个否认自己是同性恋的钢铁工人，尽管他多年来一直背着阿尔塔和一位患有艾滋病的艺术家比尔（Bill）鬼混。为了答谢阿尔塔的救命之恩，被救者凯蒂（Katie）邀请阿尔塔一家去她家里玩并盛情款待。凯蒂的父母是白人盎格鲁的中上层和冷酷的阴谋家，她的丈夫道格（Doug）属于盎格鲁工人阶级。道格和休都虐待他们的妻子，因为他们自己小时候都被虐待。由于休的背叛和对家庭的不负责任，阿尔塔几近精神崩溃，但通过心理治疗治愈了心理疾病，甚至获得了大学文凭并成为中学教师。为了避开丈夫的虐待，阿尔塔和她的女性朋友相约去亚马逊丛林度假。她们在丛林的河中游泳、嬉戏，相互欣赏对方的身体，仿佛从大自然吸取了对付家暴的力量。与此同时，阿尔塔的丈夫休离开了她，与艾滋病人比尔一起生活，最后死于艾滋病。

故事的第二部分将时间设定在1999年。阿尔塔此时是一名治疗师。她为被黑人强暴、精神几近崩溃的混血女孩杰德（Jade）进行了心理咨询。她还邀请杰德到家里玩，进行野炊。当他们被黑人仇人追杀，机智的阿尔塔用随身携带的枪击毙了仇人。在法庭上，阿尔塔因出于自卫被无罪释放。杰德重新回到了她的同性恋爱人身边，移居海外生活。阿尔塔成了祖母，同时，在38岁又与新男友孕育了新生命。千禧年临近，她的第三个孩子也即将出生。故事以阿尔塔的女儿带给她女人花结束。

作家在小说里将每个人都设计成受害者。白人女子凯蒂死于乳腺癌，她遭丈夫的嫌弃却得到了阿尔塔的临终关怀。奇卡娜人丽塔（Rita）做了乳房切除术，最后也死于癌症。她也得到了阿尔塔的临终照料。杰基（Jackie），非裔美国人，酗酒，懂护理，但也遭遇了丈夫的背叛。即使是阿尔塔的治疗师谢丽尔（Cheryl），一个金发碧眼的盎格鲁美国白人，她告诉阿尔塔自己也曾被虐待。小说中的许多情节发生在厨房、咖啡馆和树林里的野炊中。场景很短，叙述平淡。其中作家描述的很多性行为，要么是暴力的，要么是治愈性的，从来都不只是马马虎虎。整个故事中没有人笑或讲笑话，但有很多女性之间的对话，她们发现了自己的内在力量，对待外部环境，也对臭氧层和核废料等世界环境问题提出了批评。

这部小说刻画了一群命运多舛的奇卡娜人以及她们与命运抗争的故事，从性别层面探讨了奇卡娜人、白人女性、非裔女性、亚裔女性和土著美国人之间的关系。作品主题涉及种族偏见在男女关系中对女性身体的摧残、男人对女人的惩罚、艾滋病以及异性和同性的关系。该小说的标题取自自然界的野花"女人花"，寓意这些像花一样的女人为生存而战，她们容易受到世上最坏的事影响，然而，作为自然轮回的一部分，她们保持了自己的韧性，具有强大的生命力。

下面将探讨该小说的跨界主题，其中包含女汉子的形象、性别跨界女性的行动以及女性跨界的缘由。

第二节　跨性别形象：女汉子

关于女汉子的形象，国内学者彭石玉和王芷璇作了比较研究，认为"独立能干、坚强乐观"是新时期女性的新形象。[①] 而在现实生活中，在社会上和社区里人们总是对女汉子特别是女同性恋者充满了偏见与仇恨。安扎尔多瓦认为把所有的同性恋者都统统归为"另类"是不公平的事，作为文化的超级跨越者，同性恋者"无论来自哪个国家、哪个种族、哪个阶级、哪个民族和哪个时代，他们都遭遇了不公正的对待，而作为有色人种同性恋，他们将更多的思想和信息从一种文化转到了另一种文化，在这个国家的解放斗争中他们总是站在最前列，他们遭受了更多的痛苦，战胜了更多的困难"[②]。因此，在奇卡娜小说中，作家描述的都是同性恋者的正面形象，而非过去那种同性恋就是祸害与罪犯的负面形象。

一　女汉子刻板印象

关于女汉子的形象，在普通人的观念里，同性恋者的形象常常被侮辱

---

① 彭石玉、王芷璇：《"女汉子"的涵义及其英译比较研究》，《外国语文研究》2018年第4期。

② Gloria Anzaldúa, *Borderlands/La Frontera: The New Mestiza*, 4th ed., San Francisco: Aunt Lute Book, 2012, p. 106.

为"假小子"与"混蛋"①。扮演男性角色的女子被称为"玛查"(macha意为"女汉子")。在《梦者大屠杀》中,卡斯蒂略认为在异性恋社会里,"性别主要区别在服饰和行为上,女人肯定她的性行为并不能使她成为男人,或像男人的欲望一样强烈"②。她总结了美国社会对女汉子的刻板印象:"她们平胸,站着撒尿,脸上长毛。"③ 她认为"女同性恋者追求更年轻的女性是出于对逝去的青春的祝福"④。

荣格所提出的"男性意象"(Animus)指的是女性各种内在的男性部分。这个词来自拉丁文,其义为"智慧"和"勇气"⑤。在过去,这是个贬义词,指那些想"成为"男人的女性。到了21世纪,它意味着"从哲学上融合被分开了的人类和社会特征成为一个整体,获得一个人完整的存在"⑥。

在小说《女人花》中,女汉子阿尔塔则被她的丈夫挖苦,说她"有一个小男孩一样的臀部"⑦。"小男孩"指没有成熟男性明显特征的人,更不会有成熟女性的特征。这里,作为丈夫的休明显地表达了自己对妻子身体的厌倦,这深深地刺痛了阿尔塔,以性为纽带的夫妻关系就此破裂。维拉纽瓦对女汉子形象的比喻形成了一个新的刻板印象:一个粗壮的宽肩和窄臀部的女人。

二 女汉子的正面形象

与刻板印象相反,奇卡娜女权主义作家在小说中创造了许多女汉子的

---

① Alicia Gaspar de Alba, *Desert Blood: The Juárez Murders*, Houston: Arte Público Press, 2005, p. 75.

② Ana Castillo, *Massacre of the Dreamers*, Albuquerque: University of New Mexico Press, 2014, p. 151.

③ Ana Castillo, *Massacre of the Dreamers*, Albuquerque: University of New Mexico Press, 2014, p. 138.

④ Ana Castillo, *Massacre of the Dreamers*, Albuquerque: University of New Mexico Press, 2014, p. 151.

⑤ Ana Castillo, *Massacre of the Dreamers*, Albuquerque: University of New Mexico Press, 2014, p. 152.

⑥ Ana Castillo, *Massacre of the Dreamers*, Albuquerque: University of New Mexico Press, 2014, p. 152.

⑦ Alma Luz Villanueva, *Naked Ladies*, Tempe, Arizona: Bilingual Press, 1994, p. 11.

正面形象。这些女性形象大多受过高等教育。她们选择性地成为女汉子。在作家的意识里，这些性别跨界的女性是弱者的保护神。

在小说《沙漠血：华雷斯谋杀案》中，作家德阿尔巴创造了一个典型的酷儿形象：女教授伊冯。她在一个女性面前可能是很强悍的"男人"，而在另一个女性面前可能是温柔的女人，这种角色因对象的肢体强壮不同而异。该小说中的拉克尔既是伊冯的"男友"，也是伊冯表妹的女友；伊冯也扮演着不同的角色，在另一弱小女子布里吉特面前，她作为保护者而成了"丈夫"，呵护着弱小温顺的"妻子"。伊冯在无力抵抗父母的打骂时，她寻求强悍的同性朋友拉克尔帮助。待她自己成为有能力的教授后，她便承担起了保护其他弱者的责任。女同性恋者所扮演的性别角色是可转换的。

维拉纽瓦的小说《女人花》中的女主人公阿尔塔是另一个典型的女汉子正面形象。她在外婆的抚养下度过了贫穷而又快乐的童年。老人去世后，她就成了无人管教的街头野小孩，很快就交上了男友，高中时辍学，15岁就怀孕生子，过早地承担起了做母亲的责任。她在长期遭受丈夫家暴的过程中自己慢慢变得强大起来。在丈夫背叛自己成为同性恋并患上艾滋病离世后，她毅然决然地担起了抚养自己多个孩子的责任，还参加了社区的夜校学习并获得了大学文凭，最终成为自食其力的中学老师，从而在体力上与经济上具备了保护他人的能力。当她发现弱小的女子被抢劫时，她迅猛地开车将劫犯撵跑。她"皮肤深色，眼珠黑色，颧骨很高，编成两条辫子的头发浓密，身材像个女人，但站姿却像个男人，有种警觉与准备行动感。她在街头长大，她的求生本能和任何野生动物有得一比"[1]。看到好友遭丈夫毒打时，阿尔塔毫不犹豫地出手相救。得知弱小的日裔女同事遭黑人强暴时，她挺身而出，成了保护者和恋人。阿尔塔的形象是作家典型的生态女性主义思想的体现，反抗男性强权迫害。

康奈尔认为关于变性人的男子汉气概的话语对男性霸权的定义和重新定义有极大的冲击力。"变性人的生活和艺术就是重要的证据……作为母亲、同学、女友、性伴侣，妻子角色以及她们在劳动中的性别差异，女性

---

[1] Alma Luz Villanueva, *Naked Ladies*, Tempe, Arizona: Bilingual Press, 1994, p.4.

在建构男子汉气概的过程中处于中心地位。"① 作家赋予了小说主人公非常正面的形象。女汉子阿尔塔是一个邻里都公认的好母亲好妻子。她的女儿阿普丽尔（April）在她的培养下从小就有很强的女性意识和正能量的跨种族意识。和弟弟争吵时，她会告诫他"妈妈说我很快就会来月经，我应该有自己的房间"②，她知道女孩长大了要有自己的空间，保护自己的身体不受异性的侵害。阿尔塔最后在家庭中取代了丈夫，成了儿女们的保护者。她一心想要给自己的女儿一张公主床、不吵架的父母、不酗酒和乱花钱的父亲，给自己的儿子一辆他想要的自行车。她告诫儿子不能叫别人墨裔鬼和黑鬼，而且他自己也不能被人这样叫。她把正能量传给了下一代。

虽然阿尔塔作为女性经历了歧视与家暴，但是她对女性和自然一样伟大的属性从不怀疑，把一切关于女性的美好都传授给了女儿阿普丽尔。当女儿询问关于女性的月经期的烦恼时，她说："如果没有了它我会想念它。在经期过后我感觉一切都是新的。脸色更好，吃饭更香……从某种意义上来讲，做女人是一个奇迹，我们可以在子宫里创造生命。"③阿普丽尔从小就有了女人的子宫可以孕育生命的概念。看着女儿渐渐成人，阿尔塔每天都关注女儿的变化，决心不让任何人对她有半点伤害。她对女儿说："你是我的女儿，我将永远永远不会让任何人伤害你。永远不会，只要我活着。"④ 休的同事托尼（Tony）都认为阿尔塔是一位非常称职的母亲和妻子。而休作为丈夫，不是对妻子的努力给予鼓励和支持，而是觉得"那娘们很快将要获得那本科狗屁啥的。有时我觉得她比我聪明"⑤。他知道阿尔塔懂的东西比他多，所以开始嫉妒妻子，找她的碴。

总之，女性性别的跨界有其合理的成因。她们对爱人遇弱则强，充当保护者；遇强则弱，充当受保护者。她们在最脆弱的时候能够相互慰藉与帮助。跨性别的女性，从生理上解释了为何会产生这种现象，解密了同性

---

① 引自 Emilia Di Martino, "Paintings Social Change on a Body Canvas: Trans Bodies and Their Social Impact", in Paul Baker & Giuseppe Balino, eds., *Queering Masculinity in Language and Culture*, London: Palgrave Macmillan, 2005, pp. 149-173。

② Alma Luz Villanueva, *Naked Ladies*, Tempe, Arizona: Bilingual Press, 1994, p. 14.
③ Alma Luz Villanueva, *Naked Ladies*, Tempe, Arizona: Bilingual Press, 1994, p. 60.
④ Alma Luz Villanueva, *Naked Ladies*, Tempe, Arizona: Bilingual Press, 1994, p. 60.
⑤ Alma Luz Villanueva, *Naked Ladies*, Tempe, Arizona: Bilingual Press, 1994, p. 19.

恋的神秘性与可惧性，为性别科学和弱者说话，争取公平正义。

第三节 女性性别跨界者的行动

安扎尔多瓦在《边疆》中提出，选择性跨界是为了抵抗族裔男权社会和白人主流社会对女性的压迫与迫害。维拉纽瓦的小说《女人花》的主人公阿尔塔从一个依赖丈夫的家庭主妇成长为一个教师，面临丈夫的背叛、朋友被人霸凌与得绝症，她勇敢地承担了男女双性的责任。小说的主题表现的正是受压迫女性通过女性跨界来抵抗强势男权和主流社会的压迫和迫害，并进行自我救赎的过程。

一 逃离家庭迫害

小说《女人花》中的女性在长期的压迫和贫困中首先采取了逃离压迫的行动。

虽然阿尔塔从故事的开始就给读者展示了一个女汉子形象。而实际上当时她只是一个典型的家庭主妇，伺候丈夫和两个孩子，打理家务，自己没有工作，靠丈夫微薄的工资艰难度日。但与此同时，她正在社区大学上学，很快将获得大学文凭并找到比丈夫更好的工作。当白人丈夫休厌倦了她的身体[①]，认为她不适合做他的性伴侣时，阿尔塔感觉屈辱得说不出话来，甚至想到了"为什么不去死呢"，但死让她又担心"谁来照顾孩子们呢？"[②] 她进退维谷。

阿尔塔的丈夫休原本是一个高大、帅气的男人，是顾家的丈夫和父亲，但在白人低层阶级长期的混乱生活中，他染上了酗酒、嫖娼等恶习。他是家里唯一挣钱养家糊口的人，他靠体力赚钱。在和妻子生活了12年以后，对待妻子和儿女的态度发生了质的改变。他开始夜不归宿，拿回家的工资越来越少，以至于阿尔塔经常靠到中国人开设的日杂店赊账度日。他在外面嫖娼，同时与三个娼妓鬼混，毫无廉耻之心，还在同事面前得意地炫耀他的女人缘："多样化，那是我的座右铭。"[③]

休对妻子生厌后又重新回到了他17岁时就开始的同性恋生活，比尔

[①] Alma Luz Villanueva, *Naked Ladies*, Tempe, Arizona: Bilingual Press, 1994, p.11.
[②] Alma Luz Villanueva, *Naked Ladies*, Tempe, Arizona: Bilingual Press, 1994, p.12.
[③] Alma Luz Villanueva, *Naked Ladies*, Tempe, Arizona: Bilingual Press, 1994, p.18.

是他的前同性恋人。尽管比尔有自己的女友，但他同时追逐更年轻的男性。他的行为举止"像个父亲，他理解人，且温柔"[1]。休一领到一周的薪水就会到酒吧去酗酒，找女人，无论年纪大的还是小的，只要他看上的他都会凑过去搭讪。在酒吧邀约一个20岁刚出头的年轻人遭拒后，他决定再去找老相好比尔。

厌女癖似乎是休的症结所在，厌女癖歧视女性和女性的能力。当休听到妻子阿尔塔要去野营的消息时的反应是"胡扯，你从来都是跟着我去野营的。你们这些所谓的女权主义者会生火吗？"[2] 阿尔塔对于丈夫对她的能力的鄙视通常只敢唠叨几句，一旦看到他愤怒的眼神，她就"退缩了"[3]。他"经常站到她面前，用脸色、身体和手威胁她，但从不揍她"[4]。这显示了男性在女性面前绝对的权力，也显示了女性内心的矛盾，因为阿尔塔勇救女子的事件又显示了其强悍的女汉子性格，这足以证明她有能力去保护其他的弱势群体的利益。此时，她在考虑要不要与她的丈夫离婚，因为他在外挥霍无度，而且他还对妻子施暴。当休不再拿钱回家时，到了发薪日，她直接到公司将钱取走，这是她唯一能做的抗议，这让休恼怒不已。后来家里穷困潦倒，只能靠借贷度日。阿尔塔和休的夫妻关系已经降到了冰点，此时她只有满足他的性欲才能从他手上拿到生活费。在这种情况下，他们的激情往往以剧烈的争吵结束。阿尔塔感觉无法再继续下去，她的精神崩溃了。

后来，在切利尔的心理干预治疗下，阿尔塔的心理疾病治愈了。在大学毕业后，她坚定地选择通过离婚来反抗丈夫的虐待。

二 自我强大

受男权制压迫和迫害的奇卡娜人在一个充满系统性的种族主义和阶级压迫的社会里，只有靠自己的努力才能有出头之日。小说《女人花》里的性别跨界者主人公阿尔塔通过让自身强大来帮助他人。

故事开始时，女人们曾商讨对付男人出轨的办法，但她们毫无结果。阿尔塔首先能想到的就是自杀，一了百了。但后来阿尔塔突然想到了一个

---

[1] Alma Luz Villanueva, *Naked Ladies*, Tempe, Arizona: Bilingual Press, 1994, p. 53.
[2] Alma Luz Villanueva, *Naked Ladies*, Tempe, Arizona: Bilingual Press, 1994, p. 58.
[3] Alma Luz Villanueva, *Naked Ladies*, Tempe, Arizona: Bilingual Press, 1994, p. 58.
[4] Alma Luz Villanueva, *Naked Ladies*, Tempe, Arizona: Bilingual Press, 1994, p. 58.

主意，提出她们这四个遭丈夫出轨的女人带着孩子去丛林野营，放松自己。这个主意立即得到了凯蒂和杰基的响应，丽塔第二天也加入了她们的行列。在野营地，她们唱歌、起舞、跳绳、玩水、游泳、烧烤，日子过得非常愉快。此时她们发现，没有了男人，她们也照样可以生起篝火，生活得很好。她们从大自然中汲取了力量，准备迎接任何困难。

阿尔塔在后来的生活中渐渐强大起来。在与心理理疗师多次交谈，倾吐过去的不快后，阿尔塔的心理问题基本得到了解决，她已经能够非常冷静地对待休的出轨问题。心理理疗师切利尔以一句著名的黑人诗歌来鼓励阿尔塔："我在我自身发现了上帝，我爱他，我强烈地爱他。"[①] 阿尔塔最终知道了如何面对没有丈夫的日子。谈到女性的力量时，作家借主人公阿尔塔之口说："变身女人能够将正能量的雄性带回到生活中，是她给了他一个阳具。"[②] 这里作家的意图是借那瓦霍神话中女神的神力体现现代女性的力量，表明她们从土著女神那里汲取了精神力量。

女性自我强大的最大作用是对下一代的影响。阿尔塔独自培养了一双可爱而又具有上进心的儿女。她的女儿阿普丽尔在孕育孩子的同时，也在上大学。她的儿子也成为大学生，学习医学，正考虑参加维和部队以发挥自己的专业特长。她儿子认为21世纪"将是第三世界的时代，甚至认为如果没有烦人的、愚蠢和好战的人类，宇宙会更好"[③]。

阿尔塔在成为正式的中学老师后，她的婚姻生活也掀开了新的一页。她结识了新男友迈克尔，和他一起开设了一家心理咨询所来解决其他夫妻之间的矛盾。

三 相互关怀

奇卡娜女性自我强大起来后，她们性别跨界的最主要目标是关怀他人。这是生态女性主义的原则和安扎尔多瓦跨界理论的精髓之一——"混血女性必须互相支持来改变墨西哥—印第安文化中的男性至上主义思想。"[④]

[①] Alma Luz Villanueva, *Naked Ladies*, Tempe, Arizona: Bilingual Press, 1994, p. 166.

[②] Alma Luz Villanueva, *Naked Ladies*, Tempe, Arizona: Bilingual Press, 1994, p. 209.

[③] Alma Luz Villanueva, *Naked Ladies*, Tempe, Arizona: Bilingual Press, 1994, pp. 244-245.

[④] Gloria Anzaldúa, *Borderlands/La Frontera: The New Mestiza*, 4th ed., San Francisco: Aunt Lute Book, 2012, p. 106.

对于奇卡娜人来说，性虐待与性渴望相互矛盾。一方面，她们遭遇男性的猥亵和强暴；另一方面，作为女性，她们又在性生活上非常渴望得到男性的青睐。在面临两难的时候，女性自己解决了这个问题。这正是卡斯蒂略所提出的奇卡娜主义的思想。

凯蒂的丈夫道格自从有了外遇后就开始对不满他行为的妻子大打出手。她却无法反抗，她的任何反抗都会招致丈夫的耳光。她把这烦心的事向阿尔塔倾诉，后者建议凯蒂以牙还牙，告诉她以后对付丈夫的办法"撕咬他"①，用牙齿去咬那只羞辱她的手。愤怒的凯蒂照着阿尔塔教她的方法反抗，狠狠地咬了丈夫一口，然后从家逃离来到阿尔塔的家里躲避丈夫的暴力，寻求情感上的帮助。

阿尔塔因没有足够的经济能力自立而受到丈夫的欺负时不敢反抗，凯蒂劝说她，认为自杀想法是软弱的，鼓励她自卫。当休想到阿尔塔与她的朋友去野营而没有男性在场时，他狂怒不已，"有一股想揍她脸、把她打翻在地、血流满地的强烈冲动"②。当阿尔塔向杰基吐露她被丈夫虐待的真相时，后者立刻对她充满了同情，替她分析道："那就是他打垮你精神的方式。使你感觉自己像发霉的汉堡包，不是吗？这是老一套控制你的方式。"③ 她也鼓励阿尔塔进行反抗。丽塔的丈夫卡尔（Karl）和杰基的丈夫乔（Joe）都背叛了婚姻，在外寻欢作乐。阿尔塔虽说没有抓到把柄，但休经常无故多天不回家的行为引起了她的极大怀疑。而凯蒂的丈夫已经明目张胆地和一年轻女子来往。

小说中的四个女性遇到了前所未有的危机。遭遇背叛是这些女人共同面临的问题。她们共同策划，到亚马逊原始森林去野营。在野营地的河中，她们沐浴阳光，欣赏自己漂亮的女性身体，互相取乐。阿尔塔认为凯蒂"就像一只天堂鸟，她的红色头发就像火苗，发出优雅的光。凯蒂则认为阿尔塔是一只黑豹"④。女人们相互赞赏对方的美貌。

阿尔塔和杰基这两位离异了的女性生活在一起，以她们自己的方式解决生理需求。没有男人，她们也充满欢乐，"寻找到了温暖、给予生命、

---

① Gloria Anzaldúa, *Borderlands/La Frontera: The New Mestiza*, 4th ed., San Francisco: Aunt Lute Book, 2012, p. 43.
② Alma Luz Villanueva, *Naked Ladies*, Tempe, Arizona: Bilingual Press, 1994, p. 58.
③ Alma Luz Villanueva, *Naked Ladies*, Tempe, Arizona: Bilingual Press, 1994, p. 91.
④ Alma Luz Villanueva, *Naked Ladies*, Tempe, Arizona: Bilingual Press, 1994, p. 74.

有创造力的金色阳光"①。

阿尔塔还以性满足安抚了道格因失去妻子而受伤的心灵。为了照看凯蒂留下的两个儿子，阿尔塔邀请道格和她一起住。一方面，阿尔塔的温柔使得道格的男人气魄强大；另一方面，道格的柔弱性格使得阿尔塔男性化并产生了男性气质。维拉纽瓦通过阿尔塔和道格的心理特征的阴阳互换，体现了她对弱势男性群体的关怀。

作家反复描述的两性行为具有完全不同的象征意义。第一，主人公阿尔塔和第一任丈夫休的性生活反映的是白人男性与族裔女性之间的不平等地位。他们之间的不和谐由白人家庭对族裔女性阿尔塔的歧视和休的男性霸权思想导致，最终他们的婚姻走向尽头。第二，阿尔塔与罹患癌症的凯蒂同睡一床，相互抚慰，以及临终前的暧昧体现的是女性对同类女性弱者的人文关怀。第三，阿尔塔与杰基偶然的同性恋行为表达的是同为沦落人之间的相互慰藉。第四，阿尔塔与杰德的同性恋行为表达的是族裔女性强者对族裔女性弱者的身心安全与健康的关怀。第五，阿尔塔与异性道格的同居是践行对朋友的诺言。第六，阿尔塔与新男友的恋情是真正的男女之间平等的象征。

四 惩恶扬善

面对迫害与压迫，性别跨界的奇卡娜人进行了正义的反抗。惩恶扬善是她们采取的有效行动。

故事的开头描述了阿尔塔勇救被黑人抢劫的白人女性凯蒂的事件。在带着两个孩子购物回家的路上等红灯时，阿尔塔看到一位长相帅气的深色皮肤男子，正感叹这是她喜欢的类型，突然发现他开始奔跑起来，还抓住一个女人的胳膊，她再仔细一看，是女人的钱包，于是她猛踩油门，追上去将窃贼撞倒，帮女人保住了钱包。而事发当时，那附近有几个男子看到了抢劫，却没人上前制止。这表现了女汉子阿尔塔的正义感。

阿尔塔应邀带着全家人拜访了凯蒂的家。看到凯蒂和她一样在家里被丈夫呼来唤去。在和凯蒂聊天时，她说起了自己在家里的境况，她不再想取悦丈夫。然而，她又想到了古老的传统思想，弗洛伊德式地发问："女

---

① Alma Luz Villanueva, *Naked Ladies*, Tempe, Arizona: Bilingual Press, 1994, p. 157.

人想要什么?""我想要的是什么?"[1] 是阿尔塔一直在问自己的问题。她们要的是平等,是男性对女性的尊重。她们希望男性能够分担家务,而不是像主人对待仆人一样对待自己的妻子。道格,凯蒂的丈夫,对待凯蒂像主人对待使唤丫环一样,近在咫尺的冰箱,他自己不愿取冰啤酒,而是要求忙碌的妻子一次次地为他和客人服务。动作慢了还不行,还要挨他的训。历来富有反抗精神的阿尔塔,眼见不平愤怒不已。于是她帮助凯蒂教训了她丈夫道格,拿起啤酒瓶直接将啤酒从他头上淋下去,这让她的丈夫休都大吃一惊。

阿尔塔和阿普丽尔母女俩的婚姻都在被暴力虐待中,以攻击各自丈夫的下体结束。她们的攻击行为对于男性霸权产生的根源进行了彻底的打击,以暴制暴,这体现了激进的女权主义思想。

采用法律手段来维护同事的人身安全是阿尔塔采取的正确行动。她的朋友杰德是多种族混种人,杰德的父亲是日本人,母亲是土著印第安人和西班牙人的后裔。她从小就受到父亲猥亵,14岁时被父亲强暴,随后父亲畏罪自杀。她长大后有了自己的同性恋情人格蕾丝(Grace),但她们后来分手了。阿尔塔与杰德相识后,发现她情绪低落,有自杀倾向,便问及缘由,原来她在骑车外出时被两个黑人男子强暴、毒打并威胁说如果报警就杀了她。愤怒的阿尔塔首先给她进行了按摩治疗,然后鼓励她报警,帮她找人跟踪嫌犯,最终将两个罪犯告上了法庭,使他们得到了应有的惩罚。阿尔塔认为如果不这样做,这些犯罪分子会祸害更多的女性。她不愿意看到她们受到伤害,所以她勇敢地站出来为了女性的安全竭尽全力。

阿尔塔最大的行动是击杀了施暴者。阿尔塔表现出极的勇敢和冷静,面对偷袭她们野营地的吉姆和雷,她偷偷地摸到了自己携带的枪,在吉姆和雷暴打她的朋友之际,她瞄准吉姆和雷射出了子弹。阿尔塔击毙吉姆和击伤雷的案件以她的无罪释放结束。但她每月需支付吉姆的妻子和两个孩子400美元的生活费来维持他们母子的正常生活。

该小说对跨界女性行为的描述表明,性别跨界者并非传统观念里的祸害,而是消灭犯罪的主力军。

五 行动的目标

在维拉纽瓦的小说《女人花》中,跨界女性的行动有非常明确的终

---

[1] Alma Luz Villanueva, *Naked Ladies*, Tempe, Arizona: Bilingual Press, 1994, p. 29.

极目标：追求自由与平等。

在奇卡诺文化中，男人主宰一切。在家里，女人帮助男人掌控他们的女儿。在杰德家里，她的父亲曾经主宰一切，而母亲只是附属物，无权决定任何事情，在女儿受到丈夫猥亵时她都不敢阻止。而维拉纽瓦所描述的同性恋行为是要实现男女之间的真正平等，为此，她要通过性的方式来使女性获得自由和主动权。

自由掌控生育权是女性跨界者的一个目标。小说中迈克尔认为"女性应对人类的进化负责，但杰德因被强暴而怀上的小孩必须被堕胎"[1]。杰德坚定地打了胎。

抵抗白人歧视是性别跨界者的又一目标。白人芭芭拉（Barbara）对女婿道格的态度非常严厉，总是以生硬的声音命令他做事。但阿尔塔等人对待凯蒂母亲这个中上层白人女人的傲慢的态度是不屈从。当芭芭拉提出将女儿凯蒂的遗体火化后带回老家时，阿尔塔则提出先举行葬礼，再让道格带着儿女把妻子的骨灰撒入大海。

在性行为目标中，作家将女性互相慰藉看作义务。小说中的阿尔塔和杰德的同性恋行为使迈克尔感到受伤，他认为阿尔塔只要有他的爱就足够了。而阿尔塔则认为她在爱迈克尔的同时，也有义务给予杰德男性一般的性爱，她完全有能力满足杰德和迈克尔的性需求。作家对主人公阿尔塔的双性人特征描写反映了极端女权主义的思想在奇卡娜人思想意识形态里的渗透。她相信，女人具有万能的力量。

追求极致的性爱快乐是性别跨界者主体性的表现。这种爱是"一种温柔的撕裂，一种精致的痛苦和快乐"[2]。极端女性主义者阿尔塔评价她的小男友时，既把他看成男性，也把他看成女性，认为他是"一只漂亮、危险的黑豹。她喜欢他身体的这种阴阳混合"[3]。这里很明显，作为女权主义者，作家把阿尔塔设计成了一个阴阳随机转换的角色，她想做女人就可以将小男友迈克尔视为男人；想做强悍的女汉子，小男友似乎又只是一个漂亮的女性角色而由她摆布。似乎迈克尔的性格特征都取决于她的态度。这是作家维拉纽瓦典型的女权主义思想的表达。

对于女性性别跨界者来说，维拉纽瓦设计的理想的生活方式是有两个

---

[1] Alma Luz Villanueva, *Naked Ladies*, Tempe, Arizona: Bilingual Press, 1994, p. 226.
[2] Alma Luz Villanueva, *Naked Ladies*, Tempe, Arizona: Bilingual Press, 1994, p. 235.
[3] Alma Luz Villanueva, *Naked Ladies*, Tempe, Arizona: Bilingual Press, 1994, p. 99.

爱人同时陪着她。作为双性人的阿尔塔骑马在外面溜达时，她想象家里有"迈克尔准备饭菜，洗蔬菜做色拉，杰德在把酒准备好，拿到厨房。但她无法想象他们两个对彼此会说啥"①。而追求男女平等是跨性别的奇卡娜人的终极目标。戴钻石星型耳环的迈克尔是阿尔塔喜欢的男性类型，与休完全不同，在性需求上，他态度温柔，而不是休的那种征服女人的姿态。作家这样的叙述反映出女性所要得到的是男女间的性的平等。小说中最精彩、浪漫的跨性别女性的生活是故事临近结尾时阿尔塔和她的两位伴侣在月光下的野炊。在黑夜里，"借助迈克尔吹响的羽蛇神'奎佐卡罗'（Quetzacoatl）乐曲，阿尔塔与迈克尔和杰德玩起了双性恋……杰德、阿尔塔和迈克尔静静地躺了很长很长一段时间，抬头凝视着浓密的星团，金星正在升起，圆月又白又透明"②。维拉纽瓦让这些酷儿与大自然融合在一起，形成了和谐与和平的画面，达到了跨性别者行动的目标。

作家对主人公阿尔塔在性爱方面于男女两性情感方面游刃有余的描写具有极端的女权主义本质特征。这表明一个真正的女权主义者是既能驾驭男性也能掌控同性的人。主人公阿尔塔既是异性恋者，也是同性恋者。作家所描写的女汉子形象，以及这种双性同体者的行为，都是极端女权主义思想的表现。

第四节 奇卡娜性别跨界的缘由

在奇卡娜小说中，性别跨界女性表现了她们共同的特征：混血人种、家庭地位低下、社会地位缺失和依靠个人奋斗成功。维拉纽瓦在《女人花》中塑造的逆境中成长的双性恋女强人阿尔塔的形象，是典型的奇卡娜女权主义者的形象。奇卡娜人的性别跨界由多重因素构成。

一 天生而成

在酷儿理论研究盛行的20世纪90年代，人们将酷儿归因于生物特质。奇卡诺作家也倾向于这种生物学上的解释。奇卡娜文化理论家安扎尔多瓦还以自己的亲身经历证明了这个观点。

---

① Alma Luz Villanueva, *Naked Ladies*, Tempe, Arizona: Bilingual Press, 1994, p. 223.
② Alma Luz Villanueva, *Naked Ladies*, Tempe, Arizona: Bilingual Press, 1994, pp. 260-261.

安扎尔多瓦在 3 个月大的时候就开始月经来潮，这是内分泌疾病的一种症状，导致她在 12 岁时身体停止发育。安扎尔多瓦回忆说："我会把（血淋淋的布）拿到这个棚子里，洗干净，然后把它们挂在一个很低矮的仙人掌上，这样就没有人会看到它们……到处都是血，必须藏起来。"[①] 她最终在 1980 年 38 岁时决定处理子宫、宫颈和卵巢异常，接受了子宫切除手术。因此她觉得自己不能只被归类为某一种族的一部分，她拥有多重性取向。尽管她在大部分作品中将自己定位为女同性恋，但她同时被男性和女性所吸引，后来又与他们发生了关系。她写了大量的诗歌和论文来描述自己的酷儿身份和这种身份给她带来的麻烦，以及酷儿人群在社会，特别是奇卡诺社区的边缘化。

笔者相信，在酷儿的成因中，一小部分是生物基因所致，而大部分则是社会传统和社会制度的不公所致。

二 男权家暴

男权制下的家暴是奇卡娜人性别跨界的另一重要原因。维拉纽瓦在整个叙事中将男性暴力与支配意志联系在一起。

阿尔塔认识的所有女性都曾遭遇男性暴力的伤害：她的母亲曾经遭受她继父的暴打；她的朋友杰基也曾遭遇丈夫习惯性的毒打；白人女子凯蒂不断地被丈夫羞辱；她朋友史蒂夫的妹妹在幼年时就受到性骚扰。

特别是休，使用近乎强暴的手段迫使阿尔塔臣服于他，以至于她怀疑"不知道要让步多少才能让他满足"[②]。休本人压抑的同性恋行为也引起了他对阿尔塔的情感的矛盾性。随着故事的叙述更多地揭示休不愿承认的同性恋行为，叙述者把这种行为的产生原因归咎于休和父母糟糕的关系。他对阿尔塔不断增强的自信和愤怒与他对母亲的仇恨融合在一起，就像"一个 5 岁的孩子被绑在椅子上，对着被关上的厨房门撕心裂肺地嚎叫"[③]。为了平息自己的愤怒，休离家出走，到他视为干爹的同性恋人比尔的家去寻找慰藉。

另一家庭受害者丽塔，是阿尔塔的朋友，来自危地马拉。她的丈夫对

[①] Gloria Anzaldúa, "La Prieta", *This Bridge Called My Back: Writings by Radical Women of Color*, 4th ed., eds., Cherríe Moraga & Gloria Anzaldúa, New York: SUNY Press, 2015, p.199.

[②] Alma Luz Villanueva, *Naked Ladies*, Tempe, Arizona: Bilingual Press, 1994, p.44.

[③] Alma Luz Villanueva, *Naked Ladies*, Tempe, Arizona: Bilingual Press, 1994, pp.74-75.

她不忠，还家暴她，而她认为这在老家是理所当然的事，她的母亲就是这么受折磨的，她们"习以为常"[1]。丽塔从小就被自己的父亲猥亵，甚至强奸。丽塔的丈夫在她的乳房被切除了以后，便不再对她的身体感兴趣，时刻想着他的情妇朵拉（Dora），因为"她有两个乳房"[2]。

家暴最终导致了女性的反抗，她们选择了离开不堪的婚姻，寻求同性的帮助。

三 社会暴力

奇卡娜人跨界的原因除了基因影响和遭遇家暴，还有来自其他种族更严重的社会暴力。

该小说的第二部分叙述的是女性遭遇的性虐待情节。杰德向阿尔塔讲述了她少年时期被父亲强暴而最近又被两个男人绑架与轮奸的惨痛经历。祸不单行，杰德在被强暴不久后，她的家又被抢劫一空，冰箱里的食物被吃掉，她外婆留下的印第安人的珍贵地毯被毁掉，家里的墙壁上被喷上红漆，墙上到处涂着"死母狗！……死逼！死逼！"[3] 两个强奸者威胁杰德，不许起诉他们。最后她因精神出现异常而无法继续工作。其中为首的雷（Ray）还愚蠢地炫耀他如何使妻子臣服于他，以及如何虐待自己的孩子。这个虐待女性的流氓认为这是男人天经地义该做的事。"没有一丝丝怜悯，没有怜悯的记忆。杰德的哭喊，听了很可怕，就像他自己二、三、四、五岁时的声音，但他对父亲毒打与强暴他的记忆一点都没有留下。他父亲在他五岁的时候离开了他，这种恐怖的声音就不再有了。"[4] 叙述者将雷的性暴力、怜悯心的缺乏和他压抑的童年创伤联系起来以解释雷进行强奸的动机。在这种与父亲同质的暴力时刻，他与父亲相似。这里作者的意图是揭示男权社会不仅实施了对女性的虐待，同时也对弱势的男性甚至幼童进行同样的迫害，且这种迫害不分种族，都具有遗传性。

斯蒂夫的妹妹也曾在 14 岁时受到强暴，邻居们反而来谴责她，她的母亲为她辩解，但人们普遍认为她的生殖器长错了位置。更悲惨的是，依据奇卡诺族裔的传统，这些被强暴了的女孩只能嫁给那些无能的男人。

---

[1] Alma Luz Villanueva, *Naked Ladies*, Tempe, Arizona: Bilingual Press, 1994, p. 48.
[2] Alma Luz Villanueva, *Naked Ladies*, Tempe, Arizona: Bilingual Press, 1994, p. 172.
[3] Alma Luz Villanueva, *Naked Ladies*, Tempe, Arizona: Bilingual Press, 1994, pp. 238-239.
[4] Alma Luz Villanueva, *Naked Ladies*, Tempe, Arizona: Bilingual Press, 1994, p. 268.

强势男性对弱势群体的凌辱,是导致女性转向强势同性寻求援助的最重要原因之一。

四 种族歧视

种族歧视是美国族裔人性别异化的另一最重要原因,这种根深蒂固的偏见导致了许多家庭悲剧的发生。

小说中的女主人公阿尔塔遭受前夫家暴的原因,被她后来的非裔黑人男友解释为休"是白人,阿尔塔。嗨!这个人憎恨自己的内脏。你什么时候才能*理解这一切*哟?"① 作家使用了斜体来表达阿尔塔的朋友对她的执迷不悟的讥讽。

休与阿尔塔一样,与黑人和奇卡诺人一起长大。而他的白人家庭教给他的是种族歧视观念。他母亲说:"墨裔鬼和黑鬼毁掉了邻里。我们移居进来前这里的邻里曾是友好的爱尔兰工人阶层。休,不要把墨裔鬼和黑鬼带进这个家。"② 休把阿尔塔带回父母家时,他父母的反应首先是"沉默",然后是怀疑:"她肤色很深,不是吗?你要娶她吗?她会生一打孩子来拖累你。"③ 从休的母亲的话语可以看出,白人底层的工人阶级也觉得自己比族裔人的身份更高贵,比族裔人更富有。族裔人似乎会成为他们的累赘。因此,丈夫休对她的憎恨不仅仅来源于厌女症,还有他骨子里的白人种族主义思想。

白人夫妇劳拉和克里斯到阿尔塔的诊所来咨询,迈克尔认为夫妻之间最大的矛盾无非就是一些鸡毛蒜皮的小事,没必要吵闹,认为如果他们夫妻之间没有了爱情,他们应该爱自己的孩子,学会爱对方,至少爱自己。克里斯觉得一个黑人都敢教训他,眼里充满了不屑。

总之,种族歧视也是造成奇卡娜人转向同性恋的重要因素。

五 科技摧残

在小说中男性让女性屈从于自己的最有效策略,是说服女性认为自己所遭受的虐待是咎由自取。小说中一个个女性人物相继因癌症离世。是什么导致了女人的绝症?作家维拉纽瓦以杰基的口吻回答了这个严峻的问

---

① Alma Luz Villanueva, *Naked Ladies*, Tempe, Arizona: Bilingual Press, 1994, p. 94.
② Alma Luz Villanueva, *Naked Ladies*, Tempe, Arizona: Bilingual Press, 1994, pp. 19–20.
③ Alma Luz Villanueva, *Naked Ladies*, Tempe, Arizona: Bilingual Press, 1994, p. 20.

题：科技的发展。

现代社会的疾病癌症、艾滋病等相继夺去了阿尔塔身边人的生命。她的朋友丽塔和凯蒂都因乳腺癌离世，她的前夫因艾滋病去世，道格从法律学校辍学，变成了酒鬼。维拉纽瓦在小说中对科学技术对人类的残害进行了严厉的批评。人工合成食物对身体的伤害、女性节育用具对身体的伤害和对夫妻情感的伤害、堕胎对女性的伤害、核武器原子弹粉尘对人类的摧残与毁灭，以及药物的滥用，都变成了作家在小说中探讨的问题。凯蒂在因乳腺癌进行化疗时，"机器的声音充满了她耳朵，它不是带来希望，而是恐惧。她开始掉头发；她开始失去容颜；她正失去生命"[①]。丽塔的乳房切除和她越来越觉得自己就是个亚马逊野人的感觉最后给了她力量去面对丈夫卡尔的不忠，她拒绝继续成为他的同谋或接受背叛他的指责。而卡尔只是谴责她歇斯底里，并没有给她任何安慰与同情。这一观点得到了医生的支持："大多数女人都很脆弱，易受影响，最终歇斯底里：可怜的家伙。我们男人必须帮助……给她镇静剂。"[②] 卡尔认为丽塔干涉他的活动就是有精神病，需要镇定药治疗。这里药物被用来处理根本就无法处理的家庭矛盾。此外，凯蒂发现肿瘤有一年多，已由小变大。她看过十几个医生，他们都说是因避孕药引起。"打胎器械对杰德的伤害使她决定永远不再允许任何男人进入她的身体。"[③]

以上的例子表明，维拉纽瓦对破坏现代女性健康和家庭生活的科学技术进行了直接的批评。她以此证明，科学技术的负面作用在奇卡娜性别跨界中起到了极大的作用。

本章小结

奇卡娜作家的性别跨界书写突破了"同性恋"为不伦之恋的传统观念。在遭受多重压迫的奇卡娜人看来，性别跨界是女性迫不得已的自我保护方式。作家用主人公阿尔塔左手牵男友与右手拉女友的方式表达了女性对性别压迫的反抗，打破了男女二元观点的思想，找到了激进女权主义理想中的男女和谐共处的方式。伊丽莎白·奥多内兹（Elizabeth

---

[①] Alma Luz Villanueva, *Naked Ladies*, Tempe, Arizona: Bilingual Press, 1994, p. 101.
[②] Alma Luz Villanueva, *Naked Ladies*, Tempe, Arizona: Bilingual Press, 1994, p. 174.
[③] Alma Luz Villanueva, *Naked Ladies*, Tempe, Arizona: Bilingual Press, 1994, p. 227.

Ordòñez）评论道，维拉纽瓦的创作充满"动态感、生命力和个人化，但因为她所谈及的女性的经历，她的'我'几乎总是一个'我们'，对丰富女性文学的共同文化、社会的更新与转型的创造做出了突出的贡献"[1]。虽然酷儿行为违背了人类繁衍生息的自然规律，但小说《女人花》很好地诠释了酷儿理论所表达的正能量：面对来自异性的迫害和压迫以及科学对人类身心的摧残，女性可以通过互助来解决矛盾和满足自身的需要。女人花，生长在花园里的野花，它们的粉红颜色像女人最柔软的子宫或心脏。女性与自然相似，需要人们的呵护。在与迈克尔和谐的生活中，阿尔塔又一次孕育了新的生命，他们的儿子荷鲁斯（Horus）来到了这个世界。"荷鲁斯"这个名字寓意为"浪漫和友善"。他们用去世的伯伯的名字命名他，以此纪念被迫害致死的年轻生命。在笔者看来，关于38岁高龄产妇孕育新生命的情节，作家是想借这个生育情节表明多层含义：一是奇卡娜人和自然的相似性，她们和自然一样多产；二是跨性别女性的力量无比强大，她们能使弱势族裔男性雄起；三是跨性别女性能主宰人类进化的进程，她们拥有选择谁来做孩子父亲的权利；四是奇卡娜人有聚天地之能量来哺育后代的能力，让地球上的人类生生不息。阿尔塔每天担心的问题是人类生存的问题，比如"针对黑人的暴力，针对女人的暴力，全球的暴力和针对地球的暴力"[2]。阅读维拉纽瓦的小说《女人花》，读者不会读到任何喜剧性的东西，而是那些让人感觉悲伤窒息的人类悲剧，以及她们与邪恶进行的抗争。

---

[1] 引自 Deborah L. Madsen, *Understanding Contemporary Chicana Literature*, Columbia, South Carolina: University of South Carolina, 2000, p. 166。

[2] Alma Luz Villanueva, *Naked Ladies*, Tempe, Arizona: Bilingual Press, 1994, p. 201.

第八章　身份跨界　书写华章

在美国系统性的阶级制度和种族主义制度里，族裔身份问题是一个长期存在的问题。自20世纪60年代以来，社会学和心理学理论家对身份理论进行了大量的研究。奇卡娜小说中的奇卡娜身份跨界的书写也是非常重要的主题之一。

身份理论是一个社会学和心理学框架，探索个人如何构建和定义他们的自我意识，包括他们的个人和社会身份。一些理论家在身份理论领域做出了重大贡献。以下简述一些著名的身份理论家以及他们的理论观点。

埃里克·埃里克森（Erik Erikson）提出了一种身份发展的社会心理理论。他强调了生命历程的重要性以及个人在寻求身份的过程中所经历的不同阶段。[1] 埃里克森的理论强调了个人身份与社会背景之间的相互作用，探索了个人如何应对各种身份危机并建立有凝聚力的自我意识。乔治·赫伯特·米德（George Herbert Mead）的符号互动主义理论是理解身份形成的基础。[2] 他认为，个人通过与他人的互动来发展自我意识，特别是通过角色扮演和语言的使用。米德强调"我"（自我的自发和冲动方面）和另一个"我"（自我的社会化和反思方面）的概念。查尔斯·霍顿·库利（Charles Cooley）的"镜子自我"概念表明，个人根据如何看待他人对自己的看法来形成自己的身份。[3] 根据他的说法，人们通过想象自己在别人面前的样子以及他们认为别人如何评判自己来发展自我概念。

---

[1] Erik Erikson, *Life History and the Historical Moment*, New York: W. W. Norton & Co., 1975, p.190.

[2] George Herbert Mead, *Mind, Self, and Society: The Definitive Edition Enlarged*, Chicago: University of Chicago Press, 2015.

[3] Charles Horton Cooley, *Human Nature and the Social Order*, Vol.1, 兰州：飞天电子音像出版社, 2004。

这种反映评价的过程在塑造一个人的身份方面起着重要作用。朱迪思·巴特勒（Judith Butler）以其对性别和酷儿理论的贡献而闻名。她挑战了固定或基本身份的概念，并认为性别是表演性的。[1] 巴特勒认为，身份认同是执行和制定社会角色和规范的持续过程。她强调了权力关系和社会期望会塑造我们对身份的理解的方式。欧文·戈夫曼（Erving Goffman）的戏剧理论探索了作为戏剧表演的身份。[2] 他认为，个人参与印象管理，在不同的社会背景下战略性地向他人展示自己。戈夫曼强调了社会互动的作用，以及个人通过各种"前台"（front-stage）和"后台"（backstage）行为构建和维护其身份的方式。

这些理论家为理解身份形成及其与社会互动、文化和权力动态的联系做出了贡献。身份理论是一个丰富且不断发展的领域，探索个人如何在更广泛的社会结构和互动中提高他们的自我意识。

本章将以《喊女溪》、《米瓦拉信笺》、《紫色天空》和《剥洋葱般剥掉我的爱》为蓝本，探讨奇卡娜人身份跨界问题。

奇卡娜人的身份可以归纳为三个层面：一是在种族上她们属于混血身份；二是在家庭身份上她们扮演着奶奶、妻子、母亲、女儿、姑妈、姨妈和姐妹等多重角色，无一缺席，因为她们都来自大家庭；三是她们的社会身份，经过自己的不懈努力，许多奇卡娜人在社会上为自己争取了一席之地。她们的社会身份在不停地抗争中发生了巨大的改变：从社会底层人物——"该死的"、娼妓、穷人、混蛋、无报酬的廉价劳动力、丈夫劳力的附属品——变成了中产阶层人物，包括高雅的职业妇女如教师、社区领袖、女权主义者、大自然的保护者、种族压迫的反抗者、世界和平的追求者、男女平等关系的调和者、土著文化的继承和发扬者。

或许与其他族裔女性的身份不同，奇卡娜人往往将自己的身份寓于拥有悠久灿烂文化与艺术的古老土著印第安人先祖的血统之中，她们为自己的身份感到自豪与骄傲。

---

[1] Judith Butler, *Gender Trouble: Feminism and the Subversion of Identity*, New York and London: Routledge, 1990, p. 46.

[2] Erving Goffman, *Stigma: Notes on the Management of Spoiled Identity*, London: Penguin, 1963.

第一节　相关小说梗概

奇卡娜人的身份书写是每一个奇卡娜作家无论写诗歌还是小说都必须涉及的主题。本章涉及的作家及其作品比其他章节多，这里一共有三位作家和她们的四部作品。下面主要陈述本章要分析的作家和她们的作品。

1. 西斯内罗斯的《喊女溪》

西斯内罗斯的故事集《喊女溪及其他》于1991年首次出版。那时正值美国奇卡娜女权主义运动和奇卡娜文学创作的顶峰时期。这部短篇故事集的出版加强了奇卡娜人在美国主流社会的声音。《华盛顿邮报》盛赞作家"知道心可以碎，也可以像鸟儿一样腾空而起。无论她选择讲什么样的故事，我们都该听听"[1]。

本书选取的故事《喊女溪》是关于一个墨西哥边境小镇的女孩克里奥菲拉斯（Cleófilas）跨境嫁入美国后因婚姻不幸而逃走的经历。她婚后的生活经济拮据，丈夫以一次次的家暴来消除自己心中的不快与窝囊，她先是震惊，后是忍耐，最后在白人女权主义者的帮助下，带着孩子逃离了美国，回到了母国墨西哥。

该故事很短，但寓意深刻。拥有六个儿子和一个女儿的大家庭是典型的当代墨西哥家庭规模，也是作家自己家庭生活的再现，因为她自己也有六个哥哥，她是家中唯一的女儿。故事把现代受迫害的女性与古代土著神话联系在一起，颠覆了奇卡诺文化的神话意象。在神话中，哭泣女神原本是被谴责的对象，故事里她被描绘成了发出声音、反抗迫害的现代女性。

该故事采用了后现代主义的创作手法，用碎片式的语言和碎片式的情节来推动故事的发展，故事的具体细节需要读者用心去想象填补，别具一格，值得一读。

2. 卡斯蒂略的小说《剥洋葱般剥掉我的爱》《米瓦拉信笺》

卡斯蒂略的小说《剥洋葱般剥掉我的爱》讲述的是跛腿女孩卡门·桑托斯（Carmen Santos）从芝加哥奇卡诺族裔聚居贫民窟（barrio）走出去成为知名歌星的坎坷经历。在故事的开头，作家采用第一人称的视角、

---

[1] Sandra Cisneros, *Woman Hollering Creek and Other Stories*, New York: Vintage Books, 1992, back cover.

以碎片式的回忆方式，讲述主人公卡门 36 岁之前和目前的生活，继而讲述她如何成为全美闻名的大歌星。该小说的叙事风格继承了 19 世纪伟大的女诗人艾米丽·狄金森的创作风格。狄金森的诗歌没有标题，因而编辑采用了她每首诗的第一行作为诗歌的标题。卡斯蒂略的小说《剥洋葱般剥掉我的爱》每章的标题也都是取自第一段的第一句话，或半句话，或词组。读完目录，读者基本上可以了解碎片化的故事情节。故事主人公卡门的讲述充满了人生哲理。她成为弗拉门戈舞蹈家的原因竟是她的残疾跛腿正好适合这种舞蹈的动作。作家辛辣的反讽手法表现了奇卡娜人顽强的生存意识与美国白人主流社会对不幸族裔人的漠视。奇卡诺族裔聚居的大都市芝加哥的贫民窟可以说是边疆在城市的延伸。卡门从这个贫民窟中脱颖而出，跨越贫穷的障碍成为大都市自我奋斗者成功的范例。她的成功为身残的族裔女性和处于劣势社会地位的全世界女性树立了榜样。

卡斯蒂略的另一部小说是书信体小说《米瓦拉信笺》，以 40 封信件来描述两个女人特蕾莎和艾丽西亚寻找自己的身份和她们在此过程中所遭受的歧视与迫害以及她们最终成功的经历。特蕾莎和艾丽西亚从大学时代起结为好友，她们在生活中经常互相鼓励和帮助。在与男性的交往中，她们都受到了极大的伤害。艾丽西亚遭受多任男友的殴打，在忍无可忍的情况下，她毅然离开了他们。特蕾莎也遭遇了同样的情形，她和丈夫离了婚，一个人带着孩子奋斗。在美国主流文化中，这两位女性觉得找不到自己的文化之根，于是她们踏上了寻根之路。她们两度去墨西哥的老家寻找自己的亲人，但发现自己已经无法融入当地，她们并没有受到穷亲戚的欢迎，因为她们的语言是英语，她们的身份也是美国公民。而在美国她们又因具有族裔人特征而被称为墨西哥人，她们就像夹缝中的人。经过多年的奋斗，她们终于在知识里找到了自己的身份，艾丽西亚成为艺术家，特蕾莎当上了教师。在该小说的目录里作家提醒读者，这个小说有四种读法，第一种是循规蹈矩式，第二种是犬儒学派式，第三种是理想主义式，第四种是无所事事式。信件式小说并不新鲜，但作家提供给读者的阅读方式独一无二。这是作家创新的写作方法。这种碎片式的故事叙述方式将小说中的人物的身份也碎片化，它暗示在美国白人主流社会里奇卡娜人没有确定的身份，从而难以获得成功或社会的承认。

3. 维拉纽瓦和她的小说《紫色天空》

维拉纽瓦是奇卡娜诗人兼小说家群体中的三杰之一，她和西斯内罗斯、卡斯蒂略齐名。她的许多小说聚焦生态女性主义主题上，探讨女性与自然的关系以及女性与男权制的抗争。

《紫色天空》是她的第一部小说，描述了奇卡娜人与男性之间的矛盾。主人公罗萨必须离开城市到野外山区与大自然中的精灵交流才能发现自己的女性力量和艺术力量。当身为老师兼画家的罗萨决定改变她的生活时，她不得不与那些不支持或不理解她的人抗争：罗萨17岁的儿子西恩（Sean）感到被轻视；罗萨最好的朋友塞拉（Sierra）受到威胁；罗萨的第二任丈夫胡里奥（Julio）对她和他自己很生气。对胡里奥的爱恨之情让罗萨感到困惑。当他们思想同步时，谈话流畅，但最后，他们之间酝酿的愤怒终于爆发。于是她买下了她的梦展现给她的房子，第一次远离城市和家人到大山中独自生活。当她发现自己怀孕并决定独自生下胡里奥的孩子时，每个人对她都有疑问和指责。她盯着自己的画和肚子，她也想知道自己在做什么。罗萨远非完美之人——她酗酒，也喜欢调情，但她也有坚强而好奇的精神，倾听自己的梦想，并深情地记得抚养她的祖母。罗萨意识到了自己内心的柔软，需要用尽全力才能克服恐惧心理，而不知道自己是否能成功。虽然她不知道答案，但仍然勇敢地质疑她应该遵循的角色和价值观。最后，她生下了女儿，完成了画作，还作为女权运动者，加入为了和平而游行的行列当中。

下面将探讨以上四部小说中女性社会身份的跨界问题。

第二节 从家暴受害者到自由人：克里奥菲拉斯

西斯内罗斯的小说《喊女溪》叙述的是一个家庭主妇逃离丈夫的暴力、获得自由人身份的故事。

一 从乖乖女到丈夫拳头下的家庭主妇

该小说的女主人公克里奥菲拉斯（Cleófilas）是墨西哥北部边境小镇的女孩。她母亲早逝，在她出嫁前，她替代母亲承担了家里的一切家务活。她每天伺候自己的六个哥哥和老父亲，还要"面对他们的牢骚"[①]。

[①] Sandra Cisneros, *Woman Hollering Creek and Other Stories*, New York: Vintage Books, 1992, p. 43.

她每天陪婶婶、姨妈和干妈打牌或和闺密一起看肥皂剧打发休闲时光,也尝试着模仿电视剧里的女主人公那样梳理头发和化妆。她长大后最期待的就是婚纱和婚姻中的"激情"——"那种最纯洁的激情,那种书本上、歌曲里和电视剧里描述的一个人一生中的伟大爱情"①。她开始模仿电视广告里名模的动作,还染了头发。电视剧《你否则没人》里的故事是美丽的露西娅·门德斯(Lucía Méndez)"为了爱情不得不忍受各种艰辛、分居与背叛以及永远无条件的爱,因为那是最重要的东西"②。媒体电视剧里宣扬的做家庭主妇的幸福使克里奥菲拉斯对自己的婚姻有了不切实际的幻想,似乎她也能过上电视剧里那种富裕生活。这给她后来的悲剧性生活埋下了祸根,也给她后来遭受丈夫家暴却还能忍受痛苦奠定了基础。

在克里奥菲拉斯到了婚嫁的年龄时,她的父亲将她嫁给了美国边境小镇塞古因(Seguin)的奇卡诺青年胡安·佩德罗·马汀内兹·赫尔南德斯(Juan Pedro Martínez Hernández)。她的婚礼办得很匆忙,没有了母亲的指导,她只能自己操办婚礼。当她发现结婚礼服不合身时,她自己用缝纫机将它改制好。她告别家乡时,她的父亲跟她说:"我永远不会抛弃你。"③ 由于对美好的婚姻生活充满了期待,她对父亲的嘱咐根本就没在意,直到后来的婚姻出了问题才想起了父亲的话。

婚后,克里奥菲拉斯的生活很快就变成了如同女奴一样。她曾经幻想,"到美国的得克萨斯州生活,手里就会有很多的钱,可以穿套装,有宽敞的房子,在那里幸福地生活"④。然而这些梦想被现实击得粉碎。她的丈夫在结婚前希望迅速举行婚礼的原因,并不是他所说的自己是某啤酒公司的要员需要回去处理事务,而是因为他贫穷,担心被戳穿了真相,他只是美国一个最下层的制冰工人,工作时间长,工资太低,无法承担家里正常的开支。他们的房子破旧,家里摆放的是破旧的家具。他的工资只够

---

① Sandra Cisneros, *Woman Hollering Creek and Other Stories*, New York: Vintage Books, 1992, p. 44.

② Sandra Cisneros, *Woman Hollering Creek and Other Stories*, New York: Vintage Books, 1992, p. 44.

③ Sandra Cisneros, *Woman Hollering Creek and Other Stories*, New York: Vintage Books, 1992, p. 43.

④ Sandra Cisneros, *Woman Hollering Creek and Other Stories*, New York: Vintage Books, 1992, p. 45.

夫妻两人勉强度日。他以欺骗的手段把克里奥菲拉斯带到了美国。在他们有了孩子后，家里的经济变得非常拮据，常常入不敷出。他开始酗酒，还对她大打出手。

克里奥菲拉斯从父亲眼中的乖乖女变成了丈夫拳头下的家奴，遭受丈夫的家暴。

二 寂寞和家暴的隐忍者

受传统思想的影响，面对家暴和新环境的孤独生活，克里奥菲拉斯一直隐忍着。

从曾经看到的电视剧里女性忍受痛苦的生活片段，克里奥菲拉斯错误地认为女性就应该为了所谓的爱情和婚姻做出巨大的牺牲。她认为一个女人就应该像电视剧里的主人公那样生活。可以说，这是社会媒体对奇卡娜青年的心灵残害。那些肥皂剧不是鼓励她们独立自主，自谋职业，而是让她们忍受家庭和丈夫带来的一切苦难，靠丈夫过上幸福的生活。克里奥菲拉斯甚至期待她会有很多孩子，他们的房子还需要增加房间，可现实是，一旦丈夫无法承担家庭的责任，他就会抛妻弃子离家出走，或者对妻子进行家暴来发泄自己心里的不快。克里奥菲拉斯变成了丈夫的出气筒。

克里奥菲拉斯是一位非常节俭能干的女子，她把家里收拾得井井有条。但她在美国的生活单调且孤独。她的邻居是两位老妇人，一位叫德里达，是个独居老人，她的丈夫和制冰厂的一个浪荡女私奔了，不再回家。另一位老妇人的两个儿子战死在海外战场，她的丈夫因伤心过度离世。她每天的任务就是把花园的花草打理好，每个周末去给三个亡者扫墓。这两个邻居都有自己的生活，而她也不懂英语，无法与她们交流。没有孩子的时候，她会看书以消除寂寞。但很快她遭遇了丈夫的第一次家暴，当她无缘无故挨打时，只是"惊呆了，说不出话，无法动弹"[①]，尽管"她曾在电视里看到女性遭家暴时会发誓如果丈夫这样对她，她一定还手"[②]。她长这么大是第一次挨揍，因为在父亲家时她是唯一的女儿，是父亲和哥哥们的宝贝。而她挨打后，非但没有反抗，反而去安抚丈夫的情绪。受婚前

---

① Sandra Cisneros, *Woman Hollering Creek and Other Stories*, New York: Vintage Books, 1992, p. 48.

② Sandra Cisneros, *Woman Hollering Creek and Other Stories*, New York: Vintage Books, 1992, p. 47.

所看的电视剧的影响,她认为自己作为女人应该忍受一切。

克里奥菲拉斯遭到家暴的部分原因是丈夫胡安的工作性质,男人们之间也"不互相吐槽自己心里的苦,都只是闷声干活,或用酒精麻醉自己"①。他有气无处撒,为了找到心理平衡,他们经常把自己工作中受的窝囊气带回家,朝妻子发泄,以此"获得平衡"②。

但在克里奥菲拉斯的眼中,丈夫胡安并不是一个坏人。有时她甚至会想这就是"她一生在等待的人"③。他平时的话不多,"可以说是哑巴"④,但有时充满激情,他"放响屁,打嗝,打鼾,也大笑,吻她,搂抱她"⑤。但大多数时间他只是进门吃饭,然后睡觉。"他不看电视,不看书,不听音乐,不关心爱情,更不关心夜晚的月光。"⑥ 工作的劳累使他放弃了这一切。她想原谅丈夫,从传统的"男主外女主内"观念来看,这确实是一个很好的家庭,男人挣钱,女人则持家和养孩子。但它又是一个实实在在贫穷的家。家里的各种东西都需要不停地修理,而丈夫又没有时间顾及这些事,他得早出晚归地工作以挣钱养家。回到家里他只想睡觉,可孩子的吵闹使他无法入眠。这就迫使他产生了离家出走的想法。

自从有了儿子后,家里的经济状况和卫生状况就变得更加糟糕。她买不起新衣服,而丈夫每天就是抽烟,把家里弄得到处脏兮兮的。她有时"想回到父亲的家去,但她又觉得没有面子"⑦。

贫困中的克里奥菲拉斯更加孤单。她会推着婴儿车来到小溪前的草地。她听到流水声,就仿佛看到了哭泣女神在哭泣,她感叹自己也像哭泣

---

① Sandra Cisneros, *Woman Hollering Creek and Other Stories*, New York: Vintage Books, 1992, p. 48.

② Sandra Cisneros, *Woman Hollering Creek and Other Stories*, New York: Vintage Books, 1992, p. 48.

③ Sandra Cisneros, *Woman Hollering Creek and Other Stories*, New York: Vintage Books, 1992, p. 49.

④ Sandra Cisneros, *Woman Hollering Creek and Other Stories*, New York: Vintage Books, 1992, p. 49.

⑤ Sandra Cisneros, *Woman Hollering Creek and Other Stories*, New York: Vintage Books, 1992, p. 49.

⑥ Sandra Cisneros, *Woman Hollering Creek and Other Stories*, New York: Vintage Books, 1992, p. 49.

⑦ Sandra Cisneros, *Woman Hollering Creek and Other Stories*, New York: Vintage Books, 1992, p. 50.

女神一样的命苦。土著神话中的哭泣女神是奇卡诺文化中坏女人的代表。西斯内罗斯把小说中的女主人公与土著女神相提并论，改写了女神的形象。她和普通女性一样，是受迫害者。现代奇卡娜人也像哭泣女神一样，是长期的受迫害者。这个小镇报纸上的新闻全是关于女性被谋害的消息。人们经常在州际公路旁发现女性尸体，或有女人被推下车，或有女人被打得遍体鳞伤。施暴者都是受害者的前夫、丈夫、情人、父亲、兄长、朋友、叔叔或同事。克里奥菲拉斯被这些新闻吓得"打碎了手中的碗"①。

克里奥菲拉斯的丈夫对她的家暴越来越频繁。他开始扔掉她用来打发时光的书。在人生地不熟的美国小镇，她的新家既没有电视，也没有电视剧可追。她唯一的精神寄托书籍被毁，更严重的是她的脸被打得肿胀。她现在认为她的生活就像电视剧的剧情，已经变得越来越悲伤。她看不到电视中的快乐或戏剧性的解脱，她的未来不是幸福的终点，而是会以毁灭结束。她悲叹自己的命运，并归咎于自己的名字，她认为自己这个意涵"烈士"的名字"克里奥菲拉斯"不吉利，她想把它改成"珠宝"之类，但结果仍然一样，还是"脸都被打得爆裂"②。

在清贫而又孤独的生活中，克里奥菲拉斯一直坚持忍让，为丈夫着想，操持家务，抚养孩子，尽到了一个妻子和母亲的职责。她是奇卡诺文化传统中典型的受迫害的妻子和母亲的形象。

三 逃离家庭牢笼的自由人

安扎尔多瓦在《边疆》中谈到女性受丈夫家暴时非常愤激地写道："尽管我们'理解'男性仇恨和恐惧的原因和随之而来的对女性的伤害，但我们不会原谅，不会宽恕，不会再忍让。从我们民族的男人那里，我们要求他们承认、公开和证明他们伤害了我们，亵渎了我们……我们要求和他们平等。"③ 她的呼声在西斯内罗斯的《喊女溪》中得到了回应。

丈夫的家暴、内心的孤独和家务的操劳使克里奥菲拉斯陷入了绝望。

---

① Sandra Cisneros, *Woman Hollering Creek and Other Stories*, New York: Vintage Books, 1992, p. 50.

② Sandra Cisneros, *Woman Hollering Creek and Other Stories*, New York: Vintage Books, 1992, p. 50.

③ Gloria Anzaldúa, *Borderlands/La Frontera: The New Mestiza*, 4th ed., San Francisco: Aunt Lute Book, 2012, pp. 107-108.

她所住的房子后面有一条干涸的小溪,人们叫它"大嘴巴",后来无缘由地叫它"喊女溪"。人们把它与阿兹特克神话中的哭泣女神联系起来。她非常好奇为什么这条小溪叫这个名字,向洗衣女打听,结果人家用生硬的西班牙语回怼她:"你到底为什么想知道这个?"① 到了春天,喊女溪里的流水声让她想起了儿时读到的神话故事里的哭泣女神的悲剧。为了情人,女神将自己的孩子淹死在了河里,上帝罚她去寻找,可她再也找不到孩子,因此经常沿着河边边找边哭。这里,西斯内罗斯借用哭泣女神的悲剧来刻画现代奇卡娜母亲的悲剧性形象。但她的目的并不是要说明奇卡娜人命该如此。通过描写克里奥菲拉斯在小溪边草地上如同哭泣女神一般无声哭泣,她表达了当代奇卡娜人对男权迫害的无声反抗。

　　随着孩子的增多,克里奥菲拉斯家的经济状况越来越糟糕,她的丈夫越来越暴力。孩子生病了,他们无钱医治。她想给父亲写信请求资助,而她丈夫出于面子问题,断然拒绝。她一次次请求丈夫开车送孩子去医院,多次被拒,自己还挨了揍。她把他的旧鞋子整理干净让他体面出行,他们终于到达了医院。在给孩子看病的同时,医生发现克里奥菲拉斯的身体伤痕累累。具有平等意识的女权主义者白人医生格雷西拉(Graciela)联络另一位单身女权主义者菲利斯(Felice)采取行动,准备帮助克里奥菲拉斯逃离丈夫的魔掌。在两位女权主义者精心的安排下,克里奥菲拉斯准备好一切,乘坐白人女士的皮卡车,勇敢地逃出了丈夫的控制,一个人带着孩子回到了墨西哥父亲的家。

　　在回家的路上,当她们经过喊女溪时,菲利斯大声嚎叫,这深深地震撼了克里奥菲拉斯,让她发现原来女人可以这样自由不羁。菲利斯是单身,她开着自己购买的皮卡车,自己还贷款,是一个典型的独立女性。克里奥菲拉斯对她的生活羡慕不已。

　　读者可以想象,在白人女性的女权主义思想的影响下,克里奥菲拉斯也一定会为了自由和自己孩子的幸福去努力拼搏,获得真正的自由。不管她的人生故事如何续写,克里奥菲拉斯至少已经从一个家奴式的家庭主妇变成了一个自由人。奇卡娜人的这种从奴隶式的家庭主妇到自由人的跨越给自己的未来创造了无限的美好。

---

① Sandra Cisneros, *Woman Hollering Creek and Other Stories*, New York: Vintage Books, 1992, p. 46.

第三节 从游走的青年到成功的中年教师和艺术家

在《米瓦拉信笺》中，安娜·卡斯蒂略在跨国背景下处理了身份问题。主人公特蕾莎和艾丽西亚的身份问题是介于美国主流文化和墨西哥文化之间的矛盾。特蕾莎和艾丽西亚在美国和墨西哥之间寻找身份，而她们的身份危机也出现在她们所渴望的精神空间的动荡中。对身份的追求也意味着解构女性作为男性的"他者"的身份，并形成真正的女性意识。在这次尝试中，卡斯蒂略不仅打破了现有的父权制和种族主义女性身份，而且破坏了传统的男性情结。碎片化的叙事风格进一步暗示了对父权制和其象征性秩序的解构，这是解决特蕾莎身份危机的方式。通过解构象征性秩序，卡斯蒂略将特蕾莎自我的碎片放入一个连贯的秩序中。下面将分析特蕾莎的碎片化身份和奇卡娜人在与男权制抗争中身份的构建。

琳达·哈钦（Linda Hutcheon）认为，碎片化问题是后现代主义最显著的特征之一。那些努力捍卫后现代主义的人强调，后现代主义承认以前被压制和压迫的群体的存在，后现代主义小说家处理了碎片化问题，并将这一主题作为他们的主要关注点。[1] 对碎片化主题的关注在许多后现代小说的形式和风格方面得到了呼应。例如，哈钦声称小说中的叙述者要么变得令人不安地多声化且难以找到，要么变得绝对短暂和有限——经常破坏他们自己看似无所不知的东西。[2]

卡斯蒂略在她的创作中主要处理身份、种族主义、妇女和阶级冲突等问题。此外，她还发表了有关奇卡娜女权主义的文章。她对身份问题的关注与奇卡娜女权主义最重要的理论关注之一重叠。[3] 例如，出生在墨西哥或先祖来自墨西哥的女性用许多名称来称呼自己，如墨西哥人、墨西哥裔美国人或奇卡娜。这些术语根据地理位置、政治取向或时代而有所不同。

---

[1] Linda Hutcheon, "Beginning to Theorize Postmodernism", *Textual Criticism*, Vol. 1, No. 1, March 1987.

[2] Linda Hutcheon, "Beginning to Theorize Postmodernism", *Textual Criticism*, Vol. 1, No. 1, March 1987.

[3] Vicki Ruiz, *From out of the Shadows: Mexican Women in Twentieth-Century America*, London: Oxford University Press, 2008, p. xii.

"种族地位"也是身份的决定因素,并且"可以通过人们倾向于伊比利亚血统(西班牙裔)或原住居历史"("梅斯蒂萨"或"奇卡娜")来辨别[1]。

根据佩雷斯-托雷斯的说法,"奇卡娜/诺的批判性话语使混血女性和混血儿组织所扮演的角色享有特权",这些组织"破坏了种族和性别等级制度不可或缺的统一和连贯性"[2]。在某种程度上,"在声称其为混血儿"时,奇卡娜文化通过"取消身份形成"来分散自己[3],暗示了多重主体性的概念,并为各种关系与身份打开了大门,也就是说,这一文化群体在挑战和重塑种族、性别和身份传统界限方面起到了重要作用。新的关系模式和身份认同得以形成和发展,为社会的多样性和进步注入了新的活力。

一 混血女性的碎片身份

虽然种族混合的概念在奇卡娜文化中起着至关重要的作用,但"混血儿已成为'新'世界文化生产的隐喻和先决条件"[4]。因此,混血儿成为文学和视觉艺术中身份的主题和风格的决定因素。卡斯蒂略在一次谈话中强调了她对混血儿问题的担忧:

> 我对拉丁裔人有一个非常有意识的承诺。我感到非常有动力,因为作为一个奇卡娜人,我们被撕裂成一种相当于无国家的状态……我出生在芝加哥,有着非常强烈的墨西哥取向……我对许多棕色皮肤的主要角色都有承诺……我的人民,在大多数情况下,是混血儿。所以我进入了那种混血儿的角色,以及那种感觉。所以我是在非常有意识的层面上这样做的。审美来自我的艺术取向。[5]

---

[1] Vicki Ruiz, *From out of the Shadows: Mexican Women in Twentieth-Century America*, London: Oxford University Press, 2008, p. xii.

[2] Rafael Pérez-Torres, *Mestizaje: Critical Use of Race in Chicano Culture*, Minneapolis: University of Minnesota Press, 2006, p. 3.

[3] Rafael Pérez-Torres, *Mestizaje: Critical Use of Race in Chicano Culture*, Minneapolis: University of Minnesota Press, 2006, p. 3.

[4] Rafael Pérez-Torres, *Mestizaje: Critical Use of Race in Chicano Culture*, Minneapolis: University of Minnesota Press, 2006, p. vi.

[5] 引自 Hector Avalos Torrez, *Conversations with Contemporary Chicana and Chicano Writers*, Mexico: University of Mexico Press, 2007, p. 182。

在这里，卡斯蒂略所说的"无国家状态"即混血族裔的身份被碎片化，他们没有民族和国家的归属感。

卡斯蒂略在她的第一部小说《米瓦拉信笺》中，使用混血儿作为身份形成和自我肯定的来源。这部小说由年轻的墨西哥裔美国妇女特蕾莎写给艺术家艾丽西亚的一系列信件组成。在小说的第一页，她引用了阿娜伊斯·宁（Anaïs Nin）的《玻璃铃铛下》（Under a Glass Bell）中的题词："我很久以前就不再爱我的父亲了。剩下的就是模式的奴役。"① 这里值得注意，因为它集中体现了卡斯蒂略将在她的小说中尝试做的事情。她将尝试打破父权制的束缚，不仅在主题上，而且将尝试打破模式，将自己从传统的男性情节建构中解放出来。通过打破这种模式，她可以想象出一个新的模型来表达一个被束缚在混血儿身份中的奇卡娜人的经历。卡斯蒂略的这种愿望将小说从既定的写作模式中拯救出来，并使其成为一种实验性模式。此外，在接下来的几页中，读者将面临作者的提醒和四种不同内容的方案。卡斯蒂略强化了小说是实验性小说的观点，试图打破模式以摆脱父权制，并提醒道："这不是一本按常规顺序阅读的书。"②

可以肯定的是，卡斯蒂略正在寻找一种模式，通过该模式，她可以表达奇卡娜人的经历，让她们意识到自己的混合身份和双重声音，她们不仅在盎格鲁—撒克逊文化的压迫下受苦，而且在父权制的墨西哥文化下受苦。

为了证明她在尝试打破传统的模式，在第十五封信中，特蕾莎向艾丽西亚和读者讲述："在我内心曾有明确的呼唤，（我）要找到一个能够满足我精神向往的地方"③，并暗示有必要打破这种模式，因为她相信"她们不能完全摆脱传统社会的信条，相信这些信条会无限期地存在。而对男性来说，（社会）对他们没有过高的要求，也并不复杂"④。

特蕾莎和艾丽西亚都是在美国长大的墨西哥人。因此，对于墨西哥人来说，她们在不同的文化中长大。在美国文化中，特蕾莎因为棕色皮肤而受到压迫。另外，特蕾莎在她的家庭中经历了另一种压迫，这种压迫来自墨西哥文化。特蕾莎像黑人妇女一样，受到白人社会和她原生家庭的双重

---

① Ana Castillo, *The Mixquiahuala Letters*, New York: Anchor Books, 1992, p. 7.
② Ana Castillo, *The Mixquiahuala Letters*, New York: Anchor Books, 1992, p. 9.
③ Ana Castillo, *The Mixquiahuala Letters*, New York: Anchor Books, 1992, p. 52.
④ Ana Castillo, *The Mixquiahuala Letters*, New York: Anchor Books, 1992, p. 52.

压迫。换句话说,特蕾莎和艾丽西亚在社会和文化中都被认为是"障碍":

> 墨西哥。它拥抱着忧郁,深刻的对与错,因为它扼杀了一切。命运不是与自我的形而上学对抗,相反,社会将其模式编织得如此紧密,以至于与它的对抗是不可避免的。
>
> 当我们一起回到墨西哥时,我们遭遇了我们的命运。……它之所以如此公然痛苦,以至于让你对男性的声音感到畏缩,是因为我们突然出现在墨西哥,成为它的模式中的两个障碍。社会只能把我们裁剪掉。①

在传统上,女性写信被视为一种家庭行为。通过信件,女性可以找到一种可用的媒介来表达她们内心的挣扎和个人欲望。在小说中,由于叙事是书信体形式,信件的作者特蕾莎成为叙事的中心。通过这种方式,卡斯蒂略在社会的压抑和约束要求下,以热诚而又直接的口吻,对女性进行了叙述。在所有信笺中,读者面临着一场发生在美国和墨西哥之间的跨国运动。在这场运动中,主角们正在寻求一个"他们精神向往空间"②,在这个空间里,他们可以摆脱两种文化强加的角色,形成自由和自由的自我。然而,在这种追求中,妇女遭受虐待。作者还揭露了制度化的性别压迫形式。特蕾莎在她的信中攻击父权制。在第一封信中,她介绍了她的家人,其中直接展现了大男子主义(machismo)的核心观点。它是"假设男性必须达到比女性更强壮,更聪明和更好的要求"的模式,男性"期望以多种方式证明他的男子汉气概"③。例如,这个模式中的男性期望女性尊重和顺从男性。特蕾莎家庭的男性成员非常符合这种大男子主义模式,例如,她的叔叔奇诺(Chino),"看不到女人因为世界上的任何事情而开车"④;菲洛梅娜的兄弟"不与女人说话"⑤。通过她的亲戚,特蕾莎讽刺了家庭的父权制压迫。然后,在第四封信中,特蕾莎批评了教会的压迫。

---

① Ana Castillo, *The Mixquiahuala Letters*, New York: Anchor Books, 1992, p. 65.
② Ana Castillo, *The Mixquiahuala Letters*, New York: Anchor Books, 1992, p. 52.
③ Ana Castillo, *The Mixquiahuala Letters*, New York: Anchor Books, 1992, p. 63.
④ Ana Castillo, *The Mixquiahuala Letters*, New York: Anchor Books, 1992, p. 18.
⑤ Ana Castillo, *The Mixquiahuala Letters*, New York: Anchor Books, 1992, p. 19.

传统的天主教会被描述为另一种压迫和由男性控制的制度，它谴责妇女，因为她们背负着"不可饶恕的罪"①。她讲述了18岁时走进教堂时的一段记忆：

> 他（神父）开始试探。当他没有得到任何令人振奋的结果时，他建议，或者更准确地说，领导一场基于盖世太保技术的审讯。尽管感觉我的膝盖僵硬了，氧气不够，我在这种折磨下仍然没有动摇，他直截了当地指责：你要告诉我你不想和一个男人在一起吗？……
> 我哭着离开了展位，怒不可遏。②

猥琐的神父没有达到自己肮脏的目的，用言语对特蕾莎进行精神迫害。她的"怒不可遏"显然表明了女性的纯洁，这与罪恶的刻板印象相冲突。卡斯蒂略通过创作跨国叙事，展示了美墨两种文化如何限制女性。例如，两种文化中的婚姻制度都成为压迫的媒介，特蕾莎当然渴望摆脱这种压迫。很明显，"我不再准备面对贫困和怨恨的世俗生活，接受一夫一妻制的承诺并尊重父权制传统，我希望摆脱丈夫的指导之手，与家人和姻亲一起度假"③。

因为受控于不同的文化，所以女性无法确定自己的身份，在奇卡诺族裔文化与白人主流文化的欺辱中，她们只有碎片式的身份。女性若要生存，必须进行抗争。

二　与父权制作斗争：女性身份跨界的途径

小说中的两位女主角在两种文化中都受到父权制的压迫。因为她们遭受双重压迫，所以她们对身份的追求变得更加复杂。一方面，由于她们是双重文化主义的对象，父权制的性别意识得到了加强。另一方面，尽管两种文化的文化现实不同，但它们最终导致了对妇女的压迫。卡斯蒂略的跨国叙事表明，父权制的表达方式可能有所不同，但其压迫模式最终使女性处于从属地位。而卡斯蒂略笔下的女性人物没有屈从这种地位。

艾丽西亚17岁时怀孕，她幻想着和男友一起奋斗，做一个浪漫的母

---

① Ana Castillo, *The Mixquiahuala Letters*, New York: Anchor Books, 1992, p. 31.
② Ana Castillo, *The Mixquiahuala Letters*, New York: Anchor Books, 1992, p. 30.
③ Ana Castillo, *The Mixquiahuala Letters*, New York: Anchor Books, 1992, pp. 28-29.

亲时，她的男友罗德尼（Rodney）却消失了。她不得不去进行流产术，而她因为没有社会保障卡无法进行手术，不得已找到一个已经育有5个孩子的波多黎各妇女，借用了她的社会保障卡，结果医生看到她已经是5个孩子的母亲，就直接给她做了绝育手术，从此她不能再生育。这是典型的白人主流社会对第三世界女性的迫害。她后来的男友阿布德尔（Abudel）是个寄生虫，靠她打工的钱生活，而且好吃懒做，稍微不如意就对她拳脚相加。在忍无可忍的情形下，艾丽西亚决定不再做男友的女奴，后者的第一反应是一巴掌扇到她的脸上，甚至在另一天直接将她往楼下推，艾丽西亚奋力抗争才保住性命。他紧接着"打碎"了她的雕塑，用咖啡毁掉了她的画作。① 艾丽西亚毫不犹豫地离开了男友。

由于小说的叙事结构可以被认为是对传统男性情结的反叛，小说也支持在女性受害时与父权制做斗争。

在前往墨西哥的旅行中，两位女主角遭到了不同男人的引诱，但她们控制了自己的性行为。她们否认男性对女性性取向的定义，因为她们质疑一位墨西哥男子提出的男性对"解放"女性的定义，而该男子将这个概念误认为是与女性滥交：

> 他开始说："我认为你是一个自由主义女人。我说得对吗？"他的表情意味着说服我，我回答什么并不重要。最终他会赢。他会系统地剥去我所有的借口、保留意见和辩护，最后和我上床。在那个国家，"解放妇女"一词的含义不同于我们在美国所争取的。在这种情况下，它只意味着一个女人会与出现的任何男人随意上床……自由主义者：垃圾、妓女、婊子。②

特蕾莎的信笺展示了男性和女性的行为规范是如何运作的。这种规范存在明显的双重标准，这种双重标准有利于"解放"男人，同时拒绝给予女人这种权利。更重要的是，跨国叙事表明墨西哥文化的大男子主义也存在于美国。因此，在这两种文化中，妇女都沦为顺从的照顾者，从不质疑个人自由。

---

① Ana Castillo, *The Mixquiahuala Letters*, New York: Anchor Books, 1992, p. 136.
② Ana Castillo, *The Mixquiahuala Letters*, New York: Anchor Books, 1992, p. 79.

一个女人照顾她男人的生活，打扫卫生，做饭，洗他的内衣，好像他是她唯一的孩子，好像他从她的子宫里出来一样。作为交换，他可以支付她的账单，他可能不会。他可以通过用他父亲的名字代替她父亲的名字来让她被社会接纳，或者他可以选择不这样做。他可能会让她觉得自己像个女人，或者更确切地说，她被告知女人和一个男人在一起的感觉——或者他可能不会。①

这段文字明确表明，女人在她的生活中受男人的摆布，她与丈夫捆绑在一起，在社会中的地位由丈夫决定。然而，卡斯蒂略在她的小说中颠覆了这些规则。主角是有自我意识的人，她们知道父权制的规范和模式。有了这种意识的压力，特蕾莎和艾丽西亚可以拒绝这些模式，她们作为主角，致力于颠覆女性被强加的刻板印象。为此，她们扮演了类似男性的角色，享有极大的性自由。

此外，她们独自旅行，喝酒和抽烟，享受生活。借此，卡斯蒂略解构了女性角色，因为她笔下的角色承担了男性的行动和行为。通过解构，她批评了墨西哥和美国白人主流文化关于性别的文化刻板印象。然而，特蕾莎并没有完全抛弃和摧毁她的墨西哥身份。相反，卡斯蒂略为她的角色提供了混合性，因为特蕾莎拥抱了一个碎片式身份，其中包括美国主流文化的新鲜感和墨西哥传统文化。特蕾莎深深地感受到了她身份中的墨西哥—土著人部分，这是她前往墨西哥旅行的主要动机。

有一种明确的呼唤，要找到一个地方来满足我的精神向往，我内心的印第安人特征已经开始治愈对现代医学不信任的卑微贫民的疾病；像树苗一样的妇女需要培育她成长的肥沃土地……不再是漫无目的的漫步者，或没有完全自由的精灵可以吹向风喜欢的方向，我寻找我的家，无论是荒芜悬崖旁的洞穴、鸡和猪的牧场，还是有许多和我一样饥饿的熟面孔的城市……我定居在了墨西哥。②

在与男性的抗争中，特蕾莎以自己的智慧找到了可以生存的地方，古

---

① Ana Castillo, *The Mixquiahuala Letters*, New York: Anchor Books, 1992, p.118.
② Ana Castillo, *The Mixquiahuala Letters*, New York: Anchor Books, 1992, p.52.

老的墨西哥。可以说她回归自己土著先祖的文明之中。

三　成功的身份跨界：从碎片身份到教师/艺术家

为了寻找自己的土著文化，安扎尔多瓦曾将自己打扮成托尔特克女人（Tolteca），打起背包出发，旅行并开始了她的创作。像安扎尔多瓦一样，特蕾莎在美国与墨西哥之间的旅行和寻找文化之根的过程中，彷徨、反复旅行与寻找，最终找到了自己的方向。是"书籍和好奇心给了我足够的理由通过参观丰富的古代遗迹来寻找过去，这些遗迹记录了令人敬畏但令人困惑的文明"[①]。这些古代的文明让她定居墨西哥的米瓦拉市并开始创作。古代女神的反抗精神让她有了反抗丈夫虐待的勇气，她勇敢地离开了丈夫。然而，当她感觉孤独的时候又主动去找丈夫，同居怀孕生下了儿子维托里奥（Vittorio），尽管她的丈夫"已经有了另外的女友"[②]。当她看到自己的朋友被其男友冷落的时候，她想要做的是"带着我的灵魂，与他们面对面，对他们咆哮，伸出舌头，从我的头两侧摆动手指"[③]。从一个无法确定自己身份的彷徨女子，到主动出击获取自己所要的幸福，特蕾莎变成了自己解放自己的女权主义者。在后来的生活中，她购买了新的房子，养大了自己的儿子，成为一名优秀的教师。她在事业和家庭上获得了双丰收。

特蕾莎的成功还深深地影响了自己的女性朋友艾丽西亚，后者在离开男友后积极地参加社区举办的独身主义者"反男性霸权支持女性独立"的活动，她还申请到大学继续深造。在家人和新男友的鼓励下，艾丽西亚成功地举办了自己的画展，并成立了艺术馆。与酷爱艺术的男友一起建立了自己的家。

这两位女性的经历是作家自己生活的真实写照。卡斯蒂略本人在奇卡诺运动中非常积极地参加各种活动，她提出了奇卡娜人写自己的故事的创作思想。

小说中的两位女性的身份因不同的社会文化传统和主流社会的歧视而成为碎片，但凭借土著文化的信仰和古老文化的自由与反抗精神，她们像

---

① Ana Castillo, *The Mixquiahuala Letters*, New York: Anchor Books, 1992, p. 52.
② Ana Castillo, *The Mixquiahuala Letters*, New York: Anchor Books, 1992, pp. 132-133.
③ Ana Castillo, *The Mixquiahuala Letters*, New York: Anchor Books, 1992, p. 130.

月亮女神一样,"一次次重组自己破碎的身体"①,推翻一切压迫与强加给她们的从属性地位,获得了应有的主体性地位与尊重,最终实现了从碎片式身份到确定的教师和艺术家身份的转变。

第四节 从模糊身份到大画家:罗萨

维拉纽瓦的小说《紫色天空》的女主人公罗萨,与前文故事里的女主人公一样,既是家庭主妇,也有成为画家的梦想。罗萨也面临各种关系中的压力,但她知道当冲突得到解决时,她的画作就完成了。她甚至从一开始就知道"她所开始的事业肯定最终会非常美丽:一条黑色的蕾丝披肩悬在紫色的天空中,那里有无茎的深紫色兰花绽放,形成一个圆圈"②。罗萨离开城市隐居山中不久便发现自己已有身孕,新生命的孕育给了她丰富想象的机会,她似乎从腹中尚未谋面的孩子身上看到了母系先祖的脸庞,她认为孩子的脸像古代土著神话中的地母神(Quetzalpetlatl),后者的黑色披肩曾经保护了地球。在山里,罗萨意识到天空总是显得苍白与阴暗是因为它处于动态而非静态。而"天空是淡紫色。那就是为什么我看不见它。*我将永远看不见它*。我只能证明它所做的一切。它孕育我们的方式,它杀死我们的方式……就像爱一样"③。罗萨最终理解了邪恶并不存在于万物的本质中,相反,是人类选择了邪恶。创造的力量和生育的能力是产生罗萨女性特征的重要源泉。一个强大的女人亦是一个完整的女人。在她的创作中,女性自然意象与雄性无生命力的自然模仿形成了鲜明的对比。男性粗暴地破坏大自然,性侵女性,对弱者进行强暴与毁灭。男性的统治欲和占有欲体现在对女性的性占有上。维拉纽瓦对具有攻击性的雄性和厌女癖进行了反抗。事业和家庭生活的不如意使罗萨远离尘嚣,孤独地生活并独自生下了女儿,她认为自己是"在创造生命"④。

---

① Gloria Anzaldúa, *Borderlands/La Frontera: The New Mestiza*, 4th ed., San Francisco: Aunt Lute Books, 2012, p.69.
② Alma Luz Villanueva, *The Ultraviolet Sky*, Tempe, AZ: Bilingual Press, 1988, p.23.
③ Alma Luz Villanueva, *The Ultraviolet Sky*, Tempe, AZ: Bilingual Press, 1988, p.378.
④ Alma Luz Villanueva, *The Ultraviolet Sky*, Tempe, AZ: Bilingual Press, 1988, p.280.

一 罗萨的困境

《紫色天空》叙述了中年女性罗萨失去绘画灵感和教师职位后与丈夫之间的摩擦、和儿子之间的疏离，以及经过各种痛苦事件之后，她重新获得教师职位并成功举办大型画展。在与丈夫胡里奥的相处过程中，他们的摩擦不断。这种摩擦反映了奇卡娜人在传统的墨西哥族裔文化和白人主流社会文化中身份难以确定的困境。

1. 混血儿身份的困惑

在很长一段时间内奇卡娜人对自己的混血儿身份都是模糊的概念。直到20世纪80年代安扎尔多瓦在《边疆》中提出新混血女性意识，人们才有了确切的定义。

小说的主人公罗萨是多种族和多民族混血女性。她的爷爷是英国人，奶奶是德国人，她的外婆是墨西哥土著雅基人，外公是西班牙人。在她4岁时，她的母亲多勒雷斯被白人婆家的人赶了出来，无力抚养她的母亲再婚后将她扔给了外婆。她与外婆相依为命，在贫民窟里靠政府的免费券度日，她11岁那年，她外婆病逝。外婆去世后，她又偶尔在姨妈家和母亲家之间往来，很快就沦为街头问题少女并在15岁时怀孕生子。罗萨的记忆里，她没有母亲，母亲的概念就是"婊子"，一个美国社会里最底层的奇卡娜人，她作为婊子的女儿就是杂种。因此，罗萨对自己的混血儿身份的困惑一直萦绕在她心中。

不明确的身份使罗萨既不能融入主流社会，也不能回到土著人的生活中去。

2. 妻子还是性奴

模糊不清的身份使罗萨在家庭生活中产生了巨大的困惑。一方面，丈夫要求她成为传统家庭主妇伺候他，做个理想的性伴侣；另一方面，罗萨希望自己成为有追求的职业女性。

在逃离第一个酒鬼丈夫吉恩后，罗萨嫁给了现任丈夫胡里奥（Jolio）。因为两人都有相同的土著雅基人血统，他们结合在一起生活了十几年，他们的两性关系的好坏成为衡量夫妻关系是否和谐的砝码。夫妻关系比较平和时，他们就互相满足对方的需求，"无论是肉体还是灵魂"[①]。那种感觉

[①] Alma Luz Villanueva, *The Ultraviolet Sky*, Tempe, AZ: Bilingual Press, 1988, p. 115.

对胡里奥来说就像"看着太阳，经常休息，喝水，一口一口地喝，就像金子一样珍贵"①。而夫妻间间歇性的糟糕关系迫使她无法忍受丈夫和自己之间的性关系。她提出了分床而睡，丈夫睡客厅沙发上。这种方式不是严格意义上的分居，丈夫有性需求时就会对她实施暴力。丈夫还对她的任何异性朋友都特别在意，无论年龄的大小，都是他审问和跟踪的对象。只要有人打电话给她，胡里奥就会刨根问底，直到确认这个人对他的婚姻不构成威胁才肯罢休。罗布（Rob）曾是罗萨的学生，他毕业后一直和老师有联系且关系很好，还曾邀她去酒吧跳舞、喝酒，这件事情让胡里奥难以释怀，在后来的生活中他不断地提起罗布来刺激罗萨的神经。终于罗布的一次来访让胡里奥怒火万丈，他大声质问道："罗萨，你就是不知道该在哪儿停下来，是不是?"②

胡里奥的性格是一个典型的奇卡诺男人的性格，患得患失。他将罗萨送到山区的小屋后，两人的关系似乎有所缓和，重新拾起了性生活。但当他看见罗萨的背上粘有树叶后，又心生疑窦，怀疑她与邻居男子鬼混了，再度开始了两人的战争。可一旦真的把罗萨惹生气了，他又担心罗萨不会再让他到山里来探视她。他总是处在怀疑与矛盾之中不能自拔。自己没多大能耐，却又害怕妻子比自己强大；想要控制妻子，却又无能为力；面对女性的强势，他又委曲求全。

胡里奥有时也会表现出自己无时无刻不关心罗萨的生活的好丈夫形象。在他再次去山里看望她的时候，"带了很多生活用品和她喜欢的食品"③。得知罗萨怀上了自己的孩子，他欣喜若狂，马上决定将罗萨接回城市。胡里奥变得如此神经质的原因有三："一是从小被父亲遗弃，成长中缺乏安全感；二是因为他在越南战争中为了保命滥杀无辜而造成了心理疾病；三是自己的多次离异已经使他感觉失去了牢固的爱情。"④

胡里奥形成了对妻子又爱又恨的情结，所以他会把妻子当成爱人，但也会当成性奴来征服。而受奇卡娜女权主义思想影响的罗萨的态度则是"我爱胡里奥，但就是没法忍受他"⑤。

---

① Alma Luz Villanueva, *The Ultraviolet Sky*, Tempe, AZ: Bilingual Press, 1988, p. 115.
② Alma Luz Villanueva, *The Ultraviolet Sky*, Tempe, AZ: Bilingual Press, 1988, p. 304.
③ Alma Luz Villanueva, *The Ultraviolet Sky*, Tempe, AZ: Bilingual Press, 1988, p. 243.
④ Ana Castillo, *The Mixquiahuala Letters*, New York: Anchor Books, 1992, p. 243.
⑤ Ana Castillo, *The Mixquiahuala Letters*, New York: Anchor Books, 1992, p. 280.

在两性关系上，作家维拉纽瓦描绘了美好的画面：罗布是朋友，胡里奥是丈夫，罗萨的希望是二者合一。可悲的是前者已被贩卖毒品者乱枪打死。

在纷纷扰扰的争吵中，罗萨最终选择了比自己小10岁而性格热情似火的歌手、邻居福勒斯特作为理想中的性伴侣，胡里奥则一直在外和老情人幽会。

家庭中配偶两性关系的混乱反映了奇卡诺族裔人生活与文化的复杂性。具有反抗精神的罗萨既不愿做失去自由的妻子，也不愿做性奴。她随自己的个性自由地选择自己在家庭中的角色。

3. 主妇还是养家糊口者

小说《紫色天空》中罗萨和丈夫胡里奥在家庭生活中的主要矛盾之一是经济上的矛盾。

故事开始时罗萨的儿子西恩（Sean）已经快满17岁，也有了自己的女朋友。她自己已经是34岁的女人，但行为和言语却受控于丈夫胡里奥，后者的父亲在他幼小的时候离家出走，他也是由爷爷奶奶抚养大，作为墨西哥男性，心胸狭窄，无能力挣大钱，每天眼睛就只盯在妻子身上，不断地制造夫妻之间的矛盾，让妻子无所适从。

在罗萨和她丈夫的日常生活中，他们经常因为经济问题互相争吵不休。罗萨以卖画和临时的代课为生，作为画家，她的身份遭到男性的怀疑。当她移居到山区后，邻居听说她的职业为画家时，"他的眼睛里都带着嘲讽的意味"①。在男性的眼中，女人只能做家庭主妇。

罗萨和丈夫胡里奥在经济上执行 AA 制。她的房子的买卖都由她做主，而胡里奥没有资格分得财产。吝啬的胡里奥每天都会计算他给她的车加油和买生活物品的钱，并要求平摊。即使是请她下馆子吃饭也会反复强调是他出的钱。胡里奥在罗萨把房子出售后自己到外面租了一套房子，反复邀请继子西恩去和他一起住，目的就是让他每月支付一部分房租，并不是他对这个继子有多么的关心。

家庭财务 AA 制下的罗萨既是维持家庭运转的家庭主妇，也是养儿糊口者。她希望自己能够找到一份有稳定收入的工作，并为之努力奋斗。

4. 母子关系的疏离

在奇卡诺文化中，尽管儿子对母亲会保持绝对的孝顺，但其对母亲的

---

① Ana Castillo, *The Mixquiahuala Letters*, New York: Anchor Books, 1992, p. 280.

行为也会进行干预，然而他自己的事又与母亲不相干。这让母亲对自己在家庭中的身份和地位产生了困惑。

在《紫色天空》中，故事开头就有母亲罗萨和儿子西恩关系的描述。西恩将从中学毕业，在学校已经交了女朋友，却不肯透露一点信息给母亲，他们之间已经开始有了隔阂。正当母亲沉浸于将要晋升奶奶的快乐之中时，儿子告诉她，女友已经决定堕胎并打算与他绝交。

母亲罗萨打算搬离城市去山区生活时，儿子表达了不同的意见。他更倾向于站在继父的立场上来看问题，希望母亲不要把房子卖了，以便于他回家时有个好去处。

父母亲吵架时，西恩既不帮母亲批评继父，也不帮继父批评母亲，他采取了与他无关的态度。但有时他还会替继父说话。

当母亲接待朋友罗布的时候，儿子西恩严厉地说："一个单身男人把你当未婚女子来拜访，你不觉有点奇怪吗？"[1]

关于西恩登记应征入伍的问题，母亲罗萨一次又一次地劝诫儿子不要登记，以免被派往海外成为乱杀无辜的工具。邻居雷的儿子在欧洲的战场上阵亡，作为母亲的罗萨心里害怕极了，打电话给儿子劝他不要登记，可最后西恩为了能够得到奖学金，还是登记了。

母亲再次怀孕后，儿子更是愤怒不已，他谴责母亲"疯了"[2]，而罗萨则认为自己不需要一个18岁的儿子来评判她的人生。

作为母亲，罗萨遭遇了成熟的儿子的抵抗，这使她感觉在家庭地位上有些无所适从，母子关系也就变得疏离了。

二 消除烦恼的途径：远离尘嚣

在与男性的抗衡中，女性往往难以获得平衡。为了远离家庭烦恼，罗萨毅然决定变卖自己的家产，离开城市，到遥远的山区寻找生活的真谛。

罗萨在梦中见到自己理想的房子后，她在丈夫和儿子的陪同下，自己开着大卡车把一切家当搬运到了梦中小屋。作为女性，回到大自然，罗萨仿佛找到了自己的同类，也就再次有了生产能力。刚去那里不久她就发现自己怀孕。她的第一反应是堕胎，她不想要这个计划之外的胎儿。时隔

---

[1] Alma Luz Villanueva, *The Ultraviolet Sky*, Tempe, AZ: Bilingual Press, 1988, p. 304.
[2] Alma Luz Villanueva, *The Ultraviolet Sky*, Tempe, AZ: Bilingual Press, 1988, p. 272.

18年后的再度怀孕给她带来了恐惧感。她约好了医生准备进行流产手术，她认为这是她的权利，女性有权力决定自己是否孕育孩子。

但在一次绘画的过程中，一张可爱的小脸出现在她眼前，罗萨不自觉地画出了一个漂亮的女孩形象。她在梦中也不断地看到这个漂亮的女儿。奇卡娜人相信梦的力量，罗萨认为是女神给予了她这个女儿，所以，她又改变了自己的主意，坚持一个人在山里将女儿生下来抚养。

置身大自然中，罗萨的心理显现出了矛盾的状态。一方面，她认为大自然里安静，是个创作的好地方；另一方面，她很快就迎来了"奇怪的空虚"[1]。但罗萨也很快就找到了解决问题的办法。她采用回忆过去和预示未来的策略消除了空虚。罗萨在孤独中想起了自己的外婆，曾外孙女的出生会延续她的根脉，所以，她决定"生下女儿，取名露西亚（Luzia）"[2]。因为她和丈夫都是雅基印第安人后裔，她想象着他们的女儿也一定是土著人。这是她掌握了主动权后自己做出的决定，没有法律，也没有男人的强迫，所以，女儿的出生彰显了罗萨作为母亲的主体性。她觉得自己的信心在增强，"选择了女儿就是选择了生活"[3]。

在大山深处的孤独生活中，罗萨孕育了自己的第二个孩子，也完成了她理想中的画作。

三 成功的画家兼教授：罗萨

小说《紫色天空》探讨了自我肯定的困难。罗萨是一位墨西哥裔和德国裔血统的艺术家，她努力改变自己，并找到一个可以安定的家，让她所有破碎的自我都可以休息。通过梦境、她与丈夫胡里奥的关系和她在作品中努力描绘的晦涩的紫色天空，她开始探索自己的身份，并相信这一探索会把她引向某个方向。她选择跟随她的"狼"，"狼"对她的意识发出呜呜声。然而，为了追梦，她必须离开已知的一切，走向她未知的可怕广袤之地。罗萨搬到了加利福尼亚州北部偏远地区的一间小屋，留下了胡里奥和她17岁的儿子。分离是痛苦的，不仅因为她意外怀孕，还因为她与胡里奥有着牢固的联系，尽管他经常控制和嫉妒她。和她一样，拥有雅基印第安人的血统拉丁裔男人是她原本一直试图避开的人，直到胡里奥的出

---

[1] Ana Castillo, *The Mixquiahuala Letters*, New York: Anchor Books, 1992, p.230.
[2] Ana Castillo, *The Mixquiahuala Letters*, New York: Anchor Books, 1992, p.231.
[3] Ana Castillo, *The Mixquiahuala Letters*, New York: Anchor Books, 1992, p.232.

现。他们都是由祖母抚养长大的,都是墨西哥人——他像是她的双胞胎兄弟,她的克星。当她开始发现并接受她的多重身份时,罗萨想知道她与血缘的联系是什么。她将墨西哥民族文化元素融入画中,表达了画作对土著民族文化的传承,她克服了一切心理障碍和现实中的问题,成功地从模糊的女性身份华丽转身为画家和大学教师。作家在小说中通过反复描绘奇卡诺族裔的食物,以及罗萨的土著人生活方式,来烘托主人公罗萨的成功。

1. 奇卡诺族裔文化的表达者

在整个小说中,作家借用罗萨的立场展示了奇卡诺族裔根深蒂固的文化。罗萨的生活与画作包含了奇卡诺文化中的食物特征、男人性格和图腾等。

奇卡诺人的食物揭示了他们的生活方式和经济状况。罗萨的外婆在她幼时经常带她去领取免费发放的食品。在这些食品里,没有新鲜的牛奶,没有她外婆老家新鲜的"西红柿、胡椒、南瓜和一排排的玉米、香菜、罗勒、牛至和鲜花"[1]。罗萨和第一任丈夫离异后带着儿子"领取了三年的食品券"[2]。当罗萨和她儿子去餐馆进餐时,她会去墨西哥风味餐馆让儿子点各种墨西哥美味佳肴:墨西哥卷饼、意式墨西哥卷饼、智利雷利诺卷饼香辣肉酱和鳄梨色拉酱。

关于奇卡诺男性的问题,作家通过罗萨和胡里奥的谈话进行了剖析。"他是我从来没有想过要嫁的人。他是女人给他做成堆的玉米饼的人,随着他脂肪和愚蠢的增加,他的大脑萎缩到适合他的心胸狭隘,规定男孩变成男人,女人变成妓女。贱人。贱人。……一种毫无价值的东西。"[3] 罗萨对丈夫的描述不仅体现了对丈夫的不满,还将他代表的奇卡诺族裔男性的特征进行刻画:他有很多女人,懒惰,心胸狭隘,能力有限,还有大男子主义的思想。而关于奇卡娜人,奇卡诺族裔的土著先祖原有的习俗是"她想跟谁上床就跟谁上床,不跟谁上床就不跟谁上床,因为她喜欢上床,也许她爱自己的身体。也许她喜欢做一个女人……母亲的身体伸向了星星和地球的中心"[4]。

在奇卡诺族裔的文化里,梦是理想实现的预兆。罗萨去山中小屋之前

---

[1] Alma Luz Villanueva, *The Ultraviolet Sky*, Tempe, AZ: Bilingual Press, 1988, p. 126.
[2] Alma Luz Villanueva, *The Ultraviolet Sky*, Tempe, AZ: Bilingual Press, 1988, p. 123.
[3] Alma Luz Villanueva, *The Ultraviolet Sky*, Tempe, AZ: Bilingual Press, 1988, p. 243.
[4] Alma Luz Villanueva, *The Ultraviolet Sky*, Tempe, AZ: Bilingual Press, 1988, p. 244.

梦见了绕着房子飞翔的黑鹰，当她到达那里后果然看见了那只黑鹰，受伤的黑鹰趴在她家屋外，她救下了它。罗萨在怀孕后，几次梦见了一个漂亮的小女孩，所以她坚信肚子里的孩子将是女儿并将她生了下来。维拉纽瓦还描述了古代印第安人神话中羽蛇女在烈火中永生的故事，以此来激励女性坚持艺术创作。罗萨从神话故事中获得了勇气和创造的力量，继续努力完成紫色天空的画作，她的朋友塞拉（Sierra）为了创作诗歌和自己的丈夫进行各种斗争，并终于创作了诗歌《女人的篇章：女人的诗歌》。这部诗集中的一首是"关于/致/男人"，诗人通过孕育与诞生的意象展现了女性的力量，女性每月一次的月经代表了一个女人创造生命的能力。但作为以土著民族为傲的作家，维拉纽瓦没有使用土著神话，而是采用了夏娃的意象作为在男权社会里女性性取向的代表。诗歌开篇就谴责男性，"你，男人，是一条蛇/在/我的公园里/从亚当与夏娃始人人/受到谴责我/首次遭奸——是/我被禁闭！得了。/见鬼。我不遗憾。"[①] 这里表明，奇卡诺族裔文化里已经融合了白人的宗教教义，也就是说，作家不只将瓜达卢佩等土著神话里的女神作为母性形象，夏娃——《圣经》里的人类的始祖也成为维拉纽瓦创作力的一部分。

从维拉纽瓦的视角来看，奇卡诺族裔文化对奇卡娜人的生活和创作起到了决定性的引导作用。因此，奇卡娜作家就自然而然地用笔来挖掘、保留和宣扬奇卡诺族裔文化。

2. 美国霸权的反对者

罗萨虽然身处大自然的怀抱当中，但她对世间万事了如指掌，尤其关注世界各地的战争与灾难。

关于地球安全的问题，罗萨以儿子登记服兵役为引子，不断地提及美国在世界各地的战争，丝毫不掩饰自己的反美国霸权主义观点与立场。在20世纪80年代的中美洲小国萨尔瓦多和波多黎各等发生了大动乱，"修女被杀，孕妇被杀，胎儿还在母体内长大"[②]，罗萨对此愤怒不已。

面对地球上的战争与人为的灾难，罗萨认为如果人们要活到下个世纪，他们都必须做土著人，因为土著人不会发动战争。

维拉纽瓦以女主人公罗萨的口吻，对美国的霸权主义行径进行了

[①] Alma Luz Villanueva, *The Ultraviolet Sky*, Tempe, AZ: Bilingual Press, 1988, p. 170.

[②] Alma Luz Villanueva, *The Ultraviolet Sky*, Tempe, AZ: Bilingual Press, 1988, p. 235.

谴责。

3. 美丽彩虹彩绘系列创作者：成功的画家

以成为艺术家和教师为成功的标志是许多奇卡娜作家小说中的主题，它表达了奇卡娜的主体性和创造性。为了能够画出心目中最理想的画，罗萨搬进了山中小屋。经过将近两年的努力，她终于成功。

在城市生活中罗萨感觉自己的艺术灵感已经枯竭，加之与丈夫不和的烦恼，她执拗地认为自己必须离开大都市到大自然去才能画出美丽的画。她要画的是以蔚蓝天空为背景的黑边玫瑰和飘逸的披肩，可城市的天空永远不会出现罗萨脑海中的绚丽紫色。为了成功地画出这美丽的颜色，她独自一人深居山中，自力更生。经过不断地观察和野外生活，罗萨终于画出了最理想的颜色，并创作了一系列画作。她画的母亲是以母亲弹钢琴的照片为蓝本创作的，展现了母亲的美丽和才华。而她画的女儿则是基于自己的想象和梦中的相貌来绘制的，待女儿出生后，小女孩的相貌与母亲的画像惊人地一致。罗萨最气势磅礴的画是以大山为背景的赤身奇卡娜人跪在沙漠地上的画：一个土著女人，皮肤棕色，身体强壮，有点重但并不胖，也不苗条虚弱，脸上毫无表情，这名女子"赤身裸体，深棕色的嘴唇几乎是黑色的，她背着织布机，正在编织环绕地球的彩虹，她跪在南方紫色群山环绕的沙漠中"[1]。

罗萨的画作最终被选中送到纽约的画廊进行展览，一名大画家就此诞生。与此同时她还收到了一所大学聘请她做教师的工作机会。罗萨不仅实现了自己的梦想，也实现了从模糊身份到画家和教师身份的跨越。

在维拉纽瓦的小说《紫色天空》中，女性在与男性的不断抗争中掌握了自主权，获得了主体性地位，不再是男性的附属物。罗萨和她的朋友塞拉都再次孕育生命。罗萨即使怀孕了，还是坚持一个人在山中独立生活，她要达到自己的目的：离开丈夫，独立自主，战胜困难，彻底解决与丈夫之间的争端。她以个人的意志来确定自己的身份。她是独立的女性，她和自然一样有强大的再生产能力，她是一位伟大的母亲；她坚持画画，变成了真正的画家；她适应大自然的生活，就像土著先祖一样，生命奔流不息；她关心时事政治，关注社会问题，更重要的是她将自己转换成了一个反美国海外战争的斗士，加入反战游行行列，成为具有主体性的奇卡娜

---

[1] Ana Castillo, *The Mixquiahuala Letters*, New York: Anchor Books, 1992, p. 305.

人——一个行动主义者。

一切变化、多样性与矛盾使生命成为一个动态过程。变形与转型、诞生与重生等意象在维拉纽瓦的作品中反复出现。在《紫色天空》中，"罗萨的追寻把她带入了一个领域，在那里，个人记忆与集体记忆进行互动，历史遇见了神话……个人真相与全球真相融合在一起"[①]。维拉纽瓦对转型和重生过程的表述是通过对神话的运用来进行的，如神秘的语言、神话般的人物和神话般的追寻。作家使用女性神话形象来代表"后父权制"文化的恰当的价值与标准。她运用来自阿兹特克和墨西哥神话的意象——地母神、瓜达卢佩女神、孤独女与外婆（La Abuela）等来构建这种典型意象。抵抗盎格鲁美国男性文化是从外婆到女儿再到外孙女等几代人的奇卡诺母系传统。

基于母系遗传的神秘女性共同体是维拉纽瓦创作中具有诗学意义上的追寻的目标。她的小说中的人物，如《紫色天空》里的罗萨，是通过与"各地异化了的不同种族的女人沟通来建立起女性共同体……她通过女权主义声音的力量来解决奇卡娜人个人自我感方面的矛盾冲突。在维拉纽瓦与所有女性共有的异化感中，她们跨越了种族、阶级与文化的障碍"[②]。

维拉纽瓦对转型的探索不单是个人艺术实践，更是女权主义者对被男权文化恣意诽谤的女性形象进行重新诠释的尝试。维拉纽瓦创作中的女性形象以母亲、女儿、孙女、女神、巫师或巫婆出现。在每一个故事中，女性的经血意象是力量和象征，她所肯定的是这些女性形象的价值和力量。对于维拉纽瓦来说，她的血统的历史中就蕴含着力量。她的外婆就天生是个会吟诗的能干女性。奇卡娜人通过创作加强了自己的力量。

第五节 从残疾女到歌唱家：卡门

与前面几部小说叙述女性身份跨界一样，卡斯蒂略的小说《剥洋葱般剥掉我的爱》讲述的是卡门·桑托斯从低学历残疾女性成长为歌唱家的曲折人生的经历。在起起落落的生活中，这位残疾奇卡娜人卡门实现了

[①] 引自 in Deborah L. Madsen, *Understanding Contemporary Chicana Literature*, Columbia, SC: University of South Carolina Press, 2001, p.184。

[②] Deborah L. Madsen, *Understanding Contemporary Chicana Literature*, Columbia, SC: University of South Carolina Press, 2001, p.184.

华丽的身份转型。

一 生而不幸却有幸的残疾女孩：卡门

作为芝加哥大都市贫民窟里的奇卡诺族裔残疾女性，卡门经历了常人无法想象的磨难。

为了过上更好的生活，卡门的父母带着她的哥哥们从墨西哥北上来到繁华的都市芝加哥，居住在墨西哥人的聚居区，生活几乎与都市的繁华隔绝。卡门出生在芝加哥，在6岁的时候，因为小儿麻痹症落下残疾，但家里无钱医治，她的左腿失去了康复的机会。为了让她长大后能自己谋生，她母亲在邻居的劝说下将她送进了特殊学校。"那里的孩子都是跛腿、智力低下和聋哑人。"[1] 在特殊学校，卡门因祸得福，非常幸运地遇到了舞蹈老师多罗蒂（Dorotea）女士，后者将她培养成了舞蹈爱好者，继而将她推荐给了弗拉门戈舞蹈团。她从此开启了自给自足的生活。在她后来因病不能再靠跳舞挣钱的时候，她的亲朋好友也恰好都陷入了困境，导致她得不到任何经济援助。

作为族裔人，当年老的卡门不能再因舞蹈而风光时，她心理上也觉得自己缺乏身份和归属感。当"她穿着由外国妇女儿童的廉价劳动生产的鞋子走在这个排斥自己的城市时，她觉得将美国说成'自己的国家'在心理上又会感觉非常不适"[2]。她是土生土长的美国人，按照美国的法律，拥有美国身份，应该是具有美利坚民族归属感的美国人。然而，事实上，根深蒂固的种族偏见和贫民窟里的生活使得她这种讲西班牙语的人既不被完全接纳为美国人，也不被视为墨西哥人。若是回到墨西哥，那里的亲朋和陌生人甚至餐馆的服务生都会因为她们会讲英语而歧视她们，把她们叫作"波下"（Pocha）[3]；在美国，她们则因为把西班牙语作为母语而受到歧视。做一个"波下"就意味着她是个"夹缝"中的人："她不得不这里试一试，那里试一试；这样试或那样试，但感觉都不合适，不属于这里，也不属于那里。"[4] 被迫中断舞蹈生涯后，卡门又不幸成了芝加哥贫民窟夹缝中求生存的人。

---

[1] Ana Castillo, *Peel My Love Like an Onion*, New York: Anchor Books, 2000, p.12.

[2] Ana Castillo, *Peel My Love Like an Onion*, New York: Anchor Books, 2000, p.3.

[3] "波下"：墨西哥国的人对移民到美国后美国化了的墨西哥女性的蔑称。

[4] Ana Castillo, *Peel My Love Like an Onion*, New York: Anchor Books, 2000, p.3.

继续在大都市自力更生是卡门的生存之道。作为一个年过36岁的女性，卡门的学历也仅限于高中毕业，她除了是个过气的跛腿弗拉门戈舞者外，别无他长。但作为一个自立的女性，她曾用自己挣来的钱到一个偏远的沙漠小镇试图开拓自己的事业，然而，因气候不适而失败。她再次回到芝加哥，邻居因她的土著人长相都把她当成"外国佬"提防。卡门再次在芝加哥飞机场的披萨店找到了工作。她夸张地讲述自己的工作时间是"每天下午2点到晚上9点，每周工作8天"①。可以看出，这是一份非常辛苦的工作。腿部有残疾的人每天站着连续工作7小时，其痛苦的程度可想而知。在做了一段时间的厨师后，卡门的腿疾越来越严重，已经需要镇痛药和拐杖来支撑。更糟糕的是，她现在的状况不像小时候那样能够引起人们的同情，作为中年妇女，她不能得到任何人的关照。"人们只会感叹世上又多了一条不幸的生命。"②当卡门挣到了钱去医院治疗残腿的时候，医生的诊断让她目瞪口呆，她的"腿肌在继续恶化，小儿麻痹症症状又重新出现"③。卡门不能再当厨师，便随她哥哥一起在街头摆摊卖起了玉米。刚开始卖了几根，她就碰上了少年抢劫犯，后者"将她钱盒里的钱洗劫一空，还不断地辱骂她"④。聪慧的卡门此时没有反抗，而是明智地选择花钱免灾。她以极大的忍耐力承受住了流氓无赖的欺侮。

卡门人到中年，家庭更加不幸。父亲已经被母亲逐出家门，事实上，她的父亲一直是一位勤奋努力工作的人，即使不受她母亲待见，他仍然会在周末回去给予妻子一部分自己的收入，并时刻关心她的病情。卡门的三个兄弟中，二哥阿贝尔（Abel）最不争气，结婚又离婚，还没有正当职业；大哥约瑟夫（Joseph）当兵时在一个空军基地和当地的女子结婚，一直和女方父母一起生活；小弟尼格里托（Negrito）是吸毒者。只有卡门是母亲的唯一依靠。

好女儿的标准是不对父母发问，对长辈唯命是从。"好女儿是接受父母的任何行为，无论你认为他们有多疯狂，无论他们的评价有多无趣和不明智，无论他们强调的宣传有多么的自相矛盾；无论他们的要求有多疯狂，你以你的能力去做任何事情来满足他们的欲望；无论他们的问题有多

---

① Ana Castillo, *Peel My Love Like an Onion*, New York: Anchor Books, 2000, p.7.
② Ana Castillo, *Peel My Love Like an Onion*, New York: Anchor Books, 2000, p.76.
③ Ana Castillo, *Peel My Love Like an Onion*, New York: Anchor Books, 2000, p.54.
④ Ana Castillo, *Peel My Love Like an Onion*, New York: Anchor Books, 2000, p.121.

么的愚蠢，你永远不要对父母发问。"① 这些标准是奇卡诺族裔文化压迫女性的砝码。

为了生存，卡门曾和母亲一起去黑工厂打工，她的朋友维姬向警方举报了这个非法经营的工厂，导致工厂的工人被驱散，工厂最终停工。卡门母女俩又失去了工作。

在面对复发的疾病、繁重的工作以及对母亲的照料等多重压力时，卡门仍然相信有一天人们会再次为她鼓掌。她凭借这种坚定的信念支撑自己克服一切困难，努力生存。当卡门在医院治疗了复发的麻痹症后，维姬陪伴她去看演唱会，这种陪伴给予了她极大的鼓励，使她重新振作起来，继续投身她的演艺事业。

坚强与坚持让卡门克服了一切困难。无论病况如何，她都"不喜欢陌生人的关注，至少不是那种同情的关注"②。作为残疾舞者，她希望人们关注的是她的舞蹈，而不是她的疾病。她后来的再次成功是她不懈努力的必然结果。

艰难的生活经历赋予了卡门人生的大智慧。她经常创出很多出人意料的词汇和警句，如"法-越-式-汤里-海藻-与-黑木耳-一样的陌生"，"肯定-应该-是-非常-高兴-有-生产-公司-建立-在-她-后院-来-给-她-工作-那样的陌生"③。她遭受阿古斯丁的感情欺骗后，悟出了一个很深的道理："对于一个女人来说，无论她是否真正被爱，她必须在地上画一条红线，她的爱人永远不可以跨越。"④ 卡门的红线是不能使她怀孕，而这条线只有在经历流产后才确定。这样，阿古斯丁已经不再可能被允许回到她的身边。而卡门对第二个情人曼诺洛"所画的红线是他和她的共舞时刻。通过双人舞，他们坠入爱河。在此之前，他们绝无可能"⑤。她赢得比自己年轻很多的曼诺洛的爱情不是靠她的残疾和年龄，而是因为别的因素——天生的魅力。卡门在经历多年的同居生活后，对何为"佳偶"有了深刻的感悟，她认为"一个佳偶是这样的，看得见你自己从来都不

---

① Ana Castillo, *Peel My Love Like an Onion*, New York: Anchor Books, 2000, p. 57.
② Ana Castillo, *Peel My Love Like an Onion*, New York: Anchor Books, 2000, p. 76.
③ Ana Castillo, *Peel My Love Like an Onion*, New York: Anchor Books, 2000, p. 6.
④ Ana Castillo, *Peel My Love Like an Onion*, New York: Anchor Books, 2000, p. 73.
⑤ Ana Castillo, *Peel My Love Like an Onion*, New York: Anchor Books, 2000, p. 73.

知道的价值,当你不想看见自身的某些东西时,佳偶也不会看见"①。

二 卡门的多重家庭身份

人到中年时,一个女性在家庭里承担的责任是多方面的,她所扮演的家庭角色也是多维的,因此,她就有了多重身份。卡门就是这么一个角色,她虽然残疾,但似乎比正常人更正常,她承担了家中的一切。

卡门的家庭是芝加哥墨西哥裔贫民窟里一个典型的墨西哥人的大家庭,生活在美国社会的底层,家庭成员因贫困和性格争吵不停,而女人永远是家中的顶梁柱。

卡门扮演了家人保姆的角色。作为其母亲唯一的女儿,她不是母亲最优秀的孩子,也不是她喜欢的孩子,但她对母亲的关爱和其他家人是一样的,"甚至更好"②。她的母亲教育子女的方式是典型的奇卡诺族裔的传统方式。女儿不在她用心照顾的职责之内,只要能够谋生就行。相反,儿子才是她生活的重心。她对儿子的溺爱使得她自己后来的生活无比艰难。母亲是个对健康医学知识毫无了解的病人,只凭个人感觉行事。她自己感觉很累,所以需要补充营养,而事实是她的高血糖、高血压等引起了身体的疲惫。当卡门给母亲的冰箱做清理的时候,她发现母亲"把所有用过和没用过的东西全部藏在那里,有腐烂得不能再用的调料和再吃的食物,让她感慨万千"③。她帮母亲清理完冰箱后,扔掉了那些无法再食用的调料,换上了最新鲜的食物。母亲最后得了多种慢性疾病,如高血压、高血糖、心绞痛、风湿等,需要长期的药物治疗,且她病情一加重就得住院治疗。这笔庞大的医疗费用使她无法到设施较好的大医院进行根治,只能住进设备差和医生素质低的社区医院,治疗其永远无法治愈的慢性病。卡门替代家中的男丁为母亲分担了很多责任。家里的厨具被油污弄坏时,也是卡门使用工具将它修理好。

卡门是母亲的专职免费看护,母亲看病时,她的父亲因为被母亲驱离而不愿去陪伴,哥哥们因为母亲认为他们有自己的事业而不能抽时间去陪护。实际情况是她母亲把长子宠得像上帝一样,根本就不会叫他去陪她。

---

① Ana Castillo, *Peel My Love Like an Onion*, New York: Anchor Books, 2000, p. 76.
② Ana Castillo, *Peel My Love Like an Onion*, New York: Anchor Books, 2000, p. 106.
③ Ana Castillo, *Peel My Love Like an Onion*, New York: Anchor Books, 2000, p. 106.

二儿子是个卖玉米棒和报纸的街头小贩，不出去做生意时就在家里睡觉、看电视和买彩票。唯独卡门这个残疾女儿是母亲的依靠，母亲专门挑选女儿轮休的日子去医院看病，让她做免费的看护。

卡门也是家庭消费的负担者。母亲只要看见她在家，就会让她去购买各种昂贵的食材料理，且所有的费用都由她承担。帮母亲拿处方药时，"母亲给她纸条，上面写的全是母亲作为糖尿病人和高血压病人不能食用的食材"[1]。她还是家人的周末免费厨师。虽然她为家人尽心尽力，但卡门得不到家人的关爱。在她因腿部疼痛而哭喊时，她母亲教训她："眼泪将给你带来空气和失败。"[2] 在卡门无法再继续工作，只能和母亲相伴时，母亲建议她进行创作，"写儿童故事来挣钱养活自己"[3]。

总之，卡门在原生家庭里承担了多重角色，为家人付出了自己的一切。而在她个人的感情生活里，卡门与维吉尔（Virgil）、维姬、马克西莫（Máximo）、阿古斯丁（Agustín）和曼诺洛（Manolo）等5个男女产生过情感纠葛，没有哪一段感情能够圆满收场。

维吉尔，维姬的哥哥，把卡门看成自己唯一的女友，但因他是同性恋人，最后染上艾滋病，即将离世。卡门的处女贞洁却"不是给了维吉尔，而是她的闺密维姬"[4]。作为卡门的知心朋友，维姬的成功和她对卡门的帮助成为后者的精神支柱之一。女性之间的真诚友谊和相互关心使陷入困境之中的卡门一次次渡过了难关。

马克西莫是卡门与阿古斯丁和曼诺洛关系僵硬的时候寻找的一夜情情人。卡门认为用一夜情报复已婚的情人阿古斯丁不算有错，她的这种心态体现了这个畸形社会的人们的畸形心态。"要说马克西莫是我的情人只意味着他是我整个夏天的唯一情人，但马克西莫不属于任何人。"[5] 这是卡门对自己纵欲的辩解。她和马克西莫的一夜情还得到了她的闺密维姬的赞扬。在维姬的观念中，乱性似乎是女人解放自己的方式，或者说，为了获得和男人一样的权益，女人也应该像男人一样在性生活方面放纵自己，以达到心理平衡。可以说，卡斯蒂洛在用讽刺的手法来批评男权制社会，男

---

[1] Ana Castillo, *Peel My Love Like an Onion*, New York: Anchor Books, 2000, p. 31.
[2] Ana Castillo, *Peel My Love Like an Onion*, New York: Anchor Books, 2000, p. 153.
[3] Ana Castillo, *Peel My Love Like an Onion*, New York: Anchor Books, 2000, p. 154.
[4] Ana Castillo, *Peel My Love Like an Onion*, New York: Anchor Books, 2000, p. 111.
[5] Ana Castillo, *Peel My Love Like an Onion*, New York: Anchor Books, 2000, p. 178.

性对女性的迫害引起了她们强烈的反抗。

在故事的开头，卡门以向大众诉说苦难的方式细说自己的情感历程。她曾有过两段刻骨铭心的爱情。

卡门的第一次性经历是与闺密维姬的哥哥酒后乱性，结果发现他们兄妹俩都是同性恋。这使她常常反思，她认为自己会"使人变成同性恋"①。

卡门的第一个正式情人阿古斯丁是她的伯乐，是他发现了她的舞蹈才能，她也因此有了谋生的能力。与此同时，她也收获了纯真的爱情，因为在阿古斯丁的眼中，卡门"俨然是地道的吉普赛人，她的装束、舞蹈风格、吃相和喝酒的样子都很浪漫和大气"②。多年后，她发现"阿古斯丁像是她借来的情人，是一个远在西班牙有孩子的母亲的丈夫"③。她的爱情是"小偷的爱情"④。卡门意识到阿古斯丁只有和她在一起时才属于她，但在上帝的眼中，他属于只有死亡才能和他分开的妻子。虽然迷恋上了一个已婚男人，可在卡门看来，无论如何，"女孩的初恋是无辜的"⑤。卡门的爱情随着她年龄的增长受到了更年轻的白人舞者的公然挑衅。科特尼（Courtney）的出现以及阿古斯丁对她的重用使卡门的爱情变成了"水果盘上放置了太久的柿子，谁都懒得去扔掉"⑥。从奇卡诺文化的传统来说，第一段爱情是不正当的伦理关系，因为阿古斯丁挑选卡门作为舞者的初衷，是他利用她身体的残缺来轻松获取他所需要的利益。更有甚者，他已是有妻室之人，和他人通奸，背叛婚姻，还感觉理所当然，他对卡门的感情只是为了弥补自己性的缺失。他的唯利是图体现了极端自私的利己主义思想。

卡门第一段感情的不幸说明，在这个男性霸权的社会，女性，特别是残疾族裔女性，是最容易受伤害的人，也是最大的受害者。作家卡斯蒂略的叙事显示出她对奇卡娜人的深刻同情以及对男性霸权的批判。阿古斯丁是一个彻头彻尾的感情骗子，他向所有的年轻舞伴与情妇谎称老家西班牙的老婆没有生育能力，希望和卡门、科特尼生育自己的孩子，事实却是他

---

① Ana Castillo, *Peel My Love Like an Onion*, New York: Anchor Books, 2000, p. 47.
② Ana Castillo, *Peel My Love Like an Onion*, New York: Anchor Books, 2000, p. 35.
③ Ana Castillo, *Peel My Love Like an Onion*, New York: Anchor Books, 2000, p. 36.
④ Ana Castillo, *Peel My Love Like an Onion*, New York: Anchor Books, 2000, p. 36.
⑤ Ana Castillo, *Peel My Love Like an Onion*, New York: Anchor Books, 2000, p. 44.
⑥ Ana Castillo, *Peel My Love Like an Onion*, New York: Anchor Books, 2000, p. 42.

的老婆年年生孩子，"已经有了9个"①。他对待卡门的态度纯属于男性霸权者的恶劣行径，将她当作呼之即来，挥之即去的舞伴和性伴侣。见卡门年龄偏大，他利用职务之便移情别恋，和更年轻的科特尼鬼混。看到卡门再次成为大家瞩目的歌星后，他又不顾脸面回到卡门身边要求重归于好。当阿古斯丁想要继续控制卡门并威胁她离开他将会后悔时，卡门非常肯定地回答"我不后悔任何事"②。这里可以看出，卡门对阿古斯丁是爱之深也恨之切，不再愿意与他有任何瓜葛。

卡门最美好的记忆是她用残疾的腿与两个健美的男性舞者搭档表演，养活了自己，人生的不幸变成了大幸。和阿古斯丁在一起，卡门觉得自己变傻了，同时也变得宽宏大量，但回忆中她的情人只是"深色皮肤，或者有时模糊地记得它"③。卡门在回忆里说的是她的情人，却用非人称的代词"它"来将男性情人中性化或非人化。这是对她的第二段感情中的情人的回忆，体现了主人公作为社会人的主体性，她也可以物化男性。

年轻舞者曼诺洛（Manolo）在她第一段感情最失落的时候及时出现。在她眼中，他很"美丽"④，并与她恋上阿古斯丁不同，曼诺洛先主动追求她。曼诺洛应邀来到了她的租住地并很快发生了性关系。他的家族来自欧洲战乱国塞尔维亚。从7岁起，他在母亲去世后就通过跳舞负担起了全家的生活。他从来没有同龄朋友，过早的成熟使他很快就与卡门打得火热，他从小母爱的缺失使他愿意与温柔的卡门接触。当曼诺洛对卡门展开追求时，后者试探他的态度，问他是否会为了她去和别人进行决斗时，他很爽快地回答："我——会为了你去杀人。"⑤ 曼诺洛提出和卡门生个孩子，遭到了卡门的拒绝。但她仍然感觉，"和曼诺洛在一起，他们是个整体，两人都很神圣"⑥。但在一次盛大的舞蹈表演后，曼诺洛突然离开了卡门，不再和她联系。卡门的第二段感情"黯然结束"⑦。卡门认为他是世界上最好的弗拉门戈舞者。而这第二段感情在卡门看来让她有了"已

---

① Ana Castillo, *Peel My Love Like an Onion*, New York: Anchor Books, 2000, p. 170.
② Ana Castillo, *Peel My Love Like an Onion*, New York: Anchor Books, 2000, p. 137.
③ Ana Castillo, *Peel My Love Like an Onion*, New York: Anchor Books, 2000, p. 1.
④ Ana Castillo, *Peel My Love Like an Onion*, New York: Anchor Books, 2000, p. 43.
⑤ Ana Castillo, *Peel My Love Like an Onion*, New York: Anchor Books, 2000, p. 115.
⑥ Ana Castillo, *Peel My Love Like an Onion*, New York: Anchor Books, 2000, p. 91.
⑦ Ana Castillo, *Peel My Love Like an Onion*, New York: Anchor Books, 2000, p. 136.

经死亡"① 的感觉,这是她"爱情结束的开始"②。

卡门的两个情人阿古斯丁和曼诺洛都是吉普赛人,但他们代表了两种迥异的性格,"她为此感到高兴"③。曼诺洛是阿古斯丁的干儿子,一个非常注重礼节的年轻人。和阿古斯丁不一样,他每次到卡门的家都会带上一些礼物。卡门和曼诺洛之间的关系不仅仅是情人关系。一个中年妇女和一个年轻男子的感情应该是包含了双重意义:情人和母子情结。事实上,卡门把曼诺洛当成儿子对待。在睡觉前卡门会"给他读童话故事,谈时事政治和欧洲南斯拉夫的战局以及阿拉伯国家的人们的信仰问题"④。曼诺洛对自己的祖国充满了强烈的感情。在这里,作家通过卡门和曼诺洛的交流揭露了以美国为首的北约轰炸南联盟的侵略行径。

同时与两个男人来往,作为女人,留长发还是短发,卡门都会因为不同的情人而作决定。阿古斯丁喜欢她漂亮的长发,她便留了长发;曼诺洛希望她蓄短发,她便把长发盘起,后来干脆剪掉。男人似乎希望女性的毛发都在他们的掌握之中。这是极其可笑的事,可是卡门为了迎合他们的不同口味会尽力去做。

当卡门不再有能力跳舞时,两个情人都离开了她,以至于她只能靠到机场卖煎饼来获得最基本的生活保障。然而,卡门和曼诺洛到旧金山的经历让她念念不忘,她和曼诺洛在那里做过街头小贩,兜售一些小饰品。曼诺洛有时拿出吉他弹奏,收取过客的打赏小费。那时她的日子过得非常不错,她是一个"恋爱中的女人"⑤,她和他在一起是快乐的,他总能给她惊喜,带她经历许多"她从未经历过的事,吃从未吃过的食物,去从未去过的地方"⑥。她意识到自己的心理出了问题,为了解决自己的心理问题和留住她所爱的曼诺洛,在心理医生的建议下,卡门加入了一个心理病人互助组织。当卡门发现她和两个情人之间只剩下了恐惧时,她决定和他们两个进行一场"公开谈判,一次性地解决问题"⑦。

---

① Ana Castillo, *Peel My Love Like an Onion*, New York: Anchor Books, 2000, p. 44.
② Ana Castillo, *Peel My Love Like an Onion*, New York: Anchor Books, 2000, p. 45.
③ Ana Castillo, *Peel My Love Like an Onion*, New York: Anchor Books, 2000, p. 87.
④ Ana Castillo, *Peel My Love Like an Onion*, New York: Anchor Books, 2000, p. 87.
⑤ Ana Castillo, *Peel My Love Like an Onion*, New York: Anchor Books, 2000, p. 131.
⑥ Ana Castillo, *Peel My Love Like an Onion*, New York: Anchor Books, 2000, p. 130.
⑦ Ana Castillo, *Peel My Love Like an Onion*, New York: Anchor Books, 2000, p. 150.

卡门的两个长期情人在宗教教义上是父子关系，在工作上是同事关系，在和卡门的关系上是情敌。虽然阿古斯丁已经和科特尼同居，但他还想继续保持和卡门的不正当关系，或者说，在他看来，属于他的情人，他的教子没有资格来抢夺。他让卡门放弃曼诺洛，而她则请他"滚"①。阿古斯丁看到复合无望，将卡门家里的锅碗瓢盆打了个稀巴烂，之后便扬长而去。待到曼诺洛来到她家准备给她做西班牙番茄冻汤作为晚餐时，家里已是一片狼藉，他明知是情敌来捣乱了，还故弄玄虚地问发生了何事。他佯装对阿古斯丁愤怒不已，摔门而去。

作为智慧的女人，卡门在两个情人之间周旋，当阿古斯丁得知她与自己的教子相好而怒发冲冠时，她不动声色地看他暴怒的样子，毁掉家里的一切，然后她坚定地让他离开，不再与他同居。对于曼诺洛的愤怒离去，她也"欣然接受"②。她对两个情人都没有采取过激的行为，因为她知道，在吉普赛人的圈子里，阿古斯丁是弗拉门戈舞蹈的领袖，而曼诺洛是专业能力最强的新星。作为需要和他们配合才能获得生存空间的女人，她得罪他们中的任何一个对自己都没有好处，所以她选择了忍耐，冷眼旁观。

作家笔下的卡门是这样的一个人：在两个男人之间游走，她"不属于任何人，有时属于每个人或另一个人，最终只属于她自己"③。在不同的男人之间周旋多年后，这个实现了自我价值的女人不再受制于男性，而是和他们平起平坐的自由人，甚至有着高于他们的社会地位，但她的恋情却是一种畸形的不伦之恋。

三 卡门的多重社会身份：舞者—服务员—歌唱家

卡门的身份随着她事业的兴衰不断地发生变化，她的职业生涯经历了舞蹈家，餐厅服务员、服装厂工人，美发店洗头工和流行歌唱家等多个阶段。但是，她最终走上了她自己人生的顶峰。

1. 弗拉门戈舞者

卡门是一位舞蹈事业的成功者，作为弗拉门戈舞蹈团的台柱子，很长一段时间，她都是这个圈子里的女主角。跳舞可以强化身体，卡门不用拄着拐杖走路了。

---

① Ana Castillo, *Peel My Love Like an Onion*, New York: Anchor Books, 2000, p. 143.
② Ana Castillo, *Peel My Love Like an Onion*, New York: Anchor Books, 2000, pp. 146-147.
③ Ana Castillo, *Peel My Love Like an Onion*, New York: Anchor Books, 2000, p. 151.

卡门在舞蹈生涯中悟出了深刻的人生哲理。弗拉门戈舞不仅仅是舞蹈，"还是饮食、睡眠、梦境和思想；舞者不必拘泥于苗条的身形或青春的年华，也不必牙齿整齐、头发亮丽；舞者只感受自己的肢体的律动，跟上节奏，引领或跟随乐手就行"①。

卡门在舞蹈演出成名后，作为阿古斯丁为富人女性开设的弗拉门戈精英班的老师，她教授了 6 年的舞蹈。她用残疾的腿去教那些双腿健全的人，这鼓舞了很多的女性。她对那些家庭出现了麻烦的女性说道："你抬起头，自尊是一个女人能学会的最性感的东西。"② 有些人甚至认为她成为了对正常人的威胁，因为人们普遍认为只有一条腿的人不可能跳舞。

在舞蹈事业中，她还迎来了两段刻骨铭心的爱情，虽然都以失败而遗憾收场，给她的心理上留下了很深的伤痕，但最后都化作了她的宝贵回忆。

2. 临时工

在卡门因年长和疾病不能再继续舞蹈生涯时，她失去了生活来源。迫于生计，她继续以她的勤奋与乐观的生活态度为家庭和自己努力工作。

卡门首先和母亲一起到芝加哥机场的快餐店打工，每天站立 7 个小时以上。因为辛劳，她的腿疾复发，不能再继续做披萨饼，她便跟随她哥哥一起在街头摆摊。后来她的母亲听说有服饰加工厂招收在家加工服装并计件付酬的工人，于是母女两人又开始了另一份工作。这是技术要求低、工资低的工作，贫民窟里的加工厂雇用的是来自英国的流浪汉，甚至是全世界各地的女性，她们"都身材瘦小，眼尖手快，干活麻利，很多都是青少年，像是很久以前的奴隶制下的工人"③。后来这样的工厂也被查封了，卡门再次失业。再后来，卡门去了理发店打工，专门给顾客洗发。这是她的闺密维姬给她介绍的临时工作。在这里顾客看到她残疾的腿，不禁对她产生了同情心，为她可惜，而卡门并不认为自己可怜，相反，她告诉别人自己"曾经是弗拉门戈舞者，接着给顾客讲解该舞蹈与探戈舞的差别。讲到兴奋处，她还高歌了一曲，让大家跟着她学跳舞"④。她边舞边唱道：

---

① Ana Castillo, *Peel My Love Like an Onion*, New York: Anchor Books, 2000, p. 39.
② Ana Castillo, *Peel My Love Like an Onion*, New York: Anchor Books, 2000, p. 51.
③ Ana Castillo, *Peel My Love Like an Onion*, New York: Anchor Books, 2000, p. 124.
④ Ana Castillo, *Peel My Love Like an Onion*, New York: Anchor Books, 2000, p. 118.

"我是如此幸运……我不抱怨。"① 她的表演和歌声给美容店带来了欢乐，老板、发型师和顾客都对她的表演给予热烈的掌声。卡门虽然非常不幸，但她的人生态度令人感到鼓舞。

身患病痛且处于事业逆境中的卡门还能以舞蹈来取悦他人，这充分表明，这个被男人和家人一步步剥夺了爱情和快乐的残疾奇卡娜人具有积极向上的能量。她虽然身体残疾，但她比那些肢体健全的人的心灵更强大。

像卡门这样的奇卡娜人，生于贫穷，也囿于贫困，但她们以坚韧，克服了一切困难与磨难，承担了自己的社会责任，堪称族裔女性，乃至世界女性的楷模。卡门的乐观人生态度值得所有人学习。

3. 腾飞的女星

卡门因继承了母亲的好嗓子，被人发现并推荐去参加唱歌比赛，获得了巨大的成功。

在生活的磨炼中，卡门悟出了使女性立于不败之地的原则："如果你首先是女人，这就意味着无论做什么，你就不可以有所畏惧。"② 卡门因为腿疾而不能再跳舞，经历了各种艰难的就业失败打击后，突然发现可以唱歌谋生，她便扯起嗓子高声呐喊："如果我有翅膀，我要脚做什么？"③

卡门之所以成为明星，一是疾病所迫。因为小儿麻痹症使她失去了健康，机缘巧合，她残疾的腿正适合跳弗拉门戈舞。为了能够谋生，她从事了舞蹈事业。二是贫穷的家庭所迫。父母和兄弟都不能给她提供基本的生活保障，相反，他们还期待她从经济上给予帮助。三是她个人天赋所致。她继承了母亲的好嗓音与音乐才华。四是朋友的帮助，她的任何成功都能得到他人的肯定：她的旧情人阿古斯丁、闺密维姬、好朋友希希（Chichi）以及她的伯乐海默罗（Hemero）。正是海默罗将卡门的唱歌天赋挖掘了出来，并录制了CD碟。

勤奋加机遇使卡门终于获得了成功，实现了社会身份的跨界。

四 跨身份的卡门：坦荡的奇卡娜人

经历了事业和爱情的失败后，卡门仍然乐观向上，活出了女人的

---

① Ana Castillo, *Peel My Love Like an Onion*, New York: Anchor Books, 2000, p. 119.

② Ana Castillo, *Peel My Love Like an Onion*, New York: Anchor Books, 2000, p. 186.

③ Ana Castillo, *Peel My Love Like an Onion*, New York: Anchor Books, 2000, p. 186.

精彩。

通常情况下，身有残疾的人会忌惮他人对他们的残疾部位的关注，会认为是对他们的鄙视或可怜，他们往往不希望他人去探究自己残疾的原因，而小说中的跛腿卡门能够坦然面对一切审视的目光。

当她受到情敌科特尼（Courtney）的挑衅时，她坦陈自己过去 17 年恋情失败的原因。

> 我承认。我曾经跳过舞，有一段时间，我想说。我以前跳舞，我以前喝酒，我以前移动我的手腕。我过去常做爱。我是一个愤怒的人，我经常大声把一个叫阿古斯丁的人当孩子训斥，而之前从来都没有人说过他像个孩子。我在星期六晚上和他的教子一起背叛了他，他的教子偷偷地和他一起回到西班牙，也背叛了我。阿古斯丁和黏在我身边的这位女孩背叛了我。到处都是背叛。他们过去住在由父母支付的公寓里。她曾把我像拧螺丝钉那样拧紧，把我挤出了圈子。就像今晚的表演，它会变得更好。但是现在谁在乎呢？它与我有任何关系吗？是的，都是我说的。①

这里，她一方面讲述了自己的情史，另一方面谴责了无耻的第三者插足的行为。与此同时，人们询问她的名字为什么叫"跛腿"时，她大方地分享自己的患病经历，然后展示残疾的左腿给她的崇拜者看。卡门把 40 岁的自己看成"一朵出水荷花，生长在水下污泥中，见到光就会盛开，新的生活展现"②。

然而，卡门的成功没有给她带来真正的喜悦。她的家人对她的剥削让她受到了极大的伤害。她成名获利后，她的母亲非但没有关心她腿疾的恶化，反而只考虑如何将自己的利益最大化，比如给丈夫买新车，给房子搞修理，甚至将远在外地的大儿子和儿媳召回身边一起居住。父亲也随意地挥霍她的收益，大哥和嫂子都希望她能给予大笔资金，二哥则想着能够用她的钱开办大公司，而小弟就指望着能够尽情地吃喝玩乐。她的情人也在不断地侵扰她的生活。他们的行为就像是剥洋葱，把她给予人们的爱一层

---

① Ana Castillo, *Peel My Love Like an Onion*, New York: Anchor Books, 2000, p. 168.
② Ana Castillo, *Peel My Love Like an Onion*, New York: Anchor Books, 2000, p. 197.

层地剥掉，也剥去了她的自尊，剥掉了人们之间和谐的关系，美好的东西都随之消失，剩下的只有赤裸裸的金钱和利益关系。家人无情地把她当洋葱一样一层层地剥削，剥掉的是她对家人的情感、依赖、关照、孝心与归属感，使她怀疑对生活意义追求的价值。卡门认为"最终极的是你发现存在是虚无的。获得虚无是一切，是存在的精髓"①。虚无对卡门来说就是在追求爱情中所显现的负面心理。她真心实意地对待每一段感情，但最后一切都因荒谬绝伦的人和事而消失。

"哪里有快乐，哪里就不结痂。"② 从一个接受男人恩惠得以生存的残疾小女孩到独立于两个大男人的女星，作家通过卡门所表达的不仅仅是快乐。这是作家奇卡娜女权主义思想的最佳体现。女人，尤其是奇卡诺族裔女人，只有自己强大，拥有令人瞩目的社会身份，才能立于不败之地，掌控自己的命运，自由地舞动人生。

本章小结

跨越种族、地域、阶级、文化和性别界限，奇卡娜人勇敢地承认了自己的混血身份，并以此为荣，不断奋斗，最终实现了社会地位的跨越。她们从依赖男性的角色转变为独立自主的个体，从受压迫者成长为反抗者，从家庭主妇蜕变为社区领袖，从田野和厨房走向学术讲台，从自学成才者转变为教育工作者，她们掌握了自己命运的舵。

作家们书写的不仅是想象中的人物的华丽转型，还是她们自己生活的真实写照。她们本身在美国大都市的贫民窟里长大，经历了自身的身份跨界。她们共同的特点是都来自社会的最底层，家庭背景和美国19世纪的现实主义和自然主义作家一样，都经历了艰难的童年生活，依靠自己的聪明才智和勤奋努力，用笔耕耘，争得了自己在美国文学界的一席之地，有些甚至成为世界闻名的经典作家。西斯内罗斯、卡斯蒂略和维拉纽瓦被认为是当代最著名的奇卡娜小说家兼诗人三杰。从2012年起，美国国内每年都有专门的研讨会来研究她们的创作。她们所叙述的奇卡娜人的社会身份跨界展现了现代奇卡娜人生活的艰辛、奋斗的意志、反抗的精神和在追

---

① Ana Castillo, *Peel My Love Like an Onion*, New York: Anchor Books, 2000, p.192.
② Ana Castillo, *Peel My Love Like an Onion*, New York: Anchor Books, 2000, p.211.

求幸福生活的道路上取得成功的喜悦。她们的创作印证了安扎尔多瓦的跨界思想,奇卡娜人并非只能局限于"做教堂里的尼姑、街头娼妓和家庭里的母亲,今天我们有些人有第四种选择:通过教育和职业进入社会,成为自主的人"[1]。可以说,这些奇卡娜小说家是安扎尔多瓦跨界理论的践行者。

---

[1] Gloria Anzaldúa, *Borderlands/La Frontera: The New Mestiza*, 4th ed., San Francisco: Aunt Lute Book, 2012, p. 39.

第九章　跨民族团结　反美国霸权

　　奇卡娜人在各种形式的跨界困惑与磨砺中，最终接受了自己的混血儿身份，并以此为傲。从被压迫者到反抗者，从家庭主妇到艺术家，从依赖男性者到独立自由者，从田野和厨房走向讲台成为教育工作者，她们掌控了自己的命运。她们的创作不只是把自己和先祖文化联系起来，还牢牢地把握了时代的脉搏。以安扎尔多瓦为首的女性作家历来就对美国政府出台的任何有关少数民族问题的法案以及对外推行的所谓民主制度持怀疑的态度。反对美国世界霸权主义和帝国主义的主题思想一直伴随着奇卡娜小说创作的发展。除了书写墨西哥移民以外，奇卡诺小说还涉及其他中美洲国家的移民。非法移民的生存问题、身份问题以及由此产生的心理问题、他们聚居的贫民窟的社会治安问题和种族歧视，是美国社会诸多问题中最集中的体现。奇卡娜作家对逃离母国，来到美国寻求庇护与和平的难民所面临的恶劣生存环境和困境，以及难民的各种心理疾病的描述，是现代移民真实生活的写照。她们为拉丁裔移民勾画的未来生活蓝图令人欢欣鼓舞，具有长久的文学价值。

第一节　《萨坡勾尼亚》《母语》梗概

　　在所有奇卡娜作家中，对美国海外霸权批评最直接的作家莫过于安娜·卡斯蒂略和德米特里亚·马汀内兹，但她们当时比较激进的反美国政府政策的创作没有引起批评家的注意。随着美国拉丁裔移民在美国现实社会问题的凸显，批评家们才发现她们的创作具有卓越的远见。

一　卡斯蒂略的小说《萨坡勾尼亚》

　　卡斯蒂略是所有奇卡娜作家中最具奇卡娜女权主义思想的作家之一。她于1987年撰写的博士学位论文以一系列关于奇卡娜人问题的小论文组合而成。她正是在自己的博士学位论文里提出了"奇卡娜女权主义"（Chicanisma），极力主张奇卡娜人写奇卡娜人自己的故事。

小说《萨坡勾尼亚》讲述的是一个来自虚构的中美洲小国萨坡勾尼亚的年轻人的故事。故事的开头是马克西莫·马德里加尔（Máximo Madrigal）梦见自己强暴一个女孩未遂，于是决定离开家乡去追寻他模糊的成功梦想。小说的前三分之一的笔墨都在描述他的流浪式旅行。他跨越了拉丁美洲、美国、法国和西班牙，最后又经过纽约，落脚于芝加哥贫民窟讨生活。他逐渐发现自己对女人有着扭曲的占有欲，他所到之处，都与女人上床，在法国他与女房主及其女儿都发生了不正当的关系，在纽约与他父亲的老情人厮混。在芝加哥的贫民窟里，只要是他看上的女人，他就会设法诱奸她们，无论年龄大小。他已经变得如同没有伦理道德的野兽一样。马克西莫的这些历险只是他在芝加哥生活的开始。他在欧美游玩一圈后回到母国萨坡勾尼亚探望家人，发现那里发生了内战，于是便打起行囊永远离开了家乡，到芝加哥的大学学习，专攻艺术，成了贫穷的视觉艺术家，并遇到了他少年时的性伴侣帕斯托拉（Pastora）——他唯一无法真正拥有或征服的女人。从此他开始了与她的合作及纠缠。他们探讨土著古代艺术与文化。马克西莫以大男子主义姿态对待每一个女性，倾向于把她们都视作自己征服的对象，但帕斯托拉是一位真正有音乐才华的艺术家。她在奇卡诺社区里非常活跃，不仅参加比赛，还组织一些女性参加反战活动，并帮助新来的难民安排生活。她和她的女性朋友一起生活，对马克西莫的态度则是若即若离。在性取向上她不排斥异性恋，也不反对同性恋。后来，她因为违法帮助偷渡客入境的行为，而被联邦调查局逮捕，入狱两年。出狱后她继续她的事业，帮助新移民，给他们提供无偿的住宿和食物。最后帕斯托拉和志同道合的爱德华多（Eduardo）结婚，回归到了正常的家庭生活，抚养自己的孩子。

《萨坡勾尼亚》探索了美帝国主义插手中美洲国家的战争对拉丁裔移民造成的社会、心理和意识形态层面的影响。小说中构想的互助模式给拉丁裔人的生活带来了希望。该小说于 1990 年第一次发表时没有引起批评家的兴趣，原因在于当时正值整个西方社会和奇卡娜人的女权主义运动的高潮时期，小说中提倡女人回归家庭的观点是与主流思潮相悖的。但后来中美洲战争的爆发引起了人们对反战反殖民小说的关注。1994 年该小说

"再次在主流出版社出版时引起了轰动"①。

二 马汀内兹的小说《母语》

德米特里亚·马汀内兹作为宗教新闻记者曾经大量报道了萨尔瓦多难民的经历,然而她曾于1988年因涉嫌非法偷运萨尔瓦多难民入境被政府起诉并判处25年监禁。事实上,她只作为记者报道了当时的庇护运动和反对移民法中禁止公民帮助难民相关条款的活动。后来陪审团根据美国宪法第一修正案规定,判她无罪。基于这段经历,她创作了自己的成名小说《母语》,该书荣获了美国西部图书奖。

小说《母语》讲述的是奇卡诺族裔女孩玛丽(Mary)庇护萨尔瓦多难民约瑟·路易斯·罗梅罗(Joseé Luis Romero),并与其坠入爱河并生子的故事。该小说运用了安扎尔多瓦式的多体裁混合形式——诗歌、信件、多人称转换视角与时空错置——使读者感受到在残酷的生活中人物乐观的人生态度。19岁的女孩玛丽因母亲病重而辍学回家照料母亲,在母亲去世后她患上了抑郁症,渴望寻找人生新目标。于是她通过教母索丽黛德(Soledad,"孤独"之意)的介绍,成功地帮助萨尔瓦多难民约瑟·路易斯·罗梅罗入境美国。之后两人相爱并同居,玛丽不仅介绍他到餐馆打工谋生,请他到教堂演讲来揭露萨尔瓦多政府的暴行以唤起美国人民的同情,并反对美国政府对萨尔瓦多内战的支持。作为偷渡者,他无法光明正大地在美国生活和工作。不久后,他便消失得无影无踪,而玛丽却坚持生下了他们的儿子。为了纪念她的情人,玛丽将儿子也命名为约瑟·路易斯。经过20年漫长的辛劳抚养后,儿子长大成人,接受了高等教育,玛丽带着他踏上了前往萨尔瓦多寻找生身之父的旅途。与其父亲不同,儿子小约瑟能够自由地表达自己的观点,并与萨尔瓦多女孩交朋友。玛丽培养了一个会讲西班牙语且富有正义感的儿子。故事的第三部分由玛丽的儿子小约瑟讲述,他将作为一名农业科学家,回到父亲的家乡去帮助那里的人民发展科技和保护环境。母子俩虽然没有在萨尔瓦多找到老约瑟,但也没有在他的失踪纪念碑上看到他牺牲的具体日期,这让他们确信老约瑟还存活于世。故事的尾声是老约瑟从加拿大寄来了一封信,告知自己的爱人和

---

① Marcial Gonzalez, "The Future as Form: Undoing the Categorical Separation of Class and Gender in Ana Castillo's *Sapogonia*", in Andrew Lawson, ed., *Class and the Making of American Literature: Created Unequal*, New York: Routledge, 2014, p. 216

孩子,他正在帮助萨尔瓦多难民重返家园。

　　作家马汀内兹以优美的笔调谱写了一段浪漫的跨国恋曲,更以激愤的心情谴责了非正义的战争,揭露了美国主流媒体歪曲事实的报道,以及美国政府纵容第三世界当权者与反对派双方杀戮无辜妇女、儿童的卑劣行径。作家对萨尔瓦多的这场内战和它所导致的美丽爱情的破灭的描写深刻地揭露了美国政府所支持的非正义战争的残忍与罪恶。《出版者周刊》(*Publisher Weekly*)评价该小说为"令人难忘的故事"①,美国著名的书评杂志《科克斯评论》(*Kirkus Reviews*)盛赞该小说是"诗歌、政治与毫无遮拦的情感大爆发"②。

　　该小说最重要的意义是作家马汀内兹为饱经战争创伤的萨尔瓦多绘制了 21 世纪的发展蓝图:以科技建设一个富饶美丽的新国家。

　　下面探讨两部小说的跨界主题:跨民族团结,反美国霸权。

第二节　萨坡勾尼亚国人失家园:
强国干政之恶果

　　在卡斯蒂略和马汀内兹各自的小说中,前者虚构了一个名叫萨坡勾尼亚的中美洲小国,后者则直接描述了现实中的小国萨尔瓦多。两部小说创作的时代背景是中美洲各小国陷入内战的 20 世纪 80 年代,卡斯蒂略的假想国萨坡勾尼亚代表了任何一个战乱国,而《母语》中的故事则是时间跨度为 20 多年的萨尔瓦多内战及其人民的反战。

一　被毁的美丽家园

　　卡斯蒂略的小说里萨坡勾尼亚是中美洲的一个假想国,它实际上涵盖了《母语》里的萨尔瓦多等当时的战乱小国。那里的人们原本过着富裕的农耕生活。

　　《萨坡勾尼亚》中的男主人公马克西莫的家乡在一个半岛上。他的外公这样描述自己美丽的家园:

---

① Demetria Martinez, *Mother Tongue*, New York: One World Ballantine Books, 1994, p. i.
② Demetria Martinez, *Mother Tongue*, New York: One World Ballantine Books, 1994, p. ii.

这是一个郁郁葱葱的天堂，我的国家正是在这片土地上获得了一个具有象征意义的名字，西班牙人一直是他的象征主义者，这个半岛以多样性的两栖动物聚居而闻名，特别是存在于那里的一种生物，可能在世界其他任何地方都找不到。除了它那磷光闪闪的皮肤，它和蟾蜍非常相似。白天，当天空是海洋的姐妹时，那里的生物被认为是海蓝宝石的颜色；在夜晚，特别是月亮高悬发光的时候，池塘里的宝石就会震动，所有的声音都发出一种可怜的不同步的合唱。……大胆的人类学家在那里挖掘玛雅人的遗址。[1]

这是"一个古老、美丽和祥和的国度。而且他们还拥有一个大型的农场"[2]。他外公的生活非常惬意，每天有酒喝，家中被他的土著印第安老婆打理得井井有条，屋外鲜花盛开，家中物资充裕。马克西莫虽然没有父亲陪伴，但他的外公一直陪伴他成长。他的母亲还期待他能出国留学，学成回国后继承家业，管理农场。如果没有战争，像马克西莫这样的家庭本该过着平淡而幸福的生活。

然而，内战毁掉了他家的一切。农场不复存在，家里被洗劫一空，外面到处都是抓人充当炮灰的匪帮。马克西莫回到家乡看到"街头到处都有士兵巡逻，那是一些17岁左右的孩子"[3]。即使是富裕人家也难逃毁灭，那些普通的老百姓的遭遇就更可想而知了。战争使许多人失去了赖以生存的家园，唯一的出路就是逃亡。

在马汀内兹的《母语》中，许多萨尔瓦多人逃亡国外，小说中的男主人公约瑟，一个神学院的学生，也失去了家园，踏上了逃亡之路，并进入美国。

二 战乱恶果

经历了国家支持的行刑队和战争带来的恐惧，南美洲小国的居民被迫逃往美国寻找工作或逃避党同伐异。然而，他们在美国遭遇了种族主义、性别歧视、劳动剥削、监狱的囚禁和驱逐出境的威胁。美国本身也迎来了最大的麻烦：拉丁族裔移民问题。

---

[1] Ana Castillo, *Sapogonia*, New York: Anchor Books, 1994, p.99.

[2] Ana Castillo, *Sapogonia*, New York: Anchor Books, 1994, p.99.

[3] Ana Castillo, *Sapogonia*, New York: Anchor Books, 1994, p.87.

卡斯蒂略采用虚构国名的形式来进行叙事,并非因为她惧怕承担政治风险,而是因为当时的中美洲许多小国在美国的军事干预下发生了内战,美国在其中扮演的是极不光彩的霸权者角色,给交战双方均提供武器以攫取暴利,利用武器的威力,让小国的执政者和反对派都依赖美国。最终受难的只是那些无辜的百姓和反战人士。

基于现实与想象的叙述是奇卡娜作家的创作特征之一。马汀内兹在小说《母语》的序言中写道:

> 这本小说里的人物是虚构的,但故事发生的背景不是。在长达12年的内战中,超过7.5万名萨尔瓦多公民丧生,内战于1991年正式结束。大多数人死于自己的政府之手。美国为内战双方提供了60多亿美元的军事援助。美国国务院解密的文件显示,美国政府最高层官员知道萨尔瓦多针对平民的政策,包括1980年被暗杀的大主教奥斯卡·罗梅罗。当权者选择视而不见。[①]

20世纪80年代,中美洲萨尔瓦多等国爆发的内战在美国的操纵下愈演愈烈,导致16万人死亡、200万人流离失所。许多人抛弃家园,前往美国避难,还有许多人经由墨西哥非法偷渡入境美国。美国国内的许多奇卡诺/娜志愿者从事着帮助非法移民转移的秘密工作,而美国自己也遭到了恶果的反噬:大量移民的涌入,造成了社会的混乱。

三 战争批评

战争使正直的人们勇敢地站出来,对战争贩子进行尖锐的批评。卡斯蒂略的小说《萨坡勾尼亚》不仅仅是小说,它"更像是一份政治声明,谴责拉丁美洲和美国在那时的压迫性质,还促成了具有鲜明美国特色的反殖民主义美国族裔小说的形成"[②]。

小说《萨坡勾尼亚》中没有任何战争的场景,只有受害者对战争的指责。马克西莫的父亲逃离萨国多年后都还在谴责战争:"我讨厌战争。

---

① Demetria Martinez, *Mother Tongue*, New York: One World Ballantine Books, 1994, p. iv.
② Marcial Gonzalez, "The Future as Form: Undoing the Categorical Separation of Class and Gender in Ana Castillo's *Sapogonia*", in Andrew Lawson, ed., *Class and the Making of American Literature: Created Unequal*, New York: Routledge, 2014, p. 216.

当我年轻的时候,我去过的每一个地方都充满了战争——更糟糕的是,战争本身!……我发现在一个比我的那个狗娘养的还要小、比一只粪甲虫还要顽固的国家里,发生了更多的战争。它把自己的自然资源拱手让给北方那只贪婪的野兽,这是为了保护自己,在这个过程中,它的人民只能挨饿。"[①] 这不仅是战争受害者的控诉,更是作家愤怒的谴责。相较之下,马克西莫的态度则是"逃离战争,到他国寻求个人的发展,改善自己的经济和生活状况"[②]。

1994年,小说《萨坡勾尼亚》再版和《母语》出版时,美国在老布什总统的领导下已经成为全球唯一的超级大国,他所推行的新自由主义经济政策得到实施,加之《北美自由贸易协定》的签订使得美国的经济腾飞。这个在掠夺其他国家自然资源的基础上发展起来的超级大国成了许多美国白人的骄傲。贡萨雷斯在曾经评论道:"卡斯蒂略的小说是对美国霸权的极大讽刺,因为1990年9月11日,让老布什无比骄傲的'山之国'在2001年9月11日遭遇了美国史上最大的恐怖袭击,这直接挫伤了每一个美国白人的傲气。"[③]

第三节　寻找家园:美国社会底层奇卡诺人的动荡生活

失去了家园、移民海外的拉丁裔人永远游走在寻找家园的路上,过着动荡不安的生活。

一　社会底层奇卡诺人的迁徙

卡斯蒂略对流浪汉的描绘也表达了流动、迁徙、流散的概念以及地点与景观的概念。流浪汉形象可以被认为是典型的探索者或永久的旅行者。《萨坡勾尼亚》的主题大部分与思乡、流放、迁徙、转位和重置相关。

从西班牙人的入侵开始,奇卡诺人就开始了他们的迁徙。人们提起阿兹

[①] Ana Castillo, *Sapogonia*, New York: Anchor Books, 1994, p. 49.

[②] Ana Castillo, *Sapogonia*, New York: Anchor Books, 1994, p. 92.

[③] Marcial Gonzalez, "The Future as Form: Undoing the Categorical Separation of Class and Gender in Ana Castillo's *Sapogonia*", in Andrew Lawson, ed., *Class and the Making of American Literature: Created Unequal*, New York: Routledge, 2014, p. 216.

特兰的消亡就是指奇卡诺族裔被驱赶的历史。奇卡诺人总是在被迫迁徙和被剥夺家园。在城市里的马克西莫，与历史美国西南部的奇卡诺族裔流动工人一样，一无所有，一开始就是流浪汉形象，家对于他来说是流动的概念。

马克西莫在旅行和漂泊中，寻找心中理想的女人和家。他从母国萨坡勾尼亚到了美国，又和朋友一起去往法国旅行，再到西班牙寻找自己的生身之父。看到父亲一家的贫穷状况，他又回到了纽约。在想要进大学学习艺术的梦想破灭后，他继续旅行到芝加哥。因为没有合法的身份，他不得不继续向西到达加利福尼亚州，最终绕道回到了家乡。家乡的战乱与家道中落迫使他再次离开家乡，重新前往美国申请进入大学学习艺术。最后，在芝加哥，他终于找到了拉丁裔社区，再遇了他的第一个性伴侣帕斯托拉。马克西莫只是一个反英雄式人物，故事里真正的英雄是帕斯托拉。她也是为躲避战乱来到芝加哥学习艺术，专攻音乐。在她的周围，聚集着许多因战乱而偷渡进入美国的拉丁裔人，而且更多类似的人还在源源不断地通过地下组织被送入美国。

这些移民的到来并没有受到美国政府的欢迎，他们没有合法的身份，一旦被抓就要面临牢狱之灾或被遣返，因而被迫在美国不同的城市流浪。《母语》中的约瑟到达美国后，只能在餐馆里面打黑工，忍受老板的剥削。

尽管美国最底层的拉丁裔人生活在美国的城市中，但他们的生存空间是安扎尔多瓦的跨界理论中形容的"边界"。在这个边界上，他们对内了解自己的文化，对外接触了美国白人文化。在不断的内外交流中，他们塑造了自己的文化。

二 夹缝中的"隐形人"：大都市的拉丁裔

生活在美国大都市贫民区的偷渡者最大的问题是没有合法的身份。缺乏身份的人在美国社会可以说是法律层面上不存在的"隐形人"，他们的生存处境极其艰难。

没有身份，他们既不是美国人，也不是原来母国的人，居无定所。新来的移民通常把先到的移民视为可以依赖的人，把后者暂时的栖身之地当成临时的家，而他们的家也是租来的临时住地。不停地转移是非法移民的生活常态，这就使他们永远无法拥有稳定的家。在美国主流社会流浪的非法移民不可能获得合法的身份，身份的缺失给他们本就苦难的生活增添了无尽的烦恼。

1. 马克西莫的失败

卡斯蒂略在小说《萨坡勾尼亚》中刻画的男性形象马克西莫是一个失败者形象。他的形象在拉丁裔男子中很有代表性：猥琐、自私、无能和大男子主义。

他从小就缺乏来自坚毅性格的父亲的男性熏陶，在他外公、外婆和妈妈的溺爱下长大，长大后一直没有固定的生活形式。他对艺术有追求，但天赋不够，来到芝加哥求学，他没有把精力放在对艺术的追求上，反而不得不为了生存奔波，同时还对异性有着无止境的渴望。在进行艺术创作时，他试图在自己的艺术作品中捕捉女神科亚特利库埃彩虹般的美丽，但他未能抓住科亚特利库埃或帕斯托拉的灵性。他对帕斯托拉的占有欲就像他拥有实体一样，显示了他将情感意识具体化的程度：他爱她"就像一个被滥用的东西……他像一件东西，一个抽象的概念，向她祈祷。他崇拜她，可以为她焊接金属，弯曲成任何形状"[①]。

马克西莫站在帕斯托拉的意识形态的对立面，他是萨坡勾尼亚国的土生子，家境富裕，到美国是为了成为艺术家、雕塑家、音乐家和舞蹈家。尽管他才疏学浅，他还是梦想通过他的艺术之路成为富翁并声名鹊起，他以自我为中心，态度傲慢。因此，为了成功构建他男性的身份，在拉丁裔社区中，他唯一能做的就是物化女性来彰显其能力，特别是物化帕斯托拉那样强大的对手，但结果证明因为他的格局狭隘，他始终无法企及帕斯托拉的境界。

通过重新审视小说所涉及的问题和它所提出的解决方案，研究者可以对《萨坡勾尼亚》进行另一种解读——也就是说，小说可以被视为对阶级和性别的绝对分离的批判，并努力将一个社会系统可视化。在这个社会系统中，类别本身不再具有功能性或实用性。毫无疑问，小说中像马克西莫这样的男性角色伤害了女性角色，但阻碍女性团结的力量不仅限于男性，而更像是一种基于性别与阶级的世界资本主义体系，是殖民的历史，是男性和女性殖民心态和实践的持续。

2. 被物化和主体化的矛盾体：拉丁裔女性形象

卡斯蒂略在《萨坡勾尼亚》中对女性角色的刻画借鉴了阶级批判和

[①] Sheila Marie Contreras, *Blood Lines: Myth, Indigenism, and Chicana/o Literature*, Austin: University of Texas Press, 2008, p. 5.

去殖民主义的女权主义思想，传达了这样一种观点：对于工薪阶层的有色女性来说，女性的性取向和性别政治本身就是一种批判性的认识论。

帕斯托拉是小说里一类典型的双面女性形象。一方面，她完善自己，参加拉丁裔人的文艺演出，获得了很好的声誉，还参加社区组织的拉美反战运动，是运动组织的核心人物。另一方面，她在故事的最后又成了一个对伟大事业妥协的人物。

帕斯托拉是一个吉他手和抗议歌曲歌手，她通过音乐来表达关于社会问题的观点，同时提高自己的政治意识，帮助族裔人群，使他们的生活发生巨大的变化。她在"地下铁路"运动中非常活跃，将无身份证明的人偷渡到美国，最后她被联邦调查局逮捕，并判两年监禁。

在她与马克西莫的两性关系交往中，很多时候她心甘情愿地被他当成物体看待。作为女性主体，她希望被人欣赏和需求。在监狱时，她因和一名同性恋女性的恋人来往而遭到毒打，她似乎认为没必要反抗。

最后，帕斯托拉与爱德华多结婚，并共同抚养他的儿子。有读者可能会将她的婚姻看成一个谜，因为她似乎已经屈服于家庭生活。但小说的最后一个转折也可以从积极的角度来解读，也就是说，当帕斯托拉嫁给爱德华多时，她并没有屈服于家庭生活，相反，她象征性地把社会"大同"的概念与家庭结合在了一起。通过这种方式，《萨坡勾尼亚》可以被理解为不是以牺牲政治和艺术为代价，向婚姻制度的男权含义投降，而是设想了一种超越性制度。

卡斯蒂略创造了这么一对矛盾体人物，两者不同的意识形态反映了被殖民主体之间的内部冲突。这也就是拉丁裔人为什么失败的原因之一。她的一个目标是通过解放劳动来实现反殖民主义的目标。

第四节　重建/回归家园：反霸权者的胜利

在小说《萨坡勾尼亚》中，假想国萨坡勾尼亚既是该国人逃离的地方，也是他们梦想的地方或努力争取返回的地方，还是所有混血儿的家。可以说，最有意义的地方就是家。萨坡勾尼亚在小说里被认为是一个具有物理现实的国家，在作家的"序言"里，它代表"混血之地"和矛盾之地。在小说里，一个非常清晰之地（萨坡勾尼亚国）从某种意义上能够包含许多地方。它不由现代界限而确定，但存在于每一个混血儿所能到达的地方。索科洛夫斯基认为萨坡勾尼亚的概念带来了两个关键的家园理论概念：阿兹特兰和边疆。阿兹特兰是人们渴望的家园，但它又是回不去的家园，只能存在于人们的梦想之中。现实的边疆或城市如芝加哥虽是人们可以居住生活的地方，但不是理想的家园。理想的家园是人们在想象与不断寻找中构建的理想之地。"家是可以带着记忆和经历永远更新的概念。"① 这些小说发表于 20 世纪 90 年代，但所涉及的问题直到现在一直都是美国拉丁裔面临的挑战。作者在小说中为拉丁裔人构想了一个没有阶级和种族压迫、人人平等、科技发达以及所有人和平相处的理想社会，而这一愿景正成为 21 世纪拉丁裔人奋斗的目标。

一 重建理想家园：《萨坡勾尼亚》

卡斯蒂略通过对拉丁裔移民混乱生活的刻画，在小说《萨坡勾尼亚》的后半部为他们构建了一个类似于共产主义理想的社区模式。

马克西莫把记忆中萨坡勾尼亚国里奶奶的花园建到了现代的芝加哥。芝加哥是混血儿生活之地，也是他们的生儿育女之地，很多混血儿在此地出生。这对于拉丁裔人来说是一个具有无穷可能性的地方。各种文化混合，人们可以互相学习或汲取灵感。芝加哥这座大都市不只是拉丁裔人母语文化的消失之地，更是文化新生的摇篮。借鉴盎格鲁美国白人文化的精髓，是族裔人进步的机会。女主人公帕斯托拉和她的同胞不断地帮助拉丁裔人通过偷渡移民到美国大城市中的贫民区。他们共同劳动，共同生活，共同享受自己的文化、艺术和音乐。

卡斯蒂略的小说体现了安扎尔多瓦的混血女性意识。突破了阶级意识的桎梏后，他们之间可以根据脸型、肤色、头发颜色和姓氏来判断个体的人种、民族归属及先祖身份。奇卡诺人的混血不只是局限于白人，他们也与黑人通婚。在资本主义制度下，消除种族、性别和阶级的差异不可能真正实现。但是，卡斯蒂略通过描写艺术家帕斯托拉对偷渡者的帮助，来展现打破各种社会阶层之间差别的愿景，试图建立一个理想共同体："大家一起劳动与生活，通过加强母性、家务劳动和婚姻实现男女之间的自由和

---

① Maya Socolovsky, "Mestizaje in the Midwest: Remapping National Indentity in the American Heartland in Ana Castillo's *Sapogonia* and Sandra Cisneros's *Caramelo*", *Troubling Nationhood in U. S. Latina Literature*, New Brunswick, New Hersey & London: Rutgers University Press, 2013, p. 63.

平等，女性将政治生活和家庭生活并置"①；"男性的工作单位也设置婴儿的照料中心"②。

女主角帕斯托拉试图消灭阶级差异的做法在资本主义制度下不可能实现，但作者卡斯蒂略为拉丁裔设想的共产主义生活却是令人神往的。

二 回归家园 创美好未来

当卡斯蒂略把家园建立在芝加哥大都市时，马汀内兹将拉丁裔人的理想家园建在他们自己的祖国。小说《母语》中故事的时间跨度超过了20年，在这20多年里，玛丽独自将儿子抚养大。小说的最后讲述了小约瑟已经大学毕业，即将回到父亲的祖国为那里的农业科技做出自己的贡献。作家的目的显而易见。她在为21世纪的拉美小国设计美好蓝图：在拉丁裔人的共同努力下，贫穷落后的中美洲小国一定能获得新生，并建成美丽富饶的理想之国。

1. 以爱抚平战争创伤

马汀内兹的小说《母语》以玛丽对来自萨尔瓦多的难民约瑟·路易斯·罗梅罗的爱慕开始，描写了两个母语不同的年轻人梦幻般的凄美爱情故事。作为一个秘密接待难民的年轻女子，玛丽第一眼看见路易斯就觉得，尽管他们语言不通，她"总有一天将和他做爱"③，因为路易斯的优雅让玛丽无可救药地爱上了他。"一见钟情"是她对路易斯爱的诠释，她认为"有些女人在认识男人之前就爱上了他，因为爱上神秘的东西更简单"④。玛丽就是这种浪漫的人，却未曾料想后来发生的一切令人如此痛苦与绝望。路易斯随身带来诗歌和《圣经》，他的到来给玛丽增添了浪漫的生活气息。虽然他们说着各自不同的母语，但这并没有影响到他们之间的情感交流。他们通过肢体语言互相教授各自的母语，最终他们"跨越了语言边界"，他创作的诗歌让她想要"卖掉财产，从边界偷渡难民入境，把自己锁在白宫的大门上抗议政府的政策"⑤。

---

① Ana Castillo, *Sapogonia*, New York: Anchor Books, 1994, p. 310.
② Ana Castillo, *Sapogonia*, New York: Anchor Books, 1994, p. 312.
③ Demetria Martinez, *Mother Tongue*, New York: Ballantine Books, 1994, p. 1.
④ Demetria Martinez, *Mother Tongue*, New York: Ballantine Books, 1994, p. 16.
⑤ Demetria Martinez, *Mother Tongue*, New York: Ballantine Books, 1994, p. 69.

玛丽和约瑟因诗结缘，很快她就开始觉得"欲望不是好东西"[1]，认为她的爱情已经成熟到了谈婚论嫁的阶段，而约瑟每天佩戴着的墨镜让她产生了陌生感，但她很快又感觉"和陌生的人做爱会感觉很爽"[2]。经过短暂的相处，玛丽便做了约瑟的情人。正当她期待美好的未来时，约瑟消失得无影无踪，以至于20年后玛丽仍然"不能原谅自己曾经爱过他"[3]。在约瑟消失后不久，玛丽发现自己有了身孕并坚持把爱情的结晶带到了人世间，她和儿子一直生活在对他的点滴回忆中，反复播放和聆听他演讲的录音。她还富有哲理性地得出结论，认为"真爱像雪一样安静，没有吵闹，难以书写"[4]。

玛丽是个具有自我治愈能力的坚强女性。在情人消失后，曾经"幸福的地方变成了恐惧的地方"[5]，但凭借着回忆、约瑟留下的笔记本、本民族的草药方和教母的教诲，她在儿子的陪伴下度过了人生最艰难的时期。那段昙花一现的美好爱情给她留下了永久的记忆，她发誓要"为之奋斗，直至死亡"[6]。20年后，玛丽带着儿子去萨尔瓦多寻找约瑟，遗憾的是玛丽没有见到朝思暮想的情人，儿子也没有见到父亲，但幸运的是他们也没有看到老约瑟阵亡的消息，这让他们依然保留着找到亲人的希望。

《母语》中女主人公玛丽的昵称"玛利亚"（Maria）和《圣经》里圣母玛利亚的名字相同，它象征着贞洁、善良和一切美好的事物。主人公"玛丽"给这个战乱的世界带来了希望，让人们看到了人间的真善美。从战乱地区来的约瑟与生活在美国的玛丽之间的爱情明显存在不平等关系，但玛丽与他生下了儿子小约瑟，儿子给萨尔瓦多带来了科技发展的希望，这正践行了罗尔斯所推崇的世界主义正义伦理原则："不平等在民族国家的语境中，只有在能够给那些处于最不利地位的人带来最大限度的好处时

---

[1] Demetria Martinez, *Mother Tongue*, New York: Ballantine Books, 1994, p. 19.
[2] Demetria Martinez, *Mother Tongue*, New York: Ballantine Books, 1994, p. 20.
[3] Demetria Martinez, *Mother Tongue*, New York: Ballantine Books, 1994, p. 88.
[4] Demetria Martinez, *Mother Tongue*, New York: Ballantine Books, 1994, p. 94.
[5] Demetria Martinez, *Mother Tongue*, New York: Ballantine Books, 1994, p. 166.
[6] Demetria Martinez, *Mother Tongue*, New York: Ballantine Books, 1994, p. 150.

才是正当的。"①

在反思自己的爱情时,玛丽曾宣称:"我知道我的爱情不能与历史分离,他的战争就是我的战争。"② 作为一个年轻女子,玛丽的可贵之处在于她能够充分理解难民的心情,替他们着想,为他们的自由而奋斗。

2. 帮助难民的正义行动

除了凄美的爱情故事,马汀内兹在小说中描述得最多的是善良的人们如何尽一切努力来拯救萨尔瓦多战乱中的难民,为他们的未来设计蓝图,并培养人才。

首先,女主人公玛丽以半生的精力担负起了帮助约瑟和抚养他们的儿子的责任。玛丽是位年轻貌美、活泼可爱的聪慧女子,拥有丰富的想象力,"非常善于做填空题,善于从毫无意义的地方发现意义"③。热情的她在母亲去世后希望为自己的生活寻找意义。在偷渡者到来之前,她感觉"混乱的生活毫无重心,不知该围着什么转"④。难民约瑟的到来使得"一切都发生了变化"⑤。为了给他安排生活,她每天起早贪黑,变着花样准备食物。为了让美国社会了解萨尔瓦多战争的真相,玛丽帮助他安排了好几场教堂演讲。她还帮他找到了工作,让他秘密地到餐馆打工,以免遭到遣返。世界主义认为,"给弱势群体以公平的机会就是最大的正义"⑥。在无法摆脱难民身份的情形下,约瑟获得的工作机会就是玛丽为他赢得的最大的正义。

玛丽天真地认为她的爱可以帮助约瑟忘掉痛苦,并想用婚姻来帮助他取得在美国居住的合法地位,让他忘掉那场已逃离的战争。为了更好地帮助难民,玛丽总是不断地提高自己的道德修养,如"从《道德经》来看:天是永恒的,地是有忍耐力的。理由是他们不是独独为了他们的孤独而活;所以他们长寿"⑦。在工作之余,玛丽辅导他学英语,他们慢慢地学

---

① 转引自[德]埃尔克·马克《寻找普世性的正义标准》,单继刚等编《政治与伦理——应用政治哲学的视角》,人民出版社2006年版,第247—258页。

② Demetria Martinez, *Mother Tongue*, New York: Ballantine Books, 1994, p. 44.

③ Demetria Martinez, *Mother Tongue*, New York: Ballantine Books, 1994, p. 11.

④ Demetria Martinez, *Mother Tongue*, New York: Ballantine Books, 1994, p. 5.

⑤ Demetria Martinez, *Mother Tongue*, New York: Ballantine Books, 1994, p. 21.

⑥ 黎尔平、张新蕊:《全球正义语境下的中国维权组织》,单继刚等编《政治与伦理——应用政治哲学的视角》,人民出版社2006年版,第324—337页。

⑦ Demetria Martinez, *Mother Tongue*, New York: Ballantine Books, 1994, p. 64.

会了用双语进行交流。当约瑟因为自己的非法身份在心理上感到恐惧时,玛丽劝慰他道:"地球上没有人生来是非法的。"①

对难民的帮助以及幻想中可能成为现实的爱情使玛丽心境"平和、高兴,对未来充满期待"②。在约瑟失踪后,玛丽发现自己已经怀孕,但她并没有因为情人的消失而打掉胎儿,而是独自一人抚养小孩,让他接受最好的教育直到大学毕业。在她的儿子长大后,她鼓励他坚持自己的梦想,去救助世界。玛丽为了约瑟和他的祖国奉献了自己的青春,同时也尽到了自己作为母亲应尽的责任。

除了玛丽,她的教母索丽黛德也是拯救行动的关键人物,是她秘密地组织了路易斯的避难行动,让他成功地进入美国。政治伦理观认为:"政治家所采用的手段是否合法有赖于包含结果的价值在内的不同因素。如在判断政治欺骗是否合法时,我们应该考虑欺骗目的的重要性,达到目的所选方法的可行性,被欺骗的受害者的身份,欺骗者的责任。"③ 索丽黛德采用欺瞒的手段帮助难民约瑟逃到美国,随后让玛丽把他藏匿于自家的地下室,以此来逃避美国政府对非法移民的遣返。之后,她还不断地写信指导玛丽如何更好地帮助约瑟。她的行为根据美国的法律来判断是非法的,但从她的行为结果来看又是极有价值的善举:她拯救了苦难中的人们。世界主义者认为,人类所有民族都属于一个单一的、基于共同道德的社区。"公正的人应给予不同的个体的利益以同样的尊重,要求更广泛地分配资源,承担更多的国际责任。"④

在玛丽和她的教母竭力帮助难民的时候,那位信奉公平正义的牧师也采取了行动。爱无国界,对贫困人口的援助也没有国界,"全球分配正义观点要求对穷人承担起更大的责任"⑤,"所有能够向穷人进行捐助的个人

---

① Demetria Martinez, *Mother Tongue*, New York: Ballantine Books, 1994, pp. 76-77.

② Demetria Martinez, *Mother Tongue*, New York: Ballantine Books, 1994, p. 23.

③ "Political Ethics", *International Encyclopedia of Ethics*, Retrieved 12-04-2014, scholar.harvard.edu/files/dft/files/political_ethics-revised_10-11.pdf.

④ "Political Ethics", *International Encyclopedia of Ethics*, Retrieved 12-04-2014, scholar.harvard.edu/files/dft/files/political_ethics-revised_10-11.pdf.

⑤ [德]埃尔克·马克:《谁为全球正义负责?》,单继刚等编《政治与伦理——应用政治哲学的视角》,人民出版社 2006 年版,第 356 页。

都是全球正义的责任体"①。小说中的那个曾经从萨尔瓦多带回子弹盒的牧师变卖了家产,带着他的一切到萨尔瓦多去帮助那里的穷人,这正是他内心正义观的体现。

正是有了这些人的正义行动,中美洲小国的人民得以更好地生存。

3. 科技兴家园

面对拉丁美洲小国人民遭受的灾难,马汀内兹给出了拯救他们的方法:科技兴家园。作家在小说中着重描述了母亲玛丽如何将儿子小路易斯培养成了未来的农业科学家。

小说《母语》探索了女主人公玛丽首先通过母语、文学和拉丁化的政治化价值来实现思想去殖民化,同时也设想了未来拉丁裔公民的主体性。

正如他父母的名字(玛丽和约瑟)所暗示的那样,小说里的年轻人小约瑟被描述成像基督一样的救赎者——一个拯救萨尔瓦多的土壤专家。虽然小约瑟上的是一所美国大学,但他没有被美国文化同化,也没有被认定为纯粹的美国人。当第一次以叙述者出现时,他告诉读者:"太神奇了。我真不敢相信我妈妈和我就要降落在圣萨尔瓦多了……来这里是我的大主意。在她告诉我关于我父亲的一切之后,我说我们必须设法弄清楚他是死是活。"② 小约瑟并没有放弃他与萨尔瓦多文化之间碎片式的联系,而是积极地寻找母语文化里的东西,表现出对同化主义倾向的拒绝。在约瑟离开她的生活后,玛丽作为一个单身母亲抚养她的儿子(他当时不知道她怀了他的孩子);然而,尽管这个男孩的父亲在他的生活中缺席,但很明显,玛丽向他灌输了必须重视他的萨尔瓦多父亲、文化和遗产的思想。她鼓励他"去萨尔瓦多住一个夏天,在一个新社区做志愿者"③,并例行地问他:

> 儿子,你的西班牙语学得怎么样了?每天只要花十五分钟看华雷斯的报纸,你就能把它记下来,或者更好的是,去参加西班牙语弥撒。然后,他咧嘴一笑,问我是否遵守了我的承诺,是否至少学会了

---

① [德]埃尔克·马克:《谁为全球正义负责?》,单继刚等编《政治与伦理——应用政治哲学的视角》,人民出版社2006年版,第349—362页。

② Demetria Martinez, *Mother Tongue*, New York: Ballantine Books, 1996, pp. 177-178.

③ Demetria Martinez, *Mother Tongue*, New York: Ballantine Books, 1996, p. 143.

念化学物质的名字,我儿子是崭露头角的表层土壤专家,他说这些化学物质在地球上的作用就像癌细胞一样,不知道自己与整体有什么关系。①

马汀内兹在小说里将小约瑟的母语定为西班牙语,并认为它是连接拉丁裔人民的语言和文化媒介,能使美国的拉丁裔青年去殖民化。因此,小约瑟的母亲会督促他每天学习西班牙语。在小说的最后,我们看到了行动主义的精神治疗力量的证据,玛丽成为母亲后,就深度参与了社区行动,并"努力为儿子创造一个更美好的世界"②。玛丽写道:"自从儿子出生后,我在《阿尔伯克基先驱报》找到了一份文字编辑的工作。我加入了贵格会所资助的日托合作社。当我儿子开始读一年级时,我加入了家庭教师联系会和一个'父母为和平'的项目。我们教授其他父母关于核战争和核废料的知识。"③ 她还散发抗议文学作品,参加学校董事会会议,并发表政治请愿书。④ 在《阿尔伯克基先驱报》工作意义重大,因为她将编辑这份曾经报道约瑟证词重要细节的报纸,她可以揭露真相了。后来她在日托所工作,她认为可以让其他母亲去工作,或许她们也能参与到行动主义中来。就像萨尔瓦多、阿根廷和墨西哥华雷斯城的激进分子一样,他们将母爱与政治激进主义结合起来,动员人们努力寻找并纪念在国内冲突中的"失踪儿童"。对于玛丽来说,母爱是最终的动力,使她能够与其他激进的拉丁美洲人团结一致。与此同时,玛丽致力于培养儿子的母语交际能力和科学研究能力以便于为自己的祖国服务。母亲的正义行动深刻地影响了儿子未来发展的方向。

最后,玛丽对这种政治化团结的倾向延伸到了后代的身上。作家将小约瑟设计成了21世纪跨国的拉丁裔活动家、环境和土壤保护专家。他在纽约一所著名的大学学习了土表化学和生物学,他将用高科技为全球服务。

马汀内兹通过年轻的小约瑟的言语和行为为战乱国擘画了科技兴国的美好蓝图。

---

① Demetria Martinez, *Mother Tongue*, New York: Ballantine Books, 1996, p. 142.
② Demetria Martinez, *Mother Tongue*, New York: Ballantine Books, 1996, p. 149.
③ Demetria Martinez, *Mother Tongue*, New York: Ballantine Books, 1996, p. 149.
④ Demetria Martinez, *Mother Tongue*, New York: Ballantine Books, 1996, pp. 148-149.

第五节 美国霸权批判

众所周知,美国作为一个经济与军事强国,美国政府和军队插手世界各地很多武力冲突。干涉别国内政是美国一贯奉行的外交原则。当1961年肯尼迪总统在就职演说中把位于美国南边的拉美小国称为"姊妹们"的时候,美国就撑开了它所谓的"保护伞",开始了对拉美各国政府的"特别关照",把自己当成全世界的中心,处处显示其霸主地位。而世界主义思想则认为,"正义要求社会或人民之间相互尊重,不干涉他国人民的事务"①。

小说《母语》一开始就表现了作家的世界主义思想,马汀内兹这样描述约瑟的相貌:"西藏人的眼皮,西班牙人的淡褐色眼珠,玛雅人的颧骨。"②虽然他从战火纷飞的萨尔瓦多走来,但从他的脸上人们看不到半点战士的痕迹,他似乎是一位全球人,具有多人种外貌特征。这正是世界主义关于人类所有民族都属于同一社区思想的体现。然而,他的处境很尴尬,在他的祖国萨尔瓦多,他是被政府通缉的反政府组织成员,在美国,他是一名偷渡入境的难民。萨尔瓦多的贫民发起了反对腐败政府的斗争,但美国政府为萨尔瓦多政府培训了敢死队并给予了他们武力支持以消灭反政府组织。在萨尔瓦多,反政府组织是人民的组织,他们"给人民食物,教他们识字,也教他们保卫已经得到的东西"③。美国政府的行为违背了基本的正义道德原则。在小说中,马汀内兹通过描写萨尔瓦多政府军队使用美国造子弹的细节揭露了美国武力干涉他国内政、屠杀他国公民的罪行。"一个随阿尔伯克基(Albuquerque)旅行团到萨尔瓦多旅行的牧师带回了印有美国一个城市名的子弹盒"④,而在此之前约瑟和他的朋友们都想知道是谁制造和销售了这些子弹,又是谁购买了它们,为什么它们最终被射进了穷人的心脏。⑤ 这些疑问与其说是约瑟提出的,还不如说是作家

---

① John Rawls, *The Law of Peoples*, Cambridge, Mass.: Harvard University Press, 1999, pp. 75-78.
② Demetria Martinez, *Mother Tongue*, New York: Ballantine Books, 1996, p. 3.
③ Demetria Martinez, *Mother Tongue*, New York: Ballantine Books, 1996, p. 84.
④ Demetria Martinez, *Mother Tongue*, New York: Ballantine Books, 1996, p. 71.
⑤ Demetria Martinez, *Mother Tongue*, New York: Ballantine Books, 1996, p. 82.

自己直接对美国政府的怀疑。

小说中还有一段对红衣大主教被美国支持的敢死队暗杀身亡的叙述，这揭示了美国政府与相关机构在做出对萨尔瓦多政府进行武力支持的决策时，他们"只看这些决策是否在美国的法律上正确无误以及决策的产生是否符合本国法律，而对受援国的公民的生活条件实际上产生了何种影响的问题很少被考虑到"①。有学者指出："如果一个国家对另一个国家的正义与道德只会给老百姓带来更大的痛苦，则该国丧失不被干涉的道德地位。"② 美国政府和军火商干预内战的行为一方面维护了萨尔瓦多国家秩序；另一方面却因其鼓动政府杀戮无辜百姓而违背了世界主义正义伦理原则，应该受到美国公民的谴责。

马汀内兹在小说中还对美国媒体的虚伪和非道义行为进行了抨击。约瑟到达美国后，玛丽为他安排了演讲，然而他的演讲词于第二天见诸报端的时候，报纸选择性地忽略了他所描述的萨尔瓦多内战的残酷性。对此，玛丽告诫约瑟："你不能相信媒体。"③ 更有甚者，约瑟在教堂的演讲内容还被主流媒体《阿尔布基克先驱报》进行不实报道。玛丽在为他翻译报纸上有关他演讲的报道时，她如此解释道："因为你的皮肤是棕色，所以你说过的话被说成'声称'。如果你是白人，那么他们就会说你'说'。"④ 这里作家讽刺了美国主流媒体倾向于有选择性地报道一些附和政府决策和政府官员观点的内容。马汀内兹通过这样大胆直白的笔触，揭露了美国主流媒体编织的谎言和对拉丁裔难民的污名化。

马汀内兹对美国世界中心主义最重要的批判表现在关于约瑟偷渡经历的叙述当中。根据世界主义者的观点，"国与国之间的边界应该是开放的，世界资源应更广泛地分配，美国应为人类的贫穷承担更多的国际责任"⑤。但约瑟的入境之行是通过秘密宗教组织的帮助，经过伪装，使用暗号接头后才得以成功。他入境后也只能小心翼翼地生活在暗无天日的地

---

① ［美］托马斯·博格：《人的繁荣与普遍正义》，《社会哲学和政策》1999 年第 16 期。
② 陈真：《全球正义及其可能性》，单继刚等主编《政治与伦理——应用政治哲学的视角》，人民出版社 2006 年版，第 269 页。
③ Demetria Martinez, *Mother Tongue*, New York: Ballantine Books, 1994, p.39.
④ Demetria Martinez, *Mother Tongue*, New York: Ballantine Books, 1994, p.33.
⑤ "Political Ethics", International Encyclopedia of Ethics, Retrieved 12-04-2014, scholar.harvard.edu/files/dft/files/political_ethics-revised_10-11.pdf.

下室，被迫在无人注意的厨房打杂。即便到教堂进行演讲，他也必须用手帕蒙住半边脸，以免被人认出而遭到暗杀。一个来自战乱国家的难民无法在美国的阳光下生活，这是对美式民主的极大讽刺。

马汀内兹在现实生活中也曾随牧师到美国与墨西哥的边境小镇去亲身体验移民的生活。当采访者问她写故事的目的时，她答道："我希望作证。每当我想到边疆，就会想起那里的围墙……在考虑边境问题的时候，很明显，我们只考虑隔离与分开……但我认为，通过艺术与仪式，边境可以成为举行圣餐仪式的地方。"①

马汀内兹的小说《母语》通过主人公玛丽和萨尔瓦多难民约瑟的凄美爱情故事，揭露了美国政府和主流媒体在对待中美洲国家内战时的不公正与非正义的行径，体现了维护正义、尊重他国人民、承担更多国际责任的世界主义伦理思想。

本章小结

卡斯蒂略之所以把奇卡诺人称为拉丁裔人，是为了暗示他们可以拥有多重国籍或者身份，因为拉丁裔人包含了所有南美洲人，而有些国家不是西班牙殖民地。在芝加哥，那些拉丁裔人不是芝加哥人，更不是美国人，他们是夹缝中的人，属于某一个特定的民族来源。她的小说讲述了一场在多个社会政治战线上的斗争，包括对殖民主义、种族主义、反移民极端化、性别压迫和剥削劳工的批判，但它也考虑了另一种现实的必要性，通过这种现实，人们可以更好地理解和实践对人性的认识。在她的假想国"萨坡勾尼亚"所发生的一切体现了作家跨越民族和国家的界限，为全球反霸权事业奋斗、呼唤世界和平的正义行动。马汀内兹的小说则叙述了奇卡娜人反美国霸权的直接行动。作家们的创作体现了安扎尔多瓦跨界理论中的精神行动主义思想。在全球化的背景下，奇卡娜文学顺应时代潮流，把创作主题转移到了世界主义问题上，展现了奇卡娜作家在追求世界和平过程中所显露的卓越洞察力和智慧。

---

① Erin Adair-Hodges, "Bearing Witness, An interview with Demetria Martinez", 1-15-2013, retrieved 08-15-2014, http://alibi.com/art/30007/Bearing-Witness.html.

第十章 奇卡娜叙事体裁的跨界

自20世纪80年代以来的奇卡娜小说创作给读者提供了全新的方法来诠释少数族裔的经历和身份并阅读小说。当代奇卡娜作家开始致力于非本质主义和非大男子主义概念的新混血意识，将文化混血注入了个体与族裔共同体解放的策略，承担起了混血民族的政治责任。她们的部分作品集诗歌、故事和文学理论于一体，突破了单一文体的创作局限，展现了对跨界的独特理解。这种文学融合手法开创了新的文学创作风格。她们的创作极具马克·吐温式的地方主义色彩风格，所描述的故事都发生在美国西南部与墨西哥相邻的新墨西哥州、得克萨斯州、加利福尼亚州等原墨西哥西北部领土上，以及后来奇卡诺人聚居的芝加哥和洛杉矶等大都市的贫民窟里。这些作品在语言上具有混合性；在内容上兼具真实性和虚构性；在体裁上则实现了多重文体的相互转化，比如小说被诗歌化和政论化、诗歌被叙事化和政论化、政论文被小说化和诗歌化。下面以安扎尔多瓦的《边疆》和前面所提及的小说为例，分析奇卡娜小说在体裁跨界上的成就。

安扎尔多瓦的《边疆》被评论家视为"后殖民时期奇卡诺文学的典范"[1]。全文分为"跨越边疆"和"一阵狂风"两个部分。

第一部分由7个小部分组成。它们是以散文为基本形式的《家乡，阿兹特兰/另一个墨西哥》、《抵抗运动和文化传统》、《进入蛇体》、《科亚特利库埃状态》、《如何驯服一种野蛮的语言》、《红与黑/红黑墨水之路》和《理解梅斯蒂萨/迈向新意识的征途》。该部分从奇卡诺族裔的故土开始，探讨了边疆的问题、奇卡娜运动、奇卡诺的古代神话、作家创作的痛苦、奇卡诺混合语言、创作美学与哲学和走向新混血女性意识。每个小部分里都穿插有诗歌。第二部分由6组诗歌组成，它们是《早期在牧

---

[1] Karin Ikas, "Interview with Gloria Anzaldúa", *Boderlands/La Frontera: The New Mestiza*, 4th ed., Gloria Anzaldúa, San Francisco: Aunt Lute Books, 2012, p.281.

场》、《损失》、《交叉者和其他失之交加者》、《神姬/女人独自一人》、《阿尼玛》和《回归》，共有38首诗。其中有些形式上像诗歌，以诗行排列，而语言和修辞上缺乏诗歌的韵律和意象，诗歌叙述的是奇卡娜和整个奇卡诺民族所遭受的压迫和迫害的历史。

佩雷斯认为，安扎尔多瓦的《边疆》一书的创作过程是"形成她自己跨界思想的关键"①。它是20世纪80年代末有色人种女权主义者集体思想的综合体。这本书成为她后来在其他著作中理论概念演变和隐喻扩展、补充与重新配置与创造的基础。《边疆》是"了解安扎尔多瓦思想的必经之门，也是研究奇卡娜叙事不可或缺的著作"②。

下面将分析《边疆》中具体的跨体裁形式和内容，并兼论奇卡娜作家们的混合文体实践及其意义。

第一节　《边疆》叙事体裁的跨界

安扎尔多瓦的《边疆》采用了典型的体裁跨界形式来展现奇卡诺族裔混血文化的独特性以及作家的后现代主义创作特征。这些特征具体表现在杂糅语言、文体的融合形式和意象之中。

一　杂糅语言

在语言使用上，安扎尔多瓦的杂糅形式主要表现在两个方面，一是英语和母语西班牙语的使用量几乎均等；二是语域混合化。她的混合语言使得读者发现其文本深奥无比。正如她自己在接受采访时所说："太多的奇卡诺俚语和太多的西班牙语词汇，对你们来说太难以接近。"③若是要深入理解她所表达的思想内容，读者需要加倍的努力，借助字典去查阅小说中的西班牙语词汇和句子才能全把握她想阐释的观点。

从《边疆》的书名开始，安扎尔多瓦就使用双语。"边疆"一词同时

---

① Ricardo F. Vivancos Pérez, *Radical Chicana Poetics*, New York: Palgrave Macmillan, 2013, p. 35.

② Ricardo F. Vivancos Pérez, *Radical Chicana Poetics*, New York: Palgrave Macmillan, 2013, p. 49.

③ Karin Ikas, "Interview with Gloria Anzaldúa", *Boderlands/La Frontera: The New Mestiza*, 4th ed., Gloria Anzaldúa, San Francisco: Aunt Lute Books, 2012, p. 272.

使用英语的"Borderlands"和西班牙语的"La Frontera"来表示她的母语文化和主流文化的对等性,而"mestiza"(混血女性)一词则宣示了这本书是聚焦混血女性而非混血男性的问题。正文里用阿拉伯数字1、2、4、6、7标示章节序号的第一部分,都是用西班牙语和英语并列的标题;第二部分里用罗马数字标示的第Ⅰ、Ⅱ、Ⅲ、Ⅴ和Ⅵ节诗歌都是采用的西班牙语,只有Ⅳ以半英文半西班牙语形式出现。从小标题的标号采用的阿拉伯数字和罗马数字来看,读者很快就能发现这种不统一的标法,显示了作者不一样的文体风格。从写作的规范来看,在第一部分里,安扎尔多瓦遵循的是语言学的写作格式,第二部分则转向了文学论文写作格式。这部著作在语言和格式上就采用了混合体。

随手翻看《边疆》的任何一页,读者都会发现正文段落和诗歌里大量分布着西班牙语词汇和句子,许多情况下还是整段的西班牙语。再细看第一大部分的7个小部分的开头,读者会发现它们全部以西班牙语形式出现。但读者不必为此烦恼,接着往下阅读后续的英文部分,很快就可以猜出前面的西班牙语内容的含义。如"Pocho, cultural traitor, you're speaking the oppressor's language by speaking English, you're ruining the Spanish language."① 这里的Pocho是西班牙语,阅读完后面的英语,大家就能够知道它指的是"墨裔美国鬼",即那些被美国白人文化同化了,且在奇卡诺文化里不受欢迎的墨西哥裔美国人。另一个例子也可以看出双语跨界在安扎尔多瓦创作里的作用。"La conciencia de la mestiza: Towards a New Consciousness"② 是第一部分里第七小部分论文的标题,其中后半部分的英语"走向新意识"说明了前面的"La conciencia"的含义。作家通过语言使用展现了最典型的文体跨界手法。

在《边疆》中,以上这样的例子不胜枚举。西班牙语的大量使用表明了作家的语言态度。作为重要文化载体的西班牙语,是奇卡诺族裔的文化生活中"不可分割的部分,是他们作为一个民族的身份的表现"③。白

---

① Gloria Anzaldúa, *Borderlands/La Frontera: The New Mestiza*, 4th ed., San Francisco: Aunt Lute Books, 2012, p. 77.

② Gloria Anzaldúa, *Borderlands/La Frontera: The New Mestiza*, 4th ed., San Francisco: Aunt Lute Books, 2012, p. 99.

③ Gloria Anzaldúa, *Borderlands/La Frontera: The New Mestiza*, 4th ed., San Francisco: Aunt Lute Books, 2012, p. 77.

人社会必须接受这一事实。

二　散文与诗歌的融合

除了语言上的跨界，安扎尔多瓦还别出心裁地在论文中大量使用诗歌。该书的主题从墨西哥—得克萨斯的历史转向个人，作家再谨慎地转向一个大的政治家族——奇卡诺族裔的历史。作为混血女性叙述者，她在首篇文章的结尾强调了墨西哥边境工人的阶级联盟的重要性，因为他们在不受监管的边境工厂工作，受到残酷的剥削，并揭示了那些墨西哥工人的愤怒，"他们越过边境来到美国，在那里边境巡逻队把他们当作害虫来追捕"[1]。作为新混血女性，安扎尔多瓦以独特的视角撰写了一部关于短暂民族（奇卡诺民族）历史的篇章，她将其命名为《边疆》。这一称谓不仅蕴含了她对多元文化背景融合的深刻理解，也彰显了她在历史长河中所寻找到的独特位置与身份认同。她还认为在这个封闭的国家里，到处都是没有合法身份的跨性别者。安扎尔多瓦不仅颠覆了以盎格鲁美国白人为中心的民族主义历史叙事，而且在她进行女权主义分析和问题探讨时，也对奇卡诺民族主义思想表现感兴趣。在女权主义意识形态的支撑下，她的创作极大地扩展了以往由男性主导的历史文本。

在《抵抗运动和文化传统》一文中，作者选择以一段西班牙语写成的题词开头，是因为她开始面对社区中男性主导的传统。当她用西班牙语向她所在社区的男性和同性恋女性讲话时，就好像她在对拒绝说英语的长者讲话一样。她向这些"权威人士"呼吁："我们奇卡娜人血液里的抵抗运动就像我血管里的河流一样汹涌澎湃。就像我的人民，他们有时把自己从服从和默默接受的奴役中解放一样，表面上我也有反叛。在我谦卑的注视下，一张傲慢无礼的脸随时可能爆发。"[2] 这段话充满了激情与力量，它深刻地描绘了奇卡娜人血液中流淌的反叛精神，以及这种精神如何在个体身上得到体现。通过比喻，安扎尔多瓦将抵抗运动比作血管中的河流，汹涌澎湃，形象地展现了这种精神力量的强大与不可阻挡。同时，她也表达了自己作为奇卡娜人的一员，内心同样蕴含着这种反叛的力量，尽管在

---

[1] Gloria Anzaldúa, *Borderlands/La Frontera：The New Mestiza*, 4th ed., San Francisco：Aunt Lute Books, 2012, p.34.

[2] Gloria Anzaldúa, *Borderlands/La Frontera：The New Mestiza*, 4th ed., San Francisco：Aunt Lute Books, 2012, p.34.

表面上可能显得谦卑,但内心却随时准备爆发,对抗那些傲慢无礼的压迫。她描述自己的反叛精神时,这样写道:

> 当有人——无论是我的母亲、教堂,还是盎格鲁文化的代表——试图要求我按照他们的意愿行事,而不顾及我的个人意愿时,我内心充满了愤怒。我坚信,每个人都有权利追求自己的生活方式和价值观。我承认,我可能是一个直言不讳的人,但我并不因此而感到羞愧。事实上,我对自己文化中许多被视为理所当然的价值观持怀疑态度,我并不盲目接受它们。我没有让那些试图控制我的人摆布我,我既不盲目善良,也不盲目顺从。然而,随着年岁的增长,我逐渐学会了如何更加成熟地处理这些问题。我不再将自己的生命浪费在抛弃和背叛自己原本的文化习俗和价值观上,而是开始有意识地筛选和保留那些真正有意义和有价值的部分。同时,我也开始收集和珍视那些经过时间考验的习俗,特别是那些尊重妇女和促进性别平等的习俗。①

这段话表达了一个女权主义者的主张,或许是因为教条主义的规则曾经主导了安扎尔多瓦在得克萨斯州南部的童年和青少年生活。但如今她已经洞悉了,"规则"是人为设定的,可以用女权主义的逻辑推翻。她举了一些具体的例子,说明她如何被限制在精神生活之外,并叙述了她反抗家庭束缚与拒绝融入社区传统习俗的行为,以及许多底层女性在父亲和受到男性监督的母亲统治下所受的种种限制。她的女权主义反叛意识是一头阴影野兽,"拒绝接受外部权威的命令"②。

安扎尔多瓦的叙述者手持女权主义的利刃,坦然地宣称自己为历史的合法代言人。她的叙述回溯至征服之前的阿兹特兰与阿兹特克人的辉煌篇章,其深刻的批判意识,有力地击碎了奇卡诺族裔男性对印第安人历史所编织的模糊乌托邦的浪漫幻想。她经过研究发现,土著女性曾经拥有辉煌的文化,而非该族男性所言的女性无自己的文化。在奇卡娜的口头与书面传统中,哭泣女神占据着举足轻重的地位,这一形象亦在桑德拉·西斯内

---

① Gloria Anzaldúa, *Borderlands/La Frontera: The New Mestiza*, 4th ed., San Francisco: Aunt Lute Books, 2012, p. 253.

② Gloria Anzaldúa, *Borderlands/La Frontera: The New Mestiza*, 4th ed., San Francisco: Aunt Lute Books, 2012, p. 38.

罗斯等当代奇卡娜女权主义者的文学作品中得到了鲜明的体现，如《喊女溪》一书便是对此的有力佐证。

论文《进入蛇体》深入探讨了土著祖先的文化遗产。为了与新兴的女权主义思潮相呼应，新一代混血女性戏剧性地摒弃了那些被视为社会叛逆者的传统女性文化形象。首要举措是在奇卡诺文化中重新确认印第安人的地位，其次则是对女神马林奇与哭泣女神（那位为失踪或遭谋害子女哀伤的女性）的传统定位进行颠覆，不再将她们视为女神与妓女的双重身份。安扎尔多瓦通过重新诠释马林奇、哭泣女神以及圣母瓜达卢佩的故事，巧妙地夺回了女性在历史上应有的地位与空间。她的目标在于揭示这些女性神灵的真实姓名与内在力量。新混血女性群体不仅追溯了这些神灵在征服之前的辉煌历史，还揭露了她们是如何遭受阿兹特克—墨西哥先祖及基督教征服者的贬低与忽视。在阐述瓜达卢佩神话的起源时，安扎尔多瓦更是别出心裁地赋予了一系列新的名字：科亚特里库埃、托南津、科约尔索布基，这些名字不仅丰富了神话的内涵，也进一步彰显了女性在历史与文化中的独特贡献。

值得注意的是，安扎尔多瓦在叙述天主教会如何编造瓜达卢佩女神的传说时使用了西班牙殖民者的语言。著名的胡安·迭戈版本的瓜达卢佩故事以诗节的形式讲述，这种方式突出了该故事虚构的特征。

在对《科亚特利库埃状态》一文的深入剖析中，安扎尔多瓦巧妙地将焦点转向重生如何微妙地塑造着她的新混血意识的发展轨迹。科亚特利库埃状态，这一独特概念，先于精神与政治的微妙交汇之处，正是通过这一交汇点，个体得以跨越界限，触及更为深邃的精神与政治觉醒。在此转变的征途中，直面内心的恐惧，成为不可或缺的一环。

在《如何驯服一种野蛮的语言》一文中，她深刻阐述了采用多元墨西哥语体系的深远意图。然而，从该书的扉页至各个章节的标题与副标题，英语与西班牙语并置的双语模式，无不彰显出安扎尔多瓦所倡导的新批评视角。全书行文间，西班牙语与英语自然交织，难分轩轾。读者在穿梭于这些语言疆界之时，定将遭遇她精心设计的策略——对多元语言领地的一次大胆收复。她匠心独运，将纳瓦特语、英语以及西班牙方言熔于一炉，构建了一场宏大的文化批判。在这场批判中，她深刻剖析了主导群体如何利用语言工具，实现对社会话语权的掌控与统治。

在"狂野的语言"章节中，安扎尔多瓦关注的是墨西哥语是如何因其"非法"地位而受到双重惩罚的。撇开语言的再生不谈，她的女权主义立场深刻指出，在奇卡娜/诺文化的语境下，语言仿佛构筑了一座无形的监狱，将女性紧紧束缚。对于她而言，这不仅关乎自信的缺失，更在于连说话这一基本行为都被无端地视为罪行。她敏锐地观察到，这一文化体系中，男性如何巧妙地规避了因违反此类"规范"而遭受的指责与批判。她深入探索了边境地区特有语言——奇卡诺西班牙语的起源与发展，揭示了其深厚的文化根源。值得注意的是，奇卡娜语言作为一种独特的混合语言，它颠覆了传统的二元对立观念，展现了一种全新的语言表达方式。

在"语言恐怖主义"这一章节里，她巧妙地借用了战争的语言，以此来强调一个核心观点：正如不存在一种统一的奇卡诺经验，同样也不存在一种所谓的"奇卡诺语言"。这一论述在安扎尔多瓦的激愤情绪中达到了高潮，展现了深刻的洞察力与强烈的情感共鸣："我将不再为自己的存在感到羞耻。我将拥有自己的声音：印第安裔白人，西班牙裔白人。我渴望拥有如蛇般灵动的舌头——那是我女性的声音，我充满魅力的声音，我作为诗人的声音。我誓将打破沉默的桎梏，挣脱传统的束缚。"[1]

在散文的尾声篇章，《理解梅斯蒂萨/迈向新意识的征途》中，她巧妙融汇了前文的精髓，进而创造性地勾勒出混血女性意识的新轮廓。尤为关键的是，这种意识深深植根于女权主义的土壤，它挣脱了"血缘"的枷锁，投身推动社会变革的生动实践中。在全文中，她不懈地编织着一个崭新而充满活力的叙事主题，旨在重绘墨西哥语历史的斑斓画卷，彰显其丰富多元的语言生命力，并深入探寻混血族群身份认同的深远根源。矛盾的是，只有在这种情况下，她才能声称"作为一个混血女人，我没有国家……作为一个女同性恋者，我没有种族；作为一个女权主义者，我没有文化"[2]。

以散文与诗歌交织的独特手法，安扎尔多瓦精妙地诠释了"边疆"、"种族"、"卡罗语"以及"女性混血意识"等核心词汇的深层含义。她不仅细致地梳理了土著人民悠久历史与宗教文化的起源脉络，还以细腻的笔触记录了奇卡娜人与同性恋群体所承受的苦难与挣扎。在此基础上，安

---

[1] Gloria Anzaldúa, *Borderlands/La Frontera: The New Mestiza*, 4th ed., San Francisco: Aunt Lute Books, 2012, p. 81.

[2] Gloria Anzaldúa, *Borderlands/La Frontera: The New Mestiza*, 4th ed., San Francisco: Aunt Lute Books, 2012, p. 65.

扎尔多瓦更是提出了自己独到且深刻的边疆问题解决方案，为相关领域的研究与探讨注入了新的活力与思考。

三 诗歌里的故事

《边疆》的后半部分生动地描绘了奇卡诺族裔在美国历史长河中遭受的重重压迫。这一部分诗歌以戏剧性的笔触细腻地再现了步入混血认同的复杂心路历程，以及混血身份实践中的种种艰辛与挣扎。

组诗《牧场》中的《早期在牧场》巧妙地唤醒了读者对口头传统的共鸣，为引领他们步入那充满诗意的创作世界铺设了坚实的基石。而在《白翼季节》中，得克萨斯州南部，奇卡娜们在艰苦环境下不懈奋斗的生活画卷徐徐展开，其中，一位农场妇女的形象尤为鲜明，她"以非凡的勇气接受了来自白人的资助，允许他们在她的土地上射杀白翼鸽"①。这一情节不仅深刻揭示了社会背景，也进一步丰富了故事的情感层次。被宰杀的白鸽是返回中西部的猎人的消遣，但这名墨西哥妇女为了养活家人，不得不接受被宰杀的白鸽。在《马》这部作品中，主人公毅然拒绝了"外国佬"——奇卡诺人对盎格鲁美国白人的蔑称——所提供的金钱补偿，这一决定源自社区一白人之子对一匹无辜马匹的残忍虐待。墨西哥人看似被动的接受实则蕴含了他们的深邃智慧，在得克萨斯边境这片土地上，他们深知正义如同遥不可及的星辰，难以触及。"墨西哥人咕哝着，如果你是墨西哥人，你仿佛生来便背负着岁月的沧桑。"② 这一表述，不仅保留了原文的深刻寓意，还通过更加细腻的语言增强了文本的情感共鸣与表现力。

《失落的拉佩迪达》通过编年史记录工人们的故事，延续了新混血意识的实践。《他的羽毛风》细腻地描绘了一个女性在职场遭遇老板性侵后，为了保住工作而选择隐忍的悲剧故事。这段经历，深深植根于作家的童年记忆中。诗歌中的"我"见证了奇卡娜人珀皮塔（Pepita）在农田边遭受老板性暴力的惨痛一幕，紧接着是奇卡诺男人冷漠的蔑视与不屑的吐痰，这一连串的画面令人心寒。当珀皮塔终于挣脱性暴力的阴霾，以清洁

---

① Gloria Anzaldúa, *Borderlands/La Frontera: The New Mestiza*, 4th ed., San Francisco: Aunt Lute Books, 2012, p. 124.

② Gloria Anzaldúa, *Borderlands/La Frontera: The New Mestiza*, 4th ed., San Francisco: Aunt Lute Books, 2012, p. 129.

工的身份重新步入办公室时,她面对的却是无尽的嘲笑与讽刺,人们似乎认定了她只能从事体力劳动的命运。然而,正是在这样的逆境中,珀皮塔通过阅读找到了心灵的慰藉,也让她看到了生活的另一种可能。通过这段故事,作家不仅揭示了职场性侵的阴暗面,更展现了受害者在逆境中不屈不挠、寻找自我救赎的坚韧精神。

诗歌《交叉者和其他失之交加者》关注的是诗歌的敏感性、女同性恋的性行为以及对同性恋的暴力。《不是我,是泰特》使用了巴利奥方言,讲述了一名同性恋男子被他的恐同"兄弟"殴打的故事。"他从那些疯狂的脸上看出了恐惧和仇恨,那些人用性的绰号刺伤他、诅咒他的面孔。他的痛苦加剧,因为他自己的人民使他成为孤儿。"[1] 这首诗重申了安扎尔多瓦的主张,"就像奇卡诺女同性恋者一样,这个同性恋男子没有种族"[2]。相比之下,《当我们相爱时》则真诚地赞美了两个女人相爱:"当未受伤害的肉体寻找肉体和牙齿,嘴唇/在你嘴巴的迷宫中。"[3]

在诗歌《神姬/女人独自一人》中,新混血女性以其独特的身份,成为神话的编织者,巧妙地将诗歌《圣物》中象征圣洁的圣特蕾莎,与诗歌《战争年代》中那些因战争痛失子女的哀泣妇女紧密相连,共同构成了对所有战争中失去孩子的母亲们的深切同情与敬意。在这部作品中,混血女权主义者不仅担当了女神般的角色,更因被传统奇卡诺社区排斥而增添了一抹悲壮色彩。值得注意的是,诗歌中的"背叛"并非仅指个别女性或具有马林奇特质的多语言者所为,而是一个更为广泛、复杂的群体现象。《神姬/女人独自一人》深刻再现了新混血群体为守护"家园"所展开的坚韧斗争,其内涵丰富,涵盖了多个深刻而多元的主题,引人深思。

组诗《阿尼玛》以《女巫医》为开篇,编织了一则引人入胜的寓言故事,其中,传统民间治疗师化身为蛇,穿梭于智慧之海,为身心智皆强大的社群注入了新的活力。诗歌的尾声恰似前文散文的终结,共同指向了"回归"的主题,既是对起点的追溯,也是对未来的期许。诗歌《生活在

---

[1] Gloria Anzaldúa, *Borderlands/La Frontera: The New Mestiza*, 4th ed., San Francisco: Aunt Lute Books, 2012, p. 164.

[2] Gloria Anzaldúa, *Borderlands/La Frontera: The New Mestiza*, 4th ed., San Francisco: Aunt Lute Books, 2012, p. 102.

[3] Gloria Anzaldúa, *Borderlands/La Frontera: The New Mestiza*, 4th ed., San Francisco: Aunt Lute Books, 2012, p. 168.

边疆意味着你》的呼唤，振聋发聩，它激励着混血女性群体勇于行动，因她们已深刻洞察到自身所处的多元定位，这不仅是身份的象征，更是力量与使命的源泉。

总之，《边疆》这部作品以其独特的体裁跨界，不仅为读者开启了一扇通往诗意想象的大门，更引领人们直面奇卡娜生活的严酷现实，令人深思。

第二节 奇卡娜小说体裁跨界的隐喻

安扎尔多瓦的《边疆》之所以在族裔文学里引起轰动，很大一部分原因可以归结为她诗意的语言。全文从标题开始，处处都是隐喻的使用，贯穿着充满激情的语调。阅读《边疆》时，读者仿佛看到一位愤怒的女神站在自己的面前高声谴责社会的不公，同时引导人们如何走出困境，追求美好的生活。

一 "边疆"：多重问题的交叉

安扎尔多瓦在《边疆》一书中，巧妙地将美墨两国间的边界视作各类事物交汇的隐喻——其中包括地缘政治边界的交错、性侵行为的边界模糊、社会身份的错位，以及多语言、多文化背景下层出不穷的跨界现象。

据她所述，征服的历史实质上是在既已存在的墨西哥国土上，由另一国家——美国，强行划定了一条政治分界线，从而塑造出一个新的美国，而这条界线在墨西哥境内并无相应的对等体验。奇卡娜女权主义者所倡导的"边界"概念，则进一步催生了奇卡诺民族特有的奇卡娜人/女混血儿身份意识。边疆，这一地理区域，尤为显著地受到了混血文化的影响，它既不完全归属于墨西哥，也不全然属于美国。

安扎尔多瓦认为，生活在边境地区的人们，正是通过他们的日常生活与实践，在文化与社会制度之间开辟了第三个空间。这一空间既非简单的相互排斥，也非一方被另一方完全吞并，而是以独特且难以预料的方式实现了二者的融合。

边疆，这一"边缘地带"，成为对立元素相互交织、共生的场所，它们在这里既未消失，也未被某一整体所同化，而是以一种独特而深刻的方式，实现了前所未有的融合。

二 酷儿的反抗

安扎尔多瓦采用了荣格的人格阴影理论来将自己描述成奇卡娜女权主义者的"阴影兽"形象。简单来说，荣格的"人格阴影"指的是人类心灵中的阴暗面，是人们内心中所抗拒、被压抑的、未曾公开表达过的情感，也是人的精神中最隐蔽、最神秘的部分。由于它的存在，人类就形成不道德感、攻击性和易冲动的趋向。依据这种说法，"人格阴影"似乎是人的本性中坏的方面。但事实上，荣格认为"阴影只是成长过程中，被压抑到潜意识的一切，是未充分激活和发展的功能，是内在活生生的另一个自我，其本质无所谓好坏与对错"[1]。在《边疆》中，酷儿的形象被巧妙地塑造为"阴影兽"，这一形象深刻体现了其作为反抗者的精神内核。通过"阴影兽"这一独特而富有象征意义的设定，作品更加鲜明地勾勒出酷儿不屈不挠、勇于抗争的鲜明个性。

"阴影兽"作为女性形象的出现，令男性心生畏惧，并驱使他们试图掌控与贬低女性文化。女性的独特个性被轻视，其追求自我提升的努力更被冠以"自私"之名，在安扎尔多瓦的边界地带，这"自私"一词甚至涵盖了女性所有旨在改善生活的举措。新兴的混血女性意识，尽管摒弃了自我概念的固化，却深刻地揭示了安扎尔多瓦在《南德克萨斯》中所描绘的芝加哥人自我"文化暴政"的本质——传统文化对女性角色的束缚与塑造。通过重新诠释女神马林奇的形象，她不仅为女性争取了在奇卡诺文化民族主义中的一席之地——阿兹特兰这一神秘家园，更巧妙地引导奇卡诺男性将女权主义反抗视为与其种族化阶级反抗相辅相成的力量。

安扎尔多瓦通过性别与性的视角重新定义了文化身份，使得民族主义与性别化的阿兹特兰观念再次受到挑战。这种混血意识的使命之一便是打破强加于女性身上的二元对立框架。她对奇卡娜酷儿理论的阐述便是对此的生动体现，她宣称自己跨越了性别界限，既是男性亦是女性，这一战略选择彰显了女权主义者的勇气与智慧。

与此同时，民族主义者转而寻求本土"传统"的庇护，将异性视为力量的源泉，而奇卡娜则选择以性为武器进行反叛。在安扎尔多瓦的酷儿

---

[1] 引自 Wilfred L. Guerin, Earle Labor, Lee Morgan, Jeanne C. Reesman & John R. Willingham, *A Handbook of Critical Approaches to Literature*, 4th ed., Beijing/Oxford: Beijing Foreign Language Teaching and Research Press/Oxford University Press, 2004, p.180。

理论中，有色人种的女同性恋者更是这一反叛精神的鲜明代表。

同样，安扎尔多瓦宣称，她的混血身份中的土著印第安元素并未简单地被挪用。作为一名坚定的、完全种族化的女权主义者，奇卡娜身份赋予了她新的政治立场，特别是作为新混血女性群体中的土著代表。她引用了美洲印第安妇女的反抗历史，以此为共同经历的基石，来阐述强烈的政治从属关系："我的奇卡娜身份深深根植于印第安妇女的反抗史之中。"[①] 这种政治联盟深化了她对奇卡诺文化实践中那些否认混血儿身份的土著部分的内省批判。她坚称，自己身份的每一面，即便是那些看似矛盾的部分，都使她超越了本质主义的束缚，构想出一个临时的避风港。在那里，她可以"挺身而出，占据属于我的位置，运用我独有的素材、砖石与灰泥，以及我的女权主义建筑理念，共同塑造出一种崭新的文化风貌"[②]。

三 奇卡娜人的创造力

奇卡娜小说体裁的跨界是所有后现代小说创作里最具特色的方法之一。

在英语小说的发展史上，从18世纪到19世纪的维多利亚时代的小说家形成了传统的小说创作方式，小说创作基本上有固定的要素：情节、人物、背景、视角、主题、稳定的风格、语气、象征和讽喻。[③] 即使后现代主义创作进行了情节安排的并置、错置和碎片化等改革，但读者仍然能够轻松辨别出小说的基本结构。此外，尽管这种创作风格多样，但其语言运用仍然较为单一，主要依赖于英语这一语言体系。

而奇卡娜小说的体裁不仅在语言层面显得晦涩难懂，在形式构造上也极具挑战性。安扎尔多瓦巧妙地将个人经历编织进族裔跨界理论的发展脉络之中，这一历程深深植根于其家族的迁徙史与民族数千年的沧桑变迁之中。尤为值得一提的是，她巧妙地融合了多种方言、西班牙语与英语的混合运用，这无疑为读者设下了一道阅读难关。最为显著的是，这部作品的叙事手法独树一帜，将诗歌的抒情、小说的叙事、论文的严谨与散文的

---

① Gloria Anzaldúa, *Borderlands/La Frontera: The New Mestiza*, 4th ed., San Francisco: Aunt Lute Books, 2012, p.43.

② Gloria Anzaldúa, *Borderlands/La Frontera: The New Mestiza*, 4th ed., San Francisco: Aunt Lute Books, 2012, p.43.

③ 林六辰：《英美小说要素解析》，上海外语教育出版社2003年版，第 ix 页。

随性巧妙融合，创造出一种难以言喻的独特风格。其探讨的主题既广泛又深刻，触及人心。作品中蕴含的原创性概念丰富多元，所蕴含的哲学思想更是影响深远，令人深思。

安扎尔多瓦的跨界体裁问世以来对奇卡娜作家的创作起到了引领性的作用。继她之后的奇卡娜作家都以各种不同的方式来创新自己的小说形式。其中以卡斯蒂略、维拉纽瓦、西斯内罗斯和德阿尔巴尤为突出。

1. 卡斯蒂略的旋转体和信笺体

卡斯蒂略，作为奇卡娜作家群体中的佼佼者，以其非凡的文学产量和多样化的创作才能著称，尤其擅长诗歌与多体裁小说的撰写。在小说创作领域，她巧妙地借鉴了安扎尔多瓦的混合文体模式，为其作品赋予了深刻的思想内涵。其代表作《米瓦拉信笺》尤为引人注目，该书以创新的40封信件形式，将故事情节巧妙地碎片化，以此隐喻女性身份的复杂与多面。通过精心编排的目录，使读者得以窥见不同人物的性格轮廓，进而得出各自独特的故事解读。这一设计不仅考验着读者的阅读理解能力，更将其纳入创作过程的一部分，开创了前所未有的文学实验。尤为值得一提的是，信件的表面看似是两个女性间的温馨对话，实则深藏着写信者内心的独白，强烈地传达了作家对女性压迫的反抗与内心世界的丰富情感。另一部作品《守护者》中，卡斯蒂略运用了立体旋转式叙事法，依据人物重要性逐一登场，共同讲述同一个小插曲，随后随时间的流转推动情节发展。这种叙事方式不仅让读者深刻感受到不同人物对同一事件的多样心理反应，增强了事件的紧迫感与重要性，同时也巧妙地平衡了紧张与愉悦的阅读体验。而在《剥洋葱般剥掉我的爱》中，卡斯蒂略更是以第一人称的口吻，采用亲切自然的口语化叙述方式，向读者娓娓道来个人的情感历程与生活艰辛。每个章节的标题均采用了非正式的口语表达，拉近了与读者的距离，仿佛一位瘸腿大妈正坐在对面拉家常，让一位自信满满的弗拉门戈舞蹈家跃然纸上。作家成功地塑造了一个历经风雨却坚韧不拔的奇卡娜形象。总之，卡斯蒂略的多模态小说创作方式不仅是对安扎尔多瓦跨体裁创作理论的积极回应，更是对文学形式与表达"边界"的勇敢探索与拓展。

2. 维拉纽瓦的日记配诗体

维拉纽瓦的小说以其独特的混合体裁著称，为读者带来如同阅读诗歌般的感受。尽管情节往往笼罩在悲剧的阴影下，但读者能够在她的诗意笔触中捕捉到生活中偶尔绽放的欢乐之光。她的诗歌并非随意挥洒的情绪宣泄，而是一种精心雕琢的文体形式，赋予小说以深邃的艺术魅力。以她的代表作《露娜的加利福尼亚罂粟花》为例，这部小说表面用日记体，实则内藏玄机。全书分为两大部分，前半部分深刻描绘了主人公经历的种种苦难，而后半部分则转向了对跨越阶层后新烦恼的探索。尤为引人注目的是，每一章节均以写给瓜达卢佩的信件为开篇，信纸采用黑底镶边的设计，极具仪式感，仿佛真实的书信一般。然而，每章的结尾却以一首长诗为总结，巧妙地概括了前文的内容，让读者得以通过诗歌快速把握故事的核心。可以说，维拉纽瓦巧妙地运用了双体裁的创作手法，使得读者在阅读过程中不仅能够反复品味奇卡娜人悲惨的生活境遇，更能深刻感受到作家所传达的积极信息——在逆境中不屈不挠的抗争精神、积极向上的生活态度以及努力实现自我价值的坚定信念，这些才是维拉纽瓦真正想要表达的核心内容。此外，维拉纽瓦的小说中的故事情节往往取材于她自身的生活经历，这种真实感极大地增强了读者对奇卡娜人群体的同理心，使得作品具有更加深远的社会意义。

3. 西斯内罗斯的碎片体

西斯内罗斯凭借小说《芒果街上的房子》享誉全球。她的作品以轻快的笔触和独特的黑色幽默深受读者喜爱。碎片化的叙事风格更是她创作的显著特色。《芒果街上的房子》由44个精练而有力的故事片段组成，尽管部分故事篇幅短小，不足半页，但读者仍能深刻感受到隐藏于文字背后的丰富故事与情感。每一个小故事都如同一个窗口，引领读者进入无尽的遐想空间。西斯内罗斯巧妙地将一个完整的故事拆解为多个短小的片段，以出其不意的方式展现在读者面前，激发了读者强烈的好奇心与探索欲。她以碎片化的手法将故事情节细细切割，让读者仿佛置身那个被描绘得支离破碎的芒果街，一个充满典型穷人生活气息的社区。在另一部作品《喊女溪》中，西斯内罗斯运用意象派的手法深刻描绘了奇卡娜人的苦难生活。女主人公遭受丈夫暴打的场景令人触目惊心，久久难以忘怀。这部作品不仅展示了西斯内罗斯高超的艺术技巧，也体现了她对社会现实的深刻关注与批判。西斯内罗斯的创作风格与前面提及的两位作家虽各有千秋，但在对人性、社会及生活的深刻洞察与独特表达上，却呈现出异曲同工之妙。

4. 德阿尔巴的新闻体与叙述搭配书信体

在安扎尔多瓦之后的年轻一代奇卡娜作家群体中，德阿尔巴以其对奇卡娜榜样身份的不懈强调脱颖而出。在她的作品《沙漠血》的创作背景深度剖析中，她不仅重申了安扎尔多瓦对她艺术创作的深远影响，更明确指出了自己在继承与发扬安扎尔多瓦精神遗产上的坚定立场。德阿尔巴不仅承袭了安扎尔多瓦追求正义的不屈精神，将酷儿理论融入创作实践，更在文体跨界上迈出了新的步伐，创造性地运用了新闻纪录片式的叙事手法。正如安扎尔多瓦为揭示真相而深入家乡，亲身体验百姓疾苦，德阿尔巴亦不惜亲赴沙漠，实地探寻边疆奇卡娜人所遭受的暴力与不公，以真实记录那些被遗忘的苦难。在她的笔下，《沙漠血》仿佛是一篇篇血泪交织的新闻报道，将边疆女性所承受的灾难与痛苦赤裸裸地展现在读者面前，激发着人们对受害者深切的同情与对正义的渴望。同时，她也寄希望于美墨两国政府能够严惩罪犯，为受害者讨回公道。此外，在另一部作品《女巫的笔迹》中，德阿尔巴又巧妙地采用了信件形式，通过章节间的信件往来，层层递进地呈现了故事的脉络，为读者呈现了一个更为细腻、立体的叙事空间。与安扎尔多瓦一样，德阿尔巴同样身为酷儿，她的创作充满了对跨性别女性群体的深切关怀与期望。她以笔为剑，雄心勃勃地呼吁社会各界能够给予这些女性更多的理解与尊重，让她们能够自由地发挥自己的聪明才智，共同构建一个更加包容与平等的世界。

第三节 真实与虚构：奇卡娜自传体小说叙事方法的跨界

奇卡诺小说大多采用"自传体史"（Auto-Historia）的书写形式，其叙述内容不仅涵盖了作者个人的亲身经历，还深刻剖析了社会中的诸多现象。正是这一独特的叙述方式，使得这些作品在保持高度真实性的同时，也巧妙地融入了必要的虚构元素，既忠实于生活，又充满了艺术的魅力。关于自传体小说的创作，兰姆斯登（Ramsden）提出了自传体叙事即将"自我"作为"他者"的观点[1]。他认为自传体小说具有跨文体性质，其内容的构建具有真实性和虚构性的跨越。

---

[1] Maureen A. Ramsden, *Crossing Borders: The Interrelation of Fact and Fiction in Historical Works, Travel Tales, Autobiography and Reportage*, Oxford: Peter Lang, 2016, p.78.

一 真实性

在中世纪，人们普遍接受的观点是，人是社会的一员或教会组织的成员。从那时起，人的"自我"就依据社会或宗教的法典来定义。这样，人"也就被视为一个集体的他者"[1]。到了文艺复兴时代，人文主义思想强调个体的存在，新教思想强调个人对自我的责任和人人平等的理念。在作为"他者"的语境下，"自我"深刻地象征着某一社会全体成员或某一时代全体成员的集体面貌与特性。

集体的他者是各种因素的混合，它包含"文艺复兴时代对个人的人文主义强调、新教个人对自我责任的重视和平等"[2]的原则。这也催生了每个人独特的价值和"他者"的概念。兰姆斯登进一步指出，在创作过程中，"自我"这一个体虽为外部世界行为的主要参与者，却也可被视为第三人称的"他者"。与此同时，个人内心的自我并非研究的焦点，它往往被置于次要地位，甚至可忽略不计，因为思维空间中所构建的自我，主要依据的是那些并不直接对应于实际经历的"心理数据"[3]。而自传作者的核心任务则是通过自身的视角，诠释并传达那些唯有自己亲身经历并深刻理解的生活片段。

奇卡娜人生活在一个贫困化、边缘化、异化、饱受歧视、欺辱与剥削的社会环境中。她们以笔为剑，描绘出真实的生活场景、鲜活的人物形象与具体的事件经过，字里行间流露出她们真切的经历与深邃的情感。她们渴望通过文学创作，让读者透视美国那层繁华、富有、标榜公正、公平与仁爱的外衣，直击族裔人群内心深处的真实生存状态，以及他们为追求美好生活展现的不屈不挠的反抗精神与奋斗历程。同时，这些作品也传递了她们对重拾先祖辉煌历史与文化传统的坚定信念与无限憧憬。

现代自传体创作范式早在 17 世纪出现。作为一种文体，它要求作者

---

[1] Maureen A. Ramsden, *Crossing Borders: The Interrelation of Fact and Fiction in Historical Works, Travel Tales, Autobiography and Reportage*, Oxford: Peter Lang, 2016, p. 78.

[2] Maureen A. Ramsden, *Crossing Borders: The Interrelation of Fact and Fiction in Historical Works, Travel Tales, Autobiography and Reportage*, Oxford: Peter Lang, 2016, p. 78.

[3] Maureen A., Ramsden, *Crossing Borders: The Interrelation of Fact and Fiction in Historical Works, Travel Tales, Autobiography and Reportage*, Oxford: Peter Lang, 2016, p. 79.

"非常敏锐地意识到自己作为个体存在"①。以第一人称叙事为主要特征的自传体小说涉及"'自我'的深层本质、叙述生活轨迹的独特手法、读者与事件本身的固有属性,以及这些事件得以发生或铭刻于心的社会背景与历史瞬间"②等大量复杂的问题。

在阐述自身的病痛经历时,安扎尔多瓦并非仅仅局限于个人苦难的叙述,而是深刻揭示了女性混种人群体普遍存在的健康问题,尤其是酷儿群体所特有的疾病挑战。与此同时,维拉纽瓦借由回忆童年的贫寒岁月,她的叙述超越了个人记忆的范畴,转而成为对她那一代人乃至整个奇卡诺女性群体共同苦难记忆的深刻剖析与再现。

综上所述,自我故事的真实呈现成为奇卡娜作家在文学创作中常用的一个关键手法,它不仅是个人情感的抒发,更是对群体命运与社会现实的深刻反思。

二 虚构性

根据德里达的理论,"自我在创作中必须不停地移位"③。自传体小说的作者所描绘的每一个细节,均深深植根于他们个人的亲身经历之中。这类作家的创作初衷,远非仅仅为了塑造一个鲜明的个人形象,而是试图通过文字来回应自己内心深处的疑问与探索。

谢林汉姆指出,第一人称"我"这个代词是一个文本建构和作家正在创作的自我,在叙事中是另一个自我④。自传里的第一人称"我"因说话者的不同所指就不一样而具有不确定性。在话语中,"第一人称的情形具有非常复杂的本质特征"⑤。

作为一种独特的文体,自传要求构建一个特定的自我文化与文学形象。这一过程中,作者需深入挖掘个人经历、情感与思想,以独特而富有

---

① Mary Bottrall, *Everyman a Phoenix: Studies in Seventeenth-Century Autobiography*, Landon: Murray, 1958, pp. 7-8.

② Maureen A. Ramsden, *Crossing Borders: The Interrelation of Fact and Fiction in Historical Works, Travel Tales, Autobiography and Reportage*, Oxford: Peter Lang, 2016, p. 77.

③ Maureen A. Ramsden, *Crossing Borders: The Interrelation of Fact and Fiction in Historical Works, Travel Tales, Autobiography and Reportage*, Oxford: Peter Lang, 2016, p. 81.

④ Michael Sheringham, "Preface", *Autobiography, Device and Desires, from Rousseau to Perec*, London: Clarendon Press, 1993, p. viii.

⑤ Emile Benveniste, *Probleme de linguistique generale*, Paris: NRF, 1966.

表现力的方式呈现给读者，从而塑造出一个鲜明、生动的自我形象。这个"自我"必须是"被视为有趣和有效的研究对象"①。谢林汉姆还认为，"第一人称的诸多面向往往不为作家自身所洞悉，这些面向模糊不清，难以捉摸，尤其是在其不断变化的过程中，更显得扑朔迷离，难以把握"②。在更广泛的语境中，第一人称代词的意义会根据社会视角、政治视角和历史视角的变化而变化，这些视角掌控了特定的"自我"概念，它是"有所指，或虚构，或纯粹的修辞"③。

自传作者凭借其时代局限、既定规范与个人特质，以及所遵循的创作范式，对个人的"自我"进行了重塑与再创造。这一过程中，创作范式的构成要素本身便构筑了一个充满想象与虚构的广阔空间。无论自传作者的事实意图是什么，在表现的水平上，似乎"他的事实必然具有比纯粹的事实证据所呈现的不容易定义的性质"④。

这个虚构的场域赋予了自传作者无尽的想象空间。在这片想象的天地中，奇卡娜作家以其独特的笔触，将本民族先祖的辉煌历史、深邃哲学、璀璨文化、精湛艺术、古老医药以及神秘巫术等丰富元素，一一呈现于纸上。

因为叙述无法完全精确地再现一个人的生活全貌，所以自传中不可避免地融入了一定的艺术元素和构建成分。借用德里达的术语，在创作过程中，"自我"不断地被"他者"所取代，发生移位（displacement）。这一过程导致原本清晰的"自我"形象变得扭曲，成为一个被重塑的"他者"。

三 "自我"跨界：真实与虚构的媒介

自我意识构成了现代自传的核心基石。若以比喻言之，它宛如举起一

---

① G. Gusdorf, "L'Autobiographie Initiatique and Autobiographie Genre Litteraire", *RHLF*, Special edition, *L'Autobiographie*, Vol. 6, No. 6, November-December 1975.

② Michael Sheringham, "Preface", *Autobiography, Devices and Desires, from Rousseau to Perec*, Oxford: Clarendon Press, 1993, p. vii.

③ Maureen A. Ramsden, *Crossing Borders: The Interrelation of Fact and Fiction in Historical Works, Travel Tales, Autobiography and Reportage*, Oxford: Peter Lang, 2016. p. 77.

④ Maureen A. Ramsden, *Crossing Borders: The Interrelation of Fact and Fiction in Historical Works, Travel Tales, Autobiography and Reportage*, Oxford: Peter Lang, 2016, p. 80.

面明镜，映照并审视着自我，而这一过程中，自我却常常被映照为一个略显扭曲的"他者"形象。自我审视的过程往往伴随着自我疏离的微妙感受。人们越是关注自我，便越有可能感受到一种僵化或转化的趋势，仿佛自我正逐渐蜕变为某种全新的存在。叙事性肖像的"真实价值"确保自传叙述者真实呈现，使读者感受其独特生命体验与心灵轨迹。

1. 作为媒介的"自我"

在自传中，"自我"的身份以一种独特的方式被诠释为"他者"。叙事者巧妙地融合了两个角色：其既是故事的讲述者，那个引领读者穿梭于情节之间的主体；同时，其也是被细腻描绘的对象，那个在文字间跃动、被赋予生命的客体。这双重身份使得其既是著作的创作者，即作者的身份，又是故事的核心人物，即主人公的身份。

在叙事者的内心宇宙里，其掌握着通往自我生活深处的钥匙——信息特权。这种特权不仅是探索自我、理解自我不可或缺的工具，更是确保所描绘的生活场景真实可信、触动人心的坚实保障。通过这样的设定，自传不仅成为一段个人历史的记录，更是一次深刻而复杂的内心独白，让读者得以窥见一个既熟悉又陌生的"自我"。"自传作者所记忆的东西无法被挑战。"[1]

由于语言本身具有多义性，后现代文学中的自传作者所描绘的事件自然蕴含了广阔的解读空间。他们巧妙地运用时间与空间的转换技巧进行叙事，旨在唤醒读者的集体记忆，并以此为镜，对未来进行警示。同样，奇卡诺族裔女性的创作也通过深情地回顾过往岁月，来激发现代人对先祖文化的深刻记忆与共鸣。

无论是有意为之还是无心插柳，自传作家的创作初衷绝不仅仅是对个人生活的简单复刻，而且旨在向世人展现一个独一无二的自我形象，并借此满足深层次的个人需求。在奇卡娜人的自传体创作中，这种需求具象化为对奇卡娜女性群体的深刻描绘——她们处于美国社会最底层，承受着最为深重的剥削与压迫的族裔女性，但即便身处逆境，她们也从未向命运低头，而是在主流文化与本民族文化的夹缝中，顽强地寻求生存与发展之路。"她"不仅是个人，更是整个奇卡娜女性群体的代言人，肩负着弘扬

---

[1] Maureen A. Ramsden, *Crossing Borders: The Interrelation of Fact and Fiction in Historical Works, Travel Tales, Autobiography and Reportage*, Oxford: Peter Lang, 2016, p. 82.

本民族文化、提升族群认同感的重任。同时,"她"也渴望通过自身的故事,唤起主流社会对族裔人群悲惨境况的关注与理解,为改变现状贡献一份力量。

作家儿时的"自我如何达到叙事发生的关键点——职业成功的故事,自传作家可以通过寻找来发现他生活中的规律,以此来为他存在的理由合理化"①。自传中涉及过往的素材乃是由记忆的片段与想象的织锦共同编织而成,旨在满足当下创作的深切需求。

自传的创作不是以生命的自然终点为结局,所以作家会寻找自己的"坚实可靠的品质"②作为自我保护的方式。奇卡娜人自传中所展现的品质精髓,可提炼为:美貌与热情并存,洋溢着不竭的激情与深邃的知性;智慧之光闪烁,想象力天马行空,魅力四射,令人倾倒。她们坚韧不拔,勤劳能干,于家孝悌,于人体贴入微,关爱广泛,尊老爱幼,尽显人性之美。在挑战面前,她们勇敢无畏,奋力前行,积极乐观,独立向上,不断追求进步。同时,她们好学不倦,笃信真理,秉持公平与公正的原则,求知欲旺盛,面对困难不屈不挠。更值得一提的是,她们见义勇为,疾恶如仇,对和平有着深沉的热爱与坚守。自传中构建的自我和萨特所提出的"自我"的意义一致。③

为了保证自传的真实性,有经验的"自我"必须成为"他者"——一个被创造的"自我",一个在外部世界必须有所指身份的"自我"。也就是说,自传中的"自我"唯有在代表一个群体或某个宗教团体的背景下,方能彰显其独特的存在意义。前文探讨的安扎尔多瓦精心塑造的"普列塔"角色,深刻体现了族裔酷儿群体的形象;埃斯佩兰萨则成为奇卡娜知识分子追求梦想与志向的化身;露娜的形象则象征着奇卡娜人通过不懈奋斗所取得的辉煌成就;而卡门则是逆境中身残志坚的奇卡娜人典范,展现了不屈不挠的精神风貌。

布拉斯(Bruss)认为:"自传,作为作家思想的创造性展现……其真

---

① Maureen A. Ramsden, *Crossing Borders: The Interrelation of Fact and Fiction in Historical Works, Travel Tales, Autobiography and Reportage*, Oxford: Peter Lang, 2016, p. 83.

② Maureen A. Ramsden, *Crossing Borders: The Interrelation of Fact and Fiction in Historical Works, Travel Tales, Autobiography and Reportage*, Oxford: Peter Lang, 2016, p. 83.

③ Maureen A. Ramsden, *Crossing Borders: The Interrelation of Fact and Fiction in Historical Works, Travel Tales, Autobiography and Reportage*, Oxford: Peter Lang, 2016, p. 84.

实性犹如诗歌般不容置疑。作者在字里行间，即便偶有不情愿，亦会坦诚地映照自身，将生活视为一个错综复杂的整体，从中精心筛选出那些意义非凡且至关重要的片段。诚然，他在勾勒事实的过程中，或许会不经意间引入些许偏差或倾向，但这并不妨碍其整体叙述所蕴含的无可争辩的真实力量。"①

后现代创作观认为："过去与现在的界限往往显得模糊，它们在某些情境下能够和谐共存。由于不完整的、碎片化的知识能够通过一系列精心构建的意象得以补充和完善，自传中对过去事件的描绘则巧妙地借助会意的片段相互联系，形成一幅幅生动的历史画卷。"②

遗忘，作为自传撰写中不可或缺的一环，其本质在于引发叙事结构的留白。这些记忆的空白之处，自然而然地呼唤着想象的介入，以期填补并丰富故事的脉络。因此，记忆与想象相辅相成，共同编织出完整而多彩的人生叙事。"记忆与创作一起，为事件编织出多样化的版本与深邃的诠释，这些元素交织融合，共同构筑了作者那独特而全面的见解。"③ 在探讨作者如何审视自己与公共事件之间的关联时，其记忆的作用显得尤为重要。这种关联"可以成为自传写作的原创力"④。布鲁克斯（Brooks）认为，在通过时间来感知"开始、中间和结束的关系的能力中，记忆是关键因素，是叙事的塑造力量"。⑤

叙事精心编织时间的经纬，勾勒出事件的起源、延展及其间意义的多维分布。这一过程超越了时空的界限，将往昔与当下巧妙并置于字里行间。在无垠的自传体创作征途中，作家深刻体悟到界限的消融与跨越。过去，其本身便是一幅不连续的画卷，而我们置身的社会无时无刻不在经历着变迁的洗礼。情感流转，视角更迭，人们审视事件的方式亦随之而变。

---

① 引自 Maureen A. Ramsden, *Crossing Borders: The Interrelation of Fact and Fiction in Historical Works, Travel Tales, Autobiography and Reportage*, Oxford: Peter Lang, 2016, p. 84。

② Maureen A. Ramsden, *Crossing Borders: The Interrelation of Fact and Fiction in Historical Works, Travel Tales, Autobiography and Reportage*, Oxford: Peter Lang, 2016, p. 85.

③ Maureen A. Ramsden, *Crossing Borders: The Interrelation of Fact and Fiction in Historical Works, Travel Tales, Autobiography and Reportage*, Oxford: Peter Lang, 2016, p. 85.

④ Maureen A. Ramsden, *Crossing Borders: The Interrelation of Fact and Fiction in Historical Works, Travel Tales, Autobiography and Reportage*, Oxford: Peter Lang, 2016, p. 86.

⑤ 引自 Maureen A. Ramsden, *Crossing Borders: The Interrelation of Fact and Fiction in Historical Works, Travel Tales, Autobiography and Reportage*, Oxford: Peter Lang, 2016, p. 86。

空白，作为空间的隐喻，是任何回忆性文本中不可或缺的灵魂印记。《剥洋葱般剥掉我的爱》中，卡门的叙述如同一串无序的碎片，既无时间的线性铺陈，也无空间的明确界定。这恰恰映射出奇卡诺女性长久以来所承受的社会与家庭双重压迫——凌辱、歧视与蔑视如影随形，编织成她们命运中难以挣脱的枷锁，这些深重的苦难导致了她们的反抗。

记忆在自传中以一种特殊的方式被运用。对一个事件的记忆和它的定义以及它如何被恰当地融入叙事中都包含了大量的建构成分。这就产生了虚构的边界。对事件的回顾时的观点是对原本无意义的事件注入意义，使其显得非常重要，甚至具有了代表性意义。

安扎尔多瓦的叙事跨越了时空，把现在的病痛与过去的事件联系起来，表明今日之不幸与过去之不幸一脉相承。安扎尔多瓦对她的父母的生活和自己的农事经历进行了非常细致的叙述。从她的叙述中，我们可以洞悉边土居民的艰辛生活境遇。他们身处社会的最底层，时常遭受农场主的剥削与压迫。尽管他们不辞辛劳地劳作，却往往难以获得应有的酬劳，无法享受到衣食无忧、富足安逸的生活。

总之，通过构想并虚构的事件，作家可以巧妙地将故事各个部分紧密相连，使其更加连贯和引人入胜。

2. "我"即"他者"

自传之中，难免遭遇事件与观点的留白，亟待作家以记忆与想象为笔，细心填补。在此过程中，自传作家亦会深刻体会到，同一叙事如同多面棱镜，折射出各式各样的版本。每一个版本的选择，实则都是一次创造性的诠释，它们共同编织着自传的丰富纹理。"关于过去，从来就不只是一个版本。"[1] 虚构的自传中的第一人称代词意义所指非常复杂。[2] 古德蒙德斯多蒂尔（Gudmundsdóttir）认为，"自传中'虚构'元素的评论，并非旨在否定自传作家的努力，亦非意图削弱自传的真实价值或其涵盖的广泛面向。相反，'虚构'作为一种叙述策略，旨在赋予记忆以生命力，精

---

[1] Maureen A. Ramsden, *Crossing Borders: The Interrelation of Fact and Fiction in Historical Works, Travel Tales, Autobiography and Reportage*, Oxford: Peter Lang, 2016, p.92.

[2] Maureen A. Ramsden, *Crossing Borders: The Interrelation of Fact and Fiction in Historical Works, Travel Tales, Autobiography and Reportage*, Oxford: Peter Lang, 2016, p.92.

心塑造并展现特定的自我形象"①。这一过程非但没有减损自传的真实性，反而通过艺术的加工与再创造，使其更加生动、深刻且引人入胜。

20世纪的后现代作家在创作中，往往巧妙地运用了多种自传技巧，诸如内省、对平庸与日常琐事的深刻挖掘，以及通过扭曲与矛盾的手法来呈现现实。这些技巧不仅丰富了文本的表现力，还部分地构建了事实的新范式。自传中第一人称"我"的移位是一个典型的特征。通常，自传中的叙述视角由"我"悄然转变为"一个人"，原本主观的"我"被赋予了更为客观化的身份——"他者"，这样的转变使得自传文本在叙述上呈现出一种独特的距离感与深度。

自传范式通常"被用来诠释普遍的哲学问题和社会问题"②。它着重强调的是集体的经历，而非个体生活的片段。正如萨特所深刻揭示的，一切书写的话语，其核心均在于对生活进行深刻的诠释与解读。虚构的元素的本质特性在于，它们不仅是所有事实性自传的一部分，更是构成事实真相不可或缺的重要元素。过往的事件虽已尘埃落定，但在它们初现端倪之时，或许并未承载过多的意义。然而，在自传的书写中，这些事件被赋予了前所未有的重要性，成为塑造个人历史与集体记忆的关键。尤为值得注意的是，那些看似扭曲与矛盾的叙述实则蕴含着更为深刻的意义与价值。它们挑战了我们的常规认知，促使我们重新审视过往，从而发现隐藏在表象之下的真相与本质。

"自我"虚构设计是自传创作范式的一部分，个体身份可视为虚构设计，由社会成员组成。对于个体而言，童年经历记录很重要。这种"自我"叙述与外部世界接触会产生扭曲。爱情和社会经历受"内心虚构"镜像影响。虚构自传任务是创造性地建构另类"自我"。在《女人花》中，女性角色所经历的爱情与婚姻不幸，以群体性的悲剧形式呈现，笔者曾就此真实性向作家维拉纽瓦求证，她确认有此类现象存在。在这部小说中，作家塑造了一个极端的女权主义双性恋形象，对此，笔者亦向作家本人求证，她坦言自己是异性恋，该形象仅为一种社会现象的反映。她的创作初衷，在于塑造一个勇敢、独特的奇卡娜女性形象，其身份从个体层面

---

① 引自 Maureen A. Ramsden, *Crossing Borders: The Interrelation of Fact and Fiction in Historical Works, Travel Tales, Autobiography and Reportage*, Oxford: Peter Lang, 2016, p. 92。

② Maureen A. Ramsden, *Crossing Borders: The Interrelation of Fact and Fiction in Historical Works, Travel Tales, Autobiography and Reportage*, Oxford: Peter Lang, 2016, p. 95。

跨越至族裔女性，进而涵盖全体女性。这种身份认同的广泛化，无疑会引起社会各界的关注，促使女性问题得到更多的重视与可能的解决途径，从而最大化地实现了作家的创作价值与意义。

一般来说，自传的创作均遵循故事的叙述框架，无论是以顺叙、倒叙还是插叙的手法呈现，它们均确保故事的起始、发展及结局完整无缺，且维持统一的叙述形式。然而，《边疆》这部作品的创作独树一帜，巧妙融合了故事叙述、深度评论以及诗歌表达，形成了一种前所未有的文体混合模式。这种跨界融合不仅展现了文学创作的无限可能，更在哲学思想、创作技巧及文学美学等多个维度为后来的读者与作者带来了深远的启迪与影响。

3. "我"：个人记忆与集体记忆

安扎尔多瓦将个人与集体身份的形成过程的核心隐喻描绘为被肢解的身体必须重新整合成为成员的过程。这个比喻首次在她早期关于西班牙神秘诗人圣特雷莎·德维拉的诗作《圣物》中得以展现，这部作品虽为边疆文学的组成部分，却直至1980年才首次面世。它是一首叙事诗，其中安扎尔多瓦对圣特雷莎的身体部位描述是：

> 我们是神圣的遗迹，
> 圣人散落的骨头，
> 西班牙最受欢迎的骨头。
> 我们互相寻找。①

安扎尔多瓦将圣特雷莎确定为一个有远见的女同性恋者，"西班牙神秘的、女权主义女主角、烈士和诗人"②。虽然圣特雷莎被肢解，作为烈士和诗人，她的反抗精神由奇卡诺族裔继承与发扬，但她那可怖而又令人难以忘怀的故事尤其触动了作者的心。她使用阿布伦斯圣人作为探索女同性恋的工具，主要是因为修女是安扎尔多瓦自己的西班牙文化传统的一部分。身体隐喻的使用是指奇卡娜人历史的重建。

---

① Gloria Anzaldúa, *Borderlands/La Frontera: The New Mestiza*, 4th ed., San Francisco: Aunt Lute Books, 2012, p. 181.

② Gloria Anzaldúa, *Borderlands/La Frontera: The New Mestiza*, 4th ed., San Francisco: Aunt Lute Books, 2012, p. 181.

安扎尔多瓦的自我故事理论，通过重塑科约尔索基（月亮女神）的阿兹特克神话，展示了她为理论化这个身体/文字隐喻所做的努力。传统上，她的故事如下：科约尔索基——纳瓦特尔的"用钟画的脸"——是惠齐洛波切特利（太阳神、战神）的姊妹之一。他们的母亲是科亚特利库埃，托南津（"我们"的母亲）的代表，她是创造女神和毁灭女神。

科约尔索基与其兄弟姐妹领导好战帮，杀害惠齐洛奇特利之母，企图阻止其出生。惠齐洛波奇特利从母亲腹中蹦出，杀其姐姐。肢解科约尔索基后，惠齐洛波奇特利将其头抛向天空，她化为月亮，以慰藉其母亲。安扎尔多瓦将月亮女神融入思想，作为重写奇卡娜故事的隐喻。

当她详细阐述文本构成的各个阶段，从初步起草的萌芽阶段，直至最终修订的完善阶段时，安扎尔多瓦始终秉持着坚定的信念，认为"体现故事的不同阶段既没有明确标界，也没有顺序分列，也没有线性——它们重叠、来回移动、同时发生"[1]。这种持续不断地洗牌、改组、添加与摒弃、定位与再定位、参与与抽离的手法，构成了安扎尔多瓦创作的鲜明特色，同时也是她创作过程中的核心环节。

四 自传与读者的关系

自传往往倾向于将读者纳入其叙述之中，让读者成为文本体验的一部分，而自传作者则满怀期待，希望读者能够主动参与到故事中来。这种写作手法的目的，在于加深读者对所叙述个人经历的共鸣与认同，进而强化这些经历作为独特个例的重要性。或者也可以理解为，自传作者试图通过其独特的叙述方式，展现其说服能力，让读者更加信服其所传达的信息与情感。但读者往往会保持"他者"状态，"叙述者和主人公在这种情形下就形成了虚构"[2]。在荣耀的光环照耀下，自传作者向读者娓娓道来，他那些令人叹为观止的感知体验，仿佛是在与读者进行一场心灵的对话。自

---

[1] Gloria Anzaldúa, "Putting Coyolxauhqui Together: A Creative Process", in Marla Morris, Mary Aswell Doll & William F. Pinar, eds., *How We Work*, New York: Peter Lang, 1999, pp. 242-261.

[2] Gloria Anzaldúa, "Putting Coyolxauhqui Together: A Creative Process", in Marla Morris, Mary Aswell Doll, & William F. Pinar, eds., *How We Work*, New York: Peter Lang, 1999, pp. 88-89.

传的文本巧妙地在读者与自传作者之间搭建起了一座桥梁，既分隔了两者所处的不同世界，又让彼此在虚构与真实的交织中找到了共鸣。通过这段叙述，读者与作者共同漫步于一个既真实又充满想象的境地，体验着那些超越日常的神奇感知。

读者的核心任务是进行道德评价与分析。他们或许会针对自传作家的自我形象刻画迅速得出初步判断，同时，亦有可能对作家的见解持保留态度，不予全盘接受。布阿克（Boak）认为，"在我们生命旅程中那些漫长且纷扰的日子里，美学上纯真无瑕的事件似乎以不合乎逻辑的形态存在。这些事件的意义，往往是在它们发生之后，历经时间的沉淀，才逐渐为世人所洞悉"[1]。

虚构的形式和想象的运用，使得自传中被遗忘的内容以符合逻辑的方式被回忆起来，这样自传的内容就更具真实性。正如接受美学的观点所阐述的，作家期待理想的读者能够理解作品的文本（说了什么），还须探索此文本（如何说的），最后更需要进一步挖掘文本的意义。也就是说，读者要能够赞同作者的观点，接受其写作的真实价值并弘扬其作品所探索、分析与解决社会问题的意义。

自传的叙事从体裁和主题上来说显得很特别，"它一部分是生活转化为了艺术的产物，另一部分为虚构"[2]。按照事件的先后顺序来描绘生活，往往被视为对人类复杂经历的一种过度简化。然而，自传体的个人目标却深刻地体现在其叙事之中。"为了支撑自己的特别论点或观点，这里有个人生活中各种事件和经历的仔细选择和凸显。"[3] 叙述是一种将生活元素融入艺术的交流方式，而非对过往事件的歪曲或篡改。叙事者能够借助照片、日记以及各类媒体资料，回溯并呈现往昔的事件，使观众能够深入其中，感受其独特魅力。怀特（White）认为"叙事是从艺术到生活的转换"[4]，

---

[1] 引自 Maureen A. Ramsden, *Crossing Borders: The Interrelation of Fact and Fiction in Historical Works, Travel Tales, Autobiography and Reportage*, Oxford: Peter Lang, 2016, p. 89。

[2] Maureen A. Ramsden, *Crossing Borders: The Interrelation of Fact and Fiction in Historical Works, Travel Tales, Autobiography and Reportage*, Oxford: Peter Lang, 2016, p. 90.

[3] Maureen A. Ramsden, *Crossing Borders: The Interrelation of Fact and Fiction in Historical Works, Travel Tales, Autobiography and Reportage*, Oxford: Peter Lang, 2016, p. 90.

[4] Maureen A. Ramsden, *Crossing Borders: The Interrelation of Fact and Fiction in Historical Works, Travel Tales, Autobiography and Reportage*, Oxford: Peter Lang, 2016, p. 91.

萨特把叙事看成"自我定义中的形成性力量"[1]。

虚构与自传元素在奇卡娜小说中巧妙融合，形成了其独树一帜的风格，作品呈现出既真实又虚幻的独特魅力。在描绘过去与现状时，作者不仅揭示了真相，还巧妙地融入了夸张与想象的成分，使得叙述更加丰富多彩。同时，对于未来，作品中充满了对美好愿景的憧憬与期盼，进一步增强了作品的吸引力和感染力。

本章小结

安扎尔多瓦对写作的投入与对奇卡娜作家的关注，对于深入理解她思想发展的轨迹而言，具有举足轻重的意义。她所提出的对立意识理论，或称"同心同德之路"，不仅是对其个人思想与创作路径的阐述，也是对语言和艺术创造过程的独到见解。在安扎尔多瓦的作品中，对这一过程的深刻理解，实际上也在不断地塑造和重构着创作过程本身。

她丰富的元诗学反思，不仅巩固了她的差异意识理论，还进一步拓展了她所致力于的文化重构与再阐释。这些努力使得奇卡娜小说的创作风格独具特色，既保留了白人主流社会后现代主义的某些特征，又在此基础上，凭借自身的智慧与创造力，开辟了全新的文体与文风，极大地丰富了文学的表现形式。

奇卡娜作家以她们独有的方式发声，不仅展现了奇卡娜人的独特视角与情感，更为女性在男权社会中争取平等与尊重的斗争贡献了不可磨灭的力量。她们的作品是对传统文学边界的勇敢跨越，也是对多元文化共生共荣理念的生动诠释。

---

[1] Maureen A. Ramsden, *Crossing Borders: The Interrelation of Fact and Fiction in Historical Works, Travel Tales, Autobiography and Reportage*, Oxford: Peter Lang, 2016, p. 91.

第十一章　奇卡娜小说的美学价值

　　文学美学是指对文学作品的艺术品质和特征的研究和欣赏。它探讨文学如何与美、创造力和情感表达相结合，以及这些元素如何有助于阅读和解释文学文本的整体审美体验。从亚里士多德到现代的文学美学理论家，他们对文学美学的研究经久不衰，这能正确引导读者理解文学，并从理论和实践上对作家的文学创作进行指导，让文学走上更健康的发展道路。

　　众所周知，亚里士多德的《诗学》是研究美学和文学理论的基础文本。他探索了文学的各个方面，包括情节结构、人物发展和宣泄的概念。亚里士多德关于模仿、悲剧和情感在文学中的作用的思想产生了持久的影响。康德关于美学的著作，特别是他的《判断力批判》，为理解美的本质和审美判断提供了一个哲学框架。虽然康德没有特别关注文学，但他关于审美经验的普遍性和想象力在艺术中的作用的思想影响了后来的美学理论。席勒关于美学的著作强调了艺术在人类发展中的作用以及审美经验与道德之间的联系。他认为，通过对美的体验，个人可以达到和谐的心态和自由感。席勒关于艺术变革力量的思想对文学美学研究产生了重大影响。这些古典美学为我们研究文学的本质与作用提供了方向。

　　有关读者反映的文学研究理论为文学研究的实践提供了方法。伊瑟（Iser）以其对读者反映理论（Reader-response Theory）和接受美学（Reception Aesthetics）的贡献而闻名。他强调读者在文学文本意义解释和建构中的积极作用。他的"隐含读者"（implied reader）概念以及对文本中空白和歧义的探索影响了对阅读美学和读者在文学解释中的作用的研究[1]。巴特（Barthes）以其有影响力的文章《作者之死》（"The Death of the Author"）而闻名，他在文章中质疑作者在决定文学作品意义方面

---

[1] Wolfgang Iser, "The Reading Process: A Phenomenological Approach", *New Literary History*, Vol. 3, No. 2, Winter 1972.

的作用。他的思想挑战了传统的作者意图观念，突出了读者积极参与意义建构和审美愉悦体验[1]。巴赫金（Bakhtin）的对话主义概念和语言的"狂欢"性质（"carnivalistic" nature）对文学美学产生了重大影响。他"强调文学的社会性和互动性，探索多种声音、观点和流派如何有助于文学文本的审美丰富性"[2]。弗莱（Frye）的原型批评理论考察了文学中的潜在结构和模式。他确定了反复出现的神话和原型主题，探索了它们对文学作品审美维度的影响以及它们与人类经验的共鸣[3]。布鲁克斯（Brooks）是新批评理论的关键人物，他强调"细读和对文本形式的分析，侧重于文学作品本身的内在品质，而不是外部背景"[4]。他的方法突出了文学作品的审美统一性和复杂性。他的思想强调社会和文化背景（cultural contexts）在文学美学中的作用。

这些理论家对文学美学领域做出了重大贡献，为理解文学的审美品质、解释和接受提供了不同的视角和框架。

基于以上理论，本书对奇卡娜小说创作美学价值的分析与探讨涵盖奇卡娜小说的形式与结构、文体与修辞、意象和象征、主题及其意义、原创性与创造性、内容与形式的相互作用和情感与智力的影响。

一 奇卡娜小说的形式与结构

文学的形式与结构涉及文学作品的组织和安排，包括情节、叙事结构、观点和语言使用等元素。这些要素的创造和相互连接的方式极大地影响文学作品的审美吸引力。奇卡娜作家的小说的形式与结构独具一格。

（一）奇卡娜小说的情节和叙事结构：碎片式

情节和叙事结构的碎片化是奇卡娜小说形式的主要特征。这些特征主

---

[1] Roland Barthes, "The Death of the Author", *Image, Music, Text*, trans., S. Heath, London: Fontana, 1977, pp. 142-148.

[2] 引自 Renata Kolodziej-Smith, "Bahktin and the Carnivalesque: Calling for a Balanced Analysis within Organizational Communication Studies", *Kaleidoscope: A Graduate Journal of Qualitative Communication Research*, Vol. 13, No. 1, December 2014。

[3] Northrop Frye, *Anatomy of Criticism*, Princeton: Princeton University Press, 1973, pp. 131-239.

[4] Cleanth Brooks & Robert Penn Warren, *Understanding Fiction*, Englewood Cliffs, New Jersey: Prentice-Hall Inc., 1979, p. 223.

要体现在以下作家的创作中。

安扎尔多瓦的《边疆》和《普列塔》中故事情节的描述属于不确定的图像，时而放大，时而缩小，说她是写故事，还不如说她在写诗歌，说是诗歌，她的大部分内容又都是描写残酷的现实生活，让人感觉残忍、压抑，缺少诗歌催人奋进的激情，只有对社会不公的愤怒的情绪。

西斯内罗斯的小说《芒果街上的房子》由44个小故事组成，故事结构看似松散，但每个故事都自成一体，非常严谨。有些故事加在一起是在讲一个人的故事，所有的故事又与主要人物埃斯佩兰萨有关。这样的碎片式的形式给读者一种快餐式阅读经历，读者可以一眼获得一个意象。这是快而激动人心的阅读体验。她在另一部小说《喊女溪》中则采用了意象派的写作方式，将女主人公的苦难叙述成一幅幅动态画。

卡斯蒂略的《米瓦拉信笺》由40封无序的信笺组成，和西斯内罗斯一样，也是杂乱无章的形式，但她又在目录里规定了4种读法。每种读法得出的结论和感受确实不一样。这种让读者有不同体验的小说阅读方式激发了读者参与互动的热情。她的《守护者》以人物名字作小标题，轮番讲述的形式让读者感觉人物在围绕一个事件叙述，非常具有戏剧表演性。对同一事物的不同描述让读者感到人心的复杂。

查维斯的小说《最后的订餐女孩》从老照片开始描述家乡的变化，在小说中间描述人物变化的时候仍然以照片为引子。她对家中壁柜的描述是以生动的语言制作照片。

维拉纽瓦的小说《露娜的加利福尼亚罂粟花》以梦托志，以手写体形式的日记开头，讲述情节的发展，以诗歌结尾为复调再简单概括内容。虽然描写的是人物所经历的苦难，但女主人公苦中有乐。她的创作形式验证了一句墨西哥谚语：贫穷出诗歌。她的小说《女人花》和《紫色天空》则是借鉴了传统小说的叙事手法进行创作。

德阿尔巴的《沙漠血》文本的许多部分以新闻报道式出现，让读者仿佛看到了血淋淋的现实场景。它引起人们的愤怒与同理心。在小说《女巫的笔迹》中，作家不断地采用倒叙和插叙的方式描述女主人公康塞普西翁一生的悲剧，使其悲剧性的结局在她人生的幸与不幸中得到了强化。

塔夫拉的《神圣的玉米饼和一罐豆酱》以主题式分组描述奇卡诺族裔社区的生活。她的每个故事就像色拉碗里的不同蔬菜，内容不同但似乎又是同一个话题。每个小故事的结构完整。诗意的语言让贫穷的奇卡诺族裔人的生活似乎不那么悲情。

马汀内兹在其小说《母语》中巧妙地融入了诗歌和信件等不同文体，以此来传达叙述者的情感以及描绘故事背景。她所叙述的情节不断地在 20 年前至 20 年后这一时间段里穿梭。作者通过女主角的叙述，模糊了时间与空间的界限，成功地实现了故事的时空跨越。

总之，奇卡娜作家的创作不仅在情节上也在叙事结构上呈现碎片化，这体现了奇卡诺族裔，特别是奇卡娜人被殖民的苦难史，也表现了奇卡娜作家的文学创造力。

(二) 奇卡娜小说语言：双语叙事和口语化

在所有的奇卡娜小说中，读者都可以读到西班牙语和英语的杂糅形式和高度口语化形式。这种杂糅体构成了奇卡娜小说的语言特色。小说中母语西班牙语使用的数量随着作家民族意识的强弱而增减，而且有不同的表意特征。

安扎尔多瓦的《边疆》是所有奇卡娜创作中使用母语成分最多的。她的意图非常明显，她要弘扬民族文化，她要创造民族文化，她要表达的是让强迫她们学英语的盎格鲁美国人能够体验同时使用两种语言的痛苦。这些作家中使用母语西班牙语较少的是查维斯的《最后的订餐女孩》。小说中的女主人公罗西奥被塑造成一个要改变自己，向白人主流文化靠近的形象。这样，她的语言自然就缺少了母语的成分，但小说中的其他人物如外婆，即使她懂英语，也不会用英语去交流。其他的小说都不可避免地使用一些西班牙语的词汇，尤其是生活中的词汇。总之，双语的使用让奇卡娜小说与全英语小说有质的区别，其母语的使用表达了奇卡诺族裔文化在美国主流文化里的主体性。

奇卡娜小说语言的另一个显著的特征是口语化。因为奇卡娜作家大都在叙述自己的生活，所以她们基本上采用第一人称视角来与读者"聊天"，故此，小说语言的口语化程度普遍较高。卡斯蒂略的《守护者》和《剥洋葱般剥掉我的爱》、西斯内罗斯的《芒果街上的房子》和维拉纽瓦的《露娜的加利福尼亚罂粟花》等口语化叙事是它们最大的语言特征。奇卡娜作家采用口语化的方式给读者以亲临现场对话的感觉，使其对奇卡娜人的艰难生活产生深切的同情。

总的来说，奇卡娜小说的双语叙事和口语化叙事体现了奇卡娜小说语言的独特性与其跨界特征。

（三）观点表达

奇卡娜小说独特的碎片情节与结构以及双语使用表达了她们特殊的观点。

首先，她们所要表现的是这个民族就是一个多语言民族，这也就是她们的生活常态。她们生活在边疆，遇到的文化和语言都是混杂性质的，所以，她们具有天然的多语言特征。

其次，她们是长期受到殖民影响的混血民族，没有完整的历史记忆，她们对先祖的文化都是碎片式的了解，所以，碎片式的结构适合她们主题的表达形式。

再次，她们生活在主流社会里，模仿主流社会的后现代创作形式或许是与主流社会和解的方式之一。

最后，她们个体的生活都不是一帆风顺的，经历了各种坎坷，用碎片式的表述符合他们的身份特征。

总的来说，奇卡娜小说的结构和形式有其固有的独特风格，它们显示了奇卡娜小说的魅力。

（四）形式与内容的相互作用

文学美学中必不可少的考虑因素是作品的形式元素与其主题内容之间的相互作用。作家所选择的形式和结构如何补充或挑战内容会极大地影响作品的审美质量，而审美是主观的，个人对文学作品的审美价值可能有不同的解释和偏好。然而，探索文学的美学维度可以增强我们对文学所提供的艺术品质和情感影响的理解和欣赏能力。

奇卡娜小说形式最明显的特征——碎片式体现了特殊的含义：被殖民的奇卡诺族裔历史和文化与杂糅的美国多元文化。

在奇卡诺人的历史上，他们经历了多次殖民与融合，美洲大陆上的原住民的生活和文化已被摧毁成碎片。他们古老灿烂的文化只存在于一些破旧的碎片与人们的记忆中。当土著人后裔书写自己文化的时候，她们恰当地使用了碎片的情节和凌乱的结构来再现历史真相，她们的语言混搭表达了人们当前的文化和生活现状。

安扎尔多瓦在《边疆》中对 8 种语言的使用表达了多重含义。一是边疆历史的发展形成了复杂的边疆文化；二是族裔人的愤怒，以此来谴责殖民者把原来的墨西哥变成了现在的模样；三是体现了同性恋者知识的丰富；四是表达多元文化中奇卡诺人生存的方式，人们以拥抱多元文化的态度来化解冲突与矛盾；五是她的语言使用保留了族裔人的文化；六是她创造了新的文学文体，丰富了文学创作的方法。其他作家同样采用了双语写作。她们的创作体现了奇卡娜人对美国白人主流社会文化的抵抗倾向，也表达了与主流文化的融合趋势。

这些奇卡娜作家继承了美国主流社会现代派诗人的创作风格，她们也以著作出版时版式的独特性来表达自己的观点。西斯内罗斯的《芒果街上的房子》的版面安排独具一格，它是一本版幅很窄、排版大量留白的小说。作品里的每个小故事的开头和结尾都是空白，有些空白长达半个页面。作家描述的是贫穷的族裔人、工人阶层的生活，作家除了用故事来讲述，还用文本的特殊安排来阐释他们的贫穷。这种排版应是作家有意为之，笔者认为作家要表达的思想是，芒果街上的奇卡诺族裔人从头至尾都是穷人。简洁的版面表现简单的奇卡诺族裔人的生活，碎片式的小插曲和无序的故事情节组成了贫民窟的奇卡诺人生活的样子：贫穷、无序。

维拉纽瓦的日记体小说《露娜的加利福尼亚罂粟花》也有自己的排版风格。小说每一部分的开头都是一页手写体的文字，纸张是带有灰色横条格子和装订线的笔记本页。手写的字体非常工整，每个字母都是单独排列，字母之间没有任何连写，让读者一看就感觉这是孩子的日记，因为日记里还包含图画之类的随意表意的内容。但把这种幼稚的表象与文本里的内容连接起来，读者就会发现这是一个成熟早且非常自律的奇卡娜人，她的未来不可估量。

总的来说，结构与形式是奇卡娜小说家表述自己思想的方法之一。

二 奇卡娜小说的跨界文体与修辞

文学的审美品质与作者对语言的使用密切相关，包括词语的选择、句子结构、节奏和比喻性语言。熟练而令人回味的语言修辞使用可以创造生动的阅读体验。

奇卡娜小说的文体丰富多彩，同一部小说里可能有多种文体出现，但这些并不是随意的编排，作家们根据自己所要表达的思想内容来选择语种、句子结构、语调的节奏和修辞手法。她们所创造的情节因不同语言的使用让读者有时过目不忘，有时又得反复推敲才能明白其中含义。

如安扎尔多瓦的《边疆》体裁跨界，其中有诗歌、论文、小故事、散文杂糅在一起。表面上看起来杂乱无章，但仔细阅读它，读者会发现作家的词汇选择和句子构建非常严谨。她的著作最大的特点是挖掘了土著先祖的神话，创造了许多词汇来描述民族女神——月亮女神的前世今生。《边疆》里最著名的隐喻是"新混血女性意识"（跨界）、"语言恐怖主义"（多语言使用）、"文化暴行"（对奇卡娜的迫害）、"影子兽"（女汉子）和科亚特利库埃状态（激烈的心理上的斗争）。安扎尔多瓦看似松散的文风实际上体现了她严谨的"跨界"哲学思想。又如西斯内罗斯的小说《芒果街上的房子》，其语言明快、直白与简洁，表意明显。芒果街上无芒果，有的只是贫穷。

还有塔夫拉的小说集《神圣的玉米饼和一罐豆酱》，以优雅的语言描述了并不优雅的当代城市贫民窟里奇卡诺人的贫苦生活。维拉纽瓦的《露娜的加利福尼亚罂粟花》运用了许多儿童语言和句子来形容儿童的心理及其天真的动作。其节奏明快，将女性与自然联系起来，采用自然现象来比喻女性的成长。在《女人花》里，作家用自然界里柔软而又坚韧的女人花来形容女人的特征，这充分显示了作家的丰富想象力和对自然的洞察力。

总的来说，奇卡娜小说的文体多样，语言丰富，修辞美。

三 奇卡娜小说中的意象和象征

意象在象征主义创作手法中是作家常用的、刻意使用的符号和隐喻，它们包含视觉和感官意象，可以增强文学的审美维度。精心制作的意象和象征意义可以唤起情感，创造生动的心理图片，并为文本增添意义。下文将探讨奇卡娜小说中"我"的意象和女性形象的象征意义。

（一）"我"的意象

在奇卡娜小说中，自传体史叙事是奇卡娜创作的最大特征。"我"作为叙事对象和被叙述的对象，具有深刻的含义。

首先，"我"毫无疑问地代表了作家自己，"我"的经历是作家自己和亲人的经历。如《喊女溪》里主人公克里奥菲拉斯这个人物形象是家中的独女，有6个哥哥，她在母亲去世后和自己出嫁前为6个哥哥做饭洗衣。作家本人也是家中的独女，也有很多哥哥。作家母亲的经历也和主人公克里奥菲拉斯的经历相似。《露娜的加利福尼亚罂粟花》中的露娜儿时的经历可以说完全复制了作家个人的经历。露娜的外婆是纯土著雅基部落人，作家维拉纽瓦的外婆也是没有被征服的土著雅基部落的后裔。露娜小时候因贫穷去商店偷吃的，而作家说自己也曾做过这样的事。露娜15岁辍学生子的经历也是作家自己的经历，如今70多岁的维拉纽瓦已经是四世同堂。她的经历绝不是她一个人的经历，而是奇卡娜人在洛杉矶、芝加哥等大都市墨西哥裔贫民窟里挣扎的写照。安扎尔多瓦的《普列塔》里的酷儿普列塔在社区里被自己的同胞殴打的现象也不是个案。《芒果街上的房子》里的埃斯佩兰萨所居住的贫民窟里的贫穷和混乱，女性萨丽所受到的父权制压迫是贫民窟里女性经历的普遍现象，埃斯佩兰萨努力读书，立志将来长大了要回去帮助那里的人们。作家西斯内罗斯也在贫民窟长大，她也是读书人，后来做了大作家。作家们将他们自己的生活用艺术的形式呈献给了读者。

其次，"我"的经历代表了千千万万的奇卡娜人的经历。不懂英语、跨境远嫁到美国生活并历尽迫害是大多数没有文化的墨西哥女性共同经历的苦难。来到美国的大都市，却生活在贫穷中，她们的成功之路异常艰难，这是奇卡娜人的共性。

再次，"我"是作家采用的叙事手法，将"我"他者化，来描述所有同类女性的经历。

最后，笔者认为，奇卡娜人的创作所描述的"我"是现实与想象、个体记忆与集体记忆的结合。作家的个体生命叙事代表了土著人身份、奇卡娜混血女性群体、族裔酷儿、中美洲拉丁裔女性等集体形象的书写。

（二）奇卡娜小说中女性形象的象征意义

奇卡诺女性的传统身份是家庭主妇。她们没有独立的经济与话语权，遭受父亲、兄弟和丈夫的歧视与欺凌是常态。作家的创作是对奇卡娜人现实生活的写照，是女人写女人的故事，反映奇卡诺女性作为族裔和女人在父权制价值观下在社会和家庭所受的双重压迫和剥削，鼓励奇卡诺女人和全世界女人走出家庭、争取经济独立与精神独立，反抗压迫与剥削，获得与男人和白人一样的平等权利和自由。她们成了教师、画家和行管人员等，拥有自己的社会身份与地位。奇卡娜作家笔下的人物实现了从家庭主妇与受压迫者到社会精英与独立自强的新女性的跨越。

1. 自我否定的集体形象

女性形象在奇卡诺女性作品中可以说是一幅多彩的画卷。安扎尔多瓦在《边疆》一书中以本人的亲身经历列举了混血女性的特征。她认为这些特征具有当代所有阶层里奇卡娜人的态度和行为的特征。

安扎尔多瓦认为女性对大男子主义这一奇卡诺民族现象的反应是采取受害者态度。即使奇卡诺女性抗议，甚至试图逃离丈夫的毒打，最终她还是会容忍自己继续受虐待。她会哭泣至精疲力竭，再接受自己悲惨的命运来减少自己的泪水。面对男人的不忠，她以尊严和长期痛苦的顺从来接受这种状况。安扎尔多瓦认为，女性助长了大男子主义的气焰，并不是忍受虐待和羞辱，而是奇卡娜人本身因混血生而处于被羞辱状态。

女性的被羞辱状态可以简单地概括为放弃自我的"自我否定"。女性对自己没有很高的期待。从少女时代起她就了解与接受了适合女性的"正确"态度。女性随着年龄的增长和对这些女性思想的认可，完全形成了男性应该奴役女性的思想。长期处于痛苦中的女性是那些已懂得如何以病态的隐忍态度来接受生活中的不幸的人。她们从不抗议、抗争或有任何要求。相反，她们会把自己的需求让位给他人。她们的放弃是一个稳定的自我否定的过程和自我价值的抑制。如《芒果街上的房子》里的萨丽，她只想做一个依附男人的女性，伺候丈夫，丈夫挣钱她花钱，最后成了笼中鸟。

奴性是自我否定的集体形象的另一个重要特征。对于奇卡娜人来说，伺候男性的行为是一种哲学上的立场，而非一种态度。她们以对男人的奴性来定义自己的存在。她们是在各种场合中男人可以经常无条件地依赖的对象，无论是正面还是负面的情形，她们总是不计报酬地服务。在性方面，奇卡诺女性也可以不计较自己是否获得愉悦而为男性服务。男性总是聚焦自己个人是否满足，所以女性的性冷淡常常被认为是正常现象，也不会产生不良后果。虽然她们反感无快乐源泉的性关系，但她们忍受了一切。

坚韧的奇卡诺族裔母亲是女性对男性卑躬屈膝的另一种形式。她们是一切爱的源泉，也是所有尊重的接受者。奇卡诺族裔的传统文化将瓜达卢佩女神视为母亲优秀品格的范式，人们认为她们是善良和美德的不竭源泉。人们给予了她节日，也敬献了各类纪念碑。男孩对他母亲的崇敬高于一切。然而，男人一生中对母亲的服务仅限于嘴皮上。在日常生活中，他们对母亲毫无敬意，甚至充满仇恨。在家里，母亲处于奴隶地位，通过干最艰难的体力活和忍受家中男性的侮辱和欺凌来接受这种卑微地位。大多数奇卡诺母亲顺从地接受了这种地位，甚至假装不了解现实情形与母性受尊敬的思想之间的矛盾。更有甚者，有些女性渴望成为母亲，因为她们在社会上被迫适应了这种状况。

总之，奇卡娜人的主要自我否定的集体形象就是受虐狂、依赖男性和屈从于男性。严重的负罪感主宰了她们的生活，她们以毕生的劳苦来尝试减轻自身存在的"罪恶"。同样，这种态度也可以解释她们为何是通过他人，特别是丈夫和孩子而生存。她们从来没有想过自己可以从受害者的地位上解脱并提升自己。女性的价值、态度和行为结合在一起决定了她们毫无希望地被关进了被动者地位的笼子里。她们被动地表现为无能、谦卑和美德、缺乏主动性、依赖性、缺乏社会流动性和社会控制力。

在谴责奇卡诺女性的态度和行为时，负面的刻板印象是那些做巫婆的和做妾的女性。作为巫婆的女性形象是神秘的、高深莫测的、脱离男性控制的形象。她拥有足够的诱惑力使得男性欲罢不能。作为妾的女性形象是能够满足已婚男人的性需要的形象，她是一个混蛋或情人，在奇卡诺社会中发挥一定的作用。而已婚妇女必须保持贞洁，不能享受性快感。社会可以容忍妾作为一种必需的邪恶存在。这种女人是绝对被塑造成负面的刻板形象。在奇卡诺族裔环境中，母亲的缺位和父亲的无用常常让女儿处于性骚扰的威胁中，甚至遭受暴力的位置，作家以此来创造戏剧性张力。

2. 集体反抗者形象

在奇卡娜小说中，女性形象往往从自我否定转变为自信、自我肯定和反抗各种压迫和迫害的反抗者形象。奇卡娜作家创造了一系列的女性人物，用以抵抗社会的剥削、压迫和迫害，以求得男女之间的平衡与平等，追求属于自己的幸福生活。

《米瓦拉信笺》中的特蕾莎和艾丽西亚两位女性虽然是知识分子，但年轻时仍然受到了男性的各种迫害。她们两个团结一致，不断地寻找自己作为族裔人的身份，反抗男权压迫，终于取得了成功，拥有了自己的家庭和事业。《最后的订餐女孩》里的女主人公随着家乡小镇城镇化，也毅然走出了小镇，通过学习，成为教师，最后决定当作家。《紫色天空》中的罗萨，为了自己的理想，不惜和丈夫抗衡，卖掉城市的房产，移居到山区，最终完成了自己梦中的画作，成为大画家和大学教师。《剥洋葱般剥掉我的爱》里的残疾人卡门经过自己的不懈努力成为歌唱家。而在现实生活中，安扎尔多瓦、卡斯蒂略、西斯内罗斯、维拉纽瓦等作家的成功建立了奇卡娜反抗者的范式。

奇卡娜作家创造的这些具有反抗奇卡诺族裔传统家庭地位的人物形象给奇卡娜人，甚至所有女性，树立了人生的标杆。女性只有努力奋斗，才会有更好的生活。

四 奇卡娜小说的主题及其意义

小说的主题是小说存在的意义所在，是小说的灵魂。对深刻而发人深省的主题的研究有助于我们对文学创作的审美价值的理解。与人类状况、社会问题、道德和存在主义问题相关的主题经常在情感和智力层面上与读者产生共鸣。奇卡娜小说大都从自身所遭受的经历出发来探讨奇卡娜/诺人面临的生存困境和社会困境。作为奇卡娜人，她们首先面临的是奇卡诺族裔文化传统的父权制压迫，而生活在美国这个系统性阶级/种族社会里，奇卡娜人面临的另一问题是阶级和种族压迫。因此，她们的创作主题具有多重性。

（一）反阶级/种族压迫

众所周知，美国是一个系统性的、高度阶级化和种族主义化的社会。阶级主义和种族主义的意识形态是不可分割的，它们在政治和经济上使穷人，特别是黑人和奇卡诺族群体处于不利地位。因此，族裔人比白人精英阶层和白人中产阶级成功的机会要少得多。安扎尔多瓦、西斯内罗斯、卡斯蒂略和维拉纽瓦等奇卡娜作家小说中的人物因阶级/种族而受到歧视，因此她们一开始总是生活中的失败者。作为失败者，她们因此失去了自己的身份。然而，奇卡娜作家和她们的女性角色从未屈服于阶级压迫。她们通过回归和发展民族文化、高等教育和同类互助，成功地实现了自身的社会价值。

1. 与贫困作斗争

贫困问题一直困扰着奇卡娜人，她们的悲惨生活在奇卡娜作家的创作中得到了生动的描述。在《边疆》里，安扎尔多瓦的父母在贫瘠的旱地上辛勤劳作，尽可能为孩子提供良好的教育；在《女人花》中，女主角阿尔塔是几个孩子的母亲，在丈夫抛弃家人并死于艾滋病后，通过节俭与勤奋好学，一路走向成功；在《剥洋葱般剥掉我的爱》中，卡门曾与家人艰难度日，但最终成为歌唱家；在《芒果街上的房子》里，埃斯佩兰萨的父母和邻居都成了家庭生活"万事通"，以应对恶劣的生存环境；在《露娜的加利福尼亚罂粟花》中，女主人公露娜从童年到中年一直与贫困抗争，直到自己最终成为教师和诗人。

2. 与主流社会的偏见作斗争

懒惰、愚蠢、落后的文化、贫穷等似乎是奇卡娜人的标签，但奇卡娜作家以她们独特的方式进行了抗争。在《边疆》里，安扎尔多瓦对待白人女性的歧视是保持沉默，她致力于传播奇卡诺文化，崇拜土著印第安女神，修改奇卡诺文化中传统的女神美德概念，提倡跨越争端的边界，接受现实，努力寻求对立面（白人）最好的部分，也保持土著人和谐的哲学。在《女人花》中，阿尔塔跨越性别寻求男女之间的和谐。《米瓦拉信笺》中的特雷莎和艾丽西亚在寻找身份的跨国旅行中遭遇了各种男性的言行侵犯，但她们不屈服于淫威，与之进行针锋相对的斗争，最终她们获得了事业和爱情的双丰收。

3. 对来自奇卡诺族裔人和社区迫害的抵抗

在反抗来自奇卡诺族裔人和社区的迫害时，奇卡娜人携手合作。在《米瓦拉信笺》中艾丽西亚和她的朋友在困难中不断互相鼓励；在《紫色天空》中，罗萨与近邻色鬼进行了抗争；在《女人花》中，面对强暴，阿尔塔和一名日裔女孩共同努力，寻求法律援助，惩罚了黑人强奸犯。普列塔与尾随她的同社区黑人男性进行搏斗，获得赞扬。

4. 通过实现奇卡娜的价值来消除阶级差异

在奇卡娜的小说中，女性人物最终都通过个人价值的实现消除了阶级差异。如《米瓦拉信笺》中的特蕾莎和艾丽西亚通过自己的努力当了老师和艺术家；《剥洋葱般剥掉我的爱》中的卡门通过自己的勤奋成了歌唱家；《女人花》里的阿尔塔当上了老师；《芒果街上的房子》中的埃斯佩兰萨成为大人物；《边疆》中的主角安扎尔多瓦本人成为一位理论家和作家。她们个人的成功对奇卡诺社区做出了贡献。她们寻求人与人之间的和谐相处方式，如安扎尔多瓦的族裔跨界理论，为解决种族间的争端做出了贡献。

通过描绘奇卡娜的生活，美国奇卡娜小说家实践了抵抗阶级和种族压迫与迫害的正义伦理。

（二）奇卡娜人成长的伦理表达

奇卡娜小说中关于女性成长的叙事较多。它们大都反映了女性成长中面临的性别歧视问题、性取向问题、社会歧视问题、女性职业问题和女性地位问题以及她们与各种文化之间的冲突与矛盾。

在西斯内罗斯的小说《芒果街上的房子》里，以"臀部"为主题的故事表明，在传统的奇卡诺族裔文化的熏陶下，女孩子对它的作用的理解仅仅局限在女性的传统家庭作用上：哺育孩子。在她们的成长过程中，她们缺乏有关独立自由的教育，这使家庭暴力成为另一个主题。在小故事《萨丽》中，她因为漂亮在家里受到父亲的控制与虐待，与男生的任何交往都会遭到父亲的毒打。她希望自己快点嫁出去，找个有钱人养活自己，结果她又受到了丈夫的控制，失去了朋友，最后变成了笼中鸟。如果受制于奇卡诺族裔传统的男权制文化的奇卡娜人在成长中没有意识到自己的权益，那么她们的命运最终大都只能被掌控在男性的手中。

在另一部小说《露娜的加利福尼亚罂粟花》中，露娜因为在公园里遭遇过性骚扰者，因此她把自己打扮成假小子的样子，排斥女性的裙子，以粗鲁的嗓音与人交流，以保护自己不再受到社会的伤害。露娜后来找了一份当模特的工作，结果老板要求她裸体走T台，完全把她视为卖身者，但她断然拒绝。《米瓦拉信笺》中的艾丽西亚在16岁怀孕后遭男友抛弃，她果断堕胎，而因借用他人的社会保障卡，被白人医生直接做了节育手术，她永远失去了做母亲的权利。在后来的生活中，她再度遭受了新男友的暴力，差点丢了性命，最后她勇敢地离开了不幸的爱情。

在成长过程中，奇卡娜人经过了苦难的磨炼。她们大都能从苦难中走出来，成为经济上和人格上都非常独立的女性，而且能惠及其他同类女性。她们努力获得的成功证明了她们具有聪明才智，奇卡娜人不再是传统意义上的男性附庸、厨房里的女人，而是社会和平与进步的力量。奇卡娜作家以她们的创作表达了奇卡娜人成长过程中的正常伦理需求和抵抗性伦理。

(三) 社会公平与正义书写

呼吁社会公平与正义是奇卡娜小说的政治责任之一。

如《喊女溪》的女主人公克里奥菲拉斯从墨西哥嫁到美国，遭遇了丈夫的虐待，白人女权主义者将她从丈夫的魔掌中拯救出来。这部小说里还描写了许多妇女在这个小镇被谋杀的事。在20世纪80年代，普通的奇卡娜人没有意识到自己的权益。像克里奥菲拉斯一样，她们认为丈夫的家暴属于正常行为。作家西斯内罗斯小说的发表是对社会邪恶的警示，克里奥菲拉斯的逃跑代表了无声家庭妇女的反抗。

自20世纪90年代以来，美国边境城市的代加工工厂招收了大量的南美洲女孩充当主要劳动力，因为她们的要求低，手灵巧，且工作时间长。然而，她们的生命安全得不到任何保障。她们经常遭遇性侵、被迫进行避孕药试验与谋害等非人的迫害。德阿尔巴的《沙漠血》揭露了这种罪行，这部小说的发表意义特别重大。成百的华雷斯女性的被谋杀告诉人们女性的生命可以耗尽，她们遭遇了性虐待，在贸易和男性的欲望中被物化。美国国内的人权组织发表了一项针对华雷斯边境系列女性谋杀案的报告。该报告几次提出"阻止针对华雷斯女性的暴力，加强她们的安全"，报告的第八点指出："与媒体合作以便于提高公众对免受暴力权利的认识；向公众通报此类暴力的代价和后果；传播有关为高危人群提供的法律和社会支持服务的信息；并告知受害者、加害者和潜在加害者对此类暴力行为的惩罚。"[1]

有研究者认为："学者、行动主义者、政府机构组织和国际人权组织等机构应来消灭那些屠杀女性的犯罪分子，无论他们出现在世界哪个角落的边界。"[2] 包括乔姆斯基在内的学者都对华雷斯的谋杀案进行了批判，墨西哥的电影业也开始拍摄电影来揭露谋杀女性的邪恶行径。

小说《女人花》里的阿尔塔在经受家暴后，最终对丈夫的虐待进行了反抗。在和丈夫的抗争中，她不仅获得了大学文凭，还找到了教师工作并开设了自己的心理咨询工作室，最终收获了理想的爱情。在她的女性朋友相继罹患乳腺癌离世后，她强烈谴责了科学技术带给人类的灾难，她认为工业的发展污染了地球和大气层，破坏了生态平衡，堕胎的设备摧毁了女性的身体健康。她扶弱惩恶，帮助病人，最终还将企图伤害她的人亲手击毙。在该小说中维拉纽瓦书写了正义的力量。

安扎尔多瓦在《边疆》中对同性恋产生原因的解释打破了传统社会对同性恋的刻板印象。

德阿尔巴的《女巫的笔迹》揭露了奇卡娜人受迫害的历史，历史照进未来。她非常尖锐地指出，清教徒没有经过任何人的允许踏上了美洲印第安人的领土，他们才是外国佬。她希望人们在未来改变对族裔女性的看法。

---

[1] Ricardo F. Vivancos Pérez, *Radical Chicana Poetics*, New York: Palgrave Macmillan, 2013, p. 169.

[2] Ricardo F. Vivancos Pérez, *Radical Chicana Poetics*, New York: Palgrave Macmillan, 2013, p. 169.

小说《母语》为深受战乱之苦的拉丁裔人发出了正义之声。

总之，人间公平与正义是奇卡娜作家创作中的重要主题。

（四）小说人物身份跨界：作家自己身份跨界的再现

作家书写的不仅是想象中的人物的华丽转型，还是她们自己生活的真实写照。阅读这些作家的传记，她们的共同特点是都来自社会的最底层女性，家庭背景与美国19世纪的现实主义和自然主义作家一样，都经历了艰难的童年生活，依靠自己的聪明才智和勤奋努力，以笔为工具，争得了自己在美国文学界的一席之地，有些甚至成为世界文学的经典作家。奇卡娜作家小说中的跨界写作可以说是作家自己身份的跨界的再现。

小说《剥洋葱般剥掉我的爱》的作者卡斯蒂略和她的小说中的女主人公卡门一样，也是出身芝加哥的贫民窟，靠自己的努力成为独立作家。在女权主义运动期间，作为一名奇卡娜大学生，她勇敢地站了出来，积极推动奇卡娜女权主义运动的发展，用笔和白人种族主义、社会不公进行抗争。西斯内罗斯同样出身芝加哥贫民窟。她的小说以描述那里的底层工人的生活闻名于世。她因获得高等教育，从事创作而跨越阶层。

安扎尔多瓦的成长经历在她的诗歌和论文中描述得非常详细。她曾经和父母一起在田里干农活，贫瘠的土地里生产不出多少东西，生活非常艰难，她在白人开办的中学读书，曾因讲西班牙语遭到老师的惩罚。她通过自己的努力最后成为文化理论家、诗人和小说家。

维拉纽瓦的经历基本上和她的小说里面的女主人公们相似。她因为父母亲离异在城市贫民窟里随着外婆一起长大，历尽人间艰苦，十年级时辍学生子，随后嫁人，在贫民窟里度过了最艰难的时刻。她曾和笔者说，她"怀着孩子时，想自杀，五次跑到公寓的楼顶把一只脚伸了出去，最后理智战胜了情感，决定生下孩子"。她认为自己的诗歌才华得益于外婆从小的教诲和土著先祖传给她的智慧。最终，她通过努力获得了巨大的成功。

其他的作家也都有类似的苦难经历。

塔夫拉是一位来自圣安东尼奥市西边贫民窟的才女，其笔下故事皆根植于这片土地。她凭借非凡的智慧与不懈的努力，在文学与教育的沃土上深耕细作，最终跻身世界文坛，成为备受赞誉的小说家、表演艺术家与教授。

查维斯，其起点是美墨边境那片贫瘠沙漠中的小镇——拉斯克鲁赛斯

(Las Cruces)。求学之路布满荆棘，但她凭借坚韧不拔的意志，克服重重困难，最终凭借创作上的卓越成就，成为一位家喻户晓的作家。德阿尔巴，同样出身于美墨边境的埃尔帕索城。她的人生轨迹与小说中的人物不谋而合，毅然北上求学，最终不仅在文学领域崭露头角，更成为一名受人尊敬的教授。而马汀内兹诞生于新墨西哥州阿尔伯克基（Albuquerque）这座美墨边境之城。她以勤奋为舟，以好学为帆，跨越重重障碍，获得了接受宝贵高等教育的机会。其笔下反美国霸权主义的小说与诗歌，深刻而犀利，让她在全球范围内赢得了广泛的声誉与尊敬。

（五）奇卡娜小说对情感和智力影响

与人类状况、社会问题、道德议题及存在主义思辨相关的深刻主题，常常在情感与智力的双重维度，与读者产生强烈的共鸣。这些议题触及人类存在的本质，引发对生命意义、社会结构、道德标准以及个体存在价值的深入思考与探讨。它们不仅挑战着我们的认知边界，更激发了我们内心深处的情感共鸣，促使我们在纷繁复杂的世界中，寻找属于自己的位置与答案。文学有能力引发广泛的情感，并在智力上吸引读者，唤起同理心、同情、敬畏或智力刺激的能力是文学作品审美吸引力的一个重要方面。

安扎尔多瓦的《边疆》以其理论与文学实践的融合著称，而西斯内罗斯以黑色幽默的手法，在《芒果街上的房子》中展现了独特的文学魅力。《最后的订餐女孩》中，人物思想理念的深刻变化引人深思。维拉纽瓦的女权主义小说系列，包括《女人花》、《露娜的加利福尼亚罂粟花》及《紫色天空》，为我们揭示了女性世界的多样面貌与内心挣扎。塔夫拉的《神圣的玉米饼和一罐豆酱》则深刻剖析了奇卡诺现代文化的困境与挑战。

德阿尔巴的《沙漠血》不仅描绘了边疆女性的不幸遭遇，更揭示了谋杀背后的社会根源；而《女巫的笔迹》则通过女性苦难的历时性纪录，让我们对过往有了更深的理解与反思；卡斯蒂略的《萨坡勾尼亚》与马汀内兹的《母语》，则以反霸权思想为核心，揭示了奇卡娜人在国内面临的现实困境。

这些作品共同构成了奇卡娜人生活的丰富画卷，让我们不仅看到了她们在国内所遭受的压迫与不公，也深刻感受到了美国帝国主义的野心与破坏力，以及中美洲国家持续内乱与贫穷的深层次原因。

安扎尔多瓦在著作《边疆》中提出的解决不同种族与民族间矛盾的

中庸之道，赢得了西方世界理论家的广泛赞誉。尤其是在那些边境地区正面临严峻移民问题的欧洲国家，众多研究者纷纷呼吁政府与民众，效仿安扎尔多瓦的理念，展现更为包容的姿态，以接纳那些因种种原因而背井离乡的人。

安扎尔多瓦的理论不仅为处理边疆冲突与种族矛盾提供了切实可行的路径，更在无形中提升了社会各界在解决此类问题时的能力与智慧。安扎尔多瓦的见解无疑为构建更加和谐多元的社会环境贡献了一份宝贵的力量。

在美国国内，从小学到大学的各个教育阶段，无论是在课堂内还是课堂外，教师和学生都将阅读奇卡娜小说视为一门必修的课程。这样的安排旨在通过这部小说的深入研读，丰富学生的文学素养，拓宽他们的视野，并加深他们对不同文化和历史背景的理解。研究者针对这些作品进行了深入的专门研究，其中，麦德森（Madsen）尤为聚焦当代奇卡娜文学的探索。她不仅细致地梳理了众多奇卡娜作家的生平轨迹，还系统地分析了她们作品的内涵与外延，力求全面展现这一文学流派的独特魅力与深远影响。[1] 索勒（Soler）和阿巴尔卡（Abarca）精心编纂了一系列论文，旨在深入探讨奇卡娜/诺文学如何深刻表达并诠释奇卡诺族裔文化的丰富内涵。[2] 索科洛夫斯基（Socolovsky）深入剖析了查维斯在《最后的订餐女孩》中对于疾病的细腻描绘，同时，她也对《萨坡勾尼亚》及《拉拉的褐色披肩》这两部作品中的新女性混血意识主题进行了独到的探讨。[3] 卡特勒（Cutler）深入剖析了西斯内罗斯在其小说与诗歌中所展现的"贫困"这一深刻主题，并巧妙地触及了奇卡娜/诺小说中一个引人注目的现象——男性角色的缺位。这一探讨不仅揭示了西斯内罗斯作品中对社会底层生活的敏锐洞察，也进一步拓展了我们对奇卡娜/诺文学中性别角色与

---

[1] Deborah L. Madsen, *Understanding Contemporary Chicana Literature*, Columbia, SC: University of South Carolina Press, 2000.

[2] Nieves Pascual Soler & Meredith E. Abarca, *Rethinking Chicana/o Literature Through Food: Postnational Appetites*, New York: Palgrave Macmillan, 2013.

[3] Maya Socolovsky, *Troubling Nationhood in U.S. Latina Literature*, New Brunswick, New Hersey & London: Rutgers University Press, 2013.

权力结构复杂性的理解。① 埃热拉与梅卡多-洛佩兹（Herrera & Mercado-López）精心编纂了一系列论文，深入剖析了《边疆》一书的文体特色、小说《母语》中所蕴含的政治意涵，以及哭泣女神这一意象在奇卡娜作家创作中的丰富表现。通过对这些维度的细致探讨，他们的研究不仅加深了学术界对相关文学作品的理解，也提供了新的视角和思考空间。② 库俄瓦斯（Cuevas）深入剖析了奇卡娜小说中男性力量的叙事方式，以及其中涉及的奇卡诺人身体叙事的模糊性，并探讨了性别转向的复杂议题。③ 他们的研究表明，奇卡娜小说家的创作不仅拓宽了人们的视野，还显著增强了他们在探究问题和解决问题方面的能力。

总体而言，奇卡娜小说以其独特的魅力，深刻地影响了人们的思想观念，并为研究者开辟了广阔的研究资源与主题空间。

五 奇卡娜小说的原创性与创新性

文学的审美价值往往源于其原创性和创新性表达。创新的叙事技巧、独特的视角和新鲜的想法可以吸引读者并提供独特的审美体验。以安扎尔多瓦为首的奇卡娜作家的创作自成一派——跨界，她们的跨界流派极大地丰富了文学创作的流派。

（一）奇卡娜小说的原创性

奇卡娜小说的原创性包含两个方面的内容：理论和方法。它们主要源自安扎尔多瓦的著作《边疆》。

1. 安扎尔多瓦的理论：族裔跨界

在奇卡娜的小说创作中，理论创新是安扎尔多瓦对文学发展最大的贡献，特别是安扎尔多瓦的族裔跨界理论的建立，为人们从理论上解决民族矛盾提供了哲学思想，对文学的创作方法进行了颠覆性的改革，创立了新模式。

安扎尔多瓦提出了"混血女性意识"——族裔跨界理论。这个理论

---

① John Alba Cutler, *Ends of Assimilation: The Formation of Chicano Literature*, Oxford: Oxford University Press, 2014.

② Cristina Herrera & Larissa M. Mercado-López, *(Re) mapping the Latina/o Literary Landscape*, New York: Palgrave Macmillan, 2016.

③ T. Jackie Cuevas, *Post-Borderlandia: Chicana Literature and Gender Variant Critique*, New Brunswick, Camden & Newark, New Jersey and London: Rutgers University Press, 2018.

的主要观点是在各种种族和民族的矛盾与冲突中，人们采取包容和容忍敌对方的态度，发现和吸收对方的优点，相互理解，达到文化与信念等的共存，各民族生生不息。她在《边疆》中提出："愤怒和蔑视你，就是愤怒和蔑视我们自己。我们不能再责怪你，也不能否认白人的部分、男性的部分、病态的部分、酷儿的部分和脆弱的部分。在这里，我们没有武器，只有我们的魔法。让我们试试我们的方式、混血儿的方式、奇卡娜的方式、女人的方式。"① 这里，安扎尔多瓦为美国未来如何解决各种矛盾提供了新思路。

安扎尔多瓦的《边疆》在文学（英语文学和西班牙语文学）、历史、美国研究、人类学和政治科学等之间游走，也跨越了学术界的边界，进一步阐明了女性主义在女性研究和奇卡娜研究中的多重理论性。对于奇卡诺人来说，这在过去是——而且现在仍然是——对性、性别、种族和阶级不可分割性的明确表述，并改变了人们谈论美国的性别、种族/民族、性取向和阶级差异的方式——去二元化。

从现实生活状况来看，美国社会里各种种族矛盾、性别矛盾、民族矛盾和阶级矛盾仍然激烈地发生冲突。她认为大家都"生活在同一国家或同一地区，应该采取容忍的态度，尽力发现和接受对方的优点，忍受各自的不足，相互谅解与理解对方。大地万物，经历着生、死、腐烂又重生，一切处于不断的变化之中，这片曾经属于墨西哥人的土地，永远是土著人的，现在是，将来依旧是"②。

安扎尔多瓦从酷儿的角度为跨界行动进行了诠释。在她谈到酷儿的产生原因时，她提出了自己的观点：是因为受到家庭和社会各种因素的影响，她故意选择这种模式，其目的是成为"调停者"③。一方面，向白人群体介绍奇卡诺族裔的文化，旨在让他们深刻认识到奇卡诺族裔与白人之间独特的文化差异与多样性。另一方面，明确指出白人历史上对奇卡诺人所犯下的罪行，这一举措旨在促使白人从心理上接纳并正视墨西哥的存

---

① Gloria Anzaldúa, *Borderlands/La Frontera: The New Mestiza*, 4th ed., San Francisco: Aunt Lute Book, 2012, p. 110.

② Gloria Anzaldúa, *Borderlands/La Frontera: The New Mestiza*, 4th ed., San Francisco: Aunt Lute Book, 2012, p. 113.

③ Gloria Anzaldúa, *Borderlands/La Frontera: The New Mestiza*, 4th ed., San Francisco: Aunt Lute Book, 2012, p. 107.

在，承认墨西哥虽常被视为美国的"阴影"，但奇卡诺人与这片土地之间存在不可分割的深厚联系。而这种选择的目的是表明她所采取的行动能够解决她所面临的问题，保护女性自己的利益。因此，研究者认为她的跨性别行动提供了跨界行动的新范式。

如果说安扎尔多瓦提出了奇卡诺女性的酷儿行为是理论意义上的，那么维拉纽瓦在创作中的酷儿行为则是典型的实践上的。她的小说《女人花》中的主人公阿尔塔以典型的激进女权主义者的行为——既是异性恋也是同性恋，完美地践行了安扎尔多瓦的性别跨界理论。

安扎尔多瓦的族裔跨界理论已经成为许多西方国家解决边境移民问题的理论，也是许多理论研究者探讨的哲学思想。

2. 多模态叙事文体

文体的跨界是奇卡娜作家最重要的创作方法，她们以自己新奇的手法征服读者。

安扎尔多瓦在她的《边疆》中使用诗歌、散文、故事、论文等杂糅的方式来讲述自己、家族、民族的历史。故事的讲述不是依照叙事方式进行，而是以诗歌形式出现，这种论述没有诗意，只有作家对要表达的观点陈述。这种创作方式具有碎片化和融合化共存的特征。在诗歌中写历史，就是最悲惨不堪的经历都被诗意化，悲惨的程度在读者眼中淡化了不少，但仍然深刻。除体裁混合外，安扎尔多瓦作品中英语、土著语、西班牙语与行话的杂糅更为其文体增色不少。

其他作家的文体模式也有很多的原创性。比如维拉纽瓦的故事和诗歌并置的复调叙事，让读者加深了对其苦难经历的理解，对奇卡娜人的苦难产生了强烈的同情心，也为她们最终获得的幸福欢欣鼓舞。安娜·卡斯蒂略的碎片式书信体创作模糊了作家和读者之间的界限，这部小说是实验性的，它提出了后现代颠覆和解构叙事模式的策略。

总之，奇卡娜的理论原创和文体原创构成了她们创作最重要的特色。

(二) 奇卡娜小说内容的创新性

奇卡娜小说的内容专注于叙述生活在美墨边疆和城市贫民窟的奇卡娜人的苦难历史和现状。奇卡娜作家大都基于个人经历书写奇卡娜群体和奇卡诺民族形成和发展中的屈辱、受剥削、受压迫、受迫害等的经历，记录奇卡娜/诺人的自我奋斗、继承和发扬民族文化传统的过程。在此过程中，她们创造了许多新的文学概念和哲学思想。

1. 民族文化的挖掘与创造

民族文化的书写是奇卡娜小说的主题之一。奇卡娜作家在小说创作中挖掘和创造了许多新文化。

（1）古老土著家庭文化的赓续。本书研究的对象均为女性作家和她们创作的小说。从所有小说的内容来看，她们书写的是丧偶式家庭里女性的苦难、身份困惑、抗争、奋斗与成功。以母系为主的家庭模式是土著印第安人的家庭模式。可以说，这种叙事是奇卡娜人故意为之，以宣示女性的主体性，因为安扎尔多瓦对男性性格变化的描述说明奇卡诺族裔男人是负责任的人。比如她自己的父亲，为了能够让她得到更好的教育，他把全家搬到了离学校比较近的地方，永远地离开了家乡。因此，笔者认为，奇卡娜小说中完全排斥男性在女性生活中的存在显然是夸大了女性的作用，或者说，女性作家在物化男性。

（2）民族神与神话重塑。把自己与古老土著文化中的诸神关联起来是奇卡诺族裔文化寻根的重要组成部分。在奇卡诺的传统文化中，被西班牙殖民后产生的瓜达卢佩女神、马林奇和哭泣女神是用来束缚奇卡娜人的工具。瓜达卢佩作为好女人的标准被人崇拜，而马林奇和哭泣女神则是坏女人的象征。马林奇是叛徒，她背叛了自己的民族，嫁给了侵略者，还生下了混血民族的先祖，她常常被视为婊子。哭泣女神同样是坏女人的象征。她是一个为了自己幸福而杀害自己亲骨肉的狠毒女人。但在奇卡娜小说中，作家颠覆了传统的概念，她们为马林奇正名，为哭泣女神鸣不平。她们把哭泣女神塑造成了受迫害的女性，认为现代受欺凌的女性是她的化身。现代女性的哭泣代表了她的悲伤的继续，现代女性的反抗也就成了哭泣女神的反抗。西斯内罗斯笔下的克里奥菲拉斯反抗男权压迫，逃离丈夫的魔掌，获得了自由与新生，她的哭泣也就是她发出的呐喊声。以瓜达卢佩为贤良母亲代表的家庭女主内的文化也受到了极大的冲击。现代奇卡娜人接受高等教育，走进了职业妇女的行列，在经济上和身体上均获得了自由。做个好妻子、好母亲不再是她们做好女人的标准。在性取向方面，女性也不再是任由男性摆布的、被动的物体。她们有自己的选择权。安扎尔多瓦通过阿兹特克神话的传说追寻先祖文化，找到了土著人自己的民族神月亮女神以及有关她的传说，分析探讨了她的前世今生，然后根据女神的精神叙述了作家的写作心态：不断打碎，重组，再洗牌，再重组。安扎尔多瓦的新故事彻底匡正了殖民者树立的坏女人形象。奇卡娜作家都采用了安扎尔多瓦的新形象——反抗者形象,将自己作品里的人物形象与土著女神联系起来,形成了与殖民文化的对抗。对女神形象的重塑是奇卡娜小说的创新,其目的就是反对男权统治与殖民统治,恢复和创造自己的民族文化。

(3) 民族医药的挖掘。维拉纽瓦在《女人花》中叙述,现代科学技术的使用破坏了人们的身体健康,民族草药与巫术的使用使人们更加健康长寿。在《露娜的加利福尼亚罂粟花》中,露娜生病后,她的外婆从来都不将她送往医院治病,而是自己采用草药治疗,她的病很快就被治好了。《母语》里的玛丽也是教母给的草药治病。他们的草药配方许多与中国的中草药类似。这是他们土著先祖文化不可缺少的一部分。卡斯蒂略的小说描述了很多草药配方及其治疗功能。

(4) 食物文化的传承与发扬。食物文化是一个民族文化的根基。对食物文化的书写是奇卡娜小说必不可少的一个重要部分。它体现人们的身体健康状况、性格特征甚至性取向。在《守护者》和《神圣的玉米饼和一罐豆酱》中,食物的种植、烹饪和吃法都有非常详细的叙述。玉米饼制作过程中蒸汽里浮现的瓜达卢佩女神以及她的各种神态,还有她与围观的人们的对话显示了作家非常丰富的想象力,以及对奇卡娜文化与白人文化融合中本民族文化永存的信心。塔夫拉以陈楚重新煮豆酱和老太太用土陶锅为例展现了对民族文化的坚守。虽然陈楚受到了白人的影响再也无法熬制出原来的味道,但他仍然一遍一遍地做,可以说,这个重复的过程就是复原民族文化的过程。

总之,奇卡娜作家的小说创作挖掘、继承、创造和发扬了奇卡诺族裔的文化。

2. 反美国霸权

奇卡娜的小说创作反映了白人主流社会的内外两个方面的霸权:一是对内针对少数族裔;二是对外针对拉丁美洲弱小国家以及其他欧洲国家与阿拉伯国家。

随着美国族裔民权运动的发展而产生的文化运动使白人主流社会发现美国文学创作面临前所未有的挑战。白人主流社会作家的创作避开了多元文化创作问题以维持白人主流文学在美国文学的地位。他们极力推动政府以宪法补充法的方式将英语定为美国唯一的官方语言。而安扎尔多瓦执着地在《边疆》中使用混合语言、混合文化和混合文体的创作使得白人文学与族裔文学几乎产生了"文化战"①。安扎尔多瓦的双语混合体创作很显然对主流霸权文化发起了挑战。她以犀利的双语和充满激情的语调细数了她家族的迁徙历史,奇卡诺族裔的领土被占领后整个奇卡诺族裔在边疆被迫流动时所遭遇的剥削、压迫和身心迫害;奇卡诺文化和艺术的毁灭以及美国社会和奇卡诺社区对族裔同性恋者的残酷迫害和零容忍态度。

里根政府于1986年推行的平权法案给了族裔人机会,但这个法案被许多州废除后,安扎尔多瓦的著作《边疆》于1987年出版发行,这表明了她追求文化多样性和反对白人霸权的勇气。她的思想被视为创新性文化干预的典范。她极力宣传文化的多样性和学术与政治领域的性取向包容性,呼吁基于包容而非排斥的社会正义。她认为边疆不只是混血的地方,也是给居民提供视角的地方。居住在两个国家、两种制度、两种语言和两种文化之间会导致从经验上理解社会安排的偶然性,因此她认为居住在边疆会产生知识。边疆的人不仅了解了内部的东西,也了解外部的东西。因此,她的观点在对内的反霸权中起了很大的作用,为奇卡诺文化与文学的发展与繁荣做出了突出的贡献。

另外,在许多美国人的意识形态里,美国是世界上制度最好的国家,它富裕,人民自由。但从《独立宣言》开始,美国的一切美好只针对白人而言,其他种族的人被排除在外。黑人的民权运动也是在黑奴解放宣言发表100年后才发生的事。如今的美国社会内部的分裂与对外部的侵略显现了美国民主的两面性。非常明智的奇卡娜作家在她们的叙事里从来没有把美国国内的民主视为瑰宝,相反,她们中的许多人认为美国民主具有虚假性。安扎尔多瓦曾经在接受采访时表示,"白人老师在课堂上使用我的著作时会把我充满激情的批评的部分删掉"②。

奇卡娜作家中最关注美国霸权行径的是卡斯蒂略和马汀内兹。前者的《萨坡勾尼亚》以讽喻的语调叙述了美国对外的霸权影响和帝国主义行径。马汀内兹则直接在小说中描述美国的子弹出现在了萨尔瓦多的战场。她还亲自参加了帮助战乱国的移民偷渡者进入美国的秘密行动,差点引来

---

① Norma Élia Cantú & Aída Hurtado, "Breaking Borders/Constructing Bridges: Twenty-Five Years of Borderlands/ La Frontera", in Gloria Anzaldúa, *Borderlands/La Frontera: The New Mestiza*, 4th ed., San Francisco: Aunt Lute Book, 2012, p. 6.

② Karin Ikas, "Interview with Gloria Anzaldúa", in Gloria Anzaldúa, *Borderlands/La Frontera: The New Mestiza*, 4th ed., San Francisco: Aunt Lute Book, 2012, p. 271.

牢狱之灾。

总的来说，奇卡娜作家创作的小说在内容上富有创新性，极大地丰富了美国文学的内涵，在反美国内外霸权上起到了不可小觑的作用。

本章小结

小说的美学价值是小说存在的意义所在。经过近40年发展的奇卡娜小说创造了美国文学史上的奇迹。奇卡娜作家的叙事语言、结构、情节的碎片化和修辞与意象的丰富给读者以文学艺术美的享受。她们的特殊文体填补了文学诗学和美学的空白。她们坚守民族文化、反抗阶级/种族压迫和性别压迫、坚持正义、兼收并蓄他人优秀文化、反美国霸权的叙事主题彰显了奇卡娜小说的巨大魅力与奇卡诺族裔人性的真善美。奇卡娜小说创作的新理论和创造性给文学创作和研究提供了不竭的源泉和动力。

结　语

　　奇卡娜小说源于奇卡娜人在美墨边境的地理跨界。苦难深重的跨界经历、反本民族的男权政治及主流社会制度的剥削与压迫是奇卡娜人创作的动力。奇卡娜创作中曾流行的诗歌到了20世纪80年代已经无法表达她们丰富的情感和她们所面临的复杂社会问题，小说便成了她们表达自己、女性和民族思想情感和社会问题的最恰当形式。她们从地理上的跨界经历发展了文学创作和研究的族裔跨界理论。虽然她们创作小说的历史才近40载，但这丝毫无损其魅力。

　　奇卡娜小说的发展有它独特的历史、文化、社会和文学语境。作为混血民族的女性，奇卡娜人100多年来深受本民族男权政治和主流社会阶级/种族的多重压迫。在跨越边境中，她们获取了知识。随着民权运动与女权主义运动的发展，她们开始觉醒并意识到发出自己声音的必要性和重要性。安扎尔多瓦首先以个人经历撰写了族裔跨界理论著作《边疆》，她以自己专门选择的同性恋身份叙述了自己的土著文化历史、土著人被殖民的历史和混血民族在美国主流社会的遭遇，提出了混种民族在主流社会生活中解决问题的哲学——跨界。她认为人们放下种族与民族仇恨，吸收对方的优秀文化，坚持自己先祖的文化，努力劳作，这世界将永远属于人民。在她的理论影响下，大批的奇卡娜作家如卡斯蒂略、西斯内罗斯、维拉纽瓦、查维斯、塔夫拉、德阿尔巴、马汀内兹等创作了大量的优秀作品来记录奇卡娜人的苦难经历、身份困惑和抗争与奋斗中的身份确立，刻画卓越的奇卡娜形象，和反抗主流社会不公的内外政策。

　　奇卡娜作家群的小说展现了奇卡娜人勤俭节约、精明能干、心地善良、吃苦耐劳、忍辱负重、坚强不屈、勤奋好学、积极进取等优秀的品格。她们尊重先祖土著文化，用作品挖掘、保留、继承、发扬了先祖文化，创造了民族新文化，重新书写了土著文化的历史，揭露了殖民文化的本质。在现实社会中她们又吸收了主流文化的优点，这体现了混血民族的宽阔胸襟和适应复杂文化环境的能力。她们创作的小说中人物的跨界体现了安扎尔多瓦的族裔跨界理论思想。

总之，奇卡娜人关于奇卡娜问题的书写道出了奇卡娜女性的精彩。她们从边疆书写将她们的创作延伸到了美国文学中心。作为美国族裔女性，她们的创作也就构成了美国文学不可分割的重要组成部分，值得进一步探讨与研究。

参考文献

1. 著作

金莉等：《当代美国女权文学批评家研究》，北京大学出版社 2014 年版。

李保杰：《当代奇卡诺文学中的边疆叙事》，中国社会科学出版社 2011 年版。

林六辰编著：《英美小说要素解析》，上海外语教育出版社 2004 年版。

鲁枢元：《文学的跨界研究：文学与语言学》，学林出版社 2011 年版。

聂珍钊：《文学伦理学批评导论》，北京大学出版社 2014 年版。

王列耀等：《海外华文文学的跨界研究》，中国社会科学出版社 2022 年版。

袁雪芬：《奇卡诺文学伦理思想研究》，中国社会科学出版社 2015 年版。

袁雪芬、郝健：《美国族裔反战小说研究》，中国社会科学出版社 2018 年版。

Alamillo, Laura, Larissa M. Mercado‑López, and Cristina Herrera, eds., *Voices of Resistance: Interdisciplinary Approaches to Chican@ Children's Literature*, Lasham/Beulim/New York/ London: Rowman and Littlefield Publishers, 2017.

Anzaldua, Gloria, *Borderlands/La Frontera: The New Mestiza*, 4th ed., San Francisco: Aunt Lute Books, 2012.

Anzaldúa, Gloria, *Light in the Dark/Luz en lo Oscuro: Rewriting Identity, Spirituality, Reality*, Analouise Keating, ed., Durham: Duke University, 2015.

Anzaldúa, Gloria, *The Gloria Anzaldúa Reader*, AnaLouise Keating, ed., Durham/London: Duke University press, 2009.

Appiah, Anthony, *The Ethics of Identity*, Princeton: Princeton University Press, 2005.

Benito, Jesús, and Ana María Manzannas, *Literature and Ethnicity in the Cultural Borderlands*, New York: 2002.

Benveniste, Emile, *Probleme de Linguistique Generale*, Paris: NRF, 1966.

Bottrall, Mary, *Everyman a Phoenix: Studies in Seventeenth-Century Autobiography*, Landon: Murray, 1958.

Brooks, Cleanth, and Robert Penn Warren, *Understanding Fiction*, Beijing: Foreign Language Teaching and Research Press, 2005.

Butler, Judith, *Gender Trouble: Feminism and the Subversion of Identity*, New York and London: Routledge, 1990.

Calabrò, Anna Rita, *Borders, Migration and Globalization: An Interdisciplinary Perspective*, London/New York: Routledge, 2022.

Castillo, Ana, *Massacre of the Dreamers: Essays on Xicanisma*, Revised ed., Albuquerque: University of New Mexico Press, 2014.

Castillo, Ana, *Peel My Love like an Onion*, New York: Anchor Books, 1999.

Castillo, Ana, *Sapogonia*, New York: Anchor Books, 1994.

Castillo, Ana, *The Guardians*, New York: Random House, 2007.

Castillo, Ana, *The Mixquiahuala Letters*, New York: Anchor Books, 1992.

Castillo, Debra A., and María Socorro Tabuenca Córdoba, *Border Women: Writing from La Frontera*, Minneapolis: University of Minnesota Press, 2002.

Chávez, Danise, *the last of the menu girls*, New York: Vantage Books, 1984/2004.

Cisneros, Sandra, *Woman Hollering Creek and Other Stories*, New York: Vintage Contemporaries Vintage Books, 1991.

Cisneros, Sandra, *The House on Mango Street*, New York: Vintage Contemporaries Vintage Books, 1984.

Contreras, Sheila Marie, *Blood Lines: Myth, Indigenism, and Chicana/o Literature*, Austin: University of Texas Press, 2008.

Cuevas, T. Jackie, *Post-Borderlandia: Chicana Literature and Gender Variant Critique*, New Brunswick, Camden, and Newark, New Jersey, and London: Rutgers University Press, 2018.

Cutler, John Alba, *Ends of Assimilation: The Formation of Chicano Literature*, Oxford: Oxford University Press, 2014.

Delgadillo, Theresa, *Spiritual Mestizaje: Religion, Gender, Race, and Nation in Contemporary Chicana Narrative*, Durham and London: Duke University Press, 2011.

Erikson, Erik, *Life History and the Historical Moment*, New York: W. W. Norton and Co., 1975.

Eysturoy, Annie, *Daughters of Self-Creation: The Contemporary Chicana Novel*, Albuquerque: University of New Mexico Press, 1996.

Fagan, Allison E., *From the Edge: Chicana/o Border Literature and the Politics of Print*, New Brunswick, NJ: Rutgers University Press, 2016.

Foucault, Michel, *The History of Sexuality*, trans., Robert Hurley, New York: Pantheon Books, 1978.

Gandin, Greg, *The End of the Myth: From the Frontier to the Border Wall in the Mind of America*, New York: Henry Holt and Company, 2019.

Gaspar de Alba, Alicia, *Calligraphy of the Witch*, Houston: Arte Público Press, 2007.

Gaspar de Alba, Alicia, *Desert Blood: The Juárez Murders*, Houston: Arte Público Press, 2005.

Gaspar de Alba, Alicia, and Alma López, eds., *Our Lady of Controversy: Alma López's Irreverent Apparition*, Austin: University of Texas Press, 2011.

Goffman, Erving, *Stigma: Notes on the Management of Spoiled Identity*, London: Penguin, 1963.

Gonzalez, Gilbert G., and Raul A. Fernandez, *A Century of Chicano His-*

tory: Empire, Nations, and Migration, New York and London: Routledge, 2003.

Hall, Eilidh AB, *Negotiating Feminisms: Sandra Cisneros and Ana Castillo's Intergenerational Women*, New York: Palgrave MacMillan, 2021.

Hamilton, Patricia L., *Of Space and Mind: Cognitive Mappings of Contemporary Chicano/a Fiction*, Austin: University of Texas Press, 2011.

Hernández, Bernadine M., and Karen R. Roybal, *Transnational Chicanx Perspectives on Ana Castillo*, Pittsburgh: University of Pittsburgh Press, 2021.

Herrera, Cristina, *Contemporary Chicana Literature: Rewriting the Maternal Script*, Amherst, New York: Cambria Press, 2014.

Herrera, Cristina, and Larissa M. Mercado-López, *(Re) mapping the Latina/o Literary Landscape*, New York: Palgrave Macmillan, 2016.

Holmes, Lisa, *Reclaiming the Female Body: Chicana Literature's Resistance to Mexican Literature's Traditional Objectification of Women*, Domingues Hills: California State University, 2009.

hooks, bell, *Ain't I a Woman?*, Boston: South End Press, 1981.

Keating, Analouise, and Gloria González-López, *Bridging: How Gloria Anzaldúa's Life and Work Transformed Our Own*, Austin: University of Texas Press, 2011.

Keating, AnaLouise, *Entre Mundos/Among Worlds*, New York: Palgrave Macmillan, 2015.

Lattin, Vernon E., *Contemporary Chicano Fiction: A Critical Survey*, Tempe, AZ: Bilingual Press, 1986.

Madsen, Deborah L., *Understanding Contemporary Chicana Literature*, Columbia, SC: University of South Carolina Press, 2000.

Martinez A., and Francisco A. Lomeli, *Chicano Literature*, Westport, Connecticut: Greenwood Press, 1985.

Martinez, Demetria, *Mother Tongue*, New York: One World Ballantine Books, 1994.

Mead, George Herbert, *Mind, Self, and Society: The Definitive Edition Enlarged*, Chicago: University of Chicago Press, 2015.

Meeks, Eric V., *Border Citizens: The Making of Indians, Mexicans, and

Anglos in Arizona, Austin: University of Texas Press, 2007.

Millet, Kate, *Sexual Politics*, New York: Columbia University Press, 2016.

Mirandé, Alfredo, *The Chicano Experience: An Alternative Perspective*, Notre Dame, Indiana: University of Notre Dame Press, 1985.

Mujčinović, Fatima, *Postmodern Cross-Culturalism and Politicization in U. S. Latin Literature: From Ana Castillo to Julia Alvarez*, New York: Peter Lang, 2006.

Neate, Wilson, *Tolerating Ambiguity: Ethnicity and Community in Chicano/a Writing*, New York: Peter Lang Press, 1998.

Newton, Adam Zachary, *Narrative Ethics*, Cambridge, Mass.: Harvard University Press, 1995.

Norton, Bonny, *Identity and Language Learning: Gender, Ethnicity, and Educational Change*, London: Longman, 2000.

Pérez, Ricardo F. Vivancos, *Radical Chicana Poetics*, New York: Palgrave Macmillan, 2013.

Pérez-Torres, Rafael, *Mestizaje: Critical Use of Race in Chicano Culture*, Minneapolis: University of Minnesota Press, 2006.

Ramsden, Maureen A., *Crossing Borders: The Interrelation of Fact and Fiction in Historical Works, Travel Tales, Autobiography and Reportage*, Peter Collier, ed., *Modern French Identities* (Vol. 123), Oxford: Peter Lang, 2016.

Rawls, John, *The Law of Peoples*, Cambridge, Mass.: Harvard University Press, 1999.

Ruiz, Vicki, *From out of the Shadows: Mexican Women in Twentieth-Century America*, London: Oxford University Press, 2008.

Selden, Raman, Peter Widdowson, and Peter Brooker, *A Reader's Guide to Contemporary Literary Theory*, Beijing: Foreign Language Teaching and Research Press, 2002.

Sheringham, Michael, *Autobiography, Devices and Desires, from Rousseau to Perec*, Oxford: Clarendon Press, 1993.

Smith, Dorothy E., *Texts, Facts, and Femininity: Exploring the*

Relations of Ruling, London and New York: Routledge, 1990.

Socolovsky, Maya, *Troubling Nationhood in U. S. Latina Literature*, New Brunswick, New Hersey and London: Rutgers University Press, 2013.

Soler, Nieves Pascual, and Meredith E. Abarca, *Rethinking Chicana/o Literature through Food: Postnational Appetites*, New York: Palgrave Macmillan, 2013.

Stavans, Ilan, *The Hispanic Condition: The Power of a People*, 2nd ed., New York: HarperCollins Publisher Inc, 2001.

Suzanne Bost, and Frances R. Aparicio, eds., *The Routledge Companion to Latino/a Literature*, New York: Routledge, 2013.

Szakats, Julia, *Chicana Literature: Growing up en la Frontera*, Wien: Universitat Wien, 2013.

Tafolla, Carmen, *The Holy Tortilla and a Pot of Beans*, San Antonio: Wings Press, 2010.

Tatum, Charles M., *Chicano Literature*, Boston: Twayne Publishers, 1981.

Torrez, Hector Avalos, *Conversations with Contemporary Chicana and Chicano Writers*, Mexico: University of Mexico Press, 2007.

Villanueva, Alma Luz, *Luna's California Poppies*, Tempe, Arizona: Bilingual Press, 2002.

Villanueva, Alma Luz, *Naked Ladies*, Tempe, Arizona: Bilingual Press, 1994.

Villanueva, Alma Luz, *The Ultraviolet Sky*, Tempe, AZ: Bilingual Press, 1988.

Weber, Max, *The Theory of Social and Economic Organization*, trans., A. M. Henderson and Talcott Parsons, New York: Oxford University Press, 1947.

Wright, Erik Olin, *Understanding Class*, London and New York: Verso, 2015.

2. 期刊文献

陈晓月、王楠:《"想象的共同体"与美国族裔作家的叙事策略》,

《上海理工大学学报》（社会科学版）2014 年第 1 期。

傅景川、柴湛涵：《美国当代多元化文学中的一支奇葩——奇卡诺文学及其文化取向》，《吉林大学社会科学学报》2007 年第 5 期。

李保杰：《当代奇卡诺文学中的边疆叙事》，博士学位论文，山东大学，2009 年。

李保杰：《泛美政治经济视域下美国奇卡诺移民小说中的成长叙事》，《山东外语教学》2022 年第 1 期。

李保杰、苏永刚：《边界研究视角下的当代奇卡诺文学》，《英美文学研究论丛》2011 年第 2 期。

李保杰、苏永刚：《后现代主义视角下的当代奇卡诺文学》，《东北师大学报》（哲学社会科学版）2012 年第 1 期。

李毅峰、索惠赟：《桑德拉·西斯内罗斯的奇卡纳女性主义叙事》，《北京第二外国语学院学报》2018 年第 4 期。

刘蓓蓓、龙娟：《从"红色工具箱"看〈在基督脚下〉中的墨裔困境》，《湖南师范大学社会科学学报》2018 年第 2 期。

刘莉：《奇卡诺自传体文学形式的发展——以〈埃尔帕索的一个地方〉为例》，《文学艺术周刊》2022 年第 12 期。

刘永清：《论〈芒果街上的小屋〉中"房子"的三重意蕴》，《中南民族大学学报》（社会科学版）2014 年第 3 期。

刘玉：《种族、性别和后现代主义——评美国墨西哥裔女作家格洛丽亚·安扎杜尔和她的〈边土：新梅斯蒂扎〉》，《当代外国文学》2004 年第 4 期。

吕娜：《论安扎杜尔之"新女性混血意识"》，《社会科学战线》2009 年第 12 期。

吕娜：《语言及族裔的对立与杂糅——论安扎杜尔"边土"书写中的语言跨界现象与族裔身份定位》，《学术论坛》2016 年第 10 期。

彭石玉、王芷璇：《"女汉子"的涵义及其英译比较研究》，《外国语文研究》2018 年第 4 期。

滕威：《全球化时代的女性梦魇：解读墨西哥电影〈后院〉》，《文艺争鸣》2011 年第 12 期。

石平萍：《美国族裔文学中的文化性别共同体思想刍议》，《闽南师范大学学报》（哲学社会科学版）2021 年第 3 期。

石平萍：《〈西班牙征服者的血脉〉中的记忆政治》，《外国文学》2009 年第 1 期。

石平萍：《异军突起的美国西语裔作家》，《世界文化》2008 年第 10 期。

张晓雯：《新物质主义视域下〈拉拉的褐色披肩〉中的食物书写》，《复旦外国语言文学论丛》2022 年第 2 期。

Alarcón, Daniel Cooper, "Literary Syncretism in Ana Castillo's *So Far from God*", *Studies in Latin American Popular Culture*, No. 23, December 2004.

Aranda, Pilar E. Rodríguez, "On the Solitary Fate of Being Mexican, Female Wicked and Thirty-three: An Interview with Writer Sandra Cisneros", *Americas Review*, Vol. 18, No. 1, Spring 1990.

Caminero-Santongeto, Marta, "'The Pleas of the Desperate': Collective Agency Versus Magical Realism in Ana Castillo's *So Far from God*", *Tulsa Studies in Women's Literature*, Vol. 24, No. 1, Spring 2005.

Cruz, Felicia, "On the Simplicity of Sandra Cisneros's *House on Mango Street*", *Modern Fiction Studies*, Vol. 47, No. 4, Winter 2001.

Cuevas, T. Jackie, "Engendering a Queer Latin@ time and place in Helena María Viramontes' *Their dogs came with them*", *Latin Studies*, Vol. 12, No. 1, April 2014.

Delgadillo, Theresa, "Forms of Chicana Feminist Resistance: Hybrid Spirituality in Ana Castillo's *So Far from God*", *Modern Fiction Studies*, Vol. 44, No. 4, Winter 1998.

Garcia, Alma M., "The Development of Chicana Feminist Discourse, 1970-1980", *Gender and Society*, Vol. 3, No 2, Summer 1989.

Got, Monica, "Forging a New Type of Feminist Identity: Chicana Feminism, Femininity, and the Institution of Memory", *Synergy*, Vol. 17, No. 1, Spring 2021.

Hutcheon, Linda, "Beginning to Theorize Postmodernism", *Textual Criticism*, Vol. 1, No. 1, Spring 1987.

Manriquez, Betty Jean, "Ana Castillo's *So Far from God*: Imitation of the Absurd", *College Literature*, Vol. 29, No. 1, Spring 2002.

Mayock, Ellen C., "The Bicultural Construction of Self in Cisneros, Álvarez, and Santiago", *Bilingual Review*, Vol. 23, No. 3, September 1998.

Mermann-Jozwiak, Elisabeth, "Gritos desde la Frontera: Ana Castillo, Sandra Cisneros, and Postmodernism", *MELUS*, Vol. 25, No. 2, Summer 2000.

Pitts, Andrea J., "Gloria E. Anzaldúa's Autohistoria-teoría as an Epistemology of Self – Knowledge/Ignorance", *HYPATIA*, Vol. 31., No. 2, Summer 2016.

Segura, Danise, and Beatriz Pesquera, "Beyond Indifference and Antipathy: The Chicana Movement and Chicana Feminist Discourse", *Aztlan: A Journal of Chicano Studies*, Vol. 19, No. 2, August 1992.

Solé, Cristina Rosi, "Autobiographical Accounts of L2 Identity Construction in Chicano Literature", *Language and Intercultural Communication*, Vol. 4, No. 4, December 2004.

Szeghi, Tereza M., "Weaving Transnational Cultural Identity through Travel and Diaspora in Sandra Cisneros's *Caramelo*", *MELUS*, Vol. 39, No. 4, Winter 2014.

Thananopavarn, Susan, "Concientización of the Oppressed: Language and the Politics of Humor in Ana Castillo's *So Far from God*", *Aztlan: A Journal of Chicano Studies*, Vol. 1, No. 1, Spring 2012.

3. 论文集文献

[德] 埃尔克·马克：《谁为全球正义负责?》，单继刚、孙晶、容敏德主编《政治与伦理——应用政治哲学的视角》，人民出版社 2006 年版，第 349—362 页。

[德] 埃尔克·马克：《寻找普适性的正义标准》，单继刚、孙晶、容敏德主编《政治与伦理——应用政治哲学的视角》，人民出版社 2006 年版，第 247—258 页。

陈真：《全球正义及其可能性》，单继刚、孙晶、容敏德主编《政治与伦理——应用政治哲学的视角》，人民出版社 2006 年版，第 259—272 页。

黎尔平、张新蕊：《全球正义语境下的中国维权组织》，单继刚、孙晶、容敏德主编《政治与伦理——应用政治哲学的视角》，人民出版社 2006 年版，第 324—337 页。

Abarca, Meredith E., and Nieves Pascual Soler, "Introduction", in *Rethinking Chicana/o Literature through Food*, New York: Palgrave Macmillan, 2013.

Alarcón, Norma, "The Theoretical Subject (s) of *This Bridge Called My Back* and Anglo-American Feminism", in Gloria Anzaldúa ed., *Making Face, Making Soul. Haciendo Caras. Creative and Critical Perspectives by Women of Color*, San Francisco: Aunt Lute, 1990.

Anzaldúa, Gloria, "La Prieta", in Cherríe Moraga and Gloria Anzaldúa, eds., *This Bridge Called My Back: Writings by Radical Women of Color*, 4th ed., New York: SUNY Press, 2015.

Anzaldúa, Gloria, "Preface to the First Edition", *Borderlands/La Frontera: The New Mestiza*, San Francisco: Aunt Lute Books, 2012.

Anzaldúa, Gloria, "Putting Coyolxauhqui Together: A Creative Process", in Marla Morris, Mary Aswell Doll, and William F. Pinar, eds., *How We Work*, New York: Peter Lang, 1999.

Anzaldúa, Gloria, "Speaking in Tongues: The Third World Women Writer", in Cherríe Moraga and Gloria Anzaldúa, eds., *This Bridge Called My Back: Writings by Radical Women of Color*, 4th ed., New York: SUNY Press, 2015.

Armelagos, G. J., and A. H. Goodman, "Race, Racism, and Anthropology", in A. H. Goodman and T. L. Leatherman, eds., *Building a New Biocultural Synthesis: Political-Economic Perspectives on Human Biology*, Ann Arbor, MI: University of Michigan Press, 1998.

Balibar, Etienne, "Class Racism", in Etienne Balibar and Immanuel Wallerstein, eds., *Race, Nation, Class: Ambiguous Identities*, London: Verso, 1991.

Bourdieu, Pierre, "The Forms of Capital", in J. Richardson, ed., *Handbook of Theory and Research for the Sociology of Education*, Westport, CT: Greenwood, 1986.

Bruce-Novoa, Juan, "The Other Voice of Silence", in Joseph Sommers and Tomas YBarra-Frausto, eds., *Modern Chicano Writers*, Englewood Cliffs, N. Y.: Prentice-Hall, Inc., 1979.

Cantú, Norma Élia, and Aída Hurtado, "Breaking Borders/Constructing Bridges: Twenty-Five Years of Borderlands/ La Frontera", in Gloria Anzaldúa, *Borderlands/La Frontera: The New Mestiza*, San Francisco: Aunt Lute Book, 2012.

Cantú, Norma Élia and Aída Hurtado, "Introduction to the Fourth Edition", in Gloria Anzaldúa, *Borderlands/La Frontera: The New Mestiza*, San Francisco: Aunt Lute Books, 2012.

French, Warren, "Preface", in Charles M. Tatum, *Chicano Literature*, Boston: Twayne Publishers, 1981.

Garcia, Shelly, "Genre Matters: Tracing Metaphors of Miscegenetion in Genre History, Derrida's 'The Law of Gnere' and Gloria Anzaldúa's Borderlands/La Frontera", in *(Re) mapping the Latina/o Literary Landscape*, New York: Palgrave MacMillan, 2016.

Gonzalez, Marcial, "The Future as Form: Undoing the Categorical Separation of Class and Gender in Ana Castillo's *Sapogonia*", in Andrew Lawson, ed., *Class and the Making of American Literature: Created Unequal*, New York: Routledge, 2014.

Ikas, Karin, "Interview with Gloria Anzaldúa", in Gloria Anzaldúa, *Boderlands/La Frontera: The New Mestiza*, San Francisco: Aunt Lute Books, 2012.

Martino, Emilia Di, "Painting Social Change on a Body Canvas: Trans Bodies and Their Social Impact", in Paul Baker and Giuseppe Balino, eds., *Queering Masculinity in Language and Culture*, London: Palgrave Macmillan, 2005.

Nieto-Phillips, John, "Language", in Deborah R. Vargas Mirabel and Lawrence La Fountain-Stokes, eds., *Key Words for Latina/o Studies*, New York: New York University Press, 2017.

Parker, R. J., "Introduction", in *Serial Killers Encyclopedia: 100 Notorious Serial Killers from Around the World*, Toronto: R. J. Parker Publishing, 2014.

Saldivar-Hull, Sonia, "Introduction to the Second Edition", in Gloria Anzaldúa, *Borderlands/La Frontera: The New Mestiza*, San Francisco: Aunt Lute Book, 2012.

Socolovsky, Maya, "Mestizaje in the Midwest: Remapping National Indentity in the American Heartland in Ana Castillo's *Sapogonia* and Sandra Cisneros's *Caramelo*", in *Troubling Nationhood in U.S. Latina Literature*, New Brunswick, New Hersey and London: Rutgers University Press, 2013.

Soto, Sandra K., "Gender", in Deborah R. Vargas Mirabel and Lawrence La Fountain-Stokes, eds., *Key Words for Latina/o Studies*, New York: New York University Press, 2017.

Trígo, Benígno, "Accidents of Chicana Feminisms: Norma Alarcón, Gloria Anzaldúa, and Cherríe Moraga", in *Remembering Maternal Bodies: New Directions in Latino American Cultures*, New York: Palgrave Macmillan, 2006.

Zentella, Ana Celia, "Spanglish", in Deborah R. Vargas Mirabel and Lawrence La Fountain-Stokes, eds., *Key Words for Latina/o Studies*, New York: New York University Press, 2017.

4. 电子文献

雾谷飞鸿:《美国历史系列177：1924年移民法》，2020年11月20日，https://share.america.gov/zh-hans/american-history-177-the-immigration-act-of-1924/。

Adair-Hodges, Erin, "Bearing Witness, an Interview with Demetria Martinez", 1-15-2013, retrieved 08-15-2014, http://alibi.com/art/30007/Bearing-Witness.html.

"Borderland", Colins Dictionary, retrieved April-20-2023, https://www.collinsdictionary.com/us/dictionary/english/borderland.

Britannica, "Ana Castillo", 6-11-2022, retrieved 7-20-2022, https://www.britannica.com/biography/Ana-Castillo.

Britannica, "Sandra Cisneros", 4-19-2023, retrieved 4-25-2023, https://www.britannica.com/biography/ Sandra Cisneros.

"Caló", *Merriam-Webster.com Dictionary*, Merricn-Webster, retrieved

5-25. 2022, https：//www. merriam-webster. com/dictionary/cal%C3%B3.

César E. Chavéz Dapartment Chicano/a and Cenral Ameican Studies, "Alicia Gaspar de Alba Biography", 2019, retrieved 6-20-2022, https：//chavez. ucla. edu/person/alicia-gaspar-de-alba/.

Cisneros, Sandra, "Sandra Cisneros", 2019, retrieved 5-20-2022, http：//sandracisneros. com.

Eliot, Charles W., "General Introduction to the Harvard Classics Shelf of Fiction", in Henry Fielding, *Tom Jones, the Foundling*, Bartleby. com Inco, 2001, retrieved 4-2-2019, https：//www. doc88. com/p-6951871633350. html.

International Encyclopedia of Ethics, "Political Ethics", retrieved 12-04-2014, scholar. harvard. edu/files/dft/files/political_ ethics-revised_ 10-11. pdf.

Literary Ladies Guide, "Gloria E. Anzaldúa, Poet & Feminist Theorist", retrieved 6-10-2023, http：//www. literaryladiesguide. com/author-biography/gloria-e-anzaldúa/.

Poetry Foundation, "Gloria E. Anzaldúa", 2023, retrieved 2-12-2023, https：//www. poetryfoundation. org/poets/gloria-e-anzaldua.

Villanueva, Alma Luz, "Alma Luz Villanueva", retrieved 2-14-2022, www. almaluzvillanueva. com.

Villanueva, Alma Luz, "Hola to Shirley" (Sure 2277933@ qq. com), 8-15-2022, accessed 8-16-2022.

Voices from the Gaps, "Alma Luz Villanueva Biography", University of Minnesota, https：//conservancy. umn. edu/bitstream/handle/11299/166346/Villanueva,%20Alma%20Luz. pdf; sequence=1.

Voices from the Gaps, "Denise Chávez", University of Minnesota, https：//conservancy. umn. edu/bitstream/handle/11299/166117/chavez,%20denise. pdf.

后　　记

读小说，你若以消遣为目的，是一件非常令人愉悦的事；若以研究为目的，那它一定恼人无度。

本书研究历经近五载寒暑的长途跋涉，历尽人间不测疾苦，终于滴墨成书。在此，本书研究者衷心地感谢所有帮助过该研究的各位。

首先，要感谢中南民族大学科研处和各位专家。你们不辞辛劳一次又一次地组织专家审核和修改项目申报书，进行中期检查和后期监督，使得该研究顺利结题。感谢专家罗良功教授、辜向东教授和易立新教授及匿名评审专家，谢谢你们给项目申报和专著写作提供的宝贵意见。

其次，要感谢手足同胞姐姐袁蝶恋、妹妹袁雪芳和袁雪红和小妹夫周顺生先生。三年疫情期间，你们给予了我无微不至的关怀。2020年的春节，在周围的人看见武汉的车和人都躲闪不及的时候，妹夫半夜12点驱车将我们送到医院去做血液检查，直到次日凌晨3点，后来还专门为我准备书桌和台灯作为研究的场地。武汉封城的时候，隔三岔五的顺丰快递从遥远的南方飞奔到武汉，从家乡的腊货、南国水果、"饭遭殃"到自种的降糖药"明月草"，无所不包。是你们保障了我困境中的物质生活。有你们最长情的相伴，我三生有幸！

再次，要感谢先生夏卧武和爱子夏屹。承蒙先生以纪委人的视角一字一句地审阅该稿的意识形态，项目结题时本人感觉胆粗不少。隔壁房间三更半夜儿子完成他毕业论文某个章节后移动凳子的声音消除了黑夜的孤独。

最后，要感谢中国社会科学出版社的各位编辑，您的严谨使得此书顺利出版。

谢谢你们！有了你们，才有了此书。